허초희의 일생

― 불멸의 여류 시인, 허난설헌의 삶과 예술! ―

허초희의 일생

이동문 지음

푸른 물결 요해까지 일렁이며, 파란 난새 오색 난새 춤을 추네.
연꽃 스물일곱 송이 피었는데, 달빛 서리에 붉은 꽃잎 떨어지네.

- 꿈에 광상산에서 노닐며 -

좋은땅

차례

프롤로그   012

1. 도깨비 동무(15세, 1577년)   014
2. 신랑 구하기(15세, 1577년)   044
3. 혼례(15세, 1577년)   073
4. 신행(新行)(15세, 1577년)   111
5. 어사(御史)(16세, 1578년)   134
6. 세배(17세, 1579년)   169
7. 객사(客死)(17~18세, 1579~1580년)   190
8. 니탕개(尼湯介)(18~20세, 1580~1582년)   223
9. 옥비(21세, 1583년)   255
10. 전쟁(21세, 1583년)   294
11. 개선(凱旋)(21세, 1583년)   331
12. 계미삼찬(癸未三竄)(21세, 1583년)   356
13. 소라 나발(22세, 1584년)   389

14. 길쌈(22세, 1584년)	*415*
15. 봉숭아(23세, 1585년)	*429*
16. 등등곡(登登曲)(24~25세, 1586~1587년)	*462*
17. 곡자(哭子)(26세, 1588년)	*482*
18. 별한(別恨)(27세, 1589년)	*518*

에필로그	*556*
참고자료	*560*
추천사	*586*
작가의 말	*588*

―――――――― 내용 ――――――――

1. 도깨비 동무	허초희가 열다섯 살 때, 청계천으로 연등 구경 가서 도깨비 놀이하는 소년들과 마주친다.
2. 신랑 구하기	허초희는 아버지 허엽 몰래 남자로 변장하고 성균관에 들어가 김성립의 얼굴을 살펴본다.
3. 혼례	허초희가 자기 집에서 김성립과 혼례를 치르고, 신랑은 신붓집에서 처가살이에 들어간다.
4. 신행(新行)	허초희는 시댁으로 신행을 떠나 폐백을 올리고, 하루 만에 돌아와 친정살이를 시작한다.
5. 어사(御史)	허초희는 오라버니 허봉을 따라 함경도로 가려는 김성립을 아쉬워하며 떠나보낸다.
6. 세배	허초희가 시댁에 세배하러 갔다가 임신한 시어머니 송씨부인을 보고 뜻밖이라서 놀란다.
7. 객사(客死)	허초희의 아버지가 어머니 김씨부인을 남겨 두고 경상도 관찰사로 가서 허망하게 객사한다.
8. 니탕개(尼湯介)	허초희는 니탕개의 난에 군관으로 참전한 김성립을 원망하면서도 그리워한다.
9. 옥비	허초희는 관노가 되어 북으로 끌려가는 옥비의 후손들을 보고 놀라며 김성립을 염려한다.
10. 전쟁	허초희의 오라버니와 시외숙이 어머니의 벗인 병조판서 이이의 군사 정책을 맹비난한다.

11. 개선(凱旋)	허초희가 오랑캐 두목의 목을 앞세우고 개선하는 김성립을 반겨 맞이한다.
12. 계미삼찬(癸未三竄)	허초희의 시댁과 친정 사람들이 이이를 탄핵하다 임금에게 미움을 사서 유배된다.
13. 소라 나발	허초희의 시아버지 김첨이 소라 나발을 가지고 장난하다 계엄이 걸려 파직되어 죽는다.
14. 길쌈	허초희는 가세가 기운 시댁과 친정의 살림을 꾸리기 위해 시어머니와 함께 길쌈을 한다.
15. 봉숭아	허초희가 딸과 아들을 데리고 강릉 외가에 가서 봉숭아 물을 들이며 추억을 쌓는다.
16. 등등곡(登登曲)	허초희는 가면을 쓰고 등등곡을 부르는 도깨비 동무들을 보며 옛일을 떠올린다.
17. 곡자(哭子)	허초희의 딸과 아들이 마마를 앓다 연달아 세상을 떠나고, 시외숙과 오라버니도 숨진다.
18. 별한(別恨)	허초희는 지난가을에 죽은 사람들을 그리워하며 『별한가』를 남기고, 스물일곱 살 꽃다운 나이에 달빛 서리 아래서 꽃잎처럼 스러진다.
에필로그	허초희의 작품을 허균이 편집·출판하고, 허초희 시는 중국과 일본에서 큰 인기를 얻는다.

── 인물 소개 ──

- 허초희 :   허난설헌, 허경번
- 김성립 :   허초희 남편
- 허 엽 :   허초희 아버지, 동인(東人) 초대 우두머리
- 김씨부인 :   허초희 어머니
- 사월이 :   김씨부인 몸종(가명)
- 허 봉 :   허초희 친오라버니
- 허 균 :   허초희 친동생
- 허 성 :   허초희 이복 오라버니
- 김해경 :   허초희 딸(가명)
- 김희윤 :   허초희 아들
- 김 첨 :   허초희 시아버지
- 송씨부인 :   허초희 시어머니
- 숙모성씨 :   허초희 시숙모(김성립 숙모)
- 김 수 :   허초희 시숙부(김성립 숙부)
- 송응개 :   허초희 시외숙부(김성립 외삼촌)
- 이산해 :   허초희 시누이 시아버지, 동인 2대 우두머리
- 이경전 :   허초희 시누이 남편, 이산해 둘째 아들, 김성립 벗
- 한산이씨 :   이산해 둘째 딸, 이덕형 부인
- 이덕형 :   이산해 사위, 한음
- 정언신 :   허초희 친척, 함경도 도순찰사

- 정　협 : 　　허초희 친척, 정언신 아들, 김성립 벗
- 김두남 : 　　김성립 벗, 거문고 연주자
- 박근원 : 　　도승지
- 박　순 : 　　영중추부사, 영의정, 서인(西人)
- 김귀영 : 　　좌의정
- 류성룡 : 　　부제학, 경상도 관찰사
- 이순신 : 　　함경도 건원보 권관
- 황　진 : 　　조선제일 명궁, 함경도 군관
- 정　철 : 　　강원도 관찰사, 함경도 관찰사, 예조판서
- 허억봉 : 　　장악원 전악, 대금 연주의 일인자
- 허　임 : 　　허억봉 아들, 혜민서·활인서 침의
- 이　이 : 　　이율곡, 황해도 관찰사, 호조판서, 병조판서
- 용인이씨 : 　이이 외할머니, 신사임당 어머니, 열녀
- 미선부인 : 　신사임당 여동생(가명)

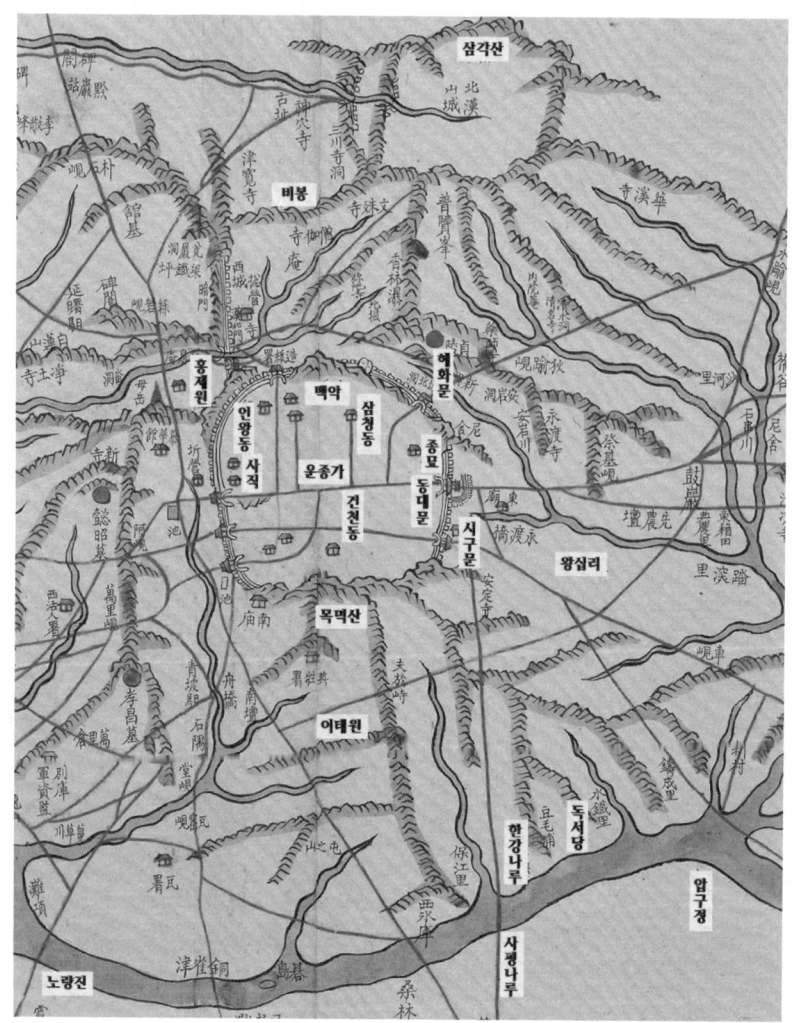

한양(경조오부도 부분, 서울역사박물관)

──────────────────────────────── 일러두기

- 이 소설에는 '것' 자가 없습니다.
- 이 소설의 인물과 사건은 역사 기록을 바탕으로 하였으나, 이야기는 모두 지은이가 상상하여 쓴 허구입니다.
- 이 소설의 일부 장면은 《역주 동국신속삼강행실도》를 참고했습니다. 유해한 부분의 경우 독자의 주의가 필요합니다.

프롤로그

　여인의 머리는 박살 났다. 떡을 먹던 어린 딸아이의 목을 찔러 죽인 여인은 절벽에서 뛰어내려 머리를 바위에 처박았다. 허초희가 말릴 틈도 없었다. 허균은 이 끔찍한 장면을 보지 못하도록 어린 조카의 눈을 가렸고 곁에 있던 한산이씨도 할 말을 잊었다. 허초희가 낭떠러지 아래로 내려갔을 때, 누런 뇌수를 흘리는 여인의 부릅뜬 눈에는 피눈물이 맺혀 있었다. 허초희는 그 자리에 주저앉아 망연자실, 넋이 나갔다.
　옥비의 자손들은, 특히 여인들은 강물에 몸을 던지고, 지나가는 수레바퀴로 뛰어들고, 은장도로 가슴을 찔러 스스로 목숨을 끊었다. 그렇게 하나둘 죽었다. 신록이 눈부시게 푸르른 날, 슬픈 단옷날이었다.
　'김위의 간을 씹어 먹겠다.'
　'정철의 살을 발라 먹겠다.'
　경상도에서 억울하게 붙잡혀 함경도로 끌려가는 옥비의 자손들은 울부짖으며 김위와 정철을 저주하고, 병조판서와 임금을 원망했다. 관기의 후손으로 태어난 걸, 여자로 태어난 걸, 조선에서 태어난 걸 한탄하며 개처럼 한양까지 끌려왔다. 옥비의 자손들을 본보기로 삼으려는 임금은 짧은 길을 놔두고 먼 길로 천천히 올려 보내며 옥비의 자손들을 조리돌렸다. 하지만 쥐새끼 한 마리 보이지 않는 한양 거리는 썰렁했고, 겁에 질린 민심은 흉흉했다.

얼마 전까지 양민으로 식구들과 단란하게 살아가던 옥비의 자손들은 한순간에 노비로 전락해 굴비처럼 엮여 북으로 북으로 끌려갔다. 정조를 지키던 여인들은 관기 신세가 되어 능욕을 강요당했다. 하늘이 무너지고 땅이 꺼져도 빠져나갈 방법이 없었다. 여인들은 치욕스럽게 사느니 절개를 지키기 위해 목숨을 끊었다. 어린 딸들에게도 죽음을 강요했다. 옥비의 자손들은 두만강을 건너 쳐들어온 오랑캐 니탕개의 무리보다 더 무자비한 벼슬아치들을 증오하며 죽어 갔다. 원한은 쌓이고 쌓여 오뉴월에 서리가 내렸다. 푸르렀던 나뭇잎과 풀들이 누렇게 말라 죽었다.

경상도에서 떠난 옥비의 자손 500명 중 살아서 함경도에 도착한 사람은 채 200명이 안 되었다. 이 소식을 전해 들은 백성들은 등골이 서늘해졌고 오금이 저렸다.

그러면서도 전장에 나간 아버지와 자식과 형제들이 오랑캐의 목을 말안장에 매달고 무사히 돌아오길 고대했다. 허초희도 함경도로 떠난 김성립이 무사하길 바랐다. 하지만 김성립의 목이 오랑캐의 칼날에 떨어질 처지라는 걸 미처 몰랐다. 허초희는 평생 독수공방으로 살 뻔했다. 이순신과 황진이 아니었으면…….

1. 도깨비 동무
(허초희 15세, 1577년)

한강에 봄바람이 불었다. 햇빛을 받은 윤슬이 일렁였다. 싱그러운 봄꽃은 강기슭에 피었다. 하얀 냉이꽃, 빨간 광대나물꽃, 노란 꽃다지, 파란 봄까치꽃이 바람에 하늘거렸다. 봄비가 내린 풀잎에는 물방울이 옹기종기 모여 앉았고, 함초롬한 갯버들꽃에는 빗방울이 송알송알 맺혀 봄을 재촉했다.

한양에도 봄이 찾아왔다. 청계천에 늘어선 버드나무엔 초록 새싹이 파릇파릇 돋고, 서촌 필운대에는 살구꽃이 연분홍빛으로 흐드러지게 피었다. 목멱산의 산수유는 샛노란 꽃망울을 발롱발롱 터트리고, 낙산의 개나리도, 안산의 진달래도 밤마다 시나브로 꽃을 피웠다. 멀리 강 건너 뾰쪽뾰쪽 솟은 관악산도 점점 초록으로 물들었다.

3월 3일, 삼짇날은 강남 갔던 제비가 돌아오고 겨우내 잠자던 뱀이 깨어나는 날이다. 석 삼 자가 두 번 겹친 상서로운 날이라 아침 일찍 목욕재계하면 1년 동안 재액을 물리친다고 믿었다. 이날 사람들은 들판에 나가 다복다복 돋아난 새싹을 밟는 답청 놀이를 즐겼다.

아낙네들은 아이들을 데리고 성 밖으로 나가 장막을 치고 진달래꽃을 따서 떡을 지져 먹는 화전놀이를 열었다. 아이들은 버들가지를 꺾어 피리를 불고 인형을 만들어 각시놀이를 즐겼고, 여자들은 냇가에 나가 머리를 감았다. 구중궁궐 내명부의 왕비와 궁녀들도 교태전 후원에 모여서 화

필운상화도(정선, 개인소장, 겸재정선미술관)

전놀이를 펼쳤다. 꽃담을 따라 막 피어난 봄꽃으로 화전을 구우면 육각형 꽃 굴뚝으로 꽃향기가 퍼졌다. 한량들은 활터에서 활쏘기 대회를 벌이고, 선비들은 냇가에서 시를 짓는 곡수연(曲水宴)을 열었다. 이태백이 즐겼다는 진달래로 빚은 두견주를 술잔에 담아 시냇물에 띄웠다. 임금도 창덕궁 옥류천에 나가 대신들과 함께 봄을 즐겼다. 충청도 면천 아미산 진달래꽃을 따다 꽃 샘물로 빚은 두견주를 마시며 시를 지어 읊었다. 바야흐로 계절이 바뀌어 아낙네부터 왕비까지, 한량부터 임금까지 태평가를 부르며 마음껏 즐기는 봄이 돌아왔다.

허초희가 열다섯 살, 허균이 아홉 살이던 해(1577년) 삼짇날. 한양 목멱산 아래 건천동에 사는 허초희네 식구들은 왕십리 들판으로 화전놀이를 나갔다. 허초희네 외가는 강릉이었다. 강릉에서는 삼짇날에 일흔 살이 넘는 사람이면 노비와 머슴까지 한자리에 불러 모아 '청춘경로회'를 열었다. 허초희의 어머니 김씨부인도 한양에 살면서 삼짇날이 되면 청춘경로회를 열었다.

허초희와 김씨부인은 가마에 탔고 허균은 당나귀에 탔다. 김씨부인은 옥색 치마저고리에 쪽빛 쓰개치마를 어깨에 걸치고, 허초희는 녹의홍상에 붉은 댕기를 달았다. 허균은 색동저고리에 쪽빛 배자를 입고 금박 두른 검정 복건을 썼다. 김씨부인 곁에는 허초희와 동갑내기인 몸종 사월이가 따랐다.

일행은 온종일 먹고 마실 음식을 챙겨 소달구지에 싣고 따뜻한 봄바람을 맞으며 광희문을 나서 왕십리로 갔다. 왕십리에는 봄나들이를 나온 사람들이 여기저기서 천막을 쳤다. 김씨부인도 종들을 시켜 널찍한 자리를 잡아 천막을 치고 부뚜막을 만들어 솥을 걸었다. 무쇠솥 뚜껑을 뒤집으면 떡 지지는 번철(燔鐵)로 제격이었다.

김씨부인은 어릴 적부터 강릉 친정에서 배운 꽃부꾸미를 만들었다. 김씨부인은 둥글넓적하게 잘 빚은 하얀 찹쌀 반죽 위에, 푸릇푸릇한 쑥갓을 얹고, 빨간 대추를 길게 썰어 빙글빙글 말아 올리고, 노란 산수유꽃을 점점이 박아 찹쌀떡을 만들었다. 콩기름으로 번철을 번들번들하게 닦은 후, 찹쌀떡을 올려놓고 맑은 유채 기름을 둘러 노릇하게 구웠다. 떡 지지는 향긋한 냄새가 사방으로 퍼졌다. 김씨부인은 꿀을 바른 꽃부꾸미와 오미자 우린 물에 진달래꽃과 잣을 띄운 두견화채를 허초희와 허균 앞에 내놓았다.

"먹어 보렴."

김씨부인이 오누이에게 권했다.

허초희는 꽃부꾸미를 한입 깨물었다. 달콤한 꿀이 쫄깃한 찹쌀에 배어들며 유채 기름과 달짝지근하게 어울렸다. 쑥갓 향기가 입안에서 퍼졌다.

"꿀맛이에요."

앞니가 빠진 허균은 벌써 꽃부꾸미 한 개를 호물호물 씹어 먹고 다시 한 개를 집어 들며 웃어 보였다.

"초희야, 이 화채도 마셔 봐."

허초희가 김씨부인의 말을 듣고 화채를 마시자, 새콤한 향기가 고소한 잣 맛과 어울려 상쾌하게 목구멍으로 넘어갔다.

"어때?"

김씨부인이 물었다.

"봄을 마셨어요."

허초희도 김씨부인을 보고 웃었다.

"아씨, 내년에는 서방님과 같이 오실 거죠?"

사월이가 허초희를 놀렸다.

"서방님? 나보고 혼인하라고? 나는 이렇게 홀가분한 처녀가 좋아."

허초희가 사월이를 새초롬한 표정으로 흘겨보았다.

"쳇, 평생 처녀로 산다고요?"

사월이의 표정이 새침해졌다.

"그건 아니지. 두목지(杜牧之) 같은 분이라면 좋지."

허초희는 당나라 시를 배우면서 두목지에게 흠뻑 빠져 있을 때였다.

"산적 두목?"

허균이 꿀꺽꿀꺽 화채를 마시다가 눈을 동그랗게 떴다.
"산적이 아니야. 두목지는 당나라 시인이지. 호걸 남아……."
"아, 시인!"
허균이 고개를 끄덕거렸다.
"초희야, 올해에는 머리를 얹고 좋은 신랑을 얻어 혼례를 치러야지?"
김씨부인이 허초희의 댕기 머리를 매만지며 물었다.
"누구랑요?"
"이 어미가 골라 줄게."

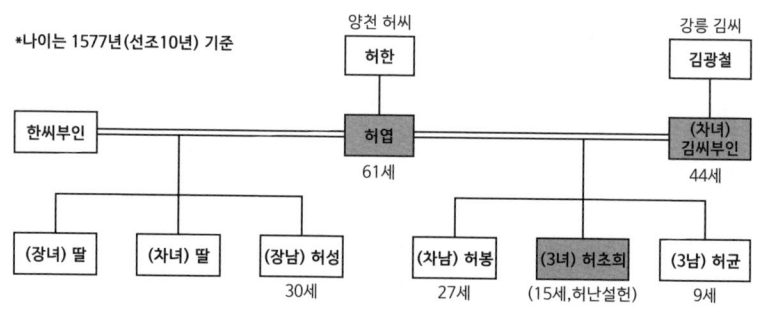

허초희네 식구

김씨부인은 강릉에서 내로라하는 강릉 김씨 집안사람이었다. 아버지는 예전에 예조참판을 지낸 김광철 영감이었고, 4남 2녀 중 둘째 딸이었다. 김씨부인은 열일곱 살 때, 서른네 살 먹은 초당 허엽과 강릉에서 혼례를 치렀다. 김씨부인은 처녀였는데, 허엽은 전처의 자식이 셋이나 딸린 홀아비였다. 김씨부인은 처녀 때 자기 뜻대로 신랑을 정하지 못한 걸 아쉬워하면서도, 막상 딸 초희가 혼례를 치를 때가 되자, 자기 손으로 신랑을 구해야겠다고 다짐했다. 어린 초희가 세상 물정을 모르니 당연히 신랑감은 자기가 정해줘야 한다고 마음먹었다.

"싫어요. 내 신랑은 내가 고를 거예요."

김씨부인은 허초희의 말을 듣고 피식 웃었다.

"너는 잘 몰라."

"뭘 몰라요?"

"너는 너무 어려."

허초희는 어머니가 강릉에서 겪은 일을 알고 있었다. 어머니는 어릴 적부터 연모하던 사람이 있었는데 외할아버지의 뜻에 따라 아버지와 혼례를 올린 게 분명했다. 자기는 어머니처럼 연모하는 사람이 생기면, 그 사람을 제쳐 두고 부모님이 정해 주는 사람과 무턱대고 혼인하지 않을 거라고 오래전부터 다짐했었다.

"어머니도 어려서 그랬어요?"

허초희는 댕기 머리를 매만지는 김씨부인의 손길을 뿌리치려고 돌아보았다.

"뭘?"

"그래서 외할아버지가 시키는 대로 후처로 들어가셨어요?"

순간, 김씨부인의 표정이 굳어졌다.

"아가씨!"

사월이가 깜짝 놀라 허초희를 쳐다봤다.

"저는 어머니처럼 평생 먼발치에서 누구를 그리워만 하며 살지는 않을 거예요."

허초희가 김씨부인의 마음을 후벼 파는 말을 쏘아붙였다.

"……."

김씨부인은 말문이 막혔다. 이제 마흔네 살이 된 김씨부인은 허초희를 보며 자기 혼례를 떠올렸다. 김씨부인은 남몰래 흠모하는 사람이 있었지만, 아버지의 말에 따를 수밖에 없었다. 혼인하기 전까지 한 번도 얼굴을 본 적도 없는 남자랑 혼례를 치렀다. 지금 그 시절로 다시 돌아간다면 그럴 생각이 아니었다. 그래서 허초희의 말에 대꾸하지 못했다.

"나는 내 눈으로 신랑을 보기 전에는 혼인하지 않을 거예요."

허초희는 화채 그릇을 던지듯 내려놓고 천막 밖으로 나갔다.

"초희 아가씨!"

사월이가 허초희를 붙잡았지만, 허초희는 손을 뿌리쳤다.

"균아, 우리 꽃 따러 가자."

허초희가 밖으로 나가며 허균을 돌아보는 척하고 어머니 눈치를 살폈다. 어머니의 심기가 불편해 보였다.

"누이!"

허균도 어머니의 눈치를 살피며 허초희를 따라 나갔다.

"그래도 나는 너랑 네 오라비랑 네 동생을 낳았다."

김씨부인은 천막을 나서는 허초희의 뒤통수에다 중얼거렸다.

오누이는 당나귀를 타고 천막을 떠나 들판으로 나갔다. 들판 여기저기에서는 사람들이 화사한 봄꽃을 구경하고 있었다. 허초희와 허균 오누이는 무작정 사람들 사이로 들어가 새싹을 밟고 봄꽃을 땄다. 그러다가 아낙네들이 웃고 떠드는 소리에 이끌려서 살곶이다리로 갔다. 오누이는 살곶이다리 한가운데 서서 아낙네들을 내려봤다. 냇가에서는 아낙네들이 저고리를 벗고 머리를 감고 있었다. 아낙네들의 보동보동한 젖무덤이 아슬아슬하게 보였다. 아낙네들은 머리를 숙이고 엉덩이를 샐룩거리며 미끈하고 하얀 두 팔로 머리를 감았다.

"균아, 삼짇날 머리를 감으면 일 년 내내 머리가 비단결처럼 부드러워진대. 우리도 감을까?"

허초희가 허균에게 물었다.

"좋아!"

살곶이다리 모형(청계천박물관)

허균은 웃옷을 훌러덩 벗어 던졌다. 댕기 머리를 풀고 바지를 걷고서 시냇물로 들어가 머리를 물속에 넣었다. 시냇물은 생각보다 차가웠다. 허초희도 녹색 저고리를 벗고 댕기를 풀어 머리를 감았다. 허초희의 머릿결이 물결 따라 춤췄다. 마치 진한 먹물을 풀어 놓은 모양이었다. 허초희의 손가락은 비파를 타는 선녀의 손처럼 가늘고 하얗게 빛났다. 허균이 물속에다 바람을 '후' 하고 불자 물방울이 뽀글뽀글 생겼다가 이내 터져 버렸다.

놀란 송사리들이 잽싸게 흩어졌다. 머리를 다 감은 허초희는 면수건으로 물기를 닦고 햇볕에 말렸다.

"삼단 같은 머릿결이네. 색시는 참 곱기도 하네. 내 며느리 삼았으면 좋겠어."

한 아낙네가 허초희의 머리를 얼레빗으로 빗겨 주었다.

"나는 아무나하고 혼인 안 해요. 신랑은 내가 보고 내가 고를 거예요."

허초희는 머리를 감고 마음이 상쾌해져 발랄하게 말했다.

"나도 그랬으면 좋겠네. 자기 신랑은 자기가 고르면 얼마나 좋겠어."

아낙네가 머리를 땋아 붉은 댕기를 달고 동백기름을 발라 주었다.

"누이, 꽃보다 예뻐."

허균이 허초희의 숯같이 검은 머리에 진달래꽃 두 송이를 꽂아 주었다.

"균아, 네가 더 예뻐."

허초희의 말을 듣고 허균이 히쭉 웃었다.

"누이, 다음 달에도 관화(觀火) 놀이를 보러 같이 가자."

허균은 조만간 누이가 혼례를 치른다는 걸 알았다. 혼례를 치르면 누이를 매형에게 빼앗긴다는 생각이 들어 왠지 슬퍼졌다. 허균은 누이가 혼례를 치르기 전에 누이와 더 많이 놀러 다니고 싶었다. 살곶이다리에서 천막으로 돌아오는 길에 오누이는 당나귀 등에 올라탔다. 허균이 앞에, 허초희는 뒤에 앉았다. 허초희는 당나귀 등 위에서 허균의 머리를 땋아 주었다. 어쩌면 이게 마지막으로 동생의 머리를 땋아 주는 거였다. 허초희는 어렴풋이 혼례 치를 날이 다가오는 걸 느끼자, 마음이 싱숭생숭해졌.

"그래, 초파일에 운종가에 가자."

허초희는 4월에 허균과 청계천으로 관화 놀이를 보러 가기로 약속했다.

"우와!"

그때 살곶이 벌판에서 사내들의 환호성이 들려왔다.

"누이, 무슨 일이 있나 봐. 저기 가 보자!"

허균은 소리가 들려오는 쪽으로 당나귀를 몰았다. 활터에서 활쏘기 대회가 열리고 있었다.

"각 마을에서 한 명씩 나와 활쏘기를 겨루겠소."

활터에서 우두머리 노릇을 하는 행수가 떠들었다.

"좋소, 좋아!"

사내들이 좋다고 함성을 터뜨렸다.

"은행나무골 궁수 나오시오!"

행수의 말이 끝나자, 젊은 궁수가 사대에 올라 화살을 시위에 메겼다. 궁수는 과녁을 겨냥하고 활시위를 팽팽하게 당겼다.

"늠름하다!"

허초희는 궁수의 모습에 반해 눈을 뗄 수 없었다. 궁수는 과녁을 겨냥한 뒤 가볍게 활시위를 놓았다. 화살에 눈이 달렸는지 제비처럼 날아가서 과녁 한가운데 정확히 박혔다. 기수가 붉은 기를 흔들었다.

"관중이오!"

행수가 소리쳤다. 활터 주변에서 와하는 함성이 울렸다.

"얼씨구나 지화자 좋네! 절씨구나 지화자 좋네! 어절씨구 지화자 좋아!"

남색 치마를 입고 큰머리를 올린 기생들이 풍악에 맞춰 당실당실 춤을 추며 '지화자'를 불러 흥을 돋웠다.

"고주몽일세, 고주몽! 동명성왕이 살아왔어!"

구경꾼들이 궁수에게 감탄하는 환호성이 살곶이 벌판을 가득 메웠다.

궁수가 쏘는 화살은 백발백중으로 정곡을 꿰뚫었다.

"균아, 저 사람이 누군지 알아?"

허초희가 은근히 누군지 알아보라는 뜻으로 허균에게 물었다.

"저 사람이 누굽니까?"

허균은 얼른 누이의 마음을 알아차리고 활터를 기웃거리는 한 유생에게 물었다.

"날아가는 새도 떨어뜨린다는 명궁 황진 아니냐!"

"누이! 들었지? 황진이래."

허초희가 황진을 눈여겨볼 때, 반대편 소나무 숲속에서는 허초희의 모습을 유심히 살펴보는 젊은이들이 있었다. 모두 일곱 명이었다.

허초희와 허균이 집으로 돌아왔을 때, 배다른 오라버니 허성이 맷돌을 돌리고 있었다.

"형님, 두부 만드는 걸 보니 이번에도 또 떨어졌지요?"

허균이 허성에게 물었다. 서른 살인 허성은 성균관 유생이었는데, 며칠 전 있었던 알성시에서 떨어져, 울적했다. 허성은 기분을 달래려고 콩을 맷돌에 갈아 두부를 만들었다. 허성은 9년 전에 소과(小科)에 붙어 생원이 되었는데, 대과(大科)에 번번이 떨어졌다. 시험에서 떨어질 때마다 맷돌에다 콩을 득득 갈았다.

"그래, 떨어졌다."

"오라버니, 다음에는 붙을 거예요."

허초희가 허성에게 말했다.

"큰형님, 두부 다 만들면 우리도 주세요."

허균은 벌써 따뜻한 두부를 먹을 생각에 군침이 돌았다. 허균이 방으로 들어가고 허초희는 맷돌을 돌리는 허성 곁에 앉았다. 허초희는 허성의 마음을 알았다. 양천 허씨 집안의 장남 허성은 9년 전에 허초희의 친오라버니인 허봉과 함께 나란히 생원시에 합격했다. 허봉은 열여덟, 허성은 스물하나였다. 허봉은 당당히 장원, 허성은 5등이었다. 그 후 허봉은 스물두 살에 대과에 합격해 관직에 나갔는데, 허성은 아직도 생원 신세를 벗어나지 못했으니, 답답할 노릇이었다. 그런데 이번에 성균관 학생들만 보는 알성시에서 또 떨어진 거였다. 허성은 얼굴을 들지 못할 지경으로 창피하고 또 자기 자신한테 화가 났다.

"오라버니, 걱정하지 마세요. 오라버니를 믿어요."

허초희가 이복 오라버니를 위로해 주었다.

"면목 없구나."

"오라버니가 만들어 주는 두부는 아버지가 만들어 주신 두부처럼 맛있어요."

"바닷물도 아닌데?"

"그래도 맛있어요."

"정말?"

"예."

허초희가 허성을 보고 웃음을 지어 보였다.

허초희는 다섯 살 때 강릉에서 아버지와 겪었던 일이 생각났다. 허엽영감이 벼슬에서 밀려나 강릉 처가 초당마을에서 지낼 때였다.

초당마을 허초희네 집

　허초희의 아버지 허엽영감은 미각이 남달라 직접 음식 만들어 먹는 걸 즐겼다. 한양에 있을 때는 방방곡곡에서 나오는 진귀한 특산물을 바치는 사람이 많아서 별미를 자주 먹었다. 시골은 달랐다. 허엽영감은 강릉 초당마을에 내려와 자연과 벗 삼아 지냈다. 백성들이 산과 바다에서 쉽게 구하는 재료로 음식을 만드는 걸 보고, 자기도 흔히 구할 수 있는 콩으로 두부를 만들었다.
　어느 가을, 허엽영감이 마당에서 콩을 맷돌에 가는데, 대청에서 책을 읽던 허초희가 조르르 달려가 아버지에게 안겼다. 허초희는 맷돌 돌아가는 모습을 유심히 지켜봤다.
　"초희야, 아버지가 두부 만들어 줄까?"
　허엽영감이 허초희에게 물었다.
　"어떻게요?"
　"콩을 갈아서 소금물을 붓고 끓여야지."

"소금물이면, 바닷물이요?"

"바닷물?"

허엽영감은 두부를 만들 때, 간수에 넣을 소금이 부족해서 고민이었다. 마침 허초희가 바닷물이라고 하는 말을 듣고, 바닷물을 간수로 쓸 생각이 떠올라 얼른 좋은 콩을 구해서 두부를 만들어 보고 싶었다.

초당마을에서 남쪽으로 30리 떨어진 학산마을에서는 두부 만들기에 안성맞춤인 흰콩이 해마다 풍작이었다. 허엽영감은 두부 만들 콩을 직접 사기로 작정하고 자기는 말에 타고, 어린 허초희는 소달구지에 태워 아침 일찍 길을 나섰다. 가는 길목마다 농부들이 수확을 끝낸 논에 볏단을 세우며 노래를 불렀다. 학산마을에 도착하자 흰콩을 널어 말리는 농가를 찾아가 콩 타작을 부탁했다. 곧 학산마을의 부녀자들이 도리깨를 들고 마당으로 모여들었다.

남자들은 볏단을 정리하느라 논에 나가서, 부녀자들이 '에호 에호 에헤 마댕이야, 천하대본 농사라네, 작년에도 풍년이고 금년에도 풍년일세'라며 '오독떼기'를 부르며 콩 타작을 시작했다. '오독떼기' 소리를 서로 메기고 받으며 탁탁 도리깨질을 하자, 콩알이 이리저리 사방으로 튀었다.

콩값으로 면포를 건네고 흰콩을 받았다. 부녀자들이 사방으로 튄 콩을 주워 가마솥에 붓고 볶았다. 타닥타닥 콩 볶는 소리가 사방으로 퍼졌다. 허초희는 괜스레 눈물을 흘렸다.

"왜 눈물을 흘리냐? 연기가 맵냐?"

허엽영감이 눈물을 흘리는 허초희를 보고 손으로 닦아 주며 물었다.

"원래 한 뿌리에서 나왔는데, 콩은 가마솥 안에서 타고, 콩깍지는 가마솥 아래서 타는 걸 보니 눈물이 납니다."

"네가 벌써 칠보시(七步詩)를 읽었냐?"

"형제는 서로 싸우지 말아야 합니다."

허초희가 고개를 끄덕이며 말했다.

그 옛날 조조의 자식들이 왕위를 놓고 서로 싸울 때, 일곱 걸음 안에 시를 지어야만 목숨을 살려주는 게 칠보시였다. 칠보시는 형제들이 서로 싸우는 걸 경계하는 내용이었다. 목숨이 경각에 달렸을 때, 일곱 걸음 안에 시 한 수를 지어야 하니, 웬만한 글재주를 가지고는 어림없는 일이었다.

"과연 칠보지재(七步之才)로구나."

허엽영감은 이때부터 허초희의 글솜씨가 남다를 거라는 걸 알아보았다.

허엽영감은 집으로 돌아와 초당마을의 맑은 샘물로 흰콩을 불린 뒤, 맷돌에 갈아 두부를 만들었다. 맷돌 위짝 구멍에 불린 콩을 넣고 물을 부어 가며 바드득바드득 맷돌을 돌리면 곱게 갈린 콩이 둥근 함지박에 모였다. 풋풋한 비린내가 나는 으깬 생콩을, 나무틀에 묶은 고운 무명천에 쏟고, 끓는 물을 조금씩 부어 가며 긴 막대기로 휘휘 저었다. 무명천에는 콩비지만 남고, 콩물은 아래로 빠져 함지박에 모였다. 가마솥에 콩물을 붓고 땀을 뻘뻘 흘리며 쉴 새 없이 저어 주었다. 콩물이 끓으며 보글보글 거품이 일었다. 아침 일찍 동해에서 떠온 바닷물을 항아리에 넣고 가만히 가라앉히면 바닷물이 맑은 간수가 되었다. 이 바닷물을 가마솥의 콩물에 조금씩 부으면 콩물이 엉겨 붙었다. 허엽영감은 엉긴 콩물을 사발에 떠 허초희에게 건넸다.

"이게 초두부야. 한 숟가락 먹어 보렴."

허초희가 엉긴 콩물을 한 입 먹었다.

"맛이 어떠니?"

"맛있어요. 상큼한 바다 냄새가 나요."

"그렇지? 바다 맛이 나지?"

"예, 바다를 먹었어요."

"아버지가 이번에는 네모난 두부를 만들어 주마."

허엽영감은 신이 나서 네모난 상자에 광목을 깔고 초두부를 붓고 그 위에 다시 광목을 덮었다. 상자에 나무 뚜껑을 덮은 다음, 맷돌을 올려 꽉 누르면, 물은 상자 아래로 빠져나가고 엉긴 콩물은 꾹 눌려서 탱글탱글한 두부 한 판이 되었다. 뜨끈한 두부 한 판을 맑은 샘물에 넣어 씻고, 아홉 조각으로 네모반듯하게 잘라 모두부를 만들었다. 온기가 남은 낭창낭창한 모두부를 접시에 올려놓고 쓱쓱 잘라 허초희 앞에 내놓았다.

"하나 먹어 보렴."

허초희는 따뜻한 두부 한 조각을 간장에 찍어 먹었다. 씹지도 않은 두부가 스르르 녹아 목구멍으로 흘러 들어갔다. 쉴 틈도 없이 한 조각을 더 집

바다향 가득한 강릉 초당두부(국가유산청)

1. 도깨비 동무 **029**

어 먹는데, 바다 향기가 입안에 퍼졌다.

"네모난 바다에요."

허초희는 두부를 입에 넣고 오물거렸다. 허엽영감은 두부를 맛있게 먹는 허초희의 모습을 보고 흐뭇해서 웃었다.

그 뒤로 시간만 나면 두부를 만들었다. 하인들도 두부 맛에 반했다. 하인들은 초당마을 사람들에게 바닷물을 간수로 사용하는 비법을 알려 줬다. 초당두부는 점점 유명해졌다.

허초희네 식구는 한양으로 올라온 후에도 집에서 두부를 만들어 먹었다. 비록 바닷물을 간수로 넣지 못했지만, 마포 염창에서 가져온 소금을 남산골 깊은 샘에서 퍼 올린 맑은 물에 풀어 간수로 썼다. 그 두부 맛이 초당두부만큼 맛이 좋아서 금방 소문이 났다. 하인들도 두부를 따라 만들었다. 하인들이 두부를 운종가 피맛골 주막에다 팔자, 사람들은 허엽영감이 재물을 밝히는 장사꾼이라고 수군거렸다.

도봉서원(심사정, 한국학중앙연구원)

그런데 허엽영감이 사람들에게 욕을 먹으면서도 하인들을 시켜 재물을 챙기는 건 하루라도 빨리 도봉서원을 완성하고 싶어서였다. 허엽영감은 도봉산 자락에 도봉서원 세우는 일을 자기 운명이라 여기고, 창피함을 무릅쓰고 도봉서원 짓는 데 필요한 재물을 모았다.

"오라버니, 도봉서원에 가 보셨어요?"

허초희가 맷돌을 돌리는 허성에게 물었다.

"가 봤지. 어느 정도 구색을 갖췄는데, 아직 안동의 도산서원을 따라가기에는 멀었다."

"아버지는 왜 도봉서원에 그렇게 공을 들이시는 거예요."

"그건 나중을 위해서야."

허엽영감은 관직에서 물러난 뒤, 기묘사화 때 죽은 조광조를 모시는 도봉서원의 원장 자리를 원했다.

그날 밤늦게, 허초희는 김이 모락모락 나는 두부 한 모와 국수 한 그릇을 개다리소반에 올려서 허균 방으로 가져왔다. 메밀로 만든 국수를 삶아 찬물로 씻어 놋그릇에 담고 꿩고기 육수를 부은 뒤, 달걀 고명을 얹어 맛스레 보였다.

"누이, 잘 먹을게."

허균은 먼저 모두부를 한 젓가락 떠서 간장에 찍어 먹었다. 부드럽게 넘어가는 두부의 맛이 일품이었다.

"진짜 맛있어."

허균은 혼자서 두부 한 모를 거의 다 먹었다.

"국수도 먹어 봐."

"응."

"시장에다 허씨 식당을 열고 국수를 팔면 큰 부자가 되겠어."

허균은 국수를 먹다 흡족해서 말했다.

"공부는 말고, 국수를 팔겠다고?"

허초희가 놀라며 물었다.

"국수를 팔아서 부자가 되는 세상이 올 수도 있을 걸……."

허균은 자못 진지했다. 앞니 빠진 허균이 국수를 호로록하며 먹는데, 그 모습이 좋아서 허초희가 웃었다.

* * *

왕십리에서 화전놀이를 하고 돌아온 지 한 달이 흘러 사월 초파일이 되었다.

"균아, 균아, 어서 나와! 불꽃놀이 봐야지!"

허초희는 녹의홍상을 다 차려입고 사랑채 마당에서 허균을 불렀다.

"누이 잠깐만……."

허균이 사랑방 안에서 대답했다.

"이러다 좋은 자리 다 놓치겠다. 왜 이렇게 늦는 거야?"

"부채가 없어졌어."

"부채는 왜?"

"사내가 부채 없이 어떻게 나가?"

"꼬마가 없으면 어때?"

"찾았다, 찾았어!"

허균이 스르륵 방문을 열고 접부채를 흔들며 나왔다.
"어서 가자!"
허초희는 어찌나 마음이 급했는지, 허균이 가죽신을 신기도 전에 중문을 나섰다.
"누이 같이 가!"
허균은 허겁지겁 허초희를 따라갔다.
"누이 어디로 가?"
"탑골로 가자."
허초희는 바삐 걸어 수표교를 건너 피맛골을 지나 운종가 옆 탑골에 이르렀다. 연산군이 원각사 절간의 목재를 뜯어서, 기방을 만들고 흥청망청했지만, 십층석탑은 그대로 남아서 사람들은 그곳을 탑골이라 불렀다. 탑골 근처에는 시간을 알리는 종루가 있었다. 사람들이 구름처럼 모였다가 흩어진다는 운종가는 한양의 번화가, 조선의 중심 거리였다.
조선이 불교를 억압한다고 해도, 고릿적부터 내려온 초파일 연등놀이를 없애지 않았다. 유교를 받드는 건 사대부들이나 하는 일이었고, 백성들은 알음알음 절간을 찾아다녔다. 왕실의 여인들도 임금과 나라가 잘되라고 기도를 올렸다. 임금은 절을 부숴 버리기는커녕 시주를 보태야 할 판이었다. 사대부들도 아낙네들이 초파일에 연등을 달고 부처에게 공양드리는 걸 막지 않았다.
초파일에는 도성 안 사람들이 사람 키의 열 배가 넘는 장대를 세우고 화려한 연등을 내달았다. 탑골 주변의 집들도 연등을 걸고, 형형색색 깃발을 날렸다. 시전상인들이 운종가 누각마다 층층이 주마등을 달아 불을 밝혔다. 휘황찬란하게 불을 밝힌 집과 상점이 즐비했다. 어두워지려면 아직 시간이 남았는데, 사람들이 관화놀이를 보려고 내남없이 청계천 쪽으로 바삐 걸었다. 해가 떨어질 무렵, 아낙네들이 연등을 들고 십층석탑부터 종루까지 줄줄이 늘어섰다. 아낙네들이 오색 종이로 정성 들여 만든 연꽃등, 수박등, 자라등, 잉어등을 석가모니에게 바치려고 손에 들고서 움직이자, 하늘의 은하수가 땅으로 쏟아져 내린 양 가히 장관이었다.

"누이, 은하수야, 은하수!"

허균은 각양각색의 연등을 보느라 휘둥그레진 눈을 어디에 둘지 몰랐다. 구경꾼들도 운종가로 끊임없이 모여들었다. 허초희는 수많은 사람 속에서 동생을 잃어버릴까, 걱정되어 허균의 손을 꼭 잡고 연등 행렬을 구경했다. 답놀이를 마친 아낙네들은 차츰차츰 종루 앞으로 모여 구경꾼들과 뒤섞였다. 잠깐 사이 사람이 산과 바다를 이루었다.

그때 인파를 뚫고 어디선가 경쾌한 장구 소리가 들렸다.

"누이, 저걸 봐!"

허균이 접부채를 들어 장구 소리 나는 쪽을 가리켰다. 허초희가 돌아보니, 기녀들이 장구를 치며 다가왔다. 기녀들은 검정 치마에 분홍 저고리를 가뜬히 차려입고 가뿐가뿐 운종가를 걸었다. 기녀들은 장구를 치며, 이리저리 몰려갔다가, 요리조리 몰려오고, 뭉쳤다가 흩어지고, 흩어졌다가 뭉치며 신들린 듯 장구춤을 췄다. 갓을 젖혀 쓰고 이마를 드러낸 왈짜패들은 건들건들 춤을 추며 기녀들의 뒤를 쫓았다. 기녀들이 장구를 들고 춤추며 부르는 노래는 종루에 모인 사람들 속으로 구석구석까지 퍼져 나갔다.

"달나라 선녀들이 쌍쌍이 북을 치는구나."

허초희가 넋을 잃고 기녀들을 바라보는데, 이번에는 쟁그랑쟁그랑하는 소리가 들려왔다.

"중이다!"

허균이 소리 질렀다. 삿갓을 눌러쓴 중들이 빙글빙글 바라를 휘돌리며, 연꽃을 피우는 듯 바라춤을 추며 행진하는 중이었다. 허균한테는 쨍쨍하며 울리는 바라 소리보다 더 또렷한 소리가 들려왔다.

"엿 사세요! 떡 사세요! 묵 사세요! 술 사세요!"

장사꾼들이 여기저기에서 먹을 걸 파는 소리였다.

"누이 배고파."

장사꾼들의 호객 소리가 허균의 배를 꼬르륵 울렸다.

"면포도 없고 쌀도 없어. 어떡하지?"

허초희는 배고프다는 동생을 보고 난감한 표정을 지었다. 운종가에서는 면포와 쌀만 받았다. 가끔 종이로 만든 돈이나 은을 가져오는 손님이 있었지만, 상인들은 잘 받아 주지 않았다. 조선에서는 여전히 면포와 쌀로 물건을 사고팔았다.

"있어. 내가 있다고……."

허균은 고개를 끄덕이며 허리춤을 보였다. 강릉에서 만든 누비 주머니가 두 개나 매달려 있었다.

"그게 뭐야?"

"쌀."

"쌀? 그거 어디서 났어?"

"내 방에 있어."

"뭐? 부채를 찾는다더니…… 쌀을 담았어?"

허균은 곡간에서 몰래 빼돌린 쌀을 자기 방 궤짝에다 야금야금 모아두었다가, 엿장수나 떡장수가 동네를 지나갈 때면 한 주머니씩 담아가서 몰래 바꿔 먹었다. 허초희는 알고도 모르는 척했지만, 누비 주머니에 담아 나올 줄은 몰랐다.

"두 개잖아. 누이 거랑 내 거랑……."

허균은 얼른 떡장수에게 가서 쌀을 쏟아 주고 떡 두 덩이를 받아와서, 하나는 누이에게 건네주고 하나는 자기가 먹었다. 허초희는 떡을 조금 먹은 뒤 나머지는 허균의 누비 주머니에 담아 주었다.

이날은 성문을 닫지 않고, 야금(夜禁)이 해제되어 백성들이 밤새도록 도성에 북적댔다. 사기꾼, 부뢰배, 시정잡배들도 한몫 잡아 보려고 눈알을 굴렸다. 포졸들은 딱따기를 치며 못된 놈들을 쫓아내려 바삐 순라를 돌아야 했지만, 정신 나간 포졸들은 벙거지를 삐딱하게 쓴 채 삼삼오오 모여 엿이나 빨면서 히죽거렸다.

"관화놀이를 시작한대!"

"어디야, 어디?"

"청계천 광통교 아래!"

구경나온 사람들이 소리를 질러댔다. 해가 지며 날이 어둑해지자, 시전 상인들이 도성 사람들을 위해 청계천 변에서 불꽃놀이를 열 참이었다. 사람들은 우르르 광통교로 몰려갔다. 대보름날 달빛을 보며 무병장수를 빈다고 다리밟기하러 모여든 사람들만큼 빼곡하게 구경꾼이 모였다. 광통교 아래 천변에는 대나무를 쌓아 임시로 만든 3층짜리 누마루를 세웠고, 사방으로 뻗은 긴 장대에는 연등을 걸었다. 가장 높은 곳에서는 사람들이 불꽃놀이를 준비했다. 궁중에서는 값비싼 화약을 사용해서 불꽃놀이를 했는데, 화약을 구하기 어려운 백성들은 숯가루와 사기그릇 가루에 소금을 섞은 종이 주머니로 불꽃놀이를 펼쳤다.

"시작한다, 시작해!"

허초희와 허균도 사람들 틈 속에서 고개를 내놓고 누마루를 바라봤다. 누군가 종이 주머니 심지에 불을 붙이자, 심지가 타들어 가서 종이 주머니가 펑펑 터지며 솟아올랐다.

"우와!"

"별이다, 별!"

여기저기에서 함성이 터졌다. 밤하늘에 솟구친 불꽃은 하늘 높은 줄 모르고 올라가다가 별똥별처럼 떨어졌다. 사람들은 넋을 잃고 구경하며 소리를 질러댔다. 포졸들도 제 할 일을 잊고 시시덕거렸다.

종가관등(鐘街觀燈, 한국전통등연구원)

그때 갑자기 태평소 소리가 밤하늘에 울려 퍼졌다. 사람들은 소리에 놀라 고개를 돌렸다. 태평소 소리를 따라 꽹과리, 징, 소고를 두드리는 소리도 들렸다.

"저길 봐 저길, 도깨비들이야!"

허초희가 허균의 소리를 듣고 고개를 돌렸는데, 도포를 입은 사람들이 도깨비 가면을 뒤집어쓰고 몰려나와 성큼성큼 누마루로 올라갔다. 도깨비는 모두 여덟이었다. 도깨비들은 꽹과리를 들고 두 명씩 짝쇠가 되어 오색 천을 휘날리며 쨍쨍 쩡쩡 휘몰아가는 장단을 주고받으며 몰아쳤다. 그 소리는 마치 벌판을 달리는 말발굽 소리처럼 청계천을 따라 경쾌하게 울려 퍼졌다. 사람들은 뜻밖에 나타난 가면 쓴 도깨비들 덕분에 신이 났다.

도깨비들은 다시 태평소를 불었다. 날라리 소리가 하늘 끝까지 울려 퍼졌다. 이 소리가 신호였는지, 장구춤을 추는 기녀들과 바라춤을 추는 중들도 광통교 아래로 모였다. 도깨비들이 온갖 악기가 내는 흥겨운 소리에 맞춰 춤을 추자, 구경꾼들이 환호성을 질렀다. 그 소리를 듣고 신이 나서 으스대던 한 도깨비가 가면을 벗으려고 했다.

허초희가 그 도깨비 옆에 붙었다. 도깨비는 기린을 수놓은 비단 도포를 입고 허리에는 옥구슬 노리개를 찼다. 허초희는 도깨비 얼굴을 보고 싶어서 바짝 다가갔다. 도깨비가 가면을 반쯤 벗었을 때, 옆에 있던 다른 도깨비가 가로막았다.

"가면을 벗지 마!"

가면을 벗으려던 도깨비가 얼른 손을 내렸다. 허초희는 다시 가면을 뒤집어쓴 도깨비를 뚫어지게 쳐다봤다. 가면에 뚫린 눈구멍에서 누에처럼 짙은 눈썹 밑으로 쌍꺼풀진 부리부리한 눈이 보였다. 빤짝이는 눈동자가

목중탈 쓰고 노는 모양(김준근, 국립민속박물관)

허초희를 쏘아봤다. 도깨비도 허초희의 초승달 같은 가지런한 눈썹 아래 사슴 눈처럼 청초하게 빛나는 눈망울을 보았다. 두 눈빛이 부딪치는 순간, 세상이 멈춘 듯 아무런 소리도 들리지 않았다. 두 사람은 깊고 깊은 눈동자 속으로 빠져들어 서로의 마음을 빼앗기고 말았다. 허초희는 가슴이 마구 뛰어 하마터면 심장이 멎는 줄 알았고, 도깨비는 한겨울에 물벼락을 맞은 듯 그대로 얼음장이 되어 버렸다. 찰나의 시간이 억겁처럼 느껴졌다.

"누이, 정신 차려!"

허초희가 가면 속의 눈동자에 홀려 있을 때, 허균이 흔들어 깨웠다. 허초희는 번뜩 정신을 차렸다.

사람들은 도깨비와 기녀와 중들이 어우러진 모습을 조금이라도 잘 보려고 누대로 몰려들었다. 잘못하면 누대가 무너져 사람들이 크게 다칠지도 몰랐다. 포졸들은 사람들을 흩어 놓으려고 나무 딱따기를 쳐댔다. 허균은 '딱딱' 하고 울리는 경탁 부딪치는 소리를 듣고 주변을 둘러보았다. 포졸들이 도깨비와 구경꾼들을 쫓아내려고 몰려왔다.

"포졸이다!"

누군가 크게 소리쳤다. 나급해진 도깨비들은 가면을 단단히 뒤집어쓰고 달아나기 시작했다. 급히 달려온 포졸들은 다짜고짜 육모방망이를 휘둘렀다. 포졸들은 손에 잡히는 사람은 남자건 여자건 마구 잡아들였다. 겁에 질린 사람들이 달아났다. 허초희도 사람들을 따라 달아났다. 그러다가 그만 허균을 놓치고 말았다. 허초희는 걸음을 멈추고 다급하게 주변을 돌아봤다.

"균아, 균아!"

어디로 사라졌는지, 허균이 보이지 않았다. 허초희가 두리번거릴 때, 점점 경탁 두드리는 소리가 크게 들렸다.

"게 섰거라!"

인상이 고약한 포졸이 방망이를 휘두르며 허초희를 붙잡으려 할 때, 누군가 허초희의 손을 잡았다. 허초희가 돌아보았다. 바로 가면을 쓴 아까 그 도깨비였다. 주변에 다른 도깨비들도 있었다.

"뛰어!"

도깨비가 허초희를 이끌었다. 허초희는 도깨비에게 이끌려 피맛골 사이를 달렸다. 한참 동안 달린 도깨비는 따라오는 포졸이 보이지 않자, 멈춰 섰다.

"멍석 닢이! 덕석 닢이! 김성립이!"

뒤따라오던 도깨비가 허초희의 손을 잡고 달리는 도깨비를 불렀다.

'김성립!'

허초희의 가슴 속에 김성립이라는 이름이 새겨졌다.

"성립아, 어서 약속 장소로 모여!"

허초희의 손을 잡은 도깨비가 머리를 도리질했다. 다른 도깨비 일곱이 다 사라질 때까지 허초희 곁에 서 있던 도깨비는 허초희를 빤히 내려보다가 다른 도깨비들과 반대 방향으로 사라져 버렸다.

허초희는 포졸들을 피해 건천동 집으로 돌아왔다. 언제 돌아왔는지 허균은 이미 집에 있었다. 누이를 본 허균은 안심하고 잠이 들었다. 허초희는 등불을 켜고 지필묵을 꺼내 시 한 수를 써 내려갔다.

젊은이는 신의를 소중히 여겨
의협스런 사내들과 사귀어 노네.
허리에는 구슬 노리개를 차고
비단도포에는 쌍기린을 수놓았네.

[젊은이의 노래][1]

---

1) 少年行, 소년행 일부분(허초희 지음, 허경진 옮김)

목멱산에서 부엉이가 울었다.

* * *

일곱 도깨비는 헐레벌떡 혜화문이 있는 숭교방 반촌 하숙집을 향해 달아났다. 포졸들에게 잡히면 치도곤을 당할 게 겁났다. 거기서 그치지 않고 식구들한테도 무슨 일이 일어날지도 몰랐다. 그래서 냅다 뛰었다. 일곱 도깨비는 하숙집 근처 주막으로 들어갔다. 주변에 사람이 없는 걸 보고 가면을 벗었다. 일곱 도깨비는 김성립, 김두남, 정협, 이경전, 백진민, 정효성, 유극신이었다. 모두 명문가의 아들이고 동인(東人)에 속했다.
"이덕형은?"
김성립이 물었다.
"우리랑 반대쪽으로 달렸어. 성립이 자네인 줄 알았는데……."
김두남이 고개를 갸웃하며 대답했다.
이들은 열여섯 살인 김성립과 비슷한 또래였다. 이들은 모두 소과에 급제하지 못해 반촌 하숙집에 살며 성균관으로 공부하러 다니는 하재생이었다. 소과에 급제해야만 성균관에 정식으로 입학할 자격을 갖는 상재생이 되었다. 상재생이 되면 세금과 군역을 면제받고 성균관에서 공짜로 살았다. 집에서는 상재생이 되라고 성화를 부려도, 이들은 공부가 뒷전이었다. 시간만 나면 혜화문 옆 낙산에 올라가 놀았다. 태평소를 불고, 거문고를 타고, 노래와 춤을 즐겼다. 이들은 초파일 아침에도 성균관에 가는 걸 빼먹고 낙산에 올라가 놀았다. 갑자기 기녀와 중들을 꾀어 탑골에 가서 놀아 보고 싶어졌다. 기녀나 중들이야 얼굴을 보여도 괜찮았지만, 양반집 자녀인 도깨비 동무들은 정체가 탄로 나면, 어떤 평지풍파가 일어날지 몰랐다. 그런 꼴을 당하기 싫어 도깨비 가면을 쓰고 탑골에서 한바탕 놀고 돌아왔다. 그런데 이덕형만 보이지 않았다. 집이 혜화문 근처인 이덕형은 어쩌다 이들과 어울리게 되었는데, 이덕형은 성균관 하재생도 아니었다. 김성립은 이덕형이 붙잡혔는지 걱정되었다.

그때 이덕형은 마포나루 토정(土亭)에 가 있었다. 토정은 토정비결을 지은 이지함의 흙집이었다. 이지함은 항상 솥을 머리에 쓰고 다니는 괴짜였다. 이지함은 일찍이 이덕형의 관상을 보고 크게 성공할 걸 알고 항상 관심을 가졌다. 이날 도깨비 동무들이 노는 걸 지켜보던 이지함이 이덕형을 붙잡아, 자기 집으로 데려갔다.

"너는 마흔 살이 되기 전에 재상이 될 운명이니 노는 걸 멈추고 학업에 정진하라."

이덕형은 도깨비 동무들과 노래하고 춤추는 걸 딱 그만두고 과거 준비에 몰두하기로 결심했다. 하지만 초승달 같은 가지런한 눈썹 아래 사슴의 눈처럼 청초하게 빛나는 이름 모를 소녀의 눈망울이 머릿속에서 떠나지 않았다.

2. 신랑 구하기
(허초희 15세, 1577년)

그해 유월 어느 날, 정3품 이조참의 허엽영감은 일을 일찍 끝내고 관청에서 나왔다. 이날 토정 이지함이 건천동을 찾았다. 이지함은 예순한 살로 허엽영감과 동갑인데 두 사람은 동문수학한 사이였다. 이지함의 조카 이산해도 함께 왔다. 서른아홉 살인 이산해는 품계가 높아서 정3품인 성균관 대사성이었다. 세 사람은 사랑채 누각에 앉아 목멱산에 핀 꽃을 구경하며 차를 마셨다.

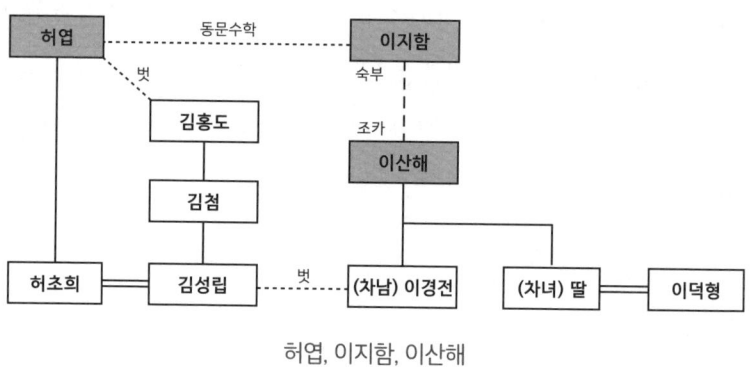

허엽, 이지함, 이산해

"주상전하께서 나를 아산 현감으로 보내셨네."
이지함이 허엽영감에게 말했다.
"전 아산 현감은 백성의 등골을 빼먹은 서인(西人)놈인데 파직되었으니, 잘된 일일세. 에잇, 더러운 서인 놈들!"

동인의 우두머리인 허엽영감은 서인들을 버러지처럼 여겼다.

"서인이라서 더러운 건 아니지……."

이지함이 서인을 두둔했다.

"비록 품계는 낮지만, 내가 자넬 종6품 아산 현감으로 추천했네. 그러니 자네는 동인인 걸세."

허엽영감은 이지함을 동인으로 끌어들이려고 애면글면 애를 썼지만, 쉽지 않았다.

"나는 동인 서인, 그런 걸 따지지 않네. 백성이 우선이지……."

허엽영감은 당최 동인인지 서인인지 밝히지 않는 이지함이 얄미웠다.

"……."

허엽영감은 이지함을 마뜩잖게 바라보며 차를 마셨다.

"영감, 11월에 제 둘째 딸이 혼례를 치르기로 했습니다."

두 사람 이야기를 듣던 이산해가 끼어들었다. 이산해는 이지함과 달리 열렬한 동인이었고, 허엽영감의 뒤를 잇는 동인의 이인자였다.

"그거 잘되었네. 신랑이 누군가?"

허엽영감은 이산해의 사윗감이 누군지 궁금했다.

"이덕형입니다."

"아, 총각정승이라는……."

"비록 이덕형의 집안은 가난하지만, 사람 하나만 보고 사윗감으로 삼았습니다."

이산해가 멋쩍게 웃음을 지었다.

"헌헌장부에다 머리가 뛰어난 인재라고 들었는데, 토정 자네가 중매

했나?"

허엽영감이 이지함에게 물었다.

"이덕형은 집안이 초라해서 자네 집안과 어울리겠나? 격에 맞는 우리 집안에서 사위로 삼기로 했네."

이지함이 둘러댔다.

"신랑감만 좋으면 그만이지, 집안이 뭐 대수인가?"

허엽영감은 아까운 신랑감을 놓친 게 아닌가 하여 아쉬웠다.

"남의 떡이 커 보여?"

이지함이 허엽영감의 마음을 떠봤다.

"쓸데없는 소리."

허엽영감은 아닌 척 얼버무렸다.

"자네 여식도 혼례를 치를 때가 되었지?"

이지함은 혼기가 다가온 허초희의 혼례 소식이 궁금했다.

"여기저기 알아보고 있는데, 아무래도 김홍도의 손자가……."

"김홍도라면 20년 전에 충주목사를 하다 유배 가서 죽은, 그 김홍도인가?"

이지함이 허엽영감에게 물었다.

"그래, 예전에 내가 홍문관(弘文館)에 있을 때, 내 후임이지."

"그때 벌써 혼인을 약조했었나?"

"뭐, 그런 셈이지."

허엽영감이 대답했다.

"김홍도의 손자라면 김첨의 아들, 김성립이 아닙니까?"

이산해가 허엽영감에게 물었다.

"그렇네. 자네가 김성립을 알아?"

"김성립은 우리 성균관의 하재생입니다."

"그래? 내가 한번 보러 가야겠네."

허엽영감은 사윗감을 미리 보고 싶었다.

"마침 내일 성균관에서 하재생 강독회를 열기로 했으니, 오시면 됩니다."

"그거 잘 되었네."

"영감, 언제라도 좋으니 시간을 내서서 제 사윗감 이덕형도 한번 봐 주십시오. 동인의 기둥이 될 만한 인재인지……."

이산해가 허엽영감에게 은근히 예비 사위의 앞날을 부탁했다.

"이보게 조카, 이덕형은 당쟁에 휩쓸릴 사람이 아닐세. 그런 일에 쓰려면 혼인을 물리게."

이지함이 이산해를 꾸짖었다.

"토정, 자네도 이이를 따라 서인에 가담하느니 조카의 사위 될 사람과 같이 동인으로 오는 게 좋지 않겠나?"

허엽영감이 이지함을 동인 쪽으로 꾀었다.

"어허, 누가 이이를 보고 서인이라고 하는가?"

이지함이 허엽영감을 보며 화를 냈다.

"이이가 서인이 아니라면, 왜 사사건건 서인 편만 드나?"

"이이는 당쟁을 없애려고 마음과 몸을 다 바치는……."

"헛소리 그만두게!"

허엽영감이 이지함의 말을 가로막았다.

"숙부님, 율곡 이이는 송강 정철과 같은 서인 무리입니다."

이산해가 나섰다.

"어째서?"

"정철은 자기가 이덕형을 사위로 삼고 싶었는데, 제가 이덕형을 사위로 삼은 걸 알고, 인재를 동인에게 빼앗겼다고 땅을 쳤답니다. 그래서 제가 성균관 유생 한 명을 정철의 사위로 추천했어요. 정철은 그 유생이 눈에 차지 않았는지, 저에게 욕하고 절교해 버렸습니다. 그런 정철이 믿고 따르는 사람이 이이입니다. 정철과 이이는 분명 서인입니다."

이산해는 숙부 이지함을 보며 분통을 터뜨렸다.

"정철을 없애 버리지 못하면 두고두고 우리 동인의 골칫거리가 될 걸세."

허엽영감도 이산해의 말에 맞장구쳤다.

"동서 양당이 싸우지 말고, 백성들을 위해 서로 협력하시게."

이지함은 이렇게 말하고 아산으로 떠났다.

초당 허엽은 서른네 살 때, 강릉 김씨네 둘째 딸과 백년가약을 맺었다. 허엽은 전 부인에게서 큰아들 허성과 두 딸을 낳았는데, 전 부인이 죽자,

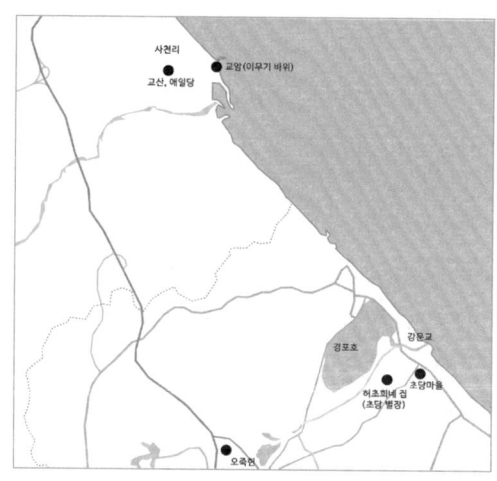

애일당, 초당마을, 오죽헌

자기보다 열일곱 살이나 어린 김씨를 두 번째 부인으로 맞았다.

허엽의 처가가 있는 사천리 교산에는 장인이 지은 애일당이란 정자가 있었다. 그 정자에 올라 사방을 둘러보면 대관령에서 내려오는 시냇물이 바다와 하늘이 맞닿는 데까지 흘러갔다. 가물가물하게 보이는 서쪽 골짜기부터 동쪽 바다 앞까지 드넓게 펼쳐진 논과 밭이 모두 처가인 김씨 집안 소유였고, 방방곡곡에 흩어져 사는 노비는 200구(口)가 넘었다. 허엽 영감의 처가에서는 경포호수 근처 초당마을에 신혼집을 마련해 주었다. 이 초당 별장은 큰비가 와도 연꽃처럼 물에 떠서 물난리를 겪지 않는다는 명당이었다. 허엽은 혼인한 다음 해 아들 허봉을 낳았다. 허엽은 사헌부 장령, 삼척 부사, 경주 부윤, 성균관 대사성을 지냈는데, 벼슬이 없을 때는 강릉 초당마을에서 살았다.

그러다 작년(1576년)에 이조참의가 되었다. 이즈음 조정은 동인과 서인으로 나뉘었다. 허엽영감은 동인의 우두머리였다.

조정이 동서로 나눠진 건 인사권을 갖는 이조정랑 자리 때문이었다. 김효원이 이조정랑 물망에 올랐었다. 임금의 외척이었던 심의겸은 김효원이 간신의 집에 드나들었다며 훼방을 놓았다. 허엽영감은 심의겸을 가소롭게 여기고 김효원을 밀었다. 김효원은 허엽영감 덕분에 이조정랑이 되었다. 그 후 김효원이 자리에서 물러날 때, 누군가 심의겸의 동생을 후임으로 추천했다. 김효원은 심씨 형제가 임금의 외척이라며 막아섰다. 조정 사람들은 김효원을 편드는 사람과 심의겸을 편드는 사람으로 나뉘었다. 허엽영감은 김효원을 편들고, 송강 정철은 심의겸을 편들었다. 이이는 동인과 서인이 화합하길 바랐지만, 동인들은 이이가 서인 편만 든다며 믿지 않았다. 이이의 노력은 물거품이 되었다. 그 뒤 조정은 동인과 서인으로 나뉘었다.

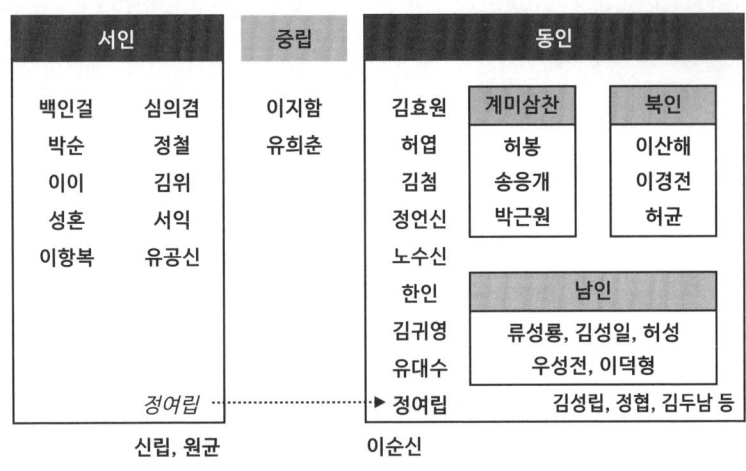

동인, 서인

 허엽영감은 이지함과 이산해가 떠난 뒤, 김씨부인을 사랑채로 불러 허초희의 혼인 이야기를 꺼냈다.
 "초희의 혼처를 정했소."
 "뭐라고요? 나한테 말도 없이 정하셨소?"
 김씨부인은 사전에 허엽영감에게 혼인 이야기나 신랑 이야기를 들은 적이 없었다. 남편이 자기한테 한마디 상의도 없이 신랑감을 정한 걸 알고 부아가 치밀었다.
 "초희가 혼례를 치를 때가 되지 않았소."
 "그래서 그게 누굽니까?"
 "봉이의 동무, 김첨의 아들이오."
 "영감 동무도 아니고, 봉이 동무요?"
 "그렇소. 안동 김씨 김첨의 장남, 김성립이오."

김씨부인은 남편이 제정신이 아닌 걸로 보였다. 김씨부인은 금지옥엽으로 키운 허초희의 신랑은 헌헌장부를 맞고 싶었다. 진즉부터 매파를 시켜 혼처를 수소문하던 중 이덕형이라는 청년이 한양 제일의 신랑감이라는 걸 알았다. 이덕형은 열일곱 살로 허초희보다 두 살 많았다. 비록 아버지가 벼슬이 없어 가난했지만, 훤칠하고 수려한 외모에 문장까지 탁월해서, 도성 안의 매파들이 사윗감으로 추천하는 1순위였다. 김씨부인도 내심 이덕형을 원했다. 그런데 남편이 말한 신랑감이 아들 허봉과 친한 김첨의 아들이라는 말을 듣고 어안이 벙벙해졌다.

"지금, 초희와 혼인할 사람이 가끔 우리 집에 놀러 오는 김첨의 아들이라는 겁니까?"

"몇 번 말하오!"

"나한테 한마디 말도 없이 봉이랑 정했단 말이오?"

"내가 젊었을 때 동무와 한 약속이 있소. 신랑이 내 동무의 손자요."

"뭐요?"

김씨부인은 이건 또 무슨 말인가 하여 놀랐다.

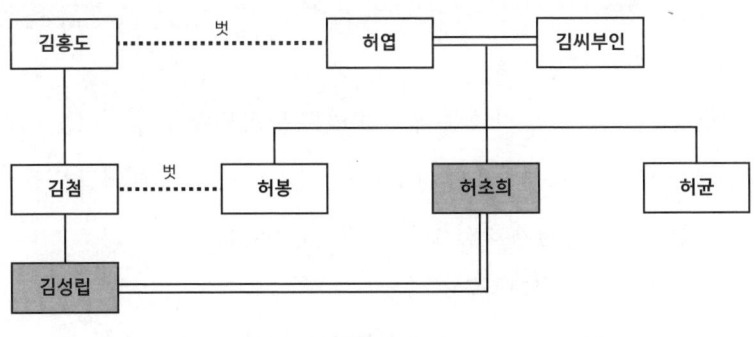

허초희, 김성립

"그러니까…… 내 동무 김홍도의 아들이 김첨이고, 김첨의 아들이 김성립인데, 그 김성립이 바로 초희의 신랑이란 말이오."

김씨부인은 허엽영감과 아들 허봉이 하는 짓거리가 황당하여 허초희와 보따리를 싸 들고 강릉 친정으로 내려가고 싶은 마음이 들었지만, 꾹 참았다.

김성립의 아버지 김첨은 허봉과 동무인데 작년에 겨우 과거에 붙었다. 허봉이 스물일곱 살이고, 김첨이 서른여섯 살이라서 나이 차가 많았지만, 과거 공부할 때부터 잘 아는 사이였다. 더구나 허엽영감은 예전에 신랑의 할아버지인 김홍도와 혼인을 약속한 모양이었다. 열다섯 살인 초희가 태어나기 전에 정한 일이었다. 자신이 허초희의 신랑감을 정해 주겠다는 김씨부인의 바람은 물거품이 되어 사라질 처지였다. 김씨부인은 이 혼인을 막을 방법이 없을까 고민하며 뜬눈으로 밤을 지새웠다.

그런데 이튿날, 궁에서 퇴궐한 허엽영감이 초희를 시집살이시키겠다고 김씨부인에게 전했다. 깜짝 놀란 김씨부인은 버선발로 뛰어 사랑채로 건너갔다. 사월이가 김씨부인의 가죽신을 들고 잽싸게 따랐다. 김씨부인은 어느새 사랑방 미닫이문을 드르륵 열고 소리를 버럭 질렀다.

"영감, 초희한테 시집살이라니요! 안 돼요!"

"부인, 체통을 지킵시다."

허엽영감은 김씨부인의 호통에 놀라 얼른 문을 닫았다. 사월이는 김씨부인의 신발을 들고 사랑채 툇마루 아래 서서 무슨 일이 벌어질지 몰라 안절부절못했다. 행랑채 하인들도 우르르 몰려왔다.

"아랫사람들이 다 보잖소."

허엽영감은 하인들이 보는데 자기 체면이 깎이는 게 싫었다.

"체통이오? 두부 장수 주제에 무슨 체통을 지킵니까?"

두부 장수! 이 말이 비수처럼 허엽영감의 가슴을 찔렀다.

"두부 장수라니요! 말을 삼가시오!"

허엽영감은 밖에서 지켜보는 하인들한테 민망해 역정을 냈다.

"사대부 선비에게 장사꾼이 뭐요!"

김씨부인의 마음은 허엽영감이 장사꾼으로 몰리는 사정에 비할 바가 아니었다. 금지옥엽으로 키운 초희를 시집살이시키겠다는 남편의 말이 기가 막혔다. 김씨부인은 그대로 쓰러질 뻔 휘청거렸다. 딸을 시집살이시키는 건, 가난한 집에서나 하는 짓이었다. 김씨부인은 창피하게 자기 딸을 시집살이시키겠다는 남편이 제정신으로 보이지 않았다. 가슴이 꽉 막혀 울화통이 터졌다.

"딸자식 시집살이시키는 게 비렁뱅이 두부 장수나 할 짓이지, 당상관 영감이 할 짓입니까?"

허엽영감은 김씨부인의 큰 목소리를 듣고 움츠렸다. 비렁뱅이라는 말에 심사가 뒤틀려서 맞장구로 버럭 고함을 내질렀다.

"그만하시오!"

하지만 김씨부인은 작정한 듯 멈추지 않고 쏘아붙였다.

"요즘에 재물 좀 모았다는 장사치들도 가난한 양반집 아들을 데릴사위로 들이는데, 초희가 뭣 때문에 혼인하자마자 시집살이란 말입니까?"

"나랏법이……."

"나랏법이요? 무슨 법이요?"

김씨부인은 남편이 말을 다 끝내기도 전에 끊어 버렸다.

"주자가례가 있지 않소."

"뭐라고요?"

김씨부인은 어처구니가 없어 헛웃음이 나왔다. 조선은 주자가례를 내세워 남자의 처가살이를 금하고 여자의 시집살이를 부추겼다. 그래봤자 고관대작부터 미관말직은 물론 무지렁이 백성들도 여자가 시집가는 게 아니고 남자가 장가든다고 믿었다. 김씨부인은 남편이 느닷없이 국법을 들먹이며 딸 초희를 시집살이시키겠다니 기가 찰 노릇이었다.

"주자가례가 이 나라 조선의 법입니까?"

김씨부인은 당당히 따졌다.

"영감, 서인들도 모두 처가살이하는데 왜 동인들만 나서서 억지를 피워요?"

"공자님과 주자님의 말씀을 따르는 게, 선비의 도리요."

"도리는 무슨 도리! 동인들이 임금에게 잘 보이려고 알랑거리는 거 아닙니까?"

"알랑거리다니……."

허엽영감은 김씨부인이 자신을 아첨꾼으로 모는 게 정말 기가 막혔다. 김씨부인을 보면 예전처럼 다정다감한 마음이 되살아나질 않았다.

"공자고 주자고 간에 우리 초희랑은 상관없소. 시집살이는 절대 안 됩니다!"

"이미 당론으로 정했소."

"당론? 그게 말이요, 방귀요? 초희 시집살이를 왜 당론으로 정합니까?"

"주자가례를 따르는 게, 우리 동인의 당론이오. 부인은 남자들 일에 나서지 마시오!"

허엽영감이 냉정하게 말을 끊었다.

"초희 시집가는 게 어째서 남자들 일입니까?"

김씨부인이 까무러칠 듯이 소리쳤지만, 허엽영감은 묵묵부답이었다.

"초희를 시집살이시키려면 이 자리에서 날 죽여요!"

성질난 김씨부인의 목소리가 사랑채 담장 건너 옆집 김효원의 집까지 넘어갔다. 옆집 하인들이 담벼락에 사다리를 걸치고 올라와 상투를 뾰족 내놓고 양반집 부부 싸움을 넘성넘성 엿봤다. 하인들은 당상관 이조참의가 새색시를 들였다느니, 바람피우다 마님한테 딱 걸렸다느니 한마디씩 지껄였다. 그런 소리를 들은 사월이가 빗자루를 휘둘러 하인들 머리를 쓸어 버렸다.

"구경났냐? 구경났어!"

사월이가 휘두른 빗자루에 된통 얻어맞은 하인들이 담장 너머로 사라졌는데도, 킬킬거리는 웃음소리는 사랑채 마당을 지나 사랑방까지 들렸다. 이웃집 하인들에게 이런 소리까지 들은 허엽영감의 체면은 말이 아니었다.

김씨부인은 어질어질해서 안방으로 돌아가 눕고 싶었다. 게다가 허엽영감의 꼴도 보기 싫어서 얼른 나가고 싶었다. 김씨부인은 사랑방을 나서며 단단히 다짐을 두었다.

"당상관 체통을 지키시려면, 초희는 절대 처음부터 시집살이 못 합니다!"

안방으로 돌아온 김씨부인은 사월이를 시켜 이부자리를 펴고 누웠다. 벌렁거리는 가슴을 달래려고 청심환을 조금 떼어 먹고 몸종 사월이에게 말했다.

"내일 아침에 신당리에 가자."

"신당리요? 무당집이요?"

"그래, 아무래도 점 좀 쳐 봐야겠다. 점 잘 보는 무당집이 있다며?"
"예, 마님. 용하다는 무당집이 있어요."
사월이는 빨래터에서 동네 아낙네들한테 들었던 고려 삼별초 장군을 모신다는 무당집을 떠올렸다.

김씨부인이 머리를 싸매고 자리에 눕자, 입이 간지러워진 사월이는 허초희 방으로 갔다.
"아씨, 어쩌면 혼인하자마자 시집살이할지도 모르겠어요."
사월이가 방으로 들어와 호들갑을 떨었다. 시집살이라는 말에 허초희의 눈꺼풀이 잠시 파르르 떨렸다.
"아씨, 요즘 누가 시집살이한답니까? 싫다고 하세요."
사월이가 허초희를 봤더니 애써 태연한 표정이었다.
"아씨, 육조거리에 나가면 처가살이하겠다는 선비들이 줄을 섰어요. 그중에서 신언서판(身言書判)이 훌륭한 선비를 골라 데릴사위로 오라면 그만인데, 뭐 하러 처음부터 힘든 시집살이랍니까?"
"시집살이? 하라면 해야지."
"아씨, 시집살이는 상놈이나 하는 짓이에요. 싫다고 버텨요."
"그래, 나도 시집살이가 싫어!"
허초희는 시집살이가 두려운 건 아니었다. 여자한테 내훈(內訓)을 들이대고, 삼종지도를 강요하며, 규방에만 가둬 두려는 세상, 남자들이 우월하다고 믿는 사람들 속으로 떠밀리는 게 싫었다. 그런 강요를 어떻게 견뎌야 할지, 그런 세상을 어떻게 헤쳐 나가야 할지, 그걸 몰라서 두려웠다.
사월이는 사랑채에서 허엽영감과 김씨부인이 다투던 이야기며, 김효원

나리네 하인들을 쫓아낸 이야기며, 내일 신당리에 점 보러 간다는 이야기까지 모두 털어놓고 돌아갔다. 그러는 동안 허초희는 사월 초파일에 자기의 마음을 흔들어 놓았던 도깨비 가면 속의 반짝이는 눈동자를 떠올렸다.

'김성립이라고 했지, 어디 사는 걸까? 다시 만날 수 있을까?'

허초희는 밤새 잠을 이룰 수 없었다.

허초희는 지지배배 새소리에 깼다. 자는 둥 마는 둥 했지만, 일어나 단정히 머리 빗고 어머니한테 문안 인사를 드리러 안방으로 갔다. 어머니는 백동거울을 보며 나들이 준비 중이었다.

"어머니, 어디 가세요?"

"알 거 없다."

허초희는 어젯밤에, 사월이한테 신당리 간다는 이야기를 들어서 김씨부인이 점 보러 가는 걸 알았으면서도 물었다.

"제 혼례 때문이죠?"

백동거울을 보던 김씨부인이 돌아봤다.

"처음부터 시집살이할 생각은 마라. 아들딸 낳으면 소학을 뗄 때까지 이 집에 살아라."

김씨부인이 다시 백동거울을 보며 다짐을 두었다.

"어머니, 저는 시집살이보다 제 마음대로 배필을 못 정하는 게 싫어요."

김씨부인은 허초희의 말을 듣고 멈칫했다. 백동거울에 허초희의 모습이 비쳤다. 허초희는 김씨부인이 무슨 말을 할까 궁금한 듯 쏘아봤다.

김씨부인은 양반 집 규수라면 부모가 정해준 사람과 백년가약을 맺어야 한다고 배웠다. 그랬기에 자기는 연모하는 사람이 있었는데도, 열일곱 살 어린 나이에 부모가 정해준 대로 전처 자식이 셋이나 딸린 서른네 살 먹은 허엽과 혼례를 올렸다. 그런데 허초희는 스스로 배필을 고르지 못하는 게 싫다고 하니, 요즘 애들은 자기 때와 다르긴 다르다고 여겼다.

"네가 궁합이 맞는 배필을 스스로 고를 눈이 있겠냐?"

김씨부인이 허초희에게 말했다. 김씨부인은 혼담이 오가는 신랑이 궁합이라도 딱 맞으면 그나마 위안이라도 될 듯해서 시구문 밖 신당리에서 점 잘 보는 무당을 알아본 거였다.

"오늘 사월이랑 신당리에 다녀올 테니 그런 줄 알아라."

"저도 점 보는 데 데려가 주세요."

"점은, 무슨……. 애먼 소리 말고 집에서 내훈이나 읽어라."

"그건 다 외웠어요."

내훈은 100년 전, 연산군의 할머니인 인수대비가 지은 책인데, 4년 전 (1573년), 임금 이연(선조)이 내훈을 다시 펴냈다.

임금은 유희춘을 유배에서 풀어 주고 그 일을 시켰다. 유희춘은 20년간 억울하게 유배 생활을 했었다. 임금은 용상에 오른 뒤, 제일 먼저 유희춘을 불러들여 자기 스승으로 삼았을 정도였으니, 유희춘은 당대의 석학이었다. 유희춘은 허엽영감과 절친한 사이였다. 유배에서 풀려난 뒤, 허초희네 집에 살면서 허초희네 사람들에게 학문을 가르쳤다. 허초희도 유희춘에게 직접 내훈을 배워서 누구보다 내훈을 잘 알았다.

하지만 허초희는 유희춘을 썩 좋아하지 않았다. 유희춘이 아버지에게 '세상의 혼란과 재앙은 여자 때문이지 하늘에서 만드는 게 아니오. 여자들의 혓바닥이야말로 모든 악의 뿌리지요. 아무리 뛰어난 사람이 있어도 여자와 환관은 가르치지 못합니다'라고 하는 말을 들은 뒤부터였다. 그래도 허초희는 유희춘에게 학문을 배워야 했다. 아버지의 뜻이었다.
　허초희는 어머니 앞에서 내훈을 읊었다.
　"남편은 아내의 하늘이다. 아내는 반드시 남편을 공경하여 아버지처럼 섬겨 제 몸을 낮추고, 제 뜻을 높여 잘난 척하지 말며, 오직 순종하고 조금도 거역하지 말아야 한다."
　허초희는 어머니가 들으라고 점점 큰소리로 내훈을 읊었다. 김씨부인은 시큰둥하게 쳐다봤다. 녹의홍상을 차려입은 허초희는 읊기를 그치고, 어머니에게 말했다.
　"어머니는 연모하는 사람을 놔두고, 왜 아버지랑 혼인했죠?"
　"얘가 지금 무슨 말을 하는 거야!"
　"나 다 알아요."
　김씨부인은 허초희의 당돌한 말을 누가 들을까 겁났다.
　"아버지는 애가 셋이나 딸린 홀아비였고, 어머니는 처녀였잖아요. 외할아버지가 시키는 대로 해서 좋았어요?"
　"못 하는 소리가 없구나! 이 어미가 시키는 대로 해!"
　"싫어요! 저는 제가 혼인하고 싶은 사람이랑 할 거예요!"
　"그만해라!"
　김씨부인이 호통쳤다. 그래도 허초희는 하고 싶은 말을 계속했다.
　"어머니, 저는 옛날부터 생각했어요, 내 낭군은 내가 정할 거라고요."
　"어릴 때는 뭐가 뭔지 몰라. 나이 들면 부모 뜻을 알지!"
　"꼬부랑 할머니가 될 때까지 가슴만 태우며 살라고요?"
　"여자는 삼종지도(三從之道)를 지켜야 해!"
　"친정에서 아비를 따르고, 시집가서 남편을 따르고, 남편이 죽고 나서 아들을 따르라면, 나는 누구예요? 나는 어딨나요?"

허초희가 따져 묻자, 김씨부인은 난감해졌다. 생각해 보면 자기도 어릴 때는 허초희 말처럼 다른 사람을 연모하여 백년가약을 맺는 상상을 했었다. 이루어질 수 없는 사이였지만……

"어머니, 저는 제 낭군을 제 눈으로 직접 먼저 보고, 제가 선택할 거예요!"

김씨부인은 허초희가 대들자, 갑자기 속이 부글부글 끓었다.

"요강 좀 가져와라."

허초희는 얼른 요강을 가져왔다. 요강 위에 앉은 김씨부인이 용을 쓰는데 나오라는 변은 안 나오고 미주알만 빠지듯이 아팠다. 허초희가 끙끙거리는 김씨부인을 보고 얄궂은 강릉말로 놀렸다.

"어머이, 심!"

김씨부인은 무심결에 강릉말이 튀어나왔다.

"이 간나, 지즈바!"

허초희는 김씨부인을 보고 뾰로통하게 심통이 솟아 입을 삐죽거렸다.

허초희는 어머니와 사월이가 집을 나간 후에 아버지에게 문안드리러 사랑채로 건너갔다. 오미자즙을 사발에 담아 냉수에 풀고 꿀을 섞어 휘휘 저어 가져갔다.

"아버지 기침하셨습니까?"

허초희는 사랑채 앞에서 아버지를 불렀다. 한참 뒤에 의관을 갖춘 아버지가 스르륵 방문을 열고 대청마루로 나왔다.

"아버지, 밤새 안녕하셨습니까? 오미자차입니다. 시원하게 드세요."

허초희가 아버지에게 오미자차를 올렸다. 허엽영감은 오미자차를 꿀꺽

꿀꺽 단숨에 마시고 수염에 묻은 꿀물을 닦으면서 물었다.
"어머니는 어디 갔느냐?"
"땔감을 사러 사월이와 숭례문 안 공터에 가신 모양입니다."
허초희는 어머니가 무당집에 갔다고 말하지 않았다.
"하인들 시키면 될 일이지……."
허엽영감은 아낙네들이 아침부터 집 밖을 나다닌다는 게 마음에 들지 않았다.
"나는 아침 먹고 성균관에 갈 테니 하인들에게 채비하라 일러라."
허초희는 성균관이란 말을 듣자, 가슴이 콩콩 뛰었다. 언젠가 아버지에게 꼭 부탁드리고 싶었던 일이 바로 오늘이라는 생각이 들어서 서슴없이 말문을 열었다.
"아버지, 저도 데려가 주세요."
"어딜?"
"성균관이요."
"뭐?"
허초희는 이렇게 말하면서 조금 전에 어머니를 따라 무당집에 가고 싶다던 자기가 이번에는 아버지를 따라 성균관에 가고 싶다고 말하는 게 우스웠다.
허엽영감은 예전에 성균관 대사성을 지냈다. 성균관 대사성을 지내는 동안에도 양갓집 규수가 성균관에 들어가겠다는 말은 금시초문이었다.
이즈음 허초희는 손곡 이달에게 한시를 배웠다. 이달, 백광훈, 최경창은 이태백이나 두보처럼 당나라풍 한시를 잘 지어서 삼당시인이라고 불렸다. 이들은 모두 서출이었는데, 허초희의 오라버니 허봉은 출신을 따지지 않고 삼당시인과 허물없이 어울렸다. 그 덕에 허초희와 허균도 손곡 이달에게 시를 배우는 중이었다.

"초희야, 네 글공부 수준이 높아 사가(私家)의 스승들이 성에 안 찬다는 건 안다. 하지만 성균관은 신성한 곳이고, 감히 여자가 들락거리는 곳이 아니다."

허초희는 '감히 여자가'라는 말에 울컥 화가 치밀어 올랐다.

"아버지, 성균관에서 밥하며 빨래하는 사람들은 모두 여자입니다. 소녀는 밥 짓는 계집처럼 꾸며서라도 성균관에 들어가 보고 싶습니다."

"성균관에서 일하는 계집종들은 모두 관노비가 아니냐!"

"관노비는 들어가는데, 규방의 규수들에겐 왜 못 들어가게 합니까?"

"규방에 남정네가 들어가지 못하듯이, 성균관에 여자는 못 들어간다!"

"규방은 사사로운 곳이고, 성균관은 나라에서 만든 곳인데, 여자도 이 나라의 백성입니다. 맹모삼천지교라 했습니다. 여자가 똑똑해야 자식이 똑똑하고, 자식이 똑똑해야 집안이 똑똑하고, 집안이 똑똑해야, 나라가 잘 사는 게 아니겠습니까?"

허엽영감은 맹랑하게 말하는 허초희를 엔간해선 말리지 못하겠다고 생각해 윽박질렀다.

"국법이 지엄하니 여자는 안 된다."

허초희는 이쯤이면 아버지가 허락하지 않을 게 분명하다고 생각했다. 그러자 아버지 몰래 성균관에 들어가 볼 궁리를 하며 한 발짝 물러섰다.

"아버지, 소녀는 다른 뜻이 아닙니다. 소녀도 혼기가 찼으니, 성균관에서 제 마음을 사로잡는 낭군이 있는지 직접 보고 싶습니다."

허초희는 신랑감을 점찍기보다, 조선 최고의 유생들이 성균관에서 어떻게 공부하는지, 뭘 공부하는지, 자기보다 실력이 좋은지 알고 싶은 호기심이 더 컸다.

"선남선녀가 혼기에 차면 양가의 어른들이 좋은 배필을 마련해 주는 게다. 어찌 부모의 뜻을 거스르고 스스로 신랑감을 고를 수 있겠느냐?"

"아버지, 저는 부모님의 뜻을 거스르는 게 아닙니다. 제 뜻을 말한 겁니다."

허초희는 자기 자신을 소녀라고 하지 않고 저라고 바꿔서 말을 이었다.

"옥황상제의 뜻을 거스르다 천상에서 쫓겨난 선녀가 있다더니, 그게 바로 너로구나."

허엽영감은 허초희가 여덟 살에 지은 『광한전 백옥루 상량문(廣寒殿 白玉樓 上樑文)』을 보고 어린아이가 쓴 글이라고 믿지 못했다. 사람들은 너무 뛰어난 글이라서 하늘에서 쫓겨난 선녀가 지은 글이라고 추켜세웠다. 사람들은 허초희를 선녀라고 했는데, 허엽영감한테는 그저 어여쁘고 가냘픈 딸이었다. 딸아이를 선녀라고 생각해 본 적은 없었다. 그런데 자기가 직접 선녀라고 할 줄은 몰랐다.

"아버지, 저는 선녀가 아니라, 아버지의 넋과 어머니의 살점으로 태어난 사람이에요. 견우와 직녀처럼 사랑하는 임을 보고도 못 만나고 혼인도 못하는 바보처럼 살기는 싫어요. 저는 제 뜻대로 살고 싶어요."

"오랑캐(吾郞改)가 아닌 이상 여자가 어찌 자기 뜻대로 산단 말이냐?"

"아버지, 제가 설령 양천 허씨 집안에서 쫓겨난다 해도 제 낭군은 제가 고를 거예요."

"요조숙녀가 음란하게 어찌 신랑을 직접 고른단 말이냐? 안 된다!"

"어째서, 안 돼요?"

"그건 다, 이 나라를 위한 일이다."

2. 신랑 구하기 **063**

"그게 동인의 나라예요?"

"어허, 무엄하다! 동인의 나라라니? 주상의 나라다!"

허엽영감은 허초희 입에서 '동인의 나라'라는 말이 튀어나오자 깜짝 놀라 얼른 막았다.

"아버지, 저는 주상의 나라가 아니라, 제 나라, 저 허초희의 나라에서 살고 싶어요!"

허초희가 하는 말이 점입가경이라 혹시 누가 들을까 겁났다.

"허초희의 나라가 무슨 말이냐? 조선은 모두 상감마마의 나라다."

허초희는 조선의 주인이 임금이라고 말하는 아버지가 싫었다. 온 세상을 임금이 혼자 갖지도 못할뿐더러 설령 그렇더라도 자기는 임금의 소유가 아니라고 생각했다. 자기는 누구에게도 속하지 않는 오로지 자기 자신이라고 믿었다.

"아버지, 제가 초희고 경번이고 난설헌입니다. 아버지께서 저한테 초희라는 이름과 경번이라는 자(字)를 지어 주셨죠. 그건 제가 허씨 부인이니, 누구 어머니니 하며 이름도 없이 살라는 건 아니잖아요. 세상에서 잊혀 이슬처럼 사라지진 말라는 뜻이 아니었는지요? 저는 누구 딸, 누구 누이, 누구 부인, 누구 어머니라고 불리고 싶지 않아요. 저는 허초희예요."

허엽영감은 유희춘이 자기 딸들에게 자를 지어 준 걸 보고, 허초희에게도 자를 지어 주었다. 허초희가 당나라 시인 두목지를 좋아해서 두목지의 호 번천(樊川)을 빌려 경번(景樊)이라 지었다.

"그래 맞다. 너는 비록 여자지만 후세에 이름과 문장을 남길 게다. 그렇다고 여자의 몸으로 성균관에 들어갈 순 없다. 더구나 신랑감을 몰래 훔쳐보러 간다는 건 말도 안 된다."

"그러면 제 낭군은 아버지가 골라서, 어머니 마음에 들어서, 오라버니가 맺어 줘서, 얼굴도 모르고, 심성도 모르면서 혼인해야 해요? 저는 그렇게 못 해요. 제 낭군은 제가 고르겠어요."

허엽영감은 욱하고 성질이 나서 허초희의 종아리를 때려 주고 싶었다. 다 큰 딸아이의 종아리를 때리는 게 민망하여 체통을 지켜 참으며, 점잖게 타일렀다.

"너는 내훈에서 '안씨가훈'을 배우지 않았느냐?"

여자들을 옴짝달싹 못 하게 하는 데는 내훈이 최고였다.

"외어 봐라!"

허초희는 아버지가 안씨가훈을 들먹이는 이유를 알아서 외우고 싶지 않아 버텼다.

"어서!"

아버지가 계속 재촉해서 마지못해 입을 뗐다.

"여자는 집 안에서 음식을 만들며, 술과 밥과 옷을 챙긴다. 나라의 정사에 참여하지 말고, 집안일을 마음대로 처리해서도 안 된다. 혹시 여자가 슬기로운 재주와 지혜를 갖춰 고금의 일을 모두 알아도 남편을 도와 부족한 부분만 채울 뿐이지…… 채울 뿐이지……."

허초희는 여기서 말을 잇지 못했다.

"어째서 머뭇거리느냐? 계속해라."

아버지가 허초희를 다그쳤다.

"암탉이 새벽에 울어 재앙을 불러들여서는 안 된다."

허엽영감은 그제야 고개를 끄덕였다.

"암탉이 울면 집안과 나라가 망하는 법이다! 무슨 말이 더 필요하냐?"

허초희는 내훈을 지은 인수대비나, 이를 다시 펴내라고 한 임금이나, 이를 다시 펴낸 유희춘이나, 이를 배우라는 어머니나, 읊어 보라는 아버지가 모두 싫었다. 내훈을 보면 아궁이 속에 던져 확 불 질러 버리고 싶을 뿐이었다.

그때 별안간 꼬끼오하며 닭이 홰치는 소리가 들렸다.

"저 닭은 누구네 암탉이냐?"

"우리 집 늙은 수탉입니다."

"으흠, 그놈 참…… 홰치는 소리 한번 씩씩하구나."

"복날에 잡아 드릴까요?"

허초희가 야릇한 표정을 지으며 엷게 웃었고, 허엽영감은 쑥스러워 입맛을 쩝쩝 다셨다.

허엽영감이 가마를 타고 성균관으로 가려고 대문을 나섰다. 허초희는 따돌렸어도, 막내아들 허균은 당나귀에 태워 같이 갔다. 일행이 나설 때, 헐레벌떡 달려온 군사가 손으로 베껴 쓴 조보(朝報)를 가져왔다. 허엽영감이 조보를 읽고 하인들을 집 안으로 들여보냈다.

"다시 들어가서, 입 가리개를 준비해라."

조보에는 평안도에 역병이 퍼져 백성 이만 명이 죽었다는 소식이 실려 있었다. 황해도, 함경도, 경기도, 충청도, 강원도까지 역병이 퍼졌고 한양에도 역병이 점점 거세진다는 소식이었다. 특히 임금이 드나드는 종묘, 사직, 문묘, 성균관에서는 대신들도 모두 입 가리개를 해야 한다는 이조의 지시도 실려 있었다.

사람들은 입 가리개를 하고 다시 길을 나섰다. 허엽영감이 탄 가마가 앞장서고 허균은 마부가 이끄는 당나귀를 타고 뒤따랐다. 허균은 당나귀를 끄는 젊은 마부가 처음 보는 사람이어서 물었다.

"너는 어디 사는 누구니?"

"서강 나루 앞 밤섬에 사는 홍길동이라 하옵니다."

패랭이를 푹 눌러쓰고 입 가리개를 한 마부가 고개를 곱실거렸다.

"율도에 사는 홍길동? 너는 샌님처럼 보이는데, 이름은 꼭 도적놈 같아."

"이름만 듣고 어찌 사람을 나쁘게 평하십니까?"

"나쁘다고는 안 했는데."

허균이 마부에게 말했다.

"도적이면 악당이라 여기시는 게 아닙니까?"

마부가 코맹맹이 소리를 냈다.

"임꺽정 같은 의적도 있잖아. 멍청한 소리 그만두고 고삐나 잘 잡아."

"옛!"

홍길동이라는 마부가 힘차게 답했다.

성균관에 도착한 허엽영감은 곧장 성균관 관리들이 일하는 정록청으로 들어갔다. 허균도 정록청으로 향했다. 당나귀 마부는 당나귀를 나무에 묶고 잽싸게 허균의 뒤를 따랐다.

명륜당에서 유생들이 글 읽는 소리가 낭랑하게 들려왔다. 허엽영감도 한때 성균관 대사성을 지냈기에 성균관의 관노들이 찾아와 인사를 올렸다.

"여봐라, 가서 김성립을 불러오거라."

이산해는 허엽영감이 성균관을 찾은 이유를 알고 있기에 관노들에게 명했다. 관노들은 김성립을 찾으러 잽싸게 흩어졌다.

김성립은 어제도 낙산에 올라 한바탕 크게 놀아서 아침에 일어나기 싫었다. 오늘 성균관에서 강독회가 열리는 걸 알면서도 빼먹으려 했다. 김성립은 냉수를 벌컥벌컥 마시고 하숙집을 둘러보았다. 아니나 다를까 도깨비 동무들도 모두 대자로 뻗어 배를 드러내놓고 쿨쿨 코를 골며 자는 중이었다.

머리가 찌근거린 김성립은 동무들을 깨웠다. 어쨌거나 오늘은 성균관 명륜당으로 강의를 들으러 가야겠다고 생각했다. 김성립이 동무들을 깨우려는데 우당탕하고 하숙집 문이 열리며 성균관 관노들이 들이닥쳤다.

"유생이 김성립이요?"

"맞네. 왜 그러는가?"

"어서 성균관으로 납시라는 대사성 영감의 명입니다."

"대사성께서? 나를 왜?"

"가 보시면 압니다."

김성립은 성균관에 지각한 게 잘못이라고 생각해서 마음을 졸이며 성균관으로 들어갔다.

"자네가 김성립이야?"

이산해가 물었다.

"예, 제가 김성립인데, 무슨 큰 잘못이라도 한 겁니까?"

"자네 부친이 김첨이지?"

"예. 제가 오늘 지각을 한 일을 굳이 제 부친에게······."

"부친이 홍문관 교리 허봉의 동무인 건 맞고?"

"예, 맞습니다."

이산해는 김성립의 말을 듣고 고개를 끄덕였다.

"자네 조부가 스물다섯 살에 문과에 장원 급제한 충주 목사 김홍도인가?"

허엽영감이 김성립에게 물었다.

"그건 맞는데요, 물어보시는 분은 뉘신지요?"

"나? 자네 조부의 동무일세."

"몰라뵈서 죄송합니다. 김성립이라 하옵니다."

김성립은 얼른 몸가짐을 바로잡고 큰절을 올렸다.

"일어나서 이리 와 보게."

허엽영감은 김성립을 앞으로 불렀다. 김성립이 천천히 일어나 다가오자, 김성립의 사지가 멀쩡한지, 얼굴에 마마를 앓은 흔적이 있는지, 눈이 흐리멍덩한지를 얼른 살펴봤다. 흠은 없었고 키도 훤칠하고 이목구비도 뚜렷한 사내였다.

"자네 혼인할 나이가 아닌가?"

"아직 하재생입니다. 상재생이 돼야……."

허엽영감은 김성립의 짙은 눈썹 아래 쌍꺼풀진 부리부리한 눈에서 빤짝이는 눈동자를 보고, 마음에 들어 허초희의 신랑으로 딱 맞겠다고 여겼다.

"누이가 저 사람한테 시집가요?"

옆에서 듣던 허균이 김성립의 얼굴을 뚫어지게 쳐다보다가 허엽영감에게 물었다.

"그럼! 가야지."

허엽영감의 대답을 듣고 김성립과 허균의 눈이 동그래졌다. 홍길동이라는 당나귀 마부가 김성립을 처음부터 끝까지 훔쳐봤다는 걸 아무도 눈치채지 못했다.

허엽영감이 집으로 돌아와 사랑채 대청에서 허균과 바둑을 두고, 허초희는 그 옆에서 중국 설화를 모은 책『태평광기』를 읽고 있을 때, 김씨부인이 사랑채로 찾아왔다.

"객사랍니다, 객사!"

김씨부인은 다짜고짜 허엽영감에게 객사라는 악담을 빽빽 쏟아냈다.

"객사라니 그게 무슨 막말이요?"

허엽영감은 처음에 김씨부인이 누가 객사했다고 부고를 전하는 줄 알았다. 가만히 들어 보니 분명 허초희가 혼례를 치르면 양쪽 집안 남자들이 객사한다는 말이라서 버럭 화를 냈다.

"부인, 도대체 그따위 소릴 어디서 들었소?"

허엽영감이 김씨부인을 다그쳤다.

"알 거 없습니다. 여하튼 초희와 김성립은 궁합이 안 맞는답니다."

"부인, 점을 보셨소? 무당을 찾아서 점 보는 게, 사대부집 안방마님이 할 일이오?"

"왜요? 뭐가 잘못인데요. 예전에 인수대비도 성균관에서 푸닥거리를 요란하게 역었다는데, 나도 좀 하면 안 됩니까?"

"지금 그게 무슨 소리요?"

"나도 인수대비처럼 성균관에서 푸닥거리나 한번 해 보게요."

"허허, 참……."

허엽영감은 말로는 김씨부인을 이기지 못한다는 걸 깨닫고, 화제를 돌렸다.

"내가 오늘 성균관에서 김성립을 보고 왔소. 훤하게 생긴 게 흠잡을 곳이 없더구먼."

"뭐요? 영감이 뭣 때문에 김성립을 봅니까?"

"혼담이 오고 가니 내가 한번 봐야 하지 않겠소."

"참, 어이가 없습니다. 상재생도 아니고 하재생이라고 하던데 뭐가 잘났겠소?"

"나이가 어려서 그렇지, 똑똑한 유생이오. 내가 이산해 영감에게 특별히 부탁해 두었소. 곧 생원시에 합격할 테니 걱정하지 마오."

"영감, 양쪽 집안 남자가 모두 객사라는데 이 혼담은 없던 일로 해요."

허엽영감은 눈을 지그시 감고 깊이 생각하다가 허초희에게 물어보기로 마음먹었다.

"부인, 좋소. 여기서 초희에게 물어봅시다."

김씨부인과 허엽영감이 허초희를 쳐다봤더니, 허초희는 담담한 표정이었다.

"초희야, 안동 김씨 집안으로 시집을 갈 테냐?"

허엽영감이 허초희에게 물었다.

"아버지 어머니, 분부에 따르겠습니다."

허초희는 잠시 생각에 잠겼다가 단호하게 대답했다.

"그거 보시오! 간다지 않소."

허엽영감은 '모 아니면 도'라는 심정으로 물어봤다. 뜻밖에도 신랑의 얼굴을 보지 않고는 시집가지 않겠다던 허초희가 마음을 바꿨다. 허엽영감은 옳거니 하고 무릎을 쳤다.

"영감, 초희가 간다고 했습니까? 분부에 따르겠다고 했지!"

김씨부인은 아닌 밤중에 홍두깨라더니 머리가 어질거렸다. 김씨부인은 허초희가 눈으로 신랑감을 보지 않았으니, 시집가지 않겠다고 할 줄 알았다. 그런데 김성립과 혼인하겠다고 말하니 믿는 도끼에 발등을 찍힌 셈이었다.

　두 사람은 한참 동안 옥신각신하다가, 허엽영감은 사랑방을 나와 집 밖으로 나가고 김씨부인은 안방으로 가 버렸다. 사랑채에는 허초희와 허균만 남았다. 허균은 의아한 마음이 들었다.

　"누이, 정말 신랑 얼굴을 보지도 않고 시집갈 거야?"

　"너, 홍길동이 누군지 아니?"

　허초희는 허균을 빤히 보다가 옷소매에서 입 가리개를 꺼내 얼굴을 가리며 물었다.

　"어어, 홍길동? 누이가 당나귀 마부?"

　허균이 깜짝 놀라는 모습을 보며 허초희가 까르르 웃었다.

3. 혼례
(허초희 15세, 1577년)

두 달 전, 스물다섯 살 나이에 공빈(恭嬪) 김씨가 죽었다.
'왕실 외척을 차지하기에 이보다 더 좋은 기회는 없다.'
정5품 홍문관 교리 허봉이 야직(夜直)을 서는 여름밤이었다. 허봉은 공빈 김씨가 조금만 더 일찍 죽었더라면 허초희의 혼담은 천천히 진행했을 텐데, 왠지 아쉬웠다. 허봉은 초희가 임금의 후궁이 되고 자기가 임금의 외삼촌이 되는 상상을 했다. 일인지하 만인지상의 영의정을 맡는다면 서인들을 싹 몰아내고 조선이란 나라를 쥐락펴락할 수 있었다. 허봉은 허초희와 김성립의 혼담을 한 달만 늦게 꺼냈으면 좋았을 거라고 후회막급이었다. 지금에 와서 물리기가 쉽지 않았다. 허봉이 이런 생각을 하며 술을 마실 때, 옥당(玉堂, 홍문관)으로 김첨과 송응개가 들어왔다.
김첨은 스물일곱 살인 허봉보다 아홉 살 많은 서른여섯 살이었다. 김첨은 3대가 내리 문과에 급제한 안동 김씨 집안의 맏아들이었다. 소과에 합격한 후 대과에 번번이 낙방하는 바람에 집안 어른들은 물론 아내 송씨부인도 얼른 벼슬길로 나가길 목이 빠지게 기다렸다. 그러던 중 작년 문과에 합격해서, 4대가 문과에 합격한 집안이라는 명성을 얻었다. 그래서 아들 김성립과 허초희의 혼인 이야기를 꺼낼 처지가 되었다.
"주상께서 좋은 소나무로 공빈의 재궁(관)을 만들라고 하사하셨어. 그러면 고마운 마음으로 받으면 좋은데, 서인 놈들이 공빈은 후궁이니 안 된다고 난리를 부리지 않는가."

송응개는 허봉을 보면서 다짜고짜 서인을 향해 욕지거리를 퍼부었다. 송응개는 사간원과 사헌부의 젊은 서인 관리들이 공빈과 임해군, 광해군 두 왕자를 홀대하는 걸 못마땅히 여겼다.

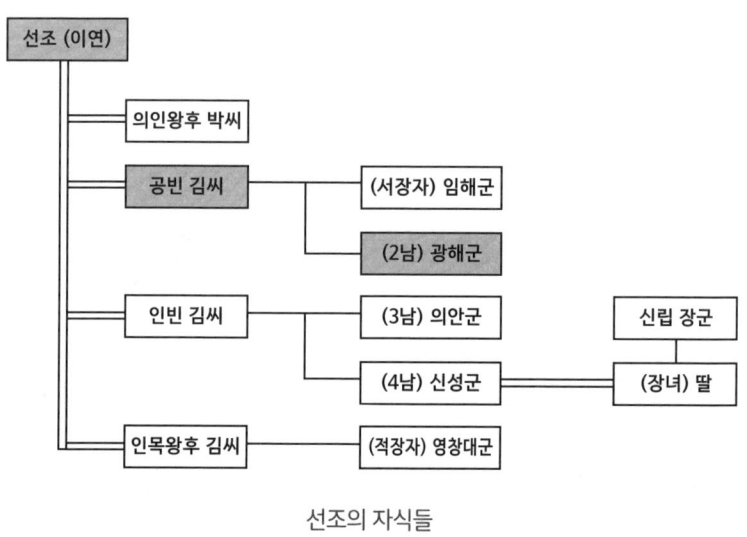

선조의 자식들

"누가 그럽니까?"

"이이의 제자들이지."

송응개는 관직을 내려놓고 낙향해서 해주에 머무는 이이를 들먹였다. 동인의 영수 허엽영감은 아직도 정3품 이조참의 영감 자리에 머물러 있었다. 그동안 서인의 정신적 지주인 이이는 종2품 황해도 관찰사까지 지낸 뒤 지금은 관직을 내려놓고 해주에서 『격몽요결(擊蒙要訣)』이란 책을 쓰는 중이었다.

동인들은 툭하면 관직을 사양하는 이이가 마음에 들지 않았다. 특히 송응개가 그랬다. 송응개는 이이와 함께 과거에 급제했는데, 장원으로 급제한 이이가 성균관 문묘에 공자님을 알현하러 갈 때, 가장 격렬하게 반대하던 사람이었다.

"술 마셨나?"

김첨이 술 냄새를 맡고 강아지처럼 코를 벌름거리며 허봉 주변을 맴돌았다. 송응개도 허봉의 입에서 술 냄새 나는 걸 알아차렸다. 허봉은 술을 좋아하는 사람이라고 임금도 인정한 터였다. 송응개는 허봉이 야직을 서며 술을 마시는 걸 모른 척 눈감았다. 하지만 공빈의 장례 중인데도 술을 마시는 게 싫었다. 허봉도 그런 낌새를 느꼈는지 술을 마시지 않은 사람처럼 시치미를 뗐다.

"문제는 이이죠, 이이!"

허봉이 김첨의 말을 무시하고 송응개에게 맞장구쳤다. 그러자 송응개는 이이의 옛일을 들춰내며 욕을 해 댔다.

"중놈이 머리를 기르고 산에서 내려와 무슨 도사나 신선인 양, 자기가 최고라고 빼기고, 동인도 좋고 서인도 좋다며, 위로는 임금을 속이고 아래로는 백성을 속이니, 그야말로 나라를 팔아먹는 간신 중의 간신이지!"

송응개는 마흔두 살 먹은 이이와 동갑으로 김첨, 허봉보다 나이가 많았다. 송응개는 허엽영감의 뒤를 이을 동인의 실세였다. 더구나 김첨의 아내인 송씨부인의 오라버니로, 송응개와 김첨은 처남과 매제 사이였다. 그러니까 송응개는 김성립의 큰외삼촌이었다. 이제 김성립과 허초희가 혼인하면 김첨, 허봉은 물론 송응개까지 벗에서 인척으로 똘똘 뭉치게 된다. 만일 허초희가 아들을 낳으면 핏줄로 얽히고설키는 건 물론이고, 장

3. 혼례 075

차 동인의 핵심 인물이 되는 건 뻔한 일이었다. 이 세 사람이야말로 동인에서는 없어서는 안 될 사람들이었다.

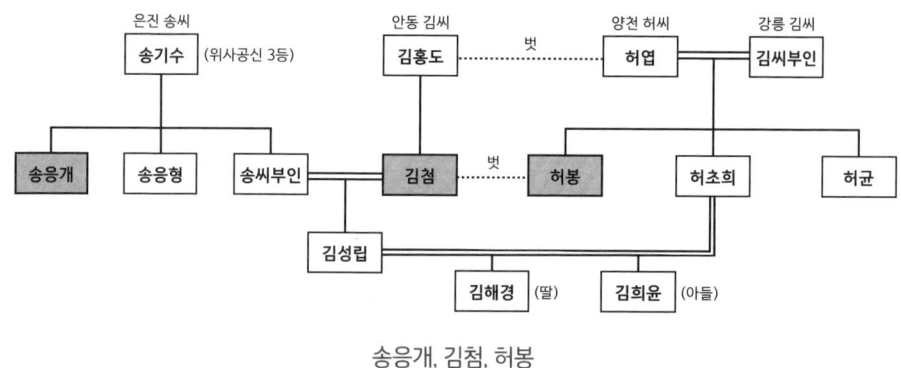

송응개, 김첨, 허봉

"그런 이야기는 그만두고, 이번에 혼례는 어떻게 치를 건지 말해 봅시다."
김첨이 흥분한 송응개를 달래며 말했다.
"매제, 말하면 무엇 하나, 당연히 당일잔치, 당일 상견례지……."
송응개가 김첨을 보고 대답했다.
"아무래도 그렇지요?"
김첨은 뭔가 서운한 표정이었다.
"왜? 이이처럼 삼일잔치에 삼일 상견례로 치르고 싶은가?"
"아, 그건 아니고……."
"삼일잔치는 오랑캐나 하는 짓이지!"
송응개가 김첨에게 쏘아붙였다.
"생각해 보게. 삼일잔치라는 게, 얼마나 무식한 짓인지. 첫째 날에 신랑이 신붓집에 가서 기러기를 전하는 전안례를 한 다음 상견례도 없이 합방

하지. 둘째 날에 잔치를 벌이고 또 같이 자고, 셋째 날에야 신랑과 신부가 상견례를 한 다음에 혼례를 치르는 게 삼일잔치 아닌가? 남녀가 통성명도 없이 옷을 벗고 한 방에서 동침하는 게 짐승이나 할 짓이지. 만일 김해 김씨와 양천 허씨가 통성명도 없이 같이 자면 어찌 되나? 두 가문이 모두 김수로왕의 자손이라서, 성은 달라도 뿌리가 같은 형제들이 정을 통하는 일이 아닌가? 얼마나 수치스러운 일이야!"

"그거야 미리 혼서도 보내고 함도 보내고 그러잖아요. 그러니 통성명은 한 거 아닙니까? 멀리서 오는 친척들을 생각해서 넉넉하게 시간을 잡고……."

"허허, 이 사람이 지금 무슨 말을 하는 거야? 사람들이 이이를 조선의 맹자라고 한다는군. 그러면 당연히 성현의 말씀에 따라 상견례 먼저 하고 동침해야지. 남녀가 종잇조각으로 통성명만 하고 정식으로 상견례도 없이 한방에서 뒹군다는 게 말이 되나?"

송응개가 김첨에게 계속 핀잔을 주었다.

"서인들이 삼일잔치를 하든지 말든지 우리 동인들은 당일잔치로 하는 거야! 인간이라면 첫째 날 상견례로 인사를 트고 합방해야지…… 개돼지도 아니고……."

"형님, 아직도 시골에서는 삼일잔치를 한답니다. 이이가 혼례를 치를 때는 사람들이 삼일잔치를 많이 치르기도 했고……."

김첨은 장남 혼인 잔치를 성대하게 치르고 싶은 마음이 있어서, 처남에게 대꾸했는데, 본전도 못 건졌다.

"무식한 짓 그만두고, 며느리 시집살이 준비나 시키게."

"당론이 시집살이라고 들었지만, 당장 시키는 건 좀……."

김첨이 미적거리며 대답했다.

"사람이 이렇게 뜨뜻미지근해서 어떻게 큰일을 해?"

얼마 전 동인들은 주자가례에 따라 허초희가 혼례를 치르면 당장 시집살이하는 걸 당론으로 삼았다. 백성들이 시집살이를 꺼리니 동인들이 앞장서야 한다는 명분이었다. 허엽영감은 허봉과 상의하여 동인의 영수로서 당론을 따르기로 마음먹었다.

"그건 좀 천천히 생각해 보시는 게 좋겠습니다."

어떻게 해서든 허초희를 후궁으로 넣어 볼 허황한 생각을 하던 허봉도 막상 허초희를 시집살이시키겠다는 말에 화들짝 정신이 들었다.

"인제 와서 왜 그러는가?"

송응개가 허봉을 보고 의아한 눈빛으로 물었다.

"당일잔치를 하고 이튿날 시댁에 인사드리러 가는 건 괜찮은데, 아무래도 당장 시집살이하는 게 무리입니다."

"쇠뿔도 단김에 빼야지, 뜸 들이면 파장일세."

송응개가 고개를 갸웃거리며 허봉에게 말했다.

"그건 두 집에서 잘 상의해서 정하겠습니다."

"알겠네, 그리하시게……."

동인의 당론이긴 했지만, 송응개도 여동생 송씨부인이 얽힌 일이라 끝까지 이래라저래라 하지 않았다.

그날 밤, 임금 이연이 허봉을 침천인 연생전으로 불렀다. 임금 이연은 원래 왕세자가 아니었다. 임금의 친아버지 덕흥군은 명종 임금의 이복형이었다. 이연은 명종 임금의 양자로 들어가 임금의 자리를 물려받았다.

이름도 이균(李鈞)에서 명나라 황제 주익균의 균(鈞)자를 피해서 이연(李昖)으로 바꿨다. 이연의 친아버지 덕흥대원군은 졸지에 임금의 백부가 되었으나, 어쨌든 임금의 신하였다. 임금 이연은 어떻게 해서든지 친아버지를 군왕의 반열에 올리고 싶어서 친아버지의 산소를 덕릉으로 부르길 바랐다. 하지만 홍문관의 젊은 신하들의 반대로 뜻을 이루지 못해 부아가 났었다. 임금은 허봉을 회유해서 신하들이 입을 다물게 하고 싶었다. 공빈의 상을 치르는 기간이라, 허봉도 웬만하면 자기 뜻을 따르리라 믿었다. 그런데 오산이었다.

"전하, 백부의 묘를 능이라고 하면 안 됩니다!"

허봉의 입에서 나온 말이 비수처럼 임금 가슴을 꿰뚫었다. 임금이 눈을 질끈 감았다.

"이보게, 허 교리 그게 무슨 막말인가? 친부한테 백부라니?"

임금 앞에 앉은 영중추부사 박순 대감이 임금의 표정을 살피며 물었다.

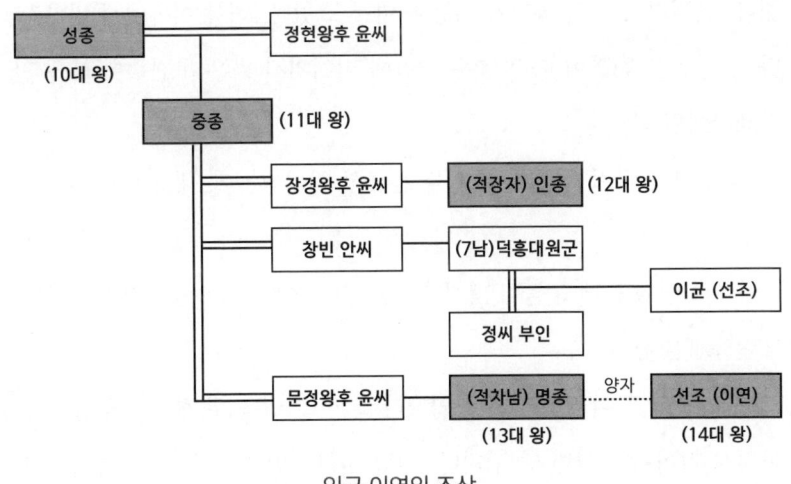

임금 이연의 조상

"선왕의 이복형이니 백부 아닙니까? 왕실의 서열이 틀어지면 국가의 기강이 흔들립니다."

허봉이 박순에게 대들었다.

"백부 묘를 왕릉이라 하시면, 주상전하께서 친히 왕릉에 제사를 지내셔야 합니다. 임금이 신하에게 제사를 지내는 게 말이 됩니까? 덕흥대원군 묘를 능이라 부르는 건 불가합니다."

임금 이연은 정신이 아득해져서 눈을 감고 듣다가 허봉에게 물었다.

"허 교리, 그럼 과인이 내 할머니께 친히 제사를 지내는 일도……."

"전하, 안빈(安嬪, 창빈 안씨)을 부르실 때 '내 할머니'라 하심은 부당합니다! 안빈은 중종 대왕 첩실이므로……."

허봉은 임금의 말을 끊었다.

"뭐? 첩실! 감히 그 혓바닥으로 나를 능멸하려 하는가?"

임금이 버럭 화를 내며 술을 마시던 은잔을 던졌다. 쨍! 임금이 집어 던진 은잔이 은주전자에 맞고 튕겨서 허봉의 술상으로 날아가 은젓가락을 쳤다. 은젓가락이 휙 돌다가 허봉 이마를 스쳤다. 허봉 이마에서 피가 났다. 핏방울은 허봉이 따라 놓은 술잔에 떨어져서 맑은 두견주에 붉은 진달래꽃처럼 피었다.

"허 교리가 내 뜻을 알아 주기를 은근히 기대했는데, 네가 나를 저버리는구나!"

임금 이연의 눈에 눈물이 맺혔다. 하지만 곁에 있던 영중추부사 박순이 노련하게 말했다.

"전하, 허봉은 아직 어린 사람입니다. 글만 읽었을 뿐 경험이 없습니다. 이렇게 꺾어 누르시면 안 됩니다. 이렇게 하시면 어느 누가 감히 주상전하께 품은 뜻을 말하겠습니까?"

"허 교리는 물러가서 다시 부를 때까지 근신하라!"

임금 이연은 박순이 하는 말을 듣고 마음을 진정시켰다. 그때부터 임금 이연은 허봉에게 앙금이 쌓였다. 허봉은 후궁 간택 문제는 꺼내 보지도 못하고 연생전을 나왔다. 이마에서 흐른 피가 연생전 댓돌 바닥에 눈물처럼 뚝뚝 떨어졌다. 그날 밤 구중궁궐에 와지끈자끈 벼락이 치면서 비가 내렸다.

이튿날 아침에 퇴궐한 허봉은 아버지를 찾아가서 허초희를 후궁으로 넣어 볼 생각이었는데, 일이 틀어져 버렸다고 말하려다 그만두었다. 허초희가 아니면 나중에 허씨 집안의 누구라도 왕실과 인척을 맺으면 된다고 생각했다. 동생 허균에게 장가가서 딸이라도 낳으면 반드시 왕비건 후궁이건 그 자리를 차지해야 한다고 일러 주기로 마음먹었다.

"귀하디귀한 금지옥엽 초희다. 네가 서운함이 없게 혼례를 잘 챙기도록 해라."

허엽영감은 막내 허균과 바둑을 두다가 허봉에게 당부했다.

"예, 당일잔치를 하고 이튿날 시댁에 인사드리러 갈 겁니다."

"좋다. 그렇게라도 해야지 스승님과 전하께 면목이 선다."

왕실에서 내세운 주자가례의 혼인은 친영방식이다. 신랑이 신붓집에 가서 신부를 데리고 와서 자기 집에서 혼례를 치르고, 신부에게 시집살이시키는 방식이었다. 하지만 백성들은 친영방식을 원하지 않았다. 오히려 신랑이 신붓집에 가서 삼일 상견례를 치르고, 곧바로 처가살이에 들어가는 속례(俗禮)를 원했다. 그런데 주자학을 신봉하고 남자가 우선이라고 믿는 선비들은 신랑이 신붓집에 가서 삼일 상견례 치르는 걸 받아들일 수 없었다. 그래서 신붓집에서 당일 상견례를 치르고 다음 날 시댁에 인사드리러 가는 반친영 방식을 만들었다.

반친영 방식이 그나마 주자학의 예를 지키는 방법이라고 주장한 사람이 바로 허엽영감의 스승인 화담 서경덕이었다. 이이는 예전처럼 삼일잔치를 치렀지만, 이황, 조식 같은 조선의 내로라하는 선비들은 서경덕의 주장을 따랐다.

"문 열어라!"

그때 김씨부인이 하인에게 호통을 치는 소리가 들렸다. 허봉이 무슨 일인지 알아보려고 하는데, 김씨부인이 사랑방으로 들어오면서 허봉에게 노발대발했다.

"너, 잘 만났다!"

"어머니, 그간 안녕하셨는지요, 자주 찾아뵙지 못해……."

허봉이 어머니 표정을 보고 잔뜩 겁먹은 얼굴로 말꼬리를 흐렸다.

"안녕하냐고? 네가 뭘 하든지 그건 알 바 아니나, 초희를 네 출셋길 앞에 내세우지 마라."

"어머니 오해입니다. 이번에 초희 혼례는 당일잔치……."

"뭐? 초희가 뭐가 모자라서 당일잔치야!"

김씨부인은 허봉이 하는 말을 듣고 화를 발칵 냈다.

"어머니, 이번 혼사는 우리 동인들이 나라를 생각해서……."

"동인들이 임금에게 잘 보이려 하는 짓은 말짱 허당이니, 그만둬라!"

김씨부인은 허엽영감을 거들떠보지도 않고 허봉에게 따져 물었다.

"어머니, 이미 정했습니다."

허봉이 김씨부인에게 말했다.

"이놈아, 어찌 어미한테 물어보지도 않고 마음대로 정하냐?"

김씨부인이 허봉에게 악다구니를 썼다.

"어머니, 신랑 김성립은 안동 김씨 명문가의 맏아들……."

"명문가 맏아들이면 뭐 하냐. 줄줄이 객사라는데……."

"부인, 어찌 그런 미신을 입에 담으시오."

이야기를 듣던 허엽영감이 나서며 김씨부인을 말렸다.

"못 믿겠거든 영감 동무인 토정 선생에게 물어보세요."

"주역은 그런 일에 쓰는 게 아니오!"

"그럼, 조강지처 죽는 날이 언제인지 따지는 데 쓴답니까?"

"허허, 어찌 갈수록 성질이 불같이 변하오!"

허엽영감은 김씨부인을 보고 있자니 정나미가 떨어졌다.

"내 마음이 온통 불덩이입니다."

김씨부인이 버럭 화를 냈다.

"어머니, 고정하십시오. 초희 시집살이는 그저 남들이 보게 시늉만 내겠습니다."

"인제 와서 헛소리를 늘어놓는구나."

"어머니, 저도 초희가 시집살이로 고생하는 게 싫어요."

"싫은 일을 왜 시키냐? 그게 선비의 도리냐?"

"어머니 그런 게, 아닙니다."

"그러면 뭐냐?"

허봉은 뭐라 할 말이 없었다.

"말을 해 봐라, 이놈아!"

"다, 이 나라를 위한 일입니다."

"아이고, 충신 났네. 충신 났어! 동생 팔아 충신 났네!"

김씨부인이 허봉의 옷소매를 잡고 울었다.

"애야, 초희는 신사임당보다 똑똑한 천재라는 걸 너도 알지? 신사임당도 처음부터 시집살이했으면 그렇게 자기 뜻을 펼쳤겠어? 신사임당도 10년이 넘게 친정에서 살고, 네 아버지도 강릉에서 처가살이하고, 너는 지금도 처가에서 살지 않느냐? 어째서 어린 초희한테 혼인하자마자 시집살이를 시키려는 거야? 피지도 못한 꽃을 꺾고, 날아 보지도 못한 날개를 꺾냔 말이야! 초희가 그동안 쓴 시를 모두 불태워 버릴 거냐?"

김씨부인은 신사임당보다 훨씬 뛰어난 허초희의 손발을 꽁꽁 묶어 버리려는 남편과 아들이 원망스럽고, 그걸 막지 못하는 자기 신세가 한스러워 눈물을 흘렸다.

"이제 우리 초희 불쌍해서 어쩌나? 아이고, 초희야!"

"어머니, 절 믿으세요. 초희가 시집가더라도 여기 건천동에서 살 겁니다."

"다 필요 없다. 모두 객사라는데……."

김씨부인이 훌쩍거리는 걸 보고 옆에서 듣던 허균도 덩달아 울먹였다. 허엽영감은 말없이 쳐다볼 뿐이었다. 김씨부인은 아무리 울어도 이제는 이 혼인을 자기 힘으로 되돌리긴 어렵다고 생각해서 더욱 눈물이 쏟아졌다. 이렇게 해서 허초희와 김성립의 혼인이 정해졌다. 허엽영감과 허봉은 김씨부인을 아랑곳하지 않고 혼인을 허락하는 편지와 혼인 날짜를 택해 김성립의 집으로 보냈다. 혼례일은 10월 보름이었다.

동인의 우두머리 허엽영감의 막내딸 허초희가 혼인한다는 소문이 조정에 퍼졌다. 곧 조선팔도 지방 관아에 구석구석까지 알려지면서 여기저기에서 혼인 선물이 봇짐과 수레에 실려 건천동으로 모였다. 건천동 대문 앞에 기다랗게 줄을 선 사람들은 눈도장 받기를 기다렸다. 하인들은 기다리는 사람들 순번을 정하느라 거드름을 피우면서 신이 났다.

안채에서는 허엽영감이 식구들 앞에서 큰 보따리를 풀었다.

"이건 삼척 부사가 보낸 거다."

"아니, 김효원 나리께서……."

김효원은 심의겸과 이조정랑 자리를 놓고 다투다가 임금에게 쫓겨 삼척 부사로 나갔다. 멀리서 혼인 잔치를 잊지 않고 선물을 보내왔다. 허엽영감이 엄청나게 큰 보따리를 풀자, 대가리가 그대로 붙은 귀한 호랑이 가죽이었다. 보는 사람들이 모두 놀랐다.

"옆집 사는 이웃사촌이라고, 귀한 걸 보냈네."

허초희는 호랑이 가죽을 보자 자기가 이제 곧 안동 김씨 집안으로 시집을 가는 게 실감이 났다. 가죽으로 변한 호랑이가 불쌍해 보였다. 네 다리를 쭉 뻗고 대청마루에 늘어진 호랑이는 대가리를 바짝 쳐들고 커다란 구슬이 박힌 눈은 꿈적도 하지 않았다. 산천을 호령하던 금수의 왕답지 않게 인간에게 붙잡혀 옴짝달싹 못 한 채 가죽이 벗겨진 호랑이의 모습을 보며 자기도 혼인하게 되면 저런 불쌍한 꼴이 될 거라는 생각이 들었다. 시집살이라는 올가미에 걸려 꼼짝 못 하고 규방에만 갇혀 살아야 하는 걱정이 밀려와 겁이 나기도 했다.

자기가 신랑을 고르지 못하는 신세라서 아버지와 오라버니가 골라 준 신랑, 어머니가 마지못해 승낙한 사람과 덥석 혼례 치를 생각을 하니 두렵고 떨렸다. 하지만 성균관에서 자기가 두 눈으로 본 김성립은 키도 훤칠하고 이목구비도 올곧아 보였다. 누에처럼 짙은 눈썹, 쌍꺼풀진 부리부리한 눈, 반짝이는 눈동자는 마음에 들었다. 신랑을 믿고 살다 보면 아이들도 생기고 귀여운 아이들과 알콩달콩 지낼 생각을 하면 가슴이 설 다. 그런 설렘이 희망이 되어 기꺼이 머리를 얹겠다는 각오가 섰다.

10월 보름 전날, 신랑의 숙모 성씨가 건천동에 와서 허초희의 댕기를 풀고 머리를 올려 족두리를 씌우고 금비녀를 꽂아 주는 계례(筓禮)를 치렀다. 금비녀는 초희가 시집갈 때 주려고 김씨부인이 마련해 두었다가, 계례식에 맞춰 내줬다.

숙모 성씨는 껍질에 알록달록한 무늬가 아롱진 대나무, 소상반죽(瀟湘斑竹)으로 만든 참빗으로 비단결 같은 허초희의 머리를 단정히 빗겨 주고, 쪽을 진 다음에 금비녀를 꽂아 주었다.

"새아기 손톱이 짤랑짤랑 울리는 쌍 귀걸이 같네."

숙모 성씨가 허초희의 가늘고 긴 손가락 끝에 봉숭아 물이 든 손톱이 홍옥(紅玉) 구슬처럼 빛나는 걸 보고 말했다.

"지난여름에 어머니가 물들여 주셨어요."

"첫눈이 올 때까지 남아 있으면 사랑이 이루어진다던데."

숙모 성씨는 수줍어하는 허초희의 모습을 보며 웃었다.

신랑이 신붓집에 와서 혼례를 치르는 보름날이 되었다. 허초희는 새벽 일찍 깨어나 규방의 발을 걷어 올리고 방문을 열고 툇마루에 서서 하늘을 바라보았다. 화장대 앞 거울에 비친 손톱이 붉은 별처럼 반짝반짝 빛났다. 허초희는 초승달 같은 눈썹을 쓰다듬었다. 봉숭아 물이 든 허초희의 손가락이 바람에 흩날리는 꽃비가 내리는 듯 거울 속 눈썹을 스쳐 지나갔다. 허초희는 첫눈이 오기 전까지 봉숭아 물이 남아 있길 바랐다.

 허초희는 목욕재계한 뒤, 고운 옷을 차려입고 허엽영감과 김씨부인에게 절을 올리고, 해가 뜨기 전에 집 안의 사당으로 함께 갔다. 아버지가 전처 한씨에게서 얻은 큰아들 허성과 친오라버니 허봉이 조상님께 예물을 바치고 허초희의 혼인을 알리는 고유제를 지냈다.

 김성립의 인왕동 집에서도 아침 일찍 해가 뜨기 전에 사당에서 고유제를 지냈다. 신랑의 아버지 김첨이 김성립에게 술을 따라 주며 신부를 맞아 데리고 오라는 예였다. 김성립은 아침을 먹고 어머니 송씨부인에게 절한 뒤 초행 걸음을 나섰다. 맨 앞에는 청사초롱을 든 소동(小童) 두 명이 서고, 김성립의 큰외삼촌 송응개가 기럭아비를 맡아 붉은 갓을 쓰고 나무 기러기를 안고 걸었다. 김성립은 쌍학흉배를 단 단령(團領)을 걸쳤다. 사모를 쓰고 관대를 허리에 찬 다음 흑화를 신었다. 의젓한 모습으로 백마에 앉았다. 신랑 뒤에 혼주인 김첨이 상객(上客)이라서 가마에 탔다. 그 뒤로 김성립의 유모가 수모(手母)들의 부축을 받으며 당나귀를 타고 따라갔다.

 원래 혼서와 예물을 넣은 함은 혼례 전날까지 신붓집에 들어가야 했지만, 이날은 신랑의 후객(後客)으로 따라갔다. 신붓집에서 혼례를 치르는 날 들어와도 좋다고 했었다. 함진아비는 김성립의 동무인 김두남과 도깨비들이었다. 이렇게 요란하게 김성립의 초행 걸음에 따라나선 사람들은 소동, 유모, 수모, 하인, 마부, 가마꾼, 함진아비 일행을 합쳐 서른 명이 넘었다.

 신랑 일행은 신붓집 옆에 마련한 정방으로 들어갔다. 정방은 신랑 일행

초행(김홍도, 한국데이터산업진흥원)

이 혼례를 치르기 전에 여장을 풀고 쉬는 곳인데 김효원 나리 댁 사랑채를 빌려 마련했다.

"먼 길 오시느라 수고가 많았습니다. 우선 목부터 축이시오."

손님 접대를 맡은 허봉이 신랑 일행에게 삼해주(三亥酒)를 따라 주며 말했다. 삼해주는 정월 첫 돼지 날(亥日, 해일)에 시작해서 매월 돼지 날마다 세 번에 걸쳐 빚어내는 마포의 명주였다. 하지만 함진아비 김두남의 표정이 마뜩잖았다.

"두부 만드는 집이라서 그런지 신랑 상에 두부 음식만 잔뜩이고 쇠고기는 없는 게 시원치 않습니다. 이렇게 우리를 푸대접하면 함이 신붓집으로 제대로 들어가겠습니까?"

"함값은 넉넉히 줄 테니 문 앞에서 미적대지 말고 들어가게."
허봉이 김두남에게 삼해주를 따라 주며 달랬다.

신붓집 안채 마당에서는 하인들이 햇볕을 가리는 차일을 치고 멍석을 깔고 원앙 돗자리를 펴고, 모란 병풍을 둘러서 초례청을 꾸몄다. 동네 사람들은 아침부터 모여서 웅성웅성하며 메밀국수를 먹고 술을 마셨다. 낮술에 취한 동네 장정들은 대문 밖에서 내기 윷을 놀면서 왁자지껄했고, 동네 아낙들은 부엌이 모자라 안마당까지 나앉아 음식을 만들며 시끌벅적 신났다.

이때 대문 밖에서 요란한 소리가 들렸다. 정방을 나선 김두남과 도깨비 동무들이 함을 팔러 왔다. 함진아비들은 등롱잡이를 앞세워 잔칫집 대문 앞에 버티고 서서 함 파는 소리를 질렀다.

"함 사시오, 함을 사시오!"
"어서 안으로 들어오십시오."
신붓집 하인들이 대문 안에서 소리쳐 봤지만, 함진아비 김두남은 순순히 대문 안으로 들어갈 생각이 없었다.

"함값이 시원치 않으면 대문 안으로 들어가기 힘듭니다."
김두남은 신붓집 안을 살펴보려고 대문으로 고개를 쑥 들이밀었다. 그 순간 하인들이 김두남이 짊어진 함을 붙잡고 대문 안으로 끌어들였다. 그러자 김두남은 빼앗기지 않으려고 함을 끌어안고 땅바닥에 철퍼덕 주저앉았다.

"힘들어서 움직일 수 없소. 아이고, 죽겠다!"
김두남이 함을 감싸고 가쁜 숨을 몰아쉬었다.

어느새 허초희의 이복 오라버니 허성이 어여쁜 계집종을 시켜 좋은 술과 고기 안주로 차린 술상을 들고나와 함진아비들 앞에 내려놓았다.
"한 잔씩 따라 드려라!"
"이깟 술 한 잔으로 함이 들어가겠습니까? 함값을 두둑이 주기 전에는 한 걸음도 안 움직입니다."
김두남이 허성한테 큰 소리로 억지를 부렸다.
"이게 이래 봬도, 개성 태상주(太常酒)요! 네가 한 잔씩 남실남실 따라 올려라!"
허성의 말을 듣고 어여쁜 계집종이 나서 살살 눈웃음을 치며 함진아비들에게 태상주를 따랐다.
"이게 송도 사람들이 제일이라 여기는 귀한 태상주입니까?"
"황진이가 벽계수와 함께 마셨다는 바로 그 술이오."
김두남이 술을 받아 요리조리 살피다가 마셨더니, 그 맛이 기막혔다.
"여기 함값으로 태상주 두 병을 드릴 테니, 함을 파시오!"
함진아비들은 계집종한테 태상주를 한 잔씩 받아 마시고, 함값으로 따로 두 병을 챙기고 나서야 함을 지고 일어섰다.
"함 들어갑니다!"
대문 안에서 혼례 준비를 하던 사람들이 손뼉을 쳤다. 함진아비들은 중문으로 들어가, 하인들을 따라 대청마루로 올랐다. 병풍이 쳐진 대청마루에는 화문석을 깔고 붉은 보자기를 씌운 높은 상이 보였다. 그 위에 찹쌀로 만든 봉채 떡 시루를 놓았다. 구경꾼들이 신붓집에서 함을 받는 모습을 보려고 대청마루 아래 모였다.
"초행에 수고하셨습니다. 이제 폐물을 받겠습니다."

허성이 납폐함을 받아 시루 위에 올려놓았다. 사람들이 함을 보고 두 번 절하자, 허성이 안방에 대고 고했다.

"어머니, 함 받으세요."

김씨부인이 함을 받으러 대청으로 나와 납폐함을 받아 들고 안방으로 들어갔다. 방 안으로 들어갈 때, 문지방에 놓인 바가지를 발로 밟아 팍 깨뜨렸다. 원래 큰 소리를 내서 잡귀를 쫓아내려는 의식이었다. 김씨부인은 여전히 신랑이 못마땅했고, 이 혼례를 박살 내고 싶은 마음이 남아 있어서 바가지를 꽉 밟았다. 바가지는 산산조각이 났다. 깨진 바가지 한쪽이 허엽영감의 면상으로 날아갔다.

"아야!"

허엽영감이 피하지 못해 얼굴에 상처가 났다.

"부인, 살살 하시오!"

허엽영감은 생채기를 쓰다듬으며 김씨부인에게 말했다. 김씨부인은 남편을 흘겨보고는 안방 문을 탁 닫아 버렸다. 허성은 혼례를 치르기도 전에 아버지의 얼굴에 상처가 나고, 의붓어머니가 화를 내는 모양을 신랑집 사람들에게 보여 주는 게 창피해서 얼굴이 화끈거렸다. 허성은 얼른 화제를 돌려 차분하게 안방에다 물었다.

"어머니, 홍단입니까, 청단입니까?"

김씨부인이 보자기를 펼쳤더니, 자개로 화려하게 장식한 붉은 납폐함이 보였다. 신부 어머니가 납폐함에 손을 넣어 홍단을 잡으면 첫아들을 낳고, 청단이면 첫딸을 낳는다는 이야기가 있어 납폐함을 열고 손을 넣어 예단을 잡고 천천히 꺼내 보았다.

"청단입니다."

사월이가 대청마루 쪽에서 들으라고 외쳤다. 옆에서 신부 단장을 하던 수모들이 허초희가 서운해할까, 걱정돼서 한마디씩 거들었다.

"첫딸은 세간 밑천이라고 했습니다."

"첫딸은 금을 주고도 못 삽니다."

허초희는 첫 아이가 딸이었으면 좋겠다고 생각해서 기뻤다. 신붓집에 함을 넘긴 김두남은 대청마루에서 내려와 신랑 일행이 머무는 정방으로 돌아갔다. 해가 짧아 혼례를 치르려면 서둘러야 했다.

정방에서는 혼례 준비가 한창이었다. 신랑은 혼례복을 반듯하게 차려 입었다. 기럭아비가 앞장서서 신붓집으로 들어가 나무 기러기를 신부 어머니에게 전해 주는 전안례(奠雁禮) 차례였다. 기럭아비 송웅개가 기러기를 안았고, 등롱잡이 소동이 맨 앞에서 뽐을 냈다. 신랑은 청색 비단부채로 얼굴을 가리고 백마를 탔고 신랑집 혼주 김첨은 가마를 탔다. 그 뒤에 유모와 수모들이 뒤따랐다. 이렇게 신랑 초행 걸음이 드디어 신붓집 앞에 이르렀다.

신붓집 대문 앞에서 윷을 놀던 사람들도, 사랑채 뒷마당에서 술을 마시던 사람들도, 부엌에서 음식을 하던 사람들도 신랑 구경을 하려고 밖으로 나왔다. 허성이 신랑 일행을 안내해서 신붓집 안으로 들어왔다. 여기저기에서 부채로 얼굴을 가린 신랑을 보고 한마디씩 던졌다.

"새신랑이 훤칠한 게 미남이구먼!"

"장원급제에 당상관도 하겠어."

"아니야, 초희 아씨가 밑졌어!"

김성립은 구경꾼들이 '훤칠하다, 미남이다, 장원급제다, 당상관이다'라고 할 때는 기분이 좋아 으스대며 뽐을 내고 걷다가, '아씨가 밀졌어'라는 말을 듣고 '신부가 잘났으면, 얼마나 잘났는지 어디 두고 보자'라는 마음이 생겨 멈칫하다가 이내 구경꾼 사이를 씩씩하게 걸었다.

신랑 일행은 전안상(奠雁床)을 차린 사랑채 마당으로 들어갔다. 사랑채에서 안채로 통하는 중문 앞에는 두 폭 가리개를 하고, 멍석을 깔고, 붉은 보자기를 덮은 소반이 놓였다. 그 옆에 두루마기를 잘 차려입은 신붓집 혼주 허엽영감이 전안례를 치르려고 신랑 일행을 기다렸다. 허성이 신랑을 사랑채 중문 앞으로 데려갔다. 사랑채 마당에는 손님들이 모여서 음식을 먹으며 신랑이 전안례 하는 모습을 지켜봤다.

신랑이 전안상 앞에 무릎을 꿇고 앉았다. 김성립이 기럭아비 송응개에게 나무 기러기를 받아서 상 위에 올려놓고 두 번 절을 올렸다.

"기러기는 한번 짝을 맺으면 짝이 죽더라도 다른 짝을 찾지 않는다. 두 사람이 기러기처럼 서로 어여삐 여기며 살라는 의미이니 경건하게 절을 올려라."

김성립이 절하는 동안 신랑의 큰외삼촌 송응개가 훈계라도 하는 듯 소곤거렸다.

'죽어도 다른 짝을 찾지 않는다! 세상에 수많은 기러기가 홀아비 홀어미는 아니겠지?'

김성립은 그 짧은 순간에 자기가 짝을 잃은 외로운 기러기 신세가 될 거라고는 생각하지 않았다. 새신부와 백년해로하길 바랐고, 사이좋게 하늘을 나는 기러기처럼 금실 좋은 부부가 될 거라고 철석같이 믿었다. 그런 마음이 가슴에 벅차올라 의기양양해지고 하늘로 붕 뜬 기분에 발걸음이 가벼워졌다. 전안례가 끝나자, 사월이가 나무 기러기를 받아 치마에 감싸고 안채로 사라지고, 김성립은 세상을 다 가진 사람처럼 씩씩하게 초례청으로 향했다.

허초희는 초록색 삼회장저고리에 다홍치마를 입고 그 위에 한삼(汗衫)이 달린 붉은 활옷을 덧입은 뒤, 쪽머리를 감아올리고 큰비녀를 꽂고 화관을 썼다. 큰비녀 양쪽으로 앞줄댕기를 하고 도투락댕기를 화관 고리에 걸어 쪽머리 뒤쪽으로 길게 늘어뜨렸다. 얼굴에 흰 분을 바르고 뺨에다 연지를 찍고 이마에는 곤지를 찍어 칠보단장으로 꾸몄다. 속눈썹에 바른 밀기름은 향긋했지만, 자꾸 눈꺼풀에 달라붙어 눈을 바짝 뜨지 못했다.
"마님, 기러기 왔습니다. 안방으로 던지세요."
사월이가 나무 기러기를 가지고 안채로 들어왔다. 김씨부인이 대청마루에서 사월이에게 나무 기러기를 받아서 허초희가 기다리는 안방으로 던질 차례였다. 나무 기러기가 누우면 첫딸이고, 일어서면 첫아들이라는 속설이 전해 내려왔다. 김씨부인이 나무 기러기를 안방으로 휙 던졌는데 모가지가 댕강 부러져 버렸다. 안방에 있던 사람들이 깜짝 놀랐다. 허초희는 단장하느라 고개를 못 돌렸고, 눈도 크게 뜨지 못했지만, 나무 기러기가 데굴데굴 구르는 소리가 두 군데서 나는 걸 듣고, 모가지가 부러진 걸 알았다.
"에구머니, 기러기 모가지······."
안방에서 허초희 신부 단장을 해 주던 수모가 입방정을 떨었다. 사월이가 잽싸게 수모의 입을 틀어막았다.
"기러기가 자빠졌네. 첫딸입니다."
사월이는 나무 기러기를 주워 부러진 모가지를 다시 붙이려고 요리조리 맞춰 봤으나, 쉽지 않은 일이었다. 그 꼴을 보던 김씨부인이 사월이에게 호통을 쳤다.

"보기 싫다! 치워라."

사월이는 나무 기러기를 납폐함을 쌌던 보자기로 덮었다. 김씨부인이 나무 기러기를 안방 윗목 구석으로 밀어 버렸다. 허초희는 눈앞이 흐릿해서 잘 보이지는 않아도, 나무 기러기 모가지가 부러져 버렸다는 걸 알고 양쪽 눈에서 눈물이 주르륵 흘렀다.

"분 지워진다. 울지 마라."

김씨부인이 허초희를 달랬다.

"이제 초례청으로 나가시지요."

허초희가 수모들의 부축을 받으며 초례청으로 나갔다.

그새 날이 어두워졌다. 초례란 원래 하늘의 별을 향해 음식을 차려 놓고 화와 액을 물리쳐 달라고 비는 일이라서 해가 뜨기 전이나 해가 진 뒤에 지냈다. 혼례도 초례라 날이 저물 때쯤 지냈다. 안채 마당에 석등도 켜고, 관솔불도 밝히고, 방에서 좌등까지 가지고 나와 초례청 마당에 놓자, 혼례를 지낼 만큼 밝아졌다.

신랑 김성립은 청사초롱을 밝힌 소동을 앞세우고 초례청으로 향했다. 김성립은 한 여인의 지아비가 된다는 생각, 한 집안의 가장이 된다는 생각 때문에 두렵기도 했지만, 이제 진짜 어른이 되니 어찌 됐든 잘해 보자는 각오를 다지며 초례청 안으로 들어갔다.

열 폭 모란도 병풍을 둘러친 초례청에는 신랑과 신부가 맞절하는 교배례를 할 차례라서 다리가 높은 초례상을 초례청 한가운데 차렸다. 초례상에는 청실과 홍실로 장식한 작은 소나무와 대나무 화분을 놓았고, 그 옆으로 강릉 자수 보자기에 싼 암탉과 수탉의 대가리가 보였다. 또 쌀, 떡, 콩, 팥, 배, 곶감을 놓고 청초와 홍초를 밝혔다.

신랑 김성립이 씩씩하게 걸어서 초례상으로 가는데, 구경꾼들이 김성립을 보고 코가 크다니, 손이 크다니 하였고, 어떤 이는 신랑이 절뚝거리는 게 아니냐며 농담 반 진담 반으로 놀려 댔다. 김성립은 그런 말이 들리는지 마는지 돌아보지도 않고 걸어갔다. 그때 누군가 김성립 앞으로 콩 한 됫박을 확 뿌렸다. 김성립이 콩을 밟고 휘청하며 넘어지려다 자세를 바로잡아 똑바로 섰다. 사람들은 신랑이 사지가 멀쩡한 헌헌장부라고 박수하며 환호를 보냈다.

김성립은 초례상 동쪽에 섰다. 아직 한 번도 본 적이 없는 신부가 얼마나 어여쁜지 호기심이 생겨서 안채를 올려다봤다. 김성립의 가슴이 콩닥콩닥 뛰었다. 잠시 후 안방 미닫이문이 열리고 신부 허초희가 대청으로 나왔다. 김성립은 신부가 한삼으로 얼굴을 가린 데다가, 주변이 어두워 신부의 얼굴을 자세히 볼 수 없었다. 신부가 아주 크지도 않고 너무 작지도 않은 듯해서 마음에 들었다. 신부 허초희는 수모의 도움을 받으며 초례상으로 다가와 서쪽에 섰다.

초례를 진행하는 집례(執禮)가 관세(盥洗)라고 외쳤다. 수모들이 신랑과 신부를 놋대야 앞으로 데려가 손을 닦았다. 김성립은 한삼을 내리고 손을 닦는 신부의 얼굴을 보려고 눈알을 굴렸다. 신부가 고개를 숙여 잘 보이지 않았다. 손을 씻은 신랑 신부는 초례상 앞으로 다가왔.

두 사람은 하늘과 땅에 술 올리는 예를 드리려고 원앙 돗자리에 앉았다. 그제야 허초희가 얼굴을 가렸던 한삼을 내렸다. 김성립은 드디어 허초희

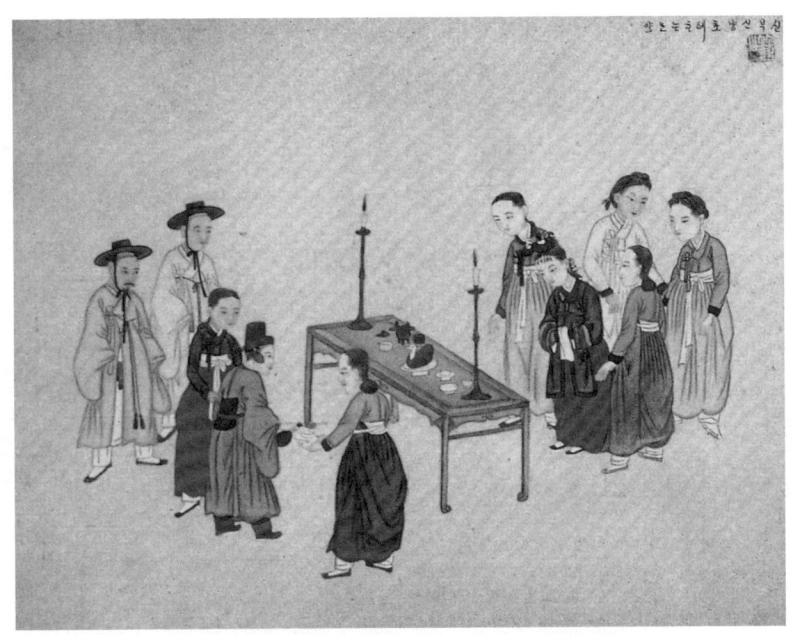

신부 신랑 초례하는 모양(김준근, 한국학중앙연구원)

의 얼굴을 봤다. 단아한 이목구비가 아름답게 보였다. 허초희도 김성립의 얼굴을 봤는데, 성균관에서 본 바로 그 하재생이 맞았다. 비로소 둘은 상견례를 치렀다.

그때 갑자기 초례상 위에 가만히 앉은 암탉이 꼬끼오 울었다. 사람들은 수탉은 조용한데, 암탉이 먼저 울었다고, 암탉이 울면 집안이 망한다는 둥, 뭔 큰일이라도 난다는 둥 수군거렸지만, 허초희는 암탉이 울든 수탉이 울든 그게 무슨 상관이라고 구경꾼들이 쓸데없는 말을 한다고 생각했다.

두 사람은 수모에게 술잔을 받아 하늘과 땅에 바치고, 신랑과 신부가 서로 술잔을 바꿔 마시며 백년해로하기로 약속을 맺었다. 그러자 양쪽의 수모들이 소나무와 대나무에 따로 걸쳐 놓은 청실과 홍실을 하나로 엮어서 다시 소나무와 대나무에 걸었다. 신랑 신부가 두 쪽으로 쪼갠 표주박 잔에 술을 따라 서로 나눠 마시고 두 잔을 합쳐 보이는 합근례를 끝내고 구경꾼들에게 큰절하자 초례의 예식이 끝났다.

허엽과 허봉, 김첨과 송응개 또 이산해까지 동인들은 이 혼례가 동인들을 하나로 엮어서 쉽게 풀리지 않는 매듭이 될 거로 생각했다. 허초희와 김성립 사이에서 사내아이가 태어나면 그야말로 동인의 앞날이 든든해진다고 믿었다. 하지만 초례청의 한쪽 어두운 구석에서 술을 마시는 몇몇 사람은 이 혼례가 못마땅했다. 바로 허봉과 같이 홍문관에서 일하는 정철과 서인들이었다. 정철은 큰 바위에 쐐기를 박고 물을 부으면 바위가 쩍쩍 갈라지듯이 이 혼인으로 단단히 뭉친 동인들 사이에서 틈새를 찾아 작은 쐐기를 박아 두고 언젠가 동인들이 쪼개지길 바랐다. 정철은 기꺼이 자기가 그 쐐기가 될 마음을 가다듬으며, 말없이 이 혼례를 지켜볼 뿐이었다.

허초희는 혼례식이 끝나고 신방으로 들어와서 화관이며 활옷도 벗지 못한 채 김성립을 기다렸다. 원래 혼례가 끝나면 신랑이 사모관대를 벗고 두루마기로 갈아입은 뒤 신방에 먼저 들어와 동쪽에 앉았다. 그 뒤 혼례복을 그대로 입은 신부가 수모의 부축을 받고 신방으로 들어와 서쪽에 마주 앉았다. 그리고 신랑이 신부의 옷을 벗겨 주고 비로소 같이 잤다. 새로운 방식으로 혼례를 치르다 보니 순서가 뒤죽박죽 섞였다. 허초희도 뭐가 뭔지 몰라 자기가 먼저 신방에 들어와 주안상 앞에 앉아서 신랑을 기다렸다. 신랑은 사랑채 대청에서 동네 청년들에게 발바닥을 얻어맞는 동상례를 치르는 중이었다.

신방은 허초희의 방에 꾸몄다. 북쪽 벽으로 예쁘고 진귀한 꽃과 새를 그린 여덟 폭 화조도(花鳥圖) 병풍을 둘러쳤고, 그 아래에다 원앙새를 수놓은 원앙금(鴛鴦衾) 이부자리를 펼쳤다. 방문 옆에는 연꽃을 그린 두 폭 가리개를 세웠다. 서쪽 벽에는 연화(蓮花)와 당초(唐草)를 문짝에 그려 넣고 부귀와 공명이란 글자를 새긴 화초장(花草欌)이 자리 잡았고, 화초장 위에는 신부의 화장품과 장신구를 넣는 장함(藏函)과 백동(白銅)거울을 넣는 경갑(鏡匣)을 올려놨다. 또 동쪽 벽에는 은빛 나비경첩을 빼곡히 붙인 오동나무 이층장이 있고, 이층장 위에는 베갯모에 오방색 명주실로 아름다운 문양과 수(壽)와 복(福)을 수놓은 메밀껍질 베개 네 개를 쌓았고, 옷을 거는 횃대를 매달았다. 활짝 핀 목단꽃을 그린 백자 요강이 방구석에 놓였고 나비 촛대에선 촛농이 뚝뚝 떨어지며 촛불이 살랑거렸다.

허초희는 문득 신혼 첫날부터 독수공방으로 지내는 신세가 싫어져서, 신랑이 들어올 때까지 안방에 가서 기다리겠다고 마음먹고 벌떡 일어섰다.

"그냥 앉아서 기다려요."

구경꾼들이 이미 신방 밖에서 창호지에 구멍을 뚫고 신방 엿보기를 하면서 킥킥거렸다. 구경꾼들은 문밖에서 이래라저래라하며 호들갑을 떨었다. 지금 나가면 구경꾼 사이를 헤치고 안방으로 건너갔다 다시 돌아와야 했는데, 아무래도 구경꾼들 등쌀이 만만치 않았다. 허초희는 고개를 들어 창밖을 봤다. 밀기름이 엉겨 붙어 눈이 떠지지 않아 잘 볼 수 없었다. 허초희는 한삼으로 눈가의 밀기름을 닦아 냈다. 온종일 보이지 않던 세상이 겨우 하나둘 모습을 드러냈다. 창밖의 달빛은 오늘따라 유난히 밝았다. 허초희는 둥근 달을 물끄러미 바라보다 철퍼덕하고 주안상 앞에 다시 주저앉았다.

"아이고, 이걸 어쩌냐, 첫날밤부터 독수공방이라니……."

"신랑은 언제 올는지……."

허초희는 갑자기 강릉의 경포호와 초당마을이 생각났다. 초당마을에서 바닷가로 나가면 긴 백사장이 펼쳐졌다. 허초희는 그곳 강문해변에서 봤던 바닷사람들이 눈앞에 아른거렸다.

> 강남 마을에서 낳고 자랐기에
> 어렸을 적엔 이별이 없었지요.
> 어찌 알았겠어요, 열다섯 나이에
> 뱃사람에게 시집갈 줄이야.
>
> [강남 노래][2)]

오라버니 허봉과 동생 허균은 강릉 사천리 외가에서 태어났지만, 허초희는 강릉 초당마을에서 태어나고 초당마을에서 자랐다. 허초희는 초당마을에서 같이 놀던 벗들이 생각났다. 누구든 먼저 혼삿날이 되면 꼭 함께 놀아 보자던 벗들이었다. 어릴 적 동무들과 창호지에 구멍을 내고 신방 엿보기를 할 때면, 달빛이 있어야 더 잘 보였던 기억이 났다. 지금은 구경꾼들이 독수공방하는 자기 모습을 잘 보게 휘영청 밝게 비추는 달이 이렇게 야속할 줄은 미처 몰랐다.

허초희는 일어서서 창문을 닫았다. 이제야 방 안이 좀 어두워져서 신방 엿보기 하는 구경꾼들 눈에서 벗어났다고 안심했다. 약이 오른 구경꾼들

---

2) 江南曲, 강남곡 일부분(허초희 지음, 허경진 옮김)

은 신랑이 올 때까지 죽치고 기다렸다.

"오늘 신랑이 동상례를 치렀으니 밤새도록 신부를 안아 줄 거야."

"아이고, 그럼 우리 아씨가 내년이면 옥동자를 낳으시겠네!"

허초희는 첫날부터 신랑을 기다리는 자기 신세가 처량하고 한편으론 억울해서 고개를 숙이고 눈을 감았다. 화관을 쓴 정수리는 근질근질하고 연지 찍고 곤지 찍은 얼굴은 빨갛게 달아올랐다. 허초희는 화관도 벗어 버리고 금비녀도 던져 버리고 연지도 떼고 곤지도 지우고 활옷이며 치마며 버선이며 다 벗어 버리고 이부자리에 벌러덩 눕고 싶은 마음이었다. 누가 정한 건지는 모르겠지만 첫날밤 신부 옷은 신랑이 벗겨 주는 거라서, 만일 신랑이 술에 취해 그대로 자 버리면 밤새도록 쪼그리고 앉아 날을 샐 판이었다. 이런 게 삼종지도라니 어처구니가 없었다. 허초희는 김성립이 늦게 오는 만큼 혼내 주고 싶은 생각이 조금씩 꿈틀거렸다.

"그나저나 하늘을 봐야 별을 따지. 신랑은 언제 오는 거야."

허초희는 구경꾼들이 자기를 희롱하는 말이 듣기 싫어서 달빛이 들어오지 못하게 푸른색 비단으로 만든 벽사창(碧紗窓)도 닫아 버렸다.

"아이코, 아씨가 화가 단단히 나셨어! 하나도 못 보게 다 닫아 버리네."

허초희는 벽사창을 닫고 나니, 불현듯 어릴 적 벗들과 즐겁게 뛰놀던 시절로 다시는 돌아가지 못한다는 걸 깨달았다. 이제 허초희는 아이가 아닌 어른이 되어 버렸다.

옛 길가에 초당을 짓고,
날마다 큰 강줄기 바라보았네.
경포에 갇힌 난새는 야위어 버렸고,

꽃동산 날던 나비는 가을 맞았네.

찬 모래톱에 기러기들 내려앉으면,

저녁 빗속에 배만 홀로 돌아오네.

오늘, 이 밤에 비단 창을 닫으면,

어릴 적 놀던 추억 잊힐까 두렵네.

[처녀 적 동무들에게]3)

푸르스름한 달빛이 내려앉은 벽사창은 아이와 어른을 가르는 경계가 되었다.

"비키시오, 비키시오! 신랑 행차합니다."

김성립은 동무들의 부축을 받으며 신방으로 걸어갔다. 김두남이 뒤에서 김성립의 사모를 들고 따라갔다. 구경꾼들이 쭉 늘어서서 새신랑 길을 터 주자, 김성립이 그 사이로 지나갔다.

"신랑이 늠름해서 절충장군감이네."

"4대가 문과에 급제한 안동 김씨 집안 장손인데, 문과를 보고 당상관을 해야지."

"외할아버지가 기로소에 들어간 위사공신(衛社功臣) 송기수 대감이라며……."

"오호, 친가랑 외가가 모두 대단한 집안이네."

김성립은 신방 문이 열리면 곧바로 신부와 마주해야 했기에, 가슴이 콩

---

3) 寄女伴, 기녀반 (허초희 지음, 지은이 옮김)

닥콩닥 뛰었다.

"신랑 들어가니 문을 여시오!"

신방 앞에 기다리고 있던 수모가 신방 문을 쫙 열었다.

허초희는 신방 안에서 세상이 떠나갈 듯 문을 열라는 큰소리를 듣고 약간 겁이 났다. 문이 열리면 백년해로할 사내가 불쑥 방 안으로 들어올 차례였다. 성균관에서 먼발치로, 조금 전 초례청에서 잠깐 본 김성립이었다. 이젠 단둘이 마주 앉아서 이야기하고, 부둥켜 껴안고 이부자리에서 함께 자야 하는 사람이었다. 허초희의 가슴도 콩닥콩닥 뛰었다. 그러면서도 마음을 단단히 먹겠다고 다짐했다. 처음부터 신랑에게 밀리면 죽을 때까지 신랑 뜻에 따라 숨죽이고 살아야 할지도 몰랐다. 더구나 첫날밤부터 자기를 독수공방하게 만들어서 뿔도 났다. 그래도 사월 초파일에 도깨비 가면 속에서 본 눈빛 때문에 심장이 멎는 듯한 걸 기억하면 가슴이 마구 두방망이질 해댔다. 드디어 방문이 스르륵 열렸다. 가슴이 더 쿵쾅쿵쾅 뛰었다.

"들어가겠소?"

김성립이 허초희에게 말했다.

순간 쿵쾅거리며 한껏 부풀어 오르던 허초희의 가슴이 푹 꺼져버렸다. 허초희는 어릴 적부터 자기 신랑은 남모르게 흠모하던 당나라 시인 두목지 같은 멋진 사람이길 바랐다. 첫날밤이라면 '섬돌에 밤빛이 물처럼 서늘하니, 그대와 누워서 견우직녀성을 보고 싶구려' 정도는 읊어 주길 꿈꿨건만, 김성립에게 들은 말은 너무나 허무해서 맥이 풀릴 정도였다.

'아니, 이게 뭐야? 백년해로할 사람이 처음 한다는 말이 들어가도 되겠소, 라니…….'

허초희는 속으로 이런 생각을 하면서도 다소곳하게 고개를 끄덕이며 새침을 뗐다. 김성립은 허초희가 고개를 끄덕이는 걸 보고 신방 안으로 한 발짝 들여놓았다.

김성립은 헛기침을 하고 주안상 앞으로 가서 앉았다. 김성립은 가슴이 쿵쿵 뛰고 입안은 바싹바싹 마르고 목이 막혔다.

"기다리게 해서 미안하오. 처음이라 모르는 게 많소."

'처음? 처음이 아니면 새장가라도 들었단 말인가?'

허초희는 김성립이 처음이라고 하는 말에 갑자기 욱하며 웃음이 나와서 참으려다 입술을 깨물어서 쓰리게 아프고 피가 났다. 김성립은 정신을 가다듬고 다가갔다. 허초희도 가슴이 쿵쾅거리며 다시 세차게 뛰었다. 그건 김성립도 마찬가지였다.

"부인, 나를 보시오."

'부인!' 허초희는 김성립이 자기를 부인이라고 부르는 걸 듣고 소름이 쫙 돋아 자기가 백 살은 먹은 늙은이처럼 느껴졌다. 이제 겨우 열다섯 살, 마음껏 살아보지도 못한 새파란 청춘인데, 다 늙어 버린 할멈을 부를 때나 쓸 법한 부인이란 말을 듣자, 진저리가 났다. 허초희는 고개를 들어 김성립을 쳐다봤다. 드디어 두 사람이 눈을 똑바로 마주치며 서로 얼굴을 봤다.

허초희는 얼른 김성립을 보고 고개를 숙였다. 그런데 사월 초파일에 도깨비 가면 사이로 봤을 때처럼 가슴이 마구 뛰어 하마터면 심장이 멎어 버리거나, 온 세상이 멈춘 듯한 느낌은 아니었다. 뭐가 달라도 다른 느낌이었다. 하지만 홍길동이라는 당나귀 마부로 변장해 성균관에 몰래 들어가서 본 김성립이 분명히 맞았다.

김성립도 이제야 허초희를 가까이서 제대로 볼 수 있었다. 달걀처럼 갸름하고 박속같이 하얀 얼굴에 초롱초롱한 눈, 오뚝한 코, 작고 붉은 입술이 눈에 확 들어왔다. 김성립은 허초희를 보고 하늘에서 내려온 선녀처럼 아름답다는 생각이 들어 가슴이 더욱더 쿵쾅거렸다.

"부인, 이제 혼례복을 벗기겠소."

김성립이 허초희 앞으로 바짝 다가가 활옷의 고름을 풀려고 덤벼들었다. 허초희가 깜짝 놀라 손으로 가슴을 막았다. 김성립도 놀라서 주춤거렸다.

"부인, 왜 놀라시오? 첫날밤에 신랑이 신부 예복을 벗겨 주는 거요."

허초희는 김성립이 무작정 가슴부터 열어젖히려고 하니까 놀랐다. 김성립은 먼저 도투락댕기를 풀어야 했다. 그런 일을 해 본 적이 없는 김성립은 어떻게 푸는 건지 몰라서 기다란 도투락댕기를 들었다 놨다 요리조리 살펴봤지만, 어찌할 바를 몰랐다. 그러자 허초희가 김성립에게 처음으로 속삭였다.

"서방님, 화관 고리······."

순간, 김성립의 몸이 굳어 버렸다. 김성립은 어릴 적부터 자기 신부는 말로만 듣던 황진이처럼 사내의 풍류를 알아 주는 사람이길 바랐다. 첫날밤이라면 신부가 운치 있게 '명월이 만공산하니 쉬여간들 어떠하리' 정도는 읊어 주길 원했는데 허초희에게 처음 들은 말이 겨우 '서방님, 화관 고리'라니 너무나 허무했다. 그러면서도 화관을 들어 고리에 걸린 도투락댕기를 떼어 냈다. 다음에 앞줄댕기를 풀고 화관을 벗겼다.

"부인, 팔을 드시오."

김성립은 허초희의 활옷 허리띠를 풀려니 좀 떨렸다. 허초희도 가슴이 쿵덕쿵덕 뛰면서 입이 바짝바짝 말랐다. 물 한 사발을 벌컥벌컥 마시고 싶었지만, 물이 어디 있는지 몰라 꾹 참고 있었다. 허초희는 양팔을 들었다. 김성립이 뒤에서 안고 허리띠를 풀려고 더듬다 그만 가슴을 건드리고 말았다. 허초희는 깜짝 놀랐고, 김성립은 물컹한 느낌이 손끝으로 전해지면서 온몸이 짜르르 떨렸다. 김성립은 뒤에서 활옷 허리의 대대를 풀고 다시 앞으로 가서 활옷의 고름을 풀었다. 활옷을 들치자, 삼회장저고리 속에서 봉긋한 허초희의 가슴이 눈앞에 보였다. 김성립은 숨이 탁탁 막혔다. 김성립은 활옷을 벗기려고 다시 뒤로 돌아가서, 앉은 채로 허초희의 양팔을 들게 하고 먼저 오른쪽 소매를 빼내고 다음에 왼쪽 소매를 빼냈다. 활옷은 스르르 미끄러지면서 비단이 부스럭거리는 소리를 냈다.

김성립은 앞으로 가서 삼작노리개를 떼어 내고 다홍치마의 끈도 풀었다. 허초희 어깨와 가슴과 허리가 더 잘 보였다. 분 냄새가 김성립의 콧구멍으로 스며들면서 자기도 모르게 아랫도리가 부풀어 오르고 정신이 몽롱해졌다.

김성립은 스스로 사모관대를 벗어 화초장 위에 놓고 단령은 화초장에 욱여넣고, 활옷은 아무렇게나 횃대에 걸고, 화관은 이층상 위에 놓았다. 김성립은 바지저고리를 입고, 허초희는 삼회장저고리와 대란 치마 차림으로 주안상 앞에 마주 앉았다. 김성립이 술잔을 들고 넉살을 부렸다.

"부인, 한 잔 따르시오."

허초희가 고개를 들어 김성립을 한번 보고는 다소곳이 주전자를 들어 술을 따랐다. 술잔에 술이 찰랑거렸다. 목이 말랐던 김성립이 술을 단숨에 마시려던 순간 허초희가 불렀다.

"서방님, 잠깐만요."

김성립은 갑자기 허초희가 자신을 막아서는 말을 듣고 깜짝 놀라 마시려던 술이 목에 걸렸다. 술을 뱉으려다 겨우 참고 목구멍으로 넘겼다. 한참 동안 꽥꽥거리던 김성립이 가까스로 진정하고 말했다.

"부인, 깜짝 놀랐소! 무슨 일이오?"

"물어볼 게 있습니다."

"뭐요?"

"초파일에 도깨비 가면을 쓰셨습니까?"

"그걸 부인이 어찌 아오?"

"옥구슬 노리개는 어디 있어요?"

허초희가 김성립을 빤히 쳐다보며 물었다.

"옥구슬 노리개? 아하, 잃어버렸소."

김성립은 허초희가 무슨 말을 하는지 몰라 얼렁뚱땅 대답해 버렸다. 허초희는 김성립의 말을 믿었다. 사월 초파일에 자기 손을 잡고 달린 도깨비는 지금 눈앞에 있는 김성립이 맞았다. 허초희는 술잔을 김성립 앞에 내밀었다.

"저도, 한 잔 주세요."

"뭐요?"

"서방님, 저도 목이 마릅니다."

"부인이 어찌 술을 마시오?"

김성립은 술을 따라 달라는 허초희를 보고 놀랐고, 그다음에 하는 말에 더 놀랐다.

"서방님, 내 이름은 부인이 아니고, 허초희입니다."

"이름을 부르란 말이오?"

"부르라는 이름이니 불러 주세요."

"누가 여자 이름을 함부로 부른단 말이오. 기방도 아니고……."

김성립은 어이가 없었다.

"둘이 있을 때만이라도 제 이름을 불러 주세요."

"초희 부인? 초희 낭자? 초희 아씨? 뭐라고 부르란 거요?"

"알아서 부르세요."

김성립은 허초희를 빤히 쳐다봤다. 김성립은 허초희의 앙칼스러운 모습을 보면서 잘못했다간 평생 허초희의 기에 눌려 버릴지도 모른다고 생각해서 정신을 바짝 차렸다. 허초희도 기죽지 않고 초롱초롱한 눈으로 김성립을 쳐다봤다. 허초희의 오뚝한 코는 지부심이 가득 차 보였고, 앙다문 작고 붉은 입술은 함부로 대할 여자가 아니란 걸 보여 줬다. 허초희의 자태는 아직은 덜하지만, 양갓집 마님의 기품이 풍겼다. 두 사람은 한동안 서로 쳐다봤다. 그러다 결국 김성립의 눈빛이 먼저 꺾였다.

"알았소. 생각해 보겠소. 그나저나 진짜 술을 드시겠소?"

"주세요, 나도 마시게."

김성립은 허초희의 술잔에 조르르 술을 따랐다.

"드시오, 부인! 아니 초희……."

"서방님이 먼저 드세요."

허초희도 김성립의 술잔에 술을 따랐다. 김성립은 단숨에 술을 마셨다. 머리가 핑 돌았다. 허초희는 술을 입에 조금 머금고 있다 삼키려 했는데 술이 어찌나 쓰고 매운지 넘기기가 어려웠다. 잠시 후 눈을 꼭 감고 술을 꿀꺽 삼켰다.

김성립은 이렇게 당찬 여자랑 한평생 살아야 한다는 생각이 들어 덜컹 겁이 났다. 전안례 때 의기양양하던 용기는 어디론가 사라졌다. 신부를 얕잡아 봤다가는 큰코다칠지 몰랐다. 그래도 요리 보고 저리 보니 새신부가 예쁘고 사랑스러워 얼른 품에 안아 보고 싶었다.

김성립과 허초희는 술을 한두 잔씩 더 마셨다. 두 사람은 이른 새벽부터 별이 총총 빛나는 밤까지 오늘 하루 겪은 일이 꿈만 같았다. 더구나 술까지 나눠 마셔서 졸음이 밀려왔다.
"인제 그만 잡시다!"
김성립은 허초희에게 자자고 하면서 주안상을 옆으로 밀었다. 김성립은 술을 두서너 잔 마셔서 용기가 생긴 덕분에 허초희의 손을 덥석 잡았다. 허초희는 고이 간직한 정조를 술기운 때문에 남정네에게 넘기고 싶지는 않았으나, 이미 정신이 혼미해져서 몸을 가누기 힘들었다. 김성립은 이불을 걷어 내고 허초희를 요 위에 앉혔다. 허초희는 부끄럽다는 생각이 들었지만, 김성립이 이끄는 대로 따랐다. 김성립은 하초에서 뻗어오는 꿈틀거리는 욕망을 느끼며 곁으로 다가갔다. 허초희도 술 때문인지 아니면 난생처음 겪는 야릇한 기분 때문인지 두근거렸다.
김성립은 뒤에서 먼저 금비녀를 뽑고 쪽머리를 풀어서 가지런히 바닥에 내려놓았다. 다음에 삼회장저고리의 고름을 풀고 저고리를 벗겼다. 속적삼 안으로 가슴가리개가 보였다. 허초희가 쑥스럽고 창피해서 두 팔로 가슴을 가렸는데도 작고 예쁘고 백옥같이 하얀 가슴골이 김성립의 눈에 들어왔다. 김성립의 마음은 점점 요동치면서 침이 꼴깍꼴깍 넘어갔다. 김성립은 허둥대면서도 첫날밤 신랑이 할 일은 잊지 않고 척척 해 나갔다.
김성립은 벌떡 일어나 이층장 위에 놓인 메밀껍질 베개 두 개를 내려서 허초희를 원앙금침에 눕히고 나비 촛대의 촛불을 옷깃으로 스쳐 꺼 버렸다. 신방에는 깊은 어둠이 드리웠다. 허초희는 속적삼과 속속곳을 입은 채 누웠고, 김성립도 고의적삼만 입고 곁에 누웠다. 두 사람은 가슴이 하도 두근거려서 쿵덕쿵덕하는 소리가 서로에게 들릴 정도였다. 창밖에서는 귀뚜라미가 요란스럽게 울었다. 김성립은 귀뚜라미 소리를 듣다가 용기를 내서 돌아누웠다.

"초희야!"

김성립은 자기도 모르게 허초희의 이름을 불렀다. 그리고 허초희를 얼싸안았다. 김성립은 허초희 몸 안으로 젖 먹던 힘을 다해 욕정을 쏟아냈다. 김성립은 허초희의 뺨을 훑다가 잠이 쏟아졌는지, 허초희의 배에서 내려와 벌러덩 누워 천장을 보고 내뱉었다.

"사랑해…… 초희야."

김성립은 곧바로 드르렁드르렁 코를 골았다. 허초희는 자신의 더없이 귀중한 순결을 가져간 김성립이 다정다감한 말도 없이 잠들어 버린 게 야속했다. 허초희의 눈에 눈물이 맺히더니 주르륵 흘러 메밀껍질 베개를 적셨다. 귀뚜라미 소리는 더 요란했고 파란 달빛이 벽사창에 서늘하게 맺혔다. 이렇게 해서 허초희는 김성립의 아내가 되고 김성립은 허초희의 남편이 되었다.

4. 신행(新行)
(허초희 15세, 1577년)

"범 들어온다! 범이 들어온다. 건천동 범이 들어온다!"

호랑이 가죽을 덮은 허초희의 신행(新行) 가마를 보고 인왕동 사람들이 떠들어 댔다. 조선팔도에 '인왕산 모르는 호랑이 없다'라는 말이 있듯이 원래부터 인왕산에는 호랑이가 득실득실했다. 인왕산 호랑이가 경복궁은 물론 종묘와 사직까지 내려와서 사람을 물어 간 게 한두 번이 아니었다. 순라군(巡邏軍)이 밤에 '범 내려온다! 범 내려온다!'라고 소리치면 인왕산 아래 옥류동, 인왕동, 사직동, 장의동 사람들은 벌벌 떨었다. 사람들이 인왕산의 무악재를 넘으려면 호랑이에게 물려 갈까, 걱정되어 적어도 열 명은 모여야 꽹과리를 치며 겨우 고개를 넘었다.

인왕산(강희언, 한국데이터산업진흥원)

그렇게 무섭다는 호랑이 가죽을 액막이 삼아 덮은 허초희의 꽃가마였다. 이 장관을 보려고 인왕동 사람들이 신랑집 솟을대문 앞에 쭉 늘어서서 목을 빼고 행차를 기다렸다.

신행(김준근, 한국학중앙연구원)

허초희의 신행 행렬은 시부모에게 폐백드리러 가느라 아침 일찍 건천동을 나섰다. 맨 앞에 하인 두 명이 청사초롱을 밝혀 들고, 그 뒤로 사월이가 폐백 보자기를 머리에 이고, 그다음에 사내종이 높다란 일산을 들어서 백마에 올라탄 김성립한테 쏟아지는 햇볕을 가렸다. 행렬의 가운데에 가마꾼들이 허초희의 꽃가마를 메고, 그 뒤로 상객인 허성과 허봉이 말을 탔다. 후행으로 수모와 하녀들이 이바지 음식을 이고 지고 따랐으니 얼추 서른 명은 넘었다.

　원래 혼례를 치르면 3일 뒤에 신랑만 혼자 자기 집으로 돌아간 후, 신랑이 다시 신붓집의 허락을 받아 신붓집으로 재행(再行)을 갔다. 그 후 신부가 시부모에게 폐백드리러 신행에 나섰다. 신행은 혼례가 끝난 뒤, 달을 넘기거나, 해를 넘겼고, 몇 년이 걸리기도 해서 남자들은 처가살이를 많이 하게 되었다. 화담 서경덕과 그 제자들은 남자들이 처가살이를 못 하게 당일잔치 후, 다음 날 폐백을 하는 게 옳다고 여겼다. 허엽영감과 허봉은 그 말을 따랐다. 두 사람의 혼례는 그야말로 속전속결이었다.

　허초희의 꽃가마가 시댁 앞에 당도하자, 하인들이 짚불을 피우고 징을 울렸다. 꽃가마가 연기 사이를 지나 솟을대문을 통과할 때 하인들은 팥과 소금을 뿌렸다. 허초희는 가마를 타고 오느라 속이 울렁거렸고 메케한 연기까지 마신 데다 어제 마신 술 때문에 구역질이 났다. 거기에다 좁은 가마에서 거추장스러운 화관을 쓰고 활옷까지 입어서 답답해 죽을 지경이었다. 흔들리던 꽃가마가 안채 대청마루 앞에 멈췄다. 허초희는 어서 가마에서 내려 시원한 바람을 쐬면 좋겠다는 생각이 들었다.

　"신부 아버지가 당상관이니 얼마나 좋겠어."

　"신부가 그렇게 잘났다며……."

　"잘나봤자 얼마나 잘났겠어. 어차피 여자인데……."

　사람들이 밖에서 떠드는 소리가 허초희한테 다 들렸다. 허초희는 '어차피 여자인데'라는 말을 들었을 때 구역이 올라와 구석에 놓인 요강에 얼른 머리를 박고 토악질했다. 그때 마침 김성립이 기척도 없이 꽃가마 문을 활짝 열었다. 순간 인왕동 사람들은 똑똑하고 잘났다는 허초희의 토악질하는 모습을 보고 눈이 휘둥그레졌다.

"새신부가 가마멀미 나셨네."

"가마를 타 봤어야 멀미가 나는지 마는지 알지."

인왕동 사람들이 킥킥거리며 놀려 댔다.

속이 메스껍고 정신이 아찔아찔한 허초희가 겨우 가마에서 내려 임시로 만든 신부방으로 들어갔다. 신부가 먹을 국수와 수정과를 마련해 입맷상으로 내놨다. 허초희는 속이 울렁거려 하나도 못 먹었다. 그러는 동안 신붓집 사람들이 폐백과 이바지 음식을 가지고 마당으로 들어왔다. 허성과 허봉은 김첨과 인사를 나누고 이바지 음식을 신랑집에 전했다.

그 짧은 순간에 허성은 신부의 폐백을 받으려고 대청마루에 앉은 안동 김씨 집안의 안주인이자 허초희 시어머니인 송씨부인의 모습을 눈여겨봤다. 아직 서른다섯 살밖에 되지 않은 젊은 부인이지만, 한 치의 흐트러짐 없이 꼿꼿이 앉아서 지켜보는 송씨부인의 눈매가 마치 송골매의 눈처럼 매섭게 느껴졌다. 허성은 송씨부인이 결코 만만찮은 상대란 걸 단번에 알아봤다. 허성은 동생 허봉에게 나직이 귀엣말을 꺼냈다.

"안사돈 어른이 호락호락한 사람이 아니야."

"형수는 그런 사람이 아닙니다. 제가 잘 알아요."

허봉이 얼떨결에 내뱉었다.

"안사돈 어른에게 형수가 뭐냐!"

예전부터 남들은 김첨을 허봉의 동무라고 여겼다. 김첨이 허봉보다 아홉 살이나 위였기에 허봉은 김첨 집에 놀러 와서도 송씨부인한테 꼬박꼬박 형수라고 불렀다.

"제가 깜빡했습니다. 이제는 사돈 어르신인데……."

허봉은 스스로 술을 따라 마시면서 이제껏 형수라고 불렀던 송씨부인을 안사돈 어르신으로 불러야 한다는 사실이 이상야릇하게 느껴졌다.

 허초희는 신부방에서 매무새를 고친 다음 폐백을 드리러 마당으로 나와 다소곳이 고개를 숙였다. 대청마루 위에 시아버지와 시어머니가 떡하니 앉았고, 그 아래에는 시댁 식구들이 쭉 늘어서서 자기를 지켜본다는 걸 알았다. 허초희는 먼저 대청마루 아래에서 시아버지 김첨에게 절을 드린 다음 가지런히 쌓은 대추 한 접시를 사월이한테 받아 들고 대청마루로 올라갔다. 그 접시를 시아버지의 사각 소반에 놓고 세 번 절을 올렸다. 김첨은 허초희가 요강에 토악질하는 모습을 봤을 때부터 싱글벙글하며 기분이 좋았다. 허초희가 대추를 바치자, 세상 부러울 게 없는 사람처럼 기분이 아주 좋아졌다. 김첨은 덕담하려고 허초희를 불렀다.
 "초희야!"
 김첨은 '며늘아기야' 아니면 '새아가야'라고 불러야 했는데 그만 허초희의 이름을 부르고 말았다. 김첨은 오래전부터 건천동 허봉의 집에 드나들며 허초희를 보면 '초희야, 초희야' 하며 귀여워해서 무심코 '초희야'라고 불렀다. 대청마루에서 폐백을 기다리던 사람들이 깜짝 놀랐다. 송씨부인이 고개를 휙 돌려 김첨을 쏘아봤다. 순간 대청마루에 싸늘한 기운이 감돌았다. 김첨은 그제야 자기가 실수한 걸 알았다. 하지만 허초희는 얼떨결에 옛 버릇이 튀어나왔다.
 "예, 오라……버지."
 허초희도 시아버지를 예전처럼 허봉 오라버니의 동무인 '오라버니'라고 부를 뻔했다. 사월이가 옆에서 꼬집는 바람에 겨우 정신을 차리고 아버지라고 불렀다. 그렇지만 송씨부인은 물론 시댁 식구들의 얼굴이 한순간에 굳어졌다.

"하하하. 옳아…… 아버지지, 오늘부터 내가 네 아버지다!"

김첨은 어색한 분위기를 걷어 내려고 호탕하게 웃었다. 송씨부인과 시댁 식구들의 표정은 싸늘해졌다. 김첨이 부인 눈치를 보고 허초희에게 한마디 건넸는데, 갈수록 태산이었다.

"새아가, 시집살이 걱정은 하지 마라. 너처럼 똑똑한 며느리가 들어왔으니 이제 우리 집안은 걱정이 없다!"

"이제까지 우리 집안에 무슨 걱정이 있었습니까?"

송씨부인은 김첨이 또 실없는 소리를 할까, 걱정되어 입을 틀어막았지만, 이미 늦어 버렸다.

"성립이는 논설과 책략을 잘하지만, 경전 읽기와 역사 실력이 좀 모자란다. 네가 좀 거들어 주면……."

"우리 성립이가 뭐가 어때서, 며늘아기에게 학문을 거들어 주라는 겁니까?"

송씨부인은 짜증이 확 나서 김첨에게 쏴붙었다.

"아니, 학문을 거들어 주라는 게 아니고……."

화들짝 놀란 김첨이 얼버무렸다.

"그러면 뭐예요?"

김첨은 머리를 굴려 순식간에 좋은 생각을 떠올렸다.

"며늘아기가 거들어 줘야 손자를 빨리 얻는다는 말이었소."

김첨은 '아들딸 많이 낳고 잘 살라' 하면서 손에 쥐고 있던 대추를 허초희에게 건넸다. 허초희는 대추를 받아 쥐고 대청마루 아래로 내려와 시어머니 송씨부인에게 절을 올렸다. 이번에는 산 꿩 한 마리를 보자기에 잘 싸서 들고 대청마루에 다시 올라가 송씨부인 소반에 올렸다. 시댁 사람들은 꿩보다 보자기를 보고 놀랐다. 이 보자기는 허초희의 혼례에 쓰려고 김씨부인이 강릉에서 배운 대로 만들었다. 오방색 실로 나무, 꽃, 새, 오리를 빼곡하게 수놓은 붉은색 보자기였다. 신랑과 신부의 화목과 다산을 바라며 김씨부인이 한 땀 한 땀 정성을 들였기에, 보는 사람들이 입을 다물 수 없을 정도로 아름다웠다.

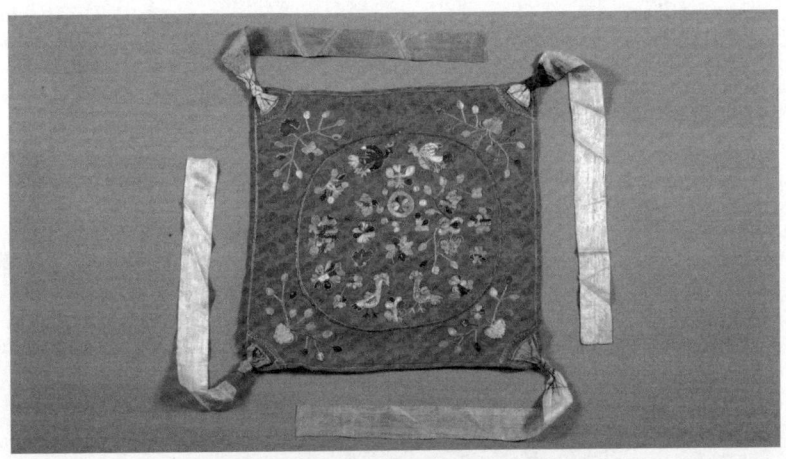

강릉수보자기(일제강점기, 국립민속박물관)

그런데도 송씨부인은 보자기에 마음을 빼앗기지 않고, 허초희만 유심히 살폈다. 허초희는 송씨부인에게 큰절을 세 번 했는데 마지막에 절할 때 시어머니와 눈길이 딱 마주쳤다. 순간 송씨부인의 예리한 눈빛이 마치 호랑이처럼 느껴졌다. 송씨부인은 허초희가 올린 꿩을 어루만지면서 김첨을 대할 때와는 달리 아주 상냥하고 온화하게 타일렀다.

"새아가, 나는 자식을 위해서라면 내 목숨이라도 내놓겠다. 너한테 그렇게 바라는 건 아니지만 지아비를 모시는 일에도 정성을 다해야 한다. 알겠느냐?"

'지아비 때문에 목숨을 바치라고?'

허초희는 이게 도대체 무슨 말인지 몰랐다. 지아비를 살리려고 자신의 소중한 목숨까지 내놓으라는 건지, 말라는 건지 알쏭달쏭했다. 허초희는 뭐라고 답할지 몰라서 머뭇거렸다.

"대답을 못 하는구나. 좋다. 네 허물을 다 덮어 주마!"

'내 허물? 내 허물이 뭐지? 아까 요강에 토한 거? 아니면 오라버니라고 할 뻔한 거, 아니면 대답을 안 한 거?'

허초희는 시어머니가 자기의 어떤 허물을 덮어 준다고 하는 건지 몰랐다.

"형님, 며느리가 시댁 어른들 앞에서 바로바로 대답 못 하는 게 허물은 아니죠."

허초희를 보며 싱글싱글 웃던 숙모 성씨가 송씨부인에게 말했다. 허초희는 며칠 전 자기 머리를 올려 준 숙모 성씨가 천군만마처럼 느껴져 안도가 되었다.

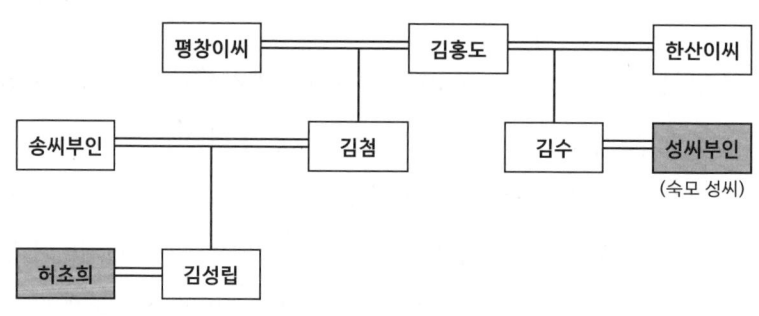

김성립의 숙부와 숙모

"새아가 너는 우리 집안의 맏며느리다. 지아비 섬길 각오를 단단히 해야 한다. 알겠느냐?"

허초희는 남편을 받들어 모신다는 '섬긴다'라는 말이 왠지 거슬렸지만, '예, 어머니'라며 머리를 조아렸다.

"착하기도 하구나."

송씨부인이 손을 어루만지면서 '장차 안동 김씨의 안주인이 될 테니 웃어른을 잘 공경해라'라고 당부했다. 허초희가 대청마루에 쭉 늘어선 시댁 사람들에게 차례로 인사드린 후에 폐백이 끝났다.

허초희는 옷을 갈아입고 신부 큰상을 받으러 안방으로 갔다. 열 폭 평생도 병풍으로 방을 쫙 둘러치고 신부가 앉을 자리에는 비단 보료를 깔고 큰상을 놨다. 떡, 과자, 강정, 만두, 수육, 잡채, 국수, 능금, 배, 술을 가득 차렸고, 종이로 꽃을 만들어 병에 꽂아 예쁘게 꾸몄다. 작은 상 세 개는 따로 마련했는데 두 상은 시어머니 송씨부인과 숙모 성씨가 받는 상이었고, 나머지 한 상은 폐백을 도와주러 온 여자인 대반(對盤)을 위해 차린 상이었다. 허초희는 아침부터 먹은 게 없어 배가 고팠다. 큰상에 차린 음식은 신부가 먹을 게 아니고 나중에 물려서 건천동으로 보낼 이바지 음식이었다. 그러니까 큰상은 그저 눈요기 상이고 그림의 떡일 뿐이었다. 허초희는 큰상에 놓인 국수 한 젓가락만 먹었으면 딱 좋겠다고 생각할 때, 주책없이 배에서 꼬르륵하는 소리가 났다.

"자고로 선비는 지조를 갖추고, 여자는 절개가 있어야 한다. 선비가 지조를 잃으면 소인배고, 여자가 절개를 버린다면 기생이 아니겠느냐."

송씨부인이 큰상 앞에 얌전히 앉은 허초희를 훈계했다.

"예, 어머니."

"지조와 절개를 지키려면 소인기(少忍飢)해야 한다."

"뭐…… 뭘 해요? 형님?"

송씨부인 옆에서 후루룩하는 소리를 내며 맛있게 국수를 먹던 숙모 성씨가 멈칫하고 송씨부인에게 물었다. 언뜻 봐서는 숙모 성씨가 송씨부인보다 다섯 살은 많아 보였다.

"배고파도 조금 참아야 한다는 뜻이네."

"아, 참, 형님도……. 국수 좀 먹는 게 지조랑 절개랑 무슨 상관입니까? 배고프면 먹는 거지. 새아기를 보세요. 아침부터 쫄쫄 굶어서 얼굴이 반쪽이 됐잖아요. 저렇게 맥이 없으면 어떻게 손자 손녀를 쑥쑥 낳겠습니까? 얘야, 그 교자상 위 먹는 거, 건천동에 보낼 생각 말고 네가 다 먹어라!"

숙모 성씨가 두부적을 집어 먹으면서 송씨부인과 동서지간 격도 차리지 않았다. 허초희는 감히 음식을 맛볼 생각조차 못 했다. 숙모 성씨는 허초희가 가엽게 보였는지 국수 그릇을 집어 국물을 마시게 하고, 젓가락을 쥐여 줬다. 허초희는 송씨부인이 못마땅한 표정을 짓는 걸 알았지만, 배가 고파 국수 한 젓가락을 호로록 빨아 먹었다. 꿀맛처럼 맛있었다.

"새아가, 우리 안동 김씨 집안은 지체 높은 집안이다. 성립이 고조부님은 대사헌을 하셨고, 증조부님은 통정대부 당상관을 하셨다. 조부님께서는 스물다섯 살에 대과에 장원급제하셔서 그야말로 명성이 자자하셨다. 네 시아버지도 작년에 급제하셨으니 4대가 문과에 급제한 알아주는 집안이다."

"형님, 또 족보 타령입니까? 새아기 체하겠습니다."

송씨부인이 허초희에게 집안 내력을 줄줄이 말하자 숙모 성씨가 그만 좀 하라는 표정을 지었다. 송씨부인은 '이때가 아니면 언제 이런 말을 다시 할까'라는 생각에 멈추지 않았다.

"내가 양천 허씨 사람들이 문장 실력이 출중하다는 말을 익히 들어서 알고 있다. 새아기가 어릴 적부터 시와 문장에 능해서 엔간한 선비들이 널 따라오지 못한다는 말도 들었다. 그건 그거고 네가 명심할 게 있다."

"예, 어머니."

허초희는 입에 넣은 국수를 오물오물 씹어 먹고 나서 겨우 대답했다.

"네 남편도 서른 살이 되기 전에 대과에 급제해서 5대 급제 가문을 만들어야 한다. 6대, 7대까지 급제하는 집안을 만들어 봐라. 네 책임이 크다!"

"형님, 성립이 과거 급제하는 게, 어찌 새아기 책임입니까?"

허초희가 송씨부인에게 물어보고 싶은 말을 숙모 성씨가 대신 말해 줬다.

"암탉이 울면 집안이 망한다고 그런다. 새아기는 나대지 말고 남편을 잘 보필해라. 알겠냐?"

허초희는 나대지 말라는 송씨부인의 말이 마음에 거슬려서 선뜻 대답하지 않았다.

"형님! 밤낮으로 암탉이 울어 대도 잘 사는 집이 수두룩합니다. 새아가, 너는 하고 싶은 일이 있으면 강릉 신사임당처럼 다 해 봐라."

송씨부인은 숙모 성씨가 자꾸 자기 말을 끊고 알짱대자 버럭 화를 냈다.

"이보게, 그만하게. 내가 저 아이 시어머니야!"

숙모 성씨는 송씨부인이 혼을 내자 꼬리를 감춰 버렸다. 송씨부인은 다 그치듯 다시 물었다.

"알겠느냐, 새아가?"

"예, 어머니."

허초희는 억지로 고개를 끄덕였다. 송씨부인은 일단 오늘은 이 정도면 됐다고 생각해, 사각 소반 아래 두었던 상자에서 삼작노리개를 꺼냈다.

"새아가, 이건 내가 며느리를 얻으면 주려고 예전부터 준비한 폐물이다. 오늘 네가 며느리가 되어 이 노리개를 주니 아주 기쁘구나. 어디 한번 달아 보거라."

대반이 송씨부인에게 삼작노리개를 받아서 허초희 앞으로 다가갔다. 대반이 삼작노리개를 치마에 달아 주려는데 비슷한 삼작노리개가 이미 치마에 매달려 있었다. 대반이 송씨부인에게 허초희가 허리에 찬 노리개를 가리켰다.

"마님, 똑같이 생겼습니다."

"형님, 같은 집에서 만든 겁니다! 아, 새아기 걸 베껴서 만든 모양입니다."

숙모 성씨가 키득키득 나오는 웃음을 참으며 송씨부인에게 지절거렸다.

"안사돈께서 요까짓 노리개로 성이 차겠습니까? 이 금비녀 보세요. 이 정도는 해야지……."

숙모 성씨는 허초희가 쪽머리에 꽂은 금비녀를 가리키며 다정스러운 표정으로 물었다.

"새아가, 강릉에 땅이 많다며?"

숙모 성씨는 큰 비밀을 알아내야 하는 사람처럼 살살 꼬드겼다. 허초희는 대답하기 싫었지만, 송씨부인의 표정을 보니 대답하지 않으면 한동안 등쌀에 시달릴 게 뻔해 보여 억지로 입을 떼었다.

"강릉 외가에 논과 밭이 많고, 방방곡곡에 흩어져 사는 노비가 200구는 넘는다고 들었습니다."

"으음……."

숙모 성씨는 허초희가 하는 말을 듣고 재산이 많다고 생각해 놀라서 헛기침이 나왔다. 송씨부인은 아무 말도 하지 않았으나, 눈가가 파르르 떨렸다.

"그걸 나중에 안사돈 어른께서도 나눠 받을 거지?"

숙모 성씨가 눈을 말똥말똥 뜨고 허초희에게 물었다.

"네, 숙모님."

허초희가 대답했다. 숙모 성씨는 뭔가 확인을 해 봐야겠다는 듯이 다시 물었다.

"그러니까. 나중에 그걸 동복형제 셋이랑 나눌 거고……."

"예."

허초희가 고개를 끄덕였다.

"이보게. 무례하게 그게 무슨 말인가?"

시어머니가 말렸지만, 숙모 성씨는 막무가내로 말을 이었다.

"그럼, 우리 새아기 몫으로 논이랑 밭이 많을 거고, 노비는 세 남매와 똑같이 나누는 거야."

숙모 성씨가 손가락을 꼽으며 말하자 대반이 끼어들었다.

"아닙니다. 요즘은 제사 몫을 따로 뗀 다음에 나눕니다."

"그래? 얼마만큼 떼지?"

숙모 성씨가 대반에게 물었다.

"한 사람이 제사를 맡으면 제사 몫을 따로 떼는 거고, 윤회봉사(輪廻奉祀)로 하면 똑같이 나누는 걸세."

듣고 있던 송씨부인이 차근차근 얘기했다.

"초희야, 너희 집도 윤회봉사지?"

숙모 성씨가 고개를 돌리며 허초희에게 물었다. 송씨부인과 대반도 허초희를 쳐다보는데, 허초희는 세 사람의 눈길이 너무 따가워서 겁이 날 정도였다.

"우리 집은 돌아가면서 제사를 지냅니다."

"그렇지, 그러면 나중에 강릉 집이랑 건천동 집을 다 합쳐서 똑같이 나누는 거야."

숙모 성씨는 건천동 집도 허초희가 챙겨야 할 재산 중에 하나라는 걸 은연중에 드러냈다. 숙모 성씨가 이렇게 말하자, 묘하게도 송씨부인의 얼굴에 안도하는 표정이 묻어났다. 그때 어디선가 꼬르륵 소리가 났다. 사람들이 어디서 나는 소리인가 찾으며 두리번거렸다. 송씨부인이었다. 송씨부인도 오늘 폐백을 받는다고 눈코 뜰 새 없이 바빠서 제대로 먹지 못했다.

"형님, 배고파도 조금 참으세요. 안사돈 어르신이 아직 정정하십니다."

숙모 성씨가 송씨부인을 보고 야릇한 웃음을 지었다. 숙모 성씨의 뜻은 김씨부인이 죽으면 그 재산 중에 삼분의 일이 허초희에게 넘어오는데, 그걸 당장 기대하기에는 아직 이르다는 거였다. 허초희는 그 웃음의 의미를 제대로 알아차리지 못했다.

허초희는 신부방에서 어제처럼 독수공방 신세로 김성립을 기다렸다. 김성립은 처남이 된 허봉과 코가 삐뚤어지게 술을 마시고 늦게야 신부방에 들었다. 김성립은 촛불을 끄고 허겁지겁 자기 옷을 벗고 이부자리에 누워 허초희를 더듬었다.

"초희야, 초희야……."

'어흥.'

그때 갑자기 인왕산 쪽에서 호랑이 울음소리가 들려왔다. 허초희는 이 소리가 무슨 소리인지 몰랐지만, 어릴 적부터 호랑이 울음소리를 듣고 살았던 김성립은 그 울음소리가 얼마나 소름 끼쳤는지 하던 짓을 멈추고 허초희에게서 떨어져 이불을 뒤집어쓰고 말았다.

"범 내려온다! 범이 내려온다!"

허초희도 야경 도는 순라군들이 경탁을 치면서 질러 대는 소리를 듣고 그 소리가 호랑이 울음소리라는 걸 알았다. 허초희는 호랑이를 본 적이 없어서 호랑이가 얼마나 무서운지 알지 못해도, 호랑이가 시집살이보다 무섭지는 않겠다고 여겼다. 허초희가 이런 생각을 할 때 김성립은 이미 곯아떨어져 버렸다.

이튿날 안동 김씨 가문의 조상을 모신 사당에 술잔을 올린 허초희는 그날로 건천동으로 돌아갔다. 허초희의 시댁에서도 허초희가 아이를 낳고 서너 살 될 때까지 친정에서 지내길 바랐다. 어차피 김성립은 숭교방 하숙집으로 돌아가야 했기에 인왕동 집에 있을 일도 별로 없었다. 송씨부인도 며느리와 같이 살기를 바라지 않았다. 괜히 아들도 없는 집에 며느리와 함께 사는 게 거추장스러울 뿐이었다. 더구나 며느리가 아이라도 갖게 되면 그 수발을 다 자기가 해야 한다는 생각이 들어서 싫었다. 송씨부인은 똥 기저귀나 갈면서 시간을 보내기에는 너무 젊은 나이였다.

나중에 김성립의 여동생이 혼인해서 외손을 낳으면, 그때에는 자기가 외손을 길러야 했으니, 지금이라도 마음 편히 지내고 싶었다. 송씨부인이 생각해도 아이들은 외가에서 살다 어느 정도 크면 친가로 돌아오는 게 모든 사람에게 좋았다. 어차피 친손자와 친손녀가 사돈집에서 자랐다고 해도 강릉에서 물려받을 며느리 재산은 결국 안동 김씨 집안의 재산이 될 테니 손해도 아니었다. 며느리가 죽더라도 손자 손녀만 살아 있으면 며느리의 재산을 그 자식들이 물려받는 게 조선의 국법이었으니 염려는 붙들어 매도 됐다.

하지만 송씨부인이 당분간 허초희를 시집살이시키고 싶지 않은 이유는 따로 있었다. 안사돈인 김씨부인은 외명부의 서열이 정3품 숙부인(淑夫人)이었다. 그에 비해 송씨부인은 이제 갓 정9품 유인(孺人) 신세로, 외명부의 말단이었다. 허초희를 건천동으로 데려와서 괴로운 시집살이를 시켜 안사돈 눈 밖에 나면 좋을 일이 하나도 없었다. 남편 김첨의 품계도 올라가고 아들 김성립도 과거에 급제해서 남부럽지 않게 되면 그때 천천히 며느리를 불러와서 시집살이시켜도 충분하다고 계획을 세워 뒀다. 그러면서도 허초희에게는 그렇게 말하지 않았다.

"양천 허씨 문장이 조선 제일이라는 걸 모르는 사람이 없다. 어릴 적부터 성현의 말씀을 배우는 학풍이 훌륭하다 들었다. 그러니 내 손자들도 그런 학풍 속에서 자라길 바란다."

"하오면……."

허초희의 눈이 초롱초롱하게 빛났다.

"손자든 손녀든 소학을 뗄 때까지 친정에서 지내면 좋겠다."

"예, 어머니."

허초희는 '지내면 좋겠다'라는 말이 '지내라'로 들려서, 단번에 '예'라고 답했다.

"우리 집안은 4대가 문과에 급제한 가문이라는 걸 명심해라. 자손이 급제하지 못한다면 모두 네 탓으로 여길 테다. 친정의 학풍을 우리 가문에 불어넣는 게 안동 김씨 집안의 종부로서 네가 할 일이다. 알겠느냐?"

"예, 어머니. 그리하겠습니다."

허초희는 시어머니가 숙부인인 친정어머니를 껄끄러워해서, 자기를 시집살이시키지 않을 걸 진작에 눈치채고 있었다. 허초희는 시어머니의 뜻을 받들어 모시겠다는 표정으로 다소곳이 대답했다. 그러면서도 마음속에서 나오는 웃음을 참을 수 없어, 입꼬리가 올라가고 말았다. 그런 걸 모르는 게 아닌, 송씨부인도 어린 며느리를 보며 한쪽 입꼬리를 말아 올렸다.

이렇게 해서 허초희는 건천동으로 돌아가게 되었다. 허초희는 시집살이를 1년 정도 한 후에야 신랑과 함께 친정에 인사하러 가는 근친(覲親)의 예를 하루 만에 끝냈다. 김성립의 처지에서 보면 이 혼인은 고릿적부터 내려온 처가살이와 다르지 않았다.

건천동 친정으로 돌아온 허초희는 아침저녁으로 부모님께 문안을 여쭙고 글을 읽고 시를 쓰고 책을 읽고 그림을 그리는 일이 전부였다. 김성립은 며칠 동안 건천동에서 지내다가 공부한다고 숭교방 하숙집으로 떠났다. 달라진 점이 있다면 김씨부인이 갑자기 허초희를 베틀에 앉힌 일이다. 김씨부인은 여자라면 당연히 길쌈과 요리와 바느질을 잘하는 여공지사(女功之事)를 익혀야 한다고 가르쳤다. 뽕나무를 심고 누에를 치고 옷감을 만드는 일은 물론 닭과 오리를 기르고 장을 담그는 일을 잘 알아야, 한 집안의 맏며느리로서 흠이 없는 거라고 가르쳤다.

"길쌈만 하면 뭐든 할 수 있어. 길쌈을 잘하는 집은 흥한다. 무명, 삼베, 모시, 명주가 하늘에서 뚝 떨어지는 게 아니니, 길쌈을 알아야 갑자기 집안이 어려워져도 꿋꿋이 이겨 낸다."

김씨부인은 허초희 시어머니인 은진(恩津) 송씨 집안에서는 여자들이 옷감을 만들어 팔아서 집안을 일으켰다면서, 길쌈은 못 하더라도 베틀에 앉아서 여자들이 겪는 고초를 겪어 보라고 허초희를 타일렀다. 그래봤자 허초희는 여공지사보다 『태평광기』 같은 중국 설화를 읽고, 그림을 그리고, 시를 쓰는 일이 훨씬 좋았다.

11월 초순, 이산해 영감의 둘째 딸이 한음 이덕형과 혼례를 치르고, 이덕형은 이산해 영감 댁에서 처가살이를 시작했다는 소식이 들려왔다.

허초희가 혼례를 치르고 한 달이 지난 동짓달 보름, 김씨부인이 허초희를 억지로 베틀에 앉혀 길쌈하는 법을 가르치는데, 문밖에 손님이 와서 기다린다는 전갈이 왔다. 김씨부인이 가서 보니 유희춘 대감의 부인인 송종개(宋鍾介)였다. 사람들은 송종개를 부를 때 덕봉(德峰)이라는 호를 불렀다. 김씨부인은 그냥 종개라는 이름을 불렀다.

"종개 언니, 갑자기 한양에는 어쩐 일이십니까?"

김씨부인은 송덕봉을 깍듯이 맞이하여 안채로 모셨다. 송덕봉은 지난 5월에 죽은 유희춘 대감이 한양에 남긴 물건을 정리하러 왔다. 2년 전(1575년), 유희춘 대감이 벼슬살이를 정리해 전라도 담양으로 내려갈 때, 한양에 있던 집을 처분했기에 잘 곳이 없었던 송덕봉은 허초희네 집을 찾았다. 송덕봉은 허초희네 집에서 잠시 숨을 돌리고 유희춘 대감의 유품을 찾았다. 모두 서책이었다. 송덕봉은 종들을 시켜 한양 곳곳에 흩어져 있던 서책을 허초희네 집으로 옮겼다.

다음 날 아침에 눈이 많이 내렸다. 김씨부인은 송덕봉과 같이 아침밥을 먹자고 허초희를 불렀다. 김씨부인은 허초희와 함께 송덕봉 방으로 갔다.

"마님, 조반 들어갑니다."

사월이가 아침상을 들여왔다. 송덕봉은 푸짐하게 차린 아침 밥상을 쭉 훑어보고 조금 아쉬운 표정을 지었다.

"언니, 뭐 부족한 게 있습니까?"

김씨부인이 송덕봉의 표정을 살피며 조심스럽게 물었다.

"사월아, 가서 따뜻한 술 한 병 내와라."

가만히 듣던 허초희가 사월이에게 술을 가져오라고 시켰다. 사월이는 외명부의 정숙한 부인들께서 아침부터 무슨 술타령인가 어리둥절하며 술을 가지러 나갔다.

"역시 초희가 똑똑하다더니…… 내 마음을 어찌 알았을까?"

송덕봉이 허초희에게 소곤거렸다.

"정부인 마님의 책을 봤습니다. 대감님께서 선온으로 받은 모주(母酒) 한 동이를 집으로 보내시면서 시도 보내셨다지요."

눈은 내리고 바람 더욱 차가운데
추운 방에 앉아 있을 당신 생각하오
이 술 비록 하품이긴 하지만
언 창자 따뜻하게 해줄 수는 있으리
[모주 한 동이를 집으로 보내며 아내에게]⁴⁾

시를 읊는 허초희를 보고 송덕봉이 빙그레 웃었다.

6년 전(1571년)에 송덕봉의 조카가 시 서른여덟 수를 모아 『덕봉집(德峰集)』을 만들어서 송덕봉에게 바쳤다. 이 책은 조선에서 여자가 지은 글

---

4) 母酒一盆送于家遣成仲, 모주일분송우가유성중 (유희춘 지음, 국역 덕봉집)

로 엮은 최초의 문집이라 매우 가치가 높았다. 이 책을 귀하게 여긴 몇몇 사람이 돌려 가며 읽고 손으로 베꼈다. 그중 하나를 허봉이 구해서 허초희에게 보여 줬고, 허초희가 시 몇 수를 외우고 있었다.

김씨부인은 송덕봉이 술 마시는 걸 말렸지만 송덕봉은 못 들은 척 허초희에게 중얼거렸다.

"세상천지가 넓은데 깊고 깊은 규방에서 세상일을 어찌 알겠니? 비록 늙은 할멈의 헛소리일지 모르나 내가 옛이야기 좀 하겠다. 우리 대감이 함경도 종성에 유배 갔을 때 나는 종성으로 대감을 만나러 만 리 길을 떠났지."

걷고 또 걸어 마천령에 이르니
동해는 거울처럼 끝없이 펼쳐있구나
부인의 몸으로 만리 길 어이 왔는가
삼종의리 중하니 이 한 몸 가볍네
[마천령 위에서][5]

"정부인 마님께서 그 험하다는 마천령을 넘으셨다니 정말 놀랐습니다."

허초희는 여인의 몸으로 여진족이 득실대는 함경도 종성까지 유배 사는 남편을 찾아갔다는 게 믿어지지 않았다. 자기라면 따뜻한 남쪽을 떠나서 북풍한설이 몰아치는 변경까지 절대 가지 않겠다고 생각했다.

"대감과 삼종지도의 의리를 지키러 갔던 거지."

---

5) 摩天嶺上吟. 마천령상음(송덕봉 지음, 국역 덕봉집)

"정부인 마님, 진짜 여군자(女君子)이십니다."

허초희는 송덕봉이 삼종지도라고 한 말은 싫었지만, 의리를 지켰다는 말은 존경스러웠다.

"그게 그렇게 대단해 보여?"

송덕봉은 콜록거리면서도 술을 계속 마셨다.

"나는 종성에서 대감과 함께 6년을 지내다 대감의 유배를 따라 충청도 은진까지 갔지. 그 뒤에 대감은 유배에서 풀려 한양으로 가고, 나는 담양으로 갔어."

"대감님께서 우리 집에 오셔서 오라버니들한테 경전과 역사를 가르쳐 주셨던 기억이 납니다."

"대감은 가르치는 걸 좋아했지."

양천 허씨 5문장가 중 허성과 허봉이 유희춘의 문하생이었고, 허초희와 허균도 어깨너머로 유희춘에게 배웠다. 허봉은 사명당과 삼당시인들과 교류하면서 허초희에게 시를 가르치기도 했으니, 허초희와 허균은 어릴 적부터 질 좋은 교육을 마음껏 받은 셈이었다. 유희춘 이야기를 하면서 송덕봉의 표정은 어느 때보다 행복해 보였다.

"나는 대감한테 나이가 육십이니, 건강을 챙기시라고 권했어. 한양에서 여색을 쫓아 허튼 일에 힘쓰다가 험한 일 당하지 말고, 잡념을 끊고 기운을 보양해서 오래 살아야 한다고 전했네. 그런데 남자들은 왜 그렇게 벼슬자리에 연연하는지…… 대감은 내 말을 듣지 않으셨어."

송덕봉은 잠시 쉬었다가 하던 말을 계속 이어 갔다.

"그래서 내가 한양으로 올라와 대감과 함께 살았어. 대감은 4년 만에 모든 벼슬을 내려놓고 나랑 담양으로 내려갔네. 우리는 창평에 새집을 짓고, 태평하게 천수를 누리자고 약속했지. 나는 우리 부부가 이렇게 살면 됐지, 무슨 영화를 더 바라겠는가 생각했는데…….”

송덕봉의 기침이 더욱 심해졌다.

“대감이 홍문관 부제학 자리를 다시 제수받았네. 나는 벼슬자리가 뭐가 좋냐며 한양으로 올라가는 걸 말렸지. 대감은 주상전하의 성은에 답해야 한다며 내 말을 뿌리치고 홀로 한양에 올라와서…… 결국 돌아가시고 말았네.”

송덕봉은 아쉬움이 가득한 표정이었다. 송덕봉은 며칠 동안 앓아누웠다. 김씨부인은 하인을 시켜 내의원 어의 허준에게 알렸다. 허준은 건천동 허초희네 집으로 쏜살같이 달려와 송덕봉을 극진히 치료하여 병세가 호전되었다. 허준은 예전 담양에 살 때부터 유희춘과 송덕봉의 건강을 살피는 주치의나 다름없었다. 유희춘의 천거 덕에 허준이 내의원에 들어갔고 어의가 되었다. 허준은 항상 유희춘 부부에게 고마운 마음을 간직했

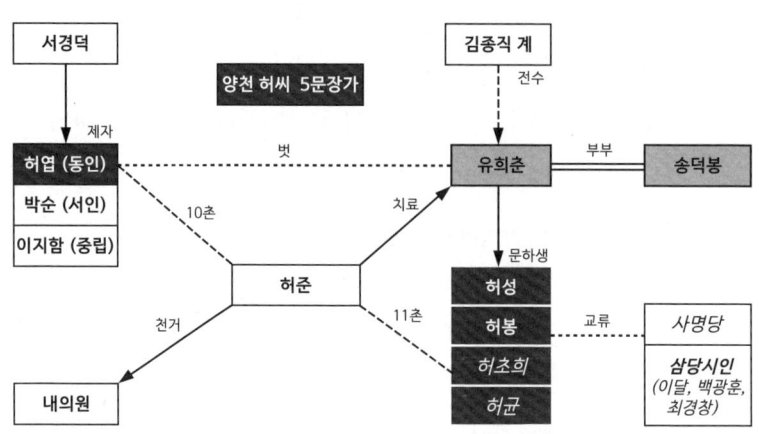

유희춘 송덕봉 부부와 양천 허씨 5문장가

다. 허준 덕분에 몸을 추스른 송덕봉은 담양으로 내려갔다. 하지만 허준은 김씨부인 앞에서 송덕봉이 오래 살지 못할 거라고 말하며 눈물을 글썽였다.

　김씨부인은 송덕봉이 해가 바뀌어 쉰여덟 살의 나이로 담양 고향 집에서 죽었다는 부음을 받고 밤새도록 눈물을 흘렸다. 허초희도 송덕봉의 소식을 듣고 가슴이 저렸다. 허초희는 송덕봉의 자손들이 제사상에 『덕봉집』을 올리고, 병풍에는 송덕봉과 유희춘이 지은 시를 나란히 걸었다는 이야기를 들었다. 그나마 여자의 글을 선비의 글과 대등하게 여긴 자손들의 행실이 허초희에게 위로가 되었다.

5. 어사(御史)
(허초희 16세, 1578년)

해가 바뀌어 무인년(1578년), 한양에 다시 봄이 찾아왔다. 곧 삼짇날이 되기에, 김씨부인은 올해에도 청춘경로회를 열기로 마음먹었다. 건천동 허초희 집에서는 댕기를 묶었던 허초희가 머리를 얹은 거 말고는 작년과 별로 달라진 게 없었다.

"올해에도 화전놀이 가야지?"

김씨부인이 바느질하면서 허초희에게 물었다.

"나도 어머니만큼 바느질 잘하고 싶어요."

허초희는 엉뚱한 말을 꺼냈다.

"바느질이 하루아침에 되는 게 아니다."

"저도 알아요, 어머니가 오죽헌에서 바느질 배운 거……."

김씨부인이 바느질을 멈추고 허초희를 쳐다봤다.

"지금도 기억나요."

허초희는 읽던 『덕봉집』을 덮고 김씨부인에게 말했다.

"오죽헌에서 있었던 일 말이니?"

허초희가 고개를 끄덕였다. 김씨부인은 어렴풋이 그 시절을 떠올렸다.

* * *

9년 전, 허초희가 일곱 살 때, 서른여섯 살인 김씨부인은 강릉에서 지냈다. 허엽영감은 한양에서 벼슬을 할 때였다. 그때도 삼짇날이었다. 김씨부인은 허초희를 예쁘게 꾸며 입히고 좋은 가마를 불러 함께 타고 초당마을을 나서 청춘경로회가 열리는 곳으로 향했다.

"어머니, 올해는 잔치가 어디서 열려요?"

허초희가 김씨부인에게 물었다.

"오죽헌(烏竹軒)에서 열리지."

경포호 동쪽 초당마을에 허초희네 집이 있고, 경포호 서쪽 북평촌(北坪村)에 오죽헌이 있는데, 채 10리도 떨어지지 않았다.

오죽헌(한국저작권위원회)

"열녀문 그건 왜 생긴 거예요?"

허초희는 오죽헌 옆에 세워진 열녀문이 떠올라, 그곳에 얽힌 이야기가 궁금해서 여쭈었다.

"왜, 너도 열녀가 되고 싶으냐?"

"열녀는 어떻게 되는 건데요?"

김씨부인은 잠시 생각했는데, 어떻게 열녀가 되는 건지 똑 부러지게 말하기 어려웠다.

"자기한테 소중한 게 있으면 그걸 바쳐야지."

"누구한테요?"

"남편한테."

김씨부인은 허초희에게 이런 걸 강요하고 싶지 않았지만, 자기도 배운 게 삼강행실도의 열녀 이야기라서 무심결에 '남편'이란 말이 튀어나왔다.

"여자가 남자한테요?"

"응."

김씨부인은 무덤덤하게 답했다.

"남자가 여자한테는 안 바쳐요?"

허초희는 여자만 바친다는 게 이상하게 들려서 물었다.

"남자는 부모님과 임금님한테 바치고 효자, 충신이 되지."

"부인한테는 안 바치고요?"

"……."

김씨부인은 할 말이 없어 입을 다물었다.

"그 집 부인은 뭘 바쳤어요?"

"아픈 남편한테 손가락을 잘라서 핏물을 먹으라고 바쳤다."

"예?"

허초희는 갑자기 자기의 작고 고운 손가락을 매만져 봤다.

"손가락이 약이에요?"

김씨부인은 허초희에게 오죽헌의 열녀정문에 얽힌 이야기를 해 줬다. 손가락을 자른 사람은 바로 신사임당의 어머니 용인이씨였다. 용인이씨가 병든 남편 신명화 진사를 살리려고 손가락을 잘라 하늘에 빌었기에, 하늘까지 감동해 남편이 나았다는 이씨감천(李氏感天)이란 이야기였다.

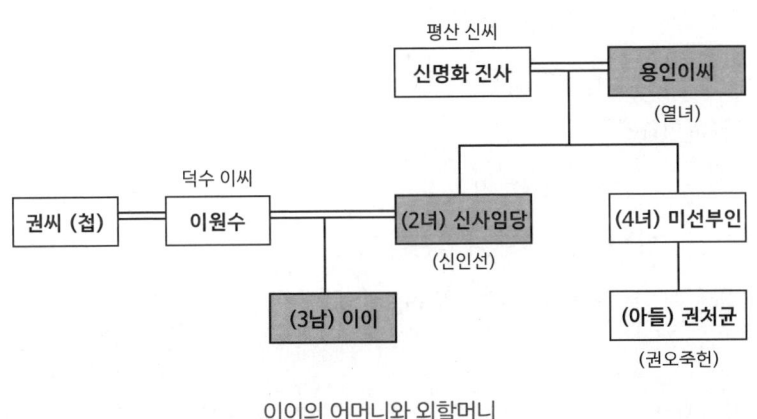

이이의 어머니와 외할머니

신사임당이 열여덟 살 때, 한양에 있던 아버지 신명화 진사가 급한 일로 강릉으로 오다가, 대관령을 넘으면서 큰 병을 얻어 몸져누웠다. 용인이씨는 남편을 살리려고 조상 산소 앞에서 은장도로 왼쪽 약지 손마디를 자르고 남편이 낫기를 빌었다. 용인이씨가 손마디를 자른 날, 아버지를 간호하던 신사임당의 꿈에 웬 신령이 나타나 대추 같은 알약을 아버지에게 먹여 주었다. 그 후로 신명화 진사는 병을 훌훌 털고 일어났다. 용인이씨가 남편을 정성스럽게 간호해서 병을 낫게 한 일이 조정에 알려졌다. 중종임금은 이 이야기를 듣고 용인이씨를 칭찬하며 열녀정문을 오죽헌 앞에 세워 줬다. 오래전 이야기였다.

허초희는 어머니 말이 모두 꾸며 낸 이야기로 들려서 고개를 갸웃거렸다.

"왜, 거짓말 같아?"

김씨부인이 물었다.

"약을 먹으면 되지, 왜 손가락을 잘라요?"

"남편이 갑자기 숨이 넘어가서 급했던 모양이다."

"만약에 어머니가 아프면 누가 손가락을 잘라요? 아버지요?"

"아버지는 무슨…… 빨리 의원을 불러야지."

"급하면요?"

김씨부인이 선뜻 대답하지 못하자 허초희가 새끼손가락을 보이며 말했다.

"걱정하지 마세요, 내 손이 약손이에요."

김씨부인은 허초희의 말에 헛웃음이 나와 버리고 말았다.

오죽헌 앞 넓은 뜰에는 많은 사람이 모였다. 가운데 큰 천막 안에 강릉 부사가 앉았고 그 옆으로 일흔 살이 넘는 사람들이 각자 개다리소반에 음식을 한 상씩 받았다. 이날은 특히 오죽헌 앞에서 잔치가 열려, 용인이씨가 강릉 부사 옆자리에 앉았다. 꼭 열녀라서가 아니라 아흔 살이나 되는 어른이라서 부사 옆자리에 앉을 자격이 되었다.

김씨부인은 용인이씨 앞으로 가서 머리를 숙였다. 음식을 먹던 용인이씨가 김씨부인을 올려다봤다.

"이게 누굽니까? 사천리 김 참판 댁 둘째 따님이시군요."

"어르신, 말씀을 낮추셔도 됩니다."

"아이고, 내가 정신이 멀쩡한데, 어찌 외명부 숙부인 마님께 하대하겠습

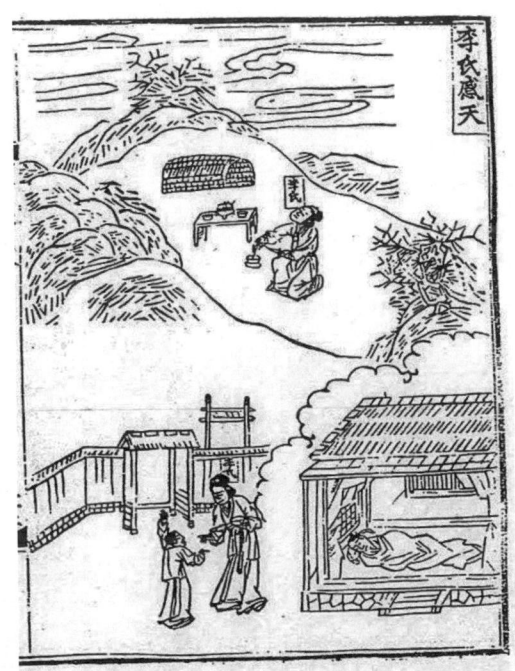

이씨감천(李氏感天, 세종대왕기념사업회)

니까?"

"스승님, 그간 안녕하셨습니까?"

김씨부인은 용인이씨 옆에 앉은 오십쯤 돼 보이는 부인에게 인사했다.

"왔소."

"미선(美善)아, 너는 숙부인 마님한테 말하는 게 뭐냐?"

용인이씨가 꾸짖자, 미선부인은 언짢은 표정을 지었다. 그러자 김씨부인이 얼른 나섰다.

"어르신, 넷째 따님이 어릴 적부터 제 스승입니다."

"그때는 어릴 때고, 지금은 숙부인이 되셨는데…… 옆에 아이는 누구요?"

용인이씨가 김씨부인에게 물었다.

"초희야, 내가 말한 열녀 어르신이 바로 이분이시다. 인사드려라."

"소녀 허초희입니다."

"예쁘게도 생기셨습니다."

용인이씨가 손을 내밀어 허초희의 손을 잡으려 할 때, 허초희는 잽싸게 용인이씨의 손가락을 살펴봤다. 왼손 약지 손마디가 없었다.

'저걸 잘라서 피를 남편에게 먹였다고?'

허초희가 이렇게 생각할 때, 용인이씨가 말을 꺼냈다.

"손가락이 흉하지요."

"아니요, 고와요."

허초희는 자기도 모르게 그런 말이 나왔다. 어쩌면 손가락보다는 용인이씨의 마음이 곱게 느껴졌는지도 몰랐다.

"여름이 되면 봉숭아 물을 들여야겠어요."

용인이씨는 오른손으로 왼손을 감싸며 은근히 이야기했다.

"저도 같이 할게요."

"그럼, 여름에 다시 오세요."

용인이씨가 허초희를 보며 웃었다.

"모처럼 오죽헌에 한 번 들르시죠. 현룡(見龍)이도 와 있으니······."

허초희는 미선부인이 어머니한테 하는 말을 들었다. 어머니는 '현룡'이라는 말을 듣고 아무런 대답도 하지 않았지만, 어머니의 눈꺼풀이 파르르 떠는 걸 분명히 봤다. 허초희는 청춘경로회가 끝나고 어머니를 따라 용인이씨의 집 안으로 들어갔다.

오죽헌은 안채와 바깥채에서 따로 떨어진 이 집의 별당이었다. 여자들은 안채에 살았고, 남자들은 바깥채에 살았다. 손님은 별당인 오죽헌에 묵었다. 별당은 안채랑 바깥채와 분리해서 담으로 둘러치고, 작은 문으로 오갔다.

허초희는 어머니를 따라 안채로 들어갔다. 어머니 김씨부인은 자꾸만 오죽헌 쪽으로 고개를 돌렸다.

"현룡이를 불러 볼까요?"

그 모습을 보고 미선부인이 김씨부인에게 물었다.

"아닙니다. 어찌 남녀가 유별한데……."

"예전에도 남녀가 유별하기는 마찬가지였소. 새삼스럽게 뭘 그러오."

미선부인은 김씨부인에게 존대도 아니고 하대도 아닌 어정쩡한 말투를 썼다.

"이 집은 오랜만에 와도, 바뀐 게 없이 예전 그대로군요."

김씨부인은 안채 대청에 올라서서 주변을 살펴봤다.

"초희야, 내가 어릴 때 여기에서 바로 이분에게 자수와 바느질을 배웠단다. 쌈지도 만들고 보자기도 만들고, 손누비도 만들었지. 신사임당 어른이 그린 초충도를 자수 병풍으로 만든 적도 있어."

"다 지난 옛날이야기는 왜 꺼내시오."

미선부인은 심드렁했다.

"오죽헌은 미선이 아들이에요, 내 손자지요."

잔치가 끝난 뒤, 안채에 들어와 있던 용인이씨가 허초희에게 말했다.

"할머니, 오죽헌이 사람 이름이에요?"

허초희가 물었다.

"내 손자 권처균이 이 집에 오죽헌이라는 자기 호를 붙였지."

용인이씨는 어느새 편하게 말을 놓았다.

"저도 나중에 초당마을 집에 이름을 지을 거예요."

"이름이 뭐지?"

용인이씨가 허초희에게 물었다.

"할머니, 그건, 예쁜 이름이에요. 흰 눈 속의 난초예요."

"흰 눈 속의 난초?"

"예, 난설헌(蘭雪軒)이요. 흰 눈 속에 난초가 피는 집이요."

난설헌이라고 대답하는 허초희의 눈동자가 초롱초롱 빛났다.

"난설헌. 참 예쁜 이름이네. 여기는 검은 대나무 집 오죽헌이고, 초당마을 집은 흰 눈 속에 핀 난초, 난설헌이면 두 집이 정말 잘 어울리겠네."

용인이씨가 고개를 끄덕였다.

"예쁘죠? 우리 어머니가 나한테 집을 준다고 했어요."

허초희가 김씨부인 쪽을 돌아보며 까르르 웃었다.

"근데 할머니 물어볼 게 있어요. 나도 내 신랑이 아프면 손가락을 잘라야 할까요?"

"손가락이 없으니까 불편한 게 한둘이 아니야."

"그렇죠!"

"절대 남편을 위해 손가락을 자르지 마. 자식이면 또 모를까……."

허초희의 귓가에 용인이씨의 말이 스쳐 지나갔다.

"숙부인, 별당에 매화 구경하러 가시려오?"

"아, 예. 오랜만에 배롱나무랑 소나무도 보고 싶군요."

"한번 가 봅시다. 옛날 사임당 언니한테 그림을 배울 때처럼 말입니다."

미선부인은 앞장서서 오죽헌으로 들어갔다. 김씨부인은 내심 오죽헌에 들어가길 기다렸다. 김씨부인은 차마 혼자 별당으로 들어갈 용기가 나지 않아, 허초희의 손을 꽉 잡고 협문으로 들어갔다. 제일 먼저 보이는 건 소나무였고, 그 옆에 배롱나무가 보였다. 아직 꽃이 피지 않았으나, 파릇파릇 돋아나는 새싹이 싱그러웠다. 매화나무도 보였다. 김씨부인은 활짝 핀 매화꽃 앞으로 다가가, 가지를 당겨 꽃냄새를 맡았다. 매화향이 가슴과 머리까지 맑게 해 줬다.

"그 매화가 율곡매요."

미선부인이 일렀다.

"율곡매?"

"어머니가 저 매화를 보면 한양 사는 현룡이가 생각난다며 지은 이름이라오. 숙부인이 보기에도 매화가 현룡이 같소?"

"그걸 제가 어떻게……."

김씨부인은 쑥스러워 말하지 못했다.

"예전에는 둘이 잘 어울려 놀더구먼, 뭘 그리 쑥스러워하오?"

"우리 어머니랑 현룡이란 분이랑 동무 맞죠?"

허초희가 동그랗게 눈을 뜨고 미선부인에게 물었다.

"아기씨, 궁금하면 직접 물어보려오?"

"제가 직접요?"

미선부인은 빙그레 웃으며 고개를 끄덕였다. 그러더니 오죽헌을 향해 큰 소리로 불렀다.

"현룡아! 잠깐 나와라!"

미선부인이 갑자기 이이를 부르자 김씨부인은 당황하여 어쩔 줄을 몰랐다. 머리칼을 쓰다듬고, 옷매무새를 고쳐 보는데, 어릴 때처럼 가슴이 콩닥거렸다. '삐거덕' 하며 몽룡실 문이 열리는 소리가 어찌나 크던지, 마른하늘에 우레가 치는 듯했다.

"부르셨습니까? 이모…….."

이이는 댓돌에 내려서다 고개를 들었다. 순간 김씨부인과 눈빛이 딱 마주쳤다. 김씨부인도, 이이도 깜짝 놀라 서로 말문이 막혀 버렸다.

"현룡아, 사천리 김 참판 댁 둘째 따님, 알지?"

"예, 이모님."

"오늘 할머니를 뵙고 맛있는 음식을 드렸단다."

"나리, 오랜만에 뵙습니다."

김씨부인이 이이를 보고 고개를 숙였다. 이이는 아무런 말도 하지 않았다. 허초희는 이때 처음 이이를 봤다. 흰 도포를 차려입은 이이는 한 마리 백학(白鶴)처럼 고고했다. 이이는 광한전 백옥루에 사는 신선처럼 광채가 났다.

"현룡아, 지금은 성균관 대사성 허엽영감 덕분에 숙부인이 되셨다."

"이모님, 별일 아니면 들어가겠습니다."

이이는 다시 몽룡실 안으로 들어가려고 돌아섰다. 허초희는 이때가 아니면 안 된다고 생각해서 이이에게 물었다.

"나리, 지금도 우리 어머니랑 동무 맞죠?"

이이가 다시 돌아서서 허초희를 보고 싱긋 웃었다. 허초희는 이이가 뭐라고 답할지 궁금해 빤히 쳐다봤다. 그러자 이이가 고개를 끄덕이고 몽룡실 안으로 들어갔다.

* * *

 김씨부인이 옛일을 회상할 때, 갑자기 마당에서 큰 소리로 떠드는 허균의 목소리가 들렸다.

 "암행어사 출두요!"

 허균이 안방으로 들어와 어디서 났는지 모를 마패를 꺼내 흔들어 대며 의기양양하게 싱글벙글한 표정을 지었다.

 "어머니! 암행어사 출두합니다!"

 "균아, 이게 무슨 장난이냐?"

 허초희는 장난질하는 허균이 미워서 혼냈다. 허균은 오히려 당당하게 떠들었다.

 "누이, 진짜야, 진짜! 봉이 형님이 암행어사가 되었어!"

 허초희가 도대체 무슨 일인가 알아보려는데 허봉이 씩씩하게 안채로 들어오는 게 보였다.

 "어머니, 좀 들어가겠습니다."

 허봉이 안방으로 들어와 김씨부인에게 절하고 꿇어앉았다.

 "어머니, 제가 이번에 함경도에 순무어사(巡撫御史)로 가게 되었습니다."

 허초희가 놀라서 눈이 동그래졌다. 순무어사는 지방에서 변란이 일거나 재해가 생겼을 때 지방을 순시하는 어사였다. 나쁜 짓을 한 수령은 혼내고 착한 일을 한 수령은 상을 주며 백성들의 아픈 곳을 어루만지는 일을 맡았다. 정체를 숨기고 다니는 암행어사와는 달랐다.

 "그거 봐, 누이. 내 말이 맞잖아."

 허균이 허초희에게 뽐내듯이 말하면서 연신 마패를 들고 암행어사가

5. 어사(御史)

된 듯이 으쓱댔다.

이날 허봉은 임금이 불러서 편전에 갔었다. 임금은 허봉을 순무어사로 삼아 함경도로 가라고 명했다. 역병이 돌아 민심이 흉흉하니 수령들이 백성을 잘 다스리는지 낱낱이 살펴보고 오라는 어명이었다.

"어머니, 주상께서는 저를 함경도로 보내고, 정언신 나리는 평안도로 보냈습니다."

정언신은 잘못을 저지른 관리를 찾아내 책임을 묻는 사헌부의 종3품 집의였다. 정언신은 평소에 불의를 보면 참지 못하는 불같은 성품에 공과 사를 명확히 구분할 줄 아는 사람이었다. 정언신 어머니가 양천 허씨라서 허초희네 사람들과 먼 친척 관계였다.

"정협 조카님의 부친 말씀이죠?"

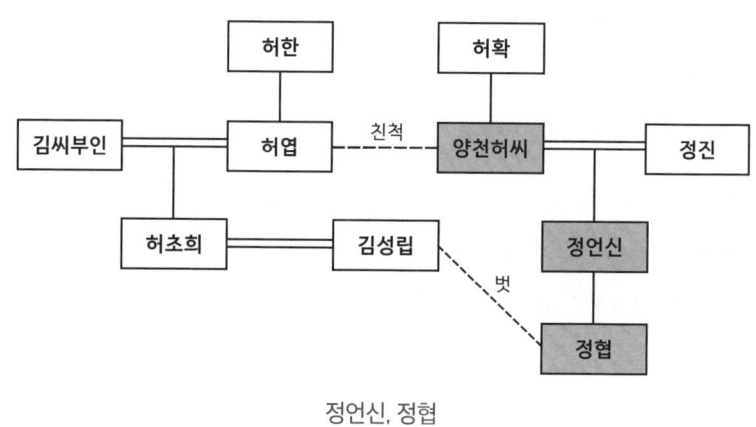

정언신, 정협

허초희가 허봉에게 물었다. 허봉은 그렇다고 고개를 끄덕였다. 정협은 김성립과 어울려 다니는 바로 그 도깨비 동무였다. 허초희는 양천 허씨네

항렬로는 정협보다 높았지만, 나이가 많은 정협을 존대했다.

"맞아. 이번에 정언신 나리께서 정협 조카를 데리고 간다고 했다. 그래서 말인데……."

허봉은 허초희에게 무슨 말인지 하려다 입이 잘 떨어지지 않아 머뭇거렸다.

"오라버니 무슨 하실 말씀이라도 있으신가요?"

"나도 네 신랑을 데리고 갔으면 한다."

"예? 서방님을요?"

허초희는 방금 허봉 오라버니가 열일곱 살짜리 김성립을 함경도 순무어사 일에 동행하고 싶다고 말한 게 정말인지 어리둥절했다.

"그래, 벌써 네 시아버지한테는 말했는데, 너는 어떠냐?"

허봉은 이미 김성립의 아버지 김첨에게도 양해를 구한 모양이었다.

"그야…… 시아버지와 오라버니는 그렇게 생각하시겠지만, 서방님은 지금 과거 공부를 한창 할 때라서 거절할 겁니다."

"그렇게 생각하냐?"

"네."

"그럼 됐다. 내가 집에 오던 길에 피맛골 주막에서 김 서방과 정협을 만나 탁주를 마시며 이미 다 말해 두었다. 남자가 함경도 산천을 두루 살펴보고 호방한 기풍을 갖는 게 오히려 관직 생활하면서 도움이 되니 더 좋을 거라고 했더니 혼쾌히 받아들였어. 그러니 서방 걱정은 하지 말아라."

"형님! 저도 형님을 따라 암행어사 행차에 가 보고 싶어요."

듣고 있던 허균이 허봉에게 졸랐다.

"너는 여기서 어머니를 잘 보살피고 학업에 충실해라. 턱에 가슬가슬

수염이 나면 그때 데려가마."

허초희는 허봉과 김성립의 뜻을 꺾지 못한다는 걸 직감했다. 말릴 생각은 없었다. 그래도 자기한테 상의하지 않고 함경도로 떠나겠다는 김성립이 얄미웠다. 무슨 수를 써서라도 반드시 따져 묻겠다고 별렀다.

"오라버니, 언제 떠나십니까?"

"사흘 뒤다."

허초희는 중요한 일을 마음대로 정한 김성립이 괘씸해서, 집에 들어오면 가만두지 않을 생각이었다. 그런데 김성립은 고주망태가 되어 밤늦게 집으로 돌아와 큰대자로 뻗어 버렸다.

허초희는 아침 일찍 일어나 술에 취해 인사불성인 김성립이 깨어나길 기다렸다. 김성립은 밤새도록 '초희야, 초희야'라며 잠꼬대만 해댔다. 그 바람에 허초희는 거의 뜬눈으로 밤을 새웠다. 김성립은 잠에서 깨어 냉수부터 찾다가 다소곳이 앉은 허초희 얼굴을 보고 한겨울 서릿발 같다고 느꼈다. 자신이 불쌍하고 가여운 척 보여서 허초희의 서슬에서 벗어나려고 꾀를 쓰기로 했다. 김성립은 허초희가 건네는 사발을 들어 꿀꺽꿀꺽 물을 마셨다. 달콤한 꿀물이었다.

"초희야, 꿀물이 맛있어. 역시 나를 챙기는 건 너뿐이구나."

김성립은 허초희를 추켜세웠다.

"서방님! 왜 혼자 정하신 겁니까?"

"뭘?"

김성립은 모르는 척 시치미를 뗐다.

"함경도에 간다는 게 무슨 말입니까?"

"아, 그건…… 형님이 좋은 기회라고 하기에…… 잠시 함경도로 가서 세상 구경도 하고 군사 일도 살펴보는 좋은 기회이니 다른 사람한테 주기 싫어서……."

"학업을 중단하는 게 좋은 기회입니까?"

"초희야, 올해는 식년시, 알성시, 사마시도 없는데 마냥 책만 보고 있으면 뭐 해?"

희한하게도 무인년(1578년)에는 문과를 비롯한 무과, 생원과, 진사과, 잡과까지도 모두 열리지 않는 해였다. 허초희는 과거시험이 없다고 학업을 소홀히 하는 신랑이 미덥지 않았다.

"시험이 없다고 성균관에 가지 않고 하숙집에서 놀기만 하셨던 겁니까?"

김성립은 허초희가 하는 말을 듣고 깜짝 놀랐다.

"초희야, 내가 어디서 무얼 하는지 네가 어떻게 알아?"

"서방님, 무족지언비우천리(無足之言飛于千里)라 하였습니다. 발 없는 소문도 천 리까지 날아갑니다. 서방님께서는 반드시 삼가고 또 삼가야 합니다."

"내가 뭘 잘못했냐고?"

"뭐냐고요?"

"그래, 뭐냐고?"

오히려 김성립은 허초희에게 화를 내면서 따져 물었다.

"첫째, 지어미인 저와 상의도 없이 함경도에 가겠다고 정한 일입니다. 둘째, 과거시험이 없다고 멋대로 학업을 포기한 겁니다. 셋째, 성균관에 가지 않고 하숙집 사람들과 낙산에 올라 노래 부르고 춤을 추며 딴짓을 한 겁니다."

"딴짓이라니…… 그런 거 없다."

"진짜요? 진짜 믿어도 되겠습니까?"

"그럼, 믿어도 되지."

김성립은 뜨끔해서 어떻게 해서든지 허초희가 따지고 드는 걸 얼버무리려 했다. 허초희는 눈썹 하나 흔들리지 않고 뚫어지게 김성립의 눈을 쳐다봤다. 그 눈빛이 얼마나 무서웠는지 김성립은 그만 눈을 내리깔고 말았다.

"서방님, 똑바로 보고, 제 말을 들으세요."

"그냥, 말해."

김성립은 허초희의 눈을 제대로 볼 수 없었다.

"서방님, 제가 양반이 아니었으면 벌써 기생들 머리끄덩이를 잡아 끌어내고, 다 뒤집어엎었을 거예요."

"뭐?"

김성립은 깜짝 놀랐다.

"제가 못할 거 같아요?"

"우리가 그렇게 노는 게 아니고…… 선비로서 풍류를……."

"알아서 정리하세요. 싫으면 그냥 인왕동으로 가시든지요!"

김성립은 서슬이 시퍼런 허초희의 말을 듣고 오금이 저렸다.

"서방님, 허봉 오라버니를 따라 함경도에 가신다니 보내드리겠습니다. 조건이 있습니다!"

"조건? 무슨 조건?"

"하숙집에서 나오십시오."

김성립은 순간, 하숙집에서 나오면 동무들과 낙산에서 놀지 못하게 될 테니 난감했다.

"그럼 어디서 공부하지?"

"제가 동호 근처 독서당에 접(接, 동아리)을 마련해 드리겠습니다."

한양 사람들은 중랑천과 한강이 만나는 두모포 앞을 동호라고 했고, 용산 앞을 용호, 서강나루 앞은 서강, 행주산성 앞은 행호라고 불렀다. 독서당은 경치 좋은 한강 두뭇개에 자리 잡았는데, 나라에서 관직에 나선 젊은 선비들에게 휴가를 주고 책을 읽게 하던 공부방이라 독서당이라고 불렸다. 과거시험을 보려고 동무들끼리 접을 만들어 독서당에서 공부하는 건 재물이 넉넉하지 않고는 웬만해선 쉽지 않았다.

"독서당이라니, 거긴 재물이 많이 들고…… 그 접에서 좋은 벗들만 사귀는 게 아니니……."

아무래도 도성 밖 독서당은 공부하는 일 말고는 한눈을 팔지 못할 테니 혈기 왕성한 김성립에게는 답답한 곳이었다.

"이미 제가 다 알아봤으니, 함경도에 다녀오시면 독서당으로 들어가세요!"

"초희야, 그게……."

허초희는 더는 말하지 않고 방문을 활짝 열고 밖으로 나왔다.

함경도로 떠나기로 약속한 날, 김성립이 허초희와 함께 광통교에 와 보니 정언신과 정협이 먼저 나와 기다리는 중이었다. 순무어사가 되어 떠나는 네 사람은 말에서 내려 궁궐의 임금을 향해 땅바닥에 엎드려 절하고 서로 석별의 정을 나눴다. 허초희는 가마에서 내려 김성립에게 다가갔다. 허초희는 김성립이 여진족이 우글거린다는 함경도로 떠나는 게 걱정되었다. 아직 약관의 나이도 아닌 서방님이 험지에 가서 고생할 생각도 들고 한동안 헤어져 있을 생각을 하니 눈물이 핑 돌았다.

독서당계회도(국가유산포털)

"서방님, 부디 몸조심하세요. 제 생각이 나면 이걸 보세요."

허초희는 다홍치마 사이에서 오방색 실로 누빈 쌈지를 꺼내 김성립에게 줬다.

"초희야, 이게 뭐야?"

"서방님, 강릉에서는 신랑이 배를 타고 나갈 때, 누비 쌈지에 부적을 넣어 줍니다."

"나는 어부도 아닌데 무슨 부적이야?"

"서방님한테 무슨 일이 생기면 이건 눈물 쌈지가 될 거예요. 부적 대신 뭘 넣었으니, 제 생각이 나면 열어 보세요."

"나중에 열어 볼게."

허초희는 떠나는 김성립을 보며 눈물을 흘렸다. 화창하게 맑은 아침에 슬프게 울며 이별하는 사람들한테는 청계천은 은하수고 광통교는 견우와 직녀가 만났다 헤어지는 오작교와 다름없었다. 성질 급한 허봉이 사람들을 다그치지 않았다면 밤새도록 이별가를 불렀을지도 몰랐다. 허봉은 김성립을 재촉해 동대문을 빠져나왔다.

김성립은 되너미 고개(현재 미아리 고개)를 넘어갈 때 허초희가 건네준 누비 쌈지가 생각나서 열어 봤다. 그 안에서 편지가 나왔다. 김성립은 편지를 펼쳤다. 편지는 허초희가 쓴 시였다.

> 잘 다듬은 황금 보배에,
> 예쁘게 만든 반달 무늬 노리개.
> 시집올 때 시부모님이 주셨기에,
> 여태 붉은 치마끈에 차고 있어요.
> 오늘 떠나시는 임에게 드리니,
> 임께서 정표로 지녀 주세요.
> 길 위에 버리는 건 아깝지 않으나,
> 다른 여인에게는 달아주지 말아요.
> [흥에 겨워][6]

김성립은 누비 쌈지 안을 뒤졌다. 황금색으로 빛나는 반달 모양 장식이 달린 삼작노리개가 보였다. 김성립은 시어머니가 준 노리개를 길 위에 버리는 게 아깝지 않다는 허초희의 생각이 맹랑하게 느껴졌지만, 한편으론

---

6) 遣興, 견흥 일부분(허초희 지음, 장정룡 옮김)

동대문(정선, 한국데이터산업진흥원)

귀여워 웃음이 나왔다. 김성립은 도포 숨띠에 노리개를 매달았다. 반달 장식에 햇살이 눈부시게 비쳤다.

　허봉은 순무어사로 떠난 지 열흘 만에 철령을 넘어 안변 대도호부에 들이닥쳤다. 안변 부사 권벽을 잡아 놓고 죄를 물었다. 전쟁이 나면 병사들에게 먹일 군량을 백성들에게 나눠 주고, 무기는 낡고 녹슬어 쓸모없게 만들었다며 조정에 서장을 올리고 파직시켰다.
　허봉은 안변 부사가 이이와 친한 사이여서 작은 꼬투리라도 잡으면 혼쭐낼 생각이었다. 안변 부사는 역병이 크게 번져 백성들이 많이 죽고 생활이 궁핍하게 되었다는 변명은 하지 않았다. 자신과 허엽영감이 날마다 그리워하는 동무 사이란 사실을 드러내지도 않았다. 단지 허봉에게 비가 오고 바람이 불면 배꽃이 피고 살구꽃이 진다는 시를 남기고 동헌을 떠났다.

허봉과 김성립은 단천을 지나 마천령을 넘어 길주, 명천을 거쳐 경성으로 향했다. 경성 북쪽의 종성, 온성, 회령, 경원, 경흥, 부령은 세종 임금이 개척한 6진인데 아직도 험지였다. 경흥에서 동해 바다 쪽으로 40리 떨어진 두만강 변에 조산보(造山堡)가 자리 잡았다.

조산보는 수군만호가 병선 수 척과 수군 백여 명을 거느리고 오랑캐의 침입을 막는 곳이었다. 겨울에는 조산보에서 지내고 봄이 되면 두만강 하구의 녹둔도(鹿屯島)로 들어가 둔전을 일궈 식량을 얻어서 가을에 조산보로 돌아왔다. 그 조산보 만호가 바로 맨손으로 호랑이를 잡고 걸어서 황하를 건넌다는 포호빙하(暴虎馮河)의 원균이었다.

허봉은 원균이 서인한테 붙은 무인이라고 믿었다. 이번에 용감하지만, 무모한 원균의 꼬투리를 잡아서 백의종군시킬 마음이었다. 허봉이 김성립과 조산보에 도착했을 때 원균은 병선을 몰고 녹둔도로 순찰을 나가고 없었다. 남은 병사들의 경비가 삼엄해서 허봉은 마패를 보여 주고야 겨우 요새 안으로 들어갔다. 허봉이 원균을 벌주려고 불시에 검열했어도 조산보의 군사들은 규율이 엄정했다. 사기도 높았으며 병장기는 반짝반짝 빛났고 군량도 충분히 갖췄다. 과연 조산보는 오랑캐들이 함부로 넘보지 못할 철옹성처럼 보였다.

허봉은 원균이 도착하기 전에 조그만 잘못이라도 찾아내려 했는데, 허사가 되고 말았다. 해가 뉘엿뉘엿 질 때쯤 횃불을 밝힌 병선이 조산보에 닿았다. 성큼성큼 다가오는 육중한 장수가 원균이었다.

"어사또! 이게 얼마 만이오? 반갑소, 반가워! 하하하!"

원균이 우렁찬 목소리로 떠들며 허봉에게 다가와 덥석 껴안으며 웃었다. 허봉은 왠지 기분이 떨떠름했으나 상대가 반갑게 웃으니 싫은 척도 못 했다.

"유붕이 자원방래면 불역낙호(有朋 自遠方來 不亦樂乎)라 했소. 오늘이 꼭 그런 날이오!"

원균은 허봉을 동무라고 하면서 너글너글하게 말했다. 그러다가 김성립을 보고 사촌 동생이라도 보는 듯 너스레를 떨었다.

"아, 자네가 바로 김성립이로군. 반갑네, 반가워! 이웃사촌이라고 하지 않았나! 내가 바로 건천동의 터줏대감 원균일세!"

"예, 나리! 김성립이라 하옵니다! 말씀 많이 들었습니다!"

"그래? 남들이 나보고 뭐라 하던가?"

"목멱산 송골매보다 매섭고, 인왕산 호랑이보다 무서운 분이라고 합니다."

"매섭고 무섭다! 옳지, 옳아!"

원균은 김성립이 하는 말에 기분이 좋아져서 부하들에게 큰 소리로 외쳤다.

"여봐라, 우리 동네 건천동에서 반가운 벗들이 왔으니 어서 술상을 내오거라!"

호들갑을 떠는 바람에 허봉은 어찌하지 못하고 원균에게 이끌려 군막으로 들어갔다. 곧 부하들이 술상을 내왔는데 술은 여진족들이 마시는 독한 백주(白酒)에 안주는 멧돼지 고기였다. 원균은 서른아홉 살로 수군만호였고, 허봉은 스물여덟 살로 홍문관 부응교라서 둘 다 종4품 당하관으로 품계가 같았다. 하지만 원균은 허봉이 수군만호쯤이야 단칼에 잘라버릴 권한을 가진 어사또라는 걸 잊지 않았다.

"어사또가 안변 부사를 단칼에 날려 버렸는데, 함경도 관리들이 멍청이가 아닌 이상 어리바리하게 어사또에게 당하겠소."

원균은 백주를 훌쩍 들이켠 다음에 허봉에게 내뱉듯이 지껄였다. 허봉은 원균의 눈빛이 섬뜩하게 느껴져서 순간 온몸이 얼어붙었다.

"남쪽은 군기가 엄정하지 못해 왜적들이 쳐들어오면 한 달도 버티지 못할 거요. 이 원균이 지키는 북방은 남쪽과 다르니 어사또는 어서 한양으로 돌아가 걱정하지 말라고 전하시고, 남쪽의 병사들이나 혼내 주시오. 이제 편히 주무시고 날이 밝거든 가던 길 가십시오."

원균은 허봉이 동인의 실세이고 어떻게 해서든지 서인 쪽에 선 사람들에게 벌을 주려고 한다는 걸 알았다. 겉으로는 친한 척하면서도 안으로는 거리를 두었다. 그러면서도 서인을 함부로 건들지 말라고 은근히 협박한 거였다.

다음 날 동쪽 하늘이 푸름푸름 밝아 올 때 아침을 일찍 먹은 허봉과 김성립은 원균 만호와 인사를 나누고 조산보를 나왔다. 원균이 부하들을 붙여 길라잡이를 해 준다고 했지만, 거절하고 얼른 길을 떠났다.

"형님, 이제 어디로 갑니까?"

김성립이 허봉에게 물었다.

"진짜 동무를 만나러 삼수갑산(三水甲山)으로 간다!"

허봉은 서쪽을 향해 길을 잡았다. 함경도는 가도 가도 높은 산이었다. 경흥, 회령, 경원, 종성, 무산을 거쳐 혜산까지 오는 데 시간이 꽤 걸렸다.

혜산에서 조금 더 서쪽으로 가면 삼수였다. 허봉은 동구비보(童仇非堡)[7]를 향해 떠났다. 동구비보는 삼수에서도 서쪽으로 한참 더 가면 장진강(長津江) 언덕에 세운 보루로 오지 중의 오지였다. 오랑캐들이 강을 건너 함경도로 넘어오는 걸 막는 요새였다. 깊고 깊은 산길을 지나 도착한 동구비보는 나무 성채였다. 허봉은 말에서 내려 보루 안으로 들어갔다. 보루 안은 언뜻 봐도 정리가 잘되었고 병장기들도 반짝반짝 빛나는 게 조산보 군사들 못지않게 기강이 서 있어서 튼튼해 보였다. 허봉과 김성립이 들어서자 나이 든 병사가 일행을 맞았다.

"권관 나리는 활쏘기 훈련이 끝나면 오실 겁니다."

두 사람은 권관이 훈련을 마치고 올 때까지 군막에서 기다렸는데, 벽에 '물령망동 정중여산(勿令妄動 靜重如山)'이라는 여덟 글자를 걸어 놓은 게 눈에 띄었다.

"가벼이 움직이지 말라! 태산같이 무겁게 행동하라!"

김성립은 글자를 보고 큰 소리로 뜻을 풀었다.

"무릇 군사란 바람처럼 빠르고 숲처럼 고요하게, 불길처럼 맹렬하고 산처럼 묵직하게, 어둠처럼 은밀히, 벼락처럼 신속히 처신해야 하지. 한 사람의 경거망동이 모두를 위태롭게 하기에 지킬 때는 산처럼 묵직해야 한다. 이보게 김 서방, 저 글을 쓴 사람은 태산 같은 사람일세! 그 누구도 넘보지 못하지……."

허봉이 김성립에게 말했다. 그때 젊은 군사 하나가 미나리무침을 안주로 곁들인 조촐한 술상을 가지고 왔다. 허봉은 '얼씨구 좋구나' 하며 술을

---

7) 동구비보 명칭은 김성일의 북정일록(北征日錄) 1579년 10월 16일 참고

한잔 마시고 미나리를 씹었다. 미나리 향이 입안으로 가득 퍼져서 허봉은 연거푸 몇 잔을 더 마셨다. 김성립은 군막 안에 가득 쌓인 병법 책과 역사 책을 살펴보면서 도대체 이 사람이 무관인지 문관인지 헷갈렸다.『손자병법』은 물론이려니와『자치강목』도 보였다. 김성립은 전장에서도『춘추』를 놓지 않았다는 관우가 떠올랐다.

"형님, 이 사람 관운장입니까?"

"그보다 더 잘난 사람이지."

김성립은 관우보다 잘난 사람이 누굴까 궁금했다.

"이름이 뭡니까?"

"이순신(李舜臣)!"

허봉은 벌컥벌컥 술을 마시고 빙그레 웃더니, 이순신과 만난 이야기를 꺼냈다.

허봉이 이순신을 처음 만난 건, 6년 전(1572년) 8월 한가위 때 류성룡 집에서였다. 그해 3월에 창경궁 춘당대에서 열린 대과 시험에서 스물두 살이라는 젊은 나이에 당당히 급제한 허봉은 홀가분한 마음으로 류성룡 집에 한가위 인사를 하러 갔었다. 허봉은 사랑방에서 절뚝거리는 웬 사내를 만났다. 류성룡은 그 사내가 무과시험을 보다가 말에서 떨어져 자기 집에서 몸조리 중이라고 알렸다. 허봉은 며칠 전 훈련원에서 무과 시험 도중 누군가 낙마하여 죽다 살아났다는 소문을 떠올렸다. 허봉은 그 소문을 듣고 그렇게 덜떨어진 사람이 누군지 참 한심하다고 생각했는데 그 사람이 바로 이순신이었다. 류성룡은 의원을 불러 이순신의 다리를 치료하는 중이라면서 다리가 좋아질 때까지 자기 집에서 머물 거라고 했다.

그 후로 허봉은 여러 날 동안 류성룡 집을 찾아가서 이순신과 많은 이야기를 나눴다. 허봉은 이순신이 비범한 사람이란 걸 알아보고, 이순신과 호형호제하는 사이가 되고 싶었다. 이순신은 관직에 나간 선비와 백수건달이 어찌 호형호제하냐며 끝내 받아들이지 않았다. 허봉은 자기가 좋아서 이순신을 형님이라고 불렀다. 며칠 뒤 이순신은 아산에서 올라온 부인 방씨와 함께 말을 타고 처가로 내려갔다. 허봉에게 이순신은 활과 칼을 든 용감한 무인이라기보다 책과 붓을 든 고고한 선비처럼 느껴졌다. 무엇보다 백성과 나라와 임금을 생각하는 충절이 높아서 존경심이 절로 솟았고 이순신을 흠모하게 되었다.

이순신은 서른두 살이던 재작년(1576년) 2월, 무과에 응시해서 시험에 붙었다. 이순신은 1년 동안 훈련원에서 수습 관원인 권지(權知)를 하다가 작년에 함경도 동구비보 권관으로 발령받았다.

허봉이 이순신과 인연 이야기를 딱 끝냈을 때, 활쏘기 훈련을 마친 이순신이 군막으로 들어왔다. 이순신은 허봉을 보고 깍듯하게 상급자로 대하며 고개를 숙였다.

"어사또께서 이렇게 먼 곳까지 웬일입니까?"

허봉은 이순신의 행동이 조금 당황스러웠다.

"형님! 그간 별고 없으셨습니까?"

허봉은 이순신에게 머리 숙여 인사를 건넸다. 조정에서 내려온 종4품 어사또가 종9품 말단 무관에게 공손히 인사하는 모습을 보고 사람들이 모두 놀랐다.

"어사또께서 어찌 하급자를 존대하오? 말씀을 낮추시오!"

이순신이 허봉에게 정중하게 부탁했다. 그러자 허봉은 허허하고 너털웃음을 지었다.

"저는 지금 공무로 온 게 아니고 동네 형님과 술 한잔하러 온 겁니다."

"어사또 나리께서 사사로운 관계가 어디 있겠습니까? 말씀을 낮추십시오."

"술맛 떨어지게 왜 이러십니까?"

허봉은 사발을 들어 철철 넘치도록 탁주를 따라서 이순신에게 건넸다.

"저는 이제 어명을 모두 받들었습니다. 오늘 형님과 한잔하는 거는 어명 외로 하는 일이니 너무 딱딱하게 굴지 마십시오."

"어사또, 강 건너에는 늑대처럼 악랄한 오랑캐 놈들이 있습니다. 시시때때로 조선 땅으로 넘어와 백성들의 재산과 식량을 훔쳐 갑니다. 지금은 편하게 술잔을 기울일 여지가 없습니다."

이순신은 허봉이 건네는 술잔을 받지 않았다.

"정말 여전하십니다! 술은 그만두고 군사들이 수자리를 잘 지키는지 순라나 돕시다. 만에 하나 빈틈이 있으면 내가 형님을 백의종군시켜서 한양으로 불러들이겠습니다."

허봉은 농담인지 진담인지 껄껄 웃고 이순신에게 건네려던 술을 벌컥벌컥 들이마신 뒤 군막을 나섰다. 김성립도 허봉을 따라 밖으로 나갔다. 밖은 아직 추웠다. 수자리를 지키는 군사들은 오랑캐에게 들킬까 봐 불도 피울 수 없었다. 추위를 이기려 손을 호호 불며 장진강 건너의 오랑캐 움직임을 살폈다.

이순신은 함경도가 한양과 너무 떨어져서 조정의 명령이 먹히기 어렵다고 걱정했다. 함경도 수령들은 임기만 때우고 한양으로 돌아갈 생각뿐이라고 말했다. 허봉은 그런 일이 일어나지 않도록 임금의 명을 받아 순무어사로 왔다며, 이순신 같은 사람을 추천해 함경도의 북병사로 만든다면 폐단이 바로잡힐 거라고 떠벌렸다.

"장부가 세상에 태어나서, 나라에 쓰이게 되면 몸을 바쳐 보답하고, 쓰이지 못할 때는 초야에서 농사짓는 일로 만족하면 됩니다. 나는 권세를 따라 아첨하며 한때의 영화를 훔치는 일을 매우 부끄럽게 여깁니다."

이순신의 말에는 비장함이 서려 있었다.

김성립은 이순신의 말을 듣고 실제로 이런 사람이라면 청사에 길이 남을 위인이라고 생각했다. 김성립이 봤을 때 이순신은 소인배가 아닌 의리 있는 군자로 보였다. 김성립은 '원균이 맹장(猛將)이라면 이순신은 지장(智將)이다. 나라가 누란의 위기에 처한다면 과연 맹장이 필요할까, 아니면 지장이 필요할까? 그보다 과연 나는 나라와 임금을 위해 목숨을 바칠 수는 있을까?'라는 생각이 들었다.

김성립은 이순신의 군사들과 함께 성채를 꼼꼼히 살폈다. 김성립은 동구비보 책문 옆에 세워진 망루 위로 올랐다. 강물에 비치는 흰 달빛이 싸늘하게 느껴졌다.

이화에 월백하고 은한이 삼경인데

일지춘심을 자규야 알랴마는

다정도 병인 양 하여 잠 못 들어 하노라

[고려 시조]8)

"형님, 아산에 계신 형수님이 보고 싶지 않소?"

---

8) 多情歌, 다정가(이조년 지음, 고려시대 시조)

술에 취한 허봉이 배나무 곁에 서서 시 한 수를 읊더니 이순신에게 물었다.
"어사또, 그만 주무셔야겠습니다."
 이순신이 김성립에게 허봉을 재우라고 손짓을 보냈다. 김성립은 허봉을 거들어 군막으로 돌아와 눕히고, 자기도 자리에 누웠다. 잠이 오지 않았다. '장부로 태어나서, 나라에 몸을 바쳐 보답한다'라는 이순신의 말이 머릿속에서 빙빙 돌았다. 그러다 어머니와 허초희를 떠올렸다. 나라를 지킨다는 건 결국 사랑하는 사람을 지키는 일이니 두려워할 게 없겠다고 믿었다. 어디선가 '뻑뻑 뻑뻑뻑' 하는 두견새 울음소리가 들렸다. 한양을 떠난 지도 어느새 두 달이 지났다. 김성립은 건천동으로 돌아가 비단 이부자리를 펴고 허초희를 안고 밤새도록 뒹굴고 싶었다. 하지만 다정도 병인 양 하여 밤새 잠을 이루지 못했다.
 이튿날 허봉과 김성립은 아침을 먹고 한양으로 돌아가려고 말에 올랐다. 날씨가 흐려지더니 4월 하순인데도 첩첩산중에 푸설푸설 눈발이 날렸다. 5월 초순이 돼서야 함경도로 떠났던 허봉과 김성립이 한양으로 돌아왔다. 평안도에 갔던 정언신과 정협도 한양으로 돌아왔다.

 김성립은 허초희와 약속한 대로 독서당 근처의 접으로 들어갔다. 김성립은 낙산에서 노래하고 춤추기에 안성맞춤인 숭교방 하숙집이 좋았다. 허초희가 한결같이 한강 변으로 나가야 공부에 집중할 수 있다며 두모포 앞 동호가 잘 보이는 매봉산 기슭에 접을 얻어 주었다. 이 접에는 도깨비 동무들인 김두남과 정협, 이산해의 둘째 아들 이경전도 함께 들어갔다.
 김성립은 이왕 이렇게 된 거, 낙산에서 놀지 못하면 한강에서 놀기로 마음먹었다. 허초희에게는 동호에 배를 띄워 벗들과 시 한 수 읊는 게 선비의 멋이라고 둘러댔다. 이미 동무들과 뱃놀이를 나가자고 약속해 둔 터였다. 김두남은 자기가 배 위에서 멋지게 거문고를 타고 노래를 부르면 기생들마저 깜짝 놀랄 거라며, 단단히 별렀다. 김성립과 동무들은 공부보다는 노는 일에 더 열중이었다. 허초희의 으름장도 별수 없었다.

어느 날, 네 사람은 초록 저고리에 진분홍 치마를 차려입은 기생들을 불러 동호에 배를 띄워 강남 압구정까지 오가며 놀았다. 김성립의 뱃놀이 이야기가 어느덧 허초희의 귀에 들어갔다.

압구정(정선, 한국학중앙연구원)

허초희는 붓을 들어 시를 써서 하인 편에 김성립에게 보냈다.

제비는 처마 비스듬히 짝지어 날고

지는 꽃은 어지러이 비단옷 위를 스치는구나.

동방(洞房)에서 기다리는 마음(春意) 아프기만 한데

풀은 푸르러도 강남에 가신 님은 돌아오지를 않네.

[강가에서 글 읽는 남편에게][9]

김성립은 하인이 건네준 허초희의 편지를 읽다가 깜짝 놀랐다. 허초희가 '초록'이니 '강남'이니라고 쓴 걸 보면 기생을 불러 강남까지 뱃놀이 갔다 온 걸 이미 다 아는 게 분명했다. 그래도 그렇지, 건천동에서 애달프게 기다린다며 춘의(春意)라고 대놓고 쓰다니……. 이 글을 누가 본다면 허초희를 음탕한 여자라고 할지도 몰랐다. 김성립은 투기하는 글을 써 보낸 허초희가 괘씸하였지만, 귀엽기도 하여 피식 웃었다. 김성립은 단단히 뿔난 허초희도 달래고 장인 장모에게 문안 인사도 드릴 겸해서 건천동에 좀 다녀와야겠다고 나서는데, 김두남, 이경전, 정협도 따라나섰다.

한양성으로 들어온 이경전은 북촌 집으로 가고, 김성립과 김두남은 기방부터 찾았다. 정협도 집으로 갔다가 동인 모임에 가는 아버지를 따라 건천동으로 갔다. 정협은 김성립이 있나 싶어 사랑방을 열어 보니 비었기에 기다리려고 방으로 들어갔다. 얼마 후 김성립의 사랑방에서 인기척을 느낀 허초희가 문을 열었다. 뜻밖에도 정협이 방 안에 있었다.

"조카님, 여기는 어쩐 일입니까?"

---

9) 寄夫江舍讀書, 기부강사독서(허초희 지음, 허미자 옮김)

"아, 독서당에 너무 처박혀 지냈더니, 도성 안 소식도 궁금해서⋯⋯."
정협이 얼버무렸다.
"우리 서방님은 지금 어디 계세요?"
"그게⋯⋯ 아마도⋯⋯."
"기방에 갔나요?"
정협은 자기도 모르게 고개를 끄덕였다. 허초희는 분명 기생들과 놀아나지 말라고 편지까지 써 보냈는데, 집으로 돌아오는 길에 기방에 들렀다는 김성립에 기가 찰 노릇이었다.
"나 여기에 있어."
허초희가 김성립이 집에 돌아오기만 하면 단단히 따져 물어야겠다고 생각할 때, 김성립이 집 안으로 들어왔다.
"서방님, 언제 오셨어요?"
"동무가 필요하단 책이 있다기에 도성에 온 김에 책을 빌리려고 성균관에 다녀왔지."
"조카님, 그거 보세요!"
허초희는 보란 듯이 정협 앞에서 '낭군자시무심자 동접하인종반간(郞君自是無心者 同接何人縱半間)'이라는 시 한 구절을 읊었다.
"조카님, 우리 서방님은 다른 마음이 없습니다. 어찌 우리 사이를 갈라놓으려고 합니까? 그렇게는 잘 안 될 겁니다!"
허초희가 웃으며 정협에게 말하자, 김성립은 속이 뜨끔했다.
그때 누군가 큰 소리로 술에 취해 장난하듯 김성립을 부르는 소리가 들렸다.
"멍석 닢이! 덕석 닢이! 김성립이 있느냐?"

바닥에 까는 멍석이나 소 등을 덮어 주는 덕석은 지푸라기로 만드는데, 한 장 두 장 세지 않고 한 닢 두 닢 세었기에, 김성립을 지푸라기로 깔보며 부르는 말이었다.

"서방님, 누가 부르는 겁니까?"

허초희가 김성립에게 물었다. 김성립은 자기를 부르는 사람이 김두남이라는 걸 알면서도 창피해서 입을 다물었다. 그러자 옆에 있던 정협이 얼떨결에 내뱉었다.

"같은 접에서 거문고 타고 춤추며 노는…… 아니, 같이 공부하는 김두남이지요."

김성립은 정협이 하는 말이 난감했는데, 허초희는 망설이지 않고 말했다.

"김두남이요? 그럼, 서방님. 제가 시키는 대로 말하세요."

허초희는 김성립에게 귓속말로 소곤거렸다. 김성립은 자기를 혼내는 줄 알고 겁을 먹었다가, 허초희가 하는 말을 듣고 활짝 웃더니 밖에다 대고 기세 좋게 외쳤다.

"귀뚜라미, 맨드라미, 김두남이 왔구나."

김두남은 평소에는 이런 농담을 못 하던 김성립이 순식간에 받아치니 은근히 놀랐다.

"제수씨가 시와 문장이 출중하다는 걸 들었지만, 이렇게 입담도 좋으신 줄은 몰랐습니다."

김두남이 김성립의 방으로 들어와 너스레를 놓았다.

"옛날 접에는 재주가 있어서 다행이고, 요새 접에는 재주가 없다기에 걱정이 많았습니다. 이렇게 재주 많은 분이 우리 서방님 곁에 계셔 참 다행입니다."

허초희는 김두남을 보며 안도감이 생겨서 말했다. 허초희가 하는 말을 듣고 사람들이 도대체 무슨 말인지 몰라 고개를 갸우뚱거렸다. 그러자 허초희가 지필묵을 들어 '고지접유재 금지접무재(古之接有才 今之接無才)'라고 썼다.

"옛날의 접(接)은 재주(才)가 있네. 지금 접(接)은 재주(才)가 없네."

김두남은 글을 보고 크게 웃더니 다짐을 두었다.

"내가 노래하고 춤추고 거문고 타는 걸 좋아해도, 첩을 가까이 두지는 않습니다. 성립이도 첩을 못 두게 할 테니, 제수씨 걱정하지 말아요!"

"알겠습니다. 꼭 그리해 주십시오!"

허초희가 물러가자, 김두남은 글을 풀어서 알려 줬다.

"접(接) 자에서 재(才) 자를 빼면 첩(妾)이 되니 그렇게 말한 거지. 제수씨는 성립이가 접에서 공부는 뒷전으로 여기고, 첩을 만들어 딴짓할까, 걱정하며 한 말일세. 조심하게."

김성립은 허초희가 쓴 글을 한참 동안 내려다봤다. 과연 첩을 두지 말라는 경고였다.

6. 세배
(허초희 17세, 1579년)

기묘년(1579년) 새해 첫날, 허초희가 인왕동 시댁으로 세배를 가는 날이었다. 김성립은 모처럼 본가에 가는 거라 아침 일찍 움직이고 싶었다. 허초희는 해가 중천인데도 나설 낌새가 없었다. 김성립은 처가 사당에서 차례도 지내고, 장인 장모에게 세배도 끝냈으니 빨리 인왕동에 가자고 재촉했다. 허초희는 옷을 챙겨야 하느니, 시부모님께 드릴 선물을 챙겨야 하느니 하면서 느릿느릿 움직였다. 김성립은 굼지럭거리는 허초희를 보고 화가 뻗쳐 고함을 치려다 슬그머니 입을 다물었다. 처가살이하는 사위가 정초부터 큰 소리를 내면 제정신이 아닌 사람이란 말을 듣기 십상이었다. 김성립은 타이르듯 목소리를 낮췄다.

"초희야, 가기 힘들면 나 혼자 갈까?"

"아니에요, 서방님. 조금만 기다려 주세요. 아직 준비를 못 해서……."

"그러니까 어제부터 준비했어야지. 가기 싫어?"

"서방님, 그런 게 아니고……."

김성립은 허초희의 마음이 상하지 않게 차근차근 말하고 싶었다. 그러다가 명절이나 부모님 생신 말고는 인왕동에 가는 일이 별로 없는데도 그게 싫어서 꼼지락대는 허초희를 보며 짜증을 내고 말았다.

"뭐가 아니야?"

허초희는 며칠 전부터 월경통이 도져 피곤하고 구토도 나오고 설사도 심해졌다. 허리가 끊어질 듯 아파서 만사가 귀찮았다. 여느 때 같으면 어머니 김씨부인에게 익모초(益母草) 차를 달여 달라고 하거나 익모초 환을 받아 먹었을 텐데, 바쁜 일이 있어 미처 못 챙겼다. 허초희는 김성립과 다투고 싶지 않았다.

"알았어요. 금방 갈게요. 가마를 좀 불러 주세요."

"가마?"

양반이라도 아무나 가마를 타면 안 됐다. 양반 중에서도 문신만 가마를 타게 했고, 무신은 항상 말을 탔다. 문신의 일가들도 품계에 따라 가마의 등급이 달랐다. 특히 지붕을 갖춘 옥교자(屋轎子)는 당상관의 직계 부녀자에게만 허용했고 당하관의 부녀자는 말만 허용됐다. 당하관 아래는 걸어 다녀야 했다. 이를 어기면 벌을 받았다. 그러니까 아버지가 당상관 벼슬을 하는 허초희는 가마를 탈 수 있어도, 남편이 말단 관리인 허초희의 시어머니 송씨부인은 가마는커녕 말도 타면 안 됐다.

김성립은 지난번 집에 갔을 때, 어머니 송씨부인한테서 앞으로 며느리와 인왕동에 올 때는 가마를 타지 말라고 단단히 주의를 들었다. 아버지 김첨이 아직 미관말직인데, 며느리가 친정아버지의 권세를 믿고 가마를 타고 다니면 안 된다고 엄명을 들었다. 허초희도 시댁에 그런 사정이 있다는 걸 알았지만, 그건 어디까지나 시댁 사정이고 자기는 아버지가 홍문관 부제학이니까 상관없다고 생각해서 시어머니 말을 대수롭지 않게 여겼다.

"왜요? 가마를 타지 말라고요! 이 추운데 인왕동까지 벌벌 떨면서 걸어갈까요?"

허초희는 시어머니한테 쥐어사는 김성립이 못마땅했다.

"그게…… 남들이 보기에……."

"남들 눈치만 보다 얼어 죽겠네요! 나는 가마를 타고 갈 테니, 서방님은 걸어가든지 말든지 알아서 하세요!"

결국 허초희는 옥교자를 탔다. 수달 털로 만든 남바위를 쓰고 개털로 안을 댄 배자를 입었다. 치마 속에 명주 솜바지를 입고 솜버선을 신었다. 거기에다 황금빛 담비털로 만든 목도리를 둘렀다. 함경도 어디서 혼인 선물로 들어온 건데 어찌나 값진지 왕실 종친도 겨우 사용하는 물건이었다. 허초희는 이렇게 비싼 목도리를 두르고 다녀도 되나 싶었다. 그런데도 모처럼 가는 시댁이라서 주눅 들지 않도록 잔뜩 뽐을 냈다. 김성립은 가마꾼들과 함께 걸어서 인왕동으로 갔다. 이미 정오가 지난 시간이었다. 가마가 사직단 근처에 도착했을 때 김성립이 가마를 세우고 허초희에게 걱정하며 이야기했다.

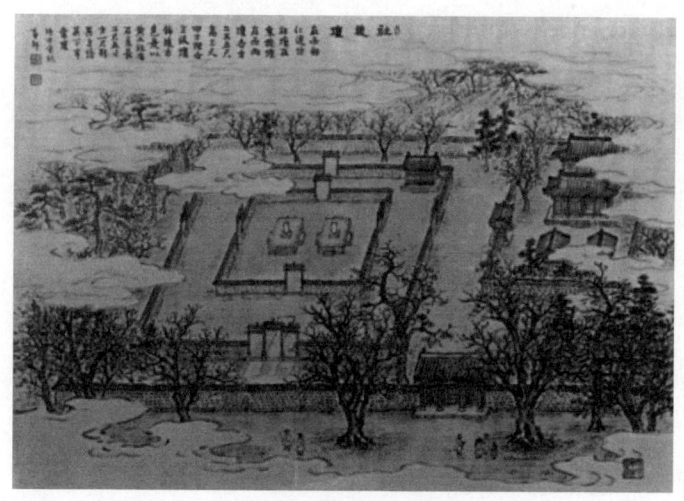

사직단(김학수, e뮤지엄)

"초희야, 이제 가마에서 내려라."

"싫어요. 좀 더 가야 하잖아요."

"여기부터 걸어가자."

김성립은 아무래도 인왕동 본가 앞까지 가마를 타고 갈 자신이 없었다. 허초희의 눈치도 봐야 했지만, 어머니 송씨부인의 불호령이 훨씬 더 무서웠기에 허초희를 설득하는 게 나았다.

"서방님, 이깟 가마 타는 걸 무서워해서 어떻게 정승판서가 될 겁니까?"

허초희가 가마 안에서 핀잔을 주었다.

"초희야, 날씨가 따뜻해서 걸을 만해. 나와서 나랑 걷자."

김성립이 몇 번을 재촉했다. 허초희는 월경통 때문에 걷는 게 힘들었다. 차마 아프다는 말은 못 하고 가마 밖으로 나왔다. 날씨가 따뜻하다는 김성립의 말은 거짓이었다. 허초희는 추워서 온몸이 오들오들 떨렸다. 김성립은 허초희의 괴로운 심정은 모르는 척하고 어머니한테 혼나지 않는다는 생각에 화색이 돌았다.

"초희야, 조금만 가면 우리 집이니까, 추워도 좀 참아."

허초희는 말없이 김성립을 쳐다봤다.

"너희들은 이제 건천동으로 돌아가라."

김성립이 겸연쩍게 웃더니 가마꾼들에게 일렀다. 가마꾼들이 김성립의 말을 듣고 돌아가려고 엉거주춤 일어섰다.

"잠깐! 거기 서라!"

가마꾼들은 허초희의 말을 듣고 돌장승처럼 굳어 버렸다.

"왜? 가마꾼들은 이제 돌아가야지."

김성립이 말했는데 허초희는 그 말을 들은 체 만 체하며 가마꾼들에게 으름장을 놓았다.

"너희들은 내가 돌아올 때까지 여기서 기다려라!"

"뭐? 초희야, 너 지금 제정신이야? 가마꾼들이 내일까지 여기서 어떻게 기다려!"

김성립은 허초희가 가마꾼들을 길거리에서 대책도 없이 기다리라고 하는 게 이상해 보였다.

"서방님, 내가 언제 오늘 시댁에서 잔다고 했어요?"

"초희야, 1년에 한두 번뿐인데 우리 집에서 안 자고 그냥 나온다고?"

"그렇게 원하시면 서방님이나 주무세요. 나는 인사만 드리고 올게요."

"초희야!"

허초희는 뿌리치듯 김성립 앞을 지나서 인왕동으로 향했다. 허초희는 월경통 때문에 허리부터 허벅지까지 쑤시며 아팠다. 허초희는 작년 연말에 김성립이 기방에 다녀온 걸 다 알았다. 그걸 그냥 눈감고 넘어갔더니 오히려 자기에게 역정을 내는 김성립을 보고 화가 났지만 참으며 걸었다. 그렇게 해도 인왕동 시댁이 가까워질수록 머리가 깨질 듯 아프고 가슴이 답답해졌다. 허초희는 시댁 앞에서 심한 복통을 느껴 배를 움켜잡고 주저앉고 말았다. 시댁으로 들어가는 솟을대문이 마치 내명부 궁녀들이 한번 들어가면 죽어서야 나온다는 구중궁궐의 철갑문(鐵甲門) 같았다.

허초희가 한참 동안 쭈그려 앉아서 오지도 가지도 못하니 김성립은 초조해졌다. 김성립은 집에 들어가지도 못하고 나오지도 못하며 대문을 들락날락하기에 바빴다. 그때 허초희를 부축해서 일으켜 세워준 사람은 숙모 성씨였다. 숙모 성씨가 문밖에서 수런거리는 소리를 듣고 나왔더니 허초희가 주저앉아 있었다. 김성립이 숙모에게 인사를 드렸다. 성씨는 인사를 받는 둥 마는 둥 허초희를 일으켜 세우며 김성립을 꾸짖었다.

"성립아, 새아기가 아프면 가마를 타고 와야지. 이렇게 추운 날에 이게 뭐냐?"

"어머니가 가마를 타면 안 된다고 해서……."

"요즘은 네 어머니도 가마 타고 다녀, 이놈아."

"네?"

"그럴 일이 있다."

김성립은 평소 나랏법을 잘 지키고 사치를 멀리하며 근검절약을 철칙으로 여기는 어머니가 가마를 탄다니 이게 무슨 뚱딴지같은 소리인지 생각하면서 집 안으로 들어갔다.

"새아가, 안방에서 시아버지와 시어머니가 기다리신다. 어서 들어가자."

숙모 성씨는 언제나 살갑게 반겨 줬기에, 허초희는 시댁에 오면 늘 숙모 성씨를 찾았다. 숙모 성씨가 시댁에 있으면 마음이 편했지만, 없으면 왠지 불안하며 초조하고 겁도 났다.

숙모 성씨가 앞장서서 안채 대청마루에 올랐다. 허초희는 오랜만에 시댁에 와서 시부모를 뵙는 거라서 고개를 제대로 들지 못하고 다소곳한 자세로 안방으로 들어갔다. 허초희는 몸이 아파도 시부모님에게 깍듯이 새해 인사를 드렸다. 허초희는 세배를 드리고 고개를 들어서 시부모에게 인사말을 건네려다 기절초풍할 뻔했다.

"어머니……."

시어머니 송씨부인의 배가 눈에 띄게 불쑥 나왔다. 안방에 들어오며 언뜻 봤을 때는 긴가민가했는데, 절을 올리고 보니 시어머니는 아기를 밴 게 맞았다. 김성립도 놀랐다.

"아버지, 어떻게 된……."

"늦둥이, 네 동생이다."

김첨이 아들과 며느리를 보고서는 히물쩍 웃었다.

"아버지, 어머니, 감축드립니다."

김첨은 허초희의 인사를 받고 며느리 보기에 민망하지도 않았는지 여전히 능청거렸다.

"감축은 무슨…… 다 네 시어머니가 힘쓴 덕이다."

김첨이 푼수처럼 내뱉은 말에 송씨부인은 얼굴이 빨개져서 남편을 흘겨보았다. 허초희는 민망해서 어쩔 줄 몰랐고, 숙모 성씨는 쿡 나오는 웃음을 겨우 참았다.

시어머니 송씨부인은 서른여섯 살이니 충분히 아이가 생길 나이였다. 송씨부인은 허초희의 인사를 받고 쑥스럽기보다 아들 김성립을 보자 눈물이 핑 돌았다. 보고 싶은데 자주 보지 못하고, 곁에 두고 싶은데 떨어져 있는 아들의 모습을 보며, 열 달 동안 자기 배를 아파하며 낳고, 십수 년 동안 자기 품에서 자란 아들을 다시 집으로 데려와 함께 살고 싶었다.

"성립아, 동생들 앞에 떳떳하려면, 어서 급제해야지."

송씨부인은 아들 김성립의 손을 매만지다 눈물을 글썽였다.

"어머니, 초희가 봅니다."

송씨부인은 며느리 눈치를 보는 아들의 말을 듣자, 허초희에게 아들을 빼앗겨 버린 듯한 느낌이 들어 서운한 마음이 생겼다. 아들과 지아비의 마음을 빼앗은 허초희가 얄미워 보였다.

그때 송씨부인 옆에 앉은 열네 살 먹은 손아래 시누이가 허초희를 보며 얄밉게 간족거렸다.

"올케는 아직 조카 소식이 없어?"

허초희는 어린 시누이가 반말로 재수 없게 말하자 울화가 뻗쳤지만, 다소곳이 답했다.

"아직……."

"하긴 하는 거야?"

"예?"

허초희는 시누이가 하는 말을 듣고 창피하고 쑥스러워 깜짝 놀랐다.

"서방님이 오랫동안 집을 비워서……."

"오라버니가 노력을 안 하는구나."

"서방님 보기가 어렵습니다."

송씨부인은 아들 핑계를 대는 허초희를 보면서 표정이 싸늘해졌다. 그러자 눈치를 챈 숙모 성씨가 헤헤 웃으면서 우스갯소리를 꺼냈다.

"새아가, 얼마나 다행이니. 시어머니보다 네가 먼저 아이를 낳았으면 조카가 삼촌보다 나이가 많을 뻔했다."

그 와중에 시누이가 허초희 들으라는 듯이 구시렁거렸다.

"우리 집안에 시집왔으면 빨리빨리 시댁으로 들어와서 가문의 장손을 낳아야지. 친정집에서 도대체 뭐 하는 거야……."

시누이가 씨부렁거리는 말이 허초희의 뱃속을 후벼 팠다. 허초희는 월경통이 더 도져서 이를 꽉 다물고 아픈 배를 쓰다듬으며 겨우 참았다.

"올케! 왜 배를 쓰다듬어? 올케도 아기를 뱄어?"

"야 이! 꼬맹아. 조용히 못 해!"

김성립은 어릴 적부터 여동생을 꼬맹이라고 불렀다. 허초희는 시누이가 하는 말이 정나미가 떨어져 머리통을 한 대 쥐어박으면 월경통이 씻은 듯이 낫겠다는 생각이 들었다. 화가 난 시누이가 김성립에게 앙칼지게 따졌다.

"오라버니, 왜 내가 틀린 말 했어? 올케가 아들을 쑥쑥 낳아야지 우리 집안이 쭉쭉 크지!"

"요 꼬맹이, 확!"

김성립이 주먹을 쥐고 여동생의 머리를 때리려는데 허초희가 팔을 잡고 말렸다. 송씨부인은 깝죽대는 딸자식이나 쥐어박으려는 아들자식보다 남편의 손을 함부로 가로막는 허초희가 더 고깝게 보였다.

눈치 빠른 숙모 성씨가 세 사람 사이에 비집고 들어가 뜯어말렸다.

"애들아, 그만들 해라. 정초부터 복 나간다. 형님. 새아기가 형님 내외분 드린다고 선물을 마련해 왔나 봅니다."

숙모 성씨는 선물 상자를 보고 화제를 돌렸다. 숙모 성씨가 허초희에게 눈을 껌뻑이며 얼른 선물을 드리라고 신호를 보냈다. 허초희는 시아버지에게 줄 나주 합죽선을 꺼냈다. 김첨은 값비싼 접부채를 받고 기분이 좋아졌다. 김첨은 이런 신기하고 값진 물건에 워낙 관심이 많아서 나주 합죽선을 요리조리 살피면서 넋이 나갈 지경이었다.

"이렇게 값비싼 부채를 마련하다니 참 기특하구나."

그때 송씨부인이 허초희에게 받은 선물 상자를 열었다.

"이건 귀한 사향(麝香)이 아니냐?"

선물을 보고 김첨의 웃음이 싹 가셨다.

"사향은 임산부가 먹어서는 안 되는데……."

숙모 성씨가 송씨부인 앞에 놓인 사향을 내려다보며 아쉬워했다. 송씨부인은 상자 뚜껑을 탁 닫더니 시누이에게 건넸다.

"저리 치워라!"

시누이는 다시 상자 뚜껑을 열어서 킁킁거리며 사향 냄새를 맡았다. 이 상야릇한 냄새가 코끝을 찔렀다. 시누이한테는 기분 좋은 냄새였어도 송씨부인은 역겨웠다.

"얼른 치워라!"

시누이는 송씨부인의 말에 화들짝 놀라 상자를 닫아 벽 쪽으로 휙 밀었다. 허초희가 준비한 선물이 애물단지가 되고 말았다. 김성립은 왠지 미안해서 안쓰럽게 허초희를 쳐다봤다. 송씨부인은 그런 아들이 마음에 들지 않아서 꾸짖었다.

"성립아, 작년에는 어사또 따라다니다 공부를 못 했으니, 올해는 과거 공부에 전념해라. 아버지도 이번에 주상전하의 성은으로 1년간 독서당으로 사가독서를 나가시게 되었다. 너도 얼른 과거에 급제해서 외삼촌처럼 임금님을 곁에서 돕는 동부승지 정도는 해야 하지 않겠냐?"

어머니 송씨부인의 꾸지람이었지만 김성립에겐 희소식으로 들렸다.

"외삼촌이 동부승지가 되셨나요?"

"이번에 이산해 영감님은 도승지가 되셨고, 네 큰외삼촌은 동부승지가 되셨다. 이게 모두 네 장인어른께서 힘써 주신 덕이다. 그러니 고맙다고……."

김첨이 김성립에게 당부하는 중이었다.

"나리, 누가 봐줘서 된 게 아니고 그만한 실력이 있어서 되셨겠지요."

송씨부인은 오라버니 송응개가 동부승지로 승진한 게 허엽영감 덕택이라는 김첨의 말이 듣기 싫어서 잘라 버렸다.

"며늘아기는 서방님을 깍듯이 모시고, 무엇보다 먼저 가문을 이어받을 아들을 낳아라."

"예, 어머니."

허초희가 들릴락 말락 한 소리로 대답했다.

"그럼, 오늘은 이만 물러가서 쉬었다가 내일 아침에 보자."

허초희가 이번에는 모두가 듣게 큰 소리를 냈다.

"어머니, 저희는 오늘 건천동으로 돌아가겠습니다."

"뭐? 지금 다시 간다고?"

"예."

"어째서……."

"어머니, 제가 오늘은 달거리가 심한 날이라서……."

송씨부인의 표정이 싸늘해졌다. 김첨은 못 들은 척 헛기침하더니 김성립에게 넋두리했다.

"아, 독서당에 들어가기 전에 아들 녀석이랑 술 한잔하려 했는데…… 안 되겠구나."

"아버지, 그럼 저는 내일 가겠습니다."

김성립이 허초희를 힐끗 쳐다봤더니, 허초희는 입을 다문 채 눈길을 돌렸다.

"오라버니가 자고 간다니 올케도 자고 가야지."

시누이가 짓궂게 놀렸지만, 허초희는 여전히 입을 닫았다.

"왜? 시집에서 하룻밤 자는 게 그렇게 싫으냐?"

송씨부인이 허초희에게 물었다.

"형님, 왜 시댁이 싫겠어요. 어차피 나중에 이 집 안방마님을 할 건데, 형님이 지금 몸이 무거우니까 번거롭지 않게 하려고 그러는 거겠지요."

숙모 성씨가 허초희를 편들었다. 그러자 시누이가 또 끼어들었다.

"숙모, 시어머니가 몸이 무거우면 몸이 가벼운 며느리가 돌봐 드려야지, 모처럼 시댁에 와서 뒷간 다니듯이 휙 하고 가도 되는 거예요?"

"애야, 너도 곧 시집간다면서…… 네가 시집살이를 해 봐야 친정 좋은 줄 알지."

숙모 성씨가 시누이에게 핀잔을 줬다.

"꼬맹이가 시집가요?"

김성립이 놀라서 물었다. 허초희도 처음 듣는 말이라 귀가 쫑긋해졌다.

"아, 그렇지. 너희들은 몰랐겠구나. 내 입이 방정이네."

숙모 성씨가 괜히 말했나 싶어 송씨부인의 눈치를 봤다. 송씨부인은 나이 많은 동서가 주책을 떠는 게 못마땅해서 표정을 찡그렸다.

"이경전과 혼인한다."

김첨이 말했다.

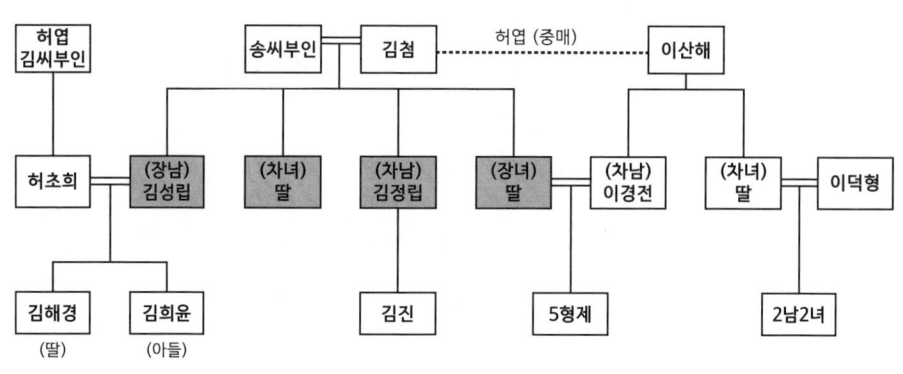

김성립의 형제

"예? 이산해 영감님 댁 둘째 아들, 뺀질이 이경전이요?"

김성립이 깜짝 놀랐고, 허초희도 놀라 눈을 동그랗게 뜨고 시어머니를 쳐다봤다.

"사장어른께서 중매를 섰어. 너희들은 몰랐냐?"

송씨부인은 허엽영감이 김첨과 이산해 사이를 중매한 거라고 알려 주었다.

"뺀질이라니? 누가? 내 신랑이 뺀질이야?"

듣고 있던 시누이가 앙칼지게 쏘아붙였다.

"올케 앞에서 뺀질이가 뭐야? 어머니, 나 시집 안 가요!"

시누이는 엉엉 울면서 방을 나갔다.

"저…… 저 성질머리……."

김첨이 혀를 쯧쯧 찼다.

"오라버니."

그때 방문이 활짝 열리면서 이제 갓 여섯 살이 된, 김성립의 둘째 여동생이 조르르 달려와 김성립에게 안겼다. 둘째 여동생을 본 김성립의 입이 귀에 걸렸다. 김성립은 허초희가 보든지 말든지 여동생의 얼굴에 입술을 비벼댔다. 허초희가 보기에도 귀엽고 앙증맞게 생긴 꼬마 시누이였다.

"언니, 그거 뭐예요."

꼬마 시누이가 허초희 목도리를 가리켰다. 허초희는 담비털 목도리를 꼬마 시누이에게 둘러줬다. 꼬마 시누이가 허초희를 보고 웃었다. 허초희도 꼬마 시누이가 귀여워 활짝 웃었다. 손아래 큰 시누이한테 쌓였던 앙금이 눈 녹듯 사라졌다. 그때 송씨부인이 허초희를 보고 못마땅한 표정으로 꾸짖었다.

"며늘아기야, 이렇게 비싼 물건을 몸에 두르고 다니지 마라."

허초희는 '담비털 목도리가 비싸봤자, 나보다 더 비싸겠어'라는 생각이 들어서 시어머니 말이 대수롭지 않게 들렸다.

"아버지가 혼인 선물로 주신 거라서……."

"사람들이 우리 집안을 흉본다. 다음부터 인왕동 집에 올 때는 가지고 오지 마라."

"뭐 그런 걸 다 따지시오. 예쁘고 좋구먼."

김첨은 퉁명스럽게 비꼬았다.

"이 족제비털 목도리도 따뜻해요!"

송씨부인도 한기를 피하느라 값싼 족제비털 목도리를 목에 두르며 김첨에게 쏴붙였다.

"성립아, 문 들어온다, 바람 닫아라!"

김첨이 나주 합죽선을 펄럭거리며 투덜거렸다.

김성립은 화가 났다. 1년에 두세 번 정도는 시댁에서 하룻밤 자도 되는데, 허초희는 신행 날 빼고는 단 하루도 잔 적이 없었다. 시댁에 일이 있을 땐 이 핑계 저 핑계 대면서 당일치기로 다녀왔다. 김성립은 허초희가 시댁 일에 정성으로 다하지 않는 게 정말 미웠다. 오늘도 마찬가지였다. 아버지가 사가독서에 들어가면서 아들이랑 술 한잔 마시고 싶다면 며느리가 도리를 다해 시중을 들어야 했는데, 허초희는 나 몰라라 하고 세배만 드리고 서둘러 시댁을 나섰다.

김성립은 마음 같아서는 집에 남아서 아버지와 회포를 풀고 싶었다. 김첨은 며느리가 일어서자, 다음에 건천동에 갈 일이 있으니 그때 회포를 풀자며 김성립도 같이 돌려보냈다. 송씨부인은 두 부자가 며느리한테 꼼짝 못 하는 걸 보면 참 한심했다. 허초희에게 호통이라도 쳐서 자고 가라고 꾸짖고 싶었지만, 자기 몸이 무거워서 만사가 귀찮았다. 그러면서도 언젠가는 큰며느리를 단단히 휘어잡아야겠다고 생각했다.

어떻게 했는지 모르지만, 인왕동 솟을대문을 나서자, 낮에 타고 온 가마가 이미 대령해 기다렸다. 김성립은 분명 가마는 멀리 숨겨 놓으라고 했었다. 허초희가 가마를 집 앞까지 부른 걸 어머니가 알면 된통 혼날 게 뻔해서 겁이 났다.

"초희야, 여기까지 가마를 부르면 어떡해?"

"왜요? 숙모님이 타라고 했잖아요. 어머니도 타신다면서요."

"그건, 어머니가 아기……."

"나는 아기가 없어서 못 타는 거예요?"

"그게 아니지…… 우리 아버지가 아직 벼슬이 낮아서……."

"상관없어요."

허초희가 김성립을 보며 웃었다.

"나랏법을 지켜야지…… 상관없다니……."

"서방님, 나는 지금도 서방님이 삼정승 육판서라고 생각해요, 나는 정경부인이고. 그러니까 가마를 타도 되는 거죠."

허초희는 시댁 문을 나서는 순간 머리가 맑아지고 뺨에 생기가 돌고 월경통은 씻은 듯이 사라졌다. 기분이 상쾌해지고 마음이 홀가분해져 목소리에 힘이 들어가고 농담도 하게 되었다.

"아, 뭐야!"

"서방님 그러니까 이제 그만 놀고 접에 들어가셔서 빨리 과거에 급제하세요."

김성립은 어떻든 간에 올해는 과거시험을 봐야겠다고 마음속으로 다짐했지만, 독서당의 접으로 들어가기보다 익숙한 하숙집으로 가고 싶었다.
"알았어, 내가 알아서 할 테니 정초부터 머리 아픈 이야기는 하지 마."
"서방님 올해는 꼭 공부만 하세요. 그러면 제가 서방님을 기쁘게 해 드릴게요."
"어떻게?"
"저도 예쁜 아기를 낳을게요!"
허초희는 흔들리는 가마에서 눈을 감고, 배부른 시어머니를 생각하며 자기도 곧 아기를 낳겠다고 다짐했다.

그해 봄, 허초희는 달거리가 끊긴 걸 사월이에게 알렸다. 그러자 사월이는 늙은 하녀를 허초희 방으로 조용히 불렀다. 허초희는 늙은 하녀에게 달거리가 없어지고 메스껍고 구역질이 나고 피곤하고 졸리며 열이 나고 나른하고 배가 팽팽한데 이러면 아기를 밴 징후가 맞냐고 물었다. 그러자 늙은 하녀가 허초희에게 되물었다.
"가슴이 자주 두근거리죠? 소피가 자주 마렵고, 젖가슴과 젖꼭지도 커졌죠?"
"응."
"저고리를 풀어 보세요."
허초희는 쑥스럽긴 했지만, 저고리를 풀었다. 늙은 하녀가 허초희 젖가슴과 젖꼭지를 살폈더니, 색깔이 짙어진 게 보였다. 늙은 하녀가 허초희의 가슴을 살짝 건드렸다. 허초희는 어찌나 가슴이 아픈지 자기도 모르게 아야 하는 소리를 내뱉었다.

"아씨, 분명 뱃속에 아이가 생겼습니다."

늙은 하녀가 말했다.

"홑몸이 아니라고?"

허초희는 자기 몸속에 생명이 또 하나 생겼다는 게 믿기지 않았다. 이렇게 어린 나이에 어머니가 된다는 게 무섭고 떨렸다. 과연 자기 몸에서 생명을 키우고, 그 생명을 멀쩡하고 건강한 아기로 태어나게 할 수 있을까, 그 아기를 제대로 키워 낼 수 있을까, 그런 힘든 일을 모두 감내할 수 있을까 하는 두려움 때문에 불안해졌다.

허초희는 아랫배에 손을 가져다 댔다. 아직 태동은 없었지만, 새 생명이 자기 몸 안에서 자란다는 기쁨, 온전한 아이를 낳아 키워야겠다는 책임, 아기를 만날 날을 고대하는 설렘이 한꺼번에 몰려들어 마음을 어떻게 가다듬어야 할지 종잡기가 어려웠다. 허초희는 끝내 울음을 터뜨리고 말았다.

열일곱 살 허초희가 아기를 밴 건 사실이었다. 시어머니 송씨부인보다 스무 살이나 어린 나이였다.

그해 여름, 허초희의 시어머니 송씨부인이 아들을 낳았다. 허초희와 김성립은 아기 기저귀로 쓸 무명과 시어머니가 먹을 미역을 준비해 건천동을 나섰다. 김씨부인은 허초희가 옥교자를 타면 답답하고 속이 울렁거린다고 불평을 늘어놔서 평교자를 내줬다. 허초희는 누가 봐도 홑몸이 아니라 평교자를 타는 데 시비 걸 사람은 없었다. 허초희는 상쾌한 날씨에 평교자를 타니 기분이 좋았다. 딱 시댁 들어가기 전 사직동까지만 그랬다. 멀리 인왕동 시댁 지붕이 나타나자, 긴장해서 그런지 뱃속의 아기가 발로 쿡쿡 찔러댔다. 인왕동에 도착했더니 제일 먼저 대문에 친 금줄이 보였다. 새끼줄에는 숯덩이와 작은 칼을 꽂아 두었다. 청솔가지는 딸을, 칼은 아들을 낳았다는 뜻이었다.

　허초희는 가마에서 내려 시댁으로 들어갔다. 언제 봐도 시댁 살림은 정갈했다. 마당에는 더북하게 난 잡초도 없었고, 장독은 먼지가 쌓일 틈도 없이 닦아서 반들반들 빛났다. 사랑채며 안채며 대청마루는 함치르르 광택이 흘렀다. 건천동 집은 아버지와 허봉 오라버니를 만나러 온 동인 선비들이 뻔질나게 드나들어서 항상 북적거렸다. 집 안을 늘 깨끗이 정돈해 놓는 게 어려웠고, 어머니도 하인들을 다그치지 않았다. 그에 비해 너무 조용한 인왕동 시댁은 아낙네들이 달그락거리며 베틀 돌리는 소리만 들렸다.

　허초희는 안방에 들어가 시부모님께 인사 올리고 고개를 들었다. 늦둥이를 얻은 시아버지 김첨은 싱글벙글하며 입을 닫지 못했고, 시누이는 허초희를 봤는지 못 봤는지 갓난아기를 어르기에 바빴다. 김성립은 미역과 무명천을 어머니 앞에 내놓았다.

　"아버지, 어머니 감축드립니다."

　"다 늙어서 창피하구나."

　"얼마나 늙었다고 그런 말씀을 하십니까? 마흔도 안 되신 분이, 이제 관직에 나가서 승승장구하실 때가 아닙니까?"

　송씨부인이 김첨에게 말했다. 그러고는 딸을 시켜 아기를 김성립에게 보여 줬다. 시누이가 갓난아기를 김성립에게 건넸다.

　"네 동생 정립(正立)이다."

　김성립이 아버지 말을 듣고 아기를 받아서 허초희에게 보였다. 그때 어설프게 채운 기저귀가 조르르 흘러내렸다. 갓난아기 아랫도리에 붙은 작은 고추가 훤히 보였다. 김성립이 기저귀를 올리려고 했는데, 오히려 홀러덩 벗겨지고 말았다. 허초희는 얼결에 시동생 고추를 보게 되었다. 시누이가 잽싸게 갓난아기를 넘겨받았다. 그렇지만 이미 안동 김씨 집안 둘째 도련님 고추는 다 드러나고 말았다.

"네 아기도 고추를 달고 나왔으면 좋겠다."

김첨이 어색한 분위기를 감추려고 허초희에게 능청스럽게 웃어 보였다.

"아버지, 딸입니다."

김성립이 말했다.

"딸? 네가 그걸 어떻게 알아?"

김첨은 김성립이 무슨 말을 하는지 빤히 쳐다봤다.

"혼례 때 장모님이 청단을 뽑아서 딸입니다."

김성립이 허초희의 눈치를 보며 대답했다.

"며늘아기야, 딸도 좋고 아들도 좋으니 무탈하게 키우는 게 중요하다. 마마 같은 몹쓸 병에 걸려 자식을 앞세우는 참척(慘慽, 참혹하게 슬픔)의 고통도 크겠지만, 그게 모두 제대로 살피지 못한 부모의 죄다."

"예, 어머니."

허초희는 송씨부인이 참척이라고 하는 말이 무서웠다.

"부인, 새아기 앞에서 그런 말을 다 하십니까?"

"나리, 새아기가 태교도 잘하고, 손주를 낳으면 건강하게 키우라고 한 말이니 고깝게 생각하지 마세요."

"참척이라니…… 새아기가 놀라지 않소."

"나리는 사사건건 며느리 편만 들지 말고 안동 김씨 집안을 생각하세요!"

송씨부인이 확 쏘아붙이는 바람에 시누이 품에서 잠자던 갓난아기가 깨어나 울어 댔다. 그 소리가 어찌나 큰지 방문 창호지가 팔락팔락 흔들렸다.

"어머니, 아기가 배고픈가 봅니다."

"이리 다오."

송씨부인은 시누이에게 갓난아기를 건네받아 돌아앉아 저고리를 열고 젖을 물렸다. 갓난아기는 이내 조용해졌다. 송씨부인이 젖을 먹이며 허초희에게 물었다.

"새아가, 유모는 구했냐?"

"유모요? 아직……."

"첫아이를 낳고 젖이 쉽게 나오는 게 아니다. 젖 없이 어찌 키우려고 하느냐?"

시아버지 김첨은 슬그머니 안방에서 나갔다. 송씨부인은 여전히 갓난아기에게 젖을 먹였다.

"어머니, 아기가 젖을 잘 먹는 게 아주 씩씩합니다."

김성립은 어린 동생이 젖을 배불리 먹어 살이 몽실몽실 올라 보기 좋았다.

"젖이 잘 나와야 잘 먹는 거지. 성립아, 너도 내 젖을 먹어서 튼튼하게 자란 거다. 네 아기도 내 젖을 먹었으면 좋겠는데, 네 생각은 어떠니?"

송씨부인이 김성립에게 물었다.

"아하, 그거 좋지……."

김성립은 좋겠다고 생각해 얼른 대답하려다 허초희의 싸늘한 표정을 보고 주눅 들었다.

"새아가, 유모의 성품이 곧 갓난아기의 성품이 된다. 그러니 제대로 된 유모를 구하지 못하면 우리 집으로 들어와라. 내 손자는 내 젖으로 키우겠다."

　허초희는 시집으로 들어오라는 시어머니의 말을 듣고 가슴이 철석 내려앉았다. 갓난아기를 배불리 먹일 젖을 시어머니가 준다니 좋아할 일이어도, 이를 미끼로 자기가 시집살이하는 게 아닌가 하여 덜컥 겁이 났다. 어떻게 해서든지 시집살이는 나중으로 미루고 싶었다.

"어머니 마음에 꼭 드는 유모를 구해 보겠습니다."

　허초희는 솔직히 갓난아기를 배불리 먹일 시어머니 송씨부인의 젖이 탐나기는 했지만, 그렇다고 벌써 시댁에 들어가서 살고 싶은 생각은 추호도 없었다.

　허초희는 건천동으로 돌아오면서 자기 아기도 튼튼하고, 똑똑하게 기르고 싶은 마음이 솟았다. 가마가 사직동을 돌아 나오는데 광화문 앞에서 관악산의 화기(火氣)를 지키는 해태가 웃는 모습이 눈에 띄었다. 부리부리한 눈과 뭉툭한 주먹코가 용감하며 씩씩해 보였다. 허초희는 자기가 낳을 아기도 저 해태처럼 범접하지 못할 위엄을 갖추고 강하게 크길 바랐다.

　멀리 숭례문 뒤로 관악산의 뽀족한 산봉우리들이 마치 엄청난 불덩이처럼 한양을 덮칠 기세였다. 곧 그런 불덩이가 건천동을 덮쳤다.

7. 객사(客死)
(허초희 17~18세, 1579~1580년)

　　허초희가 인왕동에 다녀온 날, 임금이 허엽영감을 궁궐로 불러 경상도 관찰사 자리를 내주었다. 경상도는 왜구의 침범이 잦아, 문무를 겸비한 인물이 필요하다며 이이, 이산해, 정언신, 허엽 중에서 허엽영감을 뽑은 거라고 떠벌렸다. 허엽영감은 경상도가 중요하면 젊은 이이나 보낼 일이지 왜 예순세 살이나 먹은 늙은이를 시골에 보내느냐고 불만을 가졌다. 늘그막에 집을 떠나려니 영 싫었다. 한양을 떠나 지방으로 가면 조정에서 잊힐 거로 생각해 마음이 뒤숭숭했다. 하지만 허엽영감이 대감으로 승진하려면 지방 관찰사를 다녀와야 했기에 거절할 수도 없었다.
　　당상관이라도 대감(大監)과 영감(令監)으로 나뉘었다. 정승 판서 같은 정2품 이상이 대감이고, 참판, 참의, 관찰사, 목사는 종2품과 정3품으로 영감이었다. 그 아래는 당하관으로 나리라고 불렸고, 정6품 이하는 그냥 관리였다. 임금은 상감이라 하였다.
　　허엽영감보다 열아홉 살이나 어리고 18년이나 늦게 과거에 급제한 이이는 이미 황해도 관찰사까지 지냈다. 이이는 곧 대감 반열에 오를 일만 남았는데, 허엽영감은 아직도 정3품 이조참의로 영감에 머물러 있었다.
　　궁궐에 다녀와 지방에 나갈 짐을 꾸리던 허엽영감은 11년 전에 이이와 다퉜던 일이 생각나서 부아가 치밀었다. 그때 쉰두 살이었던 허엽영감은 정3품 당상관 영감으로 성균관 대사성이었다. 이이는 서른세 살로 정6품 이조좌랑으로 젊은 관리였다. 허엽영감은 그해 3월에 명나라 황태자 책봉식에 축하 사신 대표로 다녀왔고, 이이는 8월에 황태자 생일 축하 사신단의 일원으로 명나라에 다녀왔다.

허엽영감이 명나라를 다녀와 김씨부인, 허봉, 허초희와 저녁을 먹던 자리였다. 그때 허초희는 여섯 살이었다.

"이이가 조정에 나와 설쳐 대는 꼴을 보면 부아가 치밀어서……."

허엽영감이 하는 말을 듣고 김씨부인의 얼굴이 순식간에 굳어졌다. 김씨부인은 남편이 이이 이야기를 할 때면 마음이 편하지 않았다. 어릴 적부터 친했던 이이를 남편이 들먹이는 일도 그렇고, 남편이 이이와 원수처럼 지내는 일도 골치 아팠다. 이날도 허엽영감이 이이 이야기를 꺼내자, 김씨부인은 꺼림칙했다. 허엽영감은 개의치 않고 모두가 들으라고 떠들었다.

"얼마 전, 우의정 대감이 돌아가셨을 때, 내가 우의정 대감의 학식과 인격을 칭찬했지. 이이는 달리 생각했는지, 차마 입에 담지 못할 말로 우상 대감을 욕했어."

"그분이 뭐라 했단 말입니까?"

김씨부인은 자기한테 들으라고 하는 말 같아서 물었다.

"부인이 들으면 좋지 않을 소리요."

"한번 들어 봅시다."

"꼭 그렇게 듣고 싶소?"

"싫으면 관두세요."

김씨부인이 토라지자, 허엽영감은 일부러 또박또박 이이가 뭐라고 했는지를 알려 줬다.

"우의정 대감은 청탁받고 뇌물 먹고, 첩을 여럿 두고 행실이 더러워 배울 게 없다 하였소."

"그게 사실인지 누가 알겠습니까?"

김씨부인은 이이가 거짓말을 할 사람이라고 생각하지 않았다.

"뭐 그렇다고 칩시다. 헌데……."

허엽영감은 얼굴이 일그러지며 말을 잇지 못했다.

"헌데, 뭡니까?"

"이이가 나를 가리켜…… 사람 보는 눈이 없어서 남에게 속아 넘어가는 허술한 사람이라고 한 거요, 새파랗게 젊은…… 사람이…… 나 원 참……."

솔직히 허엽영감은 서른세 살 뿐이 안 되는, 자기보다 훨씬 나이가 어린 이이를 가리켜 '새파랗게 젊은 놈'이라고 부르고 싶었지만, '젊은 사람'이라고 불렀다. 자식들 앞에서 상스러운 말을 하면 안 되고, 이이와 같은 고향 사람인 김씨부인 앞에서 그렇게 부르기도 어려웠다. 허엽영감이 분을 삭이지 못해 씩씩거리는데, 김씨부인이 내뱉은 말이 더 가슴을 후벼 팠다.

"이이 말이 틀린 말은 아니네."

"부인, 그게 지금 무슨 말이오?"

"내가 생각해도 그렇다는 말입니다."

"어허, 애들 앞에서……."

허엽영감의 얼굴이 붉으락푸르락해졌다.

"정6품뿐이 안 되는 이조좌랑이 버릇없게 굴어도 되나요?"

허봉이 아버지의 표정을 살피며 끼어들었다.

"남들이 이이한테 머리 깎고 절에 들어갔다 온 사람이라고 손가락질해도, 내가 처가와 동향 사람이라 여러 번 두둔했다. 이제 그런 일은 없을 거다.

아니 앞으로는 내가 발 벗고 나서서 이이가 꼴사납게 나대는 걸 막겠다."

"남의 앞길 막으려고 하지 말고, 영감 앞길이나 챙기십시오."

김씨부인이 허엽영감에게 핀잔을 주었지만, 허엽영감은 임금 앞에서 이이와 다툰 일이 생각났다. 임금 이연이 경회루에서 신하들을 모아 놓고 경연을 열 때였다. 그때는 임금이 어려서 아침, 점심, 저녁으로 사서삼경을 펼쳐 놓고 강연을 여는 일이 잦았다. 임금이 명나라에 다녀온 허엽영감에게 명나라에서 보고 배운 좋은 점을 말해 보라고 명했다.

"전하, 백성들이 덕업을 권장하고, 과실을 경계하며, 예로써 사귀고, 환난이 일어나면 서로 돕고 살도록 고을마다 향약(鄕約)을 시행토록 하옵소서. 지금 세상에는 선한 사람이 많고, 선하지 않은 사람이 적습니다. 바로 향약을 시행할 적기입니다."

허엽영감이 자신의 생각을 조심스레 펼쳤다.

"전하, 향약은 만백성이 성현의 말씀을 따르게 합니다. 곧 널리 시행하는 게 좋겠습니다."

영의정 이준경이 허엽영감을 거들었다.

"좋소, 조정에서는 시행 방안을 마련해 보시오."

어린 임금 이연은 자신이 왕위에 오를 때, 자신을 옹립하고 5년 동안이나 영의정을 맡은 이준경 대감을 믿고 따랐다.

그때였다.

"전하, 향약은 아직 시행해서는 아니 되옵니다."

문무백관들이 소리 나는 쪽을 돌아보았다. 고개를 숙이고 있는 말단 관리였다.

"할 말이 있으면 하라."

임금이 관리에게 명했다.

"전하, 신 이이 아룁니다. 향약을 시행하면 지방 향반들이 이를 핑계로 곤궁한 백성들을 밥 먹듯 동원할 게 뻔합니다. 허엽은 세상에 선한 사람이 많다고 했는데, 그건 허엽의 마음이 허술하여 세상을 선하게만 봐서 그렇습니다. 하오나 소신은 이 세상에 선하지 않은 사람이 더 많은 걸 알고 있습니다. 향약은 지방 향반들의 배만 채울 뿐, 백성을 피곤하게 할 게 뻔합니다. 부디 명을 거두어 주십시오."

중신들은 벼슬을 그만두면 고향으로 돌아가 향반이 될 텐데, 향반을 비방하는 이이의 말을 듣고 속내가 홧홧 달아올랐다. 어쨌든 임금은 이이의 말이 가슴에 와닿아서 그 말을 따랐다.

"생각해 보니 향약은 급하게 서두를 일이 아니오. 시행을 잠시 미루도록 하겠소."

영의정 이준경은 못마땅한 표정을 지었고, 허엽영감은 모처럼 준비한 향약 시행안이 미뤄진 건 둘째 치고, 이이가 자기를 허술한 사람으로 만들어 체면을 깎아내린 일에 울화통이 터졌다.

그 뒤로 이이는 사사건건 허엽영감의 발목을 붙잡았다. 덕분에 허엽영감은 서른 살에 관직에 나온 뒤, 30여 년 동안 네 번이나 파직당하며 관직 생활이 순탄하지 않았다. 급기야 이이에게 품계를 역전당하고 말았다. 허엽영감은 이이가 아니꼬웠다. 생각 같아서는 다 집어치우고 도봉서원에 가서 원장이나 하고 싶었다. 하지만 동인의 영수이니 쉬운 일이 아니었다. 자기가 대감으로 진급해야, 서인들이 활개 치는 걸 막을 힘이 생겼다. 허엽영감은 어쨌거나 관찰사 자리를 사양할 수 없어서 꾸역꾸역 짐을 챙겼다.

김씨부인은 남편이 지방으로 떠난다는 말을 듣고 가슴이 철렁하고 주저앉았다. 집안 남자들이 객사한다는 말이 자꾸만 생각나 등골이 오싹하고 오금이 저렸다. 김씨부인은 별의별 생각을 다 하다가 새벽녘에 겨우 깜빡 잠들었다.

머리를 풀어 헤친 허엽영감이 강물에서 허우적거리며 살려 달라고 김씨부인을 불렀다. 이미 몸은 홀쭉해졌고, 눈이 퀭하고 피골이 상접하여 해골만 남은 시체처럼 보였다. 바짝 마른 입술로 자꾸만 도와 달라고 할 뿐 도무지 강물에서 나올 생각이 없었다. 그렇다고 김씨부인이 강물에 뛰어들지도 못했다. 아들 허봉이 아버지를 건져 내려고 강물로 뛰어들었는데, 아버지를 살리기는커녕 강물에 빠져 허우적대다 그만 정신을 잃더니 강물에 둥둥 떠내려갔다. 김씨부인이 어떻게든 두 사람을 살려 보려고 마구 소리치자, 강가에 앉아 있던 허초희가 강으로 뛰어들었다가, 아버지랑 오라버니와 함께 강물에 휩싸여 순식간에 떠내려갔다. 김씨부인이 차마 말릴 사이도 없이 벌어진 일이었다. 허균이 어머니를 부르며 울고불고했지만, 어쩌지 못했다. 김씨부인의 눈앞에서 허엽영감과 허봉과 허초희가 모두 둥둥 동해로 떠내려갔다. 김씨부인은 세 사람을 살려 보겠다고 발버둥을 쳤다. 마음 같지 않게 좀처럼 몸이 움직이지 않았다. 그러더니 느닷없이 신당리에서 봤던 무당이 눈앞에 나타나 '객사야, 두 집안 남자 모두 객사야!'라고 섬뜩하게 말했다.

김씨부인은 번쩍 잠에서 깨었다. 식은땀이 이마에 송골송골 맺혔다. 김씨부인은 너무 놀란 나머지 뜬눈으로 밤을 지새웠다. 김씨부인은 꿈자리가 사나워 기분이 개운치 않았다. 신당리 무당이 했던 말이 자꾸만 떠올라 안색이 창백하게 바뀌고 식은땀만 흘렸다.

조정에서는 허엽영감에게 하루라도 빨리 임지로 떠나라고 보챘다. 궁궐에 다녀온 다음 날 허엽영감은 짐을 챙겨 대문 밖으로 나갔다. 대문 밖에는 제천정을 지나 한강진나루까지 호위할 군사들이 깃발을 나부끼며 늘어섰고, 백마가 위풍당당한 모습을 뽐냈다. 깃발과 도끼를 든 병사와 교서통을 어깨에 멘 병사도 떠날 준비를 마쳤다. 관찰사가 부임지까지 데려갈 수 있는 사람은 아홉 명이었다. 거기에다 곁다리로 붙은 일가친척과 몸종을 합하면 거의 스무 명은 되었다.

제천정(무진추 한강음전도, 한국국학진흥원)

김씨부인과 허초희는 집안의 하인들을 모두 거느리고 나와서 허엽영감을 배웅했다. 건천동 사람들이 경상도 관찰사가 떠나는 행렬을 보려고 모여들었다.

허엽영감도 김씨부인을 보니 발걸음이 가볍지 않았지만, 길을 떠나야만 하는 노릇이라 아쉬운 작별 인사를 나눴다. 김씨부인은 지난날 전라도 관찰사로 떠나는 유희춘이 여색에 빠져 몸을 상할까 걱정했다는 송덕봉의 말이 생각났다. 남편이 지방에 내려가 관기(官妓)에게 홀려 기력을 소진하는 게 아닌지 걱정되었다.

"영감, 시골에 계시는 동안 늙으신 몸을 누가 챙겨 드리겠습니까? 과음을 삼가시고…… 잡념을 버리고 기력을 잘 보전하서야 합니다. 부디 몸조심하세요."

김씨부인이 손을 붙잡자, 허엽영감은 일가친척과 하인들 보기가 민망해 슬쩍 손을 놓았다.

"부인, 사람들이 보고 있소. 체통을 지키시오."

허엽영감도 예전처럼 다정다감함은 덜했으나, 막상 집을 떠나려니 김씨부인이 제일 마음에 걸려서 와락 껴안아 주고 싶었다. 두 사람은 그놈의 체통 때문에 손도 잡지 않았다. 김씨부인과 부부로 산 지 30년 동안 삼척, 동해, 경주를 돌아다니며 여러 번 떨어져 살았는데 이번처럼 기분이 싱숭생숭하긴 처음이었다.

"부인, 내 후딱 다녀오겠소. 이번에 갔다 오면 다시는 한양을 떠날 일이 없을 거요."

"영감, 다 그만두고 우리 둘이 백년해로합시다!"

김씨부인은 끝내 눈물을 흘리며 억지를 부렸다.

"어머니, 고정하세요. 아버지께서 어명을 받고 떠나시는 겁니다. 서인들을 이기려면 반드시 가야 하는 길인데, 어찌 그러십니까?"

허봉이 김씨부인을 말렸다.

"이놈아! 너는 무슨 부귀영화를 누리겠다고 동향 사람과 싸우기만 하느냐? 아버지를 모시는 게 우선 아니냐?"
"아버지께서 주상전하를 받들며 분골쇄신하시는 겁니다."
"나는 다 필요 없다! 그저 우리 식구가 행복하게 같이 모여 살기를 바랄 뿐이다!"
허엽영감은 김씨부인의 말을 듣고 가슴이 먹먹해졌다. 못 들은 척하고 허초희에게 당부하는 말을 남겼다. 마치 유언처럼 들렸다.
"초희야, 어머니를 모시고 잘 살도록 해라! 빨리 아이도 낳고……."
허초희는 아버지와 헤어지려니 눈물이 핑 돌고 목이 메어 제대로 말이 나오지 않았다. 그래도 남들이 뭐라고 하든 말든 아버지에게 다가가 힘껏 껴안았다.
"아버지, 경상도에 다녀오시면 외손자가 있을 거예요."
허엽영감은 민망하긴 해도, 허초희의 말을 듣고 기분이 좋아졌다.
"어머니를 잘 모시고 지내거라. 내 곧 다녀오마."
김씨부인은 남편이 객사할지 모른다니 겁이 났다. 이별을 예감해서 그런지 눈물이 글썽이다 끝내 봇물 터진 듯 걷잡을 수 없이 쏟아졌다. 허초희가 어머니를 따라 울고, 사월이와 여종들도 옷소매로 눈물을 훔쳤다. 관찰사 행렬은 그 소리를 헤치며 길을 떠났다. 마치 상여가 북망산으로 들어가는 듯 서글프게 보였다. 허엽영감은 이렇게 일가친척과 작별하고 건천동을 떠나 한강을 건넜다. 다시 돌아오지 못할 길이었다.

관찰사 일행은 열흘 만에 경상 감영이 있는 상주성 5리 밖에 이르렀다. 오리정 앞에서 경상 감영의 관원 200여 명이 나와 관찰사 일행을 맞았다.

신임 관찰사 행렬이 상주성 안으로 들어섰다. 왕산(王山) 아래 경상 감영으로 향하는 길가에는 상주 백성들이 모여들어 인산인해를 이뤘다. 관찰사 행렬은 점심나절에 감영 안으로 들어갔다. 제일 먼저 감영 마당에서 관기들이 춤추고 노래를 부르며 일행을 맞았다. 어느덧 관찰사 행렬이 상주 객관 상산관(商山館)의 출입문인 진남루(鎭南樓) 앞에 이르렀다. 상주 향교의 유생들이 임금의 교서와 유서를 받들어 모시는 의식을 거들었다. 의식이 끝나자 뉘엿뉘엿 해가 지면서 금방 밤이 되었다.

다음 날 허엽영감은 관리들과 향반들의 인사를 받고 관기를 점고했다. 딱히 눈에 드는 관기도 없었고, 기력을 잘 보존하라는 김씨부인의 말이 생각나 마음이 동하지 않았다. 허엽영감은 관원들에게 경상도 순행을 준비시켰다. 먼저 안동에 들렀다가 경주, 울산, 동래를 거쳐 진주까지 돌아볼 생각이었다. 관리들이 관찰사 행차에 100명이 넘게 동원하려 하는 걸 말리고, 단출하게 스무 명으로 행차 일행을 꾸렸다.

관찰사 일행은 안동 봉정사에서 하룻밤을 묵고, 퇴계 이황을 모신 도산서원에 들른 뒤 안동 관아에서 하루를 보내고 경주, 울산을 거쳐 동래부로 들어갔다. 동래 부사는 동래부 객관 동래관(東萊館)에서 연회를 열었다. 동래 부사는 관찰사가 각 고을, 병영, 수영을 살피는 일 못지않게 중요한 일이, 대마도 도주의 부하들을 만나서 왜국의 사정을 알아보는 거라고 떠들며 동래 온천의 숙소인 온정원으로 앞장섰다.

온정원에는 대마도 도주가 보낸 현소(玄蘇)라는 중과 평조신(平調信)이라는 두 왜인이 왜국말을 통역하는 향통사(鄕通事)를 데리고 관찰사 일행을 기다리고 있었다. 두 왜인은 대마도 도주가 관찰사 영감의 부임을 축하한다는 인사를 올렸다. 그리고 대마도 도주의 선물이라며, 속은 노랗고 겉은 팥색인 떡을 바쳤다. 허엽영감이 한 입 먹었더니 보들보들한 감촉이었다. 맛은 달콤하고, 향긋한 냄새가 코를 벌름거리게 했다. 난생처음 먹어보는 희한한 음식에 넋을 잃고 말았다.

"도대체 이 음식이 무엇인가?"

"설고(雪餻)입니다."

"설고? 눈으로 만든 떡? 눈 떡?"

"눈으로 만든 건 아니고…… 가수터라(加須底羅)입니다."

"이거 참 희한한 맛이네."

두 왜인은 허엽영감이 카스텔라를 먹는 모습을 바라보며 향통사에게 뭐라고 왜국 말로 지껄였다.

"저자들이 뭐라 하는 거야?"

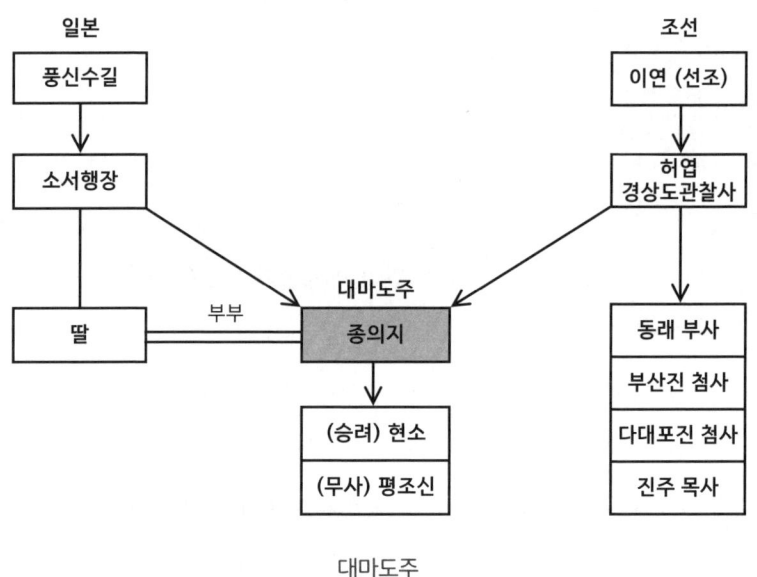

대마도주

허엽영감이 향통사에게 물었다.

"내년에는 대마도 도주와 함께 주상전하께 인사를 드리러 한양에 가고 싶다고 합니다."

허엽영감은 왜국의 중 나부랭이가 임금을 만나고 싶다고 말하는 게 어이가 없었다.

"미친놈들이 감히 주상전하를 운운해!"

"우리 미친놈들 아닙니다."

현소라는 중이 하는 말을 듣고 허엽영감이 깜짝 놀랐다.

"관찰사 영감, 현소는 조선말을 잘합니다."

동래 부사가 허엽영감에게 말했다. 허엽영감은 왠지 현소가 첩자같이 느껴졌다. 그런 낌새를 느낀 현소가 관찰사 일행 앞에서 아첨을 떨었다.

"관찰사 영감, 저희가 좋은 약초를 가지고 왔는데, 한번 보십시오."

현소가 평조신에게 고개를 끄덕이자, 평조신이 쌈지에서 웬 가루를 꺼내 대나무 막대기 끝에 달린 작은 통에 부었다. 그러고는 등불에서 불을 붙여 쭉쭉 빨더니 그 연기를 마신 후 후 뱉었다. 매운 연기가 허엽영감의 콧구멍으로 들어왔다. 연기를 들이마시고 콜록거리던 허엽영감이 향통사에게 물었다.

"도대체 이게 뭐냐?"

"담바고(淡婆姑, 담배)라 하옵니다. 이 연기를 마시면, 답답한 마음이 확 풀립니다."

"연기가 맵다."

"관찰사 마님, 처음에는 누구나 그렇게 콜록거립니다. 한번 피워 보시겠습니까?"

현소가 웃으며 허엽영감을 쳐다봤다. 허엽영감이 망설이다 연기를 쭉 빨아들였더니 눈알이 빠질 정도로 맵고 정신이 몽롱해졌다.

"이게 왜국에서 나는 약초냐?"

허엽영감이 향통사에게 물었다.

"왜국 사람들이 남만인들한테 은을 주고 구한답니다."

"이 연기를 마셨다간 뼈가 다 삭겠다. 별 쓸데없는 짓이니 저리 치워라!"

허엽영감은 대나무 막대기를 바닥에 집어 던졌다.

이튿날 아침, 허엽영감은 병사들의 호위를 받으며 온정원을 떠나 경상좌수영의 동헌 운주헌(運籌軒) 앞에서 수군의 기치창검을 살폈다. 경상좌수영은 판옥선이 백 척이나 되었기에 왜구 해적선 삼사백 척 정도는 너끈히 막아낼 정도로 막강한 군대였지만, 여러 진에 나뉘어 있는 게 문제였다. 관찰사 일행은 그런 진 가운데 하나를 살펴보기로 하고 왜관이 있는 부산진을 점찍었다.

부산진 첨사는 포구에 정박한 판옥선에 수군들을 일렬로 세워 놓았고, 부산진 수군의 위용을 보였다. 부산진의 수군들은 눈매도 매서워 살기를 느낄 정도였다.

"부산진의 수군들은 죽기를 각오한 결사대 같네."

허엽영감이 부산진 첨사를 격려했다.

"관찰사 영감, 왜놈들이 얼마나 악랄한지 모르실 겁니다. 조금만 틈을 주면 어떻게 해서든지 왜관 밖으로 나가 조선 사람을 속이고 협박하고 해코지하며, 심지어 살인까지 마다하지 않는 놈들입니다. 제가 부산진 첨사를 맡는 동안에는 기강이 흔들리지 않을 거며, 왜놈들의 못된 짓을 막을 겁니다."

첨사가 성벽에서 왜관을 내려다보며 아뢰었다.

"왜군은 쳐들어올 리 없고, 기껏해야 오합지졸 해적 왜구일 테니 이 정도면 충분해."

"영감, 만일 왜놈들이 우리 조선을 넘본다면 제일 먼저 노리는 곳은 왜관이 있는 바로 이곳 부산진일 겁니다. 부산진 병사들은 항상 죽기를 각오하고 있습니다."

"잘 알았네. 내가 한양으로 돌아가면 첨사의 충절을 주상전하께 전하겠네."

다음 날 허엽영감 일행은 부산진성을 떠나 다대포진을 순시했다. 그 뒤 판옥선을 타고 경상우수영이 있는 거제현 오아포를 들린 뒤 진주로 떠났다. 판옥선은 진주목 사천현의 쾌재정(快哉亭) 앞 포구에 닿았다. 진주성 객관에 짐을 푼 허엽영감은 수청을 들어온 젊은 관기가 마음에 들어 그날부터 관기와 함께 지냈다. 그러던 어느 날 진주 목사와 진주성 촉석루(矗石樓)에 올라 남강(南江)을 내려보며 차를 마셨다.

"참 좋은 곳이네. 여기에서 느긋하게 말년을 보내면 무엇이 부럽겠나?"

진주 목사는 허엽영감의 말이 답답하게 들렸다.

"서인들이 주상 곁에서 나라를 말아먹으려고 활개 치고 있습니다. 영감께서 이런 시골구석에서 한가롭게 지내시겠다면 우리 동인은 어쩌란 말입니까?"

진주 목사도 동인의 한 사람이었다. 동인의 영수가 진주까지 찾아온 건 좋았다. 하지만 진주성에 죽치고 있겠다니 어이가 없었다. 서인은 어떻게 해서든지 동인을 조정에서 몰아내려고 온갖 술수를 다 쓰는데 정작 동인의 영수가 이렇게 한가롭다니 앞날이 걱정이었다.

"관찰사 영감, 제가 여기 진주는 잘 다스리고 병사의 군기도 엄정히 할 테니 하루속히 상주 감영으로 돌아가시는 게 좋겠습니다."

"이보게, 내 몸이 늙어서 많이 지쳤네, 내 여기서 자네 덕으로 몸을 보양하고 날이 풀리면 돌아가겠네. 자네는 그리 알고 마음 쓰지 말게. 자네는 내가 필요한 물품만 보내 주게."

허엽영감은 진주 목사의 권유를 뿌리치고 진주성 객관에 처박혀 지냈다. 가끔 촉석루에 나와 햇볕을 즐기며 좀처럼 진주성 밖으로 나가지도 않고 밤낮으로 관기와 즐기는 걸 낙으로 삼았다. 허엽영감은 기력이 점점 떨어지자, 부자(附子)를 달여 먹었다. 부자는 독성이 있어 조심히 다뤄야 하는 약재인데, 남자의 정기에 좋다는 말을 믿고 조금씩 먹었다. 부자를 먹으면 자기 몸이 청춘으로 되돌아간다고 믿었지만, 관기 때문에 점점 등골이 빠지는 걸 알면서도 애써 외면했다.

상주 감영에서 관찰사의 결심을 받아야 할 문서를 든 전령들이 날마다 진주로 달려왔는데, 관기에게 정신을 홀린 허엽영감은 나랏일에는 손도 대지 않고 모르는 척 흘러가는 대로 놔두었다. 상주 감영뿐만 아니라 경상도 여기저기에서 불만이 터져 나왔다. 허엽영감은 관기를 가마에 같이 태우고 촉석루를 드나들었다. 아첨하는 무리가 관기의 집으로 뇌물을 보내 문전성시를 이뤘다. 한 선비가 허엽영감의 잘못을 떠벌리고 다녔다. 그러자 허엽영감은 그 선비를 잡아서 곤장을 쳤다. 그런 일이 일어난 뒤 허엽영감은 만사가 귀찮아 전령조차 만나지 않았다.

허엽영감은 점점 부자에만 의존해서 날이 갈수록 몸과 마음이 쇠해 갔다. 깊게 잠들지 못해 허깨비가 보이고, 꿈을 꾸면 김씨부인이 나타났다. 자기는 머리를 풀어 헤치고, 깊은 강물 속에서 허우적거리며 김씨부인에게 살려 달라고 비명을 질렀다. 김씨부인의 손길이 닿지 않았다. 허봉과 허초희가 자기를 구하러 강물에 뛰어들었다가 모두 강물에 휩싸여 동쪽 바다로 떠내려갔다. 김씨부인은 넋을 놓고 울었다. 그러다가 '너는 객사야, 객사!' 하며 징그럽게 웃는 귀신의 모습에 깜짝 놀라 꿈에서 깨어나길 반복했다.

  잠에서 깨어나면 관기가 기다렸다는 듯이 허엽영감에게 달라붙었다. 허엽영감은 불안한 기분을 잊으려고 관기에게 부나비처럼 달려들었다. 허엽영감은 어이없게도 부자로 만든 조약(燥藥)에 심신을 망치고 서서히 자신의 운명이 끝나가고 있다는 걸 느끼면서도 관기를 멀리하지 않고 스스로 깊은 늪으로 빠져들고 말았다.

* * *

  허초희는 꿈을 꾸었다. 아버지 허엽영감이 저 멀리서 서글픈 모습으로 자기를 불렀다. '초희야, 초희야, 네가 보고 싶구나' 하며 자기 곁으로 다가왔다. 허초희도 아버지를 불렀다. 아버지는 곁을 스쳐 가면서도 알아보지 못했다. 아버지는 여전히 '초희야, 초희야'라고 이름을 부르며 멀리 사라져 버렸다. 그 모습이 서글퍼 보였다. 허초희는 이부자리를 박차며 일어나고 싶어도 몸이 말을 듣지 않았다. 이불 속에서 눈을 감고 누워서 비몽사몽이었다. 눈을 뜨면 아버지의 모습이 물거품처럼 사라져 버릴 듯해서 모습을 놓치지 않으려고 눈을 뜨지 않았다. 아버지는 여전히 구슬프게 자기 이름을 불렀다. 그러면서 점점 멀어져 갔다. 아버지는 이승과 저승을 가르는 삼도천(三途川) 나루터에서 배에 올라타 허초희를 불렀다. 어디서 나타났는지 어머니와 허균이 허초희를 말렸다. 허초희는 뿌리치고 아버지를 따라 배에 올랐다.

그 순간 김성립이 드르렁드르렁 코 고는 소리가 시끄러워 그만 눈을 뜨고 말았다. 아버지의 모습이 순식간에 사라졌다. 허초희는 선뜩한 꿈이 마음에 걸렸다. 아버지에게 무슨 일이 생긴 걸까? 아프신 걸까? 허초희는 아버지가 걱정되었는데, 속 편하게 배를 드러내놓고 코를 골며 큰대자로 뻗어 자는 김성립이 미워서 볼을 꽉 꼬집었다. 깜짝 놀란 김성립이 벌떡 일어나 주변을 두리번거리다 그대로 쓰러져 다시 잠에 빠졌다.

허초희는 요즘도 구역질 때문에 도통 밥을 먹기가 어려웠다. 아기를 낳고 음식을 잘 먹을지 걱정이었다. 아직 말하지는 않았지만, 하인 중에 비슷한 시기에 아이를 낳을 여종이 있다면 유모로 쓰고 싶었다. 노비의 뜻을 무시해 가며 멋대로 유모로 데려다 쓰는 일은 나라에서 금지했다. 유모가 상전의 아기에게 젖을 물리면 정작 자기 아기한테는 젖을 못 먹여 아기가 굶어 죽는 일이 일어나는 걸 방지하기 위해서였다. 더구나 양반가에서는 유모의 성품을 중요하게 생각했다. 유모를 고를 때는 부모보다 조부모의 뜻에 따랐기에 아무나 유모로 들이지 못했다. 허초희는 결국 젖이 잘 나오길 바랄 뿐이었다. 한편으로 아버지를 걱정하며 한편으로 태어날 아기를 염려하느라, 마음을 어디에 둬야 할지 갈피를 못 잡았다. 그러니 만사태평처럼 보이는 김성립이 야속할 뿐이었다.

촉석루에 나갔던 허엽영감이 의식을 잃고 쓰러졌다. 이미 기운이 쇠할 대로 쇠해 자리에 누워 버렸다. 진주 목사가 의원을 불러 치료했지만, 차도가 없었다. 진주 목사는 상주 감영으로 파발을 보내 관찰사를 상주로 데려가라고 전한 뒤, 목이 빠지게 답을 기다렸다. 드디어 상주 감영에서 쌍마교를 보내 관찰사를 옮기라는 명령이 떨어졌다. 진주 목사가 허엽영감을 쌍마교에 태워 동헌을 나서는데, 허엽영감은 관기도 상주로 데려가게 해달라고 생떼를 썼다. 진주 목사는 다른 가마에 태워 보낼 테니 걱정하지 말라고 안심시켰다. 진주 목사는 쌍마교가 진주성을 나가자, 제일 먼저 성문을 걸어 잠그고 관기를 찾아 잡아들이라는 명령을 내렸다.

 포졸들이 허엽영감이 머물던 객사에 들이닥쳤을 때, 관기는 이미 사라지고 없었다. 진주 목사는 포졸을 풀어 성안을 수색했지만, 어디로 숨었는지 눈에 띄지 않았다. 그러다가 그날 저녁, 촉석루에 숨어 있던 관기를 찾았다는 소식이 들렸다. 관기는 포졸들이 자기를 잡으러 우르르 달려오는 걸 보고 달아나는 건 글렀다고 생각하고 촉석루 아래 위암(危巖, 훗날의 의암, 義巖)으로 내려갔다. 포졸들이 관기를 잡으려고 몰려들자, 관기는 남강으로 몸을 던졌다. 포졸들이 남강으로 내려가 관기의 시신을 찾아봤지만, 며칠이 지나도록 끝내 주검을 찾아내지 못했다.

 기묘년이 다 가기 전, 섣달 12일 아침에 경상도 상주 감영에서 '경상 감사 허엽 위급'이라는 급보가 건천동에 날아들었다. 그 소식을 듣고 김씨부인은 갑자기 신당리 무당이 말한 '두 집안 남자 모두 객사하겠어'라는 말이 떠올라 그 자리에서 쓰러졌고, 산달을 앞둔 허초희는 양수가 터지며 기절하고 말았다. 이런 급박한 시기에 김씨부인이 쓰러지자, 늙은 하녀가 의녀를 부르러 혜민서로 사람을 보냈고, 하인은 김성립을 데리러 동호의 독서당으로 달려갔다. 사월이는 아직도 몸을 제대로 추스르지 못하는 김씨부인을 주무르며 곁을 지켰다.

허초희의 산통은 밤새도록 계속되었다. 허봉은 동인 우두머리 허엽영 감이 위급하다는 소식을 듣고 사랑채로 몰려든 사람들과 동인의 앞날을 이야기하느라 정신없이 바빴다. 독서당에서 급히 달려온 김성립은 허초 희가 산통으로 기진맥진해도 밖에서 보고만 있을 뿐 도울 게 없어 초조했 다. 먼동이 틀 때, 혜민서에서 온 의녀가 김씨부인을 진맥하여 깨어나게 한 뒤, 함께 허초희를 살피러 갔다. 의녀가 보니 허초희의 산문(産門)이 활짝 열리지 않았다.

"갑작스레 산문이 열리면 태아의 머리부터 나오지 않고, 다리가 먼저 나 옵니다. 그러다 산문에 머리가 걸리면 산모와 아이에게 큰일이 생깁니다. 그러니 우선 뱃속의 아이를 침으로 제대로 돌려놓는 게 급선무입니다."

의녀는 김씨부인에게 빨리 손을 써야 한다고 아뢰었다.

"자네가 침을 놓게."

김씨부인이 의녀에게 말했지만, 의녀는 고개를 절레절레 흔들었다.

"저는 그 정도 실력이 안 됩니다."

"그럼 어쩌나?"

"태아의 턱을 잡고 끌어내야 합니다."

허초희는 점점 기진맥진해졌다.

"시간이 지나면 둘 다 위험합니다."

의녀는 허초희에게 마지막으로 힘을 써보라고 하였다. 허초희는 젖 먹 던 힘까지 써야 했지만, 지칠 대로 지쳐 그러지 못했다. 태아는 다리부터 나오다가 결국 머리가 산문에 걸렸다.

"산모에게 큰일이 생기기 전에 아기를 꺼내야 합니다!"

의녀는 정신을 가다듬고 산문으로 손을 넣었다. 잘못하면 아기의 얼굴이 상하거나 목이 다쳐 죽기도 하였다. 조그만 태아의 턱이 손에 잡혔다. 의녀는 적당히 힘을 주었다.

"아씨 힘을 주고 밀어내세요."

허초희는 산통이 밀려와 좀처럼 힘을 줄 수 없었다. 허초희는 아스라이 아버지 얼굴이 떠올랐다. 아버지가 관찰사 일을 끝내고 한양으로 돌아오면 외손자를 안겨 주겠다던 약속을 지키고 싶었다.

"어찌 좀 해 보게!"

어머니 김씨부인이 옆에서 의녀를 채근했지만, 허초희의 산문은 크게 열리지 않았다.

"아기를 낳는 건 아씨이니, 아씨가 힘을 써야죠."

허초희는 반복되는 산통 때문에 힘을 제대로 쓰기 어려웠다.

"할 수 없지요. 제가 끌어내겠습니다."

의녀는 크게 숨을 들이켜고 아기를 끌어냈다. 허초희가 크게 비명을 질렀다.

"다리를 벌리고 젖 먹던 힘까지 쓰세요!"

허초희는 안간힘을 썼다. 어찌나 아픈지 김성립이 옆에 있으면 머리를 쥐어뜯고 싶은 심정이었다.

"마님은 배를 살짝 눌러요!"

김씨부인과 사월이는 허초희의 배를 누르고 의녀는 아기를 꺼냈다. 허초희는 너무나 산통이 심해 머릿속이 하얗게 변하고 아무런 생각이 들지 않았다.

"아씨, 이제 나왔어요. 한 번만 더 힘을 쓰세요."

허초희는 마지막으로 죽을힘을 다 냈다. 갓난아기가 힘겹게 산문을 지났다. 갓난아기의 고고성이 울렸다.
"딸입니다."
의녀가 가위로 탯줄을 자르고 갓난아기를 허초희에게 안겼다. 허초희는 새 생명을 빤히 쳐다봤다. 땀에 범벅이 된 허초희는 눈물을 흘리며 옅은 웃음을 지었다.
"초희는 어찌 되었소?"
아기 울음소리를 들은 김성립은 허초희가 걱정스러웠다.
"작은 마님은 무사하십니다."
김성립은 의녀가 허초희의 상태를 말해 줄 때까지 그 짧은 시간이 억겁처럼 길게 느껴졌다. 김성립은 갑자기 맥이 풀려 털썩 주저앉고 말았다.
"따님도 건강합니다."
김성립의 귓가에 따님이라는 소리가 가물가물하게 들렸다. 우두둑하며 겨울비가 내렸다. 그렇게 기묘년이 저물어 갔다.

경진년(庚辰年, 1580년) 정월 초이틀에 이산해, 송응개, 허봉, 김첨 등 동인의 실세들이 건천동 사랑채로 속속 모였다. 허엽영감이 상주 객관에 몸져누웠다는 소식이 조정에 퍼셨나. 경상도 관찰사 업무를 하루라도 소홀히 해서는 안 되니 관찰사를 교체해야 한다는 이야기가 여기저기서 흘러나왔다. 더구나 허엽영감이 관기에 빠져 나랏일을 소홀히 다뤘다는 상소가 사헌부에 들어왔다. 손을 놓고 있으면 동인이 속수무책으로 내몰릴 판이었다. 무슨 일이 생기기 전에 동인이 당하지 않을 확실한 대책과 다음 우두머리를 선택하는 게 급선무였다. 허봉은 얼마나 급했는지 건천동 대문에 걸린 금줄을 허초희가 기거하는 별채 중문으로 옮기고 사람들을 불러 모았다. 미리 정한 대로 이산해가 동인의 영수 자리를 임시로 맡았다. 이산해는 제일 먼저 허성과 허균을 경상 감영으로 보냈다. 여차하면 허엽영감의 임종을 지키며 유언을 들을 사람이 필요했다.

임금이 임명한 새 관찰사가 상주 감영에 도착해야 허엽영감이 객관에서 떠날 수 있었다. 한양으로 올라오는 도중에 숨이 끊어지면 그야말로 객사였다. 시신이 한양으로 들어오는 건 엄격히 금지되었다. 허봉은 아버지가 살아서 한양 집으로 돌아오길 바랐지만, 쉽지 않았다.

"빨리빨리 처리합시다. 김첨은 오늘 정한 일들을 밖에 알려 주게. 알겠나?"

이산해가 김첨에게 말했는데, 대답이 없었다.

"허허, 이 사람 이야기하다가 어디로 사라진 거야?"

김첨이 소피가 마렵다며 사랑채를 빠져나온 지, 한참이 지난 걸 사람들은 눈치채지 못했다.

김첨은 처음으로 얻은 손녀를 보고 싶은 마음이 너무 커서 며느리 허초희가 거처하는 별채 담장 곁을 기웃거렸다. 남녀가 유별하니 별채로 들어가면 안 되었다. 별채로 들어가는 중문 금줄에는 숯덩이와 청솔가지를 꽂아 놓아서 출입을 삼갔다. 김첨은 추운 날씨에 밖에서 서성이다 보니 점점 초조해졌다. 간간이 들려오는 갓난아기 울음소리가 더욱더 애간장을 태웠다. 김첨은 밖에 사람이 있다는 걸 알리려고 에헴 헛기침도 하고 까치발로 별채 안을 살펴도 봤는데 아무런 기척이 없었다. 김첨은 점점 몸이 추워져 덜덜 떨었다. 이리저리 생각해도 도무지 손녀를 볼 방법이 떠오르지 않았다.

김첨은 낙심하여 발길을 돌렸다. 그 순간 중문이 열리더니 허초희가 나왔다.

"아버님, 그간 무탈하셨습니까? 새해에도 복 많이 받으세요."

"어허, 초희야. 날도 추운데 이렇게 밖에 나오면 되겠느냐?"

김첨은 오랜만에 보는 며느리 허초희가 반가웠다. 송씨부인이 없으니, 허초희를 며늘아기라고 부르지도 않고 예전 어릴 때 부르듯이 초희라고 불렀다.

"손녀를 보려고 오신 아버님을 방으로 모시는 게 도리이나, 지금은 저 혼자 있으니 너그럽게 용서해 주세요."

"그게 무슨 말이냐? 어찌 선비가 규방에 들어간단 말이냐? 소피가 마려워서 뒷간을 찾다 길을 잘못 찾았구나."

김첨은 허초희가 손녀를 안고 나오지 않아 못내 아쉬웠다.

"아기는 잘 있지?"

"예, 아버님. 이목구비가 뚜렷한 게……."

"초희야, 아기가 누굴 닮았더냐?"

김첨은 허초희가 어떤 대답을 할까 궁금해서 어린아이처럼 눈이 초롱초롱해졌다.

"아버님을 똑 닮았습니다."

"옳지! 그래, 그래야지! 여자라도 할아버지를 닮아야기……."

김첨은 기분이 좋아져서 함박웃음을 웃었다.

"초희야, 시간이 나면 아기를 데리고 인왕동으로 와라. 네 시어머니와 시누이가 목이 빠지게 기다리고 있다."

"예, 서방님 과거시험이 끝나고 백일 잔치하러 가겠습니다."

강릉지방에서는 시아버지가 삼칠일이 지나야 손자를 보는 풍습이 있었기에, 허초희는 삼칠일 동안은 건천동 사람들 외에 시댁 식구들을 만나지 않겠다고 생각했다. 이왕지사 봄에 있을 과거시험이 끝나고 백일 잔치 때 나 인왕동에 가보자고 김성립과 이야기를 해 두었던 터였다.

"석 달 뒤에……."

김첨은 봄까지 갓난아기 얼굴을 보지 못하는 게 몹시 서운해서 의기소침해졌다.

"손자 이름은 지어두었다만…… 손녀 이름을 뭐라 지었으면 좋겠냐?"

김첨은 손녀 이름은 생각해 두지 않아서, 자식들에게 맡길 심산이었다.

"아버님, 아기 이름은 김해경입니다."

허초희가 시아버지 김첨에게 말했다.

"김해경?"

"바다 해(海), 거울 경(鏡)입니다. 송덕봉 어른께서 마천령을 오르며, 동해는 끝없이 거울처럼 평평하구나, 동해무변경면평(東海無邊鏡面平)이라고 하셨죠. 강릉 바다를 생각했어요."

"성립이도 괜찮다더냐?"

"예, 같이 지었어요."

"그러면 좋다. 내 손녀 이름은 김해경이다."

김첨은 이름이 마음에 들어 허초희를 보고 웃었다.

임금이 정언신의 동생을 새 경상도 관찰사로 앉혔다. 허엽영감은 종2품 동지중추부사로 임명돼서 끝내 대감의 반열에는 오르지 못해 아쉬웠지만, 상주 객관을 떠나 집으로 향하는 자유의 몸이 되었다. 하지만 이미 몸이 많이 상해 그야말로 피골만 남아, 쉽게 움직이지 못해 객관에 그대로 머물렀고, 큰아들 허성과 막내아들 허균이 번갈아 아버지 곁을 지켰다.

허엽영감은 2월 4일 아침 급격히 위중해져서, 허성과 허균을 불렀다. 상주의 선비들이 급히 소식을 전해 인근의 유생들이 속속 객관으로 모여들었다.

허성과 허균이 임종을 지키는데, 허엽영감이 힘겹게 말을 꺼냈다.

"한양 하늘이 보고 싶구나. 방문을 열어라."

"아버지, 날이 찹니다."

"북망산보다 차겠느냐? 어서 열거라."

허성이 방문을 열자, 구름 한 점 없는 새파란 하늘이 보였다.

"대문 밖이 저승이라더니, 저 북쪽 하늘이 저승인가 보다."

허엽영감은 자기에게 '차라리 배운 게 없었으면, 착한 사람으로 살았을 거다'라고 말한 퇴계 이황의 말이 떠올랐다. 무지렁이 농부로 살았으면 더 행복하지 않았겠느냐는 마음이 들었다. 그렇지만 치열하게 살아온 자기 인생을 후회하지 않았다. 다만, 동인들 중심으로 조광조의 뜻을 받든 도학 정치를 펼쳐 보지 못한 게 아쉬울 뿐이었다.

"아버지, 음식을 드시고 기운을 차려서 같이 한양에 가세요."

허균이 눈물을 뚝뚝 흘렸다.

"초당두부가 먹고 싶다."

"강릉에 가시면 됩니다."

"성아, 네가 도봉서원…… 도봉서원을 꼭 완성해 다오……."

"아버지가 살아서 하셔야죠."

허성이 눈물을 펑펑 흘렸다.

"어머니께 미안하고, 고맙다고 전해 다오."

"아버지……."

"초희가 보고 싶다…… 초희야."

허엽영감이 끝내 눈을 감자, 허성과 허균의 곡소리가 객관 밖으로 울렸다. 객관 밖에 늘어서 있던 상주의 선비와 유생들이 동시에 꿇어앉아 곡을 하니 그야말로 초상집이었다.

객사한 시신은 집으로 가지 못해, 양천 허씨의 선산으로 가야 했다. 급한 대로 빈소를 상주 객관에 차렸다. 관노가 객관 지붕에 올라 속옷을 흔들며 초혼을 부르고, 허성과 허균은 머리를 풀었다. 사잣밥을 차려 객관 문 앞에 놓았을 때, 새 관찰사가 도착해 허엽영감의 시신을 살펴보고, 급히 파발을 띄워 부고를 보냈다. 큰아들 허성이 시신을 닦아 수의를 입혔다. 다음 날 시신을 베로 싸서 소렴하는 동안, 허성과 허균은 풀었던 머리를 삼으로 묶고 거친 베옷을 한쪽 어깨가 드러나게 입고, 아버지 시신 앞에 꿇어앉아 곡했다. 혹시나 죽었던 시신이 소생할지 몰라 3일 동안 기다리다 관에 넣고 관뚜껑을 닫는 대렴을 끝낸 뒤, 객관 한쪽에 땅을 파고 임시로 관을 묻어 토롱을 만들었다. 허성과 허균이 상복을 입고 조문을 받기 시작하자 인근 고을의 수령들이 속속 상주 객관으로 모여들었다. 조문객이 끝이 없었고, 각지에서 들어오는 쌀, 콩, 보리, 면포 등 부의 물품이 넉넉히 쌓였다.

상주 감영에서 며칠 동안 달려온 파발꾼이 밤늦게 동대문을 지나, 쏜살같이 궁궐로 향해, 입직승지에게 허엽영감의 부고를 알렸다. 홍문관에서 야직하는 관리는 이 소식을 전하려고 허봉을 찾았다. 이날 허봉은 퇴직하는 홍문관 관리를 위로하려고, 기방에 가서 술을 마셔 얼추 취했다. 기방에서 아버지의 부고를 듣게 된 허봉은 대청 한가운데 꿇어앉아 곡을 한 뒤, 동무들의 부축을 받으며 집으로 돌아갔다. 야간 통행금지가 풀릴 때를 기다려 집안의 하인들을 시켜 이산해, 정언신, 김첨, 류성룡을 건천동으로 부르고, 자기도 부인 이씨와 세 아들을 데리고 건천동으로 갔다.

허성과 허균이 상주 감영으로 떠난 뒤, 밤마다 잠을 이루지 못하던 김씨 부인은 새벽 일찍 하인들이 분주히 움직이는 소리와 대문이 열리는 소리, 사람들이 들어와 웅성거리는 소리를 듣고 허봉이 부음을 가져온 걸 눈치 챘다. 허봉이 안채에 들어서기도 전에 안방 문을 열고 대청으로 나갔다. 하인들이 등불을 들고 섰는데, 허봉이 김씨부인을 보자마자 안마당에 꿇어 앉아 곡하였다. 김씨부인은 아무 말도 못 하고 대청에 주저앉고 말았다.

"어머니! 내가 손가락을 끊어 아버지를 살려야 했어요."

이 소란을 듣고 별채에 있던 허초희가 안채로 들어오면서 울음을 터뜨리다 정신을 잃고 쓰러져 버렸다. 보고 있던 하인들도 일시에 가슴을 치며 통곡하니 건천동의 닭들은 동이 트기도 전에 시끄럽게 울어 댔다. 허초희가 정신을 놨다가 깨어나길 몇 번이나 거듭한 뒤에야 독서당에 있던 김성립이 건천동에 들어왔다. 허초희는 김성립을 보자 매미가 나무에 달라붙듯 붙잡고서 서럽게 울었다. 김성립이 장모를 만나러 안채로 가는 동안 허초희는 김성립 옆에서 떨어지지 않았다. 김성립이 장모를 만나 꾸벅 인사를 올렸다. 정신이 혼미한 김씨부인은 사위를 보는 둥 마는 둥 대꾸도 없이 눈을 감아 버리고 말았다.

"해경이는……."

김성립은 허초희가 대답도 없이 눈물만 흘리는 걸 지켜보다가 별채로 가서 방문을 열었다. 강보에 싸인 어린 딸 해경이 자지러지게 앙앙거렸다. 허초희는 아기에게 젖을 먹여야 했는데, 젖 먹일 기운조차 없었다. 김성립은 아기를 어찌할지 몰라 안절부절못했다.

"아기를 이리 줘라."

"어머니!"

그때 시어머니 송씨부인이 별채로 들어왔다. 허초희가 정신을 차리지 못하는데, 송씨부인은 아기 해경을 안고 저고리를 젖혀 젖을 물렸다. 딸아이는 울음을 딱 그치고 정신없이 할머니의 젖을 빨아 댔다.

"상주들이 음식을 제대로 먹겠니? 내가 팥죽을 좀 쒀 왔다."

사돈의 부고를 들은 송씨부인이 새벽부터 팥죽을 쒀 김첨과 함께 건천동에 왔다. 상주들은 밥을 먹지 않고 곡소리를 내느라 기력을 잃고 쓰러지기 일쑤여서 간간이 죽이나 미음이라도 먹어야 했기에, 사돈집에서 마련해 온 거였다. 송씨부인은 안사돈 김씨부인을 만나 잠시 절하고 손녀를 보러 허초희의 별채로 와서, 손녀의 젖부터 챙겼다.

"당분간 해경이 젖 먹이는 일은 내가 알아서 할 테니 너는 숙부인 마님이나 잘 챙겨라."

송씨부인이 젖을 먹이며 말했지만, 허초희는 대답 없이 울기만 했다.

"성립이는 상주 감영에 갈 행장을 준비해라. 과거시험보다 장인 운구가 먼저 아니냐?"

"예, 어머니, 그렇게 하겠습니다."

송씨부인은 아들의 앞날도, 동인의 앞날도 걱정되었다.

허봉을 비롯한 동인 사람들이 허엽영감의 사랑채에 모여, 시신을 어떻게 운구할지 의견을 모았다. 양천 허씨의 선산은 과천현 상초리(霜草里, 현재 서초동)인데, 양재역에서 10리쯤 북쪽으로 올라가면 철 따라 온갖 꽃이 아름답게 피어나는 마을이었다, 봄이면 철쭉이, 여름이면 수국이, 가을이면 국화가 만발하고, 이름도 알 수 없는 온갖 방초(芳草)가 하늘과 맞닿을 듯 끝없이 펼쳐지고, 우면산 태봉(胎峯)의 짙푸른 녹음 위로 목화솜 같은 구름이 뭉게뭉게 피어나는 곳이었다. 상주 감영에서 상여가 장지까지 오려면 문경새재를 넘은 뒤, 충주까지 와서 배를 타고 한강을 내려오거나 소달구지를 이용해 용인 쪽으로 와야 했다. 사람들은 배를 이용하기로 계획을 짰다. 충주에 사람을 보내 상여를 운구할 상여선과 상주들이 탈 보조선을 준비시켰다. 그러면서 상주 감영으로 가서 시신을 운구할 친인척을 뽑았다. 허봉과 김성립, 사위 우성전(禹性傳)이 상주 감영으로 떠났고, 성균관의 유생들과 동인들은 상초리 장지에서 만나기로 약속했다.

허엽영감이 죽은 지, 20여 일이 지나서야 한양 사람들이 상주 객관으로 들어갔다. 허봉과 김성립은 고인의 빈소 앞에서 곡히고 삼베옷으로 갈아입었다. 이때부터 삼남 지방의 고을 수령들과 선비들의 조문이 줄을 이었다. 3월 초순에 발인하기로 하여, 한쪽에서는 상여 도구를 만들었다. 삼짇날 저녁 선비와 유생, 머슴과 관노들이 빈 상여를 가져다 놓고 상여 나가는 상여 놀이를 하며 발을 맞췄다. 자정이 지나 토롱에서 관을 꺼내 제를 지내고 상여로 옮기고 날이 밝기를 기다렸다 발인하였다. 한양 건천동 집으로 발인하였다는 소식을 보내고 드디어 만장을 휘날리며 상여가 움직였다. 상여가 상주 관아를 지날 때 백성들이 나와 곡소리를 냈다. 상주 성문 밖에서 노제를 지내고 고사리 넣은 육개장을 끓여 인부들에게 먹이고, 상여는 문경을 향해 떠났다. 임금이 허엽영감의 상례를 정승 판서와 같은 대신의 관례에 따르라고 명하였기에, 상여가 지나가는 고을에서는 일꾼과 쌀과 콩을 넉넉히 마련하여 보내 주었다.

이틀 후 문경새재 아래 도착한 상여는 억수 같은 비가 와서 진퇴양난이었다. 산에는 안개가 자욱했고 천둥이 치며 빗줄기가 거세서, 헛간에 넣어둔 상여에 아침저녁으로 제삿밥만 올릴 뿐 한 걸음도 나갈 수 없었다. 며칠 후 빗줄기가 잦아들어 도롱이를 걸친 채 문경새재를 올라가는데, 상여꾼들이 쓰러지고 다치며 밀고 끌어 겨우 조령 주막에 도착하여 하룻밤을 보냈다. 힘겹게 조령을 내려온 상여가 충주 달천에 닿으니 드디어 상여를 배에 싣고 강을 따라 내려가게 되었다. 상여선과 보조선이 충주, 여주, 양평, 두물머리를 지나 송파나루에 나타난 건 상주 감영을 떠난 지 25일 만이었다.

송파진(정선, 한국저작권위원회)

만장을 휘날리는 상여선이 사평나루에 도착하는 걸 보고, 건천동에서 나온 사람들의 곡소리가 하늘을 뒤덮었다. 허엽영감이 한강진나루를 떠날 때는 고운 옷을 입고 배웅하던 사람들이 이제는 삼베옷을 입고 새끼줄을 머리와 허리에 묶고 지팡이를 들고 곡하며 맞이하니, 보는 사람들이 모두 눈물을 흘렸다. 상여를 배에서 내릴 때 김씨부인이 상여를 부여잡고 오열했다. 김씨부인을 따라 통곡하는 허성, 허봉, 허균의 모습은 보는 이의 눈시울을 적셨다. 그중에서 허초희의 곡소리는 하늘에 사무쳤다. 상여는 허초희의 곡소리가 잦아들 때까지 사평나루에서 발이 묶였다. 광주 목사가 아전과 일꾼들을 데리고 와서 제를 올리고 운구를 재촉하자, 김성립과 송씨부인이 허초희를 겨우 달랬다. 상여는 그제야 양천 허씨 선산을 향해 떠났다.

행상하는 모양(김준근, 국립민속박물관)

상초리 선산에 도착한 시신은 선산 제실에 안치되었고 이때부터 한 달간 조문을 받았다. 동인 사람들은 물론, 성균관 유생들, 건천동 사람들, 광주, 시흥, 고양, 파주, 양주, 해주에서 관리들이 찾아오고, 강릉의 친인척들과 초당마을 사람들도 떼를 지어 문상했다. 김씨부인은 행여나 이이가 올까, 며칠을 기다렸으나 끝내 모습을 드러내지 않았다. 오히려 이이가 '허엽은 학문을 하지 않고 무지렁이로 살았으면 참 좋은 사람이 되었을 거'라는 이야기를 하였다는 소문이 돌았다. 김씨부인은 허엽영감이 세상 모든 짐을 내려놓은 죽음 앞에서 이이와 화해하는 모습을 볼 수 있기를 바랐지만, 모두 허사가 되고 말았다. 남편이 북망산으로 향하는 마지막 길에도 옛 동무와 앙금을 씻어 내지 못한 서글픔 때문에 김씨부인은 눈물이 복받쳤다. 그래서 그런지 김씨부인의 곡소리는 더욱 서럽게 들렸다.

그동안 지관이 산소를 정해 땅을 파고 석회를 부어 다져 장례 치를 준비를 마쳤다. 허엽영감이 죽은 지 석 달이 되는 5월 초순, 사람들이 모여 하관을 시작했다. 드디어 이승과 저승으로 갈라서는 날이 되었다. 관이 내려가고 제사를 지낼 때, 허초희네 사람들은 백자 술병에 좋은 술을 담아 저승길로 떠나는 허엽영감이 드시라고 함께 묻었다.

허엽 묘역 출토 백자병(KBS)

이렇게 장례를 끝내고 초우제를 지내고 산에서 내려와 광주 목사가 마련해 준 초막에서 하룻밤을 보냈다. 다음 날 재우제를 지내고 장사한 지 3일째 삼우제를 지낸 뒤 건천동 사람들은 강을 건너 한양으로 돌아왔다. 허엽영감의 혼을 집에 모시는 반혼(返魂)을 지내고, 신주를 사당에 모시니 친인척은 뿔뿔이 흩어졌다.

큰아들 허성은 과거시험 보는 건 접어두고 아버지 산소 옆에 초막을 짓고 삼년상 시묘살이에 들었다. 허봉과 허균은 가벼운 상복으로 갈아입었다. 허초희는 금비녀 대신 개암나무 비녀를 꽂고, 삼과 새끼로 만든 머리테 수질(首絰)과 허리띠 요질(腰絰)을 둘러 상중임을 나타냈다. 이즈음 허초희는 달거리가 끊긴 걸, 어머니 김씨부인에게 말하지 않았다. 부모의 초상 중에 아이를 갖는 건 치욕 중의 치욕이라 어찌할 바를 몰랐다. 열여덟 살 허초희 뱃속에 아무도 모르게 둘째 아기가 커 갔다.

8. 니탕개(尼湯介)
(허초희 18~20세, 1580~1582년)

이산해 영감의 둘째 아들 이경전과 허초희의 시누이가 혼례를 치렀다. 혼례를 치른 장소는 인왕동 허초희의 시댁이었다. 이산해 영감이 허엽영감의 뒤를 이어 동인의 영수가 되어서, 이산해 영감의 손님이 특히 많았다. 시댁 친척들은 물론 예전에 허초희가 혼례를 치를 때 건천동으로 찾아왔던 동인 선비들이 이번에는 모두 인왕동의 손님이 되었다. 허초희는 송씨부인과 숙모 성씨 곁에 붙어서 손님 치르기에 여념이 없었지만, 기러기를 올리는 전안례를 지켜보면서 깜짝 놀랐다. 나무 기러기를 안고 온 기럭아비 때문이었다. 허초희가 언뜻 봤는데, 그 기럭아비는 예전에 허초희가 처녀 시절에 동생 허균과 사월 초파일 관화놀이를 갔을 때 봤던 도깨비 가면 속의 그 사람이 맞는 듯했다. 누에처럼 짙은 눈썹 밑으로 쌍꺼풀진 부리부리한 눈을 가진 낯설지 않은 모습이었다. 전안례를 지켜보던 사람들도, 신랑 이경전보다 기럭아비의 자태에 더 놀라 저마다 한마디씩 내뱉었다.

"저 기럭아비가 아마 신랑의 매제라지……."

"토정 선생께서 마흔 살이 되기 전에 정승이 될 거라고 예언했다지 뭐야."

"이름이 뭔데?"

"한음 이덕형이라고⋯⋯ 오성[10] 이항복이랑 3월에 열린 대과에 나란히 딱 붙었다는구먼."

"장안에 소문이 자자한 오성과 한음이 바로 저 사람이었네."

허초희는 사람들의 말을 듣고 놀라서 가슴이 울렁거렸다. 분명 그때 그 도깨비 가면 속 사람은 지금 신랑 김성립이라고 했는데, 그 사람이 이덕형이라니⋯⋯ 이게 도대체 어떻게 된 일인가 하여 이덕형을 살펴봤다. 붉은 갓을 쓰고 기린을 수놓은 비단 도포를 입고 허리에는 옥구슬 노리개를 찬 게 보였다. 순간, 첫날밤 김성립이 옥구슬 노리개를 잃어버렸다고 한 말이 떠올랐다. 그리고 김성립이 기린을 수놓은 비단 도포를 입은 걸 본 적이 없다는 사실도 깨달았다. 그렇다면 지금 자기 눈앞에 있는 시누이의 남편인 이경전의 매제 이덕형이, 예전 피맛골에서 봤던 그 사람일지도 몰랐다. 허초희는 가슴이 마구 뛰어 하마터면 심장이 멎는 줄 알았다.

"아씨, 정신 차려요!"

허초희가 넋을 놓고 있을 때, 사월이가 허초희를 꼬집었다. 이덕형도 전안례를 끝내고 사랑채 마당을 떠나면서 힐끗 허초희 쪽을 쳐다봤다. 허초희를 보고 가볍게 눈인사하며 지나갔는데, 허초희를 이미 잘 알고 있는 듯한 표정이었다.

허초희는 김성립에게 자초지종을 따져 물어보겠다고 생각하며, 모처럼 인왕동 시댁에서 하룻밤을 보냈다. 하지만 김성립은 밤늦도록 도깨비 동무들과 술을 마신다고 끝내 허초희와 해경이 잠든 방으로 들어오지 않았다.

---

10) 이항복의 호는 백사(白沙)·필운(弼雲)이다. 오성(鰲城)은 훗날 오성부원군에 올랐을 때 얻은 호칭이다.

이튿날 신랑 신부가 신행을 떠난 뒤, 허초희는 해경을 안고 건천동으로 돌아왔다. 김성립의 옷장을 뒤져 보았지만, 기린을 수놓은 비단 도포는 찾을 수 없었다.

"서방님, 아가씨 혼례 때 기럭아비 했던 분을 아세요?"

김성립이 건천동으로 돌아왔을 때, 허초희가 물었다.

"이덕형? 우리 동무였는데, 그만두고 나갔어."

"무슨 동무요?"

"그러니까, 그게…… 여하튼 있어. 정협, 김두남, 이경전이랑…… 뭐 그런……."

김성립은 도깨비 동무들과 놀러 다니는 게 탄로 날까 봐 얼버무렸다.

"대과에 붙었다면서요?"

"응. 그렇다고 하네."

"몇 살인데요?"

"스물."

김성립이 대답했다.

"서방님은 아직 소과도 붙지 못했는데……."

"초희야, 그래도 우리한테는 이렇게 귀여운 딸이 있잖아."

김성립은 갓난 해경을 까꿍 하고 어르며 웃었다.

"서방님, 그렇게 밤도깨비 노릇만 하시면 언제 급제해서, 아버지 노릇을 하시렵니까?"

"밤도깨비라니?"

김성립은 자기 노는 꼴이 들통난 게 아닌가 하여 가슴이 뜨끔했다.

"총각 때 갖고 있었다는 옥구슬 노리개는 어딨어요?"

8. 니탕개(尼湯介)

"그거, 잃어버렸다니까."

"기생한테 준 건 아니고요?"

"기생은 무슨!"

김성립이 버럭 화를 내자, 갓난 해경이 '으앙' 하고 울음을 터뜨렸다.

"어이쿠, 아가야, 아가야."

"이리 주세요. 배고파서 우는 거예요."

허초희가 아기를 싼 강보를 받아 들더니, 저고리를 벗고 젖을 물렸다. 갓난아기가 양손으로 허초희의 젖을 잡고 힘차게 빨았다. 하지만 젖이 충분히 나오지는 않았다.

"잘 먹는다, 우리 아기!"

김성립은 아기가 젖을 잘 먹는 건지 아닌 건지도 모르면서 허초희를 보며 빙긋 웃었다. 김성립은 허초희의 뽀얀 젖가슴을 만져 보고 싶어서 손을 가져갔다.

"치워요."

허초희는 김성립이 만지지 못하게 몸을 휙 돌렸다. 김성립은 입맛만 쩝쩝 다셨다.

"서방님, 아버지 삭제가 끝나면 독서당으로 돌아가세요!"

허초희는 김성립을 내광쓰광하게 대하며 자기한테 손대지 못하게 밀쳐 냈다. 공연히 헛물만 켠 김성립은 토라져 버렸다.

조선 사대부들은 부모가 죽으면 삼년상을 치렀다. 삼년상 기간은 36개월이 아니고 햇수로 3년이 되는 25개월이었다. 삼년상 동안 매월 초하루와 보름날 아침에 삭제와 망제를 올렸다. 초상이 난지 13개월째에는 소상을 지내고 25개월이 지나면 대상을 지냈다. 대상이 끝나면 상복을 벗은 후, 흰색 갓을 쓰고 흰색 도포를 입었다. 2개월 뒤에 담제를 지내면 비로소 고기와 술을 먹을 수 있었다. 그 후 해마다 돌아가신 날에 기제를 올렸다.

6월 초하룻날 건천동에서 삭제를 지낸 김씨부인이 식구들을 불러 아침 제삿밥을 먹고 말문을 열었다. 김씨부인의 표정이 굳어 있었다.

"솔거 노비들을 외거 노비로 내보내야겠다."

시묘살이하는 허성을 빼고 허봉, 허균 두 아들과 전처의 딸들, 사위들이 모인 자리였다.

"어머니, 강릉 외삼촌이 해마다 곡식을 보내 주시는데, 그렇게까지 해야 합니까?"

허봉이 숟가락을 놓고 어머니에게 물었다.

"강릉에 큰 물난리가 나서 논밭이 다 망가지고 소출이 반으로 줄었단다. 논밭을 다시 개간해야 한다는데 어찌 손을 내밀겠냐?"

한숨을 내쉬는 김씨부인의 얼굴에 근심의 빛이 역력했다.

"돌아가신 영감께서 파직당해 강릉에 내려와 지낼 때는 다시 복직한다는 희망이라도 있었다. 이제는 녹봉이 끊겨서, 앞날이 막막하다. 노비들 입을 줄이고 신공(身貢)을 늘려야지 않겠냐?"

"어머니, 제가 어떻게 해 보겠습니다."

허봉이 의연한 표정으로 나섰다.

"큰 애한테 무슨 일이 있으면, 네가 대신 무덤을 지켜야 할 텐데, 뭘 어떻게 한단 말이냐?"

허봉도 처가살이하는 중이고, 녹봉은 변변치 않아, 살림이 빠듯하다는 걸 잘 아는 김씨부인은 허봉의 말이 그저 인사치레로 들렸다.

"저는 상중에도 벼슬에 나가는 기복(起復)을 하겠습니다."
"서인들이 널 잡아먹으려고 안달을 낼 텐데, 자중하거라."
허봉은 김씨부인의 말에 가슴이 뜨끔했다.
"앞일은 알 수 없다. 큰 어려움이 닥칠지 모르니 재물을 아껴야 한다. 그래야 우리가 산다."
"어머니 제가 한 치 앞을 몰랐습니다."
허봉이 김씨부인에게 고개를 숙였다.
"김 서방은 어서 급제해서 일가를 이뤄야지……."
김씨부인은 아직 백면서생인 사위도 걱정이었다.
"예……."
끝에서 밥을 먹던 김성립은 고개를 비슥이 숙이고 대답했다.
"어머니, 소자도 이이 영감처럼 열세 살에 소과에 장원급제……."
"균아, 어른들 말에 끼어들지 말고 밥이나 먹어."
깝죽대는 허균을 허초희가 말렸다.
"초희는 아침을 먹고 나서 사월이한테 베틀을 고쳐 놓으라고 해라."
"베틀이요?"
"내가 길쌈을 해야 하지 않겠느냐?"
"어머니가요?"
허초희가 울상이 되어 김씨부인에게 물었다.
"집안의 여자들한테 모두 길쌈을 시킬 테다."
허초희는 어린 해경을 키우느라 바쁜데 길쌈까지 하라니 난감했다. 하지만 김성립은 어릴 때부터 어머니 송씨부인이 틈만 나면 베틀에 앉아 길쌈하는 걸 봐 왔던 터라, 여자라면 당연히 길쌈을 하는 걸로 알았다. 김성립은 허초희를 흘겨봤다. 두 사람 사이에 잠깐 침묵이 흘렀는데, 김성립이 곧 고개를 돌렸다.

"초희, 너는 말고······."

김씨부인이 허초희에게 말했다. 김씨부인은 허초희와 김성립 사이에서 썰렁한 기운을 느끼고 마음이 언짢아 한동안 입을 닫았다. 식구들은 김씨부인의 눈치를 살피며 숨을 죽였다.

"평교자만 남기고 이인교와 사인교는 내다 팔아라."

"예? 가마를 다 팔라고요?"

허초희는 어머니 말이 뜻밖이라 믿기지 않아 되물었다.

"이제 가마도 타지 못하는데, 비싼 가마는 어디에 쓰랴? 가마꾼은 어떻게 먹이고······."

"어머니! 너무하십니다."

"너무하긴······ 호랑이 가죽도 내다 팔아라!"

"그건 제가 시집갈 때······."

"이제 시집갈 사람도 없다!"

허초희는 갑자기 아버지가 없는 게 서러워 눈물이 글썽였다.

"너는 시아버지가 당상관이 돼야 가마를 탈 수 있잖아? 왈가왈부하지 마라."

"어머니, 옥교자 하나는 남겨 두시죠."

허봉은 곧 당상관이 될 자신감이 있었기에 가마를 다 팔아 버리는 게 영 아쉬웠다.

"네가 당상관이 될 때까지 나는 걸어 다니겠다. 그렇게 알고 당장 내다 팔아라."

김씨부인은 뜻을 굽히지 않았다.

"그래도 아버지가 돌아가신 지 얼마나 됐다고…… 시댁 보기에 민망합니다."

허초희는 시댁 사람들에게 부끄러웠다. 어떻게 하든 어머니 마음을 돌려 보려고 애를 썼다.

"수치스럽고 창피하면 김 서방이나 빨리 급제시키거라! 이산해 영감 댁 사위 이덕형이 별시 대과에 급제했단다. 봉이보다 두 살이나 빠르다."

김씨부인은 밥을 먹다 말고 휑하니 나가 버렸다. 김성립은 면목이 없어 고개를 들지 못하고 아침밥도 제대로 먹지 못했다.

혈기 왕성한 김성립은 도무지 자기 몸에 손도 대지 못하게 하는 허초희에게 짜증이 났다. 김성립은 기방에 가고 싶었지만, 꾹 참고 독서당으로 돌아갔다. 김성립은 허초희가 둘째 아이를 가졌다는 사실을 알아차리지 못했다.

허초희는 아버지의 삼년상 중에 아기를 밴 게 몹시 괴로웠다. 허성, 허봉, 허균은 아들이라서 부모의 삼년상 중에는 고기도 못 먹고, 술도 못 마시고, 혼례도 치르면 안 되고, 아내와 동침하고 아기를 낳아도 안 되었다. 그에 비해 시집간 딸이 부모의 삼년상 기간에 아기를 낳으면 흉이 아니었다. 그런데도 허초희는 왠지 돌아가신 아버지 볼 면목이 없고, 부끄러워 얼굴을 들지 못할 지경이었다. 허초희는 어쩌다 아기를 가져 식구들 보기에 민망했고, 자기를 이 꼴로 만든 김성립이 야속하게만 느껴졌다. 하지만 점점 불러 오는 배를 감출 수는 없었다.

그해 8월에 이산해의 큰아들이 죽었다. 동인의 영수인 이산해는 큰아들을 잃은 슬픔 때문에 모든 관직을 내려놓고 노량진 강가에 초가로 지은 초연정(超然亭)으로 들어가 두문불출하였다. 둘째 아들 이경전이 초연정에 따라가서 아버지의 수발을 들었기에, 허초희의 시누이는 인왕동 친정집에 남아 어머니 송씨부인과 함께 지냈다.

초당독서도(이재관, 국립중앙박물관)

해가 바뀌어 신사년(1581년) 1월에 허초희가 건천동에서 아들을 낳았다. 허초희는 해산하느라 인왕동 시댁에 세배 가는 일을 건너뛰었다. 김성립은 혼자 세배드리고 건천동으로 돌아왔다. 시아버지 김첨은 손자 이름을 김성립한테 적어 보냈다.

"초희야, 우리 아기 이름은 희윤(喜胤)이야."

시아버지 김첨은 당장에라도 건천동에 가서 손자를 안아보고 싶었지만, 마음대로 사돈댁에 드나들지 못했다. 김첨은 동인들이 홀로 남은 김씨부인에게 새해 인사를 하느라 건천동에 모이는 날, 짬을 내 허초희를 만났다.

"초희야, 네 몸이 좋아지면 희윤이를 데리고 인왕동에 와라."

김첨이 허초희에게 말했다.

"예, 그렇게 하겠습니다."

"말로만 하지 말고."

김첨도 어쩐지 서운했던 모양이었다.

"할아버지."

그때 두 돌이 지난 손녀 김해경이 할아버지 김첨에게 아장아장 걸어와서 안겼다.

"그래, 너도 같이 가자."

김첨이 손녀를 안고 웃었다.

"예, 아버님, 서방님이 이번 생원시를 보고 나면 같이 가겠습니다."

"그래, 그렇지, 성립이도 이제 스무 살이 되었으니, 생원시 정도는 붙고 봐야지."

"예, 서방님은 꼭 붙을 겁니다."

"성립이가 빨리 급제해서 5대가 급제한 가문이라고 빛을 내고, 고생하는 우리 며느리 호강을 시켜 줘야 할 건데……."

한 가문에서 5대가 연속 급제하는 일은 쉬운 일이 아니었다.

"희윤이까지 6대입니다."

허초희가 갓난아기를 내보이자, 김첨은 함박웃음을 지었다.

김성립은 아버지가 떠난 뒤 허초희가 눈치 주는 게 머쓱했는지 조만간 있을 생원시 준비를 한다고 집을 나섰다. 김성립은 이경전이 공부하는 노량진 초연정을 찾았다.

김성립은 한양성을 나서 한강 얼음 위를 걸었다. 용산에서 노량진을 향해 얼음길을 걷다가 강 한가운데 우뚝 멈춰 섰다. 꽁꽁 언 한강 위에 밤새 내린 눈이 목화솜처럼 펼쳐 있었다. 쪽빛 하늘 아래, 흰 눈에 덮인 관악산이 눈부시게 빛났다. 얼음 밑으로 흐르는 강물 소리가 맑게 들렸다. 늙은 어부가 얼음구멍에서 낚아 올린 잉어는 팔딱팔딱 뛰다가 이내 얼어 버렸고, 코흘리개 꼬마들은 팽이를 치며 얼음구멍 주변을 맴돌았다. 신나게 떠들며 노는 아이들을 물끄러미 바라볼 때, 썰매 한 대가 미끄러져 와 멈춰 섰다.
"어서 여기 타십시오. 다른 분들은 벌써 도착했습니다."
　한 아이가 김성립에게 썰매에 타라고 자리를 일러 줬다.
"너는 누구니?"
　아이는 썰매에서 내리더니 자기는 이산해 영감의 시동(侍童) 수근이라며 김성립한테 자리를 내줬다. 김성립은 썰매 타는 게 처음이라 망설였는데, 수근이는 썰매에 노끈을 묶어 금방이라도 끌고 달릴 태세였다. 김성립이 썰매에 탈까 말까 주저할 때, 또 다른 썰매 한 대가 쏜살같이 옆을 스쳐 지나갔다.[11]
"멍석 넓이, 덕석 넓이, 김성립이! 어서 타게!"
　김성립의 도깨비 동무 김두남이었다. 김성립은 반가운 동무를 보자 흥이 나서, 썰매에 탔다. 김성립은 수근이가 끄는 썰매에 타는 기분이 어찌나 좋았는지, 학을 탄 신선이 구름 위를 나는 듯했다. 수근이는 거침없이

---

11) 이경전은 65세 때, 김두남과 함께 썰매 타는 추억을 담은 노호승설마기(露湖乘雪馬記)를 지었다.

달려 이내 초연정에 닿았다. 초연정으로 들어가자, 이경전은 책을 읽고 있었고, 벌써 도착한 김두남은 거문고를 매만지고 있었다.

"자네들, 내가 한 가락 들려줄까?"

김두남은 술대를 들고 슬기당 슬기둥 거문고를 탔다. 김두남의 술대와 손끝에서 튕겨 나온 소리가 속속 날아와 김성립의 가슴에 송곳처럼 꽂혔다.

수근이가 주안상을 가지고 들어왔다.

"언젠가 다시 운종가, 육조대로에서 한바탕 놀아 보고 싶네."

김성립이 탁주 한 잔을 마시고 말했다.

"안 될 거도 없지. 동무들을 모아 가면을 쓰고 놀면 되지."

거문고 연주를 마친 김두남이 술로 목을 축이고 떠들었다. 이렇게 몇 순배 술이 돌자, 취기가 오른 김성립은 아랫목에 누워 잠이 들고 말았다.

김성립이 잠에서 깨어났을 때는 이미 밤이었다. 머리가 아픈 김성립은 냉수를 벌컥벌컥 마시고 정신을 차렸다. 그때 밖에서 수런거리는 인기척이 나면서 '선비님, 깨어나셨습니까?' 하고 김성립을 부르는 소리가 들렸다. 김성립이 방문을 열어젖히자, 찬바람이 확 밀려 들어왔다. 그 가운데 수근이가 태평소를 들고 서 있었다.

"모두 어디 갔느냐?"

"썰매 타러 나갔습니다."

"이 밤중에?"

은은한 달빛이 수근이가 들고 있는 태평소에서 잔물결처럼 반짝였다.

"그 태평소 좀 이리 다오. 동무들을 불러 봐야겠다."

김성립은 태평소를 쓱 쓰다듬고 힘을 모아 훅 불었다. 요란한 태평소 소리가 한강으로 퍼져 나갔다. 그 소리를 듣고 김성립의 도깨비 동무들이 손을 흔들었다.

"수근이야, 우리도 신나게 달려 보자!"

수근이는 기다렸다는 듯이 썰매를 가져왔다. 김성립이 썰매에 오르자, 수근이가 김성립의 등을 떠밀고 사뿐히 썰매에 뛰어올라 앉았다. 썰매는 바람을 타는 송골매처럼 언덕 비탈을 미끄러져 사뿐히 강가에 내려앉았다. 김성립과 수근이는 썰매를 타고 한강 위를 미끄러져 갔다. 별똥별이 떨어졌다. 달빛이 구름에 가리면서 은하수가 나타났다. 봉은사 뒤쪽으로 쏟아지는 별빛이 은하수와 맞닿아 밝게 빛났다.

* * *

김첨이 건천동을 다녀간 지 얼마 안 된 1월 초순이었다. 아침 일찍 별채로 들어온 김씨부인이 허초희 수발을 드는 사월이를 찾았다.

"사월아, 어서 빨리 팥죽 좀 쒀라."

"갑자기 팥죽은 왜요?"

허초희가 김씨부인에게 물었다.

"너희 시댁에 보내려고 그런다."

"그게 무슨 말씀이세요."

"아침에 시댁에서 부고가 왔다."

"부고요? 누가 돌아가셨어요?"

허초희는 시댁의 부고라는 말에 시부모님한테 무슨 일이 났는가 하고 깜짝 놀랐다.

"네 시어머니 부친께서 별세하셨단다."

"예, 할아버지께서……."

강원도 관찰사, 예조판서, 이조판서, 호조판서를 지내고 기로소에서 만년을 보내던 송기수 대감이 죽었다. 송기수 대감은 중종, 인종, 명종을 거쳐 지금 임금까지 4대를 섬기며 은진 송씨 집안을 일으켰다. 허초희의 시어머니 송씨부인과 시외숙부 송응개의 아버지였고, 허초희한테는 시외할아버지였다. 한때는 위사공신(衛社功臣)이었다가 공신첩을 반납한 사연이 있었다.

"아버지가 계셨으면 당연히 가셨을 텐데…… 큰아들은 시묘살이 중이고, 너는 이제야 몸을 풀었으니, 나라도 가야겠다."

"그래도 제가 가야……."

허초희는 혼자 몸으로 갓난아기와 어린 딸 챙기기도 벅찼다. 그러면서도 시댁 큰일에 가 보지 못하는 게 마음에 걸렸다.

"한겨울이라 해산하고 뼈에 찬 바람 들면 큰일 난다."

"지난번 아버지가 돌아가셨을 때, 시어머니께서 해경이도 봐 주셨는데……."

"사돈댁 큰일은 내가 알아서 할 테니 너는 몸조리나 잘해."

허초희는 이번만큼은 꼭 시댁에 가야 한다고 생각했다. 갓난아기와 코흘리개 해경이까지 데리고 거동하기가 녹록하지 않았기에 어머니의 만류를 뿌리치지 못했다.

"김 서방은 올해도 글렀구나."

허초희는 어머니가 사위의 과거시험을 걱정하는 걸 단번에 알아차렸다.

"내년을 기약해야죠."

김씨부인은 상을 당해 생원시를 못 보는 김성립의 처지가 안타까웠다. 하지만 사위가 외조부의 상장례에 참석해야 하니, 감내해야 했다. 그나마 외손자라서 삼년상을 치르지 않고 내년에는 시험을 본다는 게 다행이었다.

　김씨부인은 팥죽을 쒀 정오가 막 지나서 사월이와 함께 인왕동으로 떠났다. 송기수 대감의 상갓집은 서촌 장의동으로 사돈댁인 인왕동과 지척이었다. 김씨부인이 인왕동 시댁에 도착했을 때는 이미 안사돈 송씨부인과 바깥사돈 김첨이 모두 장의동 상갓집으로 떠난 뒤였다. 몇몇 선비들이 모여 송기수 대감에 관한 이야기를 하며 술을 마셨다. 보아하니 바깥사돈 김첨의 동무들이었다. 그 한가운데 허봉이 앉아 있었다.

　"어머니, 여긴 어쩐 일로 오셨습니까?"

　술을 마시던 허봉이 김씨부인을 보고 반갑게 물었다.

　"너는 아버지 상중에 또 술이냐?"

　김씨부인이 허엽영감의 삼년상이 끝나지도 않았는데 술을 마시는 허봉을 꾸짖었다.

　"그냥 곡차이옵니다."

　"곡차라니? 네가 중이냐?"

　"걱정하지 마세요. 마침, 출출했는데 팥죽이나 한 그릇 주십시오. 사월아, 여기 계신 선비님들께도 한 그릇씩 떠 드려라."

　허봉은 김첨의 집이 마치 제집인 양 나댔다.

　"송기수 대감 이름이 공신록에서 삭제된 게, 모두 이이 때문이지?"

　"그건 아니지! 대감께서 원했던 거지."

　"이이가 『동호문답』을 주상께 바치면서 송기수 대감의 위훈을 삭제하자고 한 거라던데……."

　"그건 그랬지."

"맞아! 다 이이 때문이야."

김씨부인은 허봉의 동무들이 이이 이야기를 꺼내자, 귀가 솔깃하여 조용히 들었다.

"지난번 백인걸 대감이 올린 상소도 송기수 대감의 위훈을 삭제하라는 내용이었다며……."

"그 상소도 이이가 대신 쓴 거라던데. 그 때문에 송기수 대감이 공신첩을 반납했지."

"그게 아닐세. 송기수 대감은 을사사화 때 도승지였는데, 임금님의 어명을 전하다가 간신 윤원형의 편으로 몰렸어. 느닷없이 위사공신에 책봉되어 평생 마음의 짐으로 여기셨네. 공신록에서 삭제해 달라고 수십 번이나 상소하셔서 끝내 그렇게 된 거지, 이이 때문이 아니고."

"뭐, 그게 그거지, 다 이이가 나서서 위훈을 삭제해야 한다고 상소를 올리니까, 주상전하께서 그렇게 한 거겠지."

선비들은 자기가 아는 말 모르는 말을 죄다 끌어다 붙이며 개코쥐코 떠들어 댔다.

"그 때문에 이이한테 원한이 사무친 거야."

"누가?"

"누구긴 누구야, 큰아들 송응개 영감이지……."

"왜?"

"아, 이런 멍청이! 그걸 몰라?"

낮술에 취한 선비들이 팥죽을 받아먹으며 횡설수설 주절댔다.

"뭔데 그래?"

"은 열다섯 냥, 밭 여든 결, 군졸 여섯 명, 마부 세 명을 몽땅 회수당했잖아.

게다가, 원래 노비 여덟 구를 받았는데, 새끼를 쳐서 스무 구를 반납했대."

"아이고, 집안 재산이 거덜 났겠네."

팥죽을 먹는 선비들을 지켜보던 김씨부인은 이이 때문에 사돈 집안의 재산이 확 줄어들었다는 말을 듣고, 심기가 불편해졌다. 아무래도 이이와 동향인 허초희한테 불똥이 튈까 봐 걱정됐다.

"장모님, 오셨습니까? 외조부님 장지는 충청도 회덕으로 정해졌습니다. 주상전하께서 경기도 관찰사와 충청도 관찰사에게 외조부님의 상여를 호위하라 명하셨습니다."

독서당에서 공부하고 있어야 할 김성립이 언제 인왕동으로 왔는지 장모 김씨부인을 보고 말했다. 김씨부인은 사위를 보자, 가슴이 답답해졌다. 앞으로 팍팍해질 친정 살림 때문에, 근심이 늘어날 안사돈의 모습과 힘든 시집살이를 겪게 될 허초희의 모습이 겹쳐 보여서였다. 김씨부인은 팥죽을 퍼먹던 숟가락을 내려놓고 자리를 떴다.

송기수 대감의 상여가 장의동 빈소에서 발인하여 회덕으로 떠난 건 그로부터 두 달이 지난 뒤였다. 은진 송씨 집안에서는 회덕에서 한 달 넘게 조문을 받고 장례를 치렀다. 김성립의 큰외삼촌 송응개는 관직을 내려놓고 시묘살이에 들어갔다.

김성립이 한양으로 돌아왔을 때는 이미 과거시험이 끝난 뒤였다. 허초희는 출가한 딸이라 친정아버지의 소상이 끝난 뒤 상복을 벗어도 됐지만, 시외조부의 상을 당해, 김성립을 따라 5개월 더 상복을 입어야 했다. 허초희는 금비녀는커녕 개암나무 비녀만 꽂고 다녔다. 허초희는 머리에 둘러쓴 수질을 던져 버리고, 혼례를 치를 때 입었던 녹의홍상을 입고, 화관을 쓴 하얀 얼굴을 백동거울에 비춰 보고 싶은 마음이 새록새록 솟았지만, 우중충한 상복을 입어야만 했다.

그런데 6월에도 또 부고가 들려왔다. 이번에는 허초희의 시누이 쪽이었다. 허초희의 시누이는 이경전과 혼인을 치른 뒤, 인왕동 친정에 살았다. 이때 이산해 영감의 어머니가 돌아가셨다. 허초희의 시누이는 시할머니의 상을 치르러 친정집을 나섰다. 이산해 영감은 모친 삼년상을 치르려고 벼슬을 그만두고, 한산 이씨 선산이 자리 잡은 보령으로 내려갔다. 이렇게 되니 허엽영감은 죽고, 이산해와 송응개는 삼년상을 치르러 산속으로 들어가 버렸다. 동인들을 이끄는 실무를 맡아볼 사람은 허봉뿐이었다. 그나마 부모의 삼년상 중에 간신히 벼슬에 나가는 기복이라서 조정에서 운신의 폭이 좁았고, 김첨은 말단 관리라서 힘을 쓸 수 없었다.

그러는 사이, 이이는 정3품 대사간으로 발탁되었다. 이산해가 상을 당한 직후에는 종2품 사헌부 대사헌으로 특별승진하였고 마침내 10월에는 정2품 호조판서가 되어 대감의 반열에 올랐다. 거기에다 홍문관 대제학까지 겸직으로 맡았다. 동인들은 조정의 일에 이러쿵저러쿵 의견을 내놓기 어려운 신세가 되었다. 율곡 이이나 송강 정철 같은 서인들이 득세하는 시절이었다.

* * *

가을로 접어들 때, 경복궁 편전에서 정철과 동인의 한 사람인 김성일이 임금을 만났다.

"전하, 니탕개가 삼년상을 치르는 건 전하의 홍복(洪福)이옵니다."

술고래 송강 정철이 임금 앞에서 침을 튀기며 아부를 떨었다.

"그렇소! 열성조의 보살핌이 아니라면 그자가 어떻게 삼년상을 치른단 말이오?"

임금 이연도 기분이 좋아 맞장구쳤다.

"전하의 덕망이 이런 태평성대를 만들었습니다. 만백성이 천천세를 부를 겁니다."

정철은 술 한 잔을 단숨에 털어 넣고 임금의 비위를 맞추며 얼렁거렸다. 니탕개가 삼년상을 치르는 걸 몽땅 임금의 공으로 추켜세웠다. 공자님의 말씀으로 오랑캐까지 교화시킨 성군이라고 칭송했다. 하지만 김성일은 생각이 달랐다.

"전하, 니탕개가 삼년상을 치른다지만, 속임수일지 모릅니다. 경계를 늦추면 안 됩니다."

얼마 전 함경도에 순무어사를 다녀온 김성일이 말했다.

"김 어사는 어째서 매사를 그렇게 삐딱하게 보는 거요?"

정철이 김성일에게 핀잔을 줬다.

"영감은 술이나 끊으시오!"

"그만두시오! 다음 달, 니탕개가 삼년상을 마치고 한양에 온다니 과인이 직접 만나 보겠소!"

임금이 두 사람을 말렸다.

"성은이 망극하옵니다."

정철은 임금에게 머리를 조아리고 떨떠름한 표정으로 김성일을 바라보며, 꿀꺽 술을 마셨다.

한 달 뒤, 아침부터 운종가가 시끄러웠다. 동대문 안 북평관에 머물던 오랑캐들이 궁궐로 가는 행렬을 구경하러 나온 백성들 때문이었다. 오랑캐들은 조선 옷을 입었지만 어설퍼 보였다. 늑대 털이나 곰 털을 뒤집어쓰던 오랑캐들이 갓을 쓰고 철릭을 걸쳤으니 불편하기 짝이 없었다. 오랑캐의 추장은 니탕개였는데, 한 달 전 여진족 부하 100여 명을 이끌고 두만강을 건너 한양으로 상경하여 임금님 만날 날을 기다렸다.

오랑캐(호렵도 부분, 국립중앙박물관)

니탕개는 번호(藩胡)였다. 번호는 두만강 건너의 다른 여진족이 조선을 침략하지 못하게 울타리처럼 막는 '울타리 오랑캐'였다. 번호들은 조선에서 관직, 식량, 물자를 공급받는 대신 담비 털, 호랑이 털, 산삼 등을 가져와 팔았다.

3년 전, 니탕개는 조선 군사들이 두만강을 건너 여진족을 소탕할 때, 앞잡이 노릇을 했다. 여진족이 잡아간 조선인 포로를 구출하고, 조선에 대항하는 여진족을 잡아 바치면서 조선에 충성을 다할 뜻을 비쳤다. 임금은 이 말을 듣고 감탄하여 니탕개와 그 졸개들에게 벼슬을 주고 한양으로 상경해 임금을 알현토록 허가했다. 특별히 니탕개에게는 정3품 어모장군의 관직을 수여해 당상관의 반열에 올렸다.

그때 마침 니탕개의 아버지가 죽었다. 임금이 니탕개에게 조선의 선비들처럼 삼년상을 치르면 오랑캐의 허물을 벗고 영원히 군자(君子)로서 청사에 길이 남을 거라고 말했다. 니탕개는 선뜻 삼년상을 치르겠다고 하였고, 임금 이연은 니탕개가 삼년상을 무사히 치르도록 함경 병사에게 물심양면으로 도와주라는 명을 내렸다. 결국 니탕개가 삼년상을 마치자, 임금은 함경도 종성의 장성문 밖에 효자문을 세워 주고 쌀, 콩, 소금, 옷감을 듬뿍 안겨 주었다.

그렇게 3년이 흐르고 니탕개는 아들 후시리(厚時里)를 데리고 상경하여 조선의 양반들에게 담비 털을 팔아 막대한 이익을 남겼다. 오랑캐들은 임금 만날 날을 학수고대하다 드디어 경복궁으로 들어가게 되었다. 니탕개는 한양 구경을 한차례 해서 신기한 게 덜했으나, 아들 후시리나 오랑캐 졸개들은 북평관에 처박혀 있다가 운종가 대로로 나와서 눈알을 희번덕거렸다.

"오랑캐 알타리(斡朶里)들이 출세했네, 출세했어!"

"오랑캐 알타리라 하지 마시오! 괜히 싸움 나오!"

"개돼지를 개돼지라 부르고 오랑캐 알타리를 오랑캐 알타리라 하는 게 뭐가 어떻다는 거요!"

니탕개 행렬을 구경하던 백성들이 수군거렸다.

"임금님한테 당상관 벼슬을 받는다지 않소!"

"뭘 했는데 오랑캐한테 당상관이야!"

"삼년상을 치렀다니 군자가 아니오."

"오랑캐한테 군자가 가당키나 해! 돼지 목의 진주목걸이지!"

길가에서 떠드는 소리를 듣고, 니탕개의 아들 후시리가 조선인 통사(通事)를 불러 조선 사람들이 뭐라고 하는지 물었다. 통사는 차마 돼지 목의 진주목걸이라고 말하지 못하고 머뭇거렸다. 그랬더니 말 위에 앉아 있던 후시리가 발길질로 통사를 냅다 차 버렸다. 통사가 데구루루 굴러 시궁창에 얼굴을 처박고, 눈에는 피멍이 들어 물에 빠진 생쥐 꼴이 되었다.

"저, 저…… 호로자식!"

"그거 봐! 오랑캐한테 철릭을 입혀 봤자, 돼지 발톱에 봉숭아 물들이기 아닌가!"

구경꾼들이 웅성웅성하자 앞서가던 니탕개가 말을 돌려 오더니, 아들의 뺨을 후려쳤다. 뺨을 얻어맞은 후시리가 말에서 떨어지지 않으려고 말고삐를 꽉 잡았는데, 니탕개는 인정사정 두지 않고 아들을 마구 때려 결국 말에서 떨어뜨리고 말았다. 니탕개는 호송관에게 머리를 숙여 절하며 아들의 잘못을 용서해 달라고 빌었다. 마음이 상한 호송관은 떨떠름한 표정을 지으며 행렬을 이끌고 경복궁으로 들어갔다.

임금을 알현하는 자리에서 사달이 났다. 임금 이연은 니탕개가 삼년상을 치른 걸 두고, '정관의 치'를 이룬 당태종 이세민처럼 만세에 빛날 임금이 된다고 믿었다. 니탕개를 만나 기쁜 마음으로 술 한잔을 내리려다 눈에 피멍이 든 통사를 보고 어찌 된 일인지 자초지종을 캐물었다. 그랬더니 후시리가 통사를 업신여겼다는 게 드러났다.

니탕개는 임금 이연이 자기 아들을 꾸짖고 벼슬을 내리지 않을 걸 걱정했기에 조선 백성들 앞에서 아들을 때렸지만, 소용이 없었다. 임금 이연은 후시리에게 내리려던 당상관 직첩을 거두어들이고 한양을 떠날 때까지 북평관에서 근신하라고 명했다. 화를 참지 못한 후시리가 이 자리에서 "북방에서 전쟁이 일어나면 우리가 막아 줄 건데, 나를 이렇게 홀대해서, 만일 전쟁이 난다면 정승판서가 가서 전쟁을 막을 거요?"라고 큰 소리로 떠들어 대궐이 발칵 뒤집혔다. 결국 임금을 알현하는 자리는 파탄이 나고 말았다. 조정의 신하들은 니탕개와 아들 후시리를 어떻게 할지를 놓고 의견이 갈라졌다.

"결국 오랑캐는 오랑캐인지라, 배신할 게 분명합니다."

"니탕개에게 벌을 주면 훗날 보복할까 두렵습니다."

"니탕개 아들만 붙잡아 멀리 전라도 진도로 귀양을 보내면 될 겁니다."

"조용히 돌려보내 지금처럼 북방의 여진족이 날뛰지 못하게 다독여야 합니다."

"지금 여기 한양에 있을 때 잡아야지, 그렇지 않으면 반드시 후환이 될 겁니다."

별의별 의견이 많았지만, 결국 후시리에게 벌을 주지 않는 대신, 니탕개와 후시리에게 내려 주려던 벼슬과 온갖 선물도 없던 일로 하였다. 게다가 앞으로 두만강을 넘어와 조선 사람들과 물건을 사고파는 일도 제한을 두었다. 삼년상을 지내고 일평생 조선에 귀순하려던 니탕개는 마음속 깊은 곳에 앙심을 품고 두만강을 건너 돌아갔다.

해가 바뀌어 임오년(1582년)에 김성립이 드디어 생원이 되었다. 도깨비 동무 중에서 김두남도 같이 합격하고, 정협은 떨어졌다. 할머니 상을 당한 이경전은 시험장에 나갈 수 없었다. 김성립이 스물한 살이라는 젊은 나이에 생원이 되었으니, 이덕형보다는 못했지만 그래도 큰 경사였다. 허초희와 김씨부인, 시어머니 송씨부인도 생원시에 합격한 김성립을 자랑스럽게 여겼다. 허초희의 큰 오라버니 허성은 허엽영감의 삼년상을 끝낸 뒤 상복을 벗고 성균관으로 돌아왔다. 김성립은 큰처남 허성과 함께 성균관의 상재생이 되었다.

그러는 동안, 이이는 마흔일곱 살의 나이에 이조판서, 형조판서를 거쳐 9월에는 종1품 의정부 우찬성으로 특별승진했다. 이제 이이가 올라갈 곳은 삼정승 자리뿐이었다. 이때 허봉은 여전히 정4품 홍문관 응교에 머물렀고, 김첨은 정6품 이조좌랑이어서, 도저히 이이에 맞설 상대가 아니었다.

그즈음 함경도 회령에서 급보가 날아들었다. 니탕개의 아들 후시리가 두만강을 건너와 회령 부사에게 지난날 자신이 한양에서 지은 죄를 용서하고, 다시 한양 상경을 허락하며 은혜를 베풀어 달라는 내용이었다. 흉년이 들어 식량이 부족한 나머지 굶어 죽기 직전이라며 쌀과 음식을 보내주고 한양에 가서 임금을 알현할 수 있도록 해 달라고 빌었다.

회령 부사는 이 일을 어떻게 처리할까, 고민하여 급히 파발을 보내 조정의 의견을 물었다. 또 후시리를 안심시키려고 개 열 마리를 삶아서 술과 함께 내주었다. 하지만 후시리는 지난번 한양에 올라갔을 때는 소를 잡아 주더니, 이제는 개를 잡아 준다며 술을 먹고 취해서 다시 통사를 때리고, 집기를 부수며 행패를 부렸다. 술에서 깬 뒤에는 무슨 일을 벌였는지 모른다고 발뺌하였다. 이렇게 술주정하기 일쑤였다. 회령 부사는 가까스로 후시리를 진정시키고 연이어서 파발을 띄웠다.

 조정 대신들은 머리를 맞대고 며칠 동안 회의를 한 끝에 후시리를 속여서 길주까지 데리고 온 뒤, 포박해서 한양으로 압송하는 계획을 세웠다. 이 계획을 전해 들은 회령 부사는 걱정이 앞섰다. 잘못하다가는 번호들이 조선을 침범할지도 모른다며 조용히 두만강 북쪽으로 돌려보내자고 아뢰었지만, 조정에서는 받아들이지 않았다.

 후시리를 꾀어 한양으로 떠나기로 한 전날 밤, 한하두(韓河斗)라는 조선 사람이 후시리에게 조선의 계획을 몰래 알려 줬다. 한하두는 회령의 봉수대를 관리하는 사람인데, 회령의 군사정보를 몰래 빼내 여진족에게 넘겨주는 간자였다. 회령 부사의 계획을 미리 알게 된 후시리는 보초 서는 조선군 병사들을 때려눕히고, 곡식과 가축을 훔쳐 두만강을 건너 달아나 버렸다.

 며칠 후 후시리는 두만강에서 보초를 서던 조선군 병사 하나를 잡아 죽이고 그 수급을 회령 부사에게 본보기로 보냈다. 선전포고나 다름없었다. 이렇게 해서 번호들과 함께 누리던 태평의 시절이 끝났다. 두만강 근처 북방 6진은 언제라도 번호들이 들고 일어날지 모르는 일촉즉발의 위기였다.

 가을로 접어든 9월 어느 날 밤, 김첨이 야직을 설 때 허봉이 찾아와 말했다.
 "형님, 이이가 주상한테 세 가지 계책을 냈답니다."

"무슨 계책?"

"나라를 세운 지 200년이 지났는데 2년 치 곡식도 없다면서, 백성들이 바치는 공물을 줄이고, 고을 수령 자리도 줄이고, 지방 감사를 자주 바꾸지 말자고 했답니다."

"지방 감사를 바꾸지 말자고?"

김첨이 인사명부를 내려놓고 물었다.

"감사들 임기가 짧아 백성들을 돌보지 않고 한양으로 돌아올 생각만 한다는 겁니다."

"전라도에 감사로 간 지 10개월도 안 된 정철은 이번에 도승지로 불러들인다던데?"

"그건, 주상이 그렇게 한 겁니다. 감사들이 1년이 넘으면 지방 토호와 붙어먹는다고……."

"이이가 하는 말은 다 그럴듯한데, 따지고 보면 세세한 실천 방법이 없는 게 문제지."

김첨은 혀를 쯧쯧 찼다.

"그나저나 이이가 이번에 명나라에서 오는 사신을 접대하는 원접사가 되었는데, 형님이랑 저를 종사관으로 뽑았답니다."

허봉이 김첨에게 말했다.

"우리를 왜?"

"종계변무(宗系辨誣) 때문이지요."

"종계변무?"

조선의 임금들은 조선이 세워지고 200년 동안 명나라 실록에 태조 이성계가 고려의 신하 이인임의 자식이라고 적어 놓은 내용을, 바르게 고쳐 달라고 줄기차게 졸랐다. 하지만 거만한 명나라 관리들은 좀처럼 고쳐 주지 않았다. 이성계가 이자춘의 자손이라고 바로잡는 게 조선 임금의 숙원인 종계변무였다.

"이이는 명나라로 종계변무를 요청하러 가는 사신들이 죽을 각오로 임해야 하는데 그렇지 못했다며, 사신을 가려 뽑아야 한다고 했죠."

"그게 뭘 어쨌다는 건가?"

"그래서 주상전하가 이번에 오는 명나라 사신을 구워삶아 보라고 이이를 뽑은 겁니다."

"그런데?"

"막상 하려니까, 이이는 자신이 없는 겁니다. 잘못하다간 서인들이 욕을 먹을까 봐, 우리를 끼워 넣은 거죠. 당해도 같이 당하자고…… 당장 모레 의주로 떠난답니다."

허봉이 삼해주를 홀짝홀짝 마시며 중얼거렸다.

"의주는 열흘도 안 걸리는 거리인데, 닷새나 먼저 떠나자고?"

김첨은 너무 일찍 나서는 게 의아했다.

"이이 대감이 좀 일찍 나서자고 했답니다."

"무슨 꿍꿍인지……."

이렇게 하여 허봉과 김첨은 이이의 종사관이 되어 돈의문을 나와 경기도 관찰사 정언신의 환송을 받으며 무악재를 넘어 개성, 황주, 평양, 정주를 거치는 길을 따라 의주로 떠났다.

원접사 이이는 의주로 올라가면서 황주성에 짐을 풀었다. 이이는 황주에서 며칠을 머무르며 한 기녀를 가까이했는데, 이이가 '나라에서 제일가는 미녀, 국향(國香)'이라 불렀던, 유지(柳枝)였다. 그 바람에 허봉과 김첨도 황주에서 머물게 되었다.

"이이 대감이 기녀에게 너무 빠진 게 아닌가?"

길을 떠나지 않자 지루해진 김첨이 허봉을 찾아와서 물었다.

"형님, 이이 대감은 기녀한테 정욕을 품은 적이 없답니다."

『빈접기』를 쓰던 허봉이 김첨에게 대답했다.

"뭐? 그게 말이야, 방귀야? 기녀한테 정욕이 없다면 왜 안방에 끼고 살아?"

"밤늦도록 둘이 술만 마셨답니다."

"헛소리 그만두게! 그걸 믿어?"

"형님, 의암(義庵)이란 말 들어 봤소?"

허봉이 뚱딴지같은 말을 꺼냈다.

"갑자기 무슨 말인가?"

"이이가 어머니 신사임당이 죽은 뒤, 머리 깎고 금강산에 들어갔을 때, 받은 법명이 의암입니다. 그러니까, 이이는 절반은 중이라는 뜻입니다."

허봉은 이제 대감이라는 존칭을 빼고 이이를 들먹였다.

"나라의 대신을 함부로 땡추라면 쓰나?"

"이이는 중이요, 중. 그러니 기생이 옆에 있어도 운우지정을 나눌 줄 모르는 거지……."

"이이 대감은 정실부인한테 자식이 없어. 그래서 소실 두 명을 두었지. 그 사이에서 서자도 둘이나 있는 걸 보면 운우지정을 모르는 사람은 아니야."

김첨은 이이를 대감이라고 불렀다.

"그러니 참 알다가도 모를 일입니다. 기녀를 며칠씩 안방에 들이고 손만 잡고 잤다? 나는 도무지 믿지 못하겠소."

"부인이 얼마나 무서우면 그랬겠나, 나는 이해가 가네……."

김첨은 서슬 퍼런 송씨부인의 눈빛이 떠올라, 자기가 만일 지방 수령으로 나가더라도 기생을 끼고 살기보다 차라리 광대를 불러 흥겹게 지내길 바랐다.
　며칠 후 원접사 일행이 황주를 떠나 평양으로 향하는데, 유지가 따라와 이이를 배웅했다. 이이는 오리정에 앉아 유지에게 시 한 구절을 써 줬다.
　유지는 이이가 써준 시를 받아 들고 방실방실 웃으며 다시 만날 날을 손꼽아 기다리겠다고 말했다.

> 여기 사람 있네, 황해도 땅에
> 맑은 기운 모아 신선 같아라
> 그 마음 그 모습 곱기도 하고
> 그 얼굴 그 목소리 맑고도 예뻐
> 쟁반에 받아놓은 이슬 같은 이
> 어쩌다가 길가에 버려졌는고
> 봄이 한창이라 꽃이 피는데
> 황금 집에 못살다니, 슬프다 미인!
> 　　　　　[유지사][12]

　이이는 의주에서 명나라 사신을 만나 한양으로 안내했다. 명나라 사신은 8일간 한양에 머무르면서 한강이 제일 아름답게 보이는 제천정에서 달구경을 즐기고, 서강에서 뱃놀이도 하고, 공자를 모신 성균관 대성전도 둘

---

12)　柳枝詞, 유지사 일부분(이이 지음, 이종문 옮김)

러보며 지냈다. 그런데 도승지 정철이 술에 취해 명나라 사신에게 실수를 저질렀다. 임금은 정철을 함경도 관찰사로 쫓아내고 류성룡을 도승지에 앉혔다. 그 일 말고는 크게 잘못된 일 없이 사신 접대는 끝났다. 명나라 사신은 북경으로 돌아가면서 한 가지 군사정보를 흘렸다.

"요동총병 이성량 부하 중에 누르하치라는 놈이 있는데, 요동 땅에서 껄떡대고 있소. 그놈이 여진족을 한 나라로 합치겠다고 호들갑을 떠는 중이오. 누르하치에게 밀려난 야인들이 조선 땅을 찝쩍거릴 거요. 단단히 오랑캐 알타리들을 단속하지 않으면 조선에 큰 병화가 닥칠 수도 있소."

명나라 사신이 돌아간 뒤 조정에서는 요동에서 여진족 야인들이 날뛴다는 이야기를 놓고 어떻게 대처할지 의견을 나눴다. 비변사에서는 두만강 북쪽의 오랑캐 번호들의 동태가 심상치 않다는 정세 분석을 내놨다.

'번호들이 조선을 배반하여 두만강 얼 때를 기다려 쳐들어오면 북방 6진은 하루도 버티지 못하고 오랑캐의 수중으로 떨어질 겁니다.'

임금 이연은 함경 북병사의 보고를 받고 『만언봉사』에서 '군정을 개혁하여 안팎의 방비를 굳건히 하자'라고 주장한 이이를 병조판서 자리에 앉혔다.

중국 사신을 잘 접대한 덕에 종2품 대사헌으로 승진한 류성룡이 사헌부로 허봉과 김첨을 불렀다. 류성룡의 방에는 얼마 전 임금에게 받아 벽에 걸어 둔 금포(錦袍)가 반짝거렸다. 허봉은 반짝이는 금포에는 눈이 가지 않고 술상이 어디 있는지 찾는 데 바빴다. 간언을 주 임무로 하는 사헌부, 사간원, 홍문관의 관리들은 자기 소신을 마음껏 밝히는 호연지기를 가져야 한다며, 근무 중에도 술을 마셔도 된다는 관례가 있기에 허봉은 주변을 두리번거렸다.

"사헌부의 술맛이 궁금했는데, 술이 다 떨어진 모양입니다."

"자네는 정철이 술주정 부리다 함경도 관찰사로 쫓겨난 꼴을 보고도 술타령인가?"

"정철이야 술만 마시면 앞뒤를 모르는 망나니 아닙니까."

"한 나라의 대신한테 망나니라니?"

"영감, 두고 보십시오! 정철이 칼만 안 들었지, 앞으로 세 치 혀로 우리 동인들의 멱을 따는 망나니 노릇을 하는지 안 하는지…… 우리가 정철을 치지 않으면 정철이 우리를 칠 겁니다."

허봉은 술을 마시지 못한 분풀이라도 하는 듯 류성룡에게 버럭 화를 냈다.

"그나저나 대사헌 영감께서 우리를 왜 부르셨나?"

화제를 돌리려고 김첨이 류성룡에게 물었다. 류성룡과 김첨은 둘 다 마흔두 살 동갑내기로 어릴 적에 안동에서 퇴계 이황 밑에서 동문수학한 도타운 사이였다.

"이이가 병조판서를 못 맡겠다고 상소를 올렸어."

"그건 나도 알고 있네."

이조좌랑인 김첨이 중얼거렸다.

"지금 북방의 오랑캐가 준동한다니 머리 아픈 일은 맡지 않으려고 하는 게 아닙니까?"

허봉은 여전히 이이를 못마땅히 여겼다.

"주상전하께서는 이이가 예전부터 군정을 고치고 기강을 바로잡자는 기발한 의견을 자주 낸 걸 아시고는, 이이에게 묘안을 짜내라고 하셨네."

류성룡이 사설을 길게 풀어 놓았다.

"이이야 제갈량보다 머리가 좋으니 기발한 계획이 있겠지."

김첨은 이이가 무슨 수를 낼 거로 믿었다.

"나라의 곡간이 거덜 났는데, 무슨 수가 있겠습니까?"

허봉은 여전히 이이를 비웃었다.

"주상께서 새해 정월에 나랑 이이 대감을 불렀네. 이이의 기발한 생각이 무엇인지 들어 보자고 하셨지."

류성룡이 말했다.

"그거 잘됐습니다. 오랑캐 알타리들이 날뛰는 걸, 이이가 어떻게 막을지 구경이나 하죠."

허봉은 어디서 찾아냈는지 삼해주를 입안으로 털어 넣은 뒤, 입꼬리를 실쭉거리며 소리 없이 웃었다.

9. 옥비
(허초희 21세, 1583년)

새해 계미년(1583년) 1월 하순, 류성룡이 궁궐에 들어갔다. 병조판서 이이는 벌써 와서 눈을 감고 정신을 가다듬는 모양이었는지, 류성룡이 인사를 해도 답이 없었다.

"주상전하 듭시오."

임금 이연이 들어오는 걸 보고 이이와 류성룡은 일어나 절한 뒤 다시 앉았다.

"함경도 관찰사 정철이 장계를 올려 아무래도 오랑캐들의 움직임이 심상치 않다며 군정을 단단히 정비하라 하였소. 과인은 군사를 앞으로 10년간 해마다 1만 명씩 늘렸으면 하오. 십만 양병이지요. 병조판서의 생각은 어떻소?"

임금 이연이 이이에게 물었다.

"전하, 밀가루 없이 어떻게 국수를 만들겠습니까?"

"갑자기 국수라니 무슨 뚱딴지같은 소리요?"

임금은 이이가 무슨 말을 하는지 얼른 알아듣지 못했다.

"전하, 무면불탁(無麵不托)이라고, 밀가루 반죽 없이 국수를 뽑지 못하듯, 백성이 없으면 군사도 만들 수 없다는 주자님의 말씀입니다."

류성룡이 임금에게 머리를 조아리며 뜻을 풀었다.

"병사들을 국수 가락처럼 쑥쑥 뽑아내면 뭔 걱정이 있겠소?"

"춥고 배고파 허덕이는 가난한 백성들을 쥐어짜서 군병으로 만들 수는 없습니다."

이이는 류성룡을 거들떠보지 않고 임금에게 말했다.

"그럼, 병조판서가 생각한 기발한 계획은 무엇이오?"

임금 이연은 슬슬 짜증이 올랐다.

"어질고 유능한 사람을 별도로 뽑아 군적을 정리해서, 고된 군역과 쉬운 군역을 나눈 뒤, 백성들이 불평을 갖지 않게 적절히 배치해야 합니다. 백성들이 고단하지 않도록 먼저 잘 먹고 잘살게 한 다음에 군사를 키워야 합니다."

"병판, 오랑캐들이 눈앞에서 알짱거리는데, 그걸 어느 세월에 한단 말이오?"

"전하, 우리나라 사람은 하루에 쌀 두 되를 먹습니다. 병사가 10만 명이면, 1년에 48만 석입니다. 거기에다 무기며 갑옷이며, 병사 10만 명은 도저히 감당하지 못합니다. 먼저 백성을 키우고, 병사를 양성해야 합니다."

이이는 호조판서도 지냈기에 계산도 정확하고 빨랐다.

"전하, 병판의 말이 맞습니다. 1년에 광흥창으로 들어오는 쌀이 많아야 12만 석뿐입니다. 오합지졸 10만 명보다 정예병 1만 명을 키우는 게 훨씬 좋은 방법입니다."

류성룡도 병사 10만 명을 추가로 양병하는 건 현재 조선의 국력으로 무리라는 걸 알았다. 임금 이연은 뭐처럼 자기가 강병을 갖추자는 의견을 냈는데, 두 신하가 모두 반대하자 기분이 잡쳤다.

"그럼 뭘 어쩌자는 거요? 오랑캐가 결빙을 틈타 우당탕 쳐들어오면 그때는 늦는단 말이오."

"전하, 우선 양민을 한 뒤 정예병을 키워⋯⋯."

이이는 뜻을 굽히지 않았다.

"병판, 국수를 뽑자고 지금부터 씨를 뿌리고 수확할 때까지 기다리자는 말 아니오?"

임금이 더는 참지 못하고 버럭 화를 냈다. 그렇지만 이이는 침착하게 할 말을 해 나갔다.

"우리는 병력을 키워 위세를 떨치면서 오랑캐의 소굴로 쳐들어가 단번에 소탕해 버려야 합니다. 그렇지 않으면 북방 6진에 평온은 없습니다."

이이의 말을 듣고 류성룡이 분연히 목소리를 높였다.

"전하, 오랑캐의 소굴로 쳐들어가자는 병판의 말은 틀렸습니다. 그건 병법을 모르고 하는 말입니다. 오랑캐는 짐승처럼 모였다가 새처럼 흩어지기에 그림자 같은 존재입니다. 그러기에 군대는 아주 틀림이 없는 처지에서 출동해야 합니다. 병판의 말을 듣고 오합지졸을 이끌고 위험을 무릅쓰고 요행을 바랄 수는 없습니다. 그렇게 밑도 끝도 없이 오랑캐의 소굴로 출동하면 한순간에 패하여 나라가 위태롭게 됩니다. 수성의 전법을 쓰면서, 정예병을 출동시켜 피곤한 적을 공격하면 반드시 이깁니다."

"나중에 대사헌에게 병판을 맡겨야겠소."

임금 이연이 류성룡에게 헛웃음을 지어 보이고는 이이에게 명했다.

"병판은 다음 달까지 기발한 대책을 다시 만들어 올리시오."

"분부대로 따르겠습니다."

이이가 임금에게 머리를 조아렸다.

2월 7일, 니탕개가 두만강을 건너와 경원성을 기습해서 성을 빼앗겼다는 급보가 날아들었다. 아산보 만호가 오랑캐의 동향을 살핀다고 병사들을 이끌고 강을 건너 오랑캐 땅으로 들어갔다가 오히려 잡히고 말았다. 경원 부사 김수(金璲)가 구해 주러 나갔다가 어처구니없게도 오랑캐에 쫓겨 경원성으로 피했다. 그런데 성문이 뚫려 오랑캐들이 경원성으로 들어와 무기와 곡식을 훔치고 백성들을 여럿 죽이고 달아났다는 보고였다. 임금 이연은 급히 삼정승 육판서와 비변사 관원들을 궁궐로 불렀다.

"오랑캐가 몇 명인가?"

임금 이연이 크게 화를 내며 물었다.

"기병만 1만 명이라 하옵니다."

비변사의 관원이 아뢰었다.

"뭐 1만? 기껏해야 3천을 넘지 않던 오랑캐가 1만이라니……."

눈치를 보던 비변사 당상관이 나섰다.

"니탕개가 곡식을 훔쳐 간 걸 보면 원래부터 반역할 뜻은 없었을 겁니다. 더 북쪽에 있는 심처(深處) 오랑캐 때문에 생긴 일입니다. 자초지종을 알아보고 조치해야 하옵니다."

"지금 뭔 소리를 하는 거요? 니탕개는 은혜를 저버리고 우리 강토를 침입해 내 백성을 죽였으니, 가만 놔두지 않겠소! 경원 부사를 한양으로 압송하시오! 그리고 뭔가 대책을 말해 보시오! 또다시 헛소리하면 용서치 않겠소!"

"전하, 지당하신 말씀입니다. 돌이켜 생각해 보니 니탕개의 죄를 묻지 않을 수 없습니다. 오랑캐를 응징하여 다시는 대들지 못하게 국위를 떨쳐야 하옵니다."

"그러니 그 방안을 묻고 있지 않소!"

비변사 당상관은 꿀 먹은 벙어리처럼 입을 다물었다.

"류성룡이 대책도 없이 적진에 들어가지 말라 하였거늘, 경원성의 장수들은 병법도 모르는 무식한 놈들이란 말인가? 당장 류성룡을 불러라!"

임금이 대신들을 둘러보니 하나같이 미련하게 보였다. 류성룡의 지혜가 필요하다고 느꼈다. 그러다가 이이를 보고 물었다.

"병판, 오랑캐를 무찌를 기발한 계획은 세운 거요?"

"우선 조방장으로 하여금 병사를 모아 북방으로 보냈습니다."

"몇 명이나 보냈소?"

"여든 명입니다."

"뭐요, 여든 명? 800명도 아니고?"

임금은 한숨만 나왔다. 당장 시급히 처리한 거라니 뭐라고 추궁하지도 못했다.

"그다음에 시급한 일이 무엇이오?"

임금이 이이에게 다시 물었다.

"경기도 관찰사 정언신은 과거 북방의 순무어사를 할 때, 군무를 꿰뚫어 거침없이 일을 처리하였습니다. 정언신에게 한양의 병사들을 모아 북방으로 보내, 오랑캐를 무찌르게 하는 게 급선무입니다."

"그럼, 정언신을 정2품 우참찬으로 승진시켜 함경도 도순찰사로 당장 보내도록 하겠소!"

이이는 깜짝 놀랐다. 정언신을 급파하는 게 중요한 일이었지만, 임금이 정언신을 대감의 반열까지 승진시킬 거라고는 생각하지 못했다. 이이는 임금의 어명을 받들 수밖에 없었다.

밤새 한양 도성 안에서 인마가 통행할 수 없을 정도로 큰 눈이 내렸다.

임금은 폭설도 무릅쓰고 대신들을 궁으로 불렀다. 임금은 엄동설한에 이게 무슨 고생인가 하여 부아가 치밀어 올라, 경원 부사 김수를 한양으로 압송할 필요도 없이 당장 그곳에서 목을 베어 군문에 걸어 본보기로 삼으라고 시켰다. 그러자 대신들이 잘잘못을 따져 봐야 한다고 임금에게 간청했기에, 임금은 대신들의 뜻을 받아들여 한발 물러섰다.

임금은 죄를 짓고 옥에 갇힌 무신 중에 쓸 만한 사람을 풀어 북방으로 보내고, 함경도에 왔다가 미처 돌아가지 못한 오랑캐들을 옥에 가두어 그 식구들이 함부로 날뛰지 못하게 인질로 삼으라고 명했다. 그러고는 급히 정언신을 불렀다.

오랑캐 번호들

어명을 받고 궁궐에 들어온 정언신은 임금에게 경원성으로 쳐들어온 사람은 니탕개가 아니라 우을기내(于乙其乃)라고 아뢰었다. 북방 6진 중에서 동쪽 경원 방면의 추장은 우을기내, 서쪽 종성 방면 추장은 율보리(栗甫里), 남쪽 회령 방면 추장은 니탕개이니, 조만간 이 세 명의 추장이 연합해서 두만강을 건너 조선을 침략할 거라는 예상을 내놨다. 그러면서 온성을 지키는 신립은 용감무쌍한 장수라고 하였다. 정예 철기병 500기를 이끌고 경원성을 구원하러 가면 반드시 승리할 테니 걱정하지 말라고 아뢰었다. 임금은 정언신의 말을 듣고 조금은 안심이 되었다. 임금은 북방의 정세를 꿰뚫는 정언신을 믿고, 병사를 모아 신속히 함경도로 떠날 준비를 하라고 재촉하였다.

* * *

도성 안은 썰렁했다. 괜히 거리를 어슬렁거리다가 변방으로 끌려갈지도 몰랐다. 추운 겨울이라서 그러기도 했지만, 사람들은 문을 걸어 잠그고 밖으로 나오지 않았다.

김성립과 도깨비 동무들은 은밀히 숭교방 하숙집으로 모였다. 김두남과 김성립은 성균관 상재생이라서 전쟁에 나가지 않아도 됐지만, 다른 동무들은 하재생이라 끌려갈까, 겁을 먹었다.

"우리 모두 전쟁이 끝날 때까지 집에서 꼼짝 말고 숨어 지내자고."

신혼살림을 차린 지 얼마 안 된 이경전이 먼저 말을 꺼냈다.

"전쟁이 빨리 끝나면 모를까, 언제까지 숨어 지내려고……."

정협의 표정은 다른 사람과 달랐다.

"자네 아버지가 함경도 도순찰사로 나가신다며?"

김두남이 정협에게 물었다.

"그래서 말인데…… 나도 아버지를 따라 군관으로 나가기로 했어."

동무들은 정협이 그럴 수도 있겠다고 짐작했었다. 진짜로 전장에 나간다는 말을 들으니, 마음속에서 울컥하는 감정이 솟아 입을 꽉 다물었다.

"김성립이랑 김두남은 상재생이니 한양을 잘 지켜 주게."

"아닐세! 나도 나가겠네."

김성립의 뜬금없는 말이었다.

"응?"

도깨비 동무들이 모두 놀랐다.

"왜?"

김두남이 김성립의 얼굴을 빤히 쳐다보며 물었다.

"장부가 세상에 태어나, 나라에서 필요하다면 몸을 바쳐 보답해야지."

김성립은 동구비보에 갔을 때, 이순신한테 들은 말이 자기도 모르게 튀어나왔다.

김성립은 이미 전장으로 떠날 생각을 굳히고 있었다. 정협은 아버지 정언신이 군영에 갈 때마다 군관으로 따라다녔다. 군관은 원래 무과시험에 합격한 하급 군인인데, 난리가 생긴 급박한 때면 무과시험을 거치지 않은 친인척을 군관으로 데리고 가는 경우가 많았다. 정협은 어차피 생원시에 합격하지 못한 처지였고, 아버지가 전쟁의 총대장으로 참전한다니 아버지 걱정이 앞섰다. 책을 잡고 있어 봤자, 머리에 들어오지도 않아서 아버지를 따라 함경도에 가기로 마음을 먹었다.

김성립도 그 모습을 보고 전장에 나가겠다는 생각이 들었다. 성균관에서 공부하는 큰처남 허성한테 함경도로 가겠다고 알렸다. 허성은 아버지 삼년상 때문에 과거를 몇 번 놓쳐서, 서른여섯 살인 올해에는 자기 발등에 불이 급했다. 허성은 의병이라도 꾸려서 싸우겠다는 김성립을 끝까지 말릴 수 없었다. 김성립은 결국 정협과 의기투합해 전장으로 나가기로 결심했다.

김성립은 동무들과 헤어진 뒤 건천동으로 돌아가 저녁을 먹고 허초희에게 장모님한테 할 말이 있으니, 아이들을 데리고 같이 찾아뵙자고 하였다. 김성립은 장모가 기거하는 안채로 찾아가 무릎을 꿇고 앉았다. 김성립은 이미 북방 전장으로 나갈 결심을 굳히고 식구들에게 말할 참이었다. 김성립이 비장하게 입을 열었다.

"장모님, 저도 전장으로 떠나겠습니다."

김씨부인은 김성립이 하는 말이 청천벽력으로 들렸다. '두 집안 남자 모두 객사'라는 신당리 무당의 점괘가 틀린 게 아니라는 생각에 겁이 덜컥 났다.

"자네 지금 제정신인가? 이 어린애들을 놔두고 지금 그런 말을 하면 어쩌나…… 해경이가 다섯 살, 희윤이가 세 살인데 자네한테 무슨 일이 생기면 앞날이 구만 리 같은 이 아이들은 어떻게 해?"

김씨부인은 자기 옆에 앉은 손녀 해경, 손자 희윤을 가리키며 한숨을 내뱉었다.

"서방님, 안 됩니다. 성균관 상재생은 군역이 면제인데, 어찌 이러십니까?"

허초희도 김성립의 말이 도무지 믿기지 않았다. 망연자실했던 허초희는 겨우 정신을 차리고, 김성립의 소매를 붙잡고 말렸다.

"서방님, 상재생이면 한양에서 나름대로 할 일이 있어요."

"이보게 김 서방, 잘못하면 큰일 나네!"

김씨부인은 신당리 무당이 '난리가 터지면 신랑은 뼈도 못 추린다'라고 했던 말이 생각나서, 등골이 오싹하고 오금이 저리고 머리가 어질어질하여 정신을 못 차릴 지경이었다.

"서방님, 함경도로 가시려거든, 계백장군처럼 이 칼로 나랑 우리 애들을 다 죽이고 가세요!"

허초희가 가슴 속의 은장도를 꺼내 바닥에 탁 내려놓고 펑펑 눈물을 흘리며 언성을 높였다. 그러자 해경과 희윤도 허초희를 따라 울먹였다. 조용했던 건천동이 일순간에 소란해졌다.

"초희야, 나는 의병대장이 돼서라도 전쟁에 나가 오랑캐와 싸울 테니 말리지 마라."

김성립은 은장도를 집어 들고 허초희와 장모를 설득했다. 허초희는 까무러칠 듯하였고, 아이들의 울음소리는 김씨부인의 가슴을 찢었다.

"할머니, 저도 말렸는데 성립이는 이미 마음을 정했습니다."

김성립 옆에서 잠자코 듣던 정협이 허씨 집안으로 할머니뻘인 김씨부인에게 말했다.

"자네가 아버지를 따라 군관으로 가는 건 알겠는데, 김 서방은 뭣 때문에 나서는가?"

"사내대장부가 이런 큰일을 겪을 기회가 쉽지 않습니다."

"사내대장부? 군대에 가지 않으려고 갑자기 삼년상을 치르는 작자들이 열 배나 늘었다네. 사내대장부는 무슨……."

김씨부인은 차라리 사위가 시묘살이하는 게 낫겠다는 생각으로 푸념을 늘어놓았다.

"자네야 어릴 때부터 병영에서 살아 창칼을 휘두를 줄 알잖아. 내 사위는 칼도 들어 본 적이 없는 숙맥이야. 어떻게 오랑캐와 싸워?"

"성립이는 저랑 같이 아버지 군관을 하기로 해서, 오랑캐와 싸울 일이 없습니다. 너무 걱정하지 않으셔도 됩니다."

정협이 김씨부인의 걱정을 덜어 주었다.

"장모님, 제 숙부님도 정언신 대감님의 종사관으로 따라갑니다. 너무 걱정하지 마세요."

김성립은 김씨부인을 안심시키려고 숙부 김수(金睟)¹³⁾도 전장에 나가니까, 걱정하지 말라고 말했다.

김수는 김첨의 이복동생인데, 머리가 뛰어나 김첨보다 4년 빨리 대과에 급제했다. 일찌감치 관직에 나간 허봉은 김첨보다 김수와 더 친한 사이였다. 김수는 어려서부터 역사를 좋아해서 명나라에서 들여온 십구사략(十九史略)을 즐겨 읽었다. 십구사략은 중국 고대부터 원나라 때까지 역사를 재미나게 요약하고 정리한 역사 입문서였다. 임금 이연도 어릴 적부터 십구사략을 즐겨 읽었는데 좀 어려운 내용도 있었다. 임금은 용상에 앉은 뒤, 십구사략을 읽기 쉽게 고쳐 쓰라고 김수에게 명했다. 김수는 임금의 명에 따라 주석을 달아 십구사략을 다시 썼다. 임금은 무척 흡족해서, 중국 역사에 통달한 김수가 승전에 도움이 될 거로 여겨 느닷없이 정언신의 종사관으로 임명해 버렸다.

"서방님, 숙모님이 그 사실을 아셔요?"

---

13) 경원 부사 김수와 다른 사람이다. 김성립의 숙부 김수는 정언신의 종사관으로 참전하였다.

허초희는 뜻밖의 말을 듣고 숙모 성씨가 걱정되어 김성립에게 물었다.
"그건 아직 모르실 겁니다. 오늘에야 정해졌으니……."
정협이 김성립 대신 나섰다.
"온 집안이 한데서 죽지 못해 제정신이 아니구나!"
김씨부인은 김성립이 꼴 보기 싫어 밖으로 나가 버렸다.
"나는 서방님이 죽어도 과부로 살지 않을 테니 그리 아세요!"
어머니가 나간 뒤, 허초희가 김성립한테 쏘아붙였다.
"초희야, 죽긴 내가 왜 죽어!"
"서방님, 삼종지도 같은 건 바라지도 마세요."
허초희와 두 아이의 눈물은 멈추지 않았다.

* * *

허초희는 김성립을 말리지 못하고 전장으로 보내 주었다. 같이 떠나는 정협에게 김성립을 잘 보살펴 달라고 단단히 일렀다. 김성립은 전장으로 떠나기 전에 부모님께 인사를 드리러 허초희와 해경, 희윤을 데리고 인왕동을 찾았다. 김성립은 며칠 전 아버지 김첨에게 전쟁터로 떠날 뜻을 비쳤다. 아버지도 놀랐지만, 어머니 송씨부인은 절대 안 된다며 대성통곡하며 말렸다. 하지만 김성립의 뜻을 꺾을 수 없어서 끝내 물러섰다.
"어머니, 오라버니 왔어요."
허초희의 시누이가 대문을 열어 주며 집 안에다 알렸다. 시누이는 두 조카를 보자, 환하게 웃으며 얼싸안았다.
"고모!"

해경과 희윤 오누이도 조르르 달려가 김성립의 여동생에게 안겼다.
"아이를 가졌구나?"
김성립이 여동생의 볼록한 배를 보고 물었다.
"아가씨 축하드려요."
허초희도 시누이가 임신한 걸 보고, 시어머니가 당분간 고생하겠다는 생각이 들었다.
"왔냐?"
대청으로 나온 송씨부인이 허초희와 김성립을 보고 말했다. 두 사람이 송씨부인에게 고개 숙여 인사를 하는데, 오누이가 쏜살같이 달려가 송씨부인에게 안겼다.
"할머니!"
"어이쿠, 우리 손자 손녀들."
송씨부인이 오누이를 토닥였다.
"우리 어머니야!"
오누이를 뜯어말리는 사람은 김성립의 코흘리개 동생인 삼촌 김정립이었다.
"삼촌, 우리 할머니야!"
"너희들은 우리 집에 오지도 않으면서 우리 어머니한테 왜 그래?"
김정립이 오누이를 송씨부인에게서 떼어 놓으려고 안간힘을 썼다. 그러자 시누이가 끼어들어 세 아이를 달랬다.
"희윤아, 해경아, 고모랑 삼촌이랑 재미있게 놀아야지."
"어머니, 안녕하셨어요."
허초희가 송씨부인에게 인사를 올렸다.

"며늘아기가 어떻게 해서든지 못 가게 했어야지."

송씨부인이 허초희에게 핀잔을 주었다.

"끝까지 말렸는데, 제가 간다고 한 겁니다. 초희는 잘못 없어요. 다 제 뜻입니다."

"네 뜻이 그러면 할 수 없다만, 애들을 생각해 조심하거라."

송씨부인은 아들을 끝까지 말리지 않은 며느리가 서운했다.

"아버지는 계십니까?"

"며칠째 퇴궐 못 하셨다."

"제가 떠나기 전에 따로 찾아뵙겠습니다. 소자 잘 다녀올 테니 너무 걱정하지 마십시오."

김성립이 어머니를 안심시키려고 해도, 송씨부인은 맏아들이 걱정되어 좀처럼 진정되지 않았다. 속절없이 남편을 떠나보내는 며느리 허초희가 야속했다.

"며느리야, 내가 너한테 할 말이 있다."

송씨부인은 허초희에게 시집살이 말을 꺼낼 셈이었다.

"어머니, 무슨 말씀인지요?"

허초희는 시어머니가 무슨 말을 할지 몰라 가슴이 막 두근거리고 식은땀이 났다.

"초희야, 이제 네가 양천 허씨 집안의 막내딸로 살 건지, 아니면 안동 김씨 집안의 맏며느리로 살 건지 정할 때가 됐다."

송씨부인은 뜻밖에도 며느리의 이름을 불렀다.

"예, 어머니 그건 아직……."

"초희야, 딸로 산다는 건 네가 양천 허씨 집안에서 물려받을 네 재산만 움직이는 일이고, 며느리로 산다는 건 안동 김씨 집안의 모든 재산을 네 마음대로 움직이는 일이다. 네가 어떻게 살 텐지, 네가 무엇을 할 건지 이제는 정할 때가 되었다."

허초희는 시어머니의 말이 뜻밖이었다. 언젠가 인왕동 시집으로 들어와 집안 살림을 물려받아야 한다는 건 알았지만, 당장은 그렇게 할 준비가 안 되었다.

"알을 깨야 병아리가 되고, 껍질을 벗어야 나비가 된다. 언제까지 누에고치 속의 번데기처럼 살 수는 없지 않겠니?"

"어머니, 지금 올케한테 우리 집으로 들어오라는 말이에요?"

아이들과 놀던 시누이가 물었다.

"그럼, 언제까지 친정에서 살게 놔두냐?"

"내가 아기를 낳으면 어머니가 날 돌봐 줘야 하잖아요. 올케가 들어오면 어떡해요?"

시누이가 울상이 되었다.

"어머니 그건 제가 함경도에 다녀와서, 대과에 붙은 뒤에 하면 어떻겠습니까?"

김성립도 자기가 집에 없는데 허초희와 아이들이 처가를 떠나는 걸 원하지 않았다.

"너희들이 물려받을 안동 김씨 집안이니 알아서 결정해라."

허초희는 건천동을 떠나 인왕동으로 들어와야 할 때가 점점 다가오고 있는 걸 느꼈다. 자기가 시댁으로 들어가면, 어머니 김씨부인이 문제였다. 지금은 동생 허균이 함께 살지만, 허균마저 혼례를 치르고 처가살이하면 건천동에는 어머니 김씨부인만 남게 되는 게 걱정이었다.

자기보다 윗세대 여자들은 평생 친정에서 살거나, 이삼십 년을 친정에서 보냈다. 자기는 겨우 오륙 년 만에 친정을 떠나야 하는 신세가 되었다. 세상은 빠르게 변해 갔다. 특히 한양살이는 더욱더 그랬다. 시댁의 재산을 차지하려면 태조 이성계의 형제들처럼 각축을 벌여야 하는 세상이 점점 다가오고 있었다. 맏며느리는 얼른 종갓집 곡간 열쇠를 움켜쥐어야 했다. 친정을 떠나 시집으로 들어가야 하는 시기가 다가설수록 허초희한테도 시집으로 들어갈 결심이 필요했다. 허초희는 앞으로 아이들과 살아갈 방법을 김성립과 의논하고 싶었다. 김성립은 그런 일에는 관심이 없는지, 전쟁에 나간다고 설쳤다. 허초희는 남편을 믿고 의지할 수 없는 신세가 안타까워 엉엉 울고 싶었다.

해가 떨어지기 전에 조상을 모신 사당에 인사를 올린 김성립은 허초희와 아이들을 데리고 인왕동 집을 나섰다. 울면서 아들을 배웅하는 송씨부인은 아이들이 보이지 않을 때까지 대문 앞에 서서 손을 흔들었다.

* * *

김성립은 2월 보름날 아침 일찍, 종루 운종가로 나갔다. 북방으로 떠나는 군사들이 모였는데, 채 300명도 되지 않았다. 이조와 병조, 비변사에서 겨우 끌어모은 병사들이었다. 군사들은 창칼을 들고 먼 길 떠나는 군장을 단단히 결속해서 어깨에 메고 나란히 늘어서 있었다. 몇몇 군사는 말이 끄는 수레를 몰았다. 말이 모자랐는지 수레는 몇 대 되지 않았다.

허초희는 목도리를 김성립에게 둘러 주며 애써 눈물을 감춰 보려 했지만, 흐르는 눈물을 막을 수 없었다. 허초희가 품속에서 누비 쌈지를 꺼내 김성립에게 건넸다.

"이번에는 뭘 넣었어? 지금 볼게."

"서방님, 나중에 보세요."

허초희가 말렸지만, 김성립이 누비 쌈지를 펼쳤다. 기름종이로 만든 작은 봉투가 나왔다. 그 봉투 안에는 시를 적은 종이와 금비녀가 있었다.

제게 금비녀 하나 있어요.
시집올 때 머리에다 꽂고 온 거죠.
오늘 길 떠나시는 임께 드리니
천리길 멀리서도 날 생각하세요.
[최국보의 체를 따라 쓰다][14]

"초희야 이 금비녀는 장모님이 주신 거잖아."

"서방님, 이제 금비녀는 필요 없어요."

"지난번에는 삼작노리개를 주더니……."

"급할 때 요긴하게 쓰세요."

김성립은 금비녀를 누비 쌈지 안에 넣었다. 누비 쌈지 안에 시 한 수가 더 들어 있었다. 김성립이 꺼내 읽으려고 하는데, 두리둥둥 북소리가 울리며 군사들의 출발 시각을 알렸다. 김성립은 허초희, 해경과 희윤의 배웅을 받으며 혜화문을 나섰다.

"서방님, 그 시는 혜화문 밖에서 읽어 보세요."

---

14) 效崔國輔體, 효최국보체 일부분(허초희 지음, 허경진 옮김)

김성립은 혜화문 밖에서 허초희가 적어 준 시를 꺼내 보았다.

봉화가 강물에 일렁이고
천병(天兵)은 한양 집을 나서네.
눈 속에서 창 껴안고 잠자며
말 몰아 사막까지 달려왔다네.
쇠 종소리 삭풍 타고 흩어지고
오랑캐 나팔 소리 국경에서 들리네.
해마다 먼 길 가는 군장 챙기며
빠른 수레 따르기도 고달프다네.

지난밤 전보가 날아와서
용성을 포위했다 알려줬네.
오랑캐 나팔 소리 눈보라에 실려 올 때
옥검 차고 금미산에 싸우러 가네.
오래 수자리 서니 늙어 보이고
먼 길 정벌에 군마도 야위었지만,
남아는 의기를 중히 여기니
하란산 추장을 잡아 오세요.
[변방에 출정하는 노래][15]

---

15) 出塞曲, 출새곡(허초희 지음, 지은이 옮김)

청초한 허초희가 오랑캐를 잡아 오라는 시는 김성립의 뇌리에 깊이 새겨졌다. 함경도에 가면 오랑캐를 잡고 싶은 마음이 꿈틀거렸다.

* * *

니탕개와 전쟁이 계속될수록 북방으로 가려는 지원자들이 모자랐다. 병조판서 이이는 어떻게 해서든지 지원병을 늘리려는 계책을 내놨다. 그 하나가 서얼허통이었다.

그 소식을 듣고 허봉과 김첨은 옥당에 마주 앉았다.

"서얼허통이라니, 이이의 꼼수요."

허봉이 김첨을 보고 고개를 흔들며 화를 냈다.

"꼼수?"

"서얼허통은 북방에서 3년을 근무하면 서얼도 과거시험을 보게 해 주자는 건데……."

"근데?"

"첩의 소생은 과거를 볼 수 없다는 게, 200년 동안 지켜 온 이 나라 근본 정책입니다. 근데 이이는 정실부인한테 얻은 아들이 없이 서자만 두 명이라, 서자들의 벼슬길을 열어 주려고 이런 상소를 올린 겁니다."

"지난번에 조방장이 겨우 여든 명만 데리고 북방으로 떠난 걸 보면 꼭 그렇게만 생각할 건 아닐세. 그 뒤에 도순찰사와 떠난 병사도 겨우 300명이 될까 말까인데, 병조의 계획을 무조건 틀렸다고만은 할 수 없지."

이조에서 인사를 담당하는 김첨은 조정에서 동원할 수 있는 병력을 손바닥 보듯이 알고 있었다.

"병조에서는 노비가 군대에 가면 면천시키자고 했는데, 사노비가 군대에 가면 공노비를 그 주인한테 내주자는 겁니다. 병조가 이 나라의 주인도 아니면서 이 무슨 해괴한 일입니까?"

"그만큼 군사를 동원하기 힘들다는 거 아니겠나? 나도 주상전하께 서얼허통을 시행하자고 말한 적이 있지."

"형님, 지금 이이를 두둔하는 거요?"

허봉은 김첨을 못마땅하게 여겼다.

"두둔이 아니라 상황이 그렇다는 거지. 양반들은 요리 빠지고 조리 빠지고, 노비들은 나 몰라라 하며, 상민들은 군포를 납부하고 병역을 때우네. 서얼이 아니면 군대에 보낼 사람이 없다니까!"

"그게 말이 됩니까? 이건 병조의 문제가 아니라, 이 나라의 근간을 흔드는 문제입니다. 내가 사헌부, 사간원 홍문관의 선비들을 동원해서 막겠습니다."

허봉이 씩씩거리며 김첨에게 목소리를 높였다.

"너무 심하게 하지 말게. 괜히 주상전하한테 미운털만 박혀."

김첨은 불안한 눈빛으로 허봉을 쳐다보며 타일렀다. 눈에 독기가 오른 허봉은 주근주근 어금니를 씹을 뿐이었다.

며칠 동안, 사헌부와 사간원에서 병조의 계획을 줄기차게 반대하고 나섰다. 임금은 병조의 상소를 물리고, 이이에게 기발한 계획을 다시 만들라고 명했다.

이이는 '인재임용, 군민양성, 재정충족, 국경강화, 전마(戰馬)준비, 백성교화'라는 『시무6조』를 만들어 임금에게 바쳤다. 그러자 임금은 '이이는 백성을 잘살게 만드는 게 먼저라고 말하는데, 대신부터 사대부까지 사사롭게 자기 잇속을 챙기지 않으면, 저절로 백성이 잘살게 된다. 그러면서 공연히 헛수고 마라'라고 하자 이이의 계획은 물거품이 되고 말았다.

임금은 류성룡에게도 좋은 계책을 내놓으라고 했다. 류성룡은 '기강확립, 수성방어, 여진정찰, 군량확보, 병농일치'를 담은 『헌의5조』를 만들어 바쳤다. 임금은 이 안도 좋지만 당장 오랑캐와 싸울 때 써먹을 방안을 내놓으라고 투덜댔다. 쉽지 않은 일이었다. 그때 경상도 진주에서 뜻밖의 방안이 나올 줄은 몰랐다. 정철의 머리에서 나온 기발한 대책이었다.

도순찰사 정언신이 함경도 관아에 도착했을 때, 함경도 관찰사 정철은 웬 젊은 군관을 앞에 놓고 술을 마시며 이야기하는 중이었다. 정철은 정언신이 관아에 들어왔는데도, 자리에서 일어나는 둥 마는 둥 술에 취해 나불거렸다.

"관찰사는 지금이 어느 때라고 이렇게 술에 취했단 말이오!"

정언신이 정철을 나무랐다. 정철은 얼마 전까지 같은 관찰사였던 정언신이 대감의 반열에 올랐다고 소리를 지르자, 화가 났지만 참았다. 그러나 속으로 앙심을 갖게 되었다.

"도순찰사 대감, 이 젊은 군관은 저 아래 경상도에서 왔소. 함경도가 너무 춥다고 합디다. 해서 내가 몸을 좀 데우라고 술 한 잔 준 거니 혼내지 마시오. 어서, 마시게."

젊은 군관은 술을 입에 털어 넣고, 술잔을 정철에게 올렸다.

"자네는 어디서 온 누구인가?"

정언신이 젊은 군관에게 물었다.

"진주에서 온 군관 강필경입니다."

"함경도에는 언제 왔나?"

"지난번에 조방장과 같이 왔습니다."

"알았으니, 이만 나가 보게. 오늘 술 마신 건, 관찰사 영감이 있어 눈감아 주지만, 앞으로 근무 중에 술을 마시면 가만두지 않겠네."

"예, 대감마님."

군관 강필경은 정언신에게 꾸벅 인사한 뒤 꽁지가 빠지게 내뺐다.

정철은 군관이 나간 뒤에도 정언신의 말은 귓등으로도 듣지 않은 채, 스스로 술을 따라 마셨다. 그러면서 정언신 대감이 도순찰사로 부임해서, 이제 걱정이 없다며 술을 벌컥벌컥 마시고 헛소리를 늘어놓다 결국 실성해 버렸다.

얼마 후, 조정에서 보낸 선전관이 함경도에 도착해서, 경원 부사 김수를 군사들이 보는 앞에서 한밤중에 참수하고 그 목을 군문에 걸었다. 병사들은 부사의 목이 달아나는 걸 보고 오금이 저렸다. 그 와중에 임금이 술주정뱅이 정철을 예조참판으로 임명하여 한양으로 불러들이자, 북방의 병사들은 불만이 쌓였다. 임금이 비변사의 당상관들에게 쓸 만한 인재를 추천하라고 명했다. 이 일을 두고 의견이 사분오열되며 혼란이 극에 이르렀다. 이를 보다 못한 류성룡은 어머니가 연로하다는 구실을 대고 안동으로 내려가겠다며 관직을 내놨다.

류성룡은 비록 벼슬을 내려놓았으나, 치질 때문에 안동에 갈 수 없다고 둘러대고, 삼년상을 치르는 이산해가 돌아올 때까지는 한양에 눌러앉아 있어야겠다고 마음먹었다. 그렇지 않으면 서인들의 전횡을 막을 방법이 없었다.

송씨부인은 아버지 송기수 대감의 담제를 지냈다. 송씨부인은 건천동으로 사람을 보내 허초희와 손자 손녀를 불렀다. 김첨도 궁궐의 일을 잠시 미루고 담제에 참석했다. 시묘살이를 끝낸 송응개가 담제를 주관했다.

저녁에 류성룡이 안동소주 한 병을 가져와 송기수 대감의 신주 앞에 올리고 동인들이 모인 사랑방으로 들었다. 도승지 박근원도 보였다. 박근원은 쉰여덟 살이나 되는 노신으로 예전부터 허엽영감과 친분이 두터웠다. 마흔두 살인 류성룡에 비해 나이는 많았지만, 정3품 도승지로 부제학과 품계가 같았다. 송응개는 마흔여덟 살로 박근원보다 열 살이 어렸다.

"시묘살이하시느라 고생이 많았네, 주상전하가 자네를 사간원 대사간으로 임명하신다네."

도승지 박근원이 송응개에게 말했다.

"어떻게 해서든지 이이를 막겠습니다."

송응개는 아버지의 위훈을 삭제한 이이에게 앙심이 깊었다.

"저는 경기도 순무어사로 나가게 되었습니다."

허봉이 안동소주를 마시고 중얼거렸다.

"자네까지 외직으로 나가면 조정이 휑하겠어."

송응개가 걱정스러운 표정을 지었다.

"그게 문제가 아닐세. 주상이 정철을 예조판서, 그러니까 대감 자리로 올렸네."

박근원은 혀를 쯧쯧 찼다.

"이이와 정철은 대감의 반열인데, 우리 동인은 모두 찌그러져 있으니 큰일입니다."

"그 술주정뱅이가 무슨 잘한 일이 있다고 대감이랍니까?"

허봉은 항상 술에 취해 벌건 얼굴로 허허실실 웃어 보이는 정철이, 마음속에는 동인의 숨통을 찌를 비수를 감췄다는 걸 느끼고 있었다.

"쇄환령(刷還令) 때문이야. 정철이 함경도 관찰사로 있을 때, 강필경이라는 군관한테서 경원 관기 옥비(玉婢)가 신분을 숨기고 진주로 도망간 일을 알아냈네. 모두 붙잡아 경원으로 돌려보낸다는군."

김첨도 이조에서 이미 사건의 내막을 들은 터였다.

"그게 사실인가?"

류성룡이 놀라서 물었다.

"옥비가 경원의 관기인 건 확실해."

박근원도 편전에서 들은 이야기가 맞다며 고개를 끄덕였다.

"이제야 정철을 왜 한양으로 불러들였는지 알겠습니다."

류성룡은 옥비의 신분이 관기라는 걸 듣고, 흩어졌던 이야기들을 하나둘 꿰맞춰 희미했던 사건의 얼개를 그릴 수 있었다.

"옥비는 원래 100년 전 경원의 관비였네. 진주의 군관이 경원에 왔다가 옥비를 첩으로 들였는데, 몰래 진주로 데리고 내려가서 문제가 생긴 거지."

김첨이 장황하게 옛이야기를 늘어놓았다.

"형님, 100년 전 일이 어쨌다는 겁니까?"

"옥비는 도망간 관비니까 잡아서 경원부로 보낸다는 거야."

허봉의 물음에 김첨이 답했다.

"옥비는 죽지 않았소?"

"옥비가 아니라, 그 후손이 문제지. 종모법(從母法)에 딱 걸렸잖아."

"어미가 천민이니 그 자식들도 천민이다, 이 말씀이지요. 옥비의 후손이 얼마나 됩니까?"

"500명이지."

"500명?"

허봉은 김첨의 말을 듣고 보통 일이 아니라고 생각했다.

"경상도 일대에서 엮이지 않은 사람이 없다네. 빼도 박도 못하는, 전가사변(全家徙邊)이야."

도승지 박근원이 걱정스럽게 장탄식했다.

"전가사변이라면, 죄인의 재산을 몰수하고 식솔을 붙잡아 북방으로 보내서 종신토록 살게 하는 형벌이 아닙니까?"

류성룡은 설마 그 많은 사람을 잡아서 함경도로 보내겠느냐는 의문이 들었다.

"그 자손은 물론, 도망친 노비를 1년 이상 먹여 주고 재워 준 사람과 숨겨 준 사람까지 몽땅 찾아내서 경원으로 보낸다는 방침을 세웠다네."

박근원이 사건의 내막을 명확히 짚어 줬다.

"조사도 없이 어찌 그런 일을 벌일 수 있단 말이오?"

허봉은 의아했다.

"경차관(敬差官)을 진주로 내려보냈지."

"정철이 경상도의 선비들을 못 잡아먹어서 혈안이 되었습니다! 그래서 어찌 되었습니까?"

허봉은 눈알을 되록되록 굴렸다.

"진주에 간 경차관이 임금에게 장계를 올렸어. '남편이 노비이면 아내가 끌려가는 건 당연한데, 아내가 노비라고 남편이 끌려가는 건 윤리강상에 어긋난다. 더구나 아내가 정실이 아니고 첩이라면 더욱 그렇다. 남자가 첩을 들일 때, 원래 노비의 자손이었단 걸 알지도 못했는데 억울한 게 아니냐. 노비를 1년 이상 먹여 주고 재워 줬다는 죄목으로 주인까지 북방으로 보내는 건 너무한 거 아니냐. 지금 옥비의 후손들은 경상도 고을에 별처럼 흩어져 있는데, 어떤 이는 종친의 아내가 되고, 어떤 이는 양반의 집으로 시집간 지 수십 년이 지났다. 그 후손들을 다 잡아들이는 건 천륜을 저버리는 일이다. 쇄환령은 안된다.' 이런 내용이었지. 그러고는 경차관을 그만뒀어. 그래서 다른 경차관을 보냈는데 그 경차관도 그만뒀어."

박근원이 주절주절 늘어놓았다.

"그럼, 서인들 계획이 틀렸잖아요."

"거기서 물러날 서인들이 아니지. 이번에 김위를 경차관으로 뽑았네."

"김위? 이이가 존경하는 벗이라 말한 그 김위요?"

이번에는 김첨이 박근원에게 물었다.

"그렇다네."

"그렇다면 큰일입니다. 김위는 예전에 담양 부사를 할 때, 뇌물을 받고 군대에 갈 사람을 봐주다 걸려서, 파직당했던 적이 있습니다. 김위는 이를 항상 모함이라고 말했으니, 과거의 허물을 만회하려고 옥비의 자손들을 봐주는 일 없이 다 찾아내서 전가사변의 법을 들이대 함경도로 보낼 게 뻔합니다."

김첨이 난감한 표정을 지었다.

"자네도 수원에 가면, 못된 서인들을 잡아 혼쭐을 내 주게."

송응개가 술을 마시는 허봉에게 말했다.

"당연히 그래야지요."

허봉은 돼지고기 수육을 잘강잘강 씹었다.

어명을 받고 경기도 어사로 나간 허봉은 수원부의 군기가 엉망인 걸 알아냈다. 수원 부사를 끌어내 의금부로 잡아 보내고 수원성 안을 둘러봤다. 옥비의 자손들이 함경도로 끌려간다는 소문이 퍼져서 그런지 봄이 한창인 성안은 동지섣달보다 썰렁해 생쥐 새끼조차 찾아보기 어려웠다. 허봉이 저잣거리를 지날 때쯤, 근처에서 망치 소리가 크게 들려 돌아봤더니, 누군가 큰 집을 짓는 중이었다. 허봉은 형방을 불러 집 짓는 사람을 잡아오라 시켰다. 잠시 후 형방은 개기름이 번지르르한 상인 한 사람을 끌고 와 허봉 앞에 꿇어앉혔다.

"네놈이 재물이 많으면 많았지, 한낱 장사치 주제에 종2품 종친이나 가능한 마흔 칸 기와집이 웬 말이냐? 네놈의 뒷배를 봐준 고관대작이 누군지 불어라!"

허봉은 은근히 서인의 이름이 나오길 바랐다. 상인은 입을 다물고 버텼다.

"허가 없이 소나무 열 그루를 베면, 장 100대를 맞고 전가사변에 따라, 처자식이 변방으로 끌려가는 걸 모르느냐?"

처음부터 재물이 많은 걸 뽐내려고 큰 집을 지었던 졸부 상인은 끝내 뒷배를 댈 수 없었다.

"말 안 하면 할 수 없지. 저놈을 매우 쳐라!"

허봉은 상인을 늘씬하게 패고 난 뒤에 짐을 싸서 수원을 떠나라고 명했다.

"그나마 네 늙은 어미를 남겨 두는 걸 다행으로 알아라."

다음날 군졸이 상인의 식구를 끌어내, 우마차에 태워 북방으로 보냈다.

하루아침에 한 집안이 풍비박산 나는 걸 보고 겁을 집어먹은 수원 백성들은 집으로 들어가 문을 걸어 잠그고 나오지 않았다. 성안은 강아지 한 마리 다니지 않고 쥐 죽은 듯 고요해졌다. 허봉이 관아로 돌아와 점심밥을 먹는데 메케한 연기가 퍼져서 이방을 불러 물었다.
"이게 웬 연기냐? 어디에 큰불이라도 났느냐?"
"근래에 새로 집을 지은 사람들이 기둥과 대들보를 불태우고 있답니다."
"왜?"
"허가 없이 소나무를 베어 증거를 없애려고 그런답니다. 지레 겁을 먹은 모양이죠."
 허봉은 공연히 백성들한테 원한만 샀다고 후회막급해서 밥맛이 떨어져 숟가락을 집어던졌다. 빨리 어사또 일을 집어치우고 한양으로 돌아가고 싶은 마음뿐이었다.

* * *

 5월 5일은 1년 중 양기가 가장 센 단오 수릿날이다. 임금은 더위와 액운을 물리치라고 신하들에게 단오부채와 쑥호랑이를 나눠 주고, 여자들은 창포물에 머리를 감고 그네를 뛰었고, 남자들은 들판에 나가 씨름과 돌싸움 놀이를 하는 날이다.
 허초희네 사람들한테 단옷날은 특별한 날이었다. 강릉에선 단옷날이면 대관령 산신을 모시고 단오굿을 하고 사람들을 불러 연희를 즐겼다. 한양에 와서도 해마다 단오에는 노비들에게 휴식을 주고 왕십리 벌판에 나가 큰 잔치를 열었다. 이른 봄에 뜯어말린 어린 쑥이나 수리취로 수레바퀴 모양 떡을 만들고, 창포주를 만들어 취하도록 마셨다. 올해는 오랑캐 난리 때문에 임금이 부채와 쑥호랑이를 나눠 주지 않았고, 사람들은 단오 잔치를 그만두었다. 해마다 하늘 높이 날던 그네도 이날은 텅 빈 채로 쓸쓸히 바람에 흔들거렸다.

허초희는 아쉬움이 있어, 허균과 함께 해경과 희윤을 데리고 동소문 밖 왕십리로 나갔다. 사월이도 몇몇 노비들과 수리취떡을 만들어 함께 나갔다. 5월이라고 해도 벌써 여름 날씨였다. 허초희는 왕십리의 높은 언덕에 천막을 치고 아이들과 함께 둘러앉았다. 아이들이 앵두화채를 마시고 수리취떡을 나눠 먹고, 외삼촌 허균과 놀다 잠들자, 허초희는 지필묵을 꺼내 시를 지었다.

멀리서 손님이 오시더니
님께서 보냈다고 잉어 한 쌍을 주셨어요.
무엇이 들었나 배를 갈라서 보았더니
그 속에 편지 한 장이 있었어요.
첫마디에 늘 생각하노라 말씀하시곤
요즘 어떻게 지내느냐 물으셨네요.
편지를 읽어가며 님의 뜻을 알고는
눈물이 흘러서 옷자락을 적셨어요.
[님의 편지를 받고서][16]

"누이 이게 뭐요? 이거 연서(戀書) 아니오?"

허균이 허초희의 시를 보고 물었다.

"서방님한테 보내는 거야."

---

16) 遣興, 견흥(허초희 지음, 허경진 옮김)

며칠 전 정언신의 전령이 한양에 왔을 때, 김성립이 쓴 편지를 허초희에게 전해 줬었다. 전령은 떠나기 전에 답장을 달라고 얘기했다. 허초희는 단옷날에 왕십리 들판에서 함경도로 가는 경흥대로를 바라보다 감흥에 젖어 김성립에게 전해 줄 시를 지었다.

"이 시가 매형한테 가겠어?"

"못 가면 너라도 머릿속에 외웠다가 전해 주렴."

"누이는 처자식을 내팽개치고 전쟁터로 나간 매형이 좋소? 그립소?"

"응, 좋아."

"그럼 따라 가지 그랬소!"

허균은 세 살, 다섯 살 어린 조카들이 만에 하나 홀어머니 밑에서 자라게 되면 이만저만한 낭패가 아니라고 생각하였기에, 매형 김성립을 괘씸하게 여겼다.

"지금이라도 송덕봉 어르신이 마천령을 넘었듯이, 나도 종성으로 갈까?"

"누이, 매형이 어찌 되건 알 바 아니니, 관두시오!"

"어머니 저기 보세요."

허초희와 허균이 티격태격할 때, 딸 해경이 왕십리 벌판으로 걸어오는 긴 행렬을 가리켰다.

"누이, 저게 뭐요?"

허초희와 허균은 눈을 크게 뜨고 행렬을 살폈다.

"에구머니, 그 사람들이구먼요."

사월이가 깜짝 놀라 떠들었다.

"그 사람들이라니?"

허초희가 사월이에게 물었다.

"경상도에서 끌려오는 관노들이지요. 옥비의 자손들입니다."

뒤에서 누군가 아리따운 목소리로 말했다. 허초희가 돌아보았더니, 단아하게 옷을 입은 한 양반 여인이 서 있었는데, 나이는 허초희와 비슷해 보였다.

"뉘신지요?"

허초희가 여인 쪽으로 고개를 돌렸다.

"저를 못 알아보시는군요."

허초희는 여인이 누군지 얼른 생각이 나지 않았다.

"제가 이경전의 여동생입니다."

여인은 이산해의 둘째 딸, 이덕형의 아내인 한산이씨였다. 그러니까 허초희 시누이의 시누이였다. 허초희와 한산이씨는 먼 인척 사이였다.

"아, 그렇군요. 몰라뵈서 죄송합니다."

허초희는 깍듯이 인사를 나눴다.

"저도 단옷날이라 바람 좀 쐬려고 나왔는데, 작년 같지 않군요. 옥비의 자손들이 한순간에 노비로 전락했으니, 불쌍하기만 합니다."

한산이씨는 남편 이덕형에게 전해 들어 옥비의 자손들이 처한 상황을 잘 알고 있었다.

"아씨, 산송장이 따로 없네요! 아이고, 저걸 어쩌나 어째?"

사월이는 군졸들의 감시를 받으며, 힘겹게 걸어오는 사람들의 귀신같은 몰골을 보고 눈을 돌렸다. 허초희도 거지꼴을 한 사람들의 모습을 보여 주기 싫어 해경의 눈을 가렸다.

"여인들은 관기로 떨어져 남자들의 노리개가 된다니, 치욕을 참지 못해 스스로 목숨을 끊기도 한답니다."

허초희는 한산이씨의 말을 듣고 모골이 송연해졌다. 한산이씨는 허초희에게 인사를 하고, 허초희네 곁에 자리를 잡은 시댁 사람들의 천막으로 돌아갔다.

"여기서 잠시 쉬겠다. 그늘에 들어가서, 먹을 게 있는 사람은 먹어라."

늙은 군관 하나가 사람들에게 소리치자 젊은 군관이 호각을 불었다. 사람들이 호각 소리를 듣고 길가 양옆으로 아무렇게나 누워 버렸다.

잠시 후 두 군관은 양해도 없이 허초희네 천막으로 들어와 앉았다.

"미안하오. 잠시 쉬었다가 갑시다."

"이거라도 드시겠소. 저 사람들 옥비의 자손들이죠?"

허균이 수리취떡을 늙은 군관에게 건네며 물었다. 늙은 군관은 허리띠를 풀고 철퍼덕 주저앉아 떡을 씹어 먹었다.

"옥비의 자손들도 있고, 오다가 덤으로 붙은 사람도 있소."

"덤으로 붙어요?"

"저기 수레를 타고 가는 사람들, 수원에서 소나무 베다가 걸린 놈들입니다."

늙은 군관이 수레에 탄 사람들을 가리켰다.

"금송(禁松)을 어겼다고, 온 식구를 개처럼 끌고 가다니……."

허균이 도리질을 하며 분개했다.

"그런 말 함부로 하지 마시오. 어사한테 잡혀 치도곤을 당하지 않으려면……."

"그 사람들이 어사한테 잡혔소?"

"그렇다고 하오. '허 뭐 시기'라고 하던데……."

늙은 군관이 갸웃거리며 떠듬댔다.

"허…… 허요?"

허균은 둘째 형 허봉이 경기도 어사로 나간 게 생각나서 얼버무렸다.

"왜, 아는 사람이요?"

"아니요, 모르오."

허균이 시치미를 뗐다.

"어찌나 독한지…… 앉은 자리에 풀도 안 날 놈이요."

늙은 군관은 진저리를 쳤다.

"허봉…… 우리 큰외삼촌이 수원에 간 암행어사에요."

해경이 웃으며 늙은 군관에게 말하자, 군관은 수리취떡이 목에 걸려 펙펙거렸다.

"그래도 그분은 죄인들이 소 수레를 타고 가게 한 걸 보면 좋은 분입니다."

늙은 군관이 앵두화채를 벌컥벌컥 마시고 말을 돌렸다.

"그거야 수원에서 잡힌 사람들은 노비가 아니니까 그렇지요. 재물도 많은 상인이라고 하던데요. 자기 재물을 챙겨서 유람 가는 셈이 아닙니까?"

젊은 군관이 빈정댔다.

"뭐 유람? 이놈이 미쳤나? 온 식구가 개처럼 끌려가는 게 유람으로 보이더냐?"

늙은 군관이 젊은 군관의 머리를 툭 치며 화를 냈다.

"혹시 다른 큰 잘못이 있는 게 아닙니까?"

허초희는 설마 허봉 오라버니가 곤장 몇 대 맞으면 될 일을 가지고 온 식구를 전쟁터로 내모는 일을 했다고는 쉽사리 믿어지지 않았다.

"요즘은 양반이고 상민이고 조금만 잘못해도 봐주는 게 없는 세상입니다."

늙은 군관이 쩝쩝 입맛을 다셨다.

"다른 사람들은 모두 노비 아닙니까?"

허초희는 수레에 타지도 못한 채 처참하게 끌려가는 무리를 보고 안쓰러웠지만, 도망친 노비를 붙잡아 원래 주인에게 돌려준다는 걸 탓할 수도 없었다. 조선은 노비를 부려 먹는 나라이니 달아난 노비를 용서하지 않는다는 건 너무나 뻔한 일이었다. 그래도 비참하게 끌려가는 사람들의 옷매무새가 왠지 노비 같지 않아 늙은 군관에게 무슨 연유인지 물었다.

"말도 마시오. 원래 양반이었다가, 하루아침에 관노가 되어버렸소."

"그게 아니죠, 원래 관노인 주제에 양반인 척하다가, 다시 관노가 된 거죠."

젊은 군관이 깝죽대며 나섰다.

"100년 전에 알지도 못하는 조상이 저지른 일이잖아!"

"양반입네 하고 꼴사납게 굴던 놈들 다 잡혀가니 잘됐죠."

젊은 군관은 뭔가 양반한테 불만이 많은 모양이었다.

"야, 이놈아! 저기 끌려가는 사람이 우리가 다 아는 사람들이야, 이게 사람이 할 짓이냐?"

늙은 군관은 혀를 끌끌 찼다.

"사람이 꽤 많습니다. 몇 명이나 됩니까?"

허균이 늙은 군관에게 물었다.

"처음에는 500명이었는데, 지금은 400명이 채 안 됩니다."

"다 풀려났습니까?"

"풀려나다니요? 여기까지 오면서 길에서 죽은 자, 강도에게 횡액을 당한 자가 부지기수입니다. 부녀자들은 은장도로 목을 찌르고 절벽에서 뛰어내리고…… 조금 전에도 한강을 건너다가 물로 뛰어든 여자만 넷입니다."

늙은 군관은 잠시 말을 잇지 못했다.

"지금 경상도에서는 양반이건 종친이건 옥비의 자손으로 엮인 자는 여지없습니다. 무조건 잡아서 함경도로 보냅니다. 심지어 자기가 옥비의 자손인지도 모르는 사람들도 있습니다. 백성들이 야반도주하여 경상도의 고을들은 텅텅 비었습니다. 배곯은 개새끼만 어슬렁거리니, 왜놈들이 쳐들어오면 한순간에 경상도가 무너질 판입니다. 그럼, 도련님도 왜적과 싸우러 남쪽으로 가야 할 겁니다."

늙은 군관은 말을 다 끝내고 허균을 쳐다봤다.

"쇄환령은 천천히 해야겠습니다. 지금도 경차관 김위를 원망하는 소리가 들리는 듯합니다."

허균이 길가에서 더러는 밥을 먹고 더러는 굶는 사람들을 보며 중얼거렸다.

"밥을 먹을 때마다, 김위의 고기를 씹어 먹게 해 달라고 하늘을 원망합니다. 문제는 그게 아닙니다. 경상도의 선비들이 조정에 등을 돌릴까, 그게 큰일이지요."

허균은 늙은 군관의 말에 고개를 끄덕였다.

"여보세요. 계십니까?"

늙은 군관이 말을 마쳤을 때, 한 여인이 천막 앞에서 사람을 불렀다.

"누구신가?"

사월이가 여인에게 물었다.

"아씨, 배가 고파서 그러니 떡 좀 나눠 주시오."

여인 뒤에는 열 살쯤 보이는 어린 여자아이가 서 있었다.

"사월아, 떡이랑 화채 좀 가져와라. 이리 들어와 앉게."

허초희는 두 여자를 천막 안으로 들였다. 사월이가 수리취떡을 가져오자, 여인은 여자아이에게 먼저 떡을 떼어 줬다. 어린 여자아이는 야위고 지쳐 떡을 씹지도 못할 지경이었다. 여자아이는 천막 안에 쪼그려 앉았다가 옆으로 누워 버렸다.

"천천히 들게, 내가 나중에 더 챙겨 주겠네."

"아씨, 고맙습니다."

여인도 조금씩 떡을 씹어 먹었다.

"자네는 무슨 사연이 있나 보구나?"

허균이 여인에게 물었다.

"저는 의령 땅 부자 김 진사의 첩입니다. 우리 어머니도 첩이었는데, 고조할머니가 관기였는지는 몰랐습니다. 첩이라도 지아비를 섬기며 절개를 지키는 몸입니다. 이제 경원으로 끌려가면, 이 사람 저 사람에게 끌려다니며 수청을 드는 관기가 되어야 합니다. 내 한 몸 그렇다고 하더라도, 이 어린아이까지 관기가 된다니 경원에 가면 천추의 한이 될 겁니다."

여인이 갑자기 눈물을 흘리며 하소연을 쏟아 냈다.

"이보게, 여기서 지금 뭐 하는 짓이야? 당장 나가게!"

그러자 젊은 군관이 여인을 꾸짖었다.

"잠깐 놔두시게."

허초희가 젊은 군관을 말렸다.

"단오는 굴원(屈原)이란 사람이 강물에 빠져 죽어 생겼다죠. 의령에 있었으면, 창포물에 머리 감고 그네를 타고 놀았을 텐데요."

여인은 일자무식이 아닌 게 분명했다.

"난리가 나서 올해는 우리도 단오를 못 지내네."

허초희가 여인을 달랬다.

"저는 비록 첩의 몸이지만, 몸을 굴리는 천한 짓은 안 합니다. 그런데도 사람들은 고향을 떠날 때부터 우리 모녀를 관기로 여기고 몹쓸 짓을 해 댑니다. 너무 수치스럽습니다. 아까 강물에 몸을 던져 물귀신이 될 걸 그랬습니다."

"모녀가 함께 살아가야지."

허초희는 두 모녀를 구해 줄 방법이 없어, 그저 살라고 말할 수밖에 없었다.

"아이에게 마지막으로 배불리 먹여 주었으니 이제 다 끝났습니다."

"끝나다니, 그게 무슨 말인가?"

"차라리 목을 찌르고 죽어 우리를 이렇게 만든 놈들한테 달라붙어 원귀가 되겠습니다."

여인이 순식간에 늙은 군관이 풀어 놓은 허리띠에서 칼을 꺼내 치켜들었다. 옆에 있던 허균이 깜짝 놀라 조카 해경을 얼싸안았다.

"여보게, 칼을 내려놓게!"

늙은 군관이 여인을 말리려고 일어섰는데, 여인은 어느새 여자아이에게 다가갔다.

"어머니!"

여자아이가 겨우 눈을 뜨고 애처롭게 어머니를 불렀다.

"미안하다, 아가야!"

여인이 눈물을 흘리며 여자아이의 목을 찔렀다. 여자아이의 목에서 피가 뿜어져 나와 사방으로 퍼졌다. 해경이 큰 소리로 울어 댔다. 허초희는 너무 놀라 아연실색하고, 사월이는 사시나무 떨듯 벌벌 떨었다.

"경원에 가면 나는 더러운 관기가 될 겁니다."

여인이 칼을 들고 천막을 뛰쳐나가자, 허초희와 두 군관이 뒤따라 나갔다. 여인은 언덕 끝으로 달려가더니 그대로 몸을 벼랑 아래로 던져 버렸다.

여인의 머리통은 박살 났다. 떡을 먹던 어린 딸아이의 목을 찔러 죽인 여인은 절벽에서 뛰어내려 머리를 바위에 처박았다. 허초희가 말릴 틈도 없었다. 허균은 이 끔찍한 장면을 보지 못하도록 어린 조카의 눈을 가렸고 곁에 있던 한산이씨도 할 말을 잊었다. 허초희가 낭떠러지 아래로 내려갔을 때, 누런 뇌수를 흘리는 여인의 부릅뜬 눈에는 피눈물이 맺혀 있었다. 허초희는 그 자리에 주저앉아 망연자실, 넋이 나갔다.

옥비의 자손들은, 특히 여인들은 강물에 몸을 던지고, 지나가는 수레바퀴로 뛰어들고, 은장도로 가슴을 찔러 스스로 목숨을 끊었다. 그렇게 하나둘 죽었다. 신록이 눈부시게 푸르른 날, 슬픈 단옷날이었다.

허초희는 며칠 동안 제대로 잠을 이루지 못했다. 뜬눈으로 밤을 지내고 푸르스름하게 밝아 오는 새벽에 자리에서 일어난 허초희는 곤히 잠든 오누이를 내려다봤다. 악몽을 꾸는지 해경의 얼굴이 일그러졌다. 순간 허초희한테 환청이 들렸다. 죽어가는 소리로 '어머니!'를 부르던 여자아이의 목소리였다. 허초희는 머리를 도리질했지만, 눈앞에서 아른거리는 여자아이의 얼굴이 사라지지 않았다.

허초희는 눈을 감았다. 몇 사람의 입에서 나온 말로 인해 한 사람이, 한 식구가, 한 집안이 풍비박산 나는 꼴을 눈앞에서 빤히 지켜본 게 잊히지 않았다. 여자의 정조는 정실이든 첩이든, 양반이든 천민이든 똑같은 크기와 똑같은 무게일 텐데, 첩과 천민이라고 함부로 대하고 능욕하는 파렴치한 남자들한테 치가 떨렸다. 공들여 쌓아온 한 여자의 정조를 한순간에 빼앗고 관기로 전락시키는 나라의 폭력 앞에서 속수무책인 조선의 여자들이 불쌍했다. 이런 부당한 일을 보고도 잘못되었다고 나설 수 없는 자신이 너무나 초라했다. 결국 이 나라의 여자들은 불의와 맞설 방법이 스스로 목숨을 저버리는 일뿐이라는 데 생각이 미치자, 구역질이 났다. 이런 나라에서 딸 해경이 커야 한다는 게 싫었다. 허초희는 가슴 속의 은장도를 꺼냈다. 은장도는 여자의 삶을 옭아매는 삼종지도의 상징처럼 보였다. 이 짧은 칼 한 자루로 남편과 가문을 지키기 위해 목숨을 버려야 할 만큼 하찮은 존재로 떨어져 버린 여자들의 삶, 칼 한 자루보다 값어치가 없는 여자들의 목숨이라면, 그런 세상은 뒤집어엎어 버리는 게 맞았다. 하지만 허초희는 그럴 힘이 없었다. 허초희는 은장도를 만지작거리다 집어 던져 버리고 싶었다.

그때 문득 용인이씨가 떠올랐다. 남편을 살리려고 손가락을 자른 용인이씨가 '절대 남편을 위해 손가락을 자르지 마세요. 자식이면 또 모를까'라고 한 말이 생각났다. 허초희는 은장도를 다시 품 안에 넣었다. 은장도는 자기 목숨을 끊는 게 아니라 자기와 식구를 지키는 데 쓰는 물건이라고 생각했다. 언젠가 위급한 상황에서 누군가를 살리는 데 쓸 일이 있을지도 몰랐다. 허초희는 그게 어린 오누이가 아니길 바라면서 해경과 희윤의 얼굴을 쓰다듬었다. 오누이는 쌔근쌔근 깊은 잠에 빠져 있었다.

10. 전쟁
(허초희 21세, 1583년)

함경도에 도착한 정언신은 북방 6진의 한가운데인 행영(行營) 지역에 자리를 잡고 있었다. 시시각각 변하는 전황을 보고 받은 정언신은 종성 방면의 상황이 위급한 걸 알고 종성진으로 나갔다. 정협과 김성립이 군관으로 따라나섰다. 정언신은 함경 북병사 김우서, 종사관 김수와 성문 수루에서 작전 회의를 열었다.

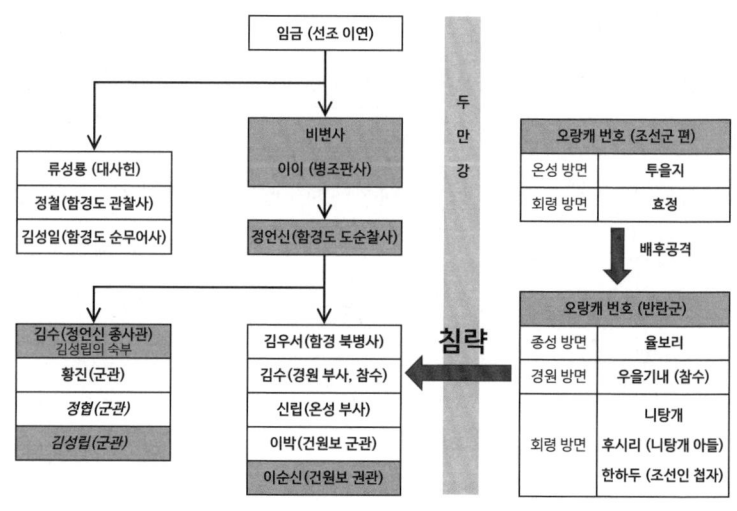

니탕개의 난 요약도

"5월 초순에는 큰비가 오지 않습니다. 강물이 줄어들면 오랑캐들이 말을 타고 얕은 여울로 넘어올 겁니다."

김우서가 두만강 중류 부분을 그린 종성 지도를 가리키며 보고했다.

"얕은 여울이 몇 군데인가?"

"종성 관내에 대여섯 군데 정도입니다. 그곳마다 병력을 배치했습니다."

"병력을 분산배치 했는데, 적들이 한 곳을 집중해서 공략하면 쉽게 뚫릴 수도 있겠군."

"그런 위험이 있어도 어느 한 곳을 소홀히 비워둘 수 없습니다. 한곳이 뚫리면 순식간에 봉화를 올려 이웃 진지에 구원군을 요청해야 합니다."

정언신은 병력이 분산된 게 우려스러웠다. 그렇다고 1만 명이 넘는 기병이 어디로 쳐들어올지 몰라 곳곳에 병사를 보냈다는 김우서를 나무랄 수도 없었다.

"종성진 성안에는 병사가 몇 명 남았나?"

"700명입니다."

종사관 김수가 고하였다.

지난 2월에 쳐들어온 오랑캐 중에서 기병만 1만이 넘었다. 정언신은 지금은 기병이 더 늘었을 거라는 생각이 들어 걱정이 앞섰다. 어떻게 해서든지 700명으로 오랑캐를 막아내야 했다.

"전령이요!"

정언신이 시름에 젖어 있을 때, 전령이 급히 수루 누방으로 들어와 아뢰었다.

"말 탄 적 10여 명이 여울을 건너와 우리 병사 한 명을 죽이고, 말을 빼앗아 달아났습니다."

"먼저 시신을 수습한 다음, 각 진에 전령을 보내 경계를 강화하고, 다른 진은 종성진의 신호에 호응하라고 전하라!"

정언신의 명령을 받은 전령들이 말을 타고 급히 종성 밖으로 떠났다.

"아버지, 700명으로 오랑캐를 무찌를 수 있습니까?"

정협이 정언신에게 물었다.

"이이제이(以夷制夷)를 써서라도 막아야지."

"오랑캐를 오랑캐로 막는단 말씀인가요?"

정언신은 아들의 물음에 대답도 없이 눈을 감고 깊은 상념에 빠졌다.

다음 날 새 울음소리보다 먼저 오랑캐들이 불어 대는 나팔 소리가 요란하게 새벽하늘에 울려 퍼졌다. 오랑캐의 함성 때문에 산천이 들먹들먹할 정도였다. 북병사 김우서가 누방으로 급히 들어왔다.

"대감, 오랑캐 기병이 무려 2만은 되는 듯하옵니다. 니탕개와 율보리의 부하들입니다."

2만이라는 말에 김성립은 너무 놀라 기절할 뻔했는데, 정언신은 담담한 표정이었다.

"적들이 어느 쪽으로 넘어왔느냐?"

"종성진 동북쪽의 산꼭대기와 산골짜기, 성문 앞 세 방향으로 쳐들어왔습니다. 한쪽에서 깃발을 흔들면 한쪽에선 북을 둥둥 치고 서로 격려하며 소나기같이 화살을 쏩니다."

"군사들을 성문으로 불러라! 너희들도 같이 가자."

정언신은 군사들을 이끌고 종성진 성문으로 나갔다. 군사들이 성문과 성벽에 진을 쳤다.

"적들은 기마병이다. 우리가 지금 성문을 열고 밖으로 나가면 백전백패다. 성안에서 싸운다. 궁수들은 편전으로 오랑캐 장수들을 쏴 맞혀라. 장수만 죽이면 오랑캐는 오합지졸이다. 승자총통(勝字銃筒)으로 오랑캐 기마병을 쏴라. 오랑캐들은 칼과 활만 알았지, 총포의 위력을 모른다. 이번에 우리 총포의 위력을 단단히 보여 줘라."

승자총통은 전 경상도병사 김지가 만든 총포였다. 움직이는 적을 제압할 수 있게 가볍게 만들었다. 오랑캐들은 조선에 승자총통이란 휴대용 화기가 있는 줄은 몰랐으니, 정언신은 승자총통 부대로 오랑캐를 제압할 생각이었다.

승자총통(1579년 제작, 국립중앙박물관)

"급히 봉화를 올려 온성 부사 신립에게 기병을 출동시켜 밖에서 호응하게 하라!"

정언신은 성문 위에서 온종일 오랑캐와 맞서 싸웠다. 오랑캐 기마병들은 승자총통에 막혀 감히 앞으로 나서지 못했다. 더구나 오랑캐들은 조선의 궁수들이 쏘는 편전에 맞아 오랑캐 장수들이 픽픽 쓰러지자, 점점 사기를 잃어 갔다.

조선 쪽으로 가담한 효정이라는 오랑캐가 적장 니탕개의 마을을 쑥대

밭으로 만들어 버렸다. 정언신이 쓴 이이제이 계략이 먹혀들어 니탕개는 자기 마을을 구하러 떠났다. 그때 마침 신립의 기병들이 나타나 율보리를 공격하자, 오랑캐들은 조선군의 추격을 피해 강을 건너 달아났다.

정언신이 니탕개와 율보리를 물리쳤다는 승전보가 조정으로 날아들었다. 임금 이연은 곧바로 비변사의 당상관들에게 군사, 군량, 군마를 모아 함경도로 보낼 방안을 내놓으라고 명했다. 병조판서 이이는 밤을 새워가며 비변사의 관리들과 기발한 방안을 만들어 임금에게 가지고 갔다. 임금은 당상관들을 모아 놓고 병조와 비변사의 의견을 들었다.
"첫째, 무과 시험에서 부정을 저지르다 걸린 자들을 사면하여 전장으로 보냅니다. 둘째, 사수 200명을 뽑아 전장으로 보내고, 대신 그 식구에게 쌀과 면포를 지급합니다. 셋째, 군기시에서 화살을 만들어 전장으로 보냅니다. 넷째, 관리와 종친, 지방 수령들에게 쌀을 걷어 군량미로 활용합니다. 다섯째, 함경도 광산에서 은을 채굴하여 군마와 군량을 확보합니다. 여섯째, 승자총통을 만들어 북방으로 보냅니다."
비변사의 젊은 관원이 아뢰었다.
"전하, 다섯 가지 대책은 문제가 없는데 승자총통을 만들 쇠를 구하기가 어렵습니다."
옆에서 듣던 대사간 송응개가 나섰다.
"절간의 종을 거둬들이면 된다."
임금 이연의 생각이었다.
"중들이 가만히 있겠습니까?"
그러자 송응개가 이이의 얼굴을 빤히 쳐다보며 말했다.

"불씨(佛氏)는 자비심으로 은덕을 베풀고, 목숨을 바쳐서라도 인명을 구한다. 나라가 어렵고, 백성이 도탄에 빠졌는데, 절간의 종을 녹여 오랑캐를 막는 일은 불씨의 소원이 아니겠나?"

임금도 이이를 보며 은근슬쩍 동조하길 바랐지만, 이이는 아무 말도 하지 않았다.

"전하, 당장 시행하겠습니다."

비변사의 젊은 관원이 머리를 조아렸다.

"이번에 김위가 옥비의 자손 500명을 찾아냈습니다."

머리를 숙이고 있던 정철이 임금에게 고했다.

"알고 있소. 지금 그 죄인들은 어딨소?"

"경원으로 데려가고 있습니다. 큰 고을을 돌게 하여 백성들에게 본보기를 보여 줘야 합니다."

정철이 조리돌림을 시키자고 나섰다.

"전하, 예조판서의 말은 부당하옵니다. 아내가 남편을 따라가는 건 그렇다고 치더라도, 남편이 아내를 따라가고, 한 여자가 두 지아비를 데리고 간답니다. 첩이 노비라면 남자의 정실까지 끌려갑니다. 이미 천륜이 무너졌습니다. 나라의 삼강오륜을 무너뜨린 예판은 도대체 어느 나라 사람이란 말입니까?"

대사간 송응개가 예조판서 정철을 꼬나봤다.

"처음부터 법을 어긴 자들의 후손이니 천륜이 무너졌다고 할 수 없습니다."

정철이 송응개를 가소롭게 여기며 말했다.

"전하, 노비가 옥비의 후손인지 알지도 못한 주인들을 강제로 끌고 간다면, 이 나라 강상의 법도는 어디로 간 겁니까?"

송응개도 물러서지 않았다.

"전하, 대사간의 아버지 송기수는 간신 윤원형과 을사사화를 일으킨 자입니다. 그런 자의 아들이 강상의 법도를 말하는 건 두고 볼 수 없습니다."

정철이 작심하고 임금에게 아뢰었다. 송응개는 순간 울화가 치밀어 칼이라도 있으면 정철의 가슴팍에 꽂아 버리고 싶은 심정이었다.

"예조판서는 말이 심하니 가려서 하시오."

송응개가 겨우 성질을 참는다는 걸 알아차린 임금이 정철에게 차분하라고 꾸짖었다.

"전가사변은 선왕 때부터 시행해서 돌이킬 수 없다. 죄지은 자들은 죗값을 치르게 하라."

"지당하신 분부이옵니다."

정철이 머리를 조아리는 동안 이이는 아무 말이 없었다.

임금이 나가고 대신들이 사정전을 나섰다. 송응개가 어깨로 이이의 뒤를 툭 쳤다. 이이가 송응개를 돌아보자, 송응개가 이이를 보며 윽박질렀다.

"중놈의 무리가 나라를 망치는구나!"

이이는 여전히 아무런 말도 하지 않았다. 송응개와 이이는 같은 해에 과거에 급제했다. 두 사람은 나이도 같았다. 이이가 장원이었다. 과거 급제자는 성균관의 공자 사당인 문묘를 알현하는 관례가 있었다. 송응개는 이이가 젊은 시절 절에 다녀온 중이라면서 다른 선비들과 함께 들고 일어나 이이가 같이 참배하는 걸 막아섰다. 이이는 한참 동안 문묘에 들어가지 못하다가, 겨우 서인들의 도움으로 참배를 한 일이 있었다.

"간신의 자식!"

옆에서 듣던 정철이 송응개를 향해 씨부렁거렸다.

"언젠가 백정 정철과 김위의 간을 꺼내 씹어 먹겠소!"

송응개가 정철을 경멸하는 눈으로 쳐다보며 도승지 박근원에게 중얼거리는 소리가 이이에게 들려왔다.

북방의 상황은 급박하게 돌아갔다. 오랑캐 중에서도 조선에 정보를 제공하는 자들이 있었다. 신립이 지키는 온성 방면에 오랑캐 추장 투을지(投乙只)가 그랬다. 투을지는 자기 부하를 몰래 정언신에게 보냈다. 정언신은 북병사 김우서, 종사관 김수와 함께 모여 오랑캐 부하한테서 정보를 캐냈다.

"니탕개와 율보리가 기병 3만을 이끌고 5월 16일에 동관진을 공격할 겁니다."

오랑캐 부하가 정보를 넘겼다.

"대감, 거짓일지 모릅니다."

북병사 김우서는 오랑캐 정보를 믿지 않았다.

"투을지가 나중에 니탕개의 관할 지역을 자기한테 넘겨 달라고 했으니, 믿어 봐야지……."

정언신이 김우서를 설득했다.

"동관진의 병사는 몇 명인가?"

"240명입니다."

종사관 김수가 대답했다.

"너무 걱정할 거 없다. 동관진으로 들어오는 길은 군사 한 명이 적 100명을 막을 수 있는 길이다. 군사를 적의 이동로에 매복시키고, 배후에 온성 부사 신립의 기마대를 준비시켜라."

투을지의 말대로 5월 16일에 오랑캐들이 두만강의 여울을 건너 동관진을 향해 몰려왔다. 정찰병에 따르면 오랑캐 기병이 거의 3만이었다. 아무리 기병이 많아도 한꺼번에 두만강을 건너오지 못했고, 진군하는 길도 비좁아 기마병들이 좁은 강변에서 북적거렸다. 두만강을 건너온 오랑캐들은 인근 조선인 마을로 들어가 가축과 곡식을 약탈하느라 혈안이 되었다.

그때 갑자기 폭우가 내리고 강물이 불어나 상류에서 흙탕물이 콰르르 쏟아지자, 겁먹은 오랑캐들은 재빨리 두만강을 건너 되돌아갔다. 며칠간 강 건너에서 대기하던 오랑캐들은 불어난 강물이 줄어들지 않자 뿔뿔이 흩어져 버렸다.

"장군, 니탕개의 항복을 받아 주십시오."

비가 그치고 강물이 줄어들었을 때, 갑자기 니탕개의 부하가 백기를 들고 나타나, 조선인 마을을 약탈한 오랑캐 수급 한 개를 바치며 항복할 뜻을 비쳤다. 정언신이 북병사 김우서에게 이 일을 어떻게 처리할지 물었다.

"모두 거짓이니 속지 마십시오."

김우서가 말했지만, 종사관 김수의 생각은 달랐다.

"대감, 니탕개에게 항복을 받겠다고 회령성 앞에다 술과 음식을 준비해 강을 건너오게 한 다음에, 회령 부사에게 일거에 니탕개를 붙잡게 하면 어떻겠습니까?"

종사관 김수는 며칠 동안 고민한 계략을 정언신에게 고했다.

"실패하면 화해를 돌이킬 수 없지. 그래도 니탕개가 먼저 요청했으니, 써 볼 만한 계략이다."

정언신은 회령성 앞에서 니탕개를 속여 사로잡을 계획을 세웠다. 하지만 약속 당일에 일을 그르쳤다. 회령 부사는 니탕개의 병사가 많은 걸 보고, 식겁하여 회령성 밖으로 나서지 않았다. 니탕개도 회령 부사의 행동이 미덥지 않아 강을 건너오지 않았다. 사실 조선인 간자 한하두가 이미 니탕개에게 조선의 계책을 알려 줬기에 니탕개는 한참 동안 지켜만 보다 돌아가 버렸다. 이렇게 해서 니탕개를 사로잡으려던 계획은 실패로 끝났다. 니탕개와 율보리는 오랑캐들을 데리고 북쪽 깊은 산중으로 들어가 어디론가 사라졌다.

* * *

함경도의 소식이 곧 조정으로 올라왔다. 병조와 비변사의 관리들이 긴급히 회의를 열었다. 회의는 병조판서 이이가 주관했고, 훈련원 첨정 서익, 예조판서 정철도 같이 있었다.

"니탕개를 붙잡지 못해서 다가오는 겨울이 더 문제입니다. 두만강이 얼면 오랑캐들이 날뛰는 건 뻔한 일입니다. 최소한 기병 3천을 모아 함경도로 보내야 합니다."

서익이 말했다.

"지금도 북방으로 가는 병사들은 걸어갑니다. 가는 길마다 병사들이 소와 말을 약탈하여 백성들은 우마를 다 숨겨 둔다는데, 당장 기병 3천을 어떻게 모은단 말이오?"

이이도 기병이 필요한 건 알았으나, 말을 마련할 뾰족한 방법이 생각나지 않았다.

"말을 바치는 자는 북방으로 가는 걸 면제해 준다고 하면, 말 3천 필은 금방 모일 겁니다."

비변사의 한 젊은 관원이 그럴듯한 의견을 꺼냈다.
"말을 바치면 군역을 면제한다, 그거 기발한 계획입니다."
서익이 맞장구쳤다.
"병판 대감, 이 방법을 시행하도록 합시다."
정철도 적극 찬성하였다.
이이는 고민에 빠졌다. 좋은 방법이긴 했지만, 지난번에 서얼허통 계획처럼 임금이 바로 거절할 수도 있고, 동인들의 반대도 걱정되었다. 한참 동안 고민하던 이이는 마침내 결단을 내리고 비변사와 병조의 관리들에게 즉시 시행하라고 일렀다. 곧 비변사와 병조의 관리들이 말을 바치는 사람은 전장으로 가는 걸 면제한다는 방을 한양 도성 곳곳에 붙였다.
이 소식은 곧 궁궐에 퍼졌고 사간원의 젊은 사간들이 이런 정책이 어떤 경위로 시행되었는지 비변사와 병조에 따져 물었다. 자초지종을 알아봤더니 임금에게 보고도 하지 않고, 병조판서 이이의 지시로 시행한 일이란 걸 알게 되었다.
사간들이 대사간 송응개를 찾아가 씩씩거리며 이이의 잘못을 성토했다.
"군사에 관한 일은 크든 작든 임금에게 아뢰는 게 신하의 본분입니다."
"말을 바치라는 명을 행하고 난 뒤, 나중에 아뢴 일은 신하가 국권을 마음대로 행한 겁니다."
"내병조(內兵曹)에서 사정전까지 몇 걸음도 안 되는데, 주상전하를 찾아가지 않고 일을 저질렀으니, 도가 지나칩니다."
"주상전하를 무시한 이이의 죄를 용서할 수 없습니다."
사간원의 젊은 관리들이 이이의 죄를 따지고 들었다. 송응개가 관리들이 하는 말을 듣다가 나섰다.

"이이의 잘못을 조목조목 적어서 주상전하께 상소하라. 목에 칼이 들어와도 바른말을 하는 게 사간원 관리들의 임무다."

사간들은 이이의 잘못을 적어서 당장 파직시켜야 한다고 임금에게 올렸다.

병조판서 이이는 그 이야기를 듣고 자기 잘못을 용서해 달라고 임금에게 빌었다. 하지만 희한하게도 임금을 직접 찾아가지 않고, 상소문을 적어 임금에게 올려 보냈다. 젊은 사간들은 임금을 찾아가지 않은 이이가 반성하지 않는다고 생각해, 송응개를 찾아가 본때를 보여 주자고 들고 일어섰다.

"이이는 말을 바치면 군역을 면제시킨다는 중대한 일을 주상전하께 아뢰지 않고 자기 멋대로 시행했고, 잘못인 줄 알면서도 전하에게 직접 죄를 고하지 않았으며, 자기 방에 앉아 문서로만 잘못을 빌었습니다. 이이는 신하로서 전하를 업신여기는 무군(無君)의 죄를 지었습니다. 당장 파직하옵소서."

송응개도 도무지 이이가 하는 짓거리가 마음에 들지 않아 임금을 직접 찾아가서 말했다.

"이이가 보고하려 할 때, 과인이 분주하여 그랬을 뿐이지, 이이가 권세를 누리려고 한 일이 아니다. 더구나 비변사와 병조의 대신들이 함께 결의한 일이라 이이만의 잘못도 아니다."

오히려 임금이 이이를 두둔하자, 송응개는 편전에서 물러 나올 수밖에 없었다.

"내가 저 중놈을 가만두나 봐라!"

궁궐을 나온 송응개는 분을 삭이지 못하며 씩씩거렸다.

6월 어느 날, 밤새도록 큰비가 오다가 날이 밝자 겨우 그쳤다. 그날도 시시각각 변하는 함경도의 전황을 보고하는 정언신의 장계가 비변사와 병조로 들어왔고, 전황을 정리한 보고서를 임금에게 올렸다. 전황을 읽던 임금은 비변사 당상관들과 이이를 대궐로 불렀다.

사시(오전 11시)가 조금 지나서 이이가 궁으로 들어왔다. 이이는 이상하게도 승정원 회의실로 가지 않고, 갑자기 몸이 아프다며 궐내 숙직실로 들어가 자리를 깔고 누워 버렸다. 마침 도승지 박근원이 숙직실 앞을 지나가다 이이가 누워 있는 걸 보게 되었다.

"대감, 주상전하께서 승정원으로 대신들을 부르셨소. 여기 이러고 계시면 어찌합니까?"

박근원이 머리를 싸매고 누운 이이 곁으로 가서 물었다.

"도승지 영감, 머리가 너무 아프고 정신이 혼미해 걸을 수가 없소."

"그래도 주상전하께서 기다리고 계실 텐데, 힘을 내시지요?"

"도저히 안 되겠소."

이이가 끙끙 앓았다.

"대감, 나라의 본병(本兵)께서 중요한 회의에 불참하시면, 군정이 어찌 올바로 서겠습니까?"

박근원은 임금과 대신들이 모인 회의가 열리지 못할까, 걱정되었다. 본병은 병조판서로 비변사와 훈련원까지 총괄하는 조선의 군정 최고 책임자를 일컬었다. 그런 본병이 엎어지면 코 닿을 거리까지 와서 오랑캐를 쳐부수는 중대한 회의에 불참한다는 게 믿어지지 않았다. 더구나 임금이 주관하는 회의였으니 아연실색하고 말았다. 도승지 박근원은 숙직실을 힐끔힐끔 뒤돌아보며 나오다 쿵 하며 누군가와 부딪쳐서 얼굴을 들고 봤더니, 경기도 어사로 갔다 돌아온 허봉이었다. 허봉은 정4품 응교에서 종3품 전한(典翰)으로 승진했다. 이제 한 품계만 더 올라가면 정3품 부제학 당상관이 되니까, 그야말로 떼 놓은 당상이었다.

"허 전한, 자네 언제 왔나?"

"며칠 전에 돌아왔습니다만, 어디를 그리 급히 가십니까?"

"도순찰사가 보내온 급보가 있어 주상전하께서 회의를 소집하셨네."

"저 안에 누가 있기라도 합니까?"

허봉이 숙직실 쪽을 가리키며 물었다.

"이이…… 이이가 누워 있네."

"예? 병판이 지금 저기 있다고요?"

"그렇다네. 도대체 무슨 생각인 건지……."

"제가 한번 들어가 보겠습니다."

"자네, 공연히 분란을 만들지 말고, 그냥 집으로 돌아가게."

허봉이 성큼성큼 숙직실로 들어가자, 박근원은 머리를 절레절레 흔들며 승정원으로 향했다.

허봉이 숙직실로 들어갔더니 이이가 머리를 싸매고 누워 있었다. 허봉은 이이를 가만히 바라보다 물었다.

"대감, 나라의 본병이 여기서 이러시면 어찌합니까?"

"허 전한."

이이가 퀭한 눈으로 허봉을 쳐다봤다.

"대신들이 기다립니다."

"조금만 움직여도 현기증이 나네."

"그래도 지금 승정원으로 가서야 합니다."

허봉은 이이 때문에 큰 사달이 일어나는 게 아닌가 하여 진짜 걱정되었다.

"너무 힘드네."

"그럼 아예 벼슬을 내려놓고 파주로 내려가시죠."

허봉은 원접사로 의주를 왕복할 때, 이이가 건강에 문제가 있는 걸 진즉에 알았다.

"지혜를 짜내 주상을 보필해야 하는데……."

"건강을 찾은 뒤에 하시면 되죠. 강릉에도 가 보시고……."

"죽기 전에 가 볼 수 있겠나?"

"죽는다니요? 다음에 저를 강릉 부사로 보내 주시면 제가 모시겠습니다."

허봉이 씩 웃어 보였다.

"내가 자네 부친상에 문상해야 했는데……."

이이가 스르르 눈을 감고 중얼거렸다.

"바쁘셔서 그랬겠지요."

"동향 사람으로 미안하네."

이이가 허봉의 손을 잡았다. 허봉은 옛날 자신이 처음 이이를 만난 때를 떠올렸다.

그때(1555년 명종 10년)는 어머니 김씨부인이 스물두 살이었다. 어머니는 다섯 살인 허봉이랑 강릉 초당마을에 살았고 아버지는 할머니가 돌아가셔서 2년째 시묘살이 중이었다. 어머니는 가끔 오죽헌에 가서 일흔여섯 살인 용인이씨의 말벗이 돼 주었다. 그해 봄 어느 날도 허봉은 어머니와 함께 오죽헌에 갔다. 오죽헌 대청마루에서 책을 읽고 있을 때, 어머니는 용인이씨와 이야기를 나누고 있었다. 대나뭇잎이 바람에 사각사각 하는 소리를 깨뜨리는 목탁 소리가 점점 가까이 들려오더니 이내 대문 앞에서 와자지껄 소란이 벌어졌다. 그리고 잠시 후 하인들이 오죽헌으로 들어오려는 스님과 행자(行者)를 막았는데, 어찌 된 일인지 두 사람은 대청마루 앞까지 들어왔다. 어머니와 옛이야기를 하던 용인이씨는 스님과 행자를 보자 얼른 대청마루에서 내려와 '관세음보살'이라며 합장(合掌)했고, 어머니도 대청마루에서 합장 인사를 올렸다. 스님과 행자도 '나무아미타불' 하고 염불을 외웠다.

"할머니!"

그런데 느닷없이 들려오는 '할머니'라는 소리에 용인이씨가 깜짝 놀라 얼굴을 들고 보니 탁발승 옆의 행자가 용인이씨에게 할머니라고 하는 거였다. 용인이씨는 도대체 이게 무슨 일인가 하고 행자 앞으로 다가가서 빤히 쳐다보았다. 행자는 영락없는 손자 현룡이었다. 용인이씨는 꿈인지 생시인지 몰라 어안이 벙벙했다. 스님 곁에 서 있는 사람은 분명 한양에서 과거 공부를 하고 있어야 할 이이가 맞았다.

"현룡아!"

용인이씨가 이이를 얼싸안았다. 용인이씨는 눈시울이 붉어져 이이의 뺨을 쓰다듬었다.

"현룡아! 네가 이게 웬일이냐? 아이고, 네가 어쩌다 중이 되었느냐?"

용인이씨는 이이의 꼴을 보고 대성통곡하였다.

"마님, 소승 보응(普應)입니다. 의암(義庵)은, 아니 이이는 비구계(比丘戒)를 받지 않았으니, 중이 아닙니다. 걱정하지 마십시오. 법명만 의암일 뿐입니다."

이이 옆에 서 있던 탁발승이 용인이씨에게 말했다. 용인이씨가 정신을 차리고 이이가 쓰고 있던 삿갓을 벗겼다. 다행히 온전한 머리털이 보였다. 용인이씨는 혹시 이이가 속세를 떠나 부처님의 제자가 된 줄 알고 깜짝 놀랐는데 그나마 검은 머리를 보니 벌렁거리던 가슴이 진정되었다. 용인이씨는 이이가 중이 아니라서 다행이란 생각이 들긴 했지만, 갑자기 세상을 떠난 둘째 딸 신인선, 그러니까 신사임당이 생각나서 뚝뚝 눈물을 쏟았다.

"아이고, 우리 딸 사임당이 불쌍해서 어쩌나, 우리 둘째 딸 불쌍해서 어쩌나. 내가 먼저 죽어야 했는데, 하늘도 무심하시지⋯⋯ 나를 먼저 데려가야지⋯⋯."

용인이씨는 이이의 뺨을 쓰다듬으며 하염없이 흐느꼈다.

"할머니!"

"아이고, 우리 손자 불쌍해서 어쩌나⋯⋯."

이이가 용인이씨를 진정시키려고 했지만, 용인이씨의 눈물은 그칠 줄 몰랐다. 오죽헌 마당이 소란스러워지자 신사임당의 여동생 미선부인이 뛰어나왔다. 신사임당의 여동생도 그 잘난 이이가 탁발승과 함께 나타난 걸 보고, 조카가 중이 된 걸로 생각하고 털썩 주저앉아 탄식을 터뜨렸다.

"아이고, 언니! 아이고 인선 언니! 서방이 첩질해서 울화통에 죽더니 이제 아들이 무슨 꼴이요! 현룡이가 돌중이 되었으니, 우리 집안은 망했소! 망했어! 아이고 이를 어쩌나, 이를 어쩌나⋯⋯."

"이이는 비구가 아닙니다. 이제 고향으로 돌아왔습니다."

보응이 염주를 돌리며 미선부인에게 말했다.

"아이고 스님, 우리 현룡이가 무슨 잘못이 있다고 땡추를 시켰소? 현룡아! 이 몰골이 뭐냐? 네가 중이 된 걸 알면 인선 언니가 저세상에서 어찌 편히 눈을 감겠냐? 아이고 현룡아."

미선부인의 통곡은 그칠 줄 몰랐다. 김씨부인도 열세 살이란 어린 나이에 소년 장원을 했던 현룡이 임금 앞에서 치르는 알성시에서 장원급제하여 명성을 날렸다는 소식을 기다리고 있었다. 그런데 비렁뱅이 거지꼴을 하고 나타난 현룡의 모습에 어처구니가 없었다. 예전에 호연지기를 보여 주던 모습은 어딜 갔는지 청년의 기백이 하나도 남아 있지 않은 이이가 다른 사람처럼 느껴졌다.

"어머니, 저 거지는 누구예요?"

대청마루에서 책을 읽던 다섯 살 먹은 허봉이 이이를 가리키며 김씨부인에게 물었다. 김씨부인은 순간 뭐라고 해야 할지 몰라 머뭇거렸다.

"응? 저 사람…… 저 사람…… 암행어사야!"

김씨부인은 이이를 빤히 쳐다보며 허봉에게 일러 줬다. 이이는 김씨부인과 허봉을 말없이 번갈아 바라볼 뿐이었다. 그때가 벌써 28년 전 일이었다.

"정말 군무회의에 안 가실 겁니까?"

허봉은 슬그머니 이이가 붙잡은 손을 빼며 물었다.

"혈기가 다 소모되고 정신이 아득해서 가 봤자 소용없네."

"대감, 사간원의 젊은 관리들이 벌떼처럼 일어날 겁니다."

그때 승정원 관리들 두서너 명이 숙직실로 들어왔다. 관리들은 이이가 몸져누웠는지를 확인하고 곧 사라졌다.

"저도 젊은 관리들을 말리지 못합니다."

허봉이 숙직실을 나서며 말했다.

"송응개와 박근원이 간사한 사람이야. 자네는 그런 사람이 아니지."

이이가 중얼거리는 소리가 허봉의 등 뒤에서 들렸다.

이이가 회의에 참석하지 않아 군무회의 참석자들이 술렁거렸다. 영의정 박순이 어찌 된 영문인지 알아보려고 관리들을 숙직실로 보냈더니, 도승지 박근원의 말대로 이이가 궐내 숙직실에 누워 있는 게 맞았다.

"병판이 평소 지병이 있다는 말을 듣지 못했습니다. 이이가 명을 받고 병조까지 와 놓고도 주상전하를 뵙지 않은 건 거만함이 하늘을 찌른 일입니다."

송응개는 이이의 잘못을 들춰냈다.

"병조판서가 왜 아픈지 자초지종을 알아본 다음에 주상전하에게 아룁시다."

서인들은 이이의 사정을 살펴봐야 한다고 막아섰다.

"알아볼 게 뭐 있습니까? 이이를 파직시켜야 합니다."

송응개가 언성을 높였다.

영의정 박순은 병판이 나오지 않은 상황에서, 임금이 먼저 회의에 참석하면, 군신의 서열이 뒤바뀌는 꼴이라, 이이가 회의에 나오게 하든지, 임금이 회의에 나오지 못하게 하든지 둘 중 하나를 선택해야 했다. 박순도 이이가 파직을 면하지 못할 거로 생각하고, 숙직실로 사람을 보내 이이를 설득하려 했으나, 이이는 끝내 일어나지 않았다.

"변고가 올라와서 군정 대책이 시급한 판입니다. 병조판서가 병을 핑계대며 내병조에만 틀어박혀 끝내 상감의 명을 받들지 않고 있습니다. 동서

고금에서 듣지도 보지도 못한 일입니다."

류성룡도 하소연 밖에 뭐라 할 말이 없었다.

"일단 전하께 병판의 일을 아룁시다. 도승지가 다녀오시오."

영의정 박순 대감의 말을 듣고 사정전으로 간 도승지 박근원이 생각보다 일찍 돌아왔다. 비변사 당상관들은 도승지가 무슨 말을 할까 궁금해서 머리를 쭉 내밀었다.

"전하께서 뭐라 하오?"

"주상전하께서 노여워하시오?"

여기저기에서 박근원에게 물었다.

"주상전하께서 곧바로 어의 허준을 보내 맥을 짚어 보고 보살피라 하셨소."

박순과 정철은 안도하는 표정을 지었다. 송응개는 얼굴에 열이 올라 화끈거렸다.

"회의는 어찌하신다오?"

"급한 게 아니면, 다음으로 미루고 삼정승과 도승지만 편전으로 들라 하셨습니다."

"그럼, 이 회의를 파한 뒤, 정승들은 주상전하께 가 봅시다."

영의정 박순이 사태를 수습하고자 나섰다.

"대감, 이게 무슨 일입니까? 나라에 변고가 났는데 병판은 누워버리고 군정 회의는 파하고, 어찌 백성들 볼 낯이 있습니까? 당장 병판을 파직하라 주청해야 합니다."

송응개는 도저히 참지 못해 고래고래 소리를 질렀다.

"대사간, 상감께서 삼정승을 들라 하셨다잖소."

"이이야말로 나라를 그르치는 소인배(誤國小人, 오국소인)이로구나!"

송응개가 이이를 소인배라고 한 말을 모두 들었다. 비변사의 당상관들이 모두 물러날 때까지, 송응개는 분을 삭이지 못했다.

사정전으로 임금을 찾아간 영의정 박순은 이이를 파직시키라는 신하들의 뜻을 아뢰었다.

"이이는 물러날 때면 미련 없이 떠나는 덕망 있는 사람이요."

임금은 이이를 물리칠 생각이 아니었다.

"소신도 그리 생각합니다. 지금 나라의 본병을 바꾸면 아니 되옵니다."

박순은 임금의 눈치를 살폈다.

"이이를 배척한 간사한 사람이 누구요?"

"원한을 가진 자는 송응개고, 파직시키라고 부화뇌동하는 사람은 허봉입니다."

박순이 아뢰었다.

"이이는 지금 요직을 맡고 있으니 파직할 수 없소."

"성은이 망극하옵니다."

"북방의 일은 병판이 일어나는 대로 삼정승과 처리한 뒤, 과인에게 알려주시오."

임금은 자리에서 일어서다, 도승지를 돌아보았다.

"도승지, 경상도에서 떠난 옥비의 자손들은 어찌 되었나?"

"처음에 떠난 자가 500명이었는데, 함경도에 도착한 사람은 200명이라 하옵니다."

박근원이 머리를 조아리며 대답했다.

"나머지는?"

"가는 길에 거의 스스로 목숨을 끊…… 아니 죽었습니다."

"죽을 놈들은 죽어야지."

임금 이연이 냉정하게 말하고 편전을 나섰다.

삼정승은 임금이 화를 내지 않자, 안도하고 편전을 물러 나왔다. 어의 허준의 진맥을 받은 이이도 퇴궐해 버리고 말았다. 임금이 이이에게 아무런 죄도 묻지 않고, 벌도 내리지 않았다는 소식이 순식간에 궐내에 퍼졌다.

다음 날 사간원의 젊은 관리들은 이이를 가만히 두었다가는 나라의 기강이 무너진다며 반드시 파직해야 한다고 떠들었다. 조정에서도 의견이 나뉘었는데, 이이의 잘못을 지적하는 사람들이 훨씬 많았다. 결국 이이가 직접 궁궐로 나와 임금에게 아뢰었다.

"하찮은 소인배인 신이 죄를 짓고 병까지 깊어 하루가 1년 같습니다. 주상 전하께서 벌을 주지 않고 오히려 격려해 주시니 몸 둘 바를 모르겠습니다."

"병판이 빨리 회복해 나라의 군무를 주관하시오."

임금은 동인들이 이이를 흔드는 게, 결국 오랑캐만 이로운 일이라고 믿었다.

"소신이 병권을 마음대로 하고 주상전하를 업신여기는 일은 가장 큰 죄입니다. 신이 큰 죄를 짓고 나라의 본병으로 군사를 호령한다면 군의 기강이 해이해질 테니 파직하여 주십시오."

"병판은 그동안 군무를 담당하느라 피로가 쌓이고 과로로 그리되었소. 물러날 생각은 말고 하던 일을 계속하시오."

임금은 자기 뜻에 거슬리는 신하들에게 본때를 보여 주고 싶어서 이이를 파직하지 않겠다고 다짐을 두었다. 하지만 이이는 자기한테 잘못이 있는지를 대신들에게 확인받고 싶었다.

"전하, 대신들에게 소신이 죄가 있는지 물어봐 주십시오. 대신들이 제 죄가 없다고 하면 나와서 일하겠습니다. 반대로 죄가 있다고 하면 멀리 유배 보내십시오. 벌을 달게 받겠습니다."

임금은 이이의 뜻을 받아들여 대신들에게 죄가 있는지 없는지 물어보겠다고 하였다. 이 소식을 들은 송응개가 사간원에서 관리들과 회의를 열었다.

"비변사의 뜻대로 가엾은 백성들이 북방으로 끌려가다 떼죽음을 당하고 있습니다."

"불쌍한 병사들은 목숨을 걸고 오랑캐와 싸우는데 병판은 반성할 줄 모릅니다."

"이이는 날마다 분노를 품고, 자기만 살려고 상소를 올리는 게 일입니다."

사간원의 젊은 관리들이 저마다 이이의 잘못을 들춰냈다.

"대신들에게 죄의 경중을 가려 달라는 말은 조정을 상대로 승부를 걸겠다는 죄입니다."

"자신의 거취를 놓고 조정의 신하들과 싸우고, 대간의 말은 들은 척도 안 합니다."

"이이는 신하인 주제에 대간을 멸시하며 공론을 가볍게 여기니 파직이 마땅합니다."

"이이가 그렇게까지 방자할 줄은 몰랐습니다."

"이이는 을사사화를 일으킨 간신들과 다를 바 없습니다."

송응개는 을사사화 이야기는 꺼내고 싶지 않았지만, 사간원의 젊은 관리 하나가 끝내 이이를 '을사년의 간신(乙巳奸人)'이라고 욕하며 목소리를 크게 냈다. 이이가 가장 싫어하는 위사공신을 이이에게 빗대었기에, 사태는 걷잡을 수 없이 커졌다. 사간원의 관리들은 이이를 파직하라는 상소를 줄기차게 올렸다.

"소신을 을사사화의 원흉에 비유하니, 더는 조정에 남아 있을 수 없습니다."

결국 이이는 임금에게 사직서를 보내고, 마포나루에서 배를 타고 파주 율곡리로 돌아갔다.

* * *

이즈음 조선군은 종성에서 니탕개와 율보리를 물리쳤고, 군사도 어느 정도 충원되어 한숨 돌렸다. 날씨가 한여름으로 접어들어 겨울보다는 지내기 좋았지만, 겨울이 되면 오랑캐들이 더 날뛸 게 뻔했다. 정언신은 김성립만이라도 겨울이 오기 전에 안전하게 귀향시키고 싶었다.

"자네는 경원성에 갔다가 한양으로 돌아가게."

"저는 끝까지 남겠습니다."

"자네는 성균관 상재생이 아닌가, 이만하면 충분했네."

종사관 김수는 조카가 전장에서 충분히 배웠다고 생각했다. 안동 김씨 집안의 장손을 온전하게 돌려보내는 일도 자기 몫이라고 여겼다. 그래서 정언신 대감에게 조카 김성립을 한양으로 돌려보내자고 몇 번이나 말했고, 정언신이 받아들였다.

"성립아, 아버지 말씀 들어. 이번에 우을기내를 회유하는 작전을 펼친대. 아버지는 어떻게 해서든지 우을기내를 회유하고 싶은 거지. 북병사가 그 임무를 갖고 경원성으로 가는 거야."

정협도 김성립을 설득했다.

"긴말 필요 없다. 내일 북병사와 함께 경원성으로 가라! 거기에서 이순신을 만나 봐."

정언신은 김성립에게 명하고 병사들을 데리고 병영을 순시하러 나섰다.

'이순신?'

함경도 동구비보에서 권관으로 3년 동안 근무한 이순신은 한양으로 돌아와 훈련원 봉사를 맡았다. 그러던 중 당시 병조정랑이었던 서익의 인사 청탁을 거부해 충청도 해미읍성으로 쫓겨났다. 우여곡절 끝에 종4품 발포 만호가 되어 전라좌수영의 수군으로 바다를 지켰다. 그즈음 전라좌수사 성박이 이순신에게 관아의 오동나무를 베어 바치라는 명을 내렸을 때, 오동나무를 베면 왜적이 관아를 다 들여다볼 수 있다며 거절하였다. 마침 군사 검열을 나온 서익이 이순신에게 낮은 점수를 줘서 파직당했는데, 얼마 전 훈련원 봉사로 돌아왔다. 서익과 친한 병조판서 이이는 이순신이 강직한 인물이라는 걸 들었다. 덕수 이씨 종친이기도 해서 이순신한테 한번 보자고 하였다. 하지만 이순신은 단번에 거절하고 함경도에서 밑바닥부터 힘겹게 다시 올라가는 중이었다. 김성립은 동구비보에서 '권세를 따라 아첨하며 한때의 영화를 훔치는 일을 매우 부끄럽게 여긴다'라는 이순신의 말이 생각났다. 김성립은 이순신이 활약하는 모습을 보고 싶어 정언신의 명령대로 경원성으로 떠났다.

* * *

김성립이 북병사 김우서와 경원성에 도착했을 때, 대기하고 있던 이순신이 우을기내를 굴복시킬 작전을 보고했다.

"우을기내한테 두만강을 건너 건원보 앞으로 오라고 했습니다. 거기서 항복을 받을 겁니다."

"그 오랑캐 놈이 항복할까? 아직도 오랑캐들이 출몰한다는 정보가 있는데……."

김우서는 항복하겠다는 우을기내의 졸병들이 산길에 매복하여 조선군 전령을 습격한다는 보고를 받고 있었다. 그래서 우을기내가 항복하겠다는 말을 반은 믿고 반은 믿지 않았다.

"그놈들은 우을기내를 반대하고 나온 놈들입니다."

"다 같은 오랑캐 놈들이겠지."

김우서는 이순신의 말이 미덥지 않았다.

"우을기내에게 항복하면 전처럼 오랑캐 번호로 살 수 있다는 확신을 줘야 합니다. 문서를 작성해 주시면 우을기내의 항복을 받아 내겠습니다."

"문서라? 흔적을 남겼다가 우리가 오랑캐와 내통한다고 추궁당할 수도 있네."

"자초지종을 적어 조정에 올리면 그런 일은 없을 겁니다."

"좋네. 한번 자네를 믿어 보지."

김우서는 우을기내가 투항하면 목숨을 살려 주고, 예전처럼 대우하겠다는 문서를 작성해서 이순신에게 건넸다.

"이 문서는 우을기내를 회유하기 위한 문서이지. 조정의 정식 문서는 아닐세."

"잘 알겠습니다. 이 문서로 우을기내를 설득하겠습니다."

"나는 여기 경원성에 있을 테니 자네가 건원보에 가서 알아서 처리하게. 여기 김 군관을 전령으로 삼게."

"예, 알겠습니다."

김성립은 이순신을 따라 경원성을 나섰다. 두 사람은 말을 타고 건원보로 향했다.

"나리, 저를 알아보시겠습니까?"

경원성 밖으로 나온 김성립이 이순신에게 물었다.

"동구비보에서 봤었지. 생원이 되었는데 전장엔 왜 나왔나?"

"나리의 말씀이 생각났습니다."

"내 말?"

"장부로 세상에 태어나, 나라에서 필요하다면 몸을 바쳐야 한다는……."

김성립이 대답했다.

"생원은 생원이 할 일이 있고, 무인은 무인이 할 일이 있지."

"나라가 누란의 위기인데 생원이라고 잠자코 있겠습니까?"

"왜, 의병이라도 하려고?"

"의병대장이 돼서라도 의를 행해야 하는 거 아닙니까?"

"전쟁은 의병보다 관군이 우선일세!"

이순신과 김성립은 말을 몰아 건원보를 향해 달렸다. 두 사람이 한참 산길을 달리는데 어디선가 화살 한 대가 휙 날아와 김성립의 곁을 스치고 지나갔다.

"앗, 저 앞에!"

김성립이 앞을 보니 오랑캐 십여 명이 말을 타고 산길을 막고 서 있었다.

"어서 피해! 나를 따라와."

이순신은 말머리를 숲속으로 돌렸다. 김성립은 겨우 이순신을 따랐다. 오랑캐들은 계속해서 두 사람을 쫓았다. 이순신은 큰 바위 옆을 지날 때 말에서 내렸다.

"여기에 몸을 숨겨!"

김성립도 말에서 내렸다. 말들은 어디론가 쏜살같이 사라졌다. 두 사람은 바위 뒤에 몸을 숨겼다. 화살을 시위에 메기고 오랑캐를 살피는데, 오랑캐들은 점점 두 사람을 향해 다가왔다.

이순신은 다가오는 오랑캐들을 향해 화살을 한 발 한 발 날렸다. 오랑캐들이 픽픽 쓰러졌다. 하지만 오랑캐들은 나무 뒤에 몸을 숨기며 점점 다가왔다. 김성립은 아직 화살을 쏘는 법을 제대로 배우지 않아 화살을 잘 쏘지 못했다. 이순신이 오랑캐들과 싸우고 있을 때, 한 오랑캐가 집요하게 김성립에게 달려들었다. 오랑캐는 김성립을 향해 칼을 내리쳤다. 김성립의 목이 떨어질 판이었다. 이순신은 다른 오랑캐들에게 둘러싸여 미처 김성립을 구할 처지가 아니었다. 김성립은 이제는 죽었다고 생각했는데, 제일 먼저 떠오르는 얼굴은 허초희였다.

'초희의 말을 듣고 그냥 한양에 있었을걸. 공연히 함경도에 와서 목숨을 잃는구나. 아이들은 어쩌지…….'

김성립은 오랑캐의 칼을 막으려고 허리에 찬 칼을 빼 들었다. 곧 죽는다는 두려움에 한양으로 돌아가면 지어미 허초희의 말을 따르고, 어린 자식들을 위해서 살아야겠다는 생각이 번쩍 들었다. 그리고 모든 걸 체념하고 눈을 감았다.

그때였다. 어디선가 바람을 가르는 화살 소리가 들리더니 김성립을 내리치려던 오랑캐의 모가지를 꿰뚫었다. 화살을 맞은 오랑캐는 나뒹굴고 말았다. 김성립이 고개를 들고 보니 웬 조선군 장수가 말에 타고 있었다. 그 장수는 등에 칼 두 자루를 엇갈려 메고 말 위에서 편전을 쏘고 있었다.

장수는 침착하게 편전을 쏘는 데 백발백중으로 오랑캐를 맞췄다. 팔뚝에 화살을 맞은 오랑캐들은 칼을 떨어뜨리고 달아났다. 위기에 빠졌던 이순신도 몸을 빼내 되려 오랑캐를 쫓았다.

"형님! 그냥 두세요!"

말에 탄 장수가 이순신에게 소리쳤다. 그러더니 화살을 메겨 도망가는 오랑캐를 쏴 맞췄다. 오랑캐들은 절뚝거리며 숲속으로 사라졌다.

"자네가 여기 웬일인가?"

"도순찰사 대감의 명으로 오랑캐의 정보를 수집 중입니다."

장수가 이순신을 보며 반갑게 웃었다. 장수 뒤에 숨어 있던 병사들이 모습을 드러냈다.

"김 군관, 인사하게. 나랑 같은 해 무과에 급제한 황진일세."

김성립은 황진을 돌아보았다. 김성립은 황진이 조선 제일 명궁이라는 말이 떠올랐다. 예전에 살곶이 벌판 활터에서 도깨비 동무들과 황진의 활솜씨를 구경하던 일이 생각났다.

"익히 명궁이라고 들어서 알고 있습니다. 제 목숨을 구해 주셔서 고맙습니다."

김성립이 깍듯이 인사했다.

"보아하니 양반집 선비처럼 보이는데, 전장에는 웬일인가?"

황진이 김성립에게 물었다.

"누란의 위기에 양반 상놈 구별이 있겠습니까?"

"나중에 의병장이라도 할 선비로구먼. 형님, 이 머리 가지시럽니까?"

황진은 자기가 쏘아 맞힌 오랑캐의 머리를 잘라 들어 보이며 이순신에게 물었다.

"자네가 세운 공을 내가 어찌 가로챈단 말인가?"

이순신이 황진에게 대답했다.

"오랑캐 졸개 수급이야, 마음만 먹으면 얼마든지 얻을 수 있지요. 오랑캐 대장을 잡아서 이 전쟁을 끝내야 백성들이 편안하게 살 겁니다. 이 수급은 벌을 받아 곤경에 처한 병사에게 주겠습니다."

황진은 오랑캐 수급을 한 병사에게 건넸다.

"이 수급을 가지고 가서 자네의 공으로 삼게. 도순찰사께서 그동안 자네가 받던 벌을 용서해 주실 걸세."

병사가 오랑캐 수급을 받아 말안장에 매달았다.

"형님, 저희는 가보겠습니다. 조심하십시오. 형님이야말로 이 나라의 제일 큰 보배라는 걸 잘 알고 있습니다."

황진과 병사들은 이순신에게 인사하고 숲속으로 사라졌다. 이순신이 손가락을 입에 넣어 휙 하고 휘파람을 불자 멀리 달아났던 말들이 돌아왔다. 이순신과 김성립은 말을 타고 건원보로 길을 잡았다.

건원보에 도착한 이순신은 군관 이박에게 문서를 건넸다. 군관 이박은 건원보를 지키는 함경도 토박이 하급 장수였다. 정식으로 무과에 급제하지 못한 까막눈이었는데, 남을 속이는 잔꾀로 입신양명한 사람이라 하급 장수가 되었다. 이순신은 종4품 발포 만호에서 무려 10품계나 급전직하해서 종9품 건원보 권관으로 배치받은 처지였다. 두 사람은 서른아홉 살 동갑으로 서로 친하게 지냈지만, 이박은 이순신이 만호의 지휘에 있었던 걸 잊지는 않았다.

이박은 예전에 우을기내 쪽으로 넘어간 조선 사람을 알고 있는데, 우을기내가 조선에 항복하고 싶다는 뜻을 여러 번 내비쳤다고 이순신에게 알렸다. 이순신은 그 말을 듣고 우을기내를 투항하게 만들면 전쟁이 쉽게 끝날 수 있겠다고 생각해서, 이박과 함께 머리를 맞대고 우을기내의 항복을 받아낼 계획을 짰다. 우을기내의 목숨과 권리를 보장해 주는 대신 조선에 투항시킨다는 계획이었다.

이순신이 그 계획을 갖고 북병사 김우서를 찾아갔고, 김우서는 이순신을 말단 권관으로 여기지 않고, 종4품 만호의 실력을 갖춘 무장으로 생각해 이순신의 작전 계획을 승인해 줬다.

"술과 음식을 준비하고 기다릴 테니, 자네는 이 문서를 보여 주고 우을기내를 데리고 오게."

이박은 이순신이 건넨 문서를 가지고 강을 건너 우을기내의 진영으로 들어갔다.

"나는 우을기내를 잡아 죽일 생각이 아니네. 투항시켜 전쟁을 끝내려는 거지."

이순신이 김성립에게 말했다. 이순신은 오랑캐 추장을 잡아 죽이기보다 굴복을 얻어내 예전처럼 지내는 게 좋은 방법이라고 믿었다. 김성립은 과연 이순신의 계획이 들어맞을지 다음에 벌어질 일을 지켜보기로 했다. 이순신은 병사들을 시켜 두만강 모래벌판에 커다란 천막을 치고 음식과 술을 준비시켰다.

그날 오후, 군관 이박이 앞장서서 두만강 여울을 건너 오랑캐들을 이끌고 군막으로 들어왔다. 이순신은 예전의 발포 만호 시절의 군복으로 갈아입고 가운데 앉아서 기다렸다.

"경원성에서 오신, 만호 나리입니다."

이박이 우을기내에게 이순신을 인사시켰다.

"이순신입니다. 오시느라 수고하셨습니다."

"우을기내입니다."

"이전에 잘못을 잊고 조선으로 돌아오신 걸 환영합니다."

"이 문서는 진짜 북병사가 쓴 게 맞소?"

우을기내가 문서를 들이밀며 따져 물었다.

"맞습니다. 제가 직접 북병사 영감께 받아 온 겁니다."

"그럼, 북병사를 만나게 해 주시오."

"곧 만나실 수 있을 겁니다. 천천히 술과 음식을 드시면서 말씀하시죠."

이순신이 우을기내에게 술을 권했지만, 우을기내는 의심하고 마시지 않았다. 그러자 이순신이 우을기내 앞에 놓은 술잔을 들어 먼저 마시고 다시 잔을 넘겼다.

"모든 병사는 칼을 내려놓고, 술을 들게."

이순신이 군막의 조선 병사들에게 명령하자, 군막 안의 조선 병사들이 일제히 칼을 바닥에 놓고 술잔을 들었다. 이순신도 칼을 풀어 놓았다.

"아, 추장께서는 그대로 칼을 차고 계십시오. 여기서 즐기시다 우리 조선 사람들이 믿을 만하면 그때 칼을 푸십시오."

이순신이 안심시켰지만, 우을기내는 칼을 풀지 않았다.

"이제 경원성에서 전쟁은 끝났다. 병사들은 실컷 마셔라."

조선 병사들은 이순신을 따라서 술을 마셨다. 우을기내와 함께 군막으로 들어온 오랑캐들은 어찌할지 몰라 두리번거렸다. 그러는 사이 조선 병사들은 술을 몇 잔씩 마시며, 곁에 있는 오랑캐들에게도 술을 따라 줬다.

"오늘 우을기내 추장이 다시 조선의 신하가 되었으니, 원한을 잊고 마십시다."

이박이 술을 마시고 양고기를 뜯어 먹으며 우을기내에게 말했다. 조선 병사들이 신나게 먹고 마시는 걸 보고 우을기내와 오랑캐들도 점점 경계를 늦추며 자세와 긴장이 풀렸다.

김성립은 군막의 한쪽 구석에서 조선 병사들과 오랑캐들이 먹고 마시는 걸 지켜봤다. 오랑캐들이 마시는 백주(白酒)는 너무 써서 마실 수 없었고, 양고기도 입에 맞지 않았다. 무엇보다 이 왁자지껄한 분위기가 도무지 마음에 들지 않았다. 김성립은 먼발치에서 이순신이 무슨 말을 하는지 들어보길 바랐다. 이순신이 우을기내와 술을 마시며 이야기하는 게 보였다.

"니탕개와 율보리는 문명을 버리고 야만 오랑캐의 길로 돌아갔지만, 우을기내 추장은 다시 밝은 세상으로 나왔소! 모두 축하하며 술을 마십시다!"

이순신이 다시 술잔을 높이 들자, 우을기내가 일어서서 허리에 찬 칼을 풀고 술잔을 들었다. 그러자 곁에 있던 오랑캐들도 칼을 풀고 술잔을 들었다.

"우리 형제들과 건배!"

이순신은 술을 마시고 머리 위로 술잔을 뒤집었다. 우을기내도 술을 마시고 술잔을 쏟아 보였다. 오랑캐들도 우을기내를 따라 똑같이 술잔을 머리 위에서 거꾸로 들었다. 그때였다.

"지금이다!"

갑자기 이박이 들고 있던 술잔을 바닥에 던졌다. 이를 신호 삼아 조선 병사들이 품속에 숨겼던 칼을 꺼내 곁에 있는 오랑캐들의 목을 찔렀다. 사방에서 오랑캐의 피가 튀었다. 순식간에 일어난 일이었다. 우을기내는 깜짝 놀라 풀어 놓은 칼을 집으려고 손을 뻗었다. 그러자 이박이 달려들어 칼을 걷어차고 단도로 우을기내의 목을 찔렀다. 우을기내가 손으로 막아도 헛수고였다. 우을기내는 피를 콸콸 쏟으며 쓰러졌다.

"이 군관!"

이순신이 깜짝 놀라 이박을 막았다. 이박은 어느새 바닥에 떨어진 칼을 집어 들어 우을기내의 목을 베어 버렸다. 우을기내의 모가지에서 피가 뚝뚝 떨어졌다.

"이 군관 이게 무슨 짓이야?"

이순신이 이박에게 격분하며 물었다.

"비키게! 오랑캐 추장의 목을 베었으니, 이제 끝났어."

김성립은 너무 놀라 아무 말도 할 수 없었다.

"죽였나?"

그때 장막을 걷으며, 북병사 김우서가 군막으로 들어왔다.

"병사 영감, 모두 죽였습니다!"

이박이 무릎을 꿇고 김우서에게 아뢰었다.

"잘했어, 잘했어!"

김우서가 흥분해서 어깨를 툭툭 치며 이박의 공을 치하했다.

"밖에 있던 오랑캐들도 모두 처치했습니다."

조선 병사 몇 명이 군막으로 들어와 북병사 김우서에게 보고했다.

"우을기내의 모가지는 소금에 절이고, 오랑캐들의 수급은 경원성 문루에 매달아 놓아라!"

북병사 김우서의 명령에 따라, 병사들이 오랑캐 졸개들의 수급을 밖으로 가져 나갔다.

"도순찰사 대감에게 우을기내의 수급을 어찌할지 여쭙겠다."

김우서가 우을기내의 모가지를 들고 군막 밖으로 나가면서 우쭐거렸다.

"이 군관, 이게 어찌 된 일인가?"

이순신이 이박에게 물었다.

"북병사께서 항복보다 수급을 원했네."

"그럼, 처음부터 우을기내를 속일 생각이었나?"

"북병사께서 자네에게는 알리지 말고 은밀히 시행하라 했네."

이박이 이순신에게 털어놨다.

"장차, 저들의 원한을 어찌하려는가?"

"그건 그때 가서 생각하세."

이박은 부하들과 군막 밖으로 나갔다. 이순신과 김성립도 군막 밖으로 나가 수루에 올랐다. 모래벌판에는 죽임을 당한 오랑캐들이 피를 낭자하게 흘린 채 널브러져 있었다.

"싸우지 않고 굴복시켜야 했는데……."

이순신이 깊은 시름을 내뱉었다.

김성립은 군막에서 읽은 '싸우지 않고 적을 굴복시키는 게 최선이다(不戰而屈人之兵 善之善者也, 부전이굴인지병 선지선자야)'라는 『손자병법』의 한 구절이 떠올랐다. 그때 강 건너에서 오랑캐들이 부는 피리 소리가 들려왔다. 긴 칼을 어루만지는 이순신의 얼굴에 수심이 더해졌다. 김성립은 한동안 말없이 이순신의 얼굴을 바라봤다. 붉은 노을이 북녘 하늘과 두만강을 핏빛으로 물들였다.

며칠 후, 정언신의 명령이 경원성에 도착했다. 우을기내의 수급은 함경도 행영으로 가져오지 말고 한양으로 올려 보내라는 명령이었다. 그 편지의 끝에 김성립도 반드시 한양으로 돌려보내라는 지시가 있었다. 김성립은 드디어 한양으로 돌아가게 되었다.

* * *

두만강 건너편에 니탕개와 율보리가 숨어 있었다. 우을기내의 모가지가 떨어진 걸 보고 니탕개와 율보리는 이제 조선으로 귀순할 수 없다고 생각해서 7월 하순에 회령 북쪽 방원보를 향해 쳐들어왔다. 이번에는 방원보를 부숴 버릴 생각이었는지, 투석기, 공성차, 사다리를 갖추고 두만강을 건넜다. 정언신은 북병사 김우서를 방원보로 보내 곳곳에 매복을 두고, 철통같은 방어 태세를 갖췄다. 그런 사실을 모르는 니탕개와 율보리는 군사를 5개 부대로 나눠 5색 깃발을 흔들며 방원보를 향해 쳐들어왔다.

조선군은 동쪽 방면에 집중하여 승차총통과 편전부대를 늘어놓고 오랑캐를 막았다. 오랑캐들이 나타나자, 매복했던 군사들이 편전을 쏘고, 보루 안에서는 투석기, 공성차, 사다리를 불태우려고 화포와 불화살을 쏘아 댔다. 오랑캐들은 동쪽 문에 도착하기도 전에 수백 명이 총포에 맞아 죽고, 공성 장비들은 모두 부서지고 불탔다.

김우서가 목책을 넘어온 오랑캐를 모두 붙잡아, 살아 있는 채로 성문밖에 걸고, 오랑캐들이 가까이 다가올 때마다, 사지를 하나하나 잘랐다. 고통에 울부짖는 오랑캐의 비명이 밤새도록 두만강 건너까지 퍼져 갔다. 그렇게 오랑캐들을 난도질했더니, 겁을 집어먹은 오랑캐들은 방원보를 공격하지 못했다.

아침이 밝았을 때, 방원보 앞에 북적이든 오랑캐들은 시체만 남겨 두고 모두 두만강 건너로 사라져 버렸다. 니탕개와 율보리는 두만강 북쪽 깊은 산속으로 들어갔다. 이렇게 해서 정월부터 시작된 니탕개의 난은 잠잠해졌다. 하지만 조선 조정에서 벌어지는 싸움은 이제부터 시작이었다. 누구도 승자라고 할 수 없는 싸움이었다.

11. 개선(凱旋)
(허초희 21세, 1583년)

"누이! 누이!"

허균이 신나서 건천동 집으로 뛰어 들어오며 목청껏 외쳤다.

"어, 작은외삼촌이네!"

허균이 허초희를 불렀는데, 반갑게 달려와 맞는 건 해경과 희윤 두 조카였다.

"어머니는 어디 갔니?"

"방에서 시 쓰고 계세요."

"빨리 불러 봐!"

"어머니! 허균 삼촌이 왔어요!"

오누이가 허초희를 불렀다.

"너는 열다섯 살이면서도 왜 이렇게 방정맞냐?"

허초희가 시를 쓰다 말고 대청으로 나오며 허균을 꾸짖었다.

"누이, 매형이 온대요!"

"뭐?"

허초희는 갑자기 김성립이 온다는 말이 믿기지 않았다.

"해경아, 희윤아! 아버지가 온대!"

"진짜요? 아버지가 와요?"

"오랑캐 두목 모가지를 잘라…… 아니 두목을 잡았대. 전쟁에서 이겼어."

허균은 모가지를 잘랐다고 말하려다가, 다섯 살과 세 살밖에 안 된 조카들 얼굴을 보고 말을 바꿨다.

"누가 그래?"

허초희가 확인이라도 하려는 듯이 허균에게 물었다.

"허봉 형님이 그랬어요. 내일이면 개선군이 동대문으로 들어올 거랍니다."

"매형도 온대?"

"매형도 함께 오는 중이라고 연락을 받았대요."

허균은 어린 두 조카를 얼싸안고 껑충껑충 뛰며 좋아하는데, 허초희는 맥이 풀려 털썩 주저앉고 말았다. 어머니가 자기를 볼 때마다 '김 서방은 전장에 나가면 뼈도 못 추린다'라는 무당의 말을 되새기는 바람에 속으로 걱정이 많았다. 그런 중에 전장에서 살아서 돌아온다니, 게다가 오랑캐를 무찌르고 개선한다는 말을 듣고 나니 정말 다행이었다.

"누가 온다고?"

밖이 시끄러웠던지 김씨부인도 대청으로 나오며 물었다.

"어머니, 김 서방이 온대요."

"진짜냐?"

"예, 둘째 형이 전령한테 들었답니다. 분명히 내일 매형이 돌아온답니다."

"아이코, 다행이다. 관세음보살, 관세음보살."

김씨부인은 허균의 말을 듣고 그동안의 걱정이 모두 사라져 자기도 모르게 부처님을 찾았다.

"어머니, 절에 갔었어요?"

허균은 김씨부인이 관세음보살이라고 하는 말을 듣고 물었다.

"내가 네 매형 살려 달라고 매일 밤 부처님께 싹싹 빌었다. 관세음보살!"

"어머니……."

허초희가 김씨부인의 손을 잡고 눈물을 글썽였다.

"그저, 세상에 믿을 수 있는 게 부처님밖에 없구나."

"어머니, 막내아들 허균이 있잖아요!"

허균이 나대며 김씨부인을 보고 씩 웃었다.

"내일 모두 다 동대문으로 나가 보자. 우선 뭘 좀 만들까?"

김씨부인은 허초희와 사월이를 데리고 부엌에 들어가 음식을 준비했다. 김성립이 개선한다는 소리에 건천동은 모처럼 활기가 돌았다.

다음 날 한양의 백성들이 동대문 안팎은 물론 운종가에 쭉 늘어서서 개선군을 기다렸다. 인파는 탑골을 지나 육조대로까지 북적였다. 함경도에서 돌아오는 개선군을 환영하는 인파였다. 오후 늦게 개선군이 제기리(祭基里) 선농단을 지나 동대문 앞에 나타났다. 더운 기운이 한풀 꺾인 저녁 시간이어도, 가만히 서 있으면 여전히 땀이 비 오듯 흐르는 한여름 날씨였다.

허초희는 오누이와 어머니, 허균과 함께 종묘 근처 어물전 앞에서 개선 행렬을 기다렸다. 멀리서 말을 탄 병사들과 기치창검을 든 병사들이 동대문 안으로 들어오는 게 보였다. 허초희는 가슴이 두근거렸다. 오랑캐에게 큰일을 당할까, 노심초사하며 기다리던 낭군이 살아서 오니, 게다가 오랑캐 추장의 수급을 가지고 개선한다니 기쁨을 감출 수 없었다.

어린 오누이도 점심때부터 아버지를 기다리느라 지쳐서 졸다가 개선군을 환영하는 사람들 소리에 번뜩 깨어났다. 드디어 개선군이 어물전 앞까지 나타났다. 개선군 행렬은 너무나 초라했다. 말에 올라탄 군관 세 명 뒤

11. 개선(凱旋)　**333**

로 채 서른 명이 되지 않는 병사들이 뒤따랐다. 모두 전장에서 상처를 입어 싸우기 힘든 늙은 사람들이었다. 맨 앞 군관의 말안장에는 '괴수 우을기내 수급'이라는 글자를 붙인 네모난 상자가 디룽디룽 매달려 흔들렸다. 병사들은 지치고 힘든 표정이었다. 얼굴이 모두 시커멓게 그을리고 때가 꾀죄죄하여 그 사람이 그 사람 같아 누군지 분간이 어려웠다. 허초희는 김성립을 쉽게 찾을 줄 알았지만, 얼마 안 되는 개선 행렬 중에서도 찾기가 어려웠다.

"아버지!"

그때 허균의 품에 안긴 아들 희윤이 아버지를 발견했는지 큰 소리로 외쳤다.

"어디?"

허초희네 사람들이 희윤이 가리키는 곳을 향해 머리를 돌렸다. 그러자 병사들도 한결같이 허초희네 사람들을 향해 고개를 돌렸다. 병사들도 자기 식구를 찾는 중이었다.

"아니야! 잘못 봤어."

허균이 누이에게 소리 질렀다. 그러는 사이 백성들이 우르르 병사들 곁으로 몰려가 한데 어울려 점점 찾기가 어려워졌다. 허초희는 좀 초조해졌다. 개선 행렬과 인파는 종루 근처 면포전까지 휩쓸려 왔다.

"성립아!"

그때 누군가 김성립을 불렀다. 허초희는 성립이라는 말에 귀가 번쩍 뜨여 돌아보았다.

"어머니!"

"오라버니!"

김성립을 부른 사람은 시어머니 송씨부인이었고, 그 옆에 시누이가 보였다.

"서방님!"

허초희가 큰소리로 김성립을 불러도, 김성립은 들었는지 말았는지 허초희를 쳐다보지 않고 송씨부인에게 달려갔다. 송씨부인이 김성립을 껴안고 얼굴을 쓰다듬으며 눈물을 흘렸다. 시누이도 역시 엉엉 울어 댔다. 김성립은 여전히 허초희네 사람들을 보지 못했다. 허초희는 멀리서 시어머니와 얼싸안은 김성립을 멍하니 바라보았다.

"아버지! 할머니!"

오히려 어린 해경과 희윤의 목소리가 구름처럼 모인 사람들 사이에서 선명하게 김성립에게 들린 모양이었다. 김성립이 허초희네 사람들을 돌아보았다. 오누이가 김성립을 향해 달려갔다. 김성립이 오누이를 번쩍 들어 올려 뺨에 입을 맞췄다. 그러고는 한참 후에야 허초희를 발견하고, 아이들을 내려놓고 허초희를 향해 걸어왔다.

"초희야!"

"서방님!"

허초희가 김성립의 손을 잡고, 고개를 들어 쳐다보았다. 가면을 쓴 듯 검게 탄 얼굴에서 눈동자가 반짝였다. 평소 김성립의 눈빛이 아니었다. 예전에 어디선가 본 듯한 눈빛이었다.

"매형! 가면만 안 썼지, 도깨비가 따로 없소!"

허균도 반갑게 김성립을 맞았다.

'도깨비!'

허초희는 순간 생각났다. 열다섯 살 처녀 적에, 바로 이 운종가에서 본

11. 개선(凱旋) **335**

도깨비 가면 속의 눈동자! 가면에 뚫린 눈구멍에서 허초희를 쏘아보던 빤짝거리는 눈동자! 그 눈빛이 부딪쳐 자기 마음을 뒤흔들어 놓았던 바로 그 도깨비 눈동자! 그게 진짜로 김성립이었을까? 아니면 이덕형이었을까? 허초희는 엉뚱한 생각을 하지 않으려고 머리를 도리도리 흔들었다.

"서방님, 보고 싶었어요."

"나도. 초희야, 매일 이 금비녀만 매만졌지."

김성립은 금비녀를 꺼내 보이며 웃음을 띠고, 허초희의 머리에 꽂아 주었다.

육조거리를 지나 광화문 앞에까지 간 개선군은 군관 세 명만 궐 안으로 들어갔고 나머지 병사들은 뿔뿔이 흩어져 버렸다. 허초희와 오누이, 허균은 건천동으로 가지 않고 모두 인왕동 허초희 시댁으로 향했다.

* * *

함경도에서 돌아온 김성립을 반긴다는 명목으로 김첨의 인왕동 집에, 송응개와 허봉이 찾아왔다. 김성립은 집에 돌아와 제일 먼저 사당에 가서 조상들에게 절을 올리고, 사랑채에 들러, 아버지 김첨과 외삼촌 송응개, 처남 허봉에게 귀환 인사를 올렸다. 그때 사랑채로 도승지 박근원이 들어왔다.

김첨은 김성립에게 오늘은 어머니가 차려주는 저녁을 먹고 아이들과 함께 푹 쉬라고 일렀다. 김성립은 네 사람이 뭔가 긴밀한 이야기를 나눈다고 생각해 방을 나왔다.

김성립은 사랑채를 나와 안채로 들어갔다. 안채에 김성립을 위해 큰 상이 차려졌다. 송씨부인은 아들과 손자 손녀가 맛있게 먹는 걸 흐뭇하게 바라보았다. 김씨부인과 허초희도 손님처럼 앉아 저녁을 함께 먹었다. 김씨부인은 건천동에서 애써 마련한 음식을 생각하니 왠지 서운해졌다. 김성립은 밥을 먹으면서 함경도에서 있었던 일을 떠드느라 정신이 없었다. 허초희도 김성립이 하는 이야기를 들으면서 시간 가는 줄 몰랐다.

숙모 성씨는 김성립에게 남편 김수의 안부를 꼬치꼬치 캐물었다. 김성립의 말을 들을수록 숙모 성씨의 얼굴에 근심이 가득 차더니 결국 눈물을 흘렸다. 허초희는 강인하게만 여겼던 숙모 성씨가 눈물을 흘리는 걸 보고 신랑 김성립만 돌아온 게 미안했다. 왠지 김성립이 숙부 곁에서 전쟁이 끝날 때까지 함께 있었어야 하는 게 아니었나 할 정도였다. 김성립의 말을 듣던 숙모 성씨는 결국 방에서 나와 장독대에 걸터앉았다. 허초희가 숙모 성씨에게 다가가 손을 잡았다. 숙모 성씨가 허초희를 얼싸안았다. 멀리서 송씨부인이 두 사람을 지켜보고 있었다.

그날 밤 모처럼 허초희는 인왕동 시댁에서 아이들과 함께 잤다. 김성립은 피곤했던지 금방 잠에 곯아떨어졌다. 허초희는 등불을 켜고 김성립에게 전해 들은 이야기로 시를 한 수 지었다.

아침에 허초희보다 일찍 일어난 김성립이 허초희가 쓴 시를 읽어 보았다.

임조에서 싸움이 끝나 패한 말은 울고
패잔 군사가 호각을 불며 빈 군영에 묵네.
회중에선 변방이 무사하다며 알려왔는데
날 저물자 평안성에 봉화가 들어가네.

화산 서쪽 열여섯 고을 새로 수복하고
말안장에 월지(月支)의 목을 매달고 돌아왔네.
강가에 나뒹구는 해골들 장사 지내줄 사람도 없어
백리 모래밭에는 붉은 피만 흥건해라.
　　　　[요새로 들어가는 노래][17]

 허초희가 건원보에 있었던 게 아닐까, 하는 착각이 들 정도로 그날의 상황이 생생하게 느껴지는 시였다.

* * *

 군관들이 우을기내의 모가지를 가지고 궐 안으로 들어오자, 영의정 박순과 도승지 박근원은 임금을 찾아가 아뢰었다.
 "전하, 우을기내의 수급은 종묘와 사직에 바치는 게 옳은 줄로 아룁니다."
 영의정 박순이 임금 앞에 엎드려 말했다. 올해 예순한 살인 박순은 이이가 파주로 떠난 뒤 병조판서 일까지 도맡게 되어서 힘이 들어 죽을 맛이었다. 더군다나 서른두 살로 혈기 왕성한 임금의 비위를 맞춰 눈치 보며 국정을 챙기느라 고생이 이만저만이 아니었다.
 "더러운 오랑캐 수급을 열성조가 계신 곳에 바칠 수 없소. 그냥 시구문 앞에 걸어 두고 지나가는 백성들이 원한을 풀게 하시오!"
 "주상전하께서 한번 보시겠습니까?"

---

17)　入塞曲, 입새곡 일부분(허초희 지음, 허경진 옮김)

"볼 거 없소. 걸어 뒀다가 썩으면, 들짐승에게 던져 주시오."
"전하, 이번에 공을 세운 자들은 어찌하옵니까?"
"군관 이박은 공을 세웠으니, 후한 상을 내리시오."
"다른 이들은 어떻게 하오면······."
박순이 임금의 의중을 떠봤다.
"또 누가 무슨 공을 세웠소?"
"북병사 김우서······."
"됐소! 북병사는 당연히 해야 할 일을 한 거요. 아직, 적의 괴수를 다 잡지도 못했소. 무슨 상이란 말이요?"
임금 이연은 아직 니탕개와 율보리를 잡지 못해 기분이 더러웠다.
"전하, 잘한 자를 찾아 상벌을 명확히 하는 게 좋은 줄로 아뢰옵니다."
도승지 박근원은 정언신이나 이순신에게 상을 내리지 않는 임금에게 불만이 많았다.
"도승지! 괴수를 잡아 죽인 건 다행이다. 나는 그 방법이 영 마음에 들지 않아."
"전하 무슨 말씀인지요?"
"오랑캐를 꾀어서 같이 술을 먹고 놀다가 죽여 버렸다지."
"놀았다기보다······."
"아무리 전쟁이라도 우리 조선이 속임수를 써서 그깟 오랑캐를 잡다니······ 속임수를 쓴 게 뭐 잘한 일이라고······ 내가 백성들 보기 창피해서 얼굴을 들 수 없다."
임금은 솔직히 오랑캐 따위를 토벌하면서 속임수를 쓴 게 간신이나 소인배처럼 느껴졌다.

"전하, 속임수는 병가에서는 흔히 있는 일입니다."

잘못하면 군사들의 사기가 떨어질 걸 염려한 영의정 박순이 어떻게든 무마하려 나섰다.

"영상, 우리가 잡아 죽일 오랑캐가 저 우을기내 한 놈이요?"

"아니옵니다. 니탕개와 율보리가 있습니다."

"앞으로 한두 명이 아닌데, 모두 북쪽 심처로 달아나면 훗날 더 큰 걱정거리가 될 거요. 일망타진을 못 한 이상, 호미로 막을 걸 가래로 막아야 하는 거요!"

"전하, 정언신이 반드시 괴수들의 수급을 보내올 겁니다. 심려치 마시옵소서."

영의정 박순은 다른 사람들을 위해 공치사하다 공연히 임금의 심기가 불편해지면, 좋을 게 없다고 생각해서 더는 상을 주자고 주청하지 못했다.

"앞으로 오랑캐와 싸울 때, 다시는 속임수를 쓰지 마시오."

"예, 전하. 밖에서 기다리는 군관들은 어찌하면 좋겠습니까?"

"소고기 두어 근에 술 한 병씩 내려 주고 마시오!"

"성은이 망극하옵니다."

"내일 아침 삼정승은 다시 편전으로 오시오. 긴밀히 할 말이 있소."

임금은 자리를 박차고 나가 버렸다.

* * *

"백성들이 시구문 밖에 걸린 오랑캐의 수급을 보고 천천세를 부릅니다."

"모두 전쟁이 끝났다고 기뻐하며, 주상전하의 은덕을 칭송하고 있습니다."

다음 날 아침, 편전에 든 영의정 박순과 좌의정 김귀영이 동소문에 걸린 우을기내의 수급을 본 백성들의 모습을 임금에게 아뢰었다. 우의정은 병을 핑계로 나오지 않았다.

"파주에서 성혼이 상소를 올렸다니, 들어 봅시다."

임금이 말하자 도승지 박근원이 상소를 읽어 내려갔다.

"이이가 군마를 바친 사람을 군사 임무에서 면제시켜 준 건, 군정이 긴박할 때 벌인 일로 이이의 잘못이긴 해도 전하를 업신여긴 죄는 아닙니다. 현기증이 일어나 회의에 나가지 못한 일도 큰 죄는 아닙니다. 이이는 나라의 절박한 상황을 알고 전하의 명에 따라 군정의 임무를 수행하고자 대신들에게 죄의 경중을 가려 달라고 한 겁니다. 결코 조정과 승부를 겨루자고 한 게 아닙니다. 이이가 작은 죄를 지었는데, 원한을 가진 자와 부화뇌동하는 무리가 큰 죄를 뒤집어씌워 이이를 죽이려고 합니다. 전하께서 어물어물 그 사람들을 용납하시면 안 됩니다. 충신과 간신을 분명히 가려 주옵소서."

"전하, 성혼이 대단한 사람이 아닌데, 이런 상소를 귀담아들을 필요는 없습니다."

좌의정 김귀영은 별일이 아니라고 생각해 심드렁하게 말했다.

"나는 무식하고 멍청해서 충신과 간신을 구분하지 못하오. 그러니 경들은 우물우물 넘기지 말고 똑바로 대답하시오. 이이는 과연 어떤 사람이요?"

임금이 두 정승에게 물었다.

"송응개와 허봉이 이이와 틈이 벌어져 이런 짓을 벌였습니다. 송응개는 아버지 송기수의 위훈이 삭제되면서 품계가 떨어졌습니다. 이이가 송응개를 가리켜 '대대로 악을 조성한다'라고 해서 송응개가 원한을 품었습니다. 또 허봉은 아버지 허엽이 상주에서 죽었을 때, 기생을 끼고 술에 취해 있었습니다. 그즈음에 허봉이 홍문관 전한으로 승진할 때였는데, 이이가 중지시킨 적이 있습니다. 허봉은 그 일에 원한을 품었습니다."

영의정 박순이 대답했다.

"그게 사실이라면, 용렬한 자들이 벌인 짓이군……."

임금이 중얼거리더니 좌상 김귀영을 돌아보며 물었다.

"이이가 현명한 위인인지, 아니면 사악한 간신인지, 좌상이 대답해 보시오."

순간 김귀영은 머리를 굴렸다.

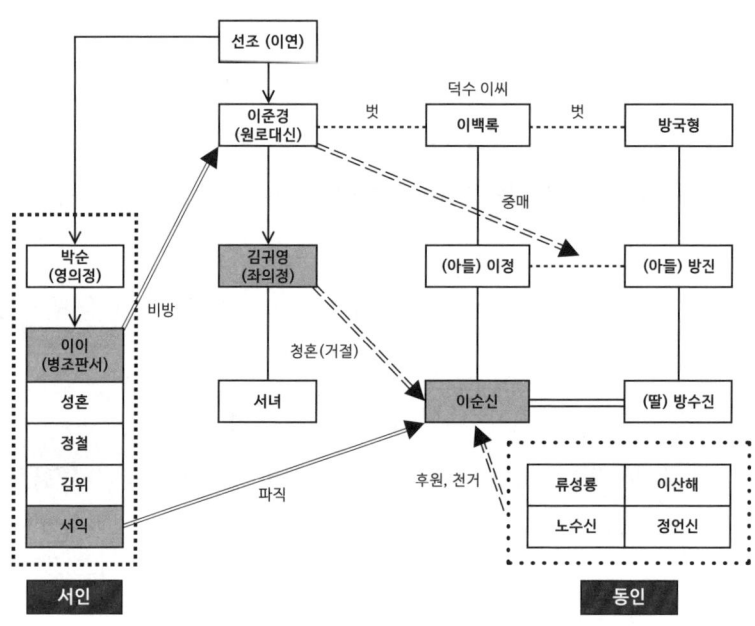

이순신, 김귀영, 이이, 서익

김귀영이 볼 때, 이이는 자기 상사였던 원로대신 이준경을 여우와 쥐새끼 같은 사람이라고 비방한 못된 자였다. 김귀영은 을묘왜변 때 이준경의 종사관으로 전장에 따라 나가, 방진과 함께 왜구를 물리쳤다. 이준경은 자기 벗이었던 이백록의 손자 이순신의 능력과 자질을 알아보고, 또 다른 벗 방국형의 손녀 방수진과 중매해서 혼인시켰다. 그래서 이순신이 이준경을 비방하는 이이에게 좀처럼 마음을 열지 않는다고 여겼다. 같은 덕수 이씨인 이이가 한번 보자고 했었는데도 단번에 물리쳤다고 믿었다. 김귀영은 그런 이순신에 호감이 가서 언젠가 인연을 맺고 싶었다. 그래서 이이의 동료인 서익이 이순신의 앞날을 훼방 놓으려고 파직시키는 게 꼴사나웠다. 김귀영은 그런 서인들을 혐오해서 이이를 현명한 위인이라고 말하기 싫었다. 그런데 얼마 전에 자기 서녀를 이순신의 첩으로 보내려다 거절당한 생각이 떠올라 이순신을 후원하는 동인들도 마음에 들지 않았다. 김귀영은 모르는 척하는 게 상책이라고 머릿속에서 계산을 끝냈다.

"소신은 이이의 사람됨을 알지 못합니다."

"좌상! 대신이라면서 병조판서가 어진 사람인지, 간사한 사람인지 모른다면 멍청한 거 아니오. 임금이 묻는데, 대신이 알지 못한다고 말하면, 왜 그 자리에 앉아 있는 거요?"

"소신은 현명하지 않아서 사람을 평가하지 못합니다."

김귀영은 끝까지 자기 뜻을 말하지 않았다.

"좌상은 그만 자리에서 물러나시오!"

화딱지가 난 임금 이연이 김귀영에게 버럭 소리를 질렀다.

"당장 나가시오!"

김귀영이 우물쭈물하는 걸 보고 임금이 다시 호통쳤다. 김귀영은 자리에서 일어나다, 하마터면 휘청거리며 쓰러지는 줄 알았다. 겨우 박근원의 부축을 받으며 편전 밖으로 나갔다.

"주상이 서인 손을 들어 주니 당분간 동인들은 쉽지 않겠네. 나는 한적하게 음악이나 들으며 살아야겠군."

김귀영은 장악원 제일이라는 악공 허억봉을 불러 대금 연주나 들으면서, 한동안 조정 일에서 손을 뗄 생각으로 편전에서 물러났다.

곧 이 소식은 송응개에게 들렸다. 송응개가 상소문을 써서 임금에게 올렸다.

"이이는 원래 일개 중으로서 임금과 어버이를 버리고 절로 들어가 인륜을 어기는 죄를 지었습니다. 과거에 급제해서 공자님을 알현하러 갈 때, 선비들은 땡추와 함께 가는 걸 수치로 여겼습니다. 예전의 대신인 영상 이준경이 자기를 꾸짖었다고, 이이는 이준경을 가리켜 귀신과 여우라고 욕했습니다. 이이는 조정이 동서로 나뉠 때, 서인을 사주한 주모자이면서도, 공정하다는 이름을 얻으려고 아래로는 조정과 세상 사람을 속이고, 위로는 전하를 속였습니다. 이이의 고향 집에는 뇌물이 모여들었고, 재물과 이익을 다투는 일이면 양보가 없었습니다. 벼슬을 얻어 한양으로 올라올 때는 지나는 읍에서 곡식 100석을 받아 파주 자기 집으로 보냈습니다. 또 바다와 뻘밭에서 나오는 이익을 가로채고, 곡식을 운반하는 일을 대행하여 재물을 모았습니다. 자기 형이 남의 종을 때려죽였을 때, 관아를 협박해 조사를 중단시켰습니다. 종친을 사주하여 동인을 욕한 일도 이이의 무리가 벌인 일입니다."

종친을 들먹이자, 임금의 얼굴이 일그러졌다.

"종친의 일은 말하지 말라 했거늘……."

"송응개는 대사간이니 말하지 못하는 건 없습니다."

박근원이 임금에게 말했다.

"다 끝났느냐?"

"아닙니다."

"계속 읽어 봐라!"

"예 읽겠습니다. 이이는 매국의 간사한 인물(매국지간, 賣國之奸)입니다."

"후!"

임금은 화들짝 놀라 한숨을 쉬었고, 얼굴은 홧홧 달아올랐다.

"소신 송응개는 주상전하의 잘못을 지적한 사람입니다. 한시라도 벼슬자리에 있을 수 없는 처지이니 파직하소서."

송응개는 작정하고 말한 터였다.

임금은 이이를 '매국지간'이라고 한 송응개의 말을 듣는 순간 도무지 정신을 차릴 수 없었다. 송응개가 임금 자신을 욕하는 소리로 들렸다.

"대사간 송응개의 말이 모두 옳은 말이라 하더라도 이제야 말하는 건 불충이다."

임금은 한동안 눈을 감고 조용히 생각하다가, 도승지에게 명했다.

"대사간 송응개를 전라도 장흥 도호부사로, 홍문관 전한 허봉은 경상도 창원 도호부사로 보내라."

도승지 박근원은 임금의 갑작스러운 말을 듣고 어안이 벙벙해졌다.

"대사간이 물러나는 일은 공론에 따라 처리해야 하는데, 어찌 이렇게 급히 명하십니까?"

"임금이 정하면 되지, 어물거리는 대신들은 필요 없다. 오늘 날짜로 당장 시행하라!"

임금은 단호하게 어명을 내렸다.

"사은 숙배, 하직 인사도 모두 생략하고 내일 안으로 도성에서 나가 강을 건너게 하라!"

임금은 편전을 나가면서 박근원에게 싸늘하게 명했다.

* * *

"너무 걱정하지 마시게, 곧 돌아오게 해 보겠네."

도승지 박근원이 삼해주를 마시며 느닷없이 지방으로 쫓겨나게 된 허봉을 달래 주었다.

"1년은 걸리겠지요."

허봉은 술 한 잔을 단숨에 털어 넣고 억울한 표정을 지었다. 허봉은 시골 사또로 떠나기 전날에 박근원, 송응개, 김첨과 장의동 기방에서 술을 마셨다.

"내가 승지들을 동원해 주상의 마음을 바꿔 볼 테니 천천히 내려가시게."

박근원은 허봉과 송응개가 금방 한양으로 돌아올 수 있게 임금의 옆구리를 쑤셔보겠다고 다짐을 두었으나, 허봉은 쉽지 않은 일이라고 느꼈다.

"한인(韓戭)한테 시켜서 성균관 유생들이 권당(시위)이라도 일으키게 해 볼까요?"

김첨은 뭐라도 해봐야겠다는 생각에 송응개의 눈치를 살피며 물었다. 한인은 성균관에서 유생을 가르치는 박사였는데, 송응개에게는 조카였고, 김첨에게는 처조카였다.

"그거 좋은 생각입니다. 유생들이 들고일어나면 주상도 생각이 좀 바뀌겠지요."

허봉이 김첨의 말에 맞장구쳤다.

"유생들까지 부추기는 건 좋지 않네. 언관들이 알아서 하게 놔두게."

송응개는 당파싸움에 온 집안을 끌어들이는 게 싫어서 꺼림칙했다.

"모르는 소리 마십시오. 이이와 성혼을 따르는 유생들이 가만히 있겠습니까? 그러다가 우리가 되치기로 당합니다."

허봉이 탐탁지 않은 표정을 지었다. 박근원은 동인의 핵심이 모두 쫓겨나고, 기껏해야 정6품 이조좌랑 김첨만 남은 동인의 앞날이 걱정이었다. 그렇다고 도승지인 자신이 소매를 걷어붙이고 나서기도 어렵다고 넋두리를 늘어놨다.

이튿날 송응개와 허봉은 각자 자기 조상 사당에 절하고 일가친척과 인사를 나누고 도성을 떠났다. 동소문 밖에는 시커멓게 변한 우을기내의 수급이 걸려 있었다. 이제 까마귀조차 날아들지 않을 정도로 다 헤어지고 파헤쳐진 처참한 모습이었다. 김성립은 '괴수 우을기내 수급'이라는 글자를 보고, 우을기내의 모가지를 자르던 이박의 광기 어린 눈빛과 깊은 시름을 내뱉던 이순신의 얼굴이 떠올랐다. 아직 니탕개와 율보리가 모두 북쪽으로 달아났다는 소식이 전해 오지 않아서, 도성은 전쟁 중이나 마찬가지였다. 그래도 우을기내의 머리는 오랑캐와 치르는 전쟁에서 조선이 승리할 수 있다는 희망을 백성들에게 보여 주는 상징이었다. 백성들은 우을기내의 해골을 보며 하루라도 빨리 전쟁이 끝나기를 바랐다.

허초희도 허봉 오라버니가 머나먼 창원으로 떠난다니 마음이 어지러워졌다. 세상사가 어찌 되든, 강물은 잔잔하고 강바람은 시원하게 불었다.

돛단배는 유유히 지나가고, 압구정 절벽에는 석양이 물들었다. 한강은 평화롭게 흘렀다.

허초희와 허균은 눈물을 흘리며 오라버니 허봉과 헤어져 한양성으로 돌아왔다. 허초희네 사람들은 한강진나루가 보이는 운종사 종루에서 김씨부인이 허봉 일행을 내려다보며 눈물을 흘리고 있는 줄은 몰랐다. 김씨부인은 그날 밤새도록 운종사의 비구니들과 부처님께 기도를 드렸다.

김성립은 성균관으로 돌아갔다. 그런데 뜻하지 않은 일이 벌어졌다. 성균관의 유생들이 두 패로 갈라져서 대치 중이었다.

"성혼처럼 어질고, 이이처럼 충성스러운 자를 조정에서 몰아내는 게 말이 돼?"

"관리들이 천박한 무리에게 부화뇌동하여 이이, 성혼, 정철, 박순을 죽이려고 하네."

김성립이 들어보니, 병조판서 이이가 사직한 일을 두고 싸움이 붙은 거였다.

"송응개와 허봉이 간사한 뱀 대가리고, 박근원과 김첨이 따라붙은 뱀 꼬리다!"

"뭐! 저런 저!"

김성립은 자기 아버지를 뱀 꼬리라고 욕하는 걸 듣고 한편 놀라고 한편 울화가 치밀어 유생들 사이에 뛰어들어 한바탕 뒤집어 놓고 싶었다. 전장에서 단련된 몸과 마음이라 겁날 게 없었다.

"이보게 성립이, 자네는 참아!"

그 순간 김두남이 김성립을 말리지 않았으면 정말 그랬을는지도 몰랐다.

유생 유공신(柳拱辰)이 한쪽에서 상소문을 펴놓고 서명을 받으며 외치기 시작했다.

"주상전하께 이이 같은 선한 사람과 송응개 같은 악한 사람을 분명히 밝혀 달라고 상소를 올릴 걸세. 우리와 뜻을 같이할 유생들은 모두 이름을 적어 주게."

"뭔 개수작이야!"

그때 반대편 유생들이 우르르 몰려나와 고함을 질렀다.

"너희들은 성균관의 밥을 먹으면서, 어째서 사사롭게 이이와 성혼의 말을 쫓느냐?"

반대편 유생들은 서명받는 유공신의 탁상을 걷어찼다. 두 패거리는 치고받고 싸우며 명륜당 앞을 난장판으로 만들었다. 하지만 유공신이 쓴 연명 상소는 끝내 임금에게 전해졌다.

임금은 성균관에서 올린 상소를 읽고 도승지를 불러 자초지종을 물었다.

"전하, 어제 유생들이 올린 상소는 잘못된 상소입니다."

"과인이 그 상소를 보고 유공신의 의로운 기상을 칭찬했는데, 그게 잘못되었나?"

임금이 박근원을 비꼬았다.

"전하, 이이와 성혼을 따르는 유생들이 서로 밀어 주고 끌어 주며 성균관에 사사로운 조직을 만들었습니다. 당연히 벌을 줘야 하나 주상전하께서는 오히려 칭찬하셨습니다."

"그래서 내가 잘못했나?"

임금이 도승지를 째려봤다. 박근원은 임금에게 더 따지지 못했다.

"도승지, 과인이 알아서 판단할 테니 왈가왈부하지 말게!"

임금이 나가자, 박근원은 곧바로 승정원으로 가서 승지들을 시켜 간사하게 유생들을 꼬드긴 자들을 벌주라는 상소문을 적어서, 임금의 서안에 올려놓았다. 다음 날 편전에 나온 임금이 상소문을 집어 들고 박근원에게 물었다.

"이게 뭐야?"

"승지들이 쓴 상소문입니다."

"승지들이 왜 이런 상소문을 썼지?"

"승지들은 나라를 망치는 화근이 닥쳐오는 걸 보고만 있을 수 없었습니다."

"판단은 내가 한다고 했잖아!"

임금이 째려보며 소리쳤지만, 박근원은 대답이 없었다.

"지금 승지들이 임금의 귀와 눈을 가리는 게 아닌가?"

박근원은 묵묵부답이었다.

"너희들은 모두 다 간신 조고와 같은 놈들이다."

임금은 박근원에게 지록위마(指鹿爲馬)를 들이댔다. 지록위마는 윗사람을 농락하여 권세를 마음대로 휘두른 진나라 환관 조고의 짓거리며, 간신의 상징이었다. 임금이 도승지를 간신이라고 말했으니, 더 할 말이 없었다.

"도승지, 우승지, 우부승지, 동부승지는 당장 물러나라!"

임금은 편전이 떠나가도록 쩌렁쩌렁하게 호통쳤다. 박근원은 어찌할 바를 몰라 굳은 채 서 있었다.

"빨리 안 나가고 왜 거기 서 있나! 어서 나가!"

임금은 앞에 있는 벼루라도 집어 던질 기세였다.

"내관! 다른 자리를 주지 말고 모두 대기시키라고 명해라."

잘못이 있으면 자리를 바꿔 주는 게 보통이었다. 대기 발령을 낸 건, 곧 더 큰 벌을 내린다는 의미였다. 송응개와 허봉을 곧 돌아오게 힘써 보겠다던 박근원의 말은 공염불이 되고 말았다. 박근원은 쓸쓸히 편전에서 물러 나왔다.

승지들이 임금에게 쫓겨났다는 소식은 곧 궁궐에 퍼졌다. 이번에는 사간원과 사헌부의 관리들이 임금에게 상소를 올렸다.

'충직한 승지들에게 벌을 주면, 우리는 모두 사직하겠습니다, 우리도 이 나라 노신들의 후예인데, 임금의 위압에 눌려서 겁을 먹고 바른말을 하지 않으면 사직은 무너집니다. 승지들에게 내린 명을 거두시거나 우리를 모두 파직하소서'라고 하는 강경한 상소였다.

"이놈들이 내가 적통이 아니라고 나를 만만히 보는구나! 당장 업무로 돌아가지 않으면 그때는 인정사정 두지 않겠다."

임금 이연이 상소를 집어 던지며 격노했다.

임금과 양사의 관원들 사이에 팽팽한 긴장이 흐를 때 성균관에서 일이 터지고 말았다.

성균관 박사 한인은 연명 상소를 올린 선비 462명 중에서 성균관 유생만 추려냈다. 모두 100명이었다. 성균관 정원이 200명이었으니까 서인 편을 드는 유생이 딱 절반이었다. 한인은 온갖 이유를 만들어 유생 100명이 8월 하순에 있는 별시에 응시하지 못하도록 훼방을 놓았다. 출석 일수 부족, 성적 미달은 기본이고, 내기 활쏘기를 했느니, 기방에 출입했느니, 음주 가무를 즐겼느니, 공자 알현에 빠졌느니 하며 꼬투리를 잡아 과거시험 기회를 막아 버렸다. 연명 상소에 참여하지 않은 유생들만 과거를 보게 했다. 기회를 박탈당한 유생들이 분개하며 임금에게 고자질하는 상소를 올렸다. 임금은 이 상소를 읽고 그 자리에서 쓰러졌다. 아니 쓰러진 척 허풍을 떨었다. 그러더니 눈물을 흘리며 내시에게 주절거렸다.

"내가 비록 나약하게 보여도 간신 몇 사람을 두려워하겠는가? 한인은 간특한 마음으로 사사로운 원한을 갚으려고 무군부도(無君不道)한 죄를 저질렀다. 의금부로 잡아들이고 그 배후를 밝혀라!"

임금이 눈물을 거두고 노발대발하며 사헌부에 대신을 불러들였다. 임금과 대치하던 사헌부 관리들도 큰 사건이 터진 걸 알아차렸다. 임금이 사건을 맡기자, 언제 그랬냐는 듯이 임금과 싸우던 일을 잊고 잡아들인 죄인을 문초하는데 열을 올렸다. 곧 죄인을 문초한 공안(供案)이 올라왔다.

"죄인 한인은 송응개의 조카이고, 김첨의 처조카입니다. 송응개와 허봉이 외지로 쫓겨나 앙심을 품고 일을 저질렀습니다."

"도무지 안 되겠다. 간신들에게 뜨거운 맛을 보여 줘야겠다."

공안을 읽은 임금이 직접 지필묵을 들어 어명을 적었다.

"사직하겠다던 언관들은 모두 파직시키고, 이조좌랑 김첨은 경상도 지례 현감으로 보내라."

드디어 김성립의 집에도 청천벽력 같은 일이 일어났다.

송씨부인은 이조좌랑에서 더 올라가 곧 종5품 당하관 나리가 될 줄 믿었던 남편이 시골로 좌천됐다는 말을 듣고 깊은 시름에 잠겼다. 느낌이 좋지 않았다. 꿈자리도 사나웠다. 남편이 여색을 밝히는 사람이 아니라 첩실이나 관기에 빠질 거라고는 생각하지 않았지만, 하도 장난을 좋아하고 덤벙대는 사람이라, 시골 내아에 홀로 놔두면 무슨 짓을 벌일지 몰라 걱정이 앞섰다. 그렇다고 정실부인이 한양 살림을 놔두고 남편 부임지에 따라가서 일거수일투족을 감시하기도 어려웠다. 그래서 노심초사 잠을 이루지 못했다.

드디어 김첨이 한양을 떠나는 날이 되었다. 김첨이 동대문 밖을 나서 한강진나루에 도착했을 때, 다섯 살 먹은 손녀 해경이 할아버지에게 달려가 눈물을 글썽였다.

"할아버지, 저도 저 하늘의 새처럼 날개가 있으면 할아버지한테 날아가고 싶어요."

해경은 할아버지 김첨의 손을 잡고 하늘을 가리켰다. 물새 여러 마리가 하늘로 날아오르고 있었다.

"해경아, 너도 네 어머니처럼 책을 많이 읽고 공부도 열심히 하고 있거라. 할아버지가 곧 돌아올 테니 그때 보자."

사람들은 할아버지와 손녀가 작별하는 모습을 보고 슬픔에 젖었다.

"며늘아기야, 우리 집안을 잘 부탁한다."

김첨이 허초희를 돌아보며 말했다.

"예, 아버님. 그리하겠습니다."

허초희가 고개를 끄덕이는데 송씨부인은 탐탁지 않은 표정을 지으며 김첨에게 말했다.

"나리, 이제 와서 무엇을 더 바라겠습니까? 몸을 보존하시는 게 제일 중합니다."

송씨부인은 끝내 참았던 눈물을 흘렸다.

"오히려 잘 되었소. 시골은 한가할 테니 그동안 못 읽은 성현들의 글이나 읽어야겠소. 내 금방 다녀오리다."

김첨은 식구들과 이렇게 작별을 나누고, 배를 타고 한강을 거슬러 올라

단양, 충주를 지나 문경새재를 넘어 지례로 향했다.

　허초희는 집으로 돌아와 어머니를 뵈었다. 바깥사돈 김첨도 지방으로 좌천되었다는 소식을 전해 들은 김씨부인은 또다시 '두 집안 남자 모두 객사하겠어'라는 신당리 무당의 말이 떠올랐다. 부처님께 빌고 빌어도 이런 일이 계속 일어나자, 염불을 집어치우고 푸닥거리라도 해야겠다는 생각이 들 정도였다. 허봉이고 김첨이고 송응개고 그저 무탈하게 돌아오기만을 바랄 뿐이었다.

앙간비금도(仰看飛禽圖, 허초희, 개인소장, 양천 허씨 강릉 종중)

허초희는 김첨과 해경이 나루터에서 헤어지는 모습이 머릿속에서 떠나지 않았다. 지필묵을 꺼내 이번에는 시가 아니라 그림을 그렸다. 할아버지와 손녀가 손을 잡고 날아가는 새를 우러러보는 모습이었다. 그리고 그 옆에 '한가할 때 성현의 글을 읽는다.'라는 글귀를 써넣었다. 하지만 허초희에게 그런 한가한 시절은 쉽게 찾아오지 않았다.

12. 계미삼찬(癸未三竄)
(허초희 21세, 1583년)

8월 하순에 창덕궁 인정전 앞에서 별시가 열렸다. 성균관 박사 한인 때문에 과거를 못 볼 뻔한 유생들도 시험을 보게 되었다. 이날 모두 서른세 명을 뽑았는데, 허성은 병과 6위로 급제했다. 허성은 서른여섯 살이었다. 이복동생 허봉은 11년 전 스물두 살에 급제했으니, 허성의 급제가 늦어 보이기는 해도, 오히려 허봉이 남들보다 빨리 급제한 거였다. 허성이 아버지 삼년상도 치른 걸 생각하면 다른 유생들보다 늦은 건 아니었다.

연명 상소를 주도한 유공신은 병과 11위로 붙었다. 임금은 김첨이 한양을 떠났다는 소식을 들었지만, 허엽의 아들 허성이 떡하니 급제한 걸 보고 허씨 집안 사람들이 찰거머리 같다는 생각이 들어 기분이 상하고, 뿌질뿌질 울화가 치밀었다. 임금은 장원급제한 유생에게 어사화를 꽂아 주고 삼정승 육판서가 임금을 기다리는 창덕궁의 편전인 선정전으로 들어갔다. 임금은 들어오자마자 투덜거렸다.

"아무리 생각해도 간신들의 조무래기까지 날뛰는 걸 두고 볼 수 없다. 놔두었다가는 나라가 망하겠다. 다시는 날뛰지 못하게 본때를 보여야겠다."

신하들은 임금이 왜 그러는지 몰라 한결같이 입을 다물었다.

"송응개, 허봉, 박근원 세 사람을 멀리 귀양 보내는 게, 어떻겠는가?"

"전하, 뜬금없는 말씀입니다. 그 사람들 말이 지나치긴 해도, 언관이고 시종이라 주상전하께 그런 말을 한 겁니다. 그 때문에 죄주는 건 옳지 않습니다."

 신하들이 서로 눈치를 보며 머뭇거릴 때, 누군가가 아뢰었다. 그러자 정철이 나섰다.

 "전하, 박근원은 관원을 선발할 때 불법을 저질러 이이의 탄핵을 받아 원한을 가졌고, 송응개는 관직에 나올 때 이이가 장원급제한 걸 지금까지 시기하며 질투하는 자입니다."

 "그건 나도 알고 있소."

 "허봉은 덕흥대원군을 백부라 부르고, 안빈을 첩실이라고 욕보인……."

 이번에는 박순이 말했다.

 "그 말은 그만하시오!"

 박순은 예전에 허봉이 임금의 아픈 부분을 건드렸다가 호되게 꾸지람을 들은 일을 끄집어냈다. 그때는 허봉이 어려서 그랬다고 두둔해 줬으나, 이번에는 오히려 그때 일을 임금에게 상기시켜 허봉을 혼내고 싶었다. 임금 이연은 많은 신하 앞에서 그 이야기를 꺼내기 싫었다.

 "전하, 그자들은 나라를 책임질 유생들의 앞날을 가로막으려던 간신들입니다. 죄를 분명히 밝혀 시비를 가리지 않으면 안 됩니다."

 정철의 말이 쐐기였다. 임금은 정철의 말을 듣고 붓을 들어 친필 교지를 썼다. 임금은 교지를 쓴 뒤 정철에게 건네주고 큰소리로 읽으라고 시켰다. 정철이 교지를 읽었다.

 "장흥 부사 송응개, 창원 부사 허봉, 전 도승지 박근원 등은 간사한 성품으로 작은 재주를 믿고서 경박한 무리와 사사로이 붕당을 만들었다. 서로 짜서 요직을 나누고, 간사한 말로 권력을 농락하며 조정을 위험에 빠뜨렸다. 대신을 모함하고 충신의 뜻을 막아, 조무래기가 설치게 하여 나라를 그르쳤으니, 그 죄를 모면하기 어렵다. 저잣거리에서 목을 베어야 마땅하다."

정철이 여기까지 읽더니 잠시 멈췄다. 정철의 손도 떨리고, 말도 떨렸다.

"전하, 진정 이게 전하의 뜻이옵니까?"

"맞으니까 계속 읽으시오."

"예, 전하"

정철이 계속 읽었다.

"다만, 죽음은 면하게 해서, 유배의 형벌을 가하려 한다. 모두 관작을 삭탈하고 송응개는 함경도 회령, 허봉은 함경도 종성, 박근원은 평안도 강계로 귀양 보내라."

삼정승 육판서가 모두 놀라 입을 다물지 못했다.

"전하, 이러시면 아니 됩니다. 조정이 한쪽으로 치우치면 정사도 그르치게 됩니다."

누군가 한 명이 나섰다.

"왜? 너무 서인으로 치우쳐서 걱정인가?"

임금이 웃으며 비아냥거렸다.

"전하, 동인들을 너무 몰아붙이지 마십시오."

박순도 걱정되었는지, 임금에게 아뢰었다.

"삼년상을 끝낸 이산해를 의정부 우찬성으로 명하오!"

순간 정철의 표정이 일그러졌다. 우찬성이면 종1품으로 삼정승보다 밑이지만, 정2품 육판서보다 높은 자리이니 단번에 조정을 장악할 수 있는 자리였다. 동인의 우두머리를 그 자리에 올렸으니, 서인들한테 경고하는 모양새였다. 정철은 임금이 신하들을 밀고 당기는 솜씨가 대단하다고 생각하며 만만히 볼 상대가 아니라는 걸 다시 한번 깨달았다. 그러면서 이산해에게 어느 정도 인심을 사 두어야겠다는 생각으로 떠들었다.

"전하, 함경도 회령과 종성은 오랑캐와 전쟁이 한창입니다. 백성들이 오랑캐와 싸우는데 정신이 없을 지경인데, 죄인들을 보내면 백성들의 고충이 더 커질 겁니다. 유배지를 다른 곳으로 정하는 게 마땅한 줄 아룁니다."

"고생 좀 하라고 일부러 전쟁통으로 보내는 거요."

임금이 말했다.

"전하, 박근원에 비해 송응개와 허봉에게 내린 벌이 가혹하니 통촉하여 주시옵소서."

이번에도 영의정 박순이 나섰다.

"그래? 그럼, 허봉은 갑산(甲山)으로 보내시오."

"송응개는······."

"됐소! 송응개가 간신의 주모자요! 그자는 그냥 회령으로 보내시오!"

"성은이 망극하옵니다."

신하들이 임금에게 머리를 조아렸다.

* * *

건천동은 줄초상이 난 듯 침울했고 고요히 적막에 휩싸였다.

허성이 과거에 급제해서 김씨부인을 찾아와 절했을 때는 오랜만에 집안에 경사스러운 일이 일어났다고 기쁨이 넘쳤다. 허성이 사당에 가서 허엽영감의 위패에 절할 때, 김씨부인은 눈물을 글썽거렸다. 허성도 감격에 겨워 눈물을 흘렸고, 허초희는 죽은 아버지와 창원으로 내려간 허봉 오라버니가 보고 싶어 눈시울을 붉혔다. 김성립도 곁에 서서 돌아가신 장인에게 술잔을 올렸다. 그때 정신이 반쯤 나간 채로 허균이 들어와 울음을 터뜨리자, 돌연 초상집이 되었다.

"어머니, 어머니! 우리 집안은 망했습니다!"

사람들이 '이게 뭔 소리야?' 하고 허균을 돌아보았다.

"경사스러운 날에 웬 소란이냐?"

"……."

김씨부인이 허균을 꾸짖었는데, 허균은 넋이 나가 입을 떼지 못했다.

"왜 그러니 균아?"

허초희가 허균에게 물었다.

"누이, 누이! 둘째 형님이 삭탈관직에 갑산으로 유배요!"

"뭐? 지금 뭐라 했느냐?"

김씨부인이 깜짝 놀라 물었다. 허균은 제대로 답도 못 하고 훌쩍거렸다. 사당에 있던 사람들이 허균의 말이 사실인지, 거짓인지 분간이 안 돼 우왕좌왕 갈피를 못 잡을 때, 김성립이 허균을 흔들며 물었다.

"이보게 처남! 정신 차리고 다시 말해 보게!"

"매형! 송응개 영감도 삭탈관직에 함경도 회령으로 유배요!"

"뭐라고?"

김씨부인은 허균의 말을 듣고 그 자리에서 주저앉아 정신을 잃고 말았다. 허초희도 정신이 아찔하고 하늘이 까마득한 게 눈앞이 캄캄해졌다. 어머니와 시어머니가 동시에 화를 당해서, 자기가 뭘 어떻게 해야 할지 몰랐다. 손발이 떨리고 가슴이 벌렁거리고 숨이 콱콱 막혀 죽을 둥 살 둥 했다. 사월이가 정신을 잃은 김씨부인을 부축해 일으켜 세웠고, 허성이 의붓어머니를 모시고 안채로 달려가 뉘었다. 김씨부인이 자리에 눕는 걸 보고 허초희도 맥을 놓고 쓰러져 버렸다.

김성립은 어머니 송씨부인이 걱정되어 건천동 처가를 뛰쳐나와 인왕동으로 달렸다. 집에 도착하니, 이곳도 초상집처럼 곳곳에서 울음소리가 들렸다. 집을 지키던 여동생과 매제 이경전이 정신을 잃고 쓰러진 어머니 송씨부인을 살피고 있었다. 본가와 처가 양쪽에서 횡액을 당한 김성립은 망연자실한 채, 안채 대청마루에 누워 버리고 말았다.

* * *

지례 현감 김첨은 상주 자천대(自天臺)에 앉아 낙동강을 내려다봤다. 하늘이 스스로 만든 절경이라는 자천대 앞을 낙동강이 휘돌아 흘렀다. 강변 논에는 누렇게 익은 황금빛 벼가 바람 따라 넘실거렸다.

자천대(현재 상주 경천대)

김첨은 상주 경상 감영에 왔다가 자천대에서 안동 부사 유대수를 만나기로 했다. 안동 부사 유대수는 김첨보다 두 살이 많은데 아래 동서였다. 김첨의 아내 송씨부인이 송기수 대감의 셋째 딸이고, 유대수의 부인이 송기수 대감의 넷째 딸이었다. 유대수는 김첨보다 수완이 좋아 일찍 관직에 나갔고 지금은 정3품 안동 대도호부의 부사로 당상관 영감이었다. 이조좌랑을 하다가 지례 현감으로 쫓겨난 김첨은 종6품이었으니 당하관 나리도 아니었다. 그래도 처가 쪽 족보로 따지면 김첨이 형님이었기에, 유대수도 밖에서 만나면 형님이라 불렀다.

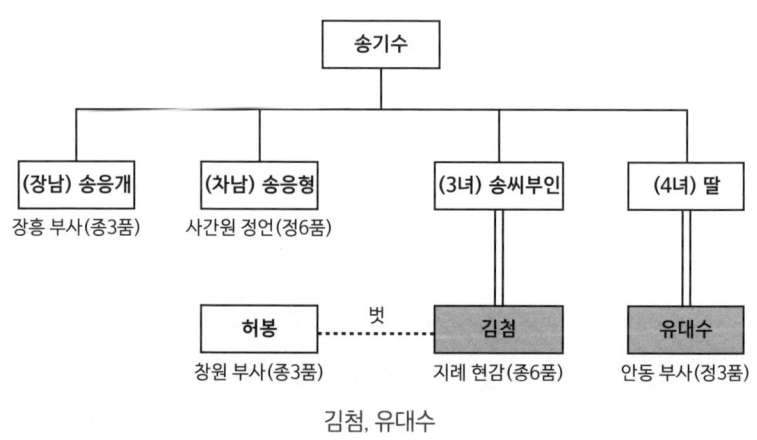

김첨, 유대수

오늘 김첨이 유대수를 만나자고 한 이유는 창원에서 갑산으로 유배 가는 허봉이 낙동강을 거슬러 올라오다가 자천대에서 하룻밤 묵기로 약속해서였다. 김첨은 지례에서 삶은 꿩고기를 대나무 잎에 싸서 대나무 상자에 담아 가져와, 자천대에서 허봉을 기다렸다. 유대수는 허봉과 김첨을 만나는 게 내키지는 않았지만, 허봉이 언제 유배가 풀려 다시 한가락 하는 날에는 어려울 때 찾아 준 사람을 잊지 않을 거로 생각해서 안동소주

다섯 병을 가지고 자천대로 갔다.

"오셨소, 이쪽으로 앉으시오."

유대수가 자천대 옆 정자에 오르자 먼저 와 있던 김첨이 일어나 상석을 내줬다. 김첨은 유대수가 손아랫동서이긴 해도, 하대할 수 없었다.

"형님이 그쪽에 앉으시죠."

유대수가 김첨에게 상석을 권했다.

"동서, 아랫사람들이 다 지켜보오. 어찌 말단 현감이 상석에 앉겠소. 영감이 앉으시오."

"그럼."

유대수는 못 이기는 척 상석에 앉았다.

"지례 현감은 할 만하십니까?"

유대수가 부채를 부치며 김첨에게 물었다.

"오, 오, 그렇소."

김첨은 대답은 얼렁뚱땅하면서 유대수가 부치는 부채를 유심히 살폈다.

"그 부채가 참 좋아 보이오."

"형님, 물건 볼 줄 아시오. 이게 나주 합죽선이요. 나주 목사로 가 있는 김성일 영감이 고향에 왔다가 나한테 주고 갔소."

"시원하겠소!"

"형님, 가지시오. 나는 또 하나 있소."

유대수가 나주 합죽선을 김첨에게 건넸다.

"고맙소, 고마워. 예전에 내 며느리가 나한테 나주 합죽선을 선물했는데, 내가 그걸 잃어버렸소. 오늘 다시 이 물건을 보니 정말 반갑소."

김첨은 싱글벙글 웃었다.

"형님은 그런 잡물을 좋아하니, 언제 큰일을 하시려오."

"따지고 보면 벼슬을 하는 이유도 다 이렇게 자기가 좋아하는 물건을 감상하고, 즐기려고 하는 일 아니겠소."

"뭐, 그렇게 하시던가……."

유대수는 김첨을 한심한 듯 쳐다보며 빈정댔다. 김첨은 유대수의 말은 들리지도 않는지 부채를 요리조리 살피느라 정신이 없었다.

"사또, 죄인…… 아니 허봉 나리가 도착했습니다."

정배 가는 죄인(김준근, 국립민속박물관)

그때 지례현의 이방이 아뢰었다. 초췌한 모습의 허봉이 이방 뒤를 따라 들어왔다. 허봉 뒤에는 금부나장과 졸개가 따랐다. 허봉은 갓을 쓰고 도포를 갖춰 입었지만, 죄인들이 달아나지 못하게 목에 채우는 작은 칼(목도, 木刀)을 뒤집어서서 걷는 게 아주 불편해 보였다.

"어허, 금부나장. 죽을죄도 아닌데 그 칼이, 그게 뭔가……."

김첨이 금부나장에게 핀잔을 줬다.

"명색이 죄인인지라……."

금부나장은 지례 현감보다 안동 부사의 눈치를 살폈다.

"그만 풀게."

안동 부사 유대수가 금부나장에게 손짓을 보냈다. 금부나장이 잽싸게 칼을 풀었다. 금부나장은 안동 부사와 지례 현감이 죄인 허봉과 무슨 관계인지도 몰랐다. 규정상 채워야 할 칼을 채우지 않았다고 안동 부사한테 혼날 수도 있었다. 배를 타고 낙동강을 거슬러 올라올 때는 놔뒀다가 자천대가 보일 때부터 칼을 채운 거였다.

"아이고, 사돈 이게 웬 고생인가……."

김첨이 일어나 자천대에 오르는 허봉의 손을 잡았다.

"부사 영감, 오랜만에 뵙습니다."

허봉이 김첨에게 인사하고 유대수에게 고개를 숙였다.

"힘든 길 오시느라 수고하셨소."

유대수도 허봉의 고생길을 위로했다.

"금부나장은 잘못이 없습니다. 요 앞에서 죄인 호송 시늉을 보인다고 채웠지요."

허봉은 여하튼 죄인인지라 호송하는 사람들의 심기를 건들 필요는 없어서, 금부나장과 졸개를 두둔해 줬다. 금부나장은 유대수에게 굽신 절하고 나루터 주막으로 사라져 버렸다.

"먼 길 가야 하니, 이쪽에 앉아서 목이나 축이고 가시오."

유대수가 허봉에게 안동소주를 한 잔 따라주었다. 허봉은 단숨에 소주를 마시고 다시 술잔을 내밀었다. 이번에는 김첨이 한 잔 따랐다. 이번에도 단숨에 소주를 들이켰다. 허봉은 성에 차지 않았던지 아예 자작으로 따라 마셨다.

"이 꿩고기도 좀 먹으면서 마시게……."

김첨이 급하게 술을 마시는 허봉을 말렸다.

"허 부사, 천천히 드시오. 한 병만 드시고 나머지는 가시면서 잡수시오."

유대수도 허봉에게 천천히 마시라고 했지만, 허봉은 소주 한 병을 다 비울 때까지 목구멍으로 소주를 들이부었다.

"이보게 사돈, 몸을 생각하게. 얼른 갔다가 죄가 풀리면 다시 조정에 나가야 하지 않겠나?"

김첨이 허봉을 타일렀다.

"쉽지 않아요! 서인들이 인사권을 다 틀어쥐었소!"

유대수가 낙동강을 내려다보며 심드렁하게 말했다.

"그게 무슨 말이요?"

김첨이 눈을 동그랗게 뜨고 유대수에게 물었다.

"이이가 이조판서가 되고, 성혼이 이조참판이 되었소."

유대수가 조정에서 온 조보를 내밀었다. 꿩고기를 집어 먹던 허봉이 조보를 낚아챘다. 조보를 읽던 허봉의 얼굴이 이내 일그러졌다. 김첨도 허봉의 손에 있던 조보를 받아서 훑어봤다.

"이런, 이…… 나라에 망조가 들었군."

김첨이 고개를 떨궜다.

"한양 선비들이 귀양 가는 그대들을 뭐라고 부르는지 아오?"

유대수가 물었다. 허봉이 유대수를 빤히 쳐다봤다.

"계미삼찬(癸未三竄)이라 한다오."

"구멍으로 도망가는 쥐새끼 세 마리. 계미년에 귀양 가는 세 사람이란 뜻인가요?"

김첨이 유대수에게 되물었다. 유대수는 대답 없이 낙동강만 내려다봤다. 허봉의 손이 부르르 떨렸다. 안동소주가 술잔에서 찰랑댔다. 저녁 햇살이 비치는 낙동강에 잔물결이 반짝였다. 붉게 빛나는 윤슬이었다. 그날 밤, 허봉은 안동소주 다섯 병을 모두 비웠다.

* * *

허봉은 예전에 아버지 허엽영감의 상여를 운구하던 길을 따라 남한강을 내려갔다. 여러 길로 연통을 넣어 두물머리에서 송응개 영감을 만나기로 정하고, 북한강을 거슬러 춘천 방향으로 함께 올라가자고 약속했다. 허봉이 송응개 영감을 만난 건 9월이 다 끝나가는 때였다. 추분이 지나고 상강이 다가오기 전, 찬 이슬이 내리고 산에는 오색 단풍이 물들었다.

"곧 한로(寒露)네, 더 추워지기 전에 가야지."

송응개가 두물머리 주막 평상에 앉아 옷깃을 여미며 허봉에게 말했다.

"오랑캐들이 마시는 백주가 쓰긴 쓴데, 몸이 따뜻해지지요."

허봉은 한강이 흘러가는 쪽을 바라보며 딴통같이 중얼거렸다.

"술 이야기는 그만 집어치우게. 우리가 무슨 유람 가나?"

"오늘쯤 온다고 했습니다. 늦어도 내일이면 올 겁니다."

허봉은 여전히 나루터로 들어오는 배를 살폈다.

"영감, 내일은 곤란합니다. 자꾸만 지체하시면 우리가 치도곤을 당합니다."

주막 한쪽에서 국밥을 먹던 금부나장이 송응개에게 투덜거렸다. 송응개는 금부나장에게 한양에서 식구들이 오니 두물머리 주막에서 하루만 시간을 달라고 부탁하고, 은근슬쩍 은비녀를 찔러주었다. 일행은 꼬박 하루를 두물머리 주막에서 머물렀는데, 두물머리 나루터로 올라오는 황포 돛배에는 춘천이나 청주로 가는 장사꾼들뿐이었다. 금부나장은 죄인을 호송할 때는 고을 사이 거리에 맞게 주어진 시간을 지켜야 했다. 너무 지체하면 자기들이 혼쭐난다는 걸 몇 번이고 송응개에게 일러두었다. 금부나장은 두물머리에서 하루를 더 보냈다가는 가평이나 춘천에 가면 죄인

두물머리(독백탄, 정선, 한국저작권위원회)

들을 느슨하게 다뤘다고 혼날 게 두려웠다.

"알겠네. 내일 아침에 떠나는 걸로 함세."

"저는 들어가 쉬겠습니다. 아침 일찍 떠날 겁니다. 딴생각 마십시오."

금부나장은 졸개들한테 번갈아 가며 두 죄인을 감시하라 이르고 방으로 들어갔다.

"이보게, 허 부사. 뭔 일이 있나 보네. 그만 들어가서 쉬세."

송응개가 체념하며 허봉에게 말했다.

"영감, 저기 나룻배 한 척이 옵니다."

허봉은 큰 돛단배가 아닌 작은 나룻배가 두물머리 나루터로 거슬러 올라오는 걸 가리켰다. 주막 안으로 들어가려던 송응개도 허봉이 가리키는 나룻배를 가만히 내려다봤다.

"어머니!"

허봉이 나룻배에서 내리는 사람을 보니까, 김씨부인과 허초희, 허균, 허봉의 부인 이씨와 세 아들이었다. 허봉은 벌떡 일어나 나루터를 향해 달려갔다. 허봉은 김씨부인에게 넙죽 절하고, 식구들을 얼싸안으며 눈물을 흘렸다. 허초희의 딸 해경, 아들 희윤도 외삼촌과 작별 인사를 나누려고 함께 왔다. 허봉은 두 조카 오누이를 번쩍 들어 올려 뺨을 비비며 웃었다. 그 모습을 보고 송응개도 나루터로 내려갔다. 송응개의 부인과 자녀가 눈물을 흘렸고, 그 뒤에는 여동생 송씨부인이 김성립의 부축을 받고 서 있었다.

두 식구는 주막으로 올라와 오랜만에 회포를 풀었다. 곧 헤어질 만남이어서 서글픔만 쌓였다. 허초희는 허봉 오라버니에게 하고 싶은 말은 많았지만, 올케와 조카들이 허봉과 함께 보내는 시간에 끼어들 틈이 없었다.

식구들은 바리바리 싸 온 음식을 내놓고 함께 나누어 먹었다. 김씨부인은 거지꼴로 헤어진 허봉의 옷을 벗기고 새로 만든 속곳이며, 바지저고리며, 도포와 버선과 갓을 내놓았다. 추운 겨울을 지낼 옷 보따리는 하인을 시켜 따로 보냈다. 허초희는 토끼털 목도리 두 개를 가져와 하나는 허봉, 하나는 송응개에게 내놓았다.

김씨부인은 허봉 부부와 손자들한테 주막 방을 양보하고, 근처 어부의 허름한 방을 빌려 사돈 송씨부인, 허초희, 허초희의 아들딸, 사월이와 함께 들어갔다. 허균과 김성립은 어부의 헛간에서 밤을 보내기로 했다.

사람들이 방으로 들어가고 주막 평상에 허초희와 허균만 남았다. 허초희는 한양으로 들어가는 관문처럼 솟은 서쪽 검단산을 바라봤다. 검단산 너머로 해가 떨어지며 붉은 노을이 지고, 기러기들은 줄을 맞춰 남쪽으로 날아갔다. 길 잃은 기러기 한 마리가 제 자리를 찾지 못하고 큰 소리로 울어 대는 게, 마치 허봉 오라버니의 처량한 신세처럼 보였다. 허초희는 휴대용 지필묵을 꺼내 시 한 수를 적었다.

> 먼 갑산으로 귀양 가는 나그네
> 함경도 가는 행색 초라 하구나.
> 신하는 천재 가태부인데
> 임금은 어찌 초나라 회왕 이런가?
> 가을 강가에 강물은 잔잔하고
> 관문 구름에 석양이 물들었네.
> 서릿바람 맞은 기러기처럼 가야 하건만
> 중간에 멈춰 차마 가지 못하네!

[갑산으로 유배 가는 오라버니를 보내며][18]

허균은 허초희가 쓴 시를 힐끗 보더니 걱정스럽게 말했다.
"누이, 둘째 형을 가태부라 부르고, 주상전하를 초나라 회왕이라 한 걸 누가 안다면, 우리 집안은 그야말로 멸문지화요. 그러니 이 시는 내 머릿속에 담아 두고 태워 버리는 게 낫지. 내일 둘째 형에게는 내가 말로 전해 주겠소."
허균은 허초희가 말릴 사이도 없이 허초희의 시를 아궁이 속으로 던져 버렸다.
"균아, 너는 그렇게 문장과 지식이 짧아서 어찌하겠느냐?"
"그게 무슨 말이요?"
"주기초회왕(主豈楚懷王)은 '임금을 초나라 회왕이라고 말한 게' 아니고 '임금이 어찌 초나라 회왕이겠느냐'라는 거지."
"그게 그거 아니요?"
허균이 따져 물었다.
"초 회왕은 감언이설에 속아 나라를 망친 멍청한 왕이지. 너는 주상이 초 회왕 같다고 한탄하며 절망한 거고, 나는 주상이 초 회왕이 아니니까 곧 충신인 오라버니를 풀어 줄 거라는 희망을 쓴 거야."
"그게 그런 뜻이었소? 그럼 내가 다시 적어서 형님한테 전해 주겠소."
허균은 공연히 입맛을 다셨다.
"됐다. 괜한 분란을 일으키지 말고 그냥 잊어버려라."

---

18) 送荷谷謫甲山, 송하곡적갑산(허초희 지음, 지은이 옮김)

허초희는 열다섯 살인 허균이 더 배울 게 많은 데, 허봉 오라버니에게 배울 길이 막힌 게 안타까웠다. 그렇다고 자기가 데려다 놓고 가르칠 수는 없는 일이었다. 허봉 오라버니가 없으면 군계일학의 허균도 제대로 배우지 못해 그저 평범한 닭 새끼 한 마리로 끝나 버릴지도 모른다는 걱정이 생겼다. 허초희는 한순간에 허씨 집안이 망해버리는 게 아닌가 하는 불안감 때문에 밤새 뒤척이며 잠을 이룰 수 없었다.

다음 날 아침, 물안개가 짙게 낀 두물머리에 황금빛 태양이 떠올랐다. 물새 몇 마리가 하늘을 날고 어부들은 일찍부터 강에 나가 그물을 던지며 물고기를 잡았다. 안개가 걷히면서 하얀 뭉게구름 뒤로 짙고 푸른 가을하늘이 펼쳐졌다. 두 식구가 헤어지는 날치고는 가슴이 저미도록 아름다운 풍경이었다.

아침을 먹고 금부나장이 갈 길을 재촉하니, 사람들이 나루터에 모였다. 허봉은 김씨부인에게 절하고, 허봉의 세 아들은 아버지에게 절했다. 해경과 희윤도 허봉에게 안겼다.

"외삼촌, 빨리 돌아오세요."

해경과 희윤의 초롱초롱한 눈망울에 눈물이 맺혔다. 허봉은 말없이 고개를 끄덕였다.

허초희는 오라버니의 손을 잡고 놓지 않았다. 김씨부인이 아들과 며느리가 이별할 시간을 갖도록 떼어 놓을 때까지 허초희는 눈물을 글썽이다, 결국 오라버니의 품에 안겨 애끊는 울음을 쏟아 냈다. 허초희의 울음소리에 놀란 물새들이 푸드덕 하늘로 날아올랐다. 나루터 한쪽에서도 오라버니 송응개와 헤어지는 송씨부인이 눈물을 흘렸다.

허봉과 송응개가 황포돛배를 타고 북한강을 따라 가평을 향해 출발했다. 김씨부인과 송씨부인도 식구와 함께 나룻배를 타고 뒤를 따랐다. 두 배가 운길산 기슭에 도착했을 때, 함경도로 귀양 가는 두 사람을 태운 황포돛배는 강을 따라 계속 올라가고, 나룻배는 강나루에 멈췄다. 온 식구가 눈물을 흘리며 황포돛배가 보이지 않을 때까지 손을 흔들며 헤어졌다. 황포돛배가 사라지자, 남은 식구들은 수종사를 향해 운길산을 올랐다. 두 식구는 수종사에서 부처님께 기도를 올리고 하룻밤을 지낸 뒤 한양으로 돌아왔다.

* * *

　한양으로 돌아온 김씨부인은 송씨부인과 함께 이산해 대감을 찾아갔다. 송씨부인의 사위 이경전을 앞세웠다. 송응개와 허봉의 유배를 하루라도 빨리 풀어달라고 부탁할 마음이었다.
　이산해 대감은 한강 건너편 노량진 초연정에서 지냈다. 세상을 초연하게 살겠다는 뜻을 담아 초가로 지은 정자였다. 이경전은 이 정자에서 생원시 합격을 위해 공부하는 중이었다. 아버지 이산해 대감이 삼년상을 치르는 동안 이경전은 인왕동 처가보다 이곳 초연정에서 더 많은 시간을 보냈다.
　이경전은 장모 송씨부인과 처남 김성립의 장모 김씨부인을 모시고 용산 나루에서 배를 타고 동작 나루로 건너와 초연정으로 들어갔다.
　이산해 대감은 얼마 전까지 보령에서 삼년상을 치르느라 많이 야위어 날카로운 턱선이 더욱 드러나, 마흔다섯 살보다 훨씬 나이 들어 보였다.

동작진(정선, 한국저작권위원회)

"사부인께서 이렇게 누추한 곳까지, 거동하시니 몸 둘 바를 모르겠습니다."
이산해가 송씨부인과 김씨부인을 일어나 맞았다.
"대감마님, 억울하고 분통해서 억장이 무너집니다."
"창졸간에 부군과 오라버니가 도성을 떠나게 되었으니, 어찌 안 그러시겠습니까?"
이산해는 김첨이 지례 현감으로 내려가고, 송응개가 회령으로 유배 간 송씨부인이 안쓰러워 위로를 건넸다.
"숙부인 마님께서도 걱정이 크시죠?"
이산해는 허봉을 유배지로 보낸 김씨부인의 안부도 물었다.
"대감마님, 우리가 믿을 사람은 대감님뿐입니다. 제 아들과 대사간 영감을 하루라도 빨리 유배에서 풀려나게 해 주세요."

김씨부인이 눈물을 글썽이며 이산해에게 읍소했다.

"제가 두 분 마님의 애타는 속을 어찌 모르겠습니까…… 힘닿는 데까지는 하겠습니다."

이산해는 뾰족한 수는 없지만, 강을 건너 찾아온 두 부인을 박정하게 대할 수 없었다.

"숙부인 마님, 이런 말씀을 드리기는 좀 뭐한데, 이이 대감을 찾아보시는 게 어떠신지요?"

이산해가 송씨부인의 눈치를 보며 김씨부인에게 물었다.

"그분은……."

김씨부인이 이이를 그분이라고 높여 불렀더니, 송씨부인의 표정이 돌처럼 굳어졌다. 김씨부인은 얼른 말을 바꿨다.

"그 사람은 지금 파주에 있는 게 아닙니까?"

"주상이 이조판서로 임명했습니다. 무슨 일이 있는지 아직 조정에 나오지 않았습니다. 곧 한양으로 돌아온답니다. 아무래도 인사를 담당하는 총재(冢宰)이니 한번 찾아보시는 게……."

김씨부인은 이산해의 말이 옳다고 여겼다. 이산해가 우찬성이긴 해도 조정 일을 총괄할 뿐, 실제 인사업무는 이조판서가 맡았다.

"대감마님, 이이가 양쪽 집안을 풍비박산 냈는데, 찾아가 봤자 뭔 수가 있겠습니까?"

송씨부인이 이산해와 김씨부인을 번갈아 보며 중얼거렸다.

"사부인께서는 그렇겠습니다만, 숙부인 마님은 이이와 동향인지라……."

"대감마님, 지금 강릉 동향 사람들이 이 사달을 일으킨 게 아닙니까?"

송씨부인은 아직 마흔 살이라 혈기가 넘쳐 큰 소리를 냈다.

"사부인, 너무 노여워하지 마세요. 제가 한번 찾아가 부탁해 보겠습니다."

김씨부인이 송씨부인에게 조심스럽게 말을 꺼냈다. 김씨부인은 이제 쉰 살이 되어서 그런지, 아니면 남편을 여의어서 그런지 예전의 왕성하던 혈기가 많이 잦아들었다.

"숙부인 마님, 꼭 그렇게까지 하셔야겠습니까?"

송씨부인이 따지자, 김씨부인은 입을 다물었다.

"사돈어른, 저희가 지금 이이한테 부탁하러 온 게 아니고…… 믿을 사람이 대감마님뿐이라서 왔습니다. 제발 살려 주십시오."

송씨부인이 이산해에게 어린아이처럼 떼를 썼다.

"알겠습니다. 제가 류성룡 영감을 한번 만나 보겠습니다."

이산해가 송씨부인을 달랬다.

"대감마님, 건천동에 오시면 저도 꼭 불러 주십시오."

김씨부인은 이산해가 부제학 류성룡을 만나겠다고 말하자, 자기도 같이 가 보고 싶었다. 이산해는 썩 내키지는 않았지만, 그러겠다고 고개를 끄덕였다.

김씨부인과 송씨부인은 나룻배를 타고 동작 나루에서 용산 나루로 건너올 동안, 멀리 관악산만 바라볼 뿐 서로 이야기를 하지 않았다.

남대문에 거의 도착해서 송씨부인이 김씨부인을 불렀다.

"사부인!"

순간, 김씨부인이 멈칫했다. 그동안 송씨부인은 김씨부인을 부를 때, 사부인이라고 부르지 않고, 외명부의 예에 따라 '숙부인 마님'이라고 불렀다. 방금 '사부인'이라고 부른 건, 앞으로 외명부의 서열이 아닌, 사돈 관계를 앞세우겠다는 뜻이었다.

"예, 사부인. 말씀하시죠."

김씨부인은 떨리는 가슴을 진정시키고 천천히 입을 열었다.

"이제 초희를 인왕동으로 보내 주시면 어떻겠습니까?"

"사부인, 제가 초희에게 말해 보겠습니다."

"인왕동 집이 비어 적적합니다. 아무래도 집에 남자가 있어야……."

송씨부인은 김첨이 지례로 떠난 뒤, 이 말을 하고 싶었다. 아니, 아들과 며느리가 먼저 보따리를 싸 들고 인왕동으로 들어오길 바랐다. 그때 느닷없이 오라버니와 허봉이 유배 가는 바람에 정신이 없어 미처 말하지 못했는데, 기회를 봐서 가슴에 묻어두었던 말을 했더니 속이 후련해졌다. 이제 아들과 며느리가 어떻게 하는지는 두고 볼 일이었다.

"김 서방한테도 물어보겠습니다."

김씨부인도 송씨부인의 말에 토를 달 수 없었다. 바깥사돈이 시골로 내려가고, 그나마 송씨부인이 든든히 믿었던 송응개 영감도 벌을 받아 한양을 떠나 버렸으니 사돈댁 사정은 안 봐도 알았다. 남자라고는 김성립의 동생 김정립뿐인데, 이제 겨우 코흘리개 다섯 살이었다. 집에 남자가 필요하다는 송씨부인의 말을 흘려들을 수 없는 처지였다. 김씨부인은 허초희와 외손들을 인왕동으로 보내야 할 날이 머지않았다는 걸 느껴서 머리가 아팠지만, '뭐 어떻게 되겠지'라며 근심을 떨쳐 버렸다.

두 부인은 남대문으로 들어와 간단히 인사만 나누고 건천동과 인왕동으로 흩어졌다.

얼마 후, 허봉이 갑산에 무사히 도착했다는 편지가 왔다. 편지는 정언신의 종사관 김수가 숙모 성씨한테 보내는 전갈과 함께 도착했다. 김수가

12. 계미삼찬(癸未三竄) **377**

함경도에서 허봉을 만나 회포를 풀며 시를 적어 보냈다는 편지였다. 어떻게 된 일인지 모르지만, 김수는 허초희가 허균에게 태워 버리라고 했던 시를 알고 있었다. 김수는 조카며느리의 시를 빌려 울적한 마음을 노래했다.

조정의 시론이 변해서
철령 밖으로 쫓겨가는 신하 바쁘시네.
쓰고 버리는 거야 타고난 운수에 달렸으니
사랑과 미움이 어찌 우리 임금께 있으랴.
슬피 시 읊는 일은 굴원이 못가에 거닐 때와 같지만
누워 다스리는 일은 회양 태수와 다르네.
갑산에 오래 있게 되리라 듣고 보니
마음이 놀라 만 줄기 눈물이 흐르네.
[조카며느리 시를 빌려 갑산으로 유배 가는 허미숙을 보내다][19]

김성립은 숙부까지 허초희의 시를 차운할 정도였으니, 허초희의 시 짓는 솜씨가 조선을 뛰어넘어 천하제일이 아닐까, 허초희는 진짜로 하늘에서 쫓겨 온 선녀가 아닐까, 하는 생각이 들 정도였다.

* * *

병조판서에서 물러난 이이는 파주 본가에 들렀다가, 해주 석담에서 머

---

19) 次姪婦韻送許美叔謫甲山, 차질부운송허미숙적갑산(김수 지음, 허미자 역)

물렀다. 짬을 내 황주 누이 집에 문안을 갔다가 유지를 만났다. 이이는 유지를 '여자 선비'로 여기고 시를 짓고 자연을 벗 삼아 함께 즐겼다. 파주로 돌아가려고 길을 나서자, 유지가 절까지 따라와 배웅해 주었다. 이이는 유지와 작별하고 강가 마을에 들어가 하룻밤을 보냈다. 이부자리를 깔고 누웠는데 잠이 오지 않아 뒤척이는 한밤중에 누가 문을 두드렸다. 일어나서 나가 보니 유지가 문 앞에서 방실방실 웃고 서 있었다. 이이가 어째서 다시 왔느냐 물었더니, '이번에 이별하면 언제 다시 만날지 몰라 이렇게 찾아왔습니다'라고 대답했다. 이이는 지필묵을 꺼내 '유지와 인연이 정에서 시작되어 예에서 끝났다'라는 글을 적어 주고 헤어졌다. 그때 임금이 이이를 이조판서 자리에 임명했다. 이이는 이조판서 자리를 명받은 지 한 달이 훌쩍 지나서야 한양으로 떠날 행장을 꾸렸다.

　김씨부인은 사월이를 시켜 며칠째 이이가 한양으로 돌아왔는지 알아봤다. 그러던 어느 날 사월이가 안방으로 조르르 달려와 이이뿐만 아니라, 이이의 이모 미선부인도 한양에 있다고 알렸다.

　김씨부인과 허초희는 나들이 차림을 한 후, 전에 신사임당이 살던 청진동 이이 집으로 가서 하인을 불렀다. 잠시 후 하인이 두 사람을 집 안으로 모셨다. 안으로 들어가자 제일 먼저 네모반듯한 작은 연못이 눈에 띄었다. 물이 어디에서 나오는지 모르겠지만, 작은 도랑이 마당을 돌아서 담장 아래를 지나 밖으로 나갔다. 연못 한가운데 동그란 석가산(石假山)에 괴석(怪石) 하나가 우뚝 솟았고, 그 옆으로는 작은 소나무와 검은 대나무가 자랐다. 연못 뒤쪽으로 작은 정자가 보였다. 정자 처마 밑에는 절에서나 볼 법한 풍경(風磬)이 달려서 바람이 불 때마다 댕그랑댕그랑 소리를 냈다.

김씨부인과 허초희는 행랑채 툇마루에 앉아 기다렸다. 얼마 후, 미선부인이 행랑채로 나왔다. 김씨부인과 허초희는 벌떡 일어나 미선부인에게 인사드렸다. 미선부인은 김씨부인과 허초희를 보고 아주 쌀쌀맞게 굴었다.

"고귀하신 숙부인께서 이 집에는 웬일이요?"

"스승님 오랜만에 뵙습니다. 제 딸 초희도 기억하시죠?"

허초희가 미선부인에게 고개를 숙였다.

"강릉에서 여자 천재가 났다고 호들갑을 떨더니 별반 다르지 않소."

미선부인이 허초희를 보고 퉁명스럽게 중얼거렸다.

"스승님, 경황이 없어 조촐하게 준비했습니다."

김씨부인이 건천동 집에 숨겨 두었던 인삼 서너 뿌리를 대바구니에 담아 와서 내놨다.

"인삼? 이걸 우리 현룡이 주라고? 지금 병 주고 약 주고, 누굴 놀리는 거요?"

"아니, 그게 아니고 스승님 드시라고……."

"나는 일 없소. 그냥 가져가시오."

미선부인이 대바구니를 김씨부인 쪽으로 확 밀었다.

"스승님, 그러지 마시고…… 우리 아들놈 좀 살려 달라고 이판 대감에게 전해 주세요."

"숙부인, 내가 모를 줄 아오. 허씨 집안 사람들이 우리 현룡이를 얼마나 괴롭혔는지……."

"마님, 다 남자들 일이니, 우리들은 예전처럼 지내시면……."

"이보시오! 당신 아들 허봉인지 뭔지 때문에, 생때같은 우리 조카, 우리 현룡이가 다 죽게 생겼는데…… 집안이 망하게 생겼는데, 그걸 지금 말이라고 하오! 그만 돌아가시오!"

미선부인이 화를 버럭 냈다. 김씨부인은 미선부인을 가로막고 애걸복걸 빌었다. 항상 당당한 줄 알았던 어머니가 손이 발이 되도록 비는 꼴을 보고 허초희도 어찌할 바를 몰랐다.

"마님, 잠시 제 말씀 좀 들어 보세요."

"허씨 일가만 보면 치가 떨려! 썩 물러가시오! 애들아, 소금 뿌리고 문 닫아라!"

"마님, 제발 우리 아들을 좀 살려 달라고……."

'물렀거라, 물렀거라, 이조판서 대감 행차시다!'

김씨부인이 미선부인에게 애원하는데, 대문 밖에서 거덜들이 거들먹거리는 소리가 들렸다. 이이의 행차를 알리는 권마성(勸馬聲)이었다. 잠시 후 이이가 집 안으로 들어왔다. 허초희는 이이를 쳐다봤다. 이이를 처음 본 때가 떠올랐다. 그때는 흰 도포를 차려입어서 한 마리 백학처럼 고고했다면, 관복을 갖춰 입은 이이는 공작처럼 수려해 보였다.

"아이고, 우리 대감 조카 오셨소!"

미선부인이 얼른 이이에게 달려가 손을 잡았다.

"이모님, 그간 안녕하셨습니까? 절 받으십시오."

"절은 무슨…… 아이고 얼굴이 이게 뭐야, 누가 널 이렇게 했냐? 아이고 현룡아!"

미선부인은 김씨부인과 허초희를 거들떠보지 않고 이이를 안채로 이끌었다. 이이는 미선부인과 이야기를 나누는 사람이 누군지 몰라 그냥 안채로 들어가려 했다.

"대감!"

김씨부인이 이이를 불렀다. 이이가 돌아보았다. 이이는 머리를 갸웃하며 자기를 불러 세운 사람이 누군지 바라봤다. 언뜻 생각나지 않았다.

"대감, 우리 봉이 좀 살려 주시오!"

이이는 눈물을 흘리는 김씨부인을 알아봤다. 순간 옛 기억이 되살아났다.

38년 전, 이이가 열 살 때, 신사임당은 남편 이원수가 첩을 얻어 속을 썩이자, 아들을 데리고 강릉에 내려와 지냈다. 그때 어린 김씨는 열두 살이었는데 오죽헌에 드나들면서 신사임당에게 그림 그리는 법을 배웠다. 신사임당은 어린 김씨가 마음에 들어 며느리로 삼고 싶었다. 신사임당은 이런저런 이유를 들어 강릉의 유지인 김광철 영감 댁에 이이를 심부름 보냈다. 이이는 김광철 영감이 묵는 애일당에서 하룻밤을 보냈다. 그날은 칠월 보름 백중 전날이라 대관령 넘어 서산으로 해가 지면서 강릉 바다에 휘영청 밝은 보름달이 떴다. 애일당 툇마루에 서면 동해 바다가 한눈에 들어오니 김광철 영감은 어린 김씨와 현룡을 데리고 달구경을 나섰다. 바닷물도 백중사리라서 애일당 근처까지 밀려와 출렁거렸다. 마당에는 쑥으로 만든 모깃불을 피웠다. 쑥 향이 은은히 애일당에 퍼졌다. 달이 밝아 은하수는 빛을 잃었지만, 보름달 아래 일렁이는 밤바다에는 반짝이는 불빛이 두둥실 떠다녔다. 바닷물이 높아 위험한데도 고기를 잡으러 밤바다로 나간 배에서 켠 등불이었다. 처음 보는 광경이라 현룡이 궁금해서 어린 김씨에게 물었다.

"저 불빛들은 뭐지?"

"달 맞으러 강릉 가는 배."

어린 김씨가 현룡을 보고 빙그레 웃었다.

"지금 저 배를 타면 강릉 경포대 앞까지 금방 갈 거야."

현룡은 갑자기 아버지 때문에 고생하는 어머니 생각이 울컥 솟아올라 저 배를 잡아타고 강릉으로 돌아가고 싶었다. 현룡은 둥근 달을 보니 어머니 얼굴이 떠오르고, 철썩거리는 파도 소리를 들으니, 어머니가 불러주는 자장가로 들렸고, 은은한 쑥 향에서는 어머니 냄새를 느꼈다. 그때 김광철 영감이 대금을 꺼내 바닷가 갯바위에 올라가 달빛 아래서 사모곡을 불었다. 그 소리가 어찌나 애달픈지 현룡은 자기도 모르게 주르르 눈물을 흘렸다.

눈물을 흘리는 현룡을 바라보던 어린 김씨가 현룡의 곁으로 다가갔다. 애처로운 모습을 보이던 현룡이 창피해서 손등으로 눈물을 닦고 어린 김씨를 바라봤다. 그때 갑자기 어린 김씨가 현룡의 뺨에 입을 맞췄다. 깜짝 놀란 현룡이 몸을 빼려 했지만, 몸이 뜻대로 움직이지 않았다. 한여름인데도 온몸이 꽁꽁 얼어붙어 버렸다. 어린 김씨는 자기도 모르게 뭔가에 이끌리듯 현룡의 뺨에 입을 맞춘 짓이 부끄러워 아버지의 사모곡 연주가 끝날 때까지 얼굴을 들지 못했다. 현룡은 밤새도록 자기 뺨에 닿은 어린 김씨의 입술 느낌이 사라지지 않아 쉽게 잠들 수 없었다.

이이는 정신이 어지러워 하마터면 휘청하고 쓰러지는 줄 알았다. 숯처럼 검고 삼단 같던 머리가 어느덧 성긴 백발로 변한 어릴 적 고향 동무 김씨가 분명했다.

"저 사람들 일없으니 들어가자."

미선부인이 이이의 팔을 잡고 안채로 몸을 틀었다. 이이는 온몸이 굳어서 움직이기 힘들었지만, 떨어지지 않는 발걸음을 힘겹게 옮겼다. 이모의 말대로 김씨부인과 허초희를 애써 모른 척 스쳐 지나갔다. 그때였다.

"현룡아!"

김씨부인이 이이를 불렀다. 이이가 멈춰서 망부석처럼 굳어버렸다.

"현룡아! 내 아들을 살려 다오! 봉이 없으면 나 죽는다!"

김씨부인이 무릎을 꿇고 엎드려 통곡하며 애원했다. '나 죽는다'라는 말이 비수처럼 이이의 등짝을 마구 찔러 댔다. 이이의 눈에 눈물이 핑 돌았다.

"대감마님, 우리 오라버니를 살려 주세요."

허초희도 이이를 보면서 애원하자, 이이가 허초희를 돌아보았다. 허초희는 이이를 빤히 쳐다봤다. 이이는 한동안 허초희를 내려다보더니 아무 말 없이 고개를 돌렸다.

"이 사람들이 왜 이래? 얘들아, 손님 가신다. 어서 모셔라!"

미선부인이 하인들을 불렀다. 곧 하인들이 우르르 몰려나와 김씨부인과 허초희를 일으켜 세워 대문 밖으로 끌어냈다.

"잠시 물러서거라."

이이가 하인들을 물리쳤다. 하인들이 김씨부인의 팔을 놓고 뒤로 물러났다.

"부인, 봉이는 내 아우요. 내가 살려 주리다."

이이가 김씨부인에게 말하고 힘겹게 안채로 들어갔다. 안채로 들어선 이이는 맥이 풀려 그대로 주저앉고 말았다.

"현룡아, 고마워…… 대감, 고맙소."

김씨부인은 한참 동안 마당에 엎드려 흐느꼈다. 김씨부인의 울음소리는 석가산을 맴돌다가 찰가당거리는 풍경소리에 묻혀 사라져 버리고 이내 염불 소리로 바뀌었다.

허초희는 '관세음보살, 관세음보살'을 읊조리는 어머니를 부축해 청진동 이이의 집을 나섰다. 동쪽 하늘의 기러기들은 단풍이 다 떨어진 낙산 위를 줄지어 날아갔다. 날이 어두워지면서 궁궐을 지키는 내금위 금군들의 관솔불이 하나둘씩 올랐다. 허초희는 건천동 집으로 돌아와 허봉 오라버니를 그리며 시를 지었다.

갑산 동쪽 바라보니 울창하고 아득해,
쫓겨 가는 나그네의 슬픈 시 어떠하리.
기러기 외롭게 떨어져 그림자도 쓸쓸해,
겨울바람 불어와 강물마저 크게 물결치네.
변방의 새벽달 나그네 옷은 엷은데,
추운 길 놀란 가슴 나뭇잎도 떨어지네.
밤늦게 은 촛불 밝혀놓고 휘장 안에 앉아,
저 멀리 대궐로 돌아갈 꿈만 꾸시겠지.
[둘째 오라버니의 시를 빌려][20]

다음 날 이이가 아픈 몸을 겨우 가누며 궁궐에 들었다. 임금 이연이 이조판서로 임명한 지 40여 일이 지난 후였다. 이이가 입궐했다는 소식을 접한 임금은 사정전으로 들어와 용상에 앉아 이이의 절을 받았다.
"이판, 오랜만에 보니 반갑소. 나는 그대가 돌아오길 학수고대했소."
임금이 웃으며 이이를 반겼다.
"하찮은 소신을 다시 불러 주시니 몸 둘 바를 모르겠습니다."

---

20) 次仲氏韻, 차중씨봉(허초희 지음, 장정룡 옮김)

"그대가 병조에서 일을 잘 처리한 덕에, 니탕개와 율보리를 물리쳤소. 이제 걱정 없소."

"전하, 곧 겨울입니다, 강이 얼면 오랑캐들이 또 쳐들어올 테니, 경계를 늦추면 안 됩니다."

"알고 있소. 도순찰사에게 당부해 두었소. 그런데 어찌 안색이 좋지 않소. 다 나은 거요?"

"주상전하의 하해와 같은 은혜를 입어 점점 기력을 회복하고 있습니다."

이이가 쿨럭쿨럭 마른기침을 내뱉었다.

"이판, 내가 소인배들을 물리치지 못해 나라가 망할 뻔했소."

"송응개와 박근원은 원래 간사한 사람들입니다. 하오나 허봉은 나이가 어려서 경망할 뿐 간사한 사람은 아닙니다."

"나이가 어리다고요? 허봉 나이가 서른셋이오! 과인이 서른두 살이고······."

임금 이연이 입술을 주뼛거렸다.

"소신은 허봉을 어릴 적부터 봐 왔습니다. 허봉의 외조부 김광철은 안동 부사로 있을 때 백성들을 잘 보살펴 가의대부가 되었고, 소신의 고향 강릉에서도 알아주는 충신입니다."

"고향 사람이라 잘 봐달라는 말이요?"

임금이 실쭉 웃으며 이이의 허를 찔렀다. 이이는 아차 싶어 식은땀이 났다.

"전하, 허봉은 스물넷에 명나라에 다녀온, 이 나라에 없어서는 안 될 동량입니다."

"혓바닥만 살아 있는 자요."

"허봉에게 은혜를 베풀어 개나 말처럼 부리십시오. 견마지로를 다할 충신입니다."

"이판, 고향 사람한테 청탁받은 모양이요, 끝까지 허봉을 구하려는 걸 보니……."

"이 나라에 허봉 같은 인재가 없습니다."

"그만하시오. 내 뜻은 이미 정해졌소."

임금 이연은 허봉이 친아버지 덕흥대원군을 업신여기고 친할머니 창빈 안씨를 첩실이라고 흉본 앙금이 아직 남아 있었다.

"송응개, 박근원, 허봉, 이 세 사람이 받은 벌이 너무 커서 사람들이 모두 불안해합니다. 부디 허봉만이라도 관대하게 대해 주시옵소서."

이이가 다시 머리를 조아리며 간절히 빌었다.

"그만두시오. 나는 그대만 믿으니 가서 몸조리나 잘하시오."

임금은 이이의 부탁을 냉정하게 거절하고 나가 버렸다.

이이는 망연자실했다. 꼭 김씨부인의 부탁이 아니더라도, 이이가 보기에 조선에는 허봉만한 인재가 없었다. 이이는 자신이 죽으면 허봉의 시대가 올 거라고 믿었기에, 허봉이 비록 동인이긴 해도, 원접사의 종사관으로 선발해서, 국정을 함께 살필 기회를 주었다. 이이에게 허봉은 버리기는 아깝고 취할 수는 없는 '계륵' 같은 존재였다.

결국 김씨부인의 노력은 물거품이 되었다. 류성룡도 한양을 떠나 경상도 관찰사로 내려갔으니, 허씨 집안은 찾아오는 사람이 없어 그야말로 쇠락의 길로 접어들었다. 목멱산 아래 건천동을 드나들던 선비들은 청계천 넘어 북촌 백악산 아래 사는 이산해 대감의 집으로 모여들었다. 어느새 동인들은 북쪽 사람들과 남쪽 사람들로 서서히 갈라졌다.

동쪽 집 세도가 불길처럼 드세던 날

드높은 다락에선 풍악 울렸지만,

북쪽 이웃들은 가난해 헐벗으며

주린 배를 안고서 오두막에 쓰러졌네.

그러다 하루 아침에 집안이 기울어

도리어 북쪽 이웃들을 부러워하니,

흥하고 망하는 거야 바뀌고 또 바뀌어

하늘의 이치를 벗어나기는 어려워라.

[하늘의 이치를 벗어나기는 어려워라][21]

류성룡이 허엽영감의 사당에 인사드리고 경상도 관찰사로 떠나는 날, 허초희가 아버지의 사랑채에 앉아 쓸쓸한 건천동의 풍경을 보며 적은 시였다.

---

21) 感遇, 감우 일부분(허초희 지음, 허경진 옮김)

13. 소라 나발
(허초희 22세, 1584년)

해가 바뀌어 갑신년(1584년), 신년 하례에 이조판서 이이가 궁궐에 나오지 않았다. 이번에는 누구도 이이가 궁궐에 나오지 않은 걸 탓하지 않았다. 지난해 섣달부터 몸져누운 이이가 거동하지 못한다는 걸 누구나 알았다. 임금은 어의 허준을 삼청동에 새로 마련한 이이의 집으로 보냈다. 허준이 값비싼 탕약을 써도 차도가 없을 정도로 이이의 몸은 많이 상해 있었다.

정월 보름, 함경도 순무어사로 나가는 서익이 이이를 찾아왔다. 서익이 변방을 지키는 방법을 물었을 때, 이이는 여섯 가지 방법을 알려 주다 의식을 잃었다. 그리고 채 하루가 지나지 않아 숨을 거두고 말았다. 마흔아홉 살이었다. 임금 이연은 큰 소리로 울고 애통해하며 3일 동안 수라상에 고기와 생선을 올리지 못하게 했다. 임금은 이이의 상가에 넉넉한 부조를 보냈다. 조정의 대소신료들이 이이의 집으로 조문하러 모여들었다. 이이의 서자들이 허씨 집안 사람과 송씨 집안 사람들의 문상을 받지 않겠다고 알렸다. 송씨 집안 사람들은 아예 발길을 하지 않았지만, 건천동에서는 김씨부인이 큰아들 허성을 불러 꼭 문상을 다녀오라고 일렀다.

허성은 이이가 장원급제해서 성균관 문묘로 공자를 알현하러 갔을 때, 송응개에게 박대당했듯 문전에서 내쫓겼다. 그 꼴을 가만히 지켜보던 이산해가 정철에게 부탁해, 허성은 겨우 문상을 마쳤다. 허성은 바늘방석에라도 앉은 듯 엉덩이가 아프고 얼굴이 화끈거려 팥죽 한 그릇도 얻어먹지 못하고 얼른 일어나 집으로 돌아올 수밖에 없었다.

이이가 죽자, 이조참판 성혼이 서인의 영수가 되었는데, 성혼은 이이를 대신할 관록과 국정 경험이 모자랐다. 임금은 이산해 대감에게 이조판서와 대제학 직책을 모두 맡겼다. 생전에 이이가 맡던 일이었다. 정철에게는 대사헌 직을 맡겼다.

이이의 상여가 발인하는 날이 되었다. 도성 안의 사람들이 횃불을 들고 이이의 집으로 모여들었다. 이이의 상여는 저녁 늦게 삼청동 집을 떠났다. 횃불을 든 사람들의 행렬이 돈의문을 나와 모화관을 지나 무악재를 넘고, 홍제원까지 길게 이어졌다. 김씨부인은 남몰래 장옷을 덮어쓰고 행렬의 끝을 따라가다 모화관에 이르러 행렬에서 떨어져 인왕산 인왕사로 올라갔다.

김씨부인은 어릴 적 동무였던 이이가 생사를 달리하여 이승과 저승으로 헤어졌는데도 제대로 곡소리 한번 낼 수 없는 처지가 서러웠다. 신사임당이 강릉으로 내려왔을 때, 이이를 한 번이라도 더 보고 싶어, 신사임당에게 그림을 배운다는 핑계를 대고 오죽헌을 드나들며 설레던 시절도 있었다. 자기를 어여삐 여겼던 신사임당을 생각하면 만사를 제쳐 두고 이이의 상여 행렬을 따라야 했건만, 그러지 못하는 신세가 밉고 싫었다. 이제 남몰래 연모하던 마음속의 나뭇가지를 쳐내고 뿌리까지 뽑아내 불구덩이 속으로 던질 시간이었다. 가슴이 아프고 쓰렸지만, 김씨부인이 할 수 있는 거라고는 밤새도록 부처님 앞에 절하며 이이의 명복을 빌고 극락왕생을 발원하는 일뿐이었다. 김씨부인은 길고 추운 겨울밤을 그렇게 지새웠다.

겨우내 니탕개와 율보리는 아무런 난동도 부리지 않았다. 지난해 7월 이후 오랑캐들은 별다른 움직임도 없었다. 춘삼월에 얼었던 두만강물이 풀렸다. 임금은 어느 정도 안심되어, 변방의 장수들을 이동시켰다. 온성 부사 신립은 북병사로 승진했고, 우을기내를 참수한 이박은 종성 부사가 되었다. 임금 이연은 이즈음부터 인빈 김씨가 낳은 신성군을 신립의 딸과 혼인시켜 신립과 사돈 맺을 마음을 먹었다.

김씨부인은 발 빠른 젊은 종을 시켜 허봉이 입을 옷가지며, 먹을거리를 챙겨 갑산으로 보냈다. 젊은 종은 쏜살같이 갑산을 다녀왔다. 김씨부인이 갑산에 다녀온 젊은 종에게 허봉이 어찌 지내냐고 묻자, 젊은 종은 상자를 하나 꺼내더니 김씨부인 앞에 내놓았다. 김씨부인이 얼른 열었다. 상자 안에는 갑산에서만 나는 달복분(達覆盆, 들쭉)을 꿀에 넣고 졸여서 만든 들쭉 정과(㐭粥 正果)와 들쭉술 한 병이 들어 있었다. 그 안에는 편지도 한 통 있었는데, 김씨부인은 들쭉 정과는 먹어 보지도 않고, 편지부터 집어 들었다. 지나새나 아들 걱정만 하던 김씨부인은 편지를 펼치자마자 눈물을 뚝뚝 떨궜다. 편지를 다 읽고서는 목메어 흐느꼈다. 허초희는 어머니 손에 힘없이 들린 편지를 얼른 집어 읽었다. 허봉 오라버니의 필체가 맞았다.

봄에 세 번 고향의 편지를 받아보니
어머님은 오래도록 나를 기다린다 하네.
백발이 머리에 가득한데 지는 해 더욱 짧아
만나는 사람에게 감히 어떻던가 묻지 못하네.
수강문 밖 어지럽게 나는 까마귀

언덕 나무 푸른데 석양빛이 비치네
높은 누대 올라 고향을 바라보고자 하지만
어느 곳이 우리 집인지 알지 못하겠네.

[갑산]²²⁾

 허초희는 편지를 읽으며 눈물을 쏟았다. 그러는 사이 허균은 들쭉 정과를 하나 집어 먹고 그 맛이 하도 기막혀 빙그레 웃으며 입맛을 쩝쩝 다셨다.
 5월 단오가 지나고 오랑캐의 움직임도 뜸해졌다. 마침내 정언신 대감이 한양으로 돌아왔다. 군관으로 갔던 정협과 종사관 김수도 돌아왔다. 임금과 신하는 물론 백성들도 니탕개의 난이 끝났다고 믿었다. 그런데 허초희네 사람들에겐 끝난 게 아니었다. 시커먼 먹구름이 인왕동에 드리우고 있었다.

* * *

 지례 현감 김첨은 군위 현감 권응시를 만나러 군위에 가서 흠뻑 술을 마셨다. 권응시는 경상도 김천 사람인데 과거를 보지 않고 천거로 발탁된 인물이었다. 김첨보다 한 살 위로, 김첨이 이조좌랑일 때, 권응시는 호조좌랑이었다. 두 사람은 한양 관청에서부터 죽이 잘 맞았다. 일과를 끝내면 피맛골에서 탁주 마시는 걸 즐기며, 호형호제하는 사이가 되었다. 비슷한 시기에 김첨은 지례 사또, 권응시는 군위 사또로 나왔으니, 기회가

---

22) 夷山八絶, 이산팔절 일부분(허봉 지음, 송은정 옮김), 이산이 곧 갑산이다.

되면 만나서 진탕 먹고 마시자며 의기투합했다.

마침, 경상도 관찰사 류성룡이 각 고을의 말과 목장을 점검하는 점마차사(點馬差使) 임무를 김첨에게 맡겼다. 김첨은 경상도 여러 고을을 순회하게 되었는데, 제일 먼저 군위현을 점찍고 거드름을 피우며 관아로 들어갔다. 군위 현감 권응시는 객관 앞에다 포졸을 세워 김첨이 의기양양하게 유세를 부리게 해줬다. 객관 안방에는 떡 벌어지게 주안상을 차리고, 관기를 불러 주연을 베풀었다.

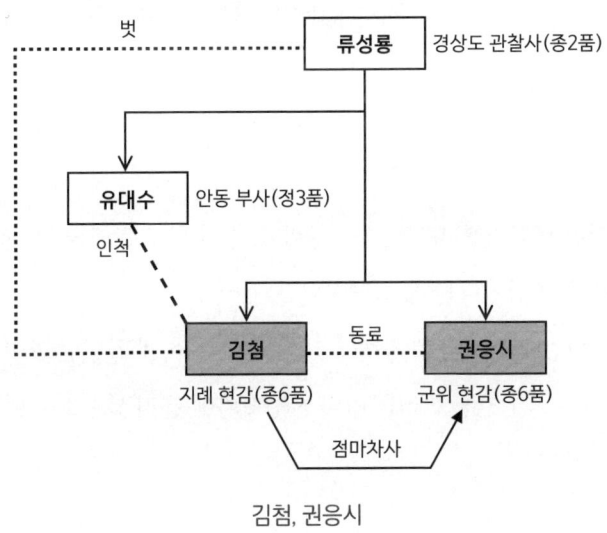

김첨, 권응시

"김 차사! 눈에 들어오는 관기가 있나?"

권응시가 김첨의 잔에 술을 가득 부으며 아양을 떨었다.

"어허, 현감이 차사를 유혹하여 국정을 농단하려 하질 않나, 야자를 하지 않나…… 의금부에 끌려가 치도곤을 당해봐야 정신을 차릴 거지?"

김첨이 기생들을 둘러보며 짐짓 화담 서경덕이 황진이를 보듯 말하고, 크게 웃었다.

"잘만 하면 차사에게 정분을 주고 수절하는 기생이 나올 줄 누가 아나?"

"관기가 수절이라니…… 무슨 개 풀 뜯는 소리야!"

"개가 풀을 뜯으니 하는 말이 아닌가."

"그럼, 조선천지에 수절하는 관기가 있단 말이야?"

김첨이 나주 합죽선을 팔락팔락 부치며 물었다.

"황주 관기 유지가 이이 대감 삼년상을 치른다고 소문이 자자해."

"풋! 기생이 수절한다는 말도 처음인데, 관기가 어찌 제 마음대로 삼년상을 지내?"

김첨은 권응시의 말에 깜짝 놀라 입안에 들어갔던 소주를 뱉어 내고 눈을 휘둥그레 떴다.

"이이 같은 대학자를 따르며 수절한다니, 누가 함부로 건들기나 하겠어?"

"이이가 손만 잡았다는데, 삼년상이라니……."

김첨은 예전에 원접사로 황주에 갔을 때, 허봉에게 들었던 말이 생각나서 고개를 갸웃거렸다. 그러는 찰나 사방탁자에 올려놓은 소라 나발이 눈에 딱 들어왔다.

"저게 뭔가?"

"뭐? 저거, 나각(螺角)이지, 소라 나발! 이리 가져오게."

권응시가 관기한테 소라 나발을 가져오라 했다. 김첨은 관기가 가져온 소라 나발을 받아 들고 이리저리 살펴봤다.

"이거 내가 한번 불어 보면 안 되겠나?"

"뭔 소리야? 이걸 불면 군호야! 군졸들 비상이 걸려. 어찌 함부로 이걸

부나?"

 김첨이 소라 나발을 불려고 입에 가져가자, 권옹시가 김첨의 입을 손바닥으로 가리며 나무랐다.

 "아, 되게 불어 보고 싶네. 이거 나한테 주면 안 되겠나?"

 김첨은 목덜미에 흐르는 땀을 식히려 부채를 팔락팔락 더 세게 부쳤다.

 "그 나주 합죽선이랑 바꿀까?"

 권옹시가 김첨이 부쳐 대는 부채를 가리키며 깐족거렸다.

 "이거…… 이거는 내 동서가 준 거라서…… 내가 다음에 안동에 점마차사로 가는데, 내 부채가 없어진 건 어찌어찌 얼렁뚱땅 넘어가더라도, 나중에 자네가 이 부채를 쥐고 있는 걸 보면 안동 부사가 삐지지 않겠나?"

 "소라 나발도 불고 싶고, 부채도 쥐고 싶고…… 이런 도둑놈을 봤나! 술이나 드시게!"

 권옹시가 김첨을 핀잔주며 술을 따랐다.

 "어허, 마장에 망아지 한 마리가 비던데…… 그걸 그대로 감영에 적어 내야겠구먼."

 "이 사람, 그 망아지 죽었다니까, 뼈다귀도 봤잖아!"

 "개뼈다귀 같은 소리 말고, 내일 아침에 소라 나발이 없어졌으면, 내가 가져간 줄 아시게."

 "에잇, 도적이 따로 없네! 합죽선을 내놓든지, 소라 나발을 포기하든지……."

 김첨은 관기의 노래와 춤은 거들떠보지도 않고 소라 나발을 요리조리 살펴보는 데 바빴다.

 "이보게, 그건 그만 보고 관기들 춤추는 걸 보자니까!"

권응시가 김첨을 호되게 불러도 김첨은 이미 소라 나발에 넋을 잃었다.

"자네는 그런 잡물에 미쳐 패가망신할 걸세!"

"권 현감, 이거 나 주게! 이거 내가 가져감세!"

"가져가면 도적이 들었다고 안동 부사한테 파발을 띄울 걸세. 한번 가져가 보게!"

"알겠네, 우리 동서가 나를 어찌하겠나?"

김첨은 권응시의 말에 콧방귀를 뀌었다.

"호방, 지필묵을 대령하라!"

그러자 권응시가 호방에게 호령했다. 호방이 얼른 지필묵을 가져왔다. 권응시가 취중에 일필휘지로 통문(通文)을 써 내려갔다. 그러더니 호방에게 읽으라고 명했다.

"도적이 침입하여 군위 관아의 물품을 모조리 훔쳐 갔습니다. 도적의 체격은 보통이고 나이는 마흔세 살쯤 되는 사람으로 안동 쪽으로 달아났습니다. 군위 관아의 힘이 약해 잡지 못하였으니, 안동에 도착하는 즉시 잡으십시오."

"나는 아침에 떠나겠네. 이 통문은 저녁 때 보내시게."

호방이 글을 읽자, 김첨이 권응시를 보고 껄껄 웃으며 허풍을 떨었다. 김첨과 권응시는 술을 마시고 취해서 객관에 널브러져 잠들었다.

다음 날 아침, 권응시가 일어나 봤더니 김첨은 진짜로 소라 나발을 가지고 사라져 버렸다. 권응시는 단단히 골이 나서, 김첨이 혼 좀 한번 나 보라고 어젯밤에 써 두었던, 통문을 집어 들었다. 그러고는 파발꾼을 불러 김첨보다 훨씬 늦은 유시(오후 7시)가 지나 떠나라고 명했다.

아침에 길을 나선 김첨은 말 위에 올라타서 소라 나발을 손에 들고 싱글벙글 기분이 좋았다. 해가 중천에 떠오를수록 갑자기 마신 술 탓인지 5리쯤 갈 때마다 물똥이 쏟아져 나와 가던 길을 멈추고, 볼일을 보느라 느릿느릿한 행차가 되었다. 더구나 날이 더워 땀은 질질 흐르고 숨은 턱턱 막혀 가는 길이 더디게만 느껴졌다. 김첨 일행은 아침 일찍 나섰지만, 저녁나절에 겨우 의성 관아로 들어갔다. 김첨은 '에라 모르겠다. 자고 가자' 하고 의성 객관에 누웠다가 이튿날 짐을 챙겨 떠났다.

권응시가 보낸 파발꾼은 통문을 전하는 게, 무슨 대단한 일이라도 된다고, 밤새 말을 달려 다음 날 아침 일찍 안동에 이르렀다. 실은 이 파발꾼이 안동에 숨겨 놓은 기생 첩실이 있어 쏜살같이 달려올 줄은 아무도 몰랐다. 파발꾼은 기생과 회포를 풀고 권응시의 말을 듣기는 듣는다고 느지막이 안동 대도호부를 찾아가 유대수에게 통문을 전해 올렸다.

유대수는 통문을 읽으며 손이 벌벌 떨렸다. 니탕개와 싸움이 아직 확실히 끝났는지 안 끝났는지도 모르는 판에 안동, 군위, 의성 일대에 도적 떼가 횡횡하게 놔뒀다가는 잘못하면 삭탈관직에 천리만리 유배 가기 안성맞춤이었다. 그냥 넘어갈 사안이 아니었다. 유대수는 파발꾼에게 물었다.

"이 통문을 안동에만 보냈더냐?"

"예, 저만 떠났습니다."

"어허, 이렇게 큰일은 당연히 관찰사에게 알려야지, 군위가 큰일을 당해 제정신을 못 차리는구나! 여봐라, 이 통문을 베껴 써서 파발꾼들을 불러, 상주 감영과 인근 고을에 급보하라!"

"사또! 그게, 그게……."

군위 현감과 지례 현감이 죽이 맞아 놀다가 장난으로 벌인 일이 아닌지 긴가민가하던 파발꾼은 자기가 기생과 만나 놀아난 일이 들통날까 봐, 에라 모르겠다 될 대로 되라는 심정으로 입을 닫아 버렸다.

"성문을 닫아라! 도적놈을 잡아서 안동 관아로 압송하라!"

파발이 안동성을 떠나자, 유대수는 갑옷으로 바꿔 입고 씩씩거리며 성안을 순시했다. 유대수는 아무리 생각해도 군위 현감이 미련퉁이였다. 관아를 습격당한 일은 어쩔 수 없더라도 즉시 경상 감영에 알려 계엄을 걸게 만들어야지, 그걸 자기한테만 알린 건 자기한테 도적을 잡을 수 있는 공을 양보한 건지, 아니면 멍청한 건지 분간이 안 되었다.

"그나저나 어제 온다던 점마차사는 어찌 된 건가?"

"깜깜무소식, 함흥차사입니다."

유대수가 호방에게 물었더니, 호방이 얼른 대답했다.

오후에 유대수가 안동성 남문 진남문 문루에 올라 낙동강 쪽을 내려다보는데, 군졸들이 웬 사람들을 포승줄에 묶어 배를 타고 강을 건너오는 게 보였다. 유대수는 '저게 뭔가' 하고 고개를 쭉 내밀고 봤다. 군졸 몇 명이 말을 타고 급히 달려와 '도적놈들을 모두 잡았습니다'라고 아뢰었다. 유대수는 '옳거니, 하늘이 날 돕는구나'라며 쾌재를 불렀다.

"도적놈들을 모두 관아로 압송하라!"

유대수는 보무도 당당히 동헌에 올라 군졸들이 도적놈들을 대령해 꿇어앉히기를 기다렸다. 잠시 후, 군졸들에게 맞아서 여기저기 얻어터지고, 눈두덩은 시커멓게 멍들고, 봉두난발한 도적놈들이 끌려 나왔다. 유대수가 큰소리로 위세를 부렸다.

"이 쳐 죽일 놈들아! 네놈들이 죽으려고 환장을 했지, 감히 백주에 도적질이냐! 내가 네놈들 볼기 살을 너덜너덜하게 만들어 주겠다! 여봐라, 곤장 틀을 준비하라!"

잡혀 온 도적들은 이미 얼마나 맞았는지, 아무 말도 하지 못하고 벌벌 떨었다.

"네놈들 관상이나 한번 보자! 여봐라, 저 도적놈들 얼굴을 쳐들어라!"

유대수가 명하자, 군졸들이 육모방망이로 도적들 얼굴을 들어 올렸다. 도적들은 얼굴이 퉁퉁 부어 누가 누군지 알아볼 수 없을 지경이었다. 유대수가 동헌에서 내려와 꿇어앉은 도적 곁으로 다가갔다.

"야, 이놈아! 네놈이 누군지, 네 아비가 누군지 밝혀라!"

유대수가 도적놈 중 군위 현감이 써 보낸 통문에서 인상이 비슷한 놈을 골라 물었다. 그러자 그 도적이 겨우 머리를 들고 중얼댔다.

"나 지례요."

"뭐?"

유대수는 도적놈이 뭐라고 하는지 이해를 못 해 다시 물었다.

"너 지금 뭐라 했느냐?"

"동서, 나 지례 현감이요."

유대수는 봉두난발한 도적놈의 머리칼을 제치고 얼굴을 살펴봤다.

"아이쿠, 형님!"

유대수는 깜짝 놀라 뒤로 자빠지고 말았다. 도적놈은 분명 지례 현감 김 첨이 맞았다.

유대수는 내아에 들어가 머리를 싸매고 드러누웠다. 도대체 이 일을 어떻게 수습해야 할지 몰라 걱정이 태산 같았다. 망신도 이만저만한 망신이 아니었다. 도적을 잡은 공으로 승승장구하기는커녕 의금부에 끌려가지나 않으면 다행이라 벌벌 떨렸다. 그러다가도 집안 망신에, 고을 망신에, 본인 망신까지 망신살이 뻗쳐도 이렇게 뻗칠 줄을 몰랐다.

　일단 지례 현감 김첨을 옥사에 가둬 두긴 했으나, 꺼내 줘야 할지 경상 감영으로 압송해야 할지 갈팡질팡했다. 군위에 사람을 보내 자초지종을 알아냈지만, 이미 사방으로 떠나보낸 파발을 멈출 수는 없었다. 파발의 급보는 벌써 충청도를 지나 경기도까지 올라가서 경기도 일대에 계엄이 선포될 정도였다. 유대수는 이 사태를 어떻게 해야 할지 도무지 감이 잡히지 않았다.

　다음 날 점심때쯤, 경상도 관찰사 류성룡이 안동 대도호부로 순시를 나왔다. 포승에 묶인 군위 현감 권응시도 안동 대도호부로 끌려왔다. 류성룡은 김첨과 권응시를 동헌으로 끌어내 꿇어앉혀 대질에 들어갔다. 류성룡 곁에 유대수가 멍하니 서 있었다.

　"영감, 죽을죄를 지었소."

　김첨이 류성룡에게 손이 발이 되도록 싹싹 빌었다.

　"다 제 잘못입니다. 죽여 주십시오."

　권응시도 고개를 떨구었다.

　"형님, 내가 뭐라 했소! 그깟 잡물에 눈독 들이지 말라고 하지 않았소!"

　유대수가 김첨에게 고함을 질렀다.

　"영감, 면목이 없소!"

　김첨은 손아래 동서 앞에서 얼굴을 들지 못했다.

　"면목이 없는 게 아니라, 면과 목이 떨어져 나뒹굴 판이요!"

　유대수는 좀처럼 화가 풀리지 않았다.

　"부사 영감, 다 물리고 두 사람만 방으로 들이시오."

　류성룡이 유대수에게 말했다.

"관찰사 영감, 죄인인데 어찌 풀어 주라 하십니까?"

"내가 책임질 테니 그렇게 하세요."

류성룡이 유대수의 집무실로 들어가며 나직이 말했다. 잠시 후, 유대수가 김첨과 권응시를 데리고 방으로 들어왔다. 류성룡은 두 사람에게 술을 따라주며 난감한 표정을 지었다.

"두 사람은 곧 의금부로 압송될 거네."

"……."

김첨과 권응시는 아무 말도 할 수 없었다.

"대사헌이 정철이니까 두 사람을 어떻게 할지 나도 모르겠네. 나도 정철을 말릴 수 없네."

"이산해 대감한테 부탁하면 되지 않겠나?"

김첨이 얼결에 류성룡에게 하소연하며 넋두리를 늘어놓았다. 옆에서 보던 유대수가 눈살을 찌푸렸다. 원래 두 사람이 동문수학한 사이에 나이도 같아, 둘이 있을 때는 그렇게 말해도 괜찮을지 몰라도, 지금은 그럴 상황이 아니라고 생각했는데, 관찰사에게 반말하는 김첨이 못마땅했다.

"지례 현감, 정신 차리시오! 이렇게 큰 죄를 짓고 빠져나갈 생각이오!"

유대수는 김첨을 형님이라고 부르지 않고 지례 현감이라 불렀다. 혹시라도 나중에 의금부에서 죄인을 봐준 게 아니냐고 따져 물으면, 그런 적 없다고 확실하게 발뺌하려고 류성룡과 권응시가 들으라고 큰 소리로 떠들었다.

"이산해 대감이 나서지는 않을 걸세. 주상의 눈치를 보겠지."

류성룡은 김첨의 잘못을 빌미로 동인을 들쑤실 정철이 더 큰 걱정이었다. 이 일로 허봉, 송응개, 박근원의 유배가 쉽게 끝나지 않을 일도 걱정이었다. 무엇보다 어리석은 짓을 한 김첨과 권응시를 욕하는 동인 내부의 눈총과 앞으로 벌어질 동인들의 분열이 두려웠다.

류성룡이 지금 할 수 있는 일이라고는 김첨과 권응시에게 뜨거운 술 한 잔을 따라 주고 조용히 옥사로 돌려보내는 일뿐이었다.

류성룡은 상주 감영으로 돌아가지 않고 어머니를 돌본다는 핑계로 안동에 머물렀다. 얼마 후, 조정에서 보낸 금부나장이 졸개들을 거느리고 안동 관아에 들이닥쳤다. 류성룡은 금부나장이 김첨과 권응시를 함거에 싣고 안동성을 빠져나가는 걸 보고 상주 감영으로 돌아갔다.

김첨과 권응시를 압송하는 함거가 한양 동소문으로 들어올 때, 우을기내의 모가지를 구경하러 나온 만큼 시구문 앞에 백성들이 모여들었다. 김성립과 이경전이 시구문으로 들어오는 함거 옆으로 다가가 김첨이 살아있는 걸 확인했다. 김첨과 권응시는 7월 뙤약볕 아래에 실려 오느라 얼굴은 시커멓게 타고 몸은 삐쩍 말라 몰골은 해골바가지 같았다. 김첨은 김성립과 이경전을 알아보고 눈을 깜빡거릴 뿐이었다. 두 사람 때문에 계엄이 걸려 한동안 생업을 지장 받은 백성들이 퉤퉤 침을 뱉으며 욕을 해댔지만, 전옥서까지 살아서 들어갔다.

남편을 지켜보던 송씨부인은 창피한 건 둘째 치고, 이미 정신을 잃고 쓰러져 인왕동 집까지 가기는커녕 시구문 안으로 들어올 힘도 없었다. 허초희의 시누이와 숙모 성씨가 겨우 송씨부인을 부축해 인왕동으로 돌아와 자리에 눕혔다. 잘못하면 송씨부인이 절명할 판이었다. 허초희도 이 소식을 듣고 시어머니를 뵈러 인왕동에 가야겠다고 생각했는데, 어머니 김씨부인이 머리를 싸매고 누워 끙끙 앓고 있어서, 발이 떨어지지 않았다.

대사헌 정철은 전옥서에 잡혀 들어온 김첨과 권응시를 몇 번 찾아왔다. 김첨과 권응시는 볼기짝을 까고 호되게 곤장을 맞을 줄 알았는데, 아무 일도 일어나지 않아 오히려 겁이 났다. 두 사람의 처리를 놓고 조정에서 말들이 많았다. 임금의 마음은 이미 동인을 떠난 뒤였다.

며칠 동안 병석에 누웠던 김씨부인이 자리를 떨고 일어나, 허초희를 불렀다.

"노량진에 갈 채비를 갖춰라. 내가 이산해 대감을 찾아가 부탁할 말이 있다."

허초희는 김씨부인과 함께 용산 나루에서 나룻배를 타고 노량진으로 떠났다. 허초희는 어머니를 따라 초연정에 들어가 '대감마님, 안에 계십니까?' 하고 인기척을 냈다. '뉘신지요?' 하며 부엌 쪽에서 수근이가 뛰어나와 물었다. 김씨부인이 '건천동에서 왔다고 전하게' 하는 순간, 방문이 열리더니 한 사내가 마당으로 내려왔다. 사내는 '숙부인 마님, 안녕하셨습니까?' 하고 인사를 한 뒤 고개를 들었다. 그 사내의 모습을 보고 허초희의 가슴이 뜨끔했다. 사내는 바로 이산해 대감의 사위 이덕형이었다. 허초희가 이덕형을 이렇게 가깝게 보는 건 이번이 처음이었다. 먼발치로는 몇 번 본 적이 있었다. 처녀 적에 봤던 누에처럼 짙은 눈썹 밑으로 쌍꺼풀진 부리부리한 눈이 아직도 기억에 생생히 떠올랐다. 그게 김성립인지 이덕형인지 지금도 헷갈렸지만, 이덕형은 여전히 옥구슬 노리개를 차고 쌍기린 도포를 입고 있었다. 이덕형은 허초희를 보고 가볍게 머리를 숙였다. 허초희는 가슴이 두근거렸다. 인척 사이인 남자를 흠모하는 마음이 생기다니, 누가 알면 남사스러운 일이었다. 허초희는 생각을 가다듬었다. 그때 이산해 대감이 방에서 나왔다.
"숙부인 마님, 누추하지만, 이쪽으로 오르시지요."
이산해 대감은 김씨부인과 마루에 마주 앉았다. 허초희도 김씨부인 곁에 앉았다.
"제 사위 이덕형입니다. 이번에 정7품 홍문관 박사로 승진했습니다. 얼마 전 주상전하 앞에서 시를 짓는 경연대회가 있었는데, 1등을 차지해 좋은 말 한 필을 하사받았습니다."
이산해가 김씨부인에게 이덕형을 추켜세웠다.
"예전에 누구나 사위로 삼고 싶어 했었죠."
김씨부인도 이덕형을 보며 칭찬으로 맞장구쳤다. 이덕형이 수줍은 듯 고개를 숙였다.
"저도 그랬는걸요."
허초희는 어머니가 하는 말을 듣고 깜짝 놀랐다. 이전에 들은 적이 없는 말이었다. 허초희는 얼굴이 빨갛게 달아올랐다. 이덕형도 놀라기는 마찬가지였다. 이덕형은 이미 오래전부터 허초희가 누군지 알고 있었다. 하지만 그때는 가난하고 초라한 집안의 장남으로 이조참의 당상관 영감댁의 여식 허초희를 아내로 얻는 일은 언감생심이었다. 한때 허초희를 좋아하는 마음이 있었지만, 이루어질 수 없는 사이라는 걸 알았다. 어쩌다 보니 이제는 인척 사이가 되어 마주 앉아 있었다.
김씨부인은 이산해에게 억울하게 유배 간 아들 허봉을 풀어 달라고 빌었다. 또 전옥서에 잡혀간 허초희의 시아버지를 살려 달라고 애원했다. 이산해는 자기가 정철을 찾아가 전후 사정을 살펴 달라고 부탁할 테니 걱정하지 말라고 안심시켰다.

허초희와 김씨부인이 초연정을 나서자, 이덕형이 노량진 나루터까지 따라나섰다. 허초희는 나룻배에 오르면서 이덕형을 돌아보았다.

"나리, 주상전하께서 나리를 아끼신다고 들었습니다. 제 오라버니와 시아버님을 살려 달라고 꼭 전해 주십시오."

"마님, 최선을 다해 보겠습니다."

이덕형은 초승달 같은 가지런한 눈썹 아래 사슴 눈처럼 청초하게 빛나는 허초희의 눈망울에 맺힌 눈물을 보며 대답했다.

이산해는 죄인들을 물고 낼 전권을 손아귀에 진 정철을 찾아갔다. 사위 이덕형을 함께 데리고 갔다.

"대감, 사위까지 데리고 오셨네요."

정철은 아직도 이덕형을 사위로 삼지 못한 걸 아쉬워하는 빛이 얼굴에 드러났다.

"대사헌 영감께 인사 올리고, 안면도 트라고 데려왔습니다."

"한음 이덕형이야말로 오성 이항복과 같이 이 나라를 이끌어 갈 동량이긴 하죠."

이이가 죽기 전에 오성 이항복을 추천해 사가독서에 보냈다. 그때 한음 이덕형도 같이 사가독서를 했는데, 두 사람은 당파를 떠나 뜻을 같이하는 관포지교를 맺었다. 이항복을 후원하는 정철은 이덕형이 비록 동인이었지만 호감이 있었다. 이점을 간파한 이산해가 이덕형을 같이 데리고 간 일은 정철의 마음을 붙잡는데 적중했다.

이산해는 '소라 나발을 가져간 김첨은 재미로 한 일이니 죄가 없고, 거짓으로 도적이 날뛴다는 통문을 보내 소동을 일으킨 권응시의 죄가 크다'

라고 정철에게 말하며, 김첨을 선처해 달라고 빌었다. 정철은 생각 같아서는 김첨이고 권응시이고 간에 곤장 100대씩 때려 멀리 귀양 보내고 싶었지만, 이산해의 부탁을 마다할 수 없었다. 현재 조정의 실세인 이산해와 앞으로 조정에서 빛을 발할 이덕형과 척을 져 봤자 아무런 득이 없다는 계산이 섰다.

결국 정철은 임금에게 고해 권응시는 곤장 30대를 치고 삭탈관직을, 김첨은 곤장 없이 삭탈관직만 명하도록 만들었다. 권응시는 초주검이 되어 전옥서에서 질질 끌려 나왔다. 김첨은 동무가 질질 끌려 나오는 모습을 보고, 자기만 얄팍한 수를 써서 위기를 모면한 소인배라는 생각에 자존심이 무너져 전옥서 문턱에서 쓰러지고 말았다. 전옥서 밖에서 지켜 서 있던 김성립과 이경전이 김첨을 겨우 부축하여 인왕동 집으로 모셔 갔다. 계미삼찬에 엮여 인왕동 집을 나선 지 1년 만에 볼품없는 귀향이었다.

김첨은 인왕동 집에서 두문불출하고 밖으로 나오지 않았다. 소문을 듣고 사람들이 김첨의 집을 기웃거리자, 김첨은 보따리를 싸 들고 사위 이경전이 공부하는 노량진 초연정으로 들어가려고 마음먹었다. 한여름이라 날도 더운데 밖에도 못 나가니 강가에 나가 강바람을 쐬며 지내고 싶었다. 송씨부인은 남편 김첨의 죽음을 예감했는지, 죽어도 집에서 죽어야 한다며, 객사는 안 된다고, 김첨의 앞길을 막고 대문에 드러누웠다. 결국 김첨은 발길을 돌려 집 안에 틀어박혀 지냈다.

김첨은 인왕산 호랑이가 무서워, 남들이 잘 찾지 않는 밤에나 옥류천이 흐르는 수성동 계곡에 나갔다. 잠깐 발을 담그고 얼른 집으로 돌아오는 거로 만족하고, 신세 한탄만 하며 여름을 보냈다. 송씨부인이 끓여 주는 개장국이건 삼계탕이건 먹어도 맛을 모르겠고, 제호탕(醍醐湯)이나 수단

(水團)을 마셔도 시원한 줄 몰랐다. 김첨은 점점 야위어 가고 기운이 허해졌다. 여름이 끝날 즈음에는 팔다리가 젓가락처럼 말라비틀어져 누가 봐도 송장처럼 보였다.

수성동 계곡(정선, 한국저작권위원회)

9월 초순, 부제학이 되어서 한양으로 올라온 류성룡과 이조판서 이산해가 김첨을 찾았다. 류성룡과 이산해는 주변 사람을 물리치고 자리에 누운 김첨을 만났다.

"대감, 제 일가친척을 부탁드립니다."

김첨이 이산해에게 죽어가는 목소리로 입을 떼었다.

"사돈, 무슨 소리요. 어서 일어나셔야지."

이산해는 앙상하게 가죽만 남은 김첨을 보고 자기도 모르게 표정이 일그러졌다.

"이보게, 곤장을 맞은 권응시는 엉덩이에 된장 바르고 벌떡 일어났네. 고향 김천에서 잘 먹고 잘 지내고 있어. 자네는 이게 뭔가? 자네가 곤장을 맞았어? 빨리 일어나게……."

류성룡이 김첨을 야단쳤다.

"이 부채…… 군위한테 좀 전해 주게."

김첨이 안동 부사 유대수한테 받은 나주 합죽선을 류성룡에게 건네며 숨을 몰아쉬었다.

"자네가 권응시한테 직접 주면 되지."

"내가 소라 나발을 그냥 가져와서 미안했는데, 이걸로 둥 치라고 하게."

김첨이 류성룡을 보며 희미하게 웃었지만, 금세 눈물이 주르르 흘러내렸다.

"면목이 없어. 나 때문에 이 지경이 돼서……."

"아닐세, 내가 자네를 점마차사로 보내지만 않았어도……."

류성룡은 자책하며 고개를 떨궜다.

"나보다 북쪽으로 유배 간 사람들이나 풀어 주게."

김첨이 류성룡에게 힘겹게 말했다.

"사돈, 좌의정 노수신 대감이 백방으로 유배 간 사람을 구원하려고 하니 곧 풀려날 거요."

이산해가 김첨을 안심시켰다. 김첨은 눈을 가늘게 뜨고 고개만 끄덕일 뿐이었다. 이날이 류성룡과 이산해가 김첨을 마지막으로 본 날이었다.

류성룡과 이산해가 돌아간 뒤 김첨의 상태가 위중해졌다. 송씨부인은 급히 건천동으로 사람을 보내, 허초희를 인왕동 집으로 불렀다. 허초희는 곧바로 어린 오누이를 데리고 시댁으로 갔다. 성균관에 있던 김성립도 어느새 집에 돌아왔다.

이날 김첨의 집에 모인 사람은 송씨부인, 큰아들네는 김성립, 허초희, 여섯 살 해경, 네 살 희윤이었고, 열아홉 살 동갑내기 부부인 첫째 시누이와 이경전이었다. 또 열한 살 먹은 둘째 시누이, 여섯 살인 막내아들 김정립이었다. 첫째 시누이는 배가 불쑥 나온 게, 이듬해 봄이면 해산할 듯 보였다. 숙모 성씨와 숙부 김수도 곁에 있었다.

김첨이 둘러앉은 식구를 보다 허초희를 불렀다.

"초희야, 꿈에 초당 어르신을 봤다."

순간 허초희가 흑 하고 울음을 터뜨렸다.

"아버님."

"초희야, 우리는 4대가 급제한 집안이다. 성립이, 희윤이, 5대 6대까지 꼭 급제시켜다오."

허초희는 김첨의 손을 잡고 하염없이 눈물을 흘렸다.

"우리 집안을 부탁한다."

김첨은 허초희에게 유언을 남겼다. 허초희는 시아버지의 유언을 들으며 울음을 그칠 수 없었다. 서러운 울음이 식구들 사이로 번졌다.

"부인, 아무래도 먼저 가야겠소. 그동안 미안하고 고마웠소."

김첨이 송씨부인에게 맥없이 말했다.

"나리."

송씨부인이 오열했다.

"성립아, 너를 믿는다."

"아버지."

김성립도 굵은 눈물을 뚝뚝 흘렸다. 김첨의 고개가 힘없이 꺾이고 숨이 끊어졌다. 동시에 식구들의 곡소리가 터졌다. 바깥에서 지키고 섰던 김씨 부인의 눈에도 눈물이 맺혔다. 김씨부인은 그나마 사돈 김첨이 집에서 임종한 걸 다행으로 여겼다. 신당리 무당의 말이 틀렸으니, 갑산으로 귀양 간 허봉이 돌아올 날도 멀지 않았다는 희망이 솟았다.

허초희는 시아버지 김첨의 장례에 참석하지 못한 허봉 오라버니를 생각하며 시를 지었다.

>어두운 창가에 촛불 나직이 흔들리고
>반딧불은 높은 지붕 을 날아서 넘네요.
>깊은 밤 시름겨워 더욱 쌀쌀한데
>나뭇잎은 우수수 떨어져 흩날리네요.
>산과 물이 가로막혀 소식도 뜸하니
>그지없는 이 시름을 풀 길이 없네요.
>청련궁 오라버니를 멀리서 그리노라니
>산속엔 담쟁이 사이도 달빛만 밝네요.
>[오라버니 하곡께][23]

인왕동 상갓집이 북적였다. 이 소리에 놀랐는지, 인왕산 호랑이가 밤새 도록 '어훙' 하며 울어 댔다. 호랑이 소리가 인왕동을 넘어 구중궁궐까지

---

23) 寄何谷, 기하곡(허초희 지음, 허경진 옮김).

퍼져나가, 임금 이연은 호랑이 소리 때문에 잠을 설쳤다.

그해 12월 겨울, 날씨가 푹하게 풀린 어느 날, 김첨은 경기도 광주 광릉 땅 안동 김씨 선산에 묻혔다. 앞으로 우천(牛川)이 내려다보이는 명당이었다.

우천(정선, 한국저작권위원회) 우천은 현재 경안천이다.

김첨은 삼베 수의를 입지 않았다. 송씨부인이 남편을 위해 정성 들여 직접 만든 명주 솜누비 직령포(直領袍)와 솜바지를 입었다. 흰색 명주에 갈색 끝동을 달고 깃에는 꽃무늬를 수놓았다. 숙모 성씨가 만든 명주 겹누비 직령포도 함께 묻었다.

장례가 끝나자, 김성립은 시묘살이에 들어갔다. 이제 스물세 살이니 삼년상을 끝내면 아무리 빨라도 스물여섯 살에야 과거시험을 볼 수 있었다.

김첨 묘역 출토 직령포(국가유산포털)

 허초희는 김성립이 추운 겨울에 산속에서 고생한다고 생각하면서도, 한양 식구들이 먹고사는 일이 걱정이었다. 장례를 치르기 전까지는 정신이 없어 이런 일이 생각나지 않았는데, 한양으로 돌아오는 배 위에서 당장 목구멍으로 밥 한술 넘기는 게 쉬운 일이 아니라는 걸 깨달았다.

 송씨부인도 사돈인 이산해 대감 댁에 언제까지 기댈 수도 없는 노릇이라고 생각했다. 곡식을 마련하려면 역시 베틀을 돌려 길쌈을 해야 했다. 당장 일손이 모자랐다. 큰딸은 배가 불러 힘든 일을 시킬 수 없었다. 큰딸이 어머니를 돕는다고 베틀에 앉으려고 했지만, 사돈댁에서 아기 밴 며느리 힘든 일 시키지 말라며 보내 주는 곡식을 생각하면 마음에 걸렸다.
 송씨부인은 이제 허초희를 친정에 놔둬서는 안 된다고 생각했다. 큰며느리가 길쌈을 할 줄 모른다고 해도, 자기가 길쌈을 하는 동안, 둘째 딸, 막내아들, 손자들까지 충분히 돌보며 집안일을 할 수 있다고 믿었다. 안동 김씨 집안의 맏며느리니 아무리 빈 곡간이라도 이제는 열쇠를 넘기는 게 맞았다.

"사부인."

송씨부인이 김씨부인을 불렀다. 허초희는 시어머니가 어머니를 사부인이라고 부르는 걸 처음 들어서 깜짝 놀라 어머니를 바라봤는데, 어머니의 표정은 의외로 담담해 보였다.

"예, 사부인. 말씀하십시오."

"이제 며느리를 인왕동으로 보내 주십시오."

김씨부인도 송씨부인이 허초희의 시집살이 이야기를 꺼낸다는 걸 알아챘다. 허초희와 어린 오누이가 떠나면 장가도 안 간 막내아들 허균만 남아 적막강산이 될 건천동을 생각하니 가슴이 답답해지며 머리가 지끈거렸다. 김씨부인은 뭐라 말하지 못하고 주춤거렸다. 그러자 송씨부인이 허초희에게 말했다.

"새해 첫날 시아버지 삭제부터 네 손으로 지내거라."

이렇게 해서 허초희는 혼례를 치르고 7년 동안 지냈던 건천동 친정을 떠나야 할 처지가 됐다. 건천동으로 돌아온 허초희는 우마차에 짐을 싣고, 이사 준비를 마쳤다. 사당에 올라가 아버지 허엽영감 신주에 절을 올리고, 조상들께 인사를 드렸다. 아이들을 데리고 어머니 김씨부인을 찾아서 작별의 인사를 나누고 대문 밖을 나섰다. 우마차가 진고개(泥峴, 이현)를 넘어설 때 건천동 친정집을 뒤돌아봤다. 흰 눈에 덮인 친정집 기와지붕이 아스라이 보였다. 허초희는 문득 신사임당이 대관령을 넘으며 읊었다는 시를 떠올렸다.

늙으신 어머니를 고향에 두고
서울 길 홀로 떠나가는 이 마음
돌아보니 북평촌은 아득하기도 한데
흰 구름만 저문 산을 날아내리네.
[대관령을 넘으며 친정을 바라본다][24]

허초희는 그제야 친정집을 그리워한 신사임당의 마음을 조금이나마 알게 되었다.

---

24) 踰大關嶺望親庭 유대관령망친정(신사임당 지음, 오죽헌 시비)

14. 길쌈
(허초희 22세, 1584년)

 허초희가 별당에 짐을 풀려고 하자, 송씨부인은 사랑채로 보냈다.
 "어머니, 사랑채는 아버님이 쓰시던 곳인데……."
 "별당은 모두 길쌈하는 곳으로 꾸몄다. 비좁더라도 사랑채에서 아이들과 함께 지내라."
 송씨부인은 허초희에게 여섯 살 해경, 네 살 희윤을 데리고 열한 살 둘째 시누이, 여섯 살 시동생과 함께 사랑채에 살라고 했다. 송씨부인은 아이를 밴 첫째 딸과 안채에 살았다. 허초희는 시아버지가 쓰던 방에 들어가려니 영 껄끄러웠다. 하지만 해경과 희윤은 고모랑 어린 삼촌과 사는 게 마냥 좋았는지, 웃고 떠들길 그치지 않았다.
 "남경여직(男耕女織), 견우직녀라고 남자는 밭을 갈고 여자는 길쌈을 한다. 사내가 농사하듯이, 부녀자가 길쌈하는 건 당연한 일이다."
 송씨부인은 허초희에게 길쌈을 가르치기로 마음먹었다.
 "잘 알고 있습니다."
 "네가 귀하게 자라 붓만 잡느라, 베틀에 앉지는 않았겠지."
 허초희는 김씨부인이 자신을 베틀에 앉힌 기억이 났다.
 "저도 앉아는 봤어요. 길쌈하는 건 많이 봤지요."
 "시를 눈으로 짓더냐? 길쌈도 눈으로 하는 게 아니다."
 허초희는 시어머니 말에 대답할 수 없었다.

"사람이 짐승과 다른 건 옷 때문이다. 짐승도 먹이가 있고 집도 있다. 그런데 옷 입은 짐승을 본 적이 있느냐?"

"못 봤습니다."

"부녀자들이 옷감을 만들지 않으면 임금이고 선비고, 모두 벌거숭이일 뿐이다."

허초희는 다소곳이 듣기만 했다.

"네가 당장 베틀에 앉을 실력은 아니니, 먼저 여종과 아낙네들이 길쌈하는 걸 잘 봐 두거라. 김씨 집안의 맏며느리라면 반드시 알아야 한다. 네가 글을 쓰고 시를 짓는 일을 말리지는 않겠다만, 길쌈을 모르는 여자가 부녀자를 위한 시를 짓는다는 건 모두 공염불이고 헛소리다."

허초희는 시어머니의 밀을 듣고 그동안 자기가 시를 쓸 때 가난하고 힘든 일을 하는 여인의 처지를 생각해 본 적이 있는가 하고 돌이켜 봤다. 좀처럼 그런 글이 떠오르지 않았다. 왠지 낯이 부끄러워졌다. 하지만 허초희는 자기가 곧 그런 글을 쓸 거라는 묘한 감정에 휩싸였다.

"삼베와 모시는 삼과 모시풀 껍질로 만들고, 무명은 목화솜으로 만들지. 모두 농사를 지어야 생기니, 우리처럼 아낙네만 있는 집에서는 언감생심이다. 명주는 뽕잎만 있으면 누에를 쳐서 실을 뽑고 옷감을 만드는 거니까 우리도 할 수 있다."

"지금이 한겨울인데 어떻게 누에를 칩니까?"

허초희는 시어머니 말이 의아했다.

"겨울에는 시전상인에게 무명실을 사다가 옷감을 짜면 된다. 하나하나 잘 기억해 둬라."

허초희가 별당으로 들어가자, 사방에서 베틀이 덜그럭거리는 소리가 들렸다. 별당과 행랑에는 베틀에 앉은 여자, 물레를 돌리는 여자, 옷감에 풀을 먹이는 여자가 바쁘게 움직였다. 허초희는 많은 아낙네와 여종들이 한군데 모여 길쌈하는 걸 처음 봤다.

"조카 왔나?"

허초희는 자기를 부르는 소리를 듣고 돌아보니, 숙모 성씨였다. 베틀에 앉은 숙모 성씨는 허초희를 힐끗 보고는 바쁘게 베틀을 움직였다.

"숙모님!"

허초희는 숙모 성씨가 반가웠다.

"형님, 며늘아기를 벌써 여기에 데리고 왔습니까?"

숙모 성씨는 베틀에서 눈도 떼지 않고, 송씨부인에게 물었다.

"하루라도 빨리 길쌈으로 집안을 일으키는 법을 배워야지."

송씨부인이 대답했다.

"똑똑한 며느리를 이런 일에 허투루 쓰시렵니까?"

"길쌈이 허투루 하는 일인가?"

"초희한테는 그렇죠. 아이들 글 가르치는 게 훨씬 낫습니다."

숙모 성씨가 오른발로 베틀신을 당기자, 용두머리에 매달린 잉앗대가 올라가면서 날실 사이가 벌어졌다. 그 사이로 실꾸리를 넣은 북을 통과시켜 씨실을 엮은 뒤, 잉앗대를 내리고 대나무 바디로 씨실을 탁탁 쳐서 한 올 한 올 가지런히 무명을 짜는 게 보통 솜씨가 아니었다. 허초희는 숙모 성씨가 무명을 짜는 모습을 넋 놓고 바라봤다.

"초희야, 네가 직접 베틀에 앉을 일은 없다."

"숙모님, 저도 할 수 있어요."

"이게 그렇게 쉽게 보이냐?"

숙모 성씨는 돌아보지 않고 무명을 짜며 물었다.
"저도 금방 배우면……."

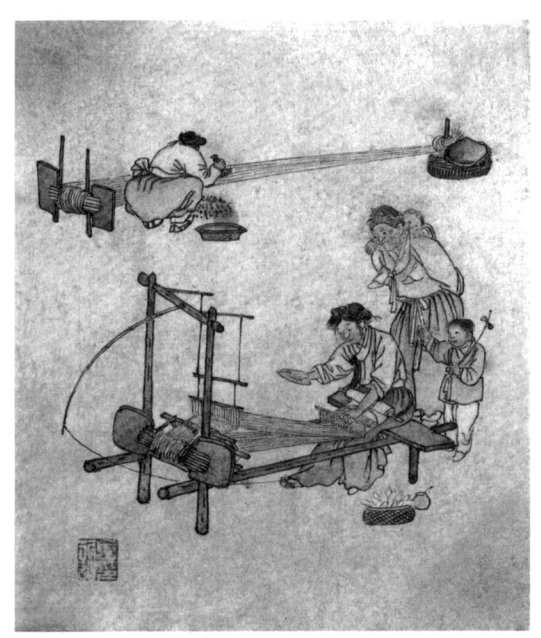

길쌈(김홍도, 한국데이터산업진흥원)

"금방? 초희야, 금방 집안이 망하게 생겼는데, 네가 언제 배워서 식구들을 먹여 살릴래?"

숙모 성씨의 언성이 조금 높아졌다. 허초희는 숙모 성씨가 목소리를 높이는 걸 처음 들어서 가슴이 뜨끔하고 겁이 났다.

"숙모님."

허초희는 항상 믿고 따랐던 숙모 성씨의 말에 가시가 돋쳐 있어 울컥 눈물이 솟았다.

"베 짜는 일은 네 시어머니 따라갈 사람이 없다. 너한테는 누에 치는 일도 벅차다. 정 돕고 싶으면, 뒤뜰에 가서 다림질이나 도와라."

숙모 성씨가 짐짓 허초희를 꾸짖는 척했다.

"시어머니는 뼛골이 빠지게 일하는데, 며느리는 쉬엄쉬엄하라는 거지."

송씨부인이 숙모 성씨에게 핀잔을 주며 베틀로 다가갔다.

"세상사 다 그렇죠. 요즘 젊은 애들이 어디 힘든 일을 한답니까? 힘든 일은 늙은이들에게 맡기고 어디 한가한 곳에 가서 차나 마실 줄 알지…… 초희는 빼고요."

"잠시 나오시게."

"왜요? 며느리한테 은진 송씨 여자들 길쌈 실력 보여 주시려고요?"

"자네는 좀 쉬어."

"아이고, 허리 다리 어깨 온몸이 뻐근합니다."

숙모 성씨는 길쌈을 멈추고 베틀에서 내려왔다. 송씨부인은 베틀에 앉아 귀신같은 솜씨로 무명을 짜기 시작했다. 숙모 성씨가 그 모습을 보고 허초희 손을 잡으며 다정하게 속삭였다.

"초희야, 사람들이 너한테 하늘에서 내려온 선녀라고 하지?"

"그건…… 제가 시를 쓰는 걸 보고……."

"네 시어머니야말로 하늘에서 내려온 직녀 아니겠니."

직녀는 하늘나라에서 선녀의 옷을 짜다 견우를 만난 뒤, 연애에 빠져 길쌈을 게을리해 하늘에서 쫓겨났다. 직녀는 칠월칠석에만 오작교에서 견우를 만날 수 있는 벌을 받았다. 허초희가 보기에도 송씨부인의 길쌈 솜씨는 마치 천상의 직녀 같았다.

송씨부인은 온종일 길쌈하는 곳을 지켰다. 어떤 아낙들은 베틀에 앉았고, 어떤 아낙들은 옷감에 풀을 먹였다. 아낙들은 자기들이 하늘에서 쫓겨난 직녀라도 되는지 베틀 노래를 부르며 고단함을 잊었다.

기심 매러 갈 적에는 갈뽕을 따 가지고
기심 매고 올 적에는 올뽕을 따 가지고
삼간방에 누에 놓고 청실홍실 뽑아내서
강릉 가서 날아다가 서울 가서 매어다가
하늘에다 베틀 놓고 구름 속에 이매 걸어
함경나무 바디집에 오리나무 북에다가
짜궁짜궁 짜아 내어 가지잎과 묶거워라.
배꽃같이 바래워서 참외같이 올 짓고
외씨 같은 버선 지어 오라버니 드리고
겹옷 짓고 솜옷 지어 우리 부모 드리겠네.[25]

　허초희는 자기의 글솜씨가 선녀의 솜씨라고 칭찬받은 일이 왠지 쑥스러웠다. '착착' 소리를 내며 고운 옷감을 짜내는 아낙네들이야말로 하늘나라의 선녀들처럼 보였다.
　송씨부인은 밤에도 허초희를 안방으로 불렀다. 만삭의 첫째 시누이가 송씨부인 곁에서 실타래를 매만지고, 숙모 성씨는 반짇고리를 내놓고 무명 옷감을 마름질하기에 바빴다.
　"초희는 강릉 사람이니 바느질 솜씨가 좋겠지? 신사임당이 지은 시도

---

25)　베틀 노래, 강원도 통천 민요

있잖아."

천리길 친정집 첩첩 만 개 봉우리라지만
가고 싶은 마음은 꿈에든 생시든 떠나지 않네.
한송정 가에 외로운 둥근 달 비추고
경포대 앞에 한 줄기 바람 분다네.
모래톱에 쇠백로 언제나 들고 날듯이
파도 위에 고깃배 날마다 들고 나듯이
언젠가 임영(강릉)길로 다시 돌아가
어머니 곁에서 비단옷 색동옷 만들고 싶네.
[어머니를 그리며][26]

숙모 성씨가 신사임당의 시를 읊었다.
"숙모님이 어떻게 그 시를 아세요?"
허초희가 눈이 휘둥그레져서 물었다.
"왜? 나는 풍월 좀 읊으면 안 되니?"
숙모 성씨가 허초희를 보고 웃었다.
"올케 바느질 솜씨야 천의무봉(天衣無縫)이 따로 없겠죠."
첫째 시누이가 허초희의 바느질 실력이 선녀의 실력일 거라며 놀렸다.
"저는 바느질 못 해요. 보기만 해서……."
"올케는 밥도 눈으로만 먹어?"

---

26) 思親, 사친(신사임당 지음, 지은이 옮김)

첫째 시누이가 허초희를 비꼬며 쳐다봤다.

"한 가지라도 세상에서 제일 잘하면 된다. 초희처럼 시를 쓱쓱 짓는 여자가 있겠냐?"

숙모 성씨는 여전히 허초희의 편을 들었다.

"제가 돌아가신 송덕봉 어르신을 따라가겠습니까? 그분은 책도 만드셨습니다."

허초희는 언젠가 자기도 송덕봉처럼 시집을 만들어 보고 싶은 속내를 은근히 내비쳤다.

"여자가 이름을 걸고 책을 내는 게 가당하겠느냐? 길쌈에 바느질만 잘해도 된다."

송씨부인은 허초희와 동서 싱씨가 시 짓는 일을 들먹이는 게 못마땅했다.

"초희도 길쌈과 바느질이 왜 중요한지는 알아야지."

"형님, 차차 알려 주세요."

"알 건 당장 알아야지."

숙모 성씨가 말려 봤지만, 송씨부인은 개의치 않고 허초희를 가르쳤다.

"명주를 시전상인에게 그냥 넘기면 쌀이 한 말이라고 치자, 그걸 염색해서 넘기면 쌀이 두 말, 그걸 다시 바느질해서 옷으로 만들어 팔면 세 말이 되는 거지. 네 숙모는 바느질 솜씨가 좋아서, 세 말 다섯 되는 받는다. 그러니 낮에는 무명을 짜고 밤에는 바느질하는 거다."

송씨부인이 옷감을 마르며 말했다. 땔감을 아끼느라 식구들이 방에 빼곡히 둘러앉았는데도, 너무 추워서 말할 때마다 입김이 뿜어져 나왔다. 허초희는 숙모 성씨가 바느질하는 모습을 물끄러미 쳐다봤다. 손이 시려 호호 불면서 바느질하는 숙모 성씨의 모습이 안쓰러웠다. 따뜻한 아랫목을 아이를 밴 딸에게 내주고 윗목에서 바느질감을 갈무리하는 시어머니 송씨부인의 모습도 애처로웠다. 사람들은 춥고 배고파서 말도 아꼈다.

　허초희는 시댁 사람들이 힘겹게 사는 모습을 보고 마음이 울적해졌다. 그때 어디선가 '꼬르륵' 하는 소리가 났다.

　"형님, 저녁 안 드셨소?"

　숙모 성씨가 송씨부인에게 물었다.

　"별로 생각이 없어서……."

　"갑자기 식구가 늘어서 걱정되시오?"

　차가운 웃풍에 등불만 가불가불 춤출 뿐 송씨부인은 말이 없었다.

　"형님이 쓰러지면 김씨 집안 망합니다. 아이들 생각해서라도 잘 드세요. 먹을 걸 아끼다가 외려 큰일 납니다!"

　숙모 성씨는 송씨부인에게 핀잔인지 걱정인지 잔소리를 고시랑거렸다.

　"사돈 대감님께서 산모 먹이라고 보내 준 음식을 내가 축내면 안 되지."

　송씨부인이 배가 불룩한 첫째 딸을 보고 얼버무리며 넘기려는데, 송씨부인의 배에서 다시 '꼬르륵' 하는 소리가 났다. 그 소리를 들은 첫째 딸이 실타래를 내려놓더니 북받치는 설움을 터뜨렸다. 그 울음소리가 서러워 허초희도 눈물을 흘렸다.

　그날 밤 사랑채로 돌아온 허초희는 곤히 잠든 아이들을 보고 잠이 오지 않았다. 허초희는 먹을 갈고 종이를 꺼내 시 한 수를 지었다. 별당에서 베를 짜던 어느 가난한 처녀 이야기였다.

　　　　얼굴 맵시야 어찌 남에게 떨어지랴.
　　　　바느질에 길쌈 솜씨도 모두 좋건만,

가난한 집안에서 자라난 탓에
중매할미 모두 나를 몰라준다오.
춥고 굶주려도 얼굴에 내색하지 않고
하루 내내 창가에서 베만 짠다네.
부모님만은 가엽다고 생각하시지만
이웃의 남들이야 나를 어찌 아랴.
밤 늦도록 쉬지 않고 베를 짜노라니
베틀 소리만 삐걱삐걱 처량하게 울리네.
베틀에선 베가 한 필 짜여 있지만
결국 누구의 옷감이 되려나.
손에다 가위 쥐고 옷감을 마르면
밤도 차가워 열 손가락 곱아오네.
남들 위해 시집갈 옷 짓는다지만
해마다 나는 홀로 잠을 잔다오.
[가난한 처녀의 노래][27]

겨우내, 송씨부인은 시전상인에게 무명실을 가져다 무명을 짜서 넘겼다. 옷감이 곧 재물이었다. 삼베든 모시든 무명이든 옷감을 세금으로 바쳤고, 저잣거리에서 물건을 사고파는 일도 모두 옷감으로 이루어졌다. 상인들과 백성들은 저화라는 지폐와 엽전을 믿지 않았다. 심지어 명나라에서 사용하는 은자도 받지 않았다. 조선 백성들은 쌀과 옷감만을 믿었다.

---

27) 貧女吟, 빈녀음(허초희 지음, 허미자 옮김)

그러니 무명 옷감이 곧 먹고사는 길이었다.

"무명을 저잣거리에 가지고 나가면 곧바로 물건을 살 수 있다. 사람들은 나라에 세금을 내려고 무명을 살 테니, 무명만 있으면 생계를 꾸릴 수 있다."

삼베와 모시는 봄부터 가을까지 수확한 마와 모시풀의 껍질로 실을 만들었다. 껍질을 잘게 찢어 실을 뽑을 때는 이(齒)로 물고 허벅지에 비비면서 뽑는 거라서 이가 깨지기 일쑤였고 허벅지를 다 드러내야만 했기에 양반집 부녀자들은 할 수 없는 일이었다.

무명은 삼베나 모시처럼 이와 허벅지를 이용하지 않고 목화송이에서 실을 뽑아냈지만, 목화를 기르는 데 손이 많이 갔다. 넓은 밭에 목화를 심고 목화송이를 수확하는 일은 웬만한 농사꾼이라도 쉽지 않았다. 김매기가 너무나 힘들어 목화송이를 구하는 게 어려웠다. 목화송이를 딴 뒤에도 실을 뽑을 때까지 할 일이 많았다.

목화송이에서 씨앗을 빼내는 씨앗기, 목화솜에서 씨앗 껍질을 털어 내고 부드럽게 하는 솜타기, 솜을 고치에 말아 감는 고치말기, 고치 솜에서 실올을 찾아 물레에 감는 실잦기, 무명실 열 올을 하나로 엮는 베뽑기, 한 필의 길이에 맞춰 날실을 준비하는 베날기, 날실에 풀을 먹이고 잘 말리는 베매기, 마지막에 베틀에서 무명을 짜는 베짜기의 순서였다. 이처럼 조선의 아낙네들에게 길쌈은 숙명과도 같은 일이었다. 길쌈을 잘하는 며느리가 들어오면 그 집안이 옷감을 팔아 땅을 사고 노비를 사서 부자가 되는 게, 다른 집안보다 훨씬 쉬웠다.

송씨부인은 김첨이 죽기 전까지는 굳이 힘든 길쌈을 하지 않았지만, 공신첩이 없어지고, 집안이 곤경에 처하자 다시 베틀에 앉았다. 인왕동 집은 순식간에 옷감 만드는 곳으로 바뀌었다.

"지금은 어쩔 수 없이 무명실을 사다가 무명을 짜지만, 날이 풀리면 집에서 누에를 치고, 실을 뽑아 비단 명주를 만들겠다. 명주는 무명보다 훨씬 비싸니 우리 식구가 먹고사는 데 어려움이 없을 거다."

송씨부인은 봄이 되면 집 안에 잠실(蠶室)을 만들어 누에를 기르고 명주를 짜서 내다 팔 계획을 세웠다.

"맹자께서 다섯 마지기 땅에 뽕나무를 심으면 쉰 살 먹은 사람들이 비단옷을 입는다고 하셨다. 명주는 뽕잎만 있으면 금방 누에를 키워 고치를 만들 수 있으니, 농사를 짓지 못하는 우리한테 딱 맞다. 한 달 보름 동안만 누에를 기르면 명주실을 뽑아내서 비단을 만들 수 있지. 뽕잎을 구하지 못해 걱정하던 중에 사돈 대감께서 노량진 별장 뽕밭에서 뽕잎을 보내 주시기로 했으니, 다 사돈 어르신 덕이다."

"형님, 잠실을 만들면 사람이 잘 데가 없습니다. 어쩌시려고 그럽니까?"

숙모 성씨가 송씨부인의 말을 듣고 의아해서 물었다.

집 안에 잠실을 만들게 되면 가뜩이나 좁은 방이 더 좁아질 게 뻔했다. 허초희는 사랑채에서 둘째 시누이, 어린 시동생과 함께 사는 게 불편했다. 지금은 허초희, 해경, 시누이가 방 하나를 쓰고, 희윤과 시동생이 다른 방을 쓰는데, 어쩌면 한 방에서 같이 살아야 할 판이었다.

"방마다 들어가는 땔감은 어쩌게?"

송씨부인은 비싼 땔감을 구하는 게 쉽지 않아, 온 식구가 같이 자는 일도 감수해야 한다고, 넋두리했다. 체통을 지키는 일보다 식구들이 힘든 시절을 이겨 내는 게 문제였다.

"곧 외손자도 태어날 텐데. 언제까지 사돈어른께 손을 내밀 수 있겠어."

허초희는 시누이의 불쑥한 배를 보았다. 당장에 아기가 나온다고 해도 이상할 게 없었다. 어려운 집안 형편이었지만, 시누이의 뱃속에 있는 아기 때문에, 이산해 대감이 보내 주는 곡식이 많은 도움이 되었다. 허초희는 돌아가신 아버지를 떠올렸다. 아버지가 살아 계셨다면 자기가 이렇게까지 어려운 처지가 아닐 거라는 생각에 서글픈 마음이 생겼다.

"그래도 걱정하지 마라. 우리끼리 힘을 모으면 된다."

송씨부인은 걱정하는 허초희의 모습이 안쓰러워 위로했다.

"어머니, 저도 베 짜는 걸 배우겠어요."

"너한테 베짜기를 가르칠 사람도, 네가 앉을 베틀도 없다. 너는 집안 종부로서 길쌈 전체를 관리만 하면 된다."

송씨부인은 며느리를 베틀에 앉혀 시작부터 가르칠 정도로 한가하지 않았다. 하루하루 식구들을 먹여 살릴 일이 걱정이었다. 그래도 허초희는 겨우내 베짜기를 배웠다. 시어머니가 베틀에 앉는 건 헛수고라고 했지만, 허초희는 악착같이 배웠다. 숙모 성씨가 허초희에게 조금씩 베짜기를 가르쳐 주었다. 숙모 성씨는 비싼 값을 받는 회(回)자 무늬가 들어간 옷감 짜는 법도 가르쳐 줬다. 약속한 기일에 시전상인에게 명주를 넘기려고 밤새도록 베틀에 앉아 있을 때도 있었다. 꾸벅꾸벅 졸다가 보면 꼬끼오하고 새벽닭이 울 적도 있었다.

허초희는 날마다 김성립이 보고 싶었다. 인왕동이고 건천동이고 살아 있는 여자들을 지켜 줄 믿음직한 남자가 없었다. 그런데도 김성립은 죽은 시아버지의 무덤을 지키는 고생을 사서 하는 게 어이없었다. 맹렬한 추위인데 산에다 초막을 짓고 산소를 지키는 일이 공자님의 말씀을 따르는 거라며 명심하는 남자들이 어리석어 보였다. 하지만 누구도 그걸 잘못된 일이라고 나서지 않는 게 더 이상했다. 그런 쓸데없는 일을 따라야 하는 김성립이 측은하게 여겨졌다. 허초희는 김성립이 곁에 있기를 바랐지만, 어림없는 일이었다. 지금 이 곤란한 처지에 빠진 안동 김씨 집안을 지켜 내야 하는 사람은 바로 시어머니 송씨부인과 며느리인 허초희 자신을 비롯해 온통 여자들뿐이었다. 허초희는 외롭고 쓸쓸했지만, 고난을 이겨 내기로 마음먹었다. 춥고 긴 겨울과 함께 허초희의 시집살이가 시작되었다.

15. 봉숭아
(허초희 23세, 1585년)

 을유년(1585년) 정월, 허초희는 새해 차례와 시아버지 김첨의 첫 번째 삭제를 맡았다. 삭제는 광릉 산소에서 지내야 했지만, 큰 눈이 오고 한강이 얼어붙어 배를 타고 갈 수 없어, 이번에는 인왕동 집에서 삭제를 지냈다. 차례상은 사당에, 삭제 제사상은 사랑채에 차렸다. 허초희는 새해 차례와 삭제를 한꺼번에 지내려니 몸이 고단한 건 물론이었고, 많은 재물이 필요해서 심란했다.
 추운 겨울에 제사상을 마련하는 건 쉬운 일이 아니었다. 그래도 양반집 며느리의 제일 큰 임무가 '봉제사 접빈객(奉祭祀 接賓客)'이라, 갓 시집살이를 시작한 허초희는 첫 행사를 잘 치러야만 했다. 맏며느리로 시집살이를 시작해 보니, 제사를 지내고 손님을 맞는 일이 보통 일이 아니라는 걸 새삼 느꼈다. 추운 겨울에 산에서 벌벌 떨며 시묘살이하는 김성립의 도움을 못 받는 걸 서러워할 틈도 없었다.
 연이어 송씨부인의 아버지인 송기수 대감의 제사가 있었기에 시어머니의 친정 제사도 챙겨 봐야 했다. 송씨 집안 사람들은 유배 간 송응개가 없어도 꿋꿋한 모습이었다. 허초희는 제사를 준비하며, 송씨 집안 사람들에게, 길쌈으로 기울어 가는 가문을 일으킨 5대조 할머니의 이야기를 귀에 못이 박히도록 들었다. 허초희는 정초부터 어찌나 바빴던지 친정어머니께 새해 인사도 갈 수 없어, 인왕동에 찾아온 사월이 편에 겨우 해경과 희윤만 딸려 보내 안부를 물었다.

 2월이 돼서야 허초희는 아버지 제사를 지내러 친정에 가서 어머니께 새해 인사를 드렸다. 제삿날에 모처럼 허성과 허균, 시집간 이복 언니와 형부들이 모였다. 윤회봉사가 허초희네 집안의 풍습이라서 이번 제사는 허봉이 맡을 차례였다. 허봉이 귀양을 갔으니, 허초희의 올케 이씨만 바쁘고 힘겨웠다.

 "다음 달에 균이 혼례가 있는데…… 걱정이다."

 김씨부인은 허엽영감의 제사가 끝난 뒤, 일가친척과 둘러앉아 한숨부터 쉬었다. 허균은 다음 달에 안동 김씨 집안 김대섭의 둘째 딸과 혼례를 치를 예정이었다. 김대섭은 허봉보다 두 살 많은 허봉의 동무였다. 갑부로 소문난 사람이었다.

 "어머니, 제가 잘 준비하겠습니다."

 맏아들 허성이 김씨부인을 달래 보았다.

 "네 살림도 빠듯할 텐데……."

 김씨부인은 허엽영감이 살아 있을 때 비하면 집안의 권세가 떨어져 걱정되었다.

 "어머니, 재물과 권세를 내세울 필요는 없습니다."

 허균이 깝죽거렸다.

 "그럼 뭘 내세우냐?"

 김씨부인은 허균이 하는 말을 듣고 돌아보았다.

 "인물이죠. 허균이 누구인지 똑똑히 보여 드리겠습니다."

 허균이 잘난 척하며 주절거렸다.

 "허균은 문장이 출중하여 이름을 날리겠지만, 자칫 허씨 집안을 뒤엎을 사람도 저 아이일세."

허균의 매형인 우성전은 평소에 위태위태한 허균의 행실이 못마땅해서 허성에게 속삭였는데, 그 말을 허균이 들었다.

"매형, 제가 뒤엎고 싶은 건 집안이 아니라, 이 세상입니다."

허균의 말에 일가친척이 깜짝 놀랐다.

"균아, 입을 조심해라. 입은 재앙을 부르는 문이고 혀는 몸을 베는 칼이다(口是禍之門 舌是斬身刀, 구시화지문 설시참신도)."

허성이 허균을 걱정하며 타일렀다. 허균은 대답도 없이 씩 웃어 보일 뿐이었다.

3월 초하루에 허균의 혼례가 김대섭의 집에서 열렸다. 김대섭이 잘난 사위를 얻는다고 산해진미를 마련하여 일가친척, 양반 선비, 백수건달을 불러 배부르게 먹이고, 밤낮으로 떡메를 쳐서 떡을 뽑아 걸인이며 부랑자까지 먹이니 한양 전체가 들썩들썩할 정도로 요란 법석한 혼례였다. 허균은 혼례를 치르고 데릴사위라도 된 듯이 처가로 들어가 처가살이를 시작했다.

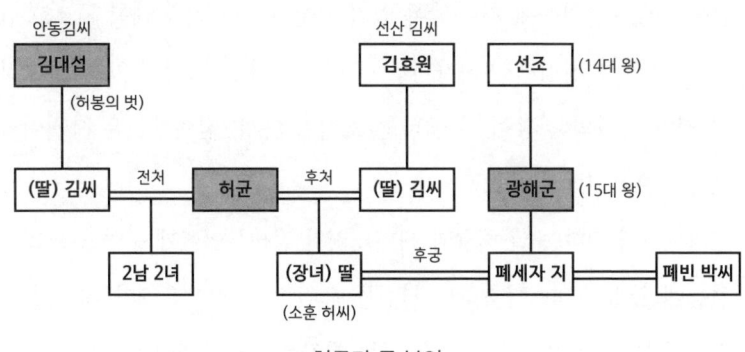

허균과 두 부인

이때부터 허균은 장모 청송심씨의 이복동생인 심우영과 친하게 지냈다. 심우영은 허균의 처외삼촌이었는데, 둘은 나이가 비슷해서 벗처럼 지냈다. 심우영은 서자라서 관직에 나갈 수 없었다. 허균은 심우영과 처지가 비슷한 영의정 박순의 서자 박응서, 의주 목사 서익의 서자 서양갑과도 스스럼없이 어울렸다. 사람들은 심우영과 한 몸처럼 지내는 허균을 가리켜 반골의 기질이 있다며, 몸속에 여우, 뱀, 쥐의 정령이 들었다고 손가락질했지만, 허균은 그런 말들을 비웃고 대수롭지 않게 여겼다.

건천동에는 쓸쓸하게 김씨부인만 남았다. 조선의 내로라하는 선비들로 북적거리던 누각에는 새들만 지저귀고 섬돌에는 이끼만 무성했다. 만일 허봉이 귀양 가지 않았다면, 처가에 살던 허봉이 건천동으로 들어와 김씨부인을 모시고 살 계획이었다. 하지만 허봉의 처자식들은 생각이 달랐다. 허초희는 큰올케 이씨에게 김씨부인을 부탁해 봤지만, 큰올케와 조카들은 편안한 친정을 놔두고 건천동에 가지 않겠다고 버텼다. 허봉이 귀양에서 돌아와야만 큰올케한테 김씨부인을 맡길 수 있었다. 허봉이 돌아올 날은 기약이 없었다.

김씨부인은 건천동에 홀로 남아 있기 싫어서, 허균의 혼례를 치르고 난 뒤, 당분간 강릉 친정에 내려가기로 결심했다. 마침, 강릉에 있는 큰 오라버니 김양 나리의 건강이 안 좋다는 소식이 와서, 김씨부인은 사월이와 함께 강릉으로 떠났다.

김씨부인이 떠나는 날 허균과 새며느리가 김씨부인에게 문안을 드리러 건천동에 왔다. 그때 허초희도 건천동에 있었다. 작은올케가 데리고 온 계집종이 눈에 띄었다. 덕개(德介)라는 계집종은 스물대여섯 살로 허초희와 비슷한 또래였는데, 보시시 눈웃음을 지으면 왠지 모르게 묘한 요기가 흘렀다. 허초희는 그 요기가 자꾸만 마음에 걸렸다. 뭔가 좋지 않은 기운이었다. 같은 달 허초희의 첫째 시누이가 아들을 낳았다. 이산해 대감의 손자이자, 이경전의 아들이었다.

새봄이 되었지만, 허초희는 올해 삼짇날에 화전놀이를 하러 왕십리 벌판에 나가지 않았다. 여전히 베틀에 앉아 있었다. 그러면서 삼년상을 치르는 김성립이 몸을 축내거나 들짐승에게 다치지 않기를 바랐다. 시댁과 친정 남자들이 죽고 유배를 떠나서 허초희가 의지할 수 있는 사람은 남편 김성립뿐이었다. 만일 남편마저 변을 당하면 허초희와 어린 오누이는 살아갈 방법도 희망도 없었다. 그런 만큼 김성립을 응원하고 그리워하는 감정이 가슴에 가득 찼다. 그즈음 한음 이덕형이 종5품 홍문관 부교리 당하관 나리가 되었다는 소식이 들려왔다. 신랑은 시묘살이에 꼼짝도 못 하는 처지인데, 이덕형이 승승장구하는 모습을 보니 허초희의 머리가 어지러웠다. 마음을 달래려 짬짬이 시간을 내 시를 써 보았지만, 잘 써지지 않았다. 한때는 '직금회문(織錦回文)'이라 하여 세상 사람들에게 '비단에 회(回)자 무늬를 짜 넣듯이 절묘한 문장'을 짓는다고 칭찬을 듣던 허초희도 먹고 사는 일에 찌들어 붓이 잘 움직이지 않았다.

삼짇날 깊은 밤, 허초희는 서판(書板) 분가루 위에 몇 번이고 문자를 썼다 지운 뒤에야, 겨우 한스러운 마음을 시 한 수로 적어 낼 수 있었다.

봄바람이 화창해 온갖 꽃이 피어나고
철 따라 만물이 잘되니 감회가 새롭네.
깊은 규방에 묻혀 그리움을 끊으려 해도

> 그대가 생각나니 심장이 터질 듯하네.
> 한밤이 이슥토록 잠 못 이루더니
> 새벽닭 울음소리 꼬끼오 들리네.
> 비단 휘장이 빈 방에 쳐지고
> 옥 계단에는 이끼가 돋았는데,
> 깜박이던 등불도 꺼져 벽에 기대고 앉았노라니
> 비단 이불이 어설퍼 추위가 밑으로 파고드네.
> 베틀 소리를 내며 회문금을 짜보지만
> 무늬는 이뤄지지 않고 마음만 어지럽구나.
> 인생 운명을 타고난 게 너무나 차이가 있어
> 남들은 마음껏 즐기지만 이 내 몸은 적막하구나.
> [한스러운 그리움은 첩첩이 쌓이고][28]

사월 초파일이 지난 뒤, 강릉에 내려간 김씨부인이 허초희에게 전갈을 보냈다. 외숙부 김양 나리가 위급하니 급히 내려오라는 내용이었다. 허초희는 시어머니 송씨부인의 허락을 얻고 해경과 희윤을 데리고 허균 부부와 함께 강릉으로 내려갔다.

허초희는 강릉에 내려올 때, 어린 오누이와 함께 시아버지 묘에 들러서 김성립을 만났다. 한겨울을 초막에서 지낸 남편의 몰골은 말이 아니었다. 당장에 닭이라도 한 마리 잡아 푹 고아 먹이고 싶었는데, 삼년상을 치를 동안 고기를 먹어서는 안 되었다. 산소 앞 시내에서 잡은 가물치로 어죽

---

28) 恨情一疊, 한정일첩(허초희 지음, 허미자 옮김)

을 끓여 생강과 계피를 넣고 약이라고 하여 먹이는 걸로 만족해야 했다.

허초희는 '우리들은 서방님만 믿으니 무탈하셔야 해요'라고 김성립을 걱정하는 애틋한 마음만 남기고 나루터에서 헤어졌다. 배를 타고 한강을 거슬러 두물머리까지 가서 거기부터 육로를 이용해 강릉에 왔다.

5월에 허초희의 외삼촌이자, 강릉 김씨 집안의 큰 어른인 김양 나리가 죽었다. 김양 나리는 왕실의 음악과 무용을 담당하는 장악원에서 종7품 직장 벼슬을 지냈다. 늘그막에 벼슬을 내려놓고 고향인 강릉 사천리에 내려와 시르렁둥당 거문고를 타며 한가롭게 살다가 여든 살에 죽었다.

허초희네 식구는 생전에 김양 나리가 쓰던 애일당 정자에 머물렀다. 별당은 바닷가에서 아주 가까워 아침이면 해돋이를 보고, 밤이면 달맞이도 하는 곳이었다. 별당 담장 밖에는 해당화가, 담장 안에는 봉숭아가 탐스럽게 피었다.

어느 여름날, 바닷가에서 조개를 줍던 해경과 희윤 오누이는 땀을 뻘뻘 흘리며 애일당으로 돌아왔다. 허초희는 대청마루에서 그림을 그리고 있었다. 허초희는 가끔 물고기를 잡은 홍학이나 꽃잎을 쪼아 대는 새를 그리곤 했는데, 이날은 활짝 핀 분홍빛 작약을 그렸다. 허초희는 작약이 정이 깊어 떠나지 못하는 아쉬운 이별을 나타내는 꽃이라는 걸 알았기에, 허봉 오라버니를 그리워하는 마음을 작약에 담아내던 중이었다.

허초희는 오누이를 보자 붓을 내려놓고 수박을 가져왔다. 허초희는 둥글둥글한 수박 하나를 가져다 위 꽁지는 잘라 버리고 긴 수저로 붉은 점을 움푹 떠서 넓은 유기그릇에 담아, 강릉 백청(꿀)을 따르르 부어 씨는 발라 버리고 휘휘 저어 시원한 화채를 만들어 오누이에게 내주었다. 수박 화채를 맛있게 먹는 오누이를 보던 허초희는, 길쭘길쭘하게 잘 자란 오이

작약도(허초희가 그렸다고 전함, 국립중앙박물관)

를 보고 텃밭으로 내려가 오이를 따다가, 문득 어머니와 함께 손톱에 봉숭아 물들이던 옛 추억이 떠올랐다. 오누이의 추억 속에도 봉숭아 물을 들여 주고 싶어서 어린 오누이를 불렀다.

"해경아, 희윤아!"

"예, 어머니."

대청마루에서 수박화채를 먹던 오누이가 허초희를 돌아봤다.

"우리 손톱 끝에 봉숭아 물들일까?"

어린 오누이는 허초희의 말을 듣고 솔깃해서, 섬돌을 딛고 내려와 허초희에게 달려갔다.

"봉숭아 물을 어떻게 들여요?"

딸 해경이 허초희에게 물었다.

"봉숭아꽃을 따. 아주까리 잎도 따고."

"이 꽃이요?"

아들 희윤이 씩씩하게 말하며 노란 꽃을 뚝 땄다.

"그건 오이꽃이야. 저 빨간 꽃을 따야지!"

허초희가 봉숭아꽃을 가리키자, 해경과 희윤 오누이는 허초희를 따라 봉숭아꽃을 땄다. 금방 다홍색, 보라색, 하얀색 봉숭아꽃과 푸릇푸릇한 아주까리[29] 잎사귀가 대바구니에 수북이 담겼다. 대청마루로 돌아온 허초희는 대나무 절구통에 봉숭아꽃을 넣고 소금을 뿌리며 콩콩 찧었다.

"어느 손톱에 물들여요?"

딸 해경이 허초희에게 물었다.

---

29) 피마자(蓖麻子), 아주까리라는 말은 18세기부터 널리 사용되었다.

"해경이는 일곱 살이니 일곱 손가락, 희윤이는……."

"다섯 손가락."

다섯 살 먹은 아들 희윤이 허초희를 보고 웃으며 말했다.

"봉숭아꽃이 많으니까 열 손가락에 다 해 줄게."

"어머니도 같이 해요."

허초희는 잘 으깨진 봉숭아꽃을 해경의 손가락에 올려놓고 아주까리 잎사귀로 싸서 무명실로 동여매고, 희윤의 손가락에도 으깬 봉숭아꽃을 올려놓고 잎사귀로 싸고 무명실로 묶었다.

"어머니는 어떻게 하죠?"

아들 희윤이 아주까리 잎사귀로 감싼 손가락을 쫙 펴 보이며 물었다.

"그러게. 나는 어떡하지?"

허초희는 희윤에게 곤란한 표정을 지어 보이며 웃었다.

그때 김씨부인이 사월이와 함께 별당 마당으로 들어왔다.

"저기, 할머니요!"

희윤은 별당으로 들어오는 할머니를 가리켰다. 김씨부인은 손가락에 봉숭아 물을 들이는 오누이를 돌아보며 활짝 웃었다.

"우리 손자 손녀들 손톱에 꽃이 피겠네."

"할머니, 우리 어머니도 해 주세요."

희윤이 할머니 김씨부인에게 말하자, 김씨부인은 손자 희윤을 껴안고 뺨에 입을 맞췄다.

"희윤아, 할머니도 예전에 네 어미한테 많이 해 줬단다."

"지금 해 주세요."

"이따 저녁 먹고 해 줄게."

"꼭 해 주세요."

"그래 알았다. 초희야, 아이들 상복은 벗길까?"

김씨부인은 칙칙한 상복만 입고 지내는 어린 오누이가 안쓰러웠다. 지난겨울에 아이들에게 주려고 직접 바느질해 만든 화사한 색동저고리를 입혀 보고 싶어서, 은근슬쩍 허초희에게 상복을 벗겨도 되냐고 물었다.

"해경이랑 희윤이는 시아버지 삼년상이 끝날 때까지 상복을 못 벗어요."

허초희는 자기도 상복을 벗고 아이들도 벗기고 싶었으나, 작년 9월에 돌아가신 시아버지 때문에 상복을 계속 입어야 했다.

"하기야 애들한테는 할아버지 상이니까……."

김씨부인은 서운했지만, 손자 손녀들이 3년간 상복을 입어야 한다는 법도를 어길 수 없었다.

"초희야, 어서 사당으로 가자."

김씨부인이 허초희에게 말했다. 허초희는 어머니를 따라 제사를 준비하러 사당으로 가려다가, 담장 곁 채소밭에서 대바구니를 옆에 끼고 선 사월이를 봤다. 사월이는 뭔가를 잡으려 긴 손을 뻗어, 뽀얀 옆구리가 다 드러나 있었다.

"사월아, 뭐 하니?"

"오이 따요."

사월이는 돌아보지도 않고 오이를 똑똑 따며 대답했다.

"그만 따고 가자."

"잠시만요, 금방 다 돼요."

"다 따지 마!"

오이 몇 개는 넝쿨에 남겨 두고 싶었던 허초희가 사월이에게 외쳤다. 사월이는 깜짝 놀라 허초희를 향해 몸을 돌렸다.

"다 땄어?"

"얼마 되지도 않는데요, 뭘."

이미 넝쿨에 오이가 하나도 남아 있지 않았다.

"줄기만 남았네……."

허초희는 휑한 오이 넝쿨을 보자 왠지 자식을 다 잃고 슬퍼하는 가련한 여인의 모습이 떠올랐다. 예전에 당나라 측천무후가 스스로 여자 황제가 되고 싶어 자기 자식들을 오이 따듯이 죽여 버리려고 했더니, 그렇게 하면 나중에는 남는 게 없다며 한탄했다는 황대과사(黃臺瓜辭)가 생각나 가슴이 올랑거렸다.

황대 아래 오이를 심으니
주렁주렁 오이가 익었네.
한 번 따니 오기가 보기 좋더니
두 번 따자 오이가 듬성듬성
세 번 따도 그나마 괜찮았는데
네 번 따니 빈 넝쿨만 남았네.
[황대의 오이를 보며][30]

"된장에 무쳐 먹으면 맛있어요."

사월이는 허초희의 마음도 모르고 오이를 우걱우걱 씹으며 중얼거렸다.

---

30) 黃臺瓜辭, 황대과사(측천무후의 아들 이현 지음, 지은이 옮김)

고인을 위해 음력 초하루 아침에 치르는 삭제를 지내고, 김씨부인은 6남매와 둘러앉아 부모에게 물려받은 재산을 나눴다. 집안의 재산은 선산을 돌보며 제사를 지내는 자손에게 일정한 몫을 먼저 떼어 주고, 나머지는 남녀 구별 없이 공평하게 나눴다. 김씨부인의 친정에는 많은 논과 밭, 200구가 넘는 노비가 있었다. 그런데 몇 해 전에 큰 물난리가 나서 논과 밭은 모두 쓸려 내려가고 배를 곯던 노비들이 달아났다. 이날 김씨부인이 자기 몫으로 받은 재산은 논 60마지기, 밭 60마지기, 노비 30구가 전부였다. 그나마 노비 20구는 홍수에 죽거나 어디론가 사라져 버려서 다시 찾아내는 게 여의찮았다.

김씨부인은 재산 분배를 끝내고 허초희와 어린 오누이, 그리고 얼마 전 혼인한 열일곱 살 막내아들 허균 부부를 애일당으로 불렀다. 등잔불을 켜 놓고 오누이와 함께 자두와 살구와 참외를 먹는 허초희를 보고 김씨부인이 입을 열었다.

"나는 어릴 때 부친을 일찍 여의고 쉰두 살이 된 지금까지도 큰 오라버니를 아버지처럼 생각하며 살았다. 이렇게 오라버니가 돌아가시니 마음이 허전하구나. 김 서방도 같이 왔으면 좋았을 텐데……."

김씨부인이 사위 김성립 이야기를 꺼냈다. 허초희는 남편이 같이 오지 못한 게 미안했다.

"김 서방이 올해 대과를 보면 급제했을 거야. 장남이 시묘살이를 안 할 수도 없고……."

김씨부인은 사위 김성립이 시험을 못 보고 3년을 더 기다려야 하는 게 몹시 안타까웠다.

"허성 큰 오라버니도 아버지 삼년상이 끝나자마자 급제했잖아요. 서방님도 그럴 거예요."

　시아버지가 돌아가시고 녹봉이 딱 끊긴 후, 비어 가는 뒤주를 날마다 들여다보는 허초희의 가슴은 타들어 갔다. 굶어 죽지는 않겠지만, 넉넉하지도 않았다. 어린 오누이를 남부럽지 않게 키우려고 친정집에 손을 내밀기도 어려웠으니, 남편이 시험을 볼 수 없는 3년이 정말 길었다. 허초희는 김성립이 하루라도 빨리 과거에 급제해서 자기가 떳떳이 고개를 들고 다니길 간절히 바랐다.

　"어머니, 걱정하지 마세요. 제가 곧 소과 복시에 합격해 보이겠습니다."
　올해 초 한성부에서 열린 소과 초시에 급제해서, 이제 소과 복시를 붙으면 대과를 볼 수 있는 허균이 김씨부인을 위로한다고 나댔다.
　"네 둘째 형은 열여덟 살에 소과에 장원급제……."
　"어머니. 그만두세요."
　허초희는 김씨부인이 이태 전, 유배를 떠난 허봉 오라버니 이야기를 꺼내자, 얼른 말을 막았다. 어머니는 허봉 오라버니 이야기만 나오면 어린 손자들이 보는 앞에서도 눈물을 펑펑 흘려 민망스러웠다. 김씨부인은 눈을 질끈 감고 한동안 말이 없다가, 한참 만에 눈을 뜨더니 손가락에 아주까리 잎사귀를 싼 어린 오누이를 돌아보았다.
　"하룻밤 자고 나면 손톱이 빨간 옥구슬이 되겠네."
　그러더니 허초희의 손을 슬쩍 잡아 보았다.
　"네 손이 섬섬옥수였는데……."
　김씨부인은 등잔불 아래서 거칠어진 허초희의 손을 보고 마음이 아팠다.
　"요즘 베 짜는 걸 배워요."

허초희는 대수롭지 않은 듯 내뱉었다.

"시어머니가 시키던?"

"그런 거 아니에요. 여자라면 누구나 길쌈을 배워야지요."

 김씨부인은 안사돈이 허초희를 베틀에 앉힌다는 눈치를 챘지만, 요즘 양쪽 집안 사정을 봐서는 말리기도 어려웠다.

"어머니도 봉숭아 물들여 드릴까요?"

 허초희가 김씨부인에게 물었다.

"이 쭈그렁이 손에 무슨……."

 김씨부인은 이렇게 말하면서 어릴 적 이이와 봉숭아 물들이던 일이 떠올랐다. 이이는 작년에 죽었다. 김씨부인은 머리를 도리질하여 이이 생각을 떨쳐 버렸다. 그리고 애써 경상도 관찰사로 나갔다가 객사한 남편 허엽영감을 떠올렸다.

"나는 이 별당에서 신혼 첫날밤을 보냈다. 네 오라버니도 이 별당에서 태어났고……."

 김씨부인이 허초희에게 말했다.

"어머니, 저도 여기서 태어났지요?"

 허균이 김씨부인에게 물었다.

"맞다. 아버지가 살아 계셨으면 손자들 재롱도 보고…… 네가 고생을 덜 했을 텐데……."

 김씨부인이 허초희를 돌아봤다. 허초희는 어머니의 눈가에 눈물이 맺히는 걸 놓치지 않았다. 그날 밤, 허초희는 아이들을 재우고 지필묵을 꺼내 등잔 아래서 시를 썼다.

금분에 핀, 저녁 이슬 붉게 맺힌 봉숭아꽃
아리따운 아가씨의 가늘고 긴 손가락에
대 절구로 찧어내어 배춧잎에 감쌌다가
등 앞에서 살펴보니 홍옥 빛깔 명당 한 쌍
새벽녘에 화장대 앞, 발을 걷어 올릴 때는
거울 속에 붉은 별이 반짝반짝 빛나는 듯
나물 캘 땐 붉은 나비 팔락팔락 날아가듯
아쟁 탈 땐 복숭아꽃 나풀나풀 떨어지듯
고운 뺨에 분칠하고 비단머리 빗을 때면
소상반죽 참빗 겉에 핏빛 눈물 아롱진 듯
화장 붓을 잡아들고 반달눈썹 그릴 때면
미인 눈썹 스쳐 가는 붉은 꽃비 아니런가.

[손가락에 봉숭아를 물들이고]

金盆夕露凝紅房	금분석로응**홍방**
佳人十指纖纖長	가인십지섬섬장
竹碾搗出捲菘葉	죽년도출권숭엽
燈前勤護雙鳴璫	등전근호쌍**명당**
粧樓曉起簾初捲	**장루**효기염초권
喜看火星抛鏡面	희간화성포경면
拾草疑飛紅蛺蝶	습초의비홍협접
彈箏驚落桃花片	탄쟁경락도화편
徐勻粉頰整羅鬟	서균분협정라환

　　　　湘竹臨江淚血斑　　　상죽임강루혈반
　　　　時把彩毫描却月　　　시파채호묘각월
　　　　只疑紅雨過春山　　　지의홍우과춘산
　　　　[染脂鳳仙花歌]　　　[염지봉선화가][31]

　허초희가 이렇게 시를 써 내려갈 때, 어디선가 구슬픈 대금 소리가 들려와서 별당 문을 열고 밖으로 나갔다.
　"누님, 저 대금 소리 들리죠."
　언제 나왔는지 허균도 마당에서 서성였다.
　"어디서 나는 걸까?"
　허초희가 허균에게 물었다.
　"이무기 바위 쪽."
　"그렇지. 바닷가에서 나는 소리지?"
　허초희와 허균은 대금 소리에 이끌려 사천 바닷가로 나갔다. 사천 바닷가에는 이무기가 터를 잡고 살았다는 전설이 깃든 커다란 바위가 있었다. 사람들은 이무기 바위, 교암(蛟巖)이라고 불렀다. 교암 위에서 웬 사내가 대금을 불었다. 잔잔한 바다에 부서지는 달빛과 어우러진 대금 소리는 허

---

31) 염지봉선화가(허초희 지음, 지은이 옮김). 금분(金盆)은 금빛 화분, 홍방(紅房)은 붉은 꽃이 가득한 방, 명당(鳴璫)은 옥 소리 나는 귀걸이로 여기에서는 홍옥(紅玉)처럼 빛나는 손톱을 말함, 장루(粧樓)는 여인이 화장하는 규방, 상죽(湘竹)은 소상반죽(瀟湘斑竹)의 줄임말로 아롱무늬가 있는 대나무, 채호(彩毫)는 눈썹을 그리는 화장 붓, 춘산(春山)은 팔자춘산(八字春山)의 줄임말로 미인의 눈썹, 홍우(紅雨)는 당나라 시인 이하(李賀)의 "도화난락여홍우(桃花亂落如紅雨, 복사꽃 어지럽게 떨어지니 붉은 비 같네)"에서 따옴.

초희와 허균의 가슴 속으로 파고들었다.

"역시, 허억봉이네."

허균은 교암까지 가서 대금 부는 사람을 살펴봤다.

"대금 솜씨가 천하제일이라더니……."

"거문고도 잘 타고 학춤도 잘 춘대요."

허억봉은 원래 양양군의 관노였다. 장악원의 직장이었던 김양 나리가 일찍부터 허억봉의 피리 실력을 알아보고 한양으로 데려가 장악원의 악공으로 만들었다. 얼마나 피리를 잘 불었던지, 임금에게 그 솜씨를 인정받아 노비 신세에서 벗어나 벼슬도 얻었다. 지금은 장악원 악공 중에서 가장 높은 정6품 전악(典樂)에 올라 나라의 크고 작은 행사에서 노래와 춤 지휘를 맡았다. 허억봉은 노비의 신세를 뛰어넘고 자기를 발탁한 김양 나리보다 품계가 더 높아졌다.

허억봉은 김양 나리의 부고를 듣고 장례에 참석하고자 모처럼 강릉으로 내려왔다. 신주를 사당에 봉안하며 장례가 끝나자, 그간의 회포를 푸는 마음으로 바닷가에서 대금을 불었다.

"전악 나리의 대금 소리는 천상의 소리입니다."

대금 연주가 끝나자, 허초희가 허억봉의 연주에 감탄했다.

"과찬입니다. 돌아가신 어르신께서 저를 한양으로 데리고 가지 않았다면, 저는 쉰다섯 살, 이 늙은 나이가 되도록 한낱 이름도 없는 노비로 살다가 죽었을 겁니다."

허억봉은 장례를 치르는 동안 허초희와 허균이 누구인지 알게 되어 깍듯이 예를 갖췄다.

"왕후장상의 씨가 따로 없듯이, 사람에게 귀천이 없습니다. 전악 나리께서 대금 악보까지 편찬한 걸 보면, 신분과 실력은 별개입니다. 인재라면 서자이건 관노이건 등용해야 합니다."

허균은 처외삼촌 심우영과 가깝게 지내면서 조선에서 서자와 노비를 차별하여 관직을 못 하게 막는 걸 잘못이라 여겼다.

"교산 도련님, 저는 많은 은혜를 입었습니다. 노비였던 제 처자식까지 면천된 건, 모두 돌아가신 어르신 덕택입니다."

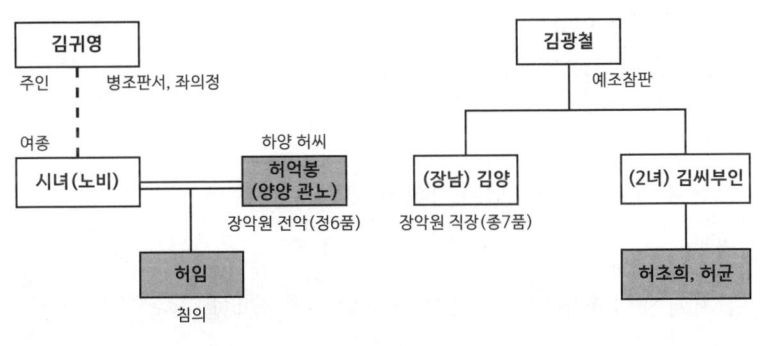

허억봉, 허임

허균은 용보다 용이 되기 직전의 이무기가 더 마음에 들어서 얼마 전 자기 호를 교산(蛟山)이라고 지은 터였다. 허억봉은 다시 고개를 숙여 인사하고, 옆에 있는 서른 살쯤 되어 보이는 사람을 가리켰다.

"이놈은 제 자식입니다."

"허임이라 하옵니다."

허임이 허초희와 허균에게 고개를 숙였다.

"제 자식은 혜민서에서 침을 놓는 의원입니다. 이번에 고향 땅 양양에 가서, 친척들에게 아들을 소개하려고 데려왔습니다."

허억봉이 허초희에게 일렀다.

"우리 식구가 노비 신세를 면하게 해 주신 은혜를 잊지 않겠습니다. 침은 제가 화타 못지않으니, 언제든지 부르십시오."

허임이 너스레를 떨었다.

"마님, 작은 마님!"

그때 별당 쪽에서 등불을 든 사람이 급히 바닷가 쪽으로 달려오면서 다급하게 외쳤다.

"마님, 큰일 났어요!"

헐레벌떡 달려온 사람은 사월이였다.

"무슨 일이냐?"

"도련님…… 희윤 도련님이 정신을 잃었습니다."

"뭐?"

"갑자기 열이 아주 많이 올랐습니다. 어서 가셔야 합니다."

"의원은…… 의원은 불렀느냐?"

허초희는 어찌나 놀랐는지, 눈앞에 있는 허임이 의원이라는 말도 새까맣게 잊고 먼 데서 의원을 찾았다.

"마님, 제가 한번 보겠습니다. 자네가 앞장서게."

허임이 사월이를 다그쳤다. 사월이는 얼떨결에 허임의 등롱잡이가 되어 별당으로 갔다. 사람들이 별당에 들어섰을 때, 김씨부인은 발을 동동 구르며 손자 희윤을 보살피고 있었지만, 속수무책이었다.

"희윤아, 희윤아!"

허초희가 달려가 희윤을 안았다. 희윤은 땀을 뻘뻘 흘리며 의식이 없었다. 허초희가 어찌할지 몰라 발을 동동 구를 때, 허임이 희윤의 곁에 앉았다. 허임은 우선 희윤의 손가락에 묶어 놓은 아주까리 잎사귀를 걷어내고, 맥을 짚은 뒤 허리춤의 대나무 침통에서 침을 꺼냈다. 허임은 희윤의 정수리 백회혈(百會穴)에 침을 찌르고 머리의 혈을 찾아 침을 여러 대 놓았다. 희윤이 미동도 없자 허초희의 안색이 하얗게 질리고 안절부절못했다. 허임은 침착하게 희윤의 코밑 인중혈(人中穴)과 양쪽 엄지손가락의 소상혈(少商穴)에도 침을 주었다.

 허초희는 하늘이 노랬다. 자기를 사랑해 주던 아버지도 잃고, 아껴 주던 시아버지도 잃었는데, 사랑하는 아들마저 잃는다면 허초희는 세상을 살아갈 수 없었다. 허초희는 자기가 대신 아파도 좋으니, 희윤이 의식을 되찾으라 빌었다. 김씨부인도 '아이고 희윤아, 아이고 희윤아'라며 울며불며 눈물을 쏟았다.

 그때 허임이 희윤의 손등 엄지와 중지 사이의 합곡혈(合谷穴)을 꾹 눌렀다. 소상혈에서 검은 피가 흘러나오면서, 희윤이 그제야 '으앙' 울음을 터뜨렸다. 허초희는 죽었다 살아난 희윤을 부둥켜안고 울고, 김씨부인은 '아이고 부처님, 고맙습니다'라며 '관세음보살'을 외웠다.

 "잠깐 비켜 주십시오. 아직 끝나지 않았습니다."

 허임이 옷소매의 봉지에서 약쑥을 꺼내 불을 붙여 희윤의 정수리에 뜸을 놓았다. 쑥뜸이 점점 타들어 가며 연기가 방안에 퍼졌다.

 "마님, 도련님 머리를 꽉 잡으세요."

 희윤은 정수리가 어찌나 뜨거웠던지 울면서 도리질을 해댔다. 허초희가 자지러지게 우는 희윤의 머리를 꽉 붙잡았다. 허임은 쑥뜸을 두어 번 더 놓고 희윤의 맥을 짚고 나서 입을 뗐다.

 "급경풍(急驚風)이었습니다. 이제 고비는 넘겼습니다. 제가 고약을 붙였습니다. 아침에 고름을 빼 주십시오."

"고맙네. 정말, 고맙네."

김씨부인이 허임에게 고마움을 표했다.

"도련님은 곧 좋아질 겁니다. 걱정하지 마십시오."

허초희는 아무 말도 못 하고 놀란 가슴을 쓸어내릴 뿐이었다.

"자네 실력은 화타보다 낫네. 은혜를 잊지 않겠네."

김씨부인은 허임의 손을 꼭 잡으며 거듭 감사를 전했다.

"화타가 살아 돌아와도 침은 저한테 맞을 겁니다."

허임도 이제야 안심이 되었는지, 김씨부인을 보며 밉살스럽지 않게 거드름을 피웠다.

"마님, 오늘 밤에는 도련님 곁을 잘 지켜 주세요."

허임이 울다가 지쳐 잠든 희윤의 곁에서 땀을 닦아 주는 허초희를 보며 당부했다.

"마님, 값비싼 탕약이 없어도 환자를 고칠 수 있는 게 바로 이 침입니다. 한양에서도 아프시면 언제든지 저를 불러 주십시오. 만사 제쳐 놓고 달려가겠습니다."

허임은 허초희에게 거듭 당부한 뒤, 허억봉과 함께 양양으로 떠났다.

허초희는 밤새도록 희윤의 곁을 지켰다. 그러다 새벽녘에 깜빡 잠이 들어 꿈을 꾸었다.

허초희는 푸른 바다 가운데에서 구슬과 옥으로 만든 높은 산이 솟은 섬을 만나 올라갔다. 산에는 오색 영롱한 구름이 서렸고, 물방울 같은 구슬이 하얀 폭포처럼 쏟아졌다. 그때 두 여인이 나타나 절한 뒤, 허초희를 산속으로 데려갔다. 온갖 희귀한 새들이 한데 어울려 지저귀었다. 아름다운 꽃이 활짝 핀 길을 따라 산꼭대기로 올라갔더니, 붉은 해가 바다에서 솟아오르는 게 보였다. 큰 연못에 핀 연꽃은 서리를 맞아 반쯤 시들어 보였다.

'여기는 광상산(廣桑山)입니다. 신선이 사는 곳 중에서 제일 아름다운 곳입니다. 당신은 신선과 인연이 있어서 이곳에 왔습니다. 이 기분을 시로 쓰십시오.'

허초희는 두 여인의 말을 듣고 내키지 않았으나 시를 써 내려갔다.

> 푸른 물결 요해까지 일렁이며
> 파란 난새 오색 난새 춤을 추네.
> 연꽃 스물일곱 송이 피었는데
> 달빛 서리에 붉은 꽃잎 떨어지네.
> [꿈에 광상산에서 노닐며][32]

두 여인은 손뼉을 치며 과연 신선의 솜씨라고 찬사를 보냈다.

허초희는 꿈속에서 북소리가 크게 울리는 걸 듣고 깜짝 놀라 잠에서 깨어났다. 베개에는 아직도 광상산의 기이한 향기가 맴돌았다. 허초희는 새근새근 잠든 희윤을 가만히 내려다보았다. 희윤의 얼굴에 다정했던 아버

---

32) 夢遊廣桑山, 몽유광상산(허초희 지음, 지은이 옮김). 광승산(廣乘山)이라는 사람도 있지만, 지봉유설에서 동악 광상산, 남악 장리산, 서악 여농산, 북악 광야산, 중앙 곤륜산이 오대악(五大嶽)이라고 했다.

15. 봉숭아 **451**

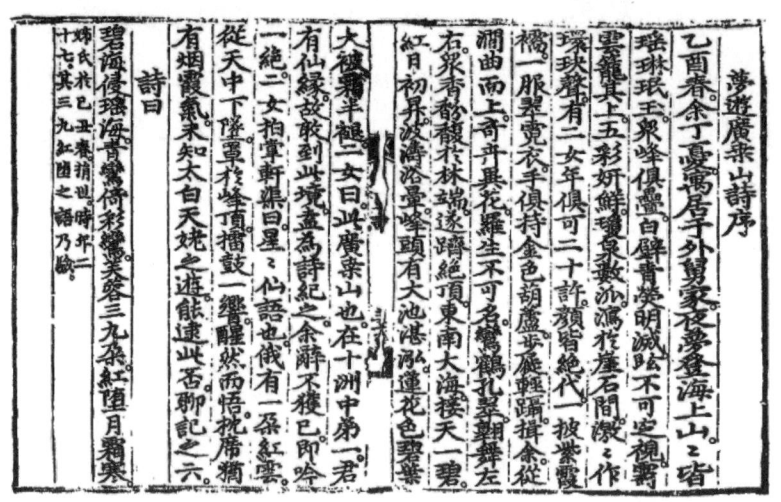
몽유광상산(난설헌시집, 1608년, 한국고전종합DB)

지 모습이 겹쳐 보였다. 김씨부인도 희윤의 손을 잡고 꾸벅꾸벅 졸고 있었다.

허초희는 아버지 임종을 지키지 못한 게, 늘 가슴 아팠다. 아버지는 살아 계실 때, 동인의 우두머리였기에 권세가 대단해서, 아버지가 부르면 악공은 물론 의원들도 한걸음에 달려왔었다. 지금은 아버지가 돌아가시고, 허봉 오라버니도 갑산으로 유배를 떠나, 허씨 집안의 권세가 꺾여 사람들의 태도가 냉담해진 게 분명했다.

그건 그렇다 치더라도, 앞으로 아이들이 아플 때 의원이 제때 오지 않을까 그게 큰 걱정이었다. 오늘 아들 희윤이 아팠을 때는 허임이라는 의원이 있어서 다행이었지만, 앞으로는 어떻게 될지 모르는 일이었다. 허초희는 한양에 올라가면 의원부터 알아보기로 마음먹었다. 그날 밤 허초희는 엎치락뒤치락하며 잠을 설치고 말았다.

허초희는 시댁 제사를 지내러 이제 곧 한양으로 돌아가야 했기에, 아이들 옷이며, 잡동사니며, 자기가 읽던 책이며, 이런저런 짐을 챙기느라 아침부터 바빴다. 짐을 챙기면 친지 어른들을 찾아 문안을 여쭙고 외갓집을 떠나, 아버지와 살았던 초당마을 별장에 들러 며칠 머물렀다가, 대관령을 넘어 한양으로 돌아가야 하는 긴 여정이었다.

"어머니, 제 손가락을 보세요. 예쁘죠?"

허초희가 사월이와 옷을 정리하는데, 해경이 방으로 들어오더니 봉숭아 물이든 손가락을 쫙 펼쳐 보였다. 순간 어릴 적 오죽헌에서 봤던 신사임당의 어머니 용인이씨가 생각났다. 아픈 남편을 위해 칼로 자기 손가락을 잘라 뚝뚝 떨어지는 피를 먹여 살렸다는 열녀, 용인이씨의 손가락이 떠올랐다.

"예쁘네, 아주 예뻐."

허초희는 해경의 고사리 같은 손을 보고 퍼뜩 정신을 차리고 손을 잡았다.

"첫눈이 올 때까지 손톱에 봉숭아 물이 빠지지 않으면 좋은 사람이 찾아온대."

"좋은 사람이요? 누구요?"

"글쎄, 누굴까?"

"허봉 외삼촌이요!"

허초희는 깜짝 놀랐다. 해경은 2년 전에 갑산으로 유배를 떠난 허봉 오라버니를 기억하는 게 분명했다.

"첫눈이 오면 외삼촌이 돌아올까?"

허초희가 해경에게 물었다.

"걱정하지 마세요! 외삼촌이 안 오면 우리가 찾아가면 돼요."

"그래 그럼, 우리가 찾아가자. 오늘은 초당마을 별장으로 먼저 가자."

허초희는 아침을 먹고 짐을 챙겨 수레에 싣고 사천리 외가를 나섰다. 어머니 김씨부인은 동생 허균 부부와 사천리에 머물다가 8월에 장례까지 치르고 한양으로 돌아오기로 했다. 오누이와 하인 몇 명이 따라나섰다. 곧장 초당마을로 가야 했지만, 용인이씨 생각이 나서 오죽헌에 잠시 들르기로 마음먹고 그쪽으로 길을 잡았다. 오죽헌에 도착한 시간은 점심나절이었다. 길가 나무 그늘에서 주먹밥을 먹은 뒤 오죽헌 앞에서 수레를 멈췄다.

허초희는 어릴 적에, 이 열녀정문(烈女旌門)의 주인, 그러니까 신사임당의 어머니이고, 이이의 외할머니인 용인이씨를 만났었다. 지금도 용인이씨의 왼손 약지 손마디가 없는 게 또렷하게 떠올랐다. 그 손가락을 가리려고 수줍게 왼손을 감싸며 웃던 용인이씨의 얼굴도 생각났다. 허초희는 크게 심호흡하고 오죽헌을 향해 기척을 보냈다.

"계십니까?"

허초희가 대문 밖에서 기다리는데, 삐걱하며 대문 열리는 소리가 나더니 젊은 종이 나왔다.

"누구십니까?"

"마님이 계시냐?"

허초희가 젊은 종에게 물었다.

"계시는데…… 누구라고 전할까요?"

"초당마을에서 왔다고 전하게."

"초당마을 누구요?"

"김 참판 댁 손녀라고 전하게."

허초희는 허씨 집안에서 왔다고 하지 않고, 외갓집인 강릉 김씨네 사람인 양 둘러댔다.

"기다리세요."

젊은 종이 집 안으로 들어가자, 허초희는 왠지 초조해졌다. 혹시 이 집 마님이 자기를 박대할지도 몰라 걱정이 들었다.

잠시 후 예순 살은 넘어 보이는 노부인이 젊은 종과 대문 밖으로 나와 허초희에게 물었다.

"김 참판 댁, 뉘시오?"

허초희는 얼른 허리 숙여 인사를 드렸다.

"저 허초희입니다."

"뭐, 허씨 일가는 썩 물러가시오!"

노부인은 허씨 집안 사람이라는 말을 듣자마자 표정이 싹 변해 표독스럽게 소리를 질렀다.

"마님, 잠시 제 말씀 좀 들어 보세요. 열녀정문에 인사 좀 올리려고 들렀습니다."

"일없소! 그냥 가시오! 얘들아, 소금 뿌리고 문 닫아라!"

노부인은 젊은 종에게 말하고 집 안으로 들어가려 몸을 돌렸다. 그때 허초희가 옷소매를 붙잡는 바람에 멈칫했다.

"마님, 섭섭한 일은 잊어버리고……."

"뭐? 섭섭한 일! 지금 뭐라는 거야?"

노부인은 허초희를 경멸하는 표정으로 쏘아보았다.

"허씨 일가만 보면 치가 떨려!"

"마님, 다 남자들 일이니, 우리들은 예전처럼 지내시면……."

"이보시오! 당신 오라비 허봉인지 뭔지 때문에, 생때같은 우리 조카, 우리 현룡이가 죽었어. 이이의 집안이 망했는데, 그걸 지금 말이라고 하오! 그만 돌아가시오!"

노부인은 불같이 화를 내며 대문을 쾅 닫고 들어가 버렸다. 허초희는 난감했다.

"어머니, 저 할머니 누구예요? 왜 이렇게 화를 내요?"

해경이 얼굴을 찡그리며 허초희에게 물었다.

"미선부인이다. 예전에는 안 그랬는데……."

몇 해 전, 오라버니 허봉은 임금에게 병조판서 이이의 잘못을 조목조목 짚으며 당장 파직시켜야 한다고 따졌다. 그러자 이이는 임금에게 사직을 청하고, 파주로 떠나 버렸다. 화가 난 임금은 도리어 허봉을 함경도 갑산으로 유배 보내고, 이이를 다시 불러들였다. 고고했던 이이는 마음속 깊이 상처를 받고 6개월 동안 시름시름 앓다가 세상을 떠났다. 이이를 따르는 사람들은 허씨 집안 사람들을 향해 손가락질하며 원수처럼 여겼다. 허초희는 어떻게 해서든지 오죽헌 사람들과 화해하려고, 일부러 들렀다가 뜻밖에 일을 그르치고 말았다.

미선부인에게 문전에서 박대당하고, 오죽헌을 떠나 초당마을에 도착한 허초희는 며칠간 별장에 머물다가 대관령을 넘어 한양으로 올라갔다.

한양에 도착한 허초희는 곧장 인왕동 시댁으로 가지 않고 건천동 친정에 먼저 들렀다. 하인 몇 명이 친정집을 지키고 있어도, 어머니마저 없는 집은 썰렁하기만 했다. 안채에 아이들을 재우고, 대청마루에 나와 목멱산을 바라보았다. 산 위에서 비치는 달빛이 처량한데, 어디선가 부엉이 우는 소리가 들려왔다.

옛집은 대낮에도 인적 그치고,
부엉이 혼자 뽕나무에서 울어라.
섬돌 위엔 이끼만 끼어 푸르고,
참새만 빈 다락으로 깃들고 있네.
그 옛날 말과 수레 어디로 가고,
지금은 여우 토끼 굴처럼 폐허되었네.
이제야 선각자 말씀 알겠구려,
부귀는 내가 구할 바 아니라는 걸.
　　　　　　[느낌][33]

허초희는 텅 빈 집 안을 둘러보며, 아버지와 허봉 오라버니를 찾아오던 선비들이 끊이지 않던 시절, 온 식구가 함께 살던 열다섯 살 처녀 시절로 돌아가고 싶은 마음이 굴뚝같았다. 하지만 그건 꿈속에서나 가 볼 수 있는 세상이었다.

　　　　　　＊ ＊ ＊

6월이 되어 뽕나무 잎이 열리자, 송씨부인은 명주 길쌈을 하루도 게을리 하지 않았다. 도대체 길쌈이 없었으면, 어떻게 살았을까 걱정이 될 정도였다. 송씨부인은 사랑채에 딸린 방 하나를 잠실로 꾸며 누에를 길렀다.
"누에가 알을 깨고 나오면 곧바로 뽕잎을 갈아 먹고 하루 동안 잠을 자

---

[33] 感遇, 감우 일부분 (허초희 지음, 장정룡 옮김)

고 일어나지. 그러면 몸집이 커져. 이렇게 여러 날 먹고 자면 누에가 엄청나게 커지는데, 그 누에를 섶에 올려놓는 거야. 누에가 3일 동안 입에서 실을 뽑아내서 고치를 만들고 그 안에 몸을 숨겨. 그 누에고치 수십 개를 가져다 솥에서 삶으며, 젓가락으로 휘휘 저어 실마리를 찾아서 실오라기 한 개를 뽑는 거야. 실오라기 대여섯 개를 꼬아서 명주실 한 가닥을 만들어 실타래에 감는 거지. 그다음에 명주를 짜는 건 무명과 비슷해."

숙모 성씨가 누에한테 뽕나무 잎을 뿌려 주며 허초희에게 명주 비단 만드는 법을 알려 줬다. 송씨부인은 하얀 명주 비단이 나오자, 뽕나무 잎을 대 준 사돈에게 고마운 마음을 전하는 뜻으로 질 좋은 옷감 한 필을 이산해 대감에게 보냈다. 나머지는 시전상인에게 팔았다. 고운 빛이 아름답기로 소문만 송씨부인의 명주는 금방 팔려 나갔다. 여기저기에서 송씨부인에게 명주를 만들어 달라는 주문이 들어와서 인왕동 시댁은 명주 만드는 공방과 다름없었다.

이조판서 이산해 대감이 영의정 노수신을 찾아가 유배를 떠난 지 2년이 지난 허봉과 송응개를 풀어달라고 임금에게 말하자고 했다. 노수신도 공감한다면서 임금을 찾아갔다. 임금 이연은 이이가 죽어서 두 사람을 풀어 줄 생각이었다.

"2년 전, 송응개와 허봉, 박근원이 간사한 꾀로 어진 선비를 모함하고, 따르는 무리가 나라를 혼란스럽게 만들었다. 내가 세 사람을 유배 보내 벌을 주었는데, 이미 박근원은 석방하였다. 송응개와 허봉도 풀어 줘 고향에 돌아가 살게 하라. 하지만 한양에 들어올 수는 없다."

임금이 두 사람을 유배에서 풀어 줬다는 소식이 곧 인왕동에 전해졌다.

"초희야 이런 경사가 또 있겠느냐? 네 오라버니와 내 오라버니가 같이 풀려났으니, 만나러 가야겠구나. 함경도에서 내려오다 보면 강원도 금화에 묵을 테니 우리가 금화로 가자."

송씨부인은 그동안 명주를 팔아 모은 재물로 음식과 술을 장만하고, 좋은 옷을 만들어 허초희와 함께 금화로 떠났다. 마침, 허봉의 처자식은 허봉 처가에서 일어난 상장례를 치르러 시골에 가는 바람에 집을 비운 터여서 함께 가지 못했다.

거의 2년 만에 각자의 오라버니를 만난 두 사람은 기분이 들떠, 더운 줄도 몰랐다. 금화에서 만난 네 사람과 식구들은 그동안의 회포를 풀고, 곧바로 경기도 광릉 땅 김첨의 묘소를 찾았다. 시묘살이하는 김성립이 외삼촌 송응개, 처남 허봉을 반겨 맞았다.

송응개와 허봉은 김첨의 허무한 죽음이 도무지 믿기지 않았다. 허봉은 유배를 떠날 때 상주 자천대에서 본 김첨의 밝은 모습이 떠올랐다. 만일 김첨이 지금까지 관직에 버티고 있었다면, 자기가 한양으로 돌아가는 데 요긴한 발판이 되었을 거라는 생각이 들어 못내 아쉬웠다.

김첨의 묘소에 참배를 마친 송응개와 허봉은 뿔뿔이 헤어졌다. 송응개는 고향 회덕으로 가고, 허봉은 김양 나리의 장례를 치르러 강릉으로 향했다. 허초희는 머지않아 시아버지 김첨의 1년 상을 치러야 했기 때문에 시어머니 송씨부인과 함께 한양으로 돌아왔다. 허봉은 강릉에 가서 어머니 앞에 엎드렸다. 두 모자는 한동안 애끓는 눈물을 멈추지 못했다.

9월에 김첨의 1년 소상(小祥)을 광릉 산소에서 치렀다. 소상은 큰 제사라 허성, 허봉, 허균은 물론 친척과 지인들도 모였다. 강릉에서 오라버니 김양 나리의 장례를 치른 김씨부인도 광릉 산소에 왔다. 모처럼 산소가 북적거렸다. 사람들은 허봉이 유배에서 풀려난 걸 다행으로 여겼다. 곧 임금의 허락이 떨어지면 한양으로 들어가 벼슬을 되찾을 거라며, 이이가 죽은 지금 조정을 이끌 인재는 허봉이 제일이라는 말을 아끼지 않으며 허봉의 용기를 북돋웠다. 그렇지만 허봉은 임금의 마음이 쉽게 돌아서지 않을 거로 여겼다. 만일 그럴 생각이라면 굳이 처음부터 도성 출입을 금하지 않았을 터였다. 임금은 앙금이 풀리지 않은 게 분명했다.

김첨의 소상을 끝낸 뒤, 허초희네 식구들은 한양으로 가는 배를 탔다. 허초희네 식구들이 두물머리에 닿았을 때, 허봉의 처 이씨와 세 아들이 두물머리에서 허봉을 기다리고 있었다.

지난번 허봉이 갑산으로 유배를 가던 때와 비슷한 가을이었다. 허봉의 처자식들은 아버지가 유배에서 풀려난 지 석 달이 지나서야 얼굴을 맞대었다. 허봉의 식구들은 허봉이 한양에서 가까운 양주에 머물길 바랐다. 그건 김씨부인도 마찬가지였다. 그런데 허봉은 포천에 있는 백운산의 백운사 선방으로 들어가겠다는 뜻을 밝혔다. 김씨부인과 허봉의 처가 허약해진 허봉의 심신을 살피려면, 한양 가까운 곳에 거처를 정해야 한다며 허봉을 말렸다. 하지만 허초희와 허균은 허봉의 뜻에 따라야 한다고 우겼다. 허초희가 볼 때 오라버니는 자기가 원하는 좋은 산에서 심신을 다스리는 게 옳았다. 무엇보다 허봉의 뜻이 완강하였다. 처자식들이 허봉의 뜻을 꺾으려고 했는데도 소용없었다. 허봉의 자식들은 허초희와 허균 때문에, 그렇게 된 거라고 여겨, 고모와 삼촌을 원망하게 되었다.

초시에 합격한 허균은 대과에 급제하려면, 형 허봉에게 글을 배워야겠다며, 형을 따라 백운산으로 향했다. 두 형제와 나머지 허초희네 식구들은 두물머리에서 헤어졌다. 한양으로 돌아오는 배에서 허봉의 처자식들은 시누이이고 고모인 허초희를 거들떠보지도 않았다. 사람들은 냉랭한 감정을 풀지 못한 채, 한강 두모포에서 헤어지고 말았다.

　백운산에서 형 허봉과 머물고 있던 허균은 산속에서 공부하는 동안 밥을 짓고 빨래를 해 줄 사람이 필요하니 당분간 몸종을 붙여 달라고 장인을 졸랐다. 허균의 장인 김대섭은 사위의 입신양명을 기대하며, 시녀와 시동을 보냈다. 백운산으로 온 시녀가 바로 덕개(德介)였다.

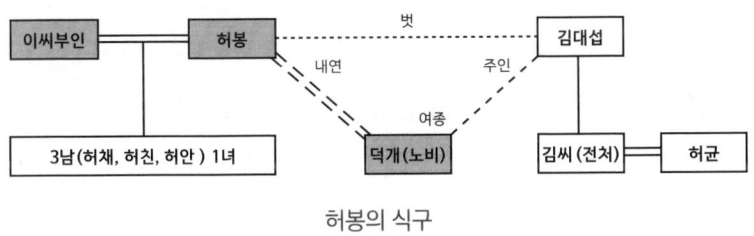

허봉의 식구

　허봉은 덕개를 보고 한눈에 반했다. 자기보다 열 살 어린 몸종을 거느리게 된 허봉은 순식간에 덕개에게 빠져들었다. 백운산에 산채를 마련한 허봉은 밤낮으로 덕개와 운우지정을 나눴다. 허봉의 동무가 백운산에 놀러 왔다가 허봉과 덕개를 보고 바람난 음탕한 말, 풍마(風馬)라며 놀려 댈 정도였다.

　유배에서 풀려난 허봉은 예전처럼 술을 마시고, 덕개에게 정기를 쏟아 부어 점점 허약해져 갔다. 이 소식은 곧 한양까지 퍼져, 덕개의 주인인 김대섭이 덕개를 한양으로 불러들였다. 하지만 덕개는 백운산에 눈이 쌓여 곧 길이 막힐 거라며 한양으로 돌아가지 않고, 겨우내 허봉과 한 이불 속에서 뒹굴었다.

16. 등등곡(登登曲)
(허초희 24~25세, 1586~1587년)

　해가 바뀌어 병술년(1586년) 봄이 되자 김대섭은 남자 종들을 백운산으로 보내 덕개를 한양으로 끌고 왔다. 덕개는 종들에게 붙잡혀 백운산의 산장을 나설 때까지 허봉과 헤어지지 않으려고 발버둥질했지만, 어쩔 수 없이 꽁꽁 묶인 채 당나귀 등에 실려 한양으로 끌려오고 말았다. 덕개는 김대섭에게 매질을 당하면서도 허봉을 잊지 못해 밥도 먹지 않고 울기만 했다. 허봉은 그해 여름 동생 허균과 봉은사에 들렀다. 자기 식구들은 만나지도 않고 절 밖에서 덕개만 만났다. 그 뒤에는 덕개가 허봉의 아이를 가졌다는 헛소문도 돌았다.
　허봉이 이렇게 음주와 여색에 점점 빠져들자, 허봉의 처자식들은 허초희와 허균을 향한 원망이 점점 커졌다. 허봉의 자식들은 아버지 허봉이 김씨부인에게 물려받을 강릉의 땅과 노비를 고모와 삼촌이 자기들 몰래 빼돌릴 거로 의심해서 허초희와 허균과는 등지고 살았다.
　의심은 의심일 뿐이었다. 지난번 강릉에서 일어난 큰 물난리에 논과 밭은 모두 폐허가 되고, 배를 곯은 노비들은 달아나서 찾을 수도 없었기에 김씨부인이 자식들에게 물려줄 재산이 거덜 나 버렸다. 그래도 때 되면 돌아오는 조상들의 제사를 멈출 수는 없었다. 허초희가 아버지 허엽영감의 제사를 지내러 건천동 친정집에 갔을 때, 큰올케와 조카들은 끝내 할아버지 허엽영감의 제사에 나타나지 않았다. 조카들이 허엽영감의 산소를 찾아갔다는 소문이 들렸다.

 허봉이 한양으로 들어오지 못하고, 벼슬길에 나가지 못하면서 허씨 집안은 점점 어려운 처지로 빠져들었다. 허초희의 괴로움도 그만큼 깊어졌지만 그게 끝이 아니었다. 이제부터 진짜 고난이 다가오고 있었다.

 귤강광이라는 왜국 사신이 풍신수길의 편지를 가지고 조선으로 건너왔다. 동래에서 한양으로 올라가는 도중에 경상도 상주에 들렀다. 이때 상주 목사는 송씨부인의 두 번째 오라버니인 송응형이었다. 송응형은 왜국 사신을 접대한다고 연회를 열어 주었는데, 왜국 사신의 오만불손함이 하늘을 찔렀다.
 "조선의 창 자루가 아주 짧은데 적을 찌를 수 있겠소?"
 왜국 사신이 조선을 얕잡아 보고 침을 튀기며 지껄여 댔다.
 "조선은 창보다 활을 중히 여깁니다."
 송응형은 왜국 사신이 깝죽대는 게 꼴사나워 보였다.
 "활이 조총을 이길 수 있겠소?"
 "얼마 전에 북쪽 니탕개를 싹 물리친 걸 모르시오."
 "그깟 오랑캐들이야 한나절이면 쓸어 버리지…… 나는 여러 해 동안 전쟁을 치르느라 수염과 머리털이 다 희어졌소. 목사는 기생들을 끼고 근심 없이 지냈을 텐데 어찌 백발이 무성하시오?"
 왜국 사신이 송응형을 비웃었다.
 "창칼을 휘두르는데 어찌 머리가 센단 말이오?"
 송응형도 왜국 사신에게 지지 않았다.
 "목숨이 간당간당하는 전쟁이니 그렇지 않소."

"조선 선비들도 날마다 전쟁을 치러서 이렇게 머리가 새하얗게 세었소."

"날마다 전쟁이라니?"

"붓으로 치르는 전쟁이야말로 목숨을 건 전쟁 아니겠소."

송응형이 노루 불고기를 집어 먹으며 대답했다.

"붓이라……."

"부드러운 붓이 날카로운 칼을 이기는 법이요."

"우리 일본에서는 혀를 나불대고, 붓을 놀려 대는 모사꾼들의 모가지를 모두 잘라 버렸소. 어디 나중에 붓이 강한지 칼이 강한지 두고 봅시다."

왜국 사신은 송응형에게 말하고 상주를 떠나 한양으로 올라갔다. 왜국 사신은 한양에 올라와서도 예조판서가 열어 주는 연회에서 무례하게 굴었다. 연회가 한창 무르익었을 때, 갑자기 주머니에서 무언가를 꺼내 연회장 한가운데로 던지면서 '호초(胡椒)'라고 거만하게 내뱉었다. 값비싼 후추를 보자, 기생은 물론 연회에 참석한 관리들이 후추 알맹이를 줍느라고 난장판이 되었고, 그 꼴을 보고 왜국 사신은 '조선은 이미 기강이 무너져 전쟁이 나면 열흘 안에 망할 거'라고 떠들었다.

더 놀라운 이야기는 '일본이 군사 1백만 명을 준비해서 명나라로 쳐들어가려고 호시탐탐 기회를 노리는 중인데, 한 번에 배를 타고 중국에 갈 수 없어 조선을 징검다리로 삼을 거'라는 말이었다. 예조판서가 깜짝 놀라 듣지도 보지도 못한 이야기라고 하자 왜국 사신은 껄껄 웃었다. 그러고는 일본의 관백 풍신수길이 보낸 편지의 내용을 귀띔해 줬다.

'일본은 조선에 여러 번 사신을 보냈다. 조선은 일본에 사신을 보내지 않고 계속 무시하니 우리를 얕보는 거다. 세상이 짐의 손에 돌아왔다.'

예조판서는 풍신수길을 그저 일본의 관백으로 여겼는데, 편지의 내용은 황제가 신하에게 보내는 투로, '짐'이라고 했으니 입을 다물 수 없었다. 왜국 사신이 돌아가자, 한양 저잣거리에는 왜군들이 곧 쳐들어올 거라는 소문이 삽시간에 퍼져서 민심이 흉흉해졌다.

 민심을 달래는 말도 나돌았다. 왜적들이 배 한 척에 100명씩 타고 온다고 하더라도 3만 명이면 배가 300척인데, 왜적들이 그 많은 배를 가지고 있을 리도 없고, 바다가 강처럼 얼지 않을 테니 걸어서 건너올 걱정도 없다는 이야기였다. 오랑캐를 물리친 신립 장군이 나서면 왜적은 금방 박살 날 거라는 믿음이 백성들에게 위안을 줬다. 그러다가 누군가 배 300척이 다섯 번 왕복하면 15만 명이라면서, 바다에서 왜적을 막지 못하면 나라가 결딴날 판이라고 하자, 도성 사람들은 한둘씩 겁을 집어먹었다. 공포는 순식간에 도성 너머로 퍼져 나갔다.

 허초희의 큰 시누이는 또 아들을 낳아, 식구가 계속 늘었다. 작년 진사시에 합격한 이경전은 인왕동 처가보다 노량진의 초연정에서 글을 읽으며 지내는 날이 많았다. 작년 진사시에는 정협도 장원으로 합격해서, 허균, 이경전과 함께 당장 대과를 볼 수 있었다. 김성립은 아버지의 삼년상을 치르느라 시험에 나갈 처지가 안 되었다. 김성립은 아버지 김첨의 탈상을 병술년 12월에 지냈다.

 허초희와 김성립은 김첨의 삼년상을 지낸 뒤 지겹게 입었던 상복을 벗어 버렸다. 상복을 벗으니, 허초희의 마음은 홀가분해졌다. 허초희는 한양으로 돌아온 김성립이 쇠약해진 심신을 회복하길 바랐지만, 길쌈을 하느라 복작거리는 인왕동 집은 김성립이 몸을 추스르며 과거 공부하기에 적합하지 않았다. 김성립은 도깨비 동무들이 있는 성균관으로 들어갔다.

정해년(1587년) 2월에 왜구들이 해적선 열여덟 척에 나눠 타고 전라도 손죽도로 쳐들어왔다. 녹도만호 이대원이 힘겹게 맞서 싸웠지만, 끝내 왜구들에게 붙잡혀 돛대에 매달려 죽고 말았다. 왜구들은 전라도 해안 일대를 휩쓸고 백성 수백 명을 납치해 달아났다. 조선 수군이 제대로 막아 내지 못하자 민심이 흉흉해졌다. 사람들은 가마와 지게를 고치고 미투리와 짚신을 사 모았다. 시골집을 손봐서 쌀과 곡식을 옮기고, 조상의 위패를 땅에 숨기고 피난 보따리를 쌌다. 고관대작들은 제 살길 찾기에 바빴다. 나라 꼴이 말이 아니었다. 백성 중에는 가산을 정리하고 무당을 따라 산속으로 들어가는 사람들도 생겼다.

김성립은 봄이 되었을 때, '특권을 누리는 왕실 종친, 제 식구만 챙기는 양반 관리, 첩실에 넋이 나간 고관대작, 가렴주구를 일삼는 탐관오리, 양민을 개돼지로 여기는 향리 향반, 백성을 등치는 관아 아전, 뇌물 먹고 군역을 빼주는 군관 포졸, 사재기로 폭리를 취하는 악덕 상인, 혹세무민하는 무당 점쟁이'를 싸잡아 놀려 주기로 마음먹었다.

일곱 도깨비 동무가 낙산에서 배꽃 구경할 때, 김성립이 이야기를 꺼냈다.
"이보게 동무들! 왜적들이 쳐들어온다고 민심이 흉흉한데 우리가 한바탕 놀아 보면 세상 사람들의 답답한 가슴이 뻥 뚫려 시원하지 않겠나?"
"그거 좋네! 곧 사월 초파일이니 탑골에서 신나게 한번 놀아 보세!"
일곱 동무는 초파일 전날에 운종가 피맛골에 있는 외거노비 집을 통째로 빌렸다. 허리에 도깨비 가면을 하나씩 차고 탁주를 마시며 해가 지기를 기다렸다. 해가 떨어지자, 아낙네들이 연등을 들고 십층석탑까지 일렬로 늘어서니 가히 장관이었다. 도성 안의 선비, 유생, 한량, 건달들이 등불을 밝혀 넋을 잃고 바라봤다. 기녀들도 종루로 모였다.

팔탈판(김준근, 한국학중앙연구원)

　김성립은 사람들이 가득 모이자, 가면을 쓰고 태평소를 들어 올려 크게 불며 사람들 한가운데로 뛰어들었다. 태평소 소리가 하늘 끝까지 울려 퍼졌다. 일곱 동무가 이 소리를 듣고 가면을 쓰고 사람들을 헤집고 모였다. 꽹과리와 징, 북과 소고가 울리며 가면을 쓴 일곱 동무가 춤을 추기 시작하자 사람들이 손뼉 치고 환호성을 질렀다. 일곱 동무는 도포 자락을 휘날리며 춤을 췄다. 김두남이 데려온 기녀들도 장구 소리에 맞춰 춤추며 흥겨운 노래를 부르는데 그 소리가 사대문 안으로 구석구석 퍼져 나갔다.
　"자! 오늘 우리 한바탕 놀아 보세!"
　김성립, 정협, 김두남, 이경전, 백진민, 정효성, 유극신 일곱 동무는 등등곡(登登曲)을 불렀다.

바다 건너 왜적들이 우리 강토 노리는데
병장기는 녹이 슬고 군량 곡간 비었구나
악덕 상인 사재기로 가격 올려 호의호식
군관 포졸 뇌물 먹고 군역 빼줘 오합지졸
힘이 없는 백성들만 전쟁터로 끌려가서
왜적 칼에 베어 죽고 만리타국 잡혀가네
탐관오리 고관대작 책임 없다 나 몰라라
무당 믿는 왕실 종친 외척 후궁 먼저일세
가소롭기 그지없는 아전 향반 정승판서
코흘리개 어린애가 너희보다 못할쏘냐?
오늘 우리 백성들이 등불 들고 모였으니
어화둥둥 동동 둥둥! 어화둥둥 동동 둥둥!
억울하게 살지 말고 못된 놈들 몰아내세!
어화둥둥 동동 둥둥! 어화둥둥 동동 둥둥!

 일곱 동무는 둥둥곡을 부르며 운종가를 지나 육조대로로 걸었다. '억울하게 살지 말고 못된 놈들 몰아내세! 어화둥둥 동동 둥둥! 어화둥둥 동동 둥둥!'을 되뇌며 행진했다. 처음에 서른 명이었는데 행렬은 점점 불어나 금방 백 명이 넘었다. 북 치고 장구 치고 태평소가 울리고 바라 소리가 퍼지자, 젊은이들이 훌쩍 천 명은 넘게 모였다. 육조거리 주변에도 시전상인들이 걸어 놓은 연등을 보려고 관등놀이 나온 사람들이 많았는데, 웍저그르르 웃고 떠들며 일곱 동무를 따랐다.
 사람들이 떼로 모여들자 희희낙락하며 연등을 구경하던 포졸들이 깜짝 놀라 행렬의 앞길을 막아섰다. 겁을 먹은 사람들은 육조대로 사거리에 멈춰 무춤무춤 뒤로 물러섰다.

"인제 그만, 흩어지세!"

김성립이 태평소를 크게 불자, 모였던 사람들은 순식간에 사라졌다. 김성립이 넝큼 달아나며 도깨비 가면을 벗으려다, 멈칫했다. 허초희가 해경과 희윤의 손을 잡고 불꽃놀이를 보러 나왔다가, 김성립과 맞닥뜨렸다. 김성립은 초승달 같은 가지런한 눈썹 아래 사슴의 눈처럼 청초하게 빛나는 딸 해경의 눈망울을 보았다. 가면을 벗으려던 김성립은 얼른 손을 내렸다.

해경도 가면을 뒤집어쓴 도깨비 얼굴을 뚫어지게 쳐다봤다. 가면에 뚫린 눈구멍으로 부리부리한 눈이 보였다. 빤짝이는 눈동자가 해경을 쏘아보고 있었다.

"아버지?"

해경이 도깨비 가면을 쓴 김성립을 보고 외쳤지만, 잠시 머뭇거리던 김성립은 도깨비 가면을 눌러쓴 채 쏜살같이 사라졌다.

* * *

여름에 한양에 역병이 돌았다. 도성 거리는 오가는 사람이 없어 썰렁해졌다. 시전도 곧 문을 닫는다는 소리에, 급하게 물건을 사고 파려는 사람들만 이따금 보였다.

"초희야, 길쌈하는 사람을 모두 내보내라."

시전에 갔다가 허겁지겁 돌아온 송씨부인이 급히 허초희를 불렀다.

"나라에서 여럿이 모여서 하는 길쌈을 중지시켰다."

"마마가 그렇게 심해요?"

"제사도 금지됐다. 곧 네 시아버지 제삿날인데 이 일을 어쩌면 좋으니."

송씨부인은 9월에 있을 김첨의 제사가 걱정이었다.

두창(痘瘡)은 조선에서 제일 무서운 역병이었다. 걸리면 처음에는 열이 나고, 반점이 생겨 똥또도롬 부어올라, 고름이 차며 딱지가 앉았다가 떨어지는데, 보통 보름이 걸렸다. 이 와중에 견디지 못하면 그대로 죽고, 다행히 목숨을 건지더라도 앞을 보지 못하거나, 얼굴이 얽어서 보기 흉한 곰보가 되었다.

조선 백성들은 느닷없이 번지는 두창을 마마신(두신, 痘神)의 소행으로 여겼다. 백성들은 두창을 상감이나 중전처럼 '마마'라고 높여 불렀다. 마마신이 집에 들어오면 제일 먼저 집안 제사를 그만뒀다. 마마신을 놔두고 다른 귀신에게 제사를 지내면 마마신이 노하여 그 집 사람들은 영락없이 죽는다고 믿었으니, 마마신을 잘 달래서 내보내는 게 상책이었다.

"해경이는 어떠냐?"

송씨부인은 며칠 전부터 아홉 살인 해경이 열이 나는 걸 보고, 안채로 들이지 않았다. 자칫 이제 세 살, 두 살밖에 되지 않은 외손자들한테 옮길까 봐 겁이 났다.

"팔뚝과 얼굴에 붉은 점이 생겼습니다."

허초희는 해경을 보살피느라 잠시도 잠을 자지 못해 두 눈이 퀭했다.

"별당 잠실의 누에고치를 몽땅 치우고 해경이를 별당으로 옮겨라."

"어머니!"

허초희는 해경을 내쫓는 듯한 시어머니가 야속하고 얄미웠다.

"다른 아이들한테 마마 옮기기 전에, 그렇게 해라."

송씨부인은 두창 증세가 나타난 해경을 희윤, 둘째 딸, 막내아들과 함께 둘 수 없었다. 사랑채에 드나드는 다른 아이들에게 증세가 번질까 봐 두려워서, 해경을 따로 지내게 했다.

허초희는 해경을 별당으로 옮기면서 서글퍼서 울었다. 해경도 자기가 왜 별당으로 옮겨야 하는지 알았다. 해경은 하인의 등에 업혀 별당으로 건너가면서, 동생 희윤과 둘째 고모와 삼촌 김정립과 작별 인사를 나눴다. 해경의 손가락에는 여름에 함께 물들인 봉숭아 물이 두창의 반점처럼 붉게 보였다.

송씨부인은 계집종을 시켜 별당 옆에 제사상을 마련하고 마마신에게 해경을 살려 달라고 밤낮으로 기도를 드리라고 시켰다. 하지만 그날 밤 해경은 붉은 점이 솟아오르고 열이 더 심해졌다. 다음 날에는 얼굴에 반점이 점점 크게 부풀었다. 열을 식혀 보려고 한겨울에 내린 눈을 모아 녹여서 만든 납설수(臘雪水)도 먹여 봤지만, 열은 좀처럼 내리지 않았다.

해경은 잠을 설쳤다. 무서운 꿈이라도 꾸는지, 몸을 옴칠옴칠하다가 갑자기 깨어나 끙끙거리며 신음했다.

"아버지, 아버지……."

해경은 혼미한 정신으로 아버지 김성립을 찾았다. 허초희는 얼른 김성립을 부르고 싶었는데, 그 일도 쉽지 않았다. 성균관에도 마마가 돌아 보름 동안 유생들의 출입을 금지해서 밖으로 나오기가 어려웠다. 그래도 허초희는 어떻게 해서든지 김성립을 불러내려고 집안의 하인을 성균관으로 보냈다.

"해경아, 너 대신 이 어미가 아프면 좋겠다."

허초희는 해경을 보며 자신이 대신 아프기를 바랐다.

"어머니가 아프면 저는 누굴 믿고 살아요."

해경은 오히려 허초희를 위로했다.

"해경아, 아버지가 약을 구해 올 거야."

"어머니, 얼음…… 얼음……."

해경은 얼음을 찾다가 이내 정신을 잃었다. 아버지 허엽영감이 살아 있을 때는 한여름에도 임금이 하사하는 얼음을 먹던 허초희였다. 동빙고의 얼음을 하사받는 날에는 어머니 김씨부인이 시원한 화채를 만들어 주었다. 동생 허균과 입 안이 얼얼할 때까지 얼음을 머금고 놀던 시절이 있었건만, 지금은 값비싼 얼음을 구할 수 없는 신세였다.

허초희는 문득 용인이씨가 떠올랐다. 남편을 살리려고 손가락을 자른 용인이씨가 '절대 남편을 위해 손가락을 자르지 마세요. 자식이면 또 모를까'라고 한 말이 생각났다. 허초희는 가슴 속에서 은장도를 꺼내 칼집을 벗겼다. 시퍼런 칼날이 섬뜩하게 빛났다. 허초희는 새끼손가락을 베었다. 허초희의 피가 해경의 얼굴로 뚝뚝 떨어졌다. 허초희는 새끼손가락을 해경의 입속으로 넣었다.

"해경아, 해경아."

허초희의 붉은 피가 해경의 뺨을 타고 흘러내렸다. 해경은 잠시 허초희를 쳐다보더니 다시 정신을 잃었다.

해경의 얼굴에 생긴 반점은 점점 부풀어 올랐다. 해경은 얼굴에 난 반점이 가려워서 계속 긁어 대는 바람에 얼굴과 손톱이 온통 피범벅이었다. 허초희가 옆에서 얼굴을 닦아 줘 봤자, 금방 얼굴을 긁어서 피가 멈추지 않았다. 해경은 헛구역질하며 먹은 물도 다 게워 냈다.

허초희가 한숨도 못 자고 힘겹게 해경을 돌볼 때, 안채에서 웅성거리는 소리가 들렸다. 허초희가 계집종을 시켜 무슨 일인지 알아봤더니, 이산해 대감이 혜민서 의원을 집으로 불러 며느리와 손자를 살펴보게 했으니 당장 본가로 가야 한다는 거였다. 송씨부인은 집에 두창 걸린 사람이 있어 걱정이었다며, 얼른 두 외손자를 데려가라고 다그쳤다. 송씨부인과 정이 든 두 외손자는 송씨부인과 헤어지지 않으려고 울고불고했지만, 소용없었다.

허초희는 첫째 시누이 식구가 의원을 만난다는 말을 듣고 의원 허임이 퍼뜩 떠올랐다. 허임이 강릉에서 한 말이 빈말이 아니라면 자기가 지금 허임을 부르면 곧바로 달려온다고 했다. 하지만 이렇게 두창이 창궐하는데 딸아이 하나만 살피려고 허임을 데리고 온다는 건 어려운 일이었다.

두창을 앓은 지 열하루가 되는 날, 해경은 목구멍이 막혀 소리를 제대로 내지 못했다.

"아버지, 아버지……."

해경이 아버지 김성립을 찾으며 겨우 말을 이어갔다.

"해경아, 곧 아버지가 올 거야."

해경은 사경을 헤맸다. 해경이 위급하다는 소식에 송씨부인이 혼자 별당으로 들어왔다. 희윤과 둘째 고모와 어린 삼촌은 별당으로 들어오는 중문 밖에서 하인들에게 가로막혀 엉엉 울어 댔다.

"어머니, 옷을 갈아입혀 주세요. 너무 더러워요. 아버지가 보면……."

해경은 자기가 죽는다는 걸 알았다.

"해경아, 기운을 내. 이 할미가 널 사랑해."

송씨부인이 해경의 손을 잡았다.

"할머니, 제가 예뻐요?"

송씨부인은 대답도 못 하고 눈물만 떨궜다.

"아이고, 해경아! 해경아!"

갑자기 별당 중문이 활짝 열리며 외할머니인 김씨부인이 들어와 해경을 찾았다.

"초희야, 이제 내가 왔으니 걱정하지 마라! 사월이가 금방 용한 무당을 데리고 올 거다! 손님굿을 해야 마마님이 떠나신다."

김씨부인은 허초희의 손을 잡고 굿을 벌이자고 보챘다.

"사부인, 왜 이러세요? 지금은 굿보다 의원이 필요합니다."

송씨부인이 답답하다는 듯이 김씨부인에게 말했다.

"아닙니다, 사부인. 당장 굿을 해야 합니다. 해경아, 기운을 내, 이 할미가 널 살려 줄게."

김씨부인은 해경의 손을 쓰다듬었다.

"할머니, 저 새처럼 강릉으로 날아가고 싶어요."

"새? 그래, 얼른 일어나서 이 할미랑 강릉에 가자."

"날개……."

해경은 정신을 잃었다.

허초희는 어머니, 시어머니와 함께 이튿날 새벽까지 별당에서 해경의 곁을 지켰다. 이제 해경은 말도 못 하고, 긁지도 못하고, 물을 마시지도 못하고, 움직이지도 못했다. 그저 숨만 깔딱거릴 뿐이었다. 그렇게 가냘픈 숨을 쉬고 있을 때, 우당탕 방문이 열리며 김성립이 들어왔다.

"해경아! 해경아!"

김성립이 해경을 불렀을 때, 해경은 눈을 한 번 껌벅하더니, 이내 맥없이 감아 버렸다.

"여보, 여보. 어떻게 좀 해 봐요!"

허초희는 김성립을 보자 그동안 참았던 눈물을 한꺼번에 쏟았다.

송씨부인과 김씨부인도 '성립아', '김 서방' 하며 김성립을 돌아봤지만, 김성립이 죽어 가는 아이를 살릴 재주는 없었다. 그런데 뜻밖에도 허임이 김성립을 따라 들어왔다.

"초희야, 활인서에서 겨우 허 의원을 찾았어. 밤새도록 기다리다 이제야 같이 왔다고."

김성립이 허임을 해경의 앞으로 이끌었다.

"마님, 제가 너무 늦게 알았습니다. 죄송합니다. 제가 보겠습니다."

허임은 허초희에게 인사하고, 얼른 해경 곁으로 가서 맥을 짚었다. 사람들이 숨을 죽이고 허임을 쳐다봤다. 눈을 감고 맥을 짚던 허임의 얼굴이 점점 굳어지더니 고개를 숙였다.

"마님, 이미 운명했습니다."

"아이고, 해경아!"

김씨부인의 곡소리가 터졌다.

"해경아, 해경아!"

허초희는 허임의 말을 믿지 않았다. 방금까지 살았던 해경이 순식간에 저승으로 갔다니 거짓말이라고 여겼다. 사람들은 해경이 잠을 잘 때면, 꼼짝도 하지 않는다는 걸 몰라서 죽은 걸로 착각한다고 여겼다. 자기가 깨우면 금방이라도 일어나 '어머니' 하고 자기 품에 안길 딸아이라고 믿었다.

"해경아, 해경아, 일어나!"

허초희가 해경을 깨우려고 흔들었다. 죽은 해경은 미동도 없이 온몸이 굳어 갔다.

"해경아, 일어나, 아침 먹어야지."

허초희가 해경의 얼굴을 매만졌다. 창백한 얼굴이 싸늘하게 변해 있었다.

"나랑 같이 봉숭아꽃물 들이자."

허초희는 계속 해경을 깨웠다.

"해경아, 왜, 숨을 안 쉬니? 해경아, 숨을 쉬어! 숨을!"

허초희는 해경의 입술을 열고 자기 숨을 불어 넣었다.

"초희야, 그만해! 이미 죽었어."

김성립이 해경을 붙잡은 허초희를 말리며 떼어 냈다.

"놔요! 해경이는 살았어요! 놔!"

허초희는 김성립을 뿌리치고 해경에게 달려들어 얼싸안았다.

"아씨, 그만, 아기씨를 보내 주세요."

허임이 허초희에게 말했다.

"아니야, 아니야!"

허초희는 해경을 일으켜 세우려고 오른팔로 해경의 어깻죽지를 받치고 오른손으로 겨드랑이 사이에 끼어 두 무릎 사이에 걸터앉혔다. 그러나 이미 죽어 버린 해경은 양팔을 축 늘어뜨렸고, 힘없이 젖혀진 고개는 하늘을 향했다.

김성립이 해경의 얼굴을 내려다봤다. 평온한 얼굴이었다. 김성립이 해경의 얼굴을 쓰다듬고, 허초희의 어깨를 감쌌다.

"초희야, 이제 보내 주자."

허초희가 해경의 가슴에 고개를 묻고 오열했다.

"덮어 주거라."

송씨부인은 명주로 만든 천을 김성립에게 건네며 담담히 해경의 죽음을 받아들였다.

"해경아, 다시 살아나서 우리 곁으로 돌아오거라."

김성립은 떨어지지 않으려는 허초희를 일으켜 세우고 명주 천으로 해경의 시신을 덮었다. 봉숭아 물이 든 해경의 손가락은 어느새 검붉게 변해 싸늘하게 식었다.

"아이고 해경아! 아이고 해경아!"

김씨부인의 곡소리는 별당 담장을 넘어, 인왕동으로 퍼져 나갔다.

"성립아, 해경의 시신을 처분……."

송씨부인이 김성립에게 소곤거렸다.

"안 돼요! 해경이를 그렇게 할 수 없어요."

백성들은 두창으로 죽은 시신을 시구문 밖 숲속에 그냥 버리는 경우가 많았다. 시신을 땅에 묻으면 따뜻한 걸 좋아하는 마마신이 시신 속에 들어가 집을 떠나지 않고 머물러 있다가 다시 나타난다고 믿었다. 염을 하고 장례를 치를 사람들이 없으니 꾸며낸 이야기였지만, 실제로 온 집안 사람이 두창에 걸려 아무도 시신을 묻어 주지 못해 뼈가 드러날 때까지 방치했다.

"어머니, 시구문 밖에 버리는 건 안 돼요!"

김성립이 송씨부인에게 외쳤다.

"어찌 내가 손녀딸을 그렇게 보내겠느냐? 집에 어린 사람들이 많이 있으니, 시신을 우선 집 뜰에 묻었다가 나중에 광릉으로 옮기자."

"어머니, 곁에 사흘 동안 두고, 염도 해야 하고……."

김성립이 송씨부인에게 넋두리를 늘어놓았다.

"산 사람 다 죽일 테냐? 어서, 묻어라!"

송씨부인은 김성립에게 호되게 엄포를 놓았다.

"해경아, 해경아! 나랑 같이 가자!"

허초희가 다시 해경의 시신에 달려들어 와락 껴안았다. 김성립은 차마 허초희를 해경에게서 떼어낼 수 없었다. 사람들은 허초희의 울음이 잦아들기를 기다렸다. 허초희와 김씨부인의 울음은 그칠 줄 몰랐다. 그 소리를 듣고 집안의 하인들이 모여들었다. 희윤과 둘째 시누이와 막내 시동생도 별당으로 들어오려고 했는데, 송씨부인은 하인들을 시켜 세 사람이 들어오지 못하게 막았다. 세 사람의 울음소리도 인왕동으로 울려 퍼졌다. 하지만 아침마다 곡소리가 나는 집이 한둘이 아니었기에, 동네 사람들도 이제는 곡소리를 귀담아듣지 않았다.

"마님, 마님! 데리고 왔어요! 어서, 손님굿……."

사월이는 별당으로 들어오다, 싸늘한 기운을 느끼고 해경이 죽었다는 걸 눈치챘다. 김성립이 사월이를 돌아봤더니, 사월이 뒤에 무당이 서 있었다.

"늦었군, 늦었어! 그러기에 빨리빨리 나한테 왔어야지."

사월이가 데리고 온 무당이 사람들한테 지껄였다.

"마마신을 잘 보내 주세요."

김씨부인이 무당 앞에 가서 공손히 두 손을 모아 빌었다.

"내가 그랬지, 언젠가 나한테 싹싹 빌 날이 있을 거라고."

신당리 무당이 김씨부인의 얼굴을 빤히 쳐다보며 말했다.

"남자들 객사한다는 말을 안 믿더니……."

신당리 무당은 허초희와 김성립이 혼례를 치르기 전에 김씨부인이 찾아갔던 바로 그 무당이었다. 신당리 무당이 마마배송굿을 잘한다는 소문이 있었기에, 김씨부인이 사월이에게 꼭 그 무당을 데리고 오라고 시켰던 거였다. 신당리 무당은 날마다 이 집 저 집으로 불려 다니며 마마배송굿을 하느라 정신이 없었지만, 사월이를 알아보고 승낙했다.

"사부인, 어찌 저런 무당을 집 안에 들입니까?"

송씨부인도 이미 김씨부인이 김성립과 허초희가 혼례를 치르기 전에 신당리 무당을 찾아가서 남자들이 객사할 거라는 이야기를 들었다는 걸 알고, 불쾌하게 여겼다. 그런데 그 무당을 직접 인왕동으로 데리고 왔으니, 울화가 치밀었다.

"여기가 어디라고 요망한 게 함부로 들어오느냐?"

송씨부인이 무당에게 버럭 화를 냈다.

"집안 제사를 그만두고 마마님을 잘 보내드리지 않으면, 마마님이 또 찾아와. 그때는 싹 다 죽을걸."

신당리 무당이 송씨부인에게 겁을 주었다.

"사부인, 사대부 양반들도 푸닥거리 안 하는 사람이 없어요. 잘못하다간 희윤이……."

김씨부인은 막무가내였다.

"사부인, 그만 하세요! 저 무당은 남자라고요! 저깟 무당이 뭘 알겠어요."

송씨부인은 김씨부인이 불길한 이야기를 하자, 말을 끊었다.

"네 이놈, 감히 여자들만 있는 곳을 함부로 드나들다니! 당장 나가!"

그리고는 신당리 무당을 집 밖으로 쫓아냈다.

"'놈'이라고 하는 걸 보니 내가 남자인 줄은 아는 모양이군. 그래도 나중에 두고 보자."

16. 등등곡(登登曲)

신당리 무당은 송씨부인을 흘겨본 뒤, 기묘한 웃음을 지어 보이고 총총히 인왕동을 떠났다. 김씨부인은 그제야 신당리 무당이 남자인 걸 알았다.

김성립은 집 안 사당 곁에 해경의 시신을 묻었다. 허초희는 시아버지 김첨의 탈상이 끝난 뒤, 다시는 입고 싶지 않아서 장롱 깊이 처박아 두었던 상복을 해경의 주검 앞에서 꺼내 입을 줄은 꿈에도 생각하지 못했다. 발기발기 찢어버리고 싶은 상복을 다시 입고 새끼줄을 머리와 허리에 두르면서, 해경이 살아날 수 있다면 이대로 자기가 대신 죽고 싶은 마음이었지만, 모진 목숨은 끊을 수도, 끊어지지도 않았다. 죽지 못해 목숨을 이어가려는 꼴이 옥비의 자손들보다 못한 비겁한 겁쟁이였다.

9월 김첨의 제사가 돌아오자, 송씨부인은 집에서 제사를 지내는 일이 걱정이었다. 두창이 난 집에 누가 찾아올 일은 아니라서, 아들 며느리와 간단히 제사상을 마련하였다. 하지만 신당리 무당이 집안 제사를 그만두고 마마배송굿을 하라는 말이 자꾸만 거슬렸다. 마마가 또 찾아와 싹 다 죽는다는 말이 떠올라 오금이 저렸다. 송씨부인은 결국 집에서 지내는 제사를 관두고, 광릉 산소로 갔다. 김첨의 제사를 지낸 뒤 사당 곁에 남몰래 묻어둔 해경의 주검을 꺼내 장례를 치르기로 마음먹었다. 송씨부인은 김첨의 제삿날에 산소를 돌보러 간다는 핑계를 댔다.

김성립은 허초희와 함께 해경의 시신을 광릉으로 옮겼다. 김성립은 광릉 마을 사람들에게 피해가 갈까, 걱정되었다. 마을 사람들을 부르지도 않고 한양에서 데려간 하인들과 작은 무덤을 만들어 해경을 묻었다. 마을 사람들이 놀라지 않게, 또 마마신이 화를 내지 않게 곡소리도 내지 못한 채 장례를 치렀다. 김성립과 허초희가 해경의 시신을 묻고 내려올 때, 허초희가 그렸던 앙간비금도 속의 어린 해경이 새가 되어 날아간 듯, 산새 한 마리가 호르르 강릉 쪽 하늘로 날아갔다.

17. 곡자(哭子)
(허초희 26세, 1588년)

니탕개의 난이 끝난 뒤, 이순신은 병조판서 정언신 대감의 추천을 받아 종4품 조산보 만호가 되어, 녹둔도 둔전 관리를 맡았다. 해경이 마마로 죽던 해 가을, 녹둔도에 풍년이 들자, 그 곡식을 노리고 여진족이 쳐들어와 병사 열한 명을 죽이고 백성 160명을 잡아갔다. 이순신은 병사를 이끌고 가서 백성 60명을 구했지만, 누명 쓰고 곤장 맞은 뒤 백의종군하는 신세가 됐다.

무자년(1588년) 정월, 조선군은 여진족 시전부락을 급습해 여진족 380

광나루(정선, 한국저작권위원회)

명을 죽이고, 마을을 불태웠다. 이순신은 승자총통 부대를 이끌고 참전해서 공을 세워 백의종군을 끝내고 고향 아산으로 내려갔다. 조선의 남녘과 북녘에서 오랑캐와 왜적들이 날뛰었다. 광나루에서 시작된 핏빛 물이 한강을 흘러 강화도까지 이어지는 해괴한 일이 벌어져 민심이 술렁거렸다.

2월에 임금 이연의 세 번째 왕자 의안군 이성이 마마에 걸렸는데, 인빈 김씨는 마마신이 왕자를 해할까 두려웠다. 내의원 의관들에게 약을 쓰지 못하게 하고 푸닥거리를 준비하며 병증이 끝나기만을 기다렸다. 하지만 왕자는 열두 살 어린 나이로 비명횡사하고 말았다. 왕실은 비통에 젖었다. 누구도 임금에게 말을 붙일 수 없었다. 임금은 왕자의 주검 앞에서 눈물을 흘렸다. 이조판서 이산해 대감은 임금이 전염병에 걸릴까 봐 두려웠다. 임금을 간신히 설득해 거처를 경복궁에서 창경궁으로 옮겼다. 인빈 김씨만이 경복궁에 남아 아들의 시신을 지켰다.

무자년 봄에 허초희는 짐을 꾸렸다. 아들 희윤을 데리고 어머니 김씨부인과 외삼촌 김양 나리의 세 번째 제사를 치르러 강릉에 갔다. 마마가 잦아들지 않아 한양에서는 사람이 모이거나, 제사 지내기가 곤란했지만, 시골에서는 그대로 제사를 지내는 집이 많았다. 송씨부인은 손자를 데리고 여행을 떠나겠다는 허초희를 말리지 않았다. 해경을 잃고 좀처럼 마음을 다잡지 못하는 며느리가 강릉에 다녀오면 좀 나아질 거라고 믿었다.

허초희의 강릉 고향 사람들은 희윤의 손만 잡고 사천리 외갓집으로 들어오는 허초희의 모습을 보고 슬픔에 빠졌다. 해경을 잃은 허초희의 신세를 안쓰러워하며 눈물을 흘리는 바람에, 허초희는 위로받으러 온 고향에서 오히려 더 큰 슬픔에 빠졌다.

허초희와 희윤은 예전처럼 김양 나리가 쓰던 애일당 정자에 머물렀다. 예나 지금이나 별당 담장 안에는 봉숭아가 탐스럽게 피었다.

"희윤아! 우리 봉숭아 물들일까?"

허초희가 정자 대청에서 오이를 씹어 먹는 희윤에게 물었다.

"나만요? 누이도 없는데……."

희윤이 맥없이 푸념했다.

"나랑 둘이 하면 되지."

허초희가 희윤에게 고개를 끄덕였다.

"봉숭아꽃을 따. 아주까리 잎도 따고……."

희윤이 봉숭아꽃을 땄다. 봉숭아꽃이 대바구니에 수북이 담겼다. 허초희는 대나무 절구통에 봉숭아꽃을 넣고 소금을 뿌리며 찧은 뒤, 희윤의 손가락에 올려 아주까리 잎사귀로 싸서 무명실로 동여맸다.

"예뻐."

허초희가 희윤의 손을 쓰다듬었다.

"첫눈이 올 때까지 손톱에 봉숭아 물이 빠지지 않으면 좋은 사람이 찾아온대요."

"누구?"

"허봉 외삼촌이요! 누이가 그랬어요."

"외삼촌이 보고 싶어?"

허초희가 희윤에게 물었다.

"네."

"외삼촌이 올 거야."

이튿날 정말로 허봉이 나타났다. 백운산에서 지내던 허봉은 김양 나리의 제사에 맞춰 어머니 김씨부인과 허초희를 만날 기대를 품고 강릉 사천리로 왔다. 허봉은 곧 죽을 사람처럼 얼굴빛이 누렇게 뜨고 몸은 말라깽이가 되어서, 그 모습을 보는 허초희의 가슴이 아팠다. 허봉도 애일당에 여장을 풀었다. 그날 밤, 허초희는 허봉 오라버니와 함께 사천 바닷가로 나갔다. 이무기 바위 위에서 잔잔한 바다에 부서지는 달빛을 보고 파도 소리를 들으며, 어린 시절로 되돌아가고 싶었다.

　허초희는 초당마을 별장을 찾았다. 지난번 강릉에 큰비가 와서 사천리 논밭이 다 망가졌을 때도 초당마을 별장은 물에 뜨는 연꽃처럼 물난리를 겪지 않고 멀쩡하게 버텼다. 허초희는 학산마을 흰콩을 가져다 맷돌에 갈아 바닷물을 간수로 써서 두부를 만들었다. 아버지가 만든 두부처럼 흉내를 냈지만, 그 맛은 아버지가 만든 두부에 못 미쳤다. 그래도 희윤은 두부에서 바다 냄새가 난다며 허초희가 만든 초당두부를 맛있게 먹었다. 허

경포대(금강산도권, 국립중앙박물관)

17. 곡자(哭子)

봉은 좋은 안주에는 술이 있어야 한다며 심한 황달도 무릅쓰고 술을 찾았다. 허초희는 '삼해주가 없으면 천당도 싫다' 하는 허봉을 말릴 수 없었다.

허초희는 허봉과 경포대에 올라가서 경포천(鏡浦川)을 내려보기도 했다. 경포천은 대관령 멍어재 근처에서 시작해서 동쪽으로 흘러내려 경포호에서 잠시 쉬었다가, 강문(江門)을 지나 대해(大海, 동해)로 들어갔다. 경포호 끝에 강문교라는 멋스러운 나무다리가 보였다. 정철이 강원도 관찰사를 하며 그 모습을 보고 관동별곡(關東別曲)을 지었는데, 과연 아름답다고 꼽을 만한 명승이었다. 경포천이 바다로 나가는 곳에 긴 백사장이 펼쳐졌다. 허초희는 바다에 나갔던 뱃사람들이 물때에 맞춰 포구로 돌아오는 걸 보면서, 경포호를 지나 북평촌 오죽헌으로 향했다. 용인이씨의 이씨감천(李氏感天) 이야기가 서린 열녀정문은 그 자리를 지켰다. 진달래꽃을 따고 산수유꽃을 꺾어 무쇠솥 뚜껑에 지져 먹던 화전놀이, 푸릇푸릇한 새싹을 밟는 답청놀이, 노인들이 명승을 즐기는 청춘경로회가 열렸던 오죽헌 앞마당은 따가운 햇살이 비칠 뿐 나다니는 사람이 없었다.

"오라버니, 누굴 불러 볼까요?"

허초희는 오죽헌 앞에서 머뭇거리는 허봉에게 물었다.

허봉은 차마 오죽헌에 들어갈 용기가 나지 않았다. 허봉은 조카 희윤의 손을 꽉 잡고 오죽헌 안이 훤히 보이는 뒷산으로 올라갔다. 제일 먼저 보이는 건 소나무였고, 그 옆에 배롱나무가 보였다. 아직 꽃이 피지 않았지만, 막 돋아나는 새싹이 싱그러웠다. 허봉은 율곡매를 보며 이이를 떠올렸다. 이이가 죽지 않고 자기가 이이와 힘을 합쳤다면, 자기 운명이 바뀌었을까, 조선이 바뀌었을까, 생각해 봤다. 선뜻 답을 내놓을 수 없었다. 하지만 시간을 되돌려 다시 예전으로 돌아간다 해도, 이이는 이이의 길로,

자기는 자기 길로 갈 거라는 생각이 들었다.

허초희는 진작부터 오죽헌 대청에서 바느질하는 사람들을 내려다봤다. 파드득 산새가 날아가는 소리에 바느질하는 한 사람이 고개를 들어 뒷산을 바라봤다. 이이의 이모 미선부인이 맞았다. 미선부인은 바느질을 멈추고 한참 동안 허초희 쪽을 바라보다 고개를 숙이고 바느질을 이어갔다. 허초희는 여자들에게 자수를 가르치는 미선부인을 보면서 '언젠가 임영길로 다시 돌아가, 어머니 곁에서 비단옷 색동옷 만들고 싶네'라던 신사임당의 모습을 그려 봤다.

허초희가 며칠간 강릉을 돌아보는 동안 허봉은 조카 희윤을 몹시 아꼈다. 희윤도 좀처럼 외삼촌과 떨어지지 않았다. 김양 나리의 제사가 끝난 뒤, 허봉은 금강산을 유람할 생각이라며, 허초희한테도 같이 가면 어떻겠냐고 물었다. 허초희는 망설이지 않고 허봉의 뜻에 따랐다. 갑산에 있을 때는, 날마다 그리워하던 오라버니였다. 바로 그 오라버니가 눈앞에 있는데, 무슨 소원인들 못 들어주겠느냐는 마음이었다. 허초희는 희윤의 손을 잡고 오라버니 허봉을 따라 금강산으로 향했다. 이게 오라버니와 마지막 떠나는 여행이 아니길 바랐다.

* * *

금강산 비로봉에서 동해로 내려오다 보면 구룡폭포(九龍瀑布)가 있고, 신계사(神溪寺)를 지나 조금 더 내려오면 발연사(鉢淵寺)와 고성 북쪽에 대명암(大明庵)이라는 암자가 있었다. 신계사, 발연사, 대명암이 모두 유점사(楡岾寺)의 말사였다. 허봉과 허초희는 대명암으로 들어가 여장을 풀었다. 암자에 들어온 허봉은 불상을 향해 먼저 합장 인사를 올렸다.

"오라버니가 부처님에게 절을 할 줄 몰랐어요."

허초희는 절밥을 얻어먹었다고 이이를 흉보던 오라버니가 부처에게 절하는 모습을 보니 도무지 사실처럼 여겨지지 않았다.

"다 내려놓으니 마음이 편안해지더라."

유점사(금강산도권, 국립중앙박물관)

"예전에 손곡 이달 선생님과 봉은사에 다니셨죠?"

"그랬었지."

사명당이 봉은사에 있을 때, 시를 잘 짓는다는 소문이 퍼졌다. 허봉과 이달은 임금을 모신 선릉을 참배한다는 핑계를 대고 한강을 건너 봉은사를 찾아가 사명당과 시회(詩會)를 열곤 했다.

"이달 선생님은 지금 어디 계시죠?"

"얼마 전 원주에서 잠시 뵙고 인사를 드렸다. 영의정 노수신 대감을 찾아가 나를 유배에서 풀어 달라고 부탁한 분도 손곡 선생이셨다."

노수신이 19년 동안 진도에서 유배살이할 때, 삼당시인이 노수신을 찾아가 시를 배운 인연이 있었기에, 삼당시인 중 한 명인 이달이 노수신 대감에게 허봉을 풀어 달라고 부탁했었다.

"세상사는 다 얽히고설켰더라."

허봉은 먹구름이 천천히 밀려오는 비로봉을 보며 말했다. 산에서 불어오는 바람이 처마에 매달린 풍경을 흔들었다. 댕그랑거리는 풍경소리가 마당에 머물다 숲속으로 사라졌다.

"스님 오십니다."

그때 한 까까머리 동자승이 암자 앞으로 다가와 골짜기를 가리켰다.

"어디에 오신다는 거냐?"

"저기요?"

허봉이 동자승이 가리키는 곳을 살펴봐도 중은커녕 다람쥐 한 마리도 보이지 않았다. 허초희도 두리번거렸지만, 아무도 보이지 않았다.

"그간 안녕하셨습니까?"

언제 왔는지, 마흔 중반은 넘어 보이는 승려가 허봉과 허초희에게 합장하고 염주를 돌렸다.

"유정 스님, 여기에서 만나는군요."

순식간에 나타난 사람은 축지법을 쓴다는 사명당이었다.

사명당은 서른두 살이 되던 해, 봉은사 주지로 추대되었지만, 이를 마다하고 서산대사를 찾아 묘향산으로 들어갔다. 그 뒤에 전국 각지의 산사에서 불도를 닦았는데, 지금은 금강산 유점사에서 수행 중이었다. 사명당은 허봉이 금강산 유람에 나섰다는 소식을 듣고 그 길목인 대명암을 찾았다.

"스님, 제 동생 초희입니다."

허봉에게 허초희를 소개받은 사명당은 말없이 합장하며 가볍게 머리를 숙였다. 그러고는 동자승에게 찻상을 가져오라 시켜, 차 한 숟가락을 떠서 백자 차관에 넣고, 끓인 물을 부었다. 찻물이 우러나자, 찻잔에 따라 허초희와 허봉 앞에 내놓았다.

"해인사(海印寺)에서 온 작설차입니다."

찻잔에서 모락모락 김이 올랐다. '토도독' 하며 암자 지붕 위에 비가 내렸다. 기왓장에 내린 빗물은 기왓고랑을 타고 흘러 처마 끝에서 땅바닥으로 떨어졌다. 비 오는 초여름날 저녁, 금강산 골짜기에는 아직도 한기가 있었기에, 따뜻한 차 한 잔이 몸을 데워 주었다.

'뻑뻑 꾸꾸꾸, 뻑뻑 꾸꾸꾸' 하는 두견새 소리가 들려왔다.

"오라버니, 집으로 돌아가고 싶은 두견새는 '불여귀, 불여귀' 하고 운다던데요."

허초희가 허봉의 얼굴을 보며 나지막이 말했다. 허봉은 그저 차를 마실 뿐이었다.

"두견새는 울 때마다 피를 토하고, 그 피를 또 삼키고……."

허초희가 여전히 말을 이어 갔다.

"그렇게 토한 피가 꽃잎에 떨어지면 진달래꽃이 된다지."

허봉이 차를 마시고 말했다.

"봄이 오면 목멱산에도 진달래가 만발했어요. 오라버니와 화전놀이를 했었지요."

허초희가 옛일을 회상하며 상념에 잠겼다.

"해경 누이랑도……."

 가만히 듣던 희윤은 누이 해경이 생각나는 모양이었다. 허초희가 희윤을 돌아봤다. 희윤의 눈가에 눈물이 맺혀 있었다. 허초희는 희윤을 왈칵 끌어안았다. 사명당은 말없이 눈을 감고 염주만 돌렸다.

 '쏴' 하고 빗소리가 더 거세지더니 밤새 천둥과 벼락이 치고 바람이 불어 나뭇가지가 웅웅거렸다. 아침에는 하늘이 화창하게 맑았다. 비바람에 아직 다 펴 보지도 못한 꽃잎들은 간댕거리다 떨어지고, 밤새 내린 꽃비는 도랑으로 모여 흘렀다. 물길 따라 꽃잎이 떠내려가며 꽃길 같은 시내를

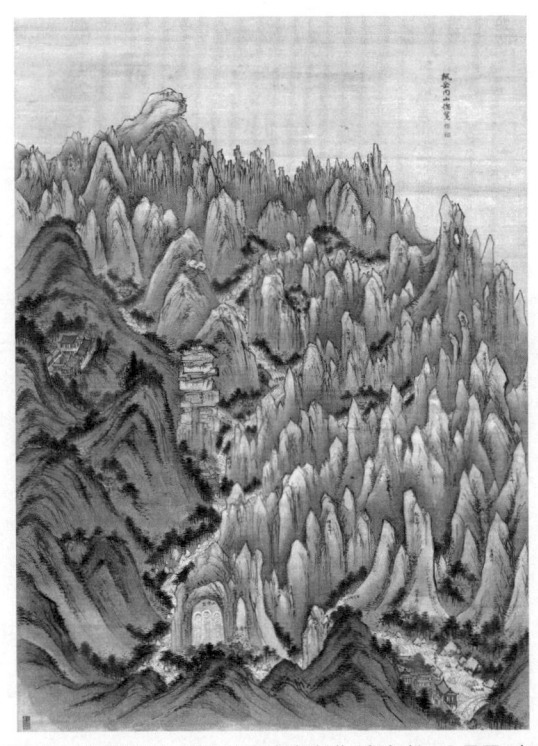

풍악내산총람(정선, 한국저작권위원회) 장안사는 오른쪽 아래

만들었다.

"어제는 꽃이 피어도, 오늘은 빈 가지일 뿐입니다. 우리 인생도 하루살이 같아 시간은 쏜살처럼 흘러가니 세월을 허송하지 마십시오."

사명당이 마당에 떨어진 꽃을 보며 허봉에게 법문을 들려주었다. 사명당은 허봉과 허초희를 안내해서 금강산을 서쪽으로 넘어 표훈사를 지나 장안사까지 데려다주었다. 허봉은 금강산에 남고 허초희는 금화, 포천을 지나, 7월 한여름에 한양으로 돌아왔다.

* * *

상주 목사로 나갔던 송응형도 한양으로 돌아왔다. 장의동 본가 사당에 절을 올린 송응형은 동생 송씨부인 집에 들러 동생 식구의 안부를 물었다. 그러고는 무더운 여름을 잘 나려면 잘 먹어야 한다며 송씨부인의 아들인 열 살 조카 김정립과 허초희의 아들인 여덟 살 손자 김희윤을 수성동 계곡으로 데리고 나갔다. 뙤약볕이 내리쬘 때, 시원한 그늘에서 흐르는 물에 발을 담그는 탁족(濯足)을 하면서 좋은 음식을 먹는 게 선비들의 피서법이었다. 송응형은 인왕산에서 잡은 노루로 불고기를 만들고, 개구리도 잡아 불에 익혀 먹였다. 또 잘 익은 생과일을 조카와 손자에게 먹였다.

그런데 그날 밤부터 희윤이 갑자기 설사를 쏟아 냈다. 그때 마침 사월이가 김씨부인과 함께 강릉에서 한양으로 올라온 뒤라, 김씨부인의 안부를 전하러 인왕동에 와 있었다. 허초희는 끙끙대는 희윤을 살피려고 불을 밝혔다. 희윤의 이마에 손을 대 봤더니 열이 심하였고 몸도 뜨거웠다.

"혹시 마마가 아닐까?"

허초희는 걱정되어 사월이에게 물었다.

"오늘 노루 불고기, 개구리 그리고 생과일을 드셨다니 배탈이 난 게 아닐까요?"

"노루 불고기? 생과일? 희윤이는 위가 약하고 열이 많아서 그런 걸 먹으면 안 되는데……."

허초희는 작년에 해경이 두창으로 죽은 뒤, 의약서 몇 권을 뒤적거려 마마가 생기는 이유를 찾아봤다. '산모가 태아에게 맞지 않는 더러운 음식을 잘못 먹으면, 그 기운이 태아의 오장육부로 숨어 들어간다. 아이가 태어나서 아이와 맞지 않은 나쁜 기운을 만나면, 두 기운이 서로 합쳐져 두창이 된다'라는 내용이었다. 허초희는 송응형이 희윤의 체질에 맞지 않은 음식을 먹여서 두창이 생긴 게 아닐까, 걱정하였다.

"마님, 금강산에 다녀온 여독이 뭉쳐서 그럴 테니 걱정하지 마세요."

사월이가 불안해하는 허초희를 달랬다. 하지만 희윤은 덥다고 몸부림치며 옷을 벗어 던졌다.

"어머니, 목말라요."

허초희가 물을 주었지만, 희윤은 마시지도 못하고 다 토해 냈다. 머리의 열은 점점 심해졌다. 허초희는 희윤의 열을 식히려고 등에 업어 밖으로 나가 대청을 거닐었다. 하지만 희윤은 열이 내리기는커녕 몸이 더 뜨거워져 울음을 그치지 않고 고통스러워하며 발버둥 쳤다.

"사월아, 등잔불을 이리 비춰 봐."

사월이가 등잔불을 가까이 들이대자, 허초희가 희윤의 몸을 이리저리 살폈다. 희윤의 얼굴과 배, 등, 팔에 붉은 점들이 돋아난 게 보였다. 작년에 해경이 겪었던 마마 증세랑 똑같았다.

"마마야!"

허초희가 겁에 질려 사월이에게 말했다.

"정말이요?"

"목이 말라요. 물, 물······."

희윤이 숨을 가쁘게 몰아쉬며 말했다.

"제가 화채를 만들어 올게요."

사월이는 얼른 부엌으로 가서 화채를 만들어 왔다. 허초희가 화채를 먹여 봤지만, 희윤은 먹지 못하고 모두 토해 버렸다. 그때부터 열이 점점 더 오르더니 내리지 않았다.

"초희야, 희윤이는 어떠니?"

허초희가 희윤의 두창이 점점 심해질까, 두려워서 전전긍긍하는데, 송씨부인이 방으로 들어오더니 희윤의 몸 상태를 보았다.

"마마구나."

송씨부인은 정신이 아찔했다.

"어머니, 희윤이한테 무슨 일이 생기면 안 돼요!"

허초희는 숨이 넘어가고 가슴이 벌렁거려 정신이 아득해졌다.

"초희야, 네가 정신을 차려야 희윤이가 산다!"

송씨부인은 놀란 마음을 다잡고 허초희를 나무랐다.

"왜 해마다 마마신이 우리 집에 옵니까?"

"걱정하지 마, 내가 무슨 수를 써서라도 살린다."

송씨부인도 남편 김첨이 죽은 뒤부터 가세가 기울어 식구들이 아파도 변변한 약을 구할 수 없고, 의원도 부를 수 없어서, 작년에 손녀 해경을 잃은 게 너무 가슴 아팠다. 이번에 다시 손자가 마마에 걸린 걸 보고, 두렵기는 마찬가지였다. 그나마 둘째 아들 김정립이 마마에 걸리지 않은 걸 다행으로 여기며, 며느리 앞에서 내색하지 않았다.

한양 도성에서는 마마가 순식간에 퍼졌다. 나라에서 사람들이 모이지 못하게 하자, 제사도 그만두고 길쌈도 멈췄다. 도성 사람들은 마마에 걸린 사람을 승냥이나 호랑이보다 무서워하며 꺼렸다. 마마에 걸리지 않은 사람들은 동네 서당에 모여 지내기도 하고, 이웃 마을로 피접(避接)을 떠나기도 했다. 산속으로 들어가는 사람도 한둘이 아니었다.

송씨부인은 지난 정초에 왕자 의안군의 목숨을 앗아갔던 두창이 사그라든 줄 알았는데, 도성 안에서 야금야금 다시 살아난다는 이야기를 듣고, 이틀 전부터 아프다고 드러누운 어린 여종이 미심쩍었다. 저녁때 여종을 살펴봤더니, 얼굴에 붉은 점이 나타나고, 팔에도 붉은 점이 보였다. 다른 여종 하나가 몸에 열이 난다기에 옷을 벗겨 직접 확인해 보았다. 배꼽 아래 두창이 생겨 붉은색으로 번졌고, 이미 온몸에 두창이 번진 종들도 있었다. 마마에 걸린 노비들은 몸에서 열이 나고 물집 때문에 가렵고 삭신이 쑤셔 밤낮으로 신음을 그치지 않았다.

마마에 걸리지 않은 사람들은 잠시 인왕동을 떠나 각자 피접을 나갔다가 마마가 한풀 꺾이면 돌아오기로 하고 집을 나섰다. 노비들이 보따리를 싸 들고 집을 나섰기에, 물을 긷고 아궁이를 지필 일손도 모자랄 지경이었다. 몸이 멀쩡한 노비들이 시루떡을 만들어, 마마신에게 제를 지내며 얼른 떠나라고 기도를 올렸다. 그런 노력도 헛되게 송씨부인의 둘째 딸의 몸에서도 붉은 점이 솟아나기 시작했다.

희윤이 두창에 걸린 지 7일이 지났다. 성균관에서 공부하던 김성립도 인왕동으로 오고 숙모 성씨도 인왕동에 왔다. 희윤의 몸에 난 물집이 터지면서 물기가 생기고 노란 고름이 찬 걸 짜내면 부스럼으로 변했다. 눈초리가 붉어지고, 몸이 수척해졌다. 희윤은 온몸에 열이 나며 울음을 그치지 않았다. 허초희는 안절부절못하다가 정신을 잃고 드러눕고 말았다.

송씨부인 둘째 딸의 증세도 점점 악화하였다. 온몸에 농이 져서 고름이 가득했다. 따갑고 가려워도, 열이 오르고 아파해도 딱히 해 줄 일이 없었다. 송씨부인은 잠시도 쉴 틈 없이 한번은 둘째 딸을 살피고, 한번은 손자를 찾았다.

"어머니, 희윤이가 죽으면 초희도 죽어요."

송씨부인이 숙모 성씨와 함께 희윤을 살피고 있을 때, 김성립이 울상을 지으며 말했다.

"죽긴 누가 죽는단 말이냐! 허튼소리 마라!"

송씨부인은 김성립을 꾸짖으면서도 집안의 장손이 죽으면 어쩌나 하는 두려움이 몰려왔다.

"마마에 걸렸다고 다 죽는 건 아니다!"

"왕자도 죽는 마당입니다. 우리도 손님굿을 해야겠습니다. 이러다 다 죽어요."

숙모 성씨가 송씨부인의 마음을 돌리려 했다.

"형님, 지난번 그 신당리 무당이 손님굿을 진짜 잘한답니다."

송씨부인은 숙모 성씨를 힐끗 보더니 곰곰이 생각에 잠겼다.

"마마신이 노하시기 전에 우리도 합시다. 무당이건 박수무당이건 용하기만 하면 되지요."

숙모 성씨는 송씨부인의 마음이 동한 걸 알아차렸다.

"궁궐에서도 한다니 하시지요. 내가 가서 데려오겠습니다."

숙모 성씨가 다시 나섰다. 그래도 송씨부인은 머뭇거렸다.

"혹시 푸닥거리 값이 많이 들까 그러십니까?"

"아닐세!"

송씨부인은 동서가 재물 이야기 하는 걸 듣고 깜짝 놀랐다.

"굿값은 제가 알아서 할 테니 걱정하지 마세요."

숙모 성씨는 이런 갑작스러운 일에 쓰려고 쟁여 놓은 무명과 명주를 내놓을 결심이었다.

"알겠네. 어찌 많은 걸 바라겠나, 자식 손자가 아프지 않기만 바랄 뿐이네. 그렇게 함세."

송씨부인은 수척한 희윤의 얼굴을 보고 더는 거절할 수 없어 고개를 끄덕였다.

"만사를 하늘에 맡길 수밖에……."

송씨부인은 지푸라기라도 잡는 심정이었다. 숙모 성씨는 송씨부인의 말이 떨어지자마자 사월이를 데리고 건천동으로 떠났다. 건천동에 간 숙모 성씨는 신당리 무당을 데리고 돌아왔다. 김씨부인도 함께 왔다. 인왕동으로 들어온 무당은 네깟 게 별수 있겠냐는 듯이 송씨부인을 한번 흘겨보더니 굿판을 차렸다. 무당은 검은 떡과 음식을 마련하고 북을 치고 피리를 불며 지전을 살랐다.

신당리 무당은 집사람들에게 정성을 다해 기도를 올려야 마마신의 노여움을 풀 수 있다며, 제사, 문상, 잔치는 물론 남녀 간의 합방도 막았다. 또 집 안에서 기름 냄새, 꿀 냄새, 비린내, 노린내가 나지 않도록 모두 치웠다. 사람들이 집을 나가고 들어올 때, 마마신에게 인사를 하라고 시켰다. 만일 시킨 대로 하지 않으면, 마마가 물러나더라도 얼굴에 심한 마맛

마마배송굿(김준근, 한국학중앙연구원)

자국이 생길 거라고 을러댔다. 그래봤자 신당리 무당의 손님굿은 효험을 거두지 못했고, 어린 병자들의 상태는 좋아질 기미가 없었다. 신당리 무당은 혼쭐 난 강아지처럼 사람들 눈을 피해 꽁무니를 뺐다.

김성립의 간호 덕분에 정신을 차린 허초희는 허임을 찾아 달라고 부탁했고, 김성립은 활인서에 가서 허임을 찾아 오겠다며 급히 밖으로 나갔다.

시간이 흐를수록 희윤의 얼굴은 누렇게 뜨고 수척해졌다. 팔다리의 뼈가 앙상하게 드러나고 엉덩이가 홀쭉해졌다. 입술은 마르고 안색은 창백해져 차마 눈 뜨고 볼 수 없는 지경이었다. 송씨부인은 안채에서 둘째 딸을 돌보느라 발이 묶여 희윤의 방에는 와 볼 수도 없었다. 숙모 성씨는 둘째 아들이라도 지키려고 김정립의 손을 잡고 인왕동 집을 떠났다.

자정이 넘어가면서 희윤의 울부짖는 소리가 더 커졌다. 몸을 벌벌 떨면서 아프다고 외쳐 대며, 허초희의 품으로 파고들었다. 눈을 감고 잠자는 듯하면서도 쌕쌕거리며 숨이 거칠었다. 그러다 온몸에 열이 솟아 몸을 가누지 못했고, 턱과 뺨이 붉게 물들었다. 허초희가 희윤을 편하게 하려고 이부자리에 눕히려는데, 희윤은 몸이 바닥에 닿는 게 아프다며 울부짖었다.

"어미가 너 대신 아프면 좋겠구나."

허초희가 희윤을 보며 어쩔 줄을 몰라 했다.

"이 할미가 차라리 너 대신 죽어 깨어나지 않았으면 좋겠다."

외손자를 간호하려고 남은 김씨부인도 손자의 몰골을 보니 가슴이 가리가리 찢기는 듯 아팠다. 온종일 아파하는 손자를 보면서 차라리 빨리 죽는 게 나을지도 모르겠다는 생각이 들 정도였다.

"희윤아, 희윤아. 조금만 참아! 아버지가 의원 나리를 데리고 올 거야."

허초희는 희윤의 뺨을 쓰다듬으며 눈물을 뚝뚝 떨궜다.

"누이, 누이."

희윤은 정신이 혼미한 와중에도 죽은 누이 해경을 애타게 부르며 기운을 내 봤지만, 움직이지 못했다. 허초희는 희윤이 애쓰는 모습을 차마 보지 못해 눈을 질끈 감고 입술을 깨물었다. 인시(새벽 3시)가 되었을 때 희윤은 숨을 깔딱거렸다.

"내 새끼가 죽네, 아이고 희윤아!"

김씨부인이 희윤을 보며 사색이 되었다.

"서방님이 의원을 데리고 올 거예요."

허초희는 김성립을 기다리다 지쳐 몸을 벽에 기대더니 맥이 풀렸다.

"초희야 정신 차려라!"

김씨부인이 허초희를 흔들어 깨웠지만, 허초희는 움직일 기미가 없었다.

"아버지."

그 순간 희윤이 아버지를 부르더니 고개를 떨궜다. 놀란 사월이가 희윤을 일으키려 했는데 맥없이 축 늘어졌다. 이내 사월이의 곡소리가 터졌다.

"아이고 도련님! 뭐가 급해, 이리 금방 가십니까!"

허초희는 사월이의 곡소리에 벌떡 일어나 희윤을 얼싸안았다.

"희윤아, 희윤아, 어미가 여기 있다. 눈을 떠라, 희윤아!"

눈을 감은 희윤의 얼굴은 창백하고, 입술은 파랗고, 손은 차갑고, 목은 축 처졌다.

"아이고 아가! 아이고 아가! 이를 어쩌나, 이를 어쩌나……."

김씨부인이 목 놓아 울었고, 허초희는 정신을 놓고 쓰러져 버렸다. 그때 안채에서 송씨부인의 곡소리가 들려왔다. 송씨부인의 둘째 딸도 열다섯 어린 나이에, 머리를 올려 보지도 못한 채 숨을 거두고 말았다.

김성립은 끝내 허임을 데려오지 못했다. 허임은 활인서에서 단 한숨도 자지 못하고 병자들을 돌보느라 녹초가 되었다. 포졸들이 활인서로 들고 나는 사람을 일일이 점고하는 바람에 김성립이 들어가지도, 허임이 나오지도 못했다. 김성립은 먼발치서 병자들을 치료하는 허임을 보고 발길을 돌려, 묘시(새벽 5시)가 지나서 인왕동으로 돌아왔다. 김성립은 집으로 들어가면서 몇 명 남지 않은 노비들이 고개를 떨구고 있는 걸 보고, 누군가 죽은 걸 알아차렸다.

"무슨 일이냐? 누가 죽었느냐? 안채냐?"

김성립의 물음에 노비들은 묵묵부답이었다.

"바깥채냐?"

역시 대답이 없었다.

"그럼, 누구냐?"
 그래도 노비들은 고개만 숙인 채 꿀 먹은 벙어리였다. 김성립은 그제야 아들 희윤과 여동생이 한꺼번에 죽었다는 걸 알았다. 마마가 시작된 지 8일째 되는 날이었다.

 김성립은 희윤을 광릉 땅, 해경의 무덤 곁에 묻었다. 이번에도 선산을 돌보러 간다는 핑계를 대고 포대기에 싼 시신을 광릉으로 옮겼다. 김성립은 아들 희윤의 입관을 지켜보다, 수염과 머리카락을 잘라 관 속에 넣으며 넋두리를 늘어놓았다.
 "너랑 나는 이승과 저승으로 영원히 헤어졌다. 이걸로 아버지 얼굴을 대신하니, 훗날 저승에서 다시 만나면 아버지 얼굴을 알아보거라."
 김성립은 아들의 마지막 순간을 지키지 못한 게 한스러웠다.
 "내가 하늘에 지은 죄가 커서, 우리 손자 손녀들이 이렇게 죽었구나."
 김씨부인은 희윤과 해경의 무덤 곁에서 한탄했다.
 "장모님, 공자님도 자식을 먼저 잃었습니다. 그게 무슨 말씀입니까?"
 김성립이 장모에게 되물었다.
 "내가 평생토록 선한 일을 한 게 없어서, 천지신명이 노여워하시는 걸세."
 "누구를 원망하고 누구의 허물을 따지겠습니까?"
 김성립이 슬픔을 억누르며 말했다.
 "내가 먼저 죽어야 하는데 나는 살고, 너는 나보다 오래 살아야 하는데, 네가 죽었구나."
 허초희가 희윤의 무덤 앞에서 통곡했다.
 "요절하고 장수하고…… 모두 다 운명이지."

김성립이 흐느끼는 허초희의 어깨에 손을 얹으며 달랬다. 하지만 허초희는 김성립의 말이 들리지 않았다. 김성립은 여동생의 무덤에도 가 봐야 했기에 구슬피 우는 허초희를 다독이고 어머니에게 갔다.

"살아 있을 때는 언제나 내 뒤에 있다가, 죽어서는 어째서 내 앞에 있느냐?"

김성립은 어린 딸의 무덤 앞에서 눈물을 흘리며 곡하고 있던 송씨부인을 희윤의 무덤으로 데려갔다. 송씨부인은 손자 희윤의 무덤 앞에 망연자실한 채 주저앉았다. 작년에 묻은 손녀의 무덤에는 풀이 무성히 자라 하늘까지 닿았다.

"죽고 사는 일을 우리 인력으로 할 수 없구나. 그래도 남들은 60년을 사는데 어째서 너희들은 채 10년도 못 살았냐? 내가 살날을 모두 너희한테 나눠 줄 걸 그랬다."

송씨부인의 넋두리가 허초희의 귓가에 맴돌았다. 허초희는 예전에 송씨부인이 '마마 같은 몹쓸 병에 걸려 자식을 앞세우는 참척의 고통도 부모의 죄다'라고 했던 말이 떠올라, 희윤이 죽은 건 자기 죄라고 여기고, 송씨부인의 넋두리를 들으며 눈물만 흘릴 뿐이었다.

"왜? 왜? 세상이 아무렇지도 않은 거야! 희윤이가 없는데, 왜 하늘에 해도 떠 있고, 바람도 불고, 새도 지저귀고, 세상 사람들이 모두 그대로인 거야! 희윤아, 네가 없는데, 왜 모든 게 그대로야! 희윤아!"

허초희가 울부짖었다.

"초희야, 인제 그만 내려가자."

김성립이 허초희를 부축하며 일으켜 세우려 했다.

"희윤아, 너는 어째서 내 꿈속에도 나타나지 않는 거니? 벌써 어미를 잊었니? 나는 너를 잊지 않았는데, 어디 그 깊은 땅속에서 누이를 만나 떠드느라 나를 잊었니? 희윤아, 나는, 이 어미는 이제 너한테 보이지 않는 거니! 이 어미에게 한 번만 얼굴을 보여 다오! 네가 보일 때까지 나는 여기를 떠나지 않을게. 희윤아."

허초희는 김성립의 손길을 뿌리쳤다.

"초희야, 희윤이도 네가 편하길 바랄 거야. 그러니 그만 해."

"자식을 둘이나 잡아먹은 내가 얼마나 편해야 해요! 내 목구멍으로 죽이 넘어가고 물이 넘어가는 게…… 죽을 만큼 싫어요! 사는 게 고통인데, 어떻게 편히 지내냔 말이야!"

"초희야, 희윤이는 누이 곁으로 갔다. 이제 아이들은 저승에서나 만나야 해."

김씨부인이 얼른 허초희의 손을 잡고 달랬다.

"애들은 죽지 않았어요. 내가 여기 있으면 밤에 애들이 나와서 나랑 같이 놀 거예요. 그러니까 나는 여기 있게 해 주세요. 아이들이 날 불러요!"

허초희는 김씨부인의 손길도 뿌리쳤다.

"초희야 정신 차려! 너만 자식을 잃은 게 아니잖아. 어머니도 딸을 잃었어!"

김성립은 허초희를 다그쳤다.

"뭐요?"

허초희가 싸늘하게 김성립을 쳐려봤다.

"어머니? 어머니? 그래도 어머니는 셋이나 남았잖아요!"

둘째 시누이가 죽었지만, 송씨부인한테는 아들 김성립과 김정립 그리고 큰 시누이가 있다는 말이었다. 허초희의 독기가 서린 말을 듣고 사람들이 깜짝 놀랐다.

"초희야!"

김성립이 허초희의 말을 막았다.
"나는, 나는 뭐예요! 나는 하나도 없어요! 나는 다 가져갔단 말이야!"
허초희는 희윤의 산소를 끌어안고 넋이 나간 듯 울부짖었다.
"초희야, 이제 모두 부처님께 맡기자."
김씨부인은 송씨부인 보기에 너무 민망하여 손에 들고 있던 염주를 허초희에게 건네며 다독거렸다.
"어머니, 이걸 돌리면 부처님이 아이들을 살려 준답니까? 이따위 게 무슨 소용이에요!"
허초희는 염주를 집어 던졌다.
"에구머니!"
사월이가 얼른 염주를 집어 들어 옷소매로 쓱쓱 닦더니, '관세음보살'을 외웠다.
"초희야, 희윤이가 죽고 네 시누이가 죽은 건, 너랑 내 잘못이 아니야. 그 애들 운명이 그런 거지. 그 애들이 마마를 못 이긴 거야. 인제 그만하고 나랑 내려가자."
송씨부인이 허초희에게 말했다.
그때 이 장례가 끝나면 뭐 좀 얻어먹으려고 초라한 행색을 한 거지 아이들이 먼발치에서 고개를 비쭉비쭉 내밀고 있는 게 허초희의 눈에 띄었다. 나이는 거의 희윤과 비슷해 보였다. 거지 아이들은 장례가 끝날 때를 기다리며 서로 치고 다투며 시시덕거렸다. 그 모습이 해맑았다. 그 웃음소리가 허초희의 가슴을 후벼 팠다.
"어머니, 저기 저 애들은 저렇게 웃고 떠드는데, 왜 희윤이는 죽었어요! 희윤이가 거지라도 좋으니 저기서 저렇게 웃고 떠들고 있으면 좋겠어요!

희윤이가 살아 있으면 좋겠어요, 어머니…….”

허초희는 송씨부인 앞에서 가슴을 쥐어뜯으며 통곡했다. 송씨부인도 허초희의 머리를 쓰다듬으며 눈물을 흘렸다.

어느덧 장례가 모두 끝났다. 이제 사람들도 하나둘 무덤을 떠나 산 아랫마을로 내려갔다. 남겨 놓은 음식을 얻어먹으려고 거지 아이들이 산소 주변으로 도래도래 모여 앉았다. 거지 아이들이 먹다 남은 걸 주워 먹으려고 까마귀들도 산소 위를 빙빙 돌았다. 그래도 허초희는 좀처럼 산을 떠나려 하지 않았다. 김성립이 허초희에게 같이 내려가자고 말했다.

"시아버지 시묘살이는 3년이나 하더니 어째서 우리 아이들 산소는 하루도 못 지켜요! 당신 싫어, 다 싫어! 나는 가지 않을래! 이 어미가 떠나면 아이들이 얼마나 무섭겠어, 얼마나 서럽겠어. 나는 못 가! 나도 여기서 그냥 죽어 버리겠어.”

허초희는 무덤에 엎어져 한참 동안 흐늑흐늑 울었다.

아버지가 죽으면 상복을 3년 입어야 하고, 시아버지가 죽어도 상복을 3년 입어야 했지만, 열 살 아들이 죽으면 하상(下殤)이라 하여 상복을 5개월만 입으면 됐다. 물론 시묘살이도 없었다. 김성립은 지금 그런 걸 허초희에게 들이대며 따질 수는 없었다.

"초희야, 너는 슬픔은 남았지만, 걱정은 없잖니. 성립이가 산소를 지킬 테니 너는 이제 나랑 내려가자.”

옆에서 듣던 숙모 성씨가 허초희를 타일러 겨우 데리고 묘지에서 내려가 산기슭 모랏골이란 마을의 산지기 집으로 갔다.

김성립은 아이들 산소 옆에 홀로 앉았다. 예전에 아버지 시묘살이하던 곳이라 낯설지 않았다. 해가 지기도 전에 초승달이 떴다. 깊은 밤, 김성립은 새가 돼서 날아가고 싶다던 해경의 말을 생각하며 깜빡 잠이 들었다가 꿈속에서 오누이를 보았다.

　산소에서 두 아이의 혼백이 나오더니 마치 살아있는 사람처럼 어울려 깔깔대며 놀았다. 아버지, 어머니, 할머니, 외삼촌을 한 명씩 불렀다. 김성립이 손을 뻗어 잡으려 했지만 잡히지 않았다. 두 아이가 허초희에게 손짓을 보냈고, 허초희는 두 아이의 손에 이끌려 하늘로 올랐다. 김성립이 허초희를 잡으려 애를 써 봐도 허초희는 김성립을 떠나 두 아이와 함께 멀리멀리 날아갔다. 김성립은 화들짝 놀라 눈을 떴다. 봉긋하게 솟은 아이들 산소 위로 반딧불이가 날았다. 김성립은 며칠 동안 무덤을 지켰다. 밤마다 꿈에서 오누이가 나왔다. 김성립은 언젠가 자신도 허초희와 함께 아이들 곁에 묻히면 아이들을 다시 만날 수 있으리라 믿었다.

　허균이 산기슭 마을 모랏골로 내려간 허초희 곁을 지켰다. 허균은 '나도 여기서 그냥 죽어 버리겠다'라는 누이 말이 자꾸 거슬렸다. 누이가 계미년 단오에 함경도로 끌려가던 옥비의 자손처럼 되는 게 아닐까, 걱정했다. 문득 의령의 땅 부자 김 진사의 첩이었다는 여인과 딸아이가 생각났다. 경원으로 끌려가 관기가 되어 몸을 더럽히는 걸 수치스럽게 여긴 여인은 딸을 찔러 죽이고 자기는 벼랑 아래로 몸을 던져 죽었다. 허망하게 스스로 목숨을 끊은 옥비의 자손처럼 자식을 모두 잃은 누이도 자진할지 모른다는 생각이 번뜩 스쳤다.

　"누이 허튼 생각 마!"

　허균은 인간은 하늘이 준 본성을 거스를 수는 없다고 믿었기에, 목숨을 아끼는 인간의 본성을 저버리고 자진해서는 안 된다고 생각했다. 그러기에 누이가 자진하지 못하도록 한동안 누이를 지키다 한양으로 돌아갔다.

허초희는 한양으로 올라가지 않고, 모랏골 산지기 집에 기거하며 오누이의 무덤을 오갔다.

"해경아, 희윤아, 너희 모습이 눈에 선하다. 앉으나 서나 온통 너희들 생각뿐이다. 가슴은 불덩이 같고, 뱃속은 돌덩이 같구나. 하루라도 너희들 생각에 눈물이 마를 때가 없다. 지금도 너희들 목소리가 귀에 들린다. 나한테 안기고, 나한테 투정하고, 울고 웃는 모습이 손에 잡히듯이 선하구나. 너희들을 언제면 다시 만날 수 있겠니? 이 어미는 더 기다릴 수 없다. 이를 어찌하면 좋으냐?"

허초희는 하루라도 울지 않는 날이 없었다. 김성립은 곡소리를 그치지 못하는 허초희 곁에 함께 머물렀다. 김성립이 혼자 산소에 다녀온 어느 날, 허초희는 산지기 방에서 죽은 듯이 누워 있었다. 서안 위에 휘갈겨 쓴 시가 보였다.

　　　　지난해에 귀여운 딸을 여의고
　　　　올해도 사랑스러운 아들 잃다니.
　　　　서러워라 서러워라 광릉 땅이여
　　　　두 무덤 나란히 앞에 있구나.
　　　　사시나무 가지엔 쓸쓸한 바람
　　　　도깨비불 무덤에 어리비치네.
　　　　소지올려 너희들 넋을 부르며
　　　　무덤에 냉수를 부어 놓으니.
　　　　아무렴 알고 말고 너희 넋이야
　　　　밤마다 서로서로 얼려 놀테지.

아무리 아해를 가졌다 한들
이 또한 잘 자라길 바라겠는가.
부질없이 황대사를 읊조리면서
애끊는 피눈물에 목이 메인다.

[자식을 잃고 곡하다]34)

 허초희가 죽은 두 아이를 그리며 지은 시가 분명했다. 오이를 다 따 버리고 줄기만 남았다는「황대사」를 빗댄 걸 보니 죽은 아이들의 모습을 그리며 한탄하는 시였다. 글자 위에 눈물이 떨어져 먹물이 퍼져서 읽기도 어려웠지만, 분명 연달아 죽은 해경과 희윤을 그리는 내용이 맞았다. 김성립은 눈물이 앞을 가려 한 줄 한 줄 읽기가 어려웠는데, '종유복중해 안가기장성(縱有腹中孩 安可冀長成)'이라는 구절을 보고 깜짝 놀라 눈이 휘둥그레졌다.
 '아무리 아해를 가졌다 한들, 이 또한 잘 자라길 바라겠는가.'
 김성립은 허초희에게 다가갔다.
 "초희야!"
 김성립이 허초희를 흔들어 깨웠지만, 기진맥진한 채 움직이지 않았다. 김성립은 손을 허초희의 배에 가져다 댔다. 배가 조금 나온 듯이 느껴졌지만, 아이를 배었는지 도무지 알 수 없었다.
 "초희야, 초희야!"
 김성립은 허초희를 흔들어 깼다. 허초희는 가냘픈 숨소리를 내다가 겨

---

34)   哭子, 곡자 (허초희 지음, 허미자 옮김)

우 눈을 떴다.

"초희야, 네 뱃속에……."

김성립이 허초희 어깨를 잡고 물었다.

"아기가 클 수 있을까요?"

"초희야, 그게 무슨 말이야?"

"내가 살겠다고, 내가 살려고, 내 목구멍으로 꾸역꾸역 음식이 넘어가는 게 정말 싫어요."

허초희는 왝왝 토악질을 해대며 먹은 걸 모두 게웠다. 그래 봤자 먹은 거라고는 물과 죽이 전부였다.

"나는 살고 싶지 않아요. 그냥 죽어 버리고 싶어요."

"죽다니!"

힘겹게 고개를 든 허초희는 김성립을 한번 쳐다보고는 정신을 잃고 말았다.

"초희야!"

김성립은 얼른 허초희를 업고 내달렸다.

"의원, 의원!"

마을 사람들이 모여들어, 쓰러진 허초희를 살펴보고 의원을 불렀다. 의원이 침을 놓자, 허초희가 겨우 정신을 차렸다. 김성립은 어서 한양으로 돌아가야겠다고 마음먹고 뱃사공을 불러 두물머리로 향했다. 두물머리 나루터에는 강원도나 충청도에서 한양으로 올라가는 배가 수시로 드나들었다. 한강진 나루터에 도착한 김성립은 동소문으로 들어와 바로 건천동 처가로 들어갔다. 여름이 끝나가는 무자년(1588년) 8월이었다.

김씨부인과 사월이만 남은 건천동은 썰렁했다. 김씨부인은 외손자 희윤을 잃고 넋이 반쯤 나가 자리보전 중이었는데, 초주검이 된 허초희가 친정으로 들어오자, 화들짝 놀라 자리를 털고 일어났다.

"김 서방, 초희는 당분간 여기에서 지내는 게 좋겠네."

김씨부인은 핼쑥한 허초희의 얼굴을 보고 언제 무슨 일을 당할지 몰라 걱정되었다.

"장모님, 초희는 아이를 가졌어요."

"뭐?"

김씨부인은 깜짝 놀랐다.

"자네 그걸 언제 알았나?"

"이 글을 보고 알았어요."

김성립이 허초희의 시를 꺼내 보였더니, 김씨부인이 김성립을 꾸짖었다.

"자네 그동안 뭘 했어? 어찌 이렇게 무정한가?"

김성립은 뭐라 할 말이 없어 고개를 떨궜다.

"초희는 해산할 때까지 내가 데리고 있겠네."

"어머니, 집으로 갈게요."

초췌한 몰골의 허초희가 김씨부인에게 가냘프게 말했다.

"집? 여기가 네 집이다."

"시댁으로 가야죠."

허초희가 힘겹게 덧붙였다.

"아이를 가졌다며…… 그냥 여기 있어! 네 시어머니한테는 그렇게 말하겠다."

김씨부인은 허초희를 인왕동으로 보낼 생각이 없었다. 아이들을 다 잃었으니, 피붙이가 없는 인왕동 시댁으로는 보내고 싶지 않았다. 허초희가 자식도 없이, 안동 김씨 집안의 주인마님 행세를 하려고 한다면, 지금의 중전 박씨처럼 '개밥에 도토리' 신세가 될지도 몰랐다. 다행히도 허초희한테 아기가 생겨서 고맙다는 생각이 들었지만, 해산하기 전에 인왕동으로 보내지 않기로 마음먹었다. 김성립도 같은 생각이라 어머니에게 말했고, 송씨부인은 다시 장손을 얻을 수만 있으면, 바랄 게 없다며 아들의 말에 따랐다. 하지만 모든 일이 뜻대로 되지 않았다.

송씨부인은 언젠가 오라버니 송응개가 한양으로 돌아올 거라고 여겨, 시간만 나면 친정집을 찾아가 오라버니 맞을 채비를 갖춰 나갔다. 그런데 냉정한 임금은 송응개를 다시 한양으로 부르지 않아, 속절없이 시간만 흘렀다. 그러다 그해 9월 초, 송씨부인의 고향 회덕에서 늙은 종이 찾아와 넙죽 엎드려 울면서 아뢰었다.

"마님, 주인 어르신께서 돌아가셨습니다."

송응개가 죽었다는 소식이었다.

"오라버니……."

송씨부인은 정신을 잃고 그 자리에 털썩 주저앉았다. 둘째 딸과 손자, 거기에다 오라버니까지 잃은 송씨부인은 한동안 넋이 나갔다. 하인들이 건천동에 머물던 김성립과 허초희를 인왕동으로 불렀다. 인왕동은 건천동 못지않게 침울하고 적막한 기운이 감돌았다. 정갈하던 살림은 손을 대는 사람이 없어서 온갖 물건이 뒤섞여 난장판이 되어 정신이 없었다. 김성립은 송씨부인을 모시고 동생 김정립과 장례를 치를 회덕으로 내려가야만 했다.

"어머니, 초희는 한양에 있으라고 하겠습니다."

허초희도 회덕 상갓집에 가는 게 맞았다. 임신한 몸으로 먼 길을 가는 건 무리라고 생각한 김성립이 어머니에게 허초희가 먼 길을 떠나지 않도록 배려해 달라고 부탁드렸다. 하지만 송씨부인은 이렇다저렇다 대답도 없이, 눈만 껌뻑거렸다.

"형님, 초희는 아이를 낳을 때까지 조심해야죠. 제가 여기에서 잘 데리고 있을게요."

숙모 성씨가 나서서 송씨부인을 설득했는데도, 송씨부인은 아무런 대꾸를 하지 않았다.

"형님, 손자가 없으면 초희네 재산은 무용지물이랍니다."

숙모 성씨가 무심코 내뱉은 말을 듣고 송씨부인이 얼굴을 씰룩거렸다.

"숙모님!"

느닷없는 재산 이야기에 깜짝 놀란 김성립이 숙모의 말을 끊었다.

"아니, 뭐 그렇다는 거지. 다시 손자를 얻으면 좋다는 뜻으로……."

숙모 성씨가 겸연쩍은 표정을 지었다.

"그만하세요."

김성립은 처가 재산을 탐내 본 적이 없는데, 이런 말을 듣는 게 싫었다.

"숙모님, 홍수에 강릉 논밭이 다 쓸려 가서 남은 게 없어요."

허초희가 숙모 성씨를 보며 외갓집 사정을 털어놓았다.

"미안하다. 내가 허튼소리를 했구나."

숙모 성씨가 허초희의 손을 꼭 잡았다.

김성립은 허초희를 남겨 두고 회덕으로 떠났다. 인왕동에는 달그락거리던 베틀에 먼지만 수북이 쌓이고, 수성동 계곡에서 쓰름쓰름 들려오는 매미 소리만 요란했다.

김성립이 회덕으로 내려간 지 며칠 지난 무렵, 허균이 인왕동으로 찾아와서 허초희 앞에 편지를 내놓았다.

"누이, 읽어 보세요."

허초희가 편지를 펼쳤다. 익숙한 글씨체였다.

피어보지도 못하고 진 희윤아
희윤의 아버지 성립은 나의 매부요.
할아버지 첨(瞻)이 나의 벗이로다.
눈물을 흘리면서 쓰는 비문
맑고 맑은 얼굴에 반짝이던 그 눈!
만고의 슬픔을 이 한 곡(哭)에 부치노라.

[희윤 묘지]35)

조카 김희윤이 죽었다는 이야기를 듣고 오라버니 허봉이 보낸 편지였다. 허초희는 한동안 말을 못 하다 허균에게 물었다.

"금강산에 있는 오라버니가 이걸 어떻게 보냈지?"

"동대문 밖 동교(東郊)로 오고 계십니다. 이미 금강산을 떠나셨답니다."

"황달이 심할 텐데…… 몸은 괜찮으신지 모르겠구나."

"지금쯤 금화까지 오셨을 겁니다. 철원, 포천을 지나면 곧 왕십리에 도착합니다."

"왕십리에 초가라도 얻어야겠지?"

---

35) 喜胤 墓誌, 희윤 묘지(허봉 지음, 김희윤의 묘비)

허균은 대답이 없었다.

"어머니한테는 말씀드렸어?"

"아직……."

허균이 얼버무렸다.

"너, 무슨 일이니?"

허초희는 허균이 딴짓을 꾸민다는 의심이 들었다.

"별거 아니오."

허초희는 허균의 옷소매 밖으로 비쭉 나온 편지를 언뜻 보고 물었다.

"소매에 그건 뭐냐? 이리 내봐라."

"아, 이거는……."

허균이 얼른 편지를 구기적구기적 구겨서 감추려고 했다. 그 순간 허초희가 편지를 빼앗아 읽었다.

>제비는 석양에 쌍쌍이 날아가는데
>그리운 춘심은 알릴 길 없네.
>그리운 마음 못 잊어 서글퍼지네!
>끊긴 정 이을 수 없어, 이불 속으로 든다네.
>[석비][36]

허초희가 보니 이 편지도 허봉의 글씨였다. 허초희의 얼굴에 근심이 어렸다.

---

36) 惜婢, 석비(유몽인 지음, 어우야담 학예편 시화 18)

"이거 누구에게 보내는 거니……."

"그게……."

"설마 덕개? 너 덕개를 데리고 가려는 거지?"

허봉은 아직도 허균의 장인 김대섭의 여종 덕개를 잊지 못했는지, 허균에게 덕개를 금화로 보내 달라고 은밀히 부탁했다. 허균은 쉽지 않은 일이지만, 강원도에 있는 처가 농장에 일손이 필요하다며, 노비 몇 명을 데려가야 한다고 꾸며 댈 생각이었다.

"그렇지 않아도 큰올케네 식구들이 우릴 고깝게 여기는데, 이런 일을 하면 어떡해!"

"누이, 형님의 마지막 소원이요."

"뭐, 마지막? 오라버니가 어째서?"

"황달(黃疸)과 한담(寒痰)이 심하다고 합니다. 금강산에서부터 가마에 실려 오는 중입니다."

허초희는 갑자기 배가 아파, 눈을 질끈 감았다. 배에 손을 대었다. 배는 온기가 없이 싸늘하게 느껴졌다.

"그럼, 누가 오라버니를 마중 나가 봐야 하지 않겠니?"

"내가 어떻게 해서든 왕십리까지 모셔 올게요."

허균이 일어나 나설 때, 숙모 성씨가 허초희를 불렀다.

"초희야, 건천동에서 사월이가 왔다."

"아씨, 아씨!"

왠지 사월이의 목소리가 불길하게 들렸다. 허초희는 허균을 쳐다봤다. 두 사람의 눈빛이 마주쳤다. 허균도 불길한 기운을 느꼈는지 이내 표정이 굳었다. 곧 사월이가 들어왔다.

"왜 그러느냐?"

허균이 사월이를 다그쳤다.

"아씨, 작은 어르신께서……."

"오라버니가 왜?"

허초희도 사월이를 다그쳤다.

"금화에서 돌아가셨습니다."

"아!"

허초희는 허봉이 끝내 객사했다는 사월이의 말을 듣고 그 자리에 쓰러졌다. 다리 사이로 쏟아진 붉은 피가 흥건하게 치마를 적셨다. 허초희는 정신을 잃었다. 허초희의 세 번째 아이는 세상의 빛도 보지 못한 채 그렇게 사라지고 말았다.

김씨부인은 송응개가 죽어서 임금이 어느 정도 응어리가 풀렸다고 여겼다. 임금이 곧 허봉을 용서해서 한양으로 부를 거고, 다시 관직을 얻을 거라 믿으며, 날마다 부처님에게 빌고 또 빌었다. 하지만 모두 공염불이 되었다. 한순간에 희망이 절망으로 바뀌어 정신을 차릴 수도, 몸을 가눌 수도 없었다. 송응개가 죽은 지 채 15일도 지나지 않아, 허봉마저 죽을 줄은 꿈에도 몰랐다. 무엇 때문에 이이와 싸우다 모든 걸 다 잃어버리고 한결같이 이런 꼴이 되었는지 한탄스러웠다. 자식을 잃은 허초희가 딴생각을 가질지 몰라 노심초사했는데, 허봉이 먼저 세상을 떠나 버리고 말았으니, 차라리 자기가 먼저 죽는 게 낫다며 통곡했다.

허봉의 시신은 한양으로 들어오지 못하고 과천 상초리 양천 허씨 선산으로 운구되었다가, 12월 보름에 장례를 치르고 땅에 묻혔다. 허봉의 장례에는 몇몇 동무들과 친척들만 모였다. 그나마 류성룡이 문상을 와서 '그리운 사람 생각에 밤새도록 뒤척이네, 게다가 고질병(沈痾, 침아)마저 지녔으니 어찌하랴, 온갖 생각 까닭 없이 얽히고설켜, 날마다 시름하며 세월만 허송하네'라는 시를 읊은 게 허초희네 사람들에게 위안이 되었다. 송응개의 장례를 치르러 회덕으로 떠난 김성립은 오지 않았다. 장례가 끝난 뒤 허초희는 인왕동으로 돌아가지 않고 건천동에 머물렀다. 이렇게 해서 김씨부인, 송씨부인, 허초희는 모두 아버지와 오라버니를 잃고, 자식마저 먼저 보내는 단장(斷腸)의 고통과 참척(慘慽)의 슬픔을 겪는 동병상련의 신세가 되었다.

18. 별한(別恨)
(허초희 27세, 1589년)

기축년(1589년) 정월에 왜국 사신 현소와 평조신이 한양에 들어왔다. 왜국 사신들은 통신사를 일본으로 보내 달라고 막무가내로 떼를 썼다. 선위사로 임명된 이덕형은 왜적이 손죽도에 쳐들어올 때 앞잡이 노릇을 한 역적 사을화동(沙乙火同)을 잡아 오지 않으면, 통신사를 보내지 않겠다고 알렸다. 왜국 사신들은 매국노 사을화동을 잡아 바치겠다고 약속하고 물러갔다.

2월에 흰 무지개가 떠올라 해를 찔렀다. 흰 무지개가 해를 찌르면 임금한테 해로운 일이 일어난다는 흉조였기에, 재상이 책임지고 자리에서 물러나는 게 관례였다. 이산해 대감이 자리에서 물러나겠다고 임금에게 청했지만, 임금은 한낱 미신이라며 받아들이지 않았다. 대신 이번 징조를 왜적이 날뛸 조짐으로 여겼다. 병부를 개편하여 병조판서 정언신을 우의정으로 올리고 그 자리에 류성룡을 앉혔다. 임금은 무관 중에서 실력을 갖춘 사람은 계급을 따지지 않고 벼슬을 내리는 불차탁용(不次擢用)를 시행했다. 이산해 대감과 정언신 대감이 이순신을 추천해서, 이순신은 전라도 순찰사의 조방장이 되어 전주로 내려갔다. 동인들이 움직이는 걸 정철이 가만히 두고 보지 않았다. 서인에서 동인으로 돌아선 정여립을 미끼 삼아, 조선에 피바람을 몰고 올 기축옥사(己丑獄事)가 소리 없이 다가오고 있었다.

* * *

　겨울에 상초리 선산에서 허봉 오라버니의 장례를 치르고 돌아온 허초희는 좀처럼 잘 먹지 못해 날로 야위어 갔다. 2월 아버지 허엽영감의 제사를 지낼 때는 거동이 어려웠다. 아버지 제사에 허봉 오라버니네 큰올케와 조카들은 오지 않았다. 조카들은 이전부터 할아버지 허엽영감의 제사를 자기 식구끼리 따로 지내고 한식과 한가위에만 선산을 찾아간다는 소문이 돌았다. 허봉 오라버니가 죽은 후엔 건천동 찾아오는 발길을 아예 끊어 버렸다.
　아버지 허엽영감의 제사는 이복 오라버니 허성이 맡았다. 예전 같았으면 허초희가 제사 일을 앞장서서 도왔을 텐데 올해는 앓아누워 버리고 말았다. 졸지에 앞날이 구만리 같은 친아들 허봉을 잃은 김씨부인도 살아갈 의욕을 잃었다. 머리를 싸매고 생기 없는 눈으로 먼 산만 바라볼 뿐이었다. 허균의 아내 김씨가 얼굴도 모르는 시아버지의 제사를 지내느라 정신이 없었다.
　허엽영감의 제사에 뜻밖의 손님이 찾아왔다. 활인서 의원 허임이었다. 허임은 작년에 마마가 돌았을 때, 김성립이 자기를 찾아온 일과, 허초희의 아들 희윤이 죽었다는 걸 나중에야 알았다. 자기 약속과 달리 해경과 희윤이 아플 때 도움을 주지 못해 늘 마음이 무거웠다. 허임은 허초희가 앓아누웠다는 말을 듣고 이번에는 만사를 제쳐 두고 건천동을 찾았다. 김성립이 사람을 보내 허초희의 진찰을 특별히 부탁해 두었기 때문이기도 했다. 허임은 김성립을 따라 허초희의 방으로 들어갔다. 허균도 그 뒤를 따랐다.

허초희는 여전히 상복을 입은 채 자리에 누워 있었다. 나이 어린 아들이 죽었을 때는 상복을 다섯 달 동안 입는 거라서 정월에 상복을 벗을 수 있었지만, 친정 형제가 죽으면 상복을 아홉 달 동안 입는 게 법이었다. 허봉 오라버니가 작년 9월 보름에 죽었으니, 허초희는 올 6월까지 상복을 입어야만 했다.

"마님, 너무 늦었습니다. 용서하십시오."

허임이 허초희 앞에 머리를 조아렸다. 허초희가 눈을 뜨고 허임을 쳐다봤다.

"화타가 이제야 오셨군요."

허초희가 거친 숨을 몰아쉬며 옅은 웃음을 지었다.

"마님, 말씀하지 마십시오."

허임은 허초희를 안정시켰다.

"생원 나리, 그동안 마님의 증세가 심했습니까?"

허임이 김성립에게 물었다.

"누이는 가슴이 아프다고 했소. 또 어지럼증이 난다며 넘어질 때도 있었소."

김성립 대신 허균이 나섰다.

"또 어땠습니까?"

허임이 다시 물었다.

"얼굴이 벌겋고 입은 마르고 가슴이 답답하다며 헛구역질도 하고, 잠을 못 자, 괴로워했소."

이번에는 김성립이 대답했다.

"제가 맥을 짚어 보겠습니다."

허임이 허초희의 옷소매를 걷어 올리고 가만히 맥을 짚었다.
"진장맥(眞臟脈)은 없습니다."
맥을 짚은 허임이 다행이라는 표정으로 한숨을 돌렸다.
"진장맥이요? 그게 뭡니까?"
허균이 물었다.
"사람은 먹지 못하면 죽습니다. 그래서 맥을 짚을 때는 제일 먼저 위에 생기(生氣)가 있는지 살펴봅니다. 위의 맥이 잡히지 않으면 진장맥이라고 하는데 사맥(死脈)입니다."
"죽는단 말이요?"
허균이 깜짝 놀랐다.
"진장맥은 간, 염통, 허파, 콩팥, 비장의 맥만 뛰는 겁니다. 다행히 마님한테 진장맥이 잡히지 않습니다. 아직 위에 기가 있습니다. 먼저 신문혈(神門穴)에 침을 놓고 뜸을 뜨겠습니다."
허임은 허초희의 손목 안쪽으로 도드라진 뼈끝 우묵한 곳에 침을 놓았다. 침은 세 번에 걸쳐 나누어 찔렀다. 허초희가 일곱 번 숨을 쉴 동안 꽂아 두었다가 단숨에 빼고 그 자리를 문질렀다. 그러고는 쌀알만 한 쑥뜸 일곱 장을 붙이고 뜸을 놓았다. 허초희는 스르르 눈을 감고 잠들었다.
"그래, 증상이 어떻소?"
김성립은 초조한 마음이 가시지 않아 허임에게 물었다.
"지난가을에 많은 분이 돌아가셨다고 들었습니다. 마님께선 그때 심병(心病)을 얻으신 게 분명합니다. 그 심병이 자꾸만 커져 이제는 고질병이 되었습니다."
"심병? 그게 뭐요?"

김성립이 물었다.

"마음의 병이지요, 심장의 혈기가 막힌 병이기도 하고요."

"무슨 소리요?"

김성립은 허임이 하는 말이 무슨 말인지 몰라 답답했다.

"사람에게는 칠정(七情)이 있습니다. 칠정은 기쁘고, 성내고, 걱정하고, 생각하고, 슬퍼하고, 놀라고, 무서워하는 걸 말합니다. 마님께서는 칠정 중에서 슬픈 감정이 문제입니다."

"그걸 어떻게 아시오?"

듣고 있던 허균이 허임에게 따졌다.

"마님께서 말씀하실 때 거친 숨을 몰아쉰 걸 보면 압니다. 슬픔이 지나치면 숨이 가빠지고 쉰 목소리를 냅니다. 모두 폐가 허해지고 기가 빠졌기 때문입니다. 칠정 중에서도 슬픈 감정은 폐를 상하게 합니다. 또 폐가 털을 관장하므로 머리털이 빠지고, 주름도 늘어나게 됩니다."

김성립은 얼마 전부터 허초희가 머리를 빗을 때마다 듬성듬성 머리카락이 빠진다는 걸 장모한테 들었던 터였기에 걱정이 되었다.

"기가 돌아야 사람이 삽니다. 사람이 기 속에서 사는 건 물고기가 물속에서 사는 거랑 같지요. 물이 흐리면 물고기가 힘을 잃어버리듯 사람도 기가 흐려지면 병이 들죠. 슬픔이 많아지면 기가 막혀 돌지 않고 사람도 힘을 잃게 됩니다. 지금 마님께서는 너무 슬픈 나머지 심에 문제가 생겼지요. 심혈(心血)이 허하고 기가 사라지면 신명(神明)을 잃어 큰일을 당하는데, 마님은 가을에 심병을 얻은 게 분명합니다. 불안하고 두렵고, 잠을 못 자고, 가슴이 두근거리고, 마음이 아프실 겁니다. 심병이 점점 커지고 있어 이를 막는 게 급합니다."

"어떻게 해야 하오."

"신문혈은 심기(心氣)가 출입하는 곳이라서 그곳을 보(補)하려고 침과 뜸을 놓았습니다."

"허 의원이 없을 때는 어찌합니까?"

김성립이 답답한 심정을 하소연했다.

"안신환(安神丸)이나 보심환(補心丸), 진심단(鎭心丹)을 복용하거나 청심보혈탕(淸心補血湯), 양심탕(養心湯)을 드셔야 합니다. 그 약들은 구하기 어렵습니다."

"어쩌란 말이오?"

김성립이 허임을 다그치듯 물었다.

"제가 자주 와서 침을 놓아 드리겠습니다."

"그래서 병이 낫겠소?"

"사람이 움직이면 살고, 움직이지 않으면 죽습니다. 날이 풀려 삼짇날이 되면 마님을 모시고 봄바람을 쐬는 게 좋습니다."

"알겠소. 그렇게 하겠소."

허임은 김성립에게 이런저런 당부를 하고 떠났다. 허임이 떠난 뒤 김성립이 허초희 방으로 들어갔더니, 어느새 허초희는 깨어 있었다.

"초희야, 잘 먹고 잘 자면 다 나을 수 있어. 아이도 가질 수 있고."

김성립이 손을 잡고 허초희의 마음을 달랬다.

"아이…… 이제 모두 하늘에 있어요."

허초희는 김성립의 말을 듣고 애써 웃어 보였다.

"다시 생길 거야."

"서방님, 우리 아이들이 보고 싶어요."

"산소에 가고 싶어?"

허초희가 고개를 끄덕였다.

"그래, 삼짇날이 되면 진달래꽃을 따서 화전을 부쳐 산소에 가 보자."

김성립은 허임의 말대로 허초희에게 봄바람을 쐬어 줘야겠다고 생각했다. 그런데 왠지 그 나들이가 허초희와 함께 하는 마지막 나들이가 될 거라는 생각이 머리에서 떠나지 않았다.

송씨부인은 처가에서 깜깜무소식으로 지내는 아들이 괘씸했다. 인왕동에는 송씨부인의 작은아들 김정립이 살았고, 큰딸도 다시 들어왔다. 오라버니와 둘째 딸을 잃고 의기소침했던 송씨부인은 외손자들이 인왕동으로 돌아와 북적거리자 슬픈 일을 잊고 마음을 다잡았다. 큰딸은 작년에 아들을 또 한 명 낳았다. 사위 이경전은 삼 형제의 아버지가 됐는데, 아들 김성립은 자식들을 모두 잃고 곧 지어미까지 잃을 처량한 꼴이었다. 자기가 한 살이라도 젊을 때 다시 손자가 생겨야 안동 김씨 집안을 지킬 수 있다는 생각이 번뜩 들었다. 송씨부인은 처가에서 지내는 김성립을 불러 자기 앞에 앉히고, 보자기를 내놓았다.

"그걸 좀 풀어 보거라."

김성립이 보자기를 풀었다. 잘 접힌 종이가 들어 있었다.

"이게 뭡니까?"

"사주단자다."

"사주단자라니요? 정립이는 열한 살밖에 되지 않았습니다. 벌써 혼례를 치릅니까?"

김성립이 생각하기에 동생은 혼례를 치르기에 너무 이른 나이였다.

"정립이가 아니다."

"그럼, 누구요?"

"너."

"예?"

김성립은 처음에는 어머니가 하는 말을 곧바로 알아듣지 못했다.

"그게 무슨 말씀입니까? 초희가 있는데."

"초희가 애 낳기는 글렀다. 남양 홍씨 집안의 참한 규수다."

"어머니!"

"첩을 얻어 후사를 이어야 할 게 아니냐?"

"첩이라니요?"

"김씨 집안 문을 닫으려느냐? 억울하게 돌아가신 아버지 말씀을 잊었어?"

송씨부인의 말은 냉정했다.

"초희가 건강해지면 다시 낳아야죠."

김성립은 초희를 저버리고 첩을 얻고 싶은 마음이 추호도 없었다.

"초희는 이제 아이를 낳을 수 없다."

"누가 그럽니까?"

김성립은 어머니 곁에 앉은 여동생을 돌아보았다. 여동생은 김성립의 눈을 피해 딴청을 부렸다.

"나도 듣는 귀가 있다."

"뭘요?"

"지난가을에 얻은 심병이 점점 깊어져 고질병이 되었다며."

"의원이 고칠 수 있다고 했습니다."

"그 말을 믿어?"

김성립은 얼른 대답하지 못했다.

"안동 김씨 집안이 4대, 5대, 6대에 걸쳐 문과에 급제해야 한다는 아버지 유언을 잊었냐!"

"제가 못하면 정립이가 하면 되죠!"

"이런 못난 놈! 언제까지 초희만 바라보며 살 거야! 양천 허씨 집안이 뭐 볼 게 있다고!"

"어머니, 이 사주단자는 물리세요."

김성립이 벌떡 일어났다.

"올해 증광시에 합격만 하면 곧바로 첩을 맞아라."

송씨부인은 눈 하나 깜짝하지 않고 아들에게 다짐을 두었다.

"어머니, 초희는 지금 아파요!"

김성립이 소리를 내지르려다 꾹 참았다.

"네 눈에는 초희만 보이지? 이 어미랑 네 동생들, 네 조카들은 보이지도 않냐?"

"초희는 우리 집 맏며느리예요, 우리 식구라고요!"

"그러니까 초희도 대를 이어야 한다는 걸 이해할 거다."

"어머니 그만하세요."

김성립은 머리를 감싸 쥐었다.

"그만하면…… 그만하면 어디서 자손이 뚝뚝 떨어진다더냐?"

"어머니, 초희는 곧 죽어요!"

"죽어? 이 어미가 죽는 꼴을 보고 싶지 않거든, 삼짇날 초희를 데려오거라. 내가 초희에게 말하겠다."

"아이들 산소에 가 보기로 했어요."

김성립은 어머니에게 인사를 하는 둥 마는 둥 밖으로 나왔다. 김성립은 안채 중문을 나와 사랑채로 갔다. 초희가 머물던 사랑채는 이미 깨끗이 치워졌고, 여동생과 세 조카가 머무는 곳으로 꾸몄다. 허초희가 인왕동으로 돌아온다 해도 잠실로 쓰던 별당에나 머물러야 했다. 김성립은 사랑채 대청마루에 망연자실하여 걸터앉았다. 아까부터 김성립을 지켜보던 사람이 있었는데 베틀과 길쌈 도구를 정리하던 숙모 성씨였다.

"다시 길쌈을 시작해야지."

숙모 성씨가 김성립을 보고 말했다.

"숙모님, 초희는 아파요."

김성립이 눈물을 글썽였다.

"너는 날줄이고, 초희는 씨줄이다. 날줄과 씨줄이 엮여서 옷감이 되듯이, 두 사람의 인연이 엮여서 부부가 된 거야. 씨줄이 끊어지면 다른 씨줄을 이어 옷감을 만들어야 하는 걸 초희도 알고 있을 거다. 어머니 말을 서운하게 생각하지 마라."

숙모 성씨가 김성립의 마음을 달래 주며 말했다.

"숙모님, 그럼, 초희는 어떡해요?"

"온 데로 돌아가게 놔줘라."

"숙모님!"

김성립은 참았던 눈물을 쏟고 말았다.

김성립이 인왕동에 간 그 시간에 김씨부인이 허초희를 자기 방으로 불렀다. 손님이 찾아왔으니, 함께 만나자는 거였다. 손님은 이이의 이모 미선부인이었다.

"초희야, 너도 잘 알지, 이 어미 스승님이시다. 인사 올려라."

"이렇게 안 해도 됩니다."

허초희가 미선부인에게 절을 올리려고 하자, 미선부인이 허초희를 말렸다.

"그간 안녕하셨습니까?"

허초희는 미선부인에게 인사를 드렸다.

"아씨, 지난번에 문전박대해서 미안하오."

미선부인이 지난 일을 꺼냈다.

"아닙니다. 저희가 오죽헌에 계신 분들께 죄를 지었습니다."

허초희는 용서를 구하고 싶었다.

"모두 지난 일이죠. 현룡이도 다투는 걸 바라지는 않았습니다. 실은 어린 오누이가 죽었다는 말을 듣고 내 가슴이 무척 아팠습니다. 그 어린아이들이 피어 보지도 못하고 져 버렸으니, 두 분 가슴이 오죽 아프셨겠습니까? 그런데 아씨가 또 아프다는 말을 듣고, 제가 오죽헌에서 박대했던 일이 자꾸만 마음에 걸렸습니다. 우리 사임당 언니가 숙부인 마님을 특별히 생각하셨는데, 내가 몹쓸 짓을 해서 언젠가 미안한 마음을 전해야겠다고 생각했습니다. 오늘이 그날이 되었군요."

미선부인은 허초희와 김씨부인을 번갈아 보며 말했다.

"스승님, 저는 사임당 어르신을 존경합니다. 이이 대감이 제 아들을 위해 애써 준 일도 잘 알고 있습니다. 너무 심려하지 마세요."

김씨부인이 미선부인의 손을 잡았다. 두 사람의 눈가가 촉촉이 젖었다. 두 사람은 쌓였던 회포를 풀었다. 미선부인은 삼청동 집으로 돌아가기 전에 파란색 쌈지를 내놓았다.

"우황청심원(牛黃淸心元)입니다. 급할 때 요긴할 겁니다."

허초희는 쌈지가 마음에 들었다. 파도와 구름 모양을 수놓은 예쁜 쌈지였다. 한쪽에 '원수연천벽(遠水連天碧)'이라는 글이 새겨 있었다.

"멀리 보이는 물은 하늘에 닿아 푸르네, 이건 누구 글이죠?"

허초희가 미선부인에게 물었다.

"우리 현룡이가 여덟 살에 쓴 시입니다. 원래 파주 화석정에서 임진강을 보고 쓴 글이라던데, 나는 자꾸만 강릉 바다가 생각나네요. 그래서 새겨 봤습니다. 아씨한테 드리려고요. 아씨도 강릉 바다가 그리울 때가 있지요?"

허초희는 미선부인이 떠난 뒤 쌈지를 찬찬히 살펴봤다. 파도 문양과 구름 문양을 수놓은 쌈지 안에서는, 강릉 바다의 파도 소리가 들렸다. 허초희는 쌈지에 코를 댔다. 바다 냄새가 났다. 허초희는 바다 냄새를 맡으며 잠들었다.

그날 밤, 해경과 희윤, 오누이와 함께 바닷가에서 조개 줍는 꿈을 꾸었다. 조개를 줍던 오누이는 날개를 달고 하늘로 날아 올라가며, 허초희에게 손짓을 보냈다. 허초희는 손을 뻗어 보았지만, 닿지 않았다. 오누이는 점점 멀어지더니, 선녀들에게 휩싸여 하늘 속으로 사라져 버렸다. 그러고는 한동안 허초희의 꿈속에 나타나지 않았다.

* * *

허초희는 삼짇날이 되기 며칠 전부터 아이들을 보러 가자고 김성립을 졸랐다. 강남 갔던 제비가 다시 돌아오는 삼짇날이 다가왔지만, 아침저녁으로는 바람이 불어서 날씨가 쌀쌀하고, 비라도 오면 벌벌 떨리기까지 했다. 허초희를 데리고 광릉 안동 김씨 선산과 상초리 양천 허씨 선산까지 다녀오려면 준비할 게 많았다. 김씨부인이 허초희에게 봄나들이를 나가는 건 무리라고 말려 봤지만, 고집을 꺾을 수 없었다. 김성립은 자신이 삼 년 동안 시묘살이를 해 봐서 추운 날 견디는 법을 잘 안다며 김씨부인을 안심시켰다. 그래도 걱정이 앞선 김씨부인은 사월이를 허초희 곁에 붙이고서야 어느 정도 마음이 놓였다.

김성립은 매제 이경전에게 부탁해서 이산해 대감 댁의 가마꾼을 빌렸다. 가마를 탄 허초희와 당나귀를 탄 김성립, 사월이, 마부, 가마꾼 일행이 길을 나섰다. 일행은 한강진 나루터에서 배를 타고 한강을 거슬러 올라 광주 우천(牛川) 나루터를 향해 떠났다.

허초희는 우천 나루터에 내려서 가마를 타고 광릉 선산으로 올라갔다. 백양나무, 소나무, 가래나무 옆에 봉긋하게 자리 잡은 작은 무덤 두 개. 하나는 새가 되어 날고 싶다던 해경, 하나는 피어 보지도 못하고 죽은 아들 희윤의 무덤이었다. 겨우내 메말랐던 무덤 위에는 파릇파릇한 새싹이 돋아 마치 생전에 오누이가 재잘거리는 듯이 보였다. 허초희는 지전을 불살라 오누이의 혼을 불렀다. 살아생전 두 자식을 잃은 어미의 애끊는 한, 생과 사를 가르며 나누었던 이별의 한이 쑥쑥 솟아올라 바늘로 심장을 쿡쿡 찌르는 듯 아팠다. 허초희는 술 대신 맑은 물을 따르다가 끝내 오열하며 무덤 위로 엎어져 읊조렸다.

"애들아, 조금만 기다려."

지금은 만날 수 없는 곳에 가 있는 오누이였지만 곧 만날 거라고 믿었다. 시아버지 김첨과 시누이의 묘에도 술과 음식을 올린 허초희는 산소에서 내려와 산지기 집으로 향했다. 어둑어둑한 밤, 오누이의 무덤 뒤에서 빨갛고 파란 도깨비불이 나타나 소나무와 가래나무 사이를 맴돌았다.

밤새 오던 비가 새벽에 그쳤다. 허초희와 김성립은 양천 허씨 선산으로 가기 위해 배를 타고 한강을 내려갔다. 송파나루를 거쳐 압구정 앞을 지날 때, 갑자기 먹구름이 몰려오면서 하늘이 어두워지며 짜락짜락 비가 내렸다. 배를 더 저어갈 수 없게 된 사공은 압구정 나루터에 배를 세웠다. 금세 날이 저물었다. 김성립은 하는 수 없이 봉은사에 묵기로 하고 절로 들어갔다. 봉은사에 들어선 김성립은 왠지 모르게 마음이 차분해졌다. 종루에서 법고승(法鼓僧)이 저녁예불을 알리는 북을 쳐댔다. 두리둥둥 허공을 가르는 북소리가 수도산(修道山)에 울려 퍼졌다. 그때 한 사미승이 기다렸다는 듯이 마중 나와 김성립과 허초희를 선방으로 들였다.

"큰 스님께서 두 분이 오시면 이걸 전해 주라고 하셨습니다."

사미승이 허초희에게 보자기를 건넸다.

"큰 스님이라니?"

"사명당 스님이십니다."

"우리가 오는 걸 알고 계셨다고?"

허초희가 보자기에서 물건을 꺼내며 물었다.

"비가 오면 젊은 부부가 찾아올 거라고 했습니다."

"스님은 어디 계시니?"

"아침 일찍 오대산 월정사로 떠나셨습니다."

보자기를 풀자 '법출리경(法出離鏡)'이라는 네 글자가 새겨진 둥근 백동 거울이 나왔다.

"이게 무슨 뜻이지?"

허초희가 글자를 가리키며 물었다.

"번뇌와 속박에서 벗어나면 거울처럼 깨끗해지니, 청정한 마음으로 돌아가라고 하셨습니다."

사미승은 사명당이 남긴 말이라고 알려 줬다.

허초희가 거울 속을 들여다봤다. 백동거울에 또렷하게 자기 모습이 비쳤다. 창백한 얼굴이 자기를 빤히 쳐다보고 있었다. 푸석푸석한 살결에 퀭한 눈동자, 핏기 없는 입술, 헝클어진 머릿결, 어디를 살펴봐도 사람다운 모습이라고는 찾아볼 수 없어 부끄러웠다.

"선비님한테는 선릉을 지킬 때가 되면 다시 만나자고 하셨습니다."

"내가 능참봉이라도 된단 말이냐?"

"의병장이 되실 거라고 하셨습니다."

"뭐? 의병장?"

김성립은 사미승이 무슨 말을 하는 건지 도무지 알 수 없어 헛웃음이 나왔다.

"초희야, 거울을 안 봐도 너는 예전처럼 예뻐."

사미승이 물러간 뒤 김성립이 허초희를 보고 웃었지만, 허초희는 왠지 공허할 뿐이었다.

다음 날은 삼짇날이었다. 허초희와 김성립은 봉은사를 나서 과천 상초리로 길을 잡았다. 산과 들에서는 화전놀이는커녕 데바삐 일하는 농부들만 보였다. 김성립 일행이 선정릉을 지날 때쯤, '가앙 가아아앙' 하며 아침 예불 시간을 알리는 봉은사의 범종 소리가 일행의 등 뒤를 떠밀었다.

허초희 일행은 푸릇푸릇한 신록 사이를 지나 상초리 선산에 닿았다. 허엽영감과 허봉이 묻힌 선산에는 산에 불이라도 붙은 듯 철쭉이 사방에서 활짝 피어올랐다. 비를 맞은 온갖 방초(芳草)는 싱싱하게 뻗어 올라 하늘과 맞닿을 듯 끝없이 펼쳐있었다. 그 많은 풀은 강원도 금화에서 객사한 오라버니, 경상도 객관에서 객사한 아버지가 끝내 이루지 못한 한(恨)처럼 무성하게 돋아나 있었다. 허초희는 변변한 하직 인사도 나누지 못하고 헤어진 두 사람이 생각나 하염없이 눈물이 솟았다. 김성립은 허초희가 울음을 멈출 때까지 아무 말도 하지 않고 곁을 지켰다. 허초희는 한참을 울다가, 눈앞에 다가온 운명을 거스를 수 없다고 생각하며 그게 두렵든 즐겁든 천지의 조화로 받아들이기로 결심했다. 허초희는 한결 기분이 가뿐해져서, 건천동으로 돌아가면 꼭 해 보고 싶은 일이 생겼다.

* * *

"서방님, 저 상복을 벗을 거예요."

선산에 다녀와 한동안 이부자리에 누웠던 허초희가 자리에서 일어나 김성립에게 말했다. 허초희는 친정아버지 허엽영감이 돌아가시고 12개월, 시아버지 김첨 나리 상을 당해 25개월, 외삼촌 김양 나리가 죽고 3개월, 해경이 죽은 뒤 5개월, 또 희윤이 죽은 뒤 5개월, 이렇게 오랫동안 상복을 입었다. 그리고 허봉 오라버니 때문에 다시 상복을 입었다.

"앞으로 석 달은 더 입어야 하는데······."

김성립은 여자가 친정 형제의 상을 당하면 9개월간 상복을 입는 관례를 들먹였다. 처남 허봉이 지난해 9월에 죽었으니, 허초희는 올해 6월까지 상복을 입어야 했고, 김씨부인은 죽은 아들을 위해 1년 동안, 허균도 형을 위해 1년 동안 상복을 입는 게 법도였다.

허초희는 열다섯 살에 혼례를 치른 후 아버지가 돌아가신 뒤로는 대부분 상복만 입고 살았다. 물론 겹치는 시기도 있었지만, 상복을 입는 동안에는 고기를 먹거나 술을 마실 수도 없고, 노래를 부르고 웃고 떠들 수도 없었으며, 신랑과 동침도 못 하니 멋대로 아이도 가질 수 없는 고통의 시절이었다.

"인제 그만 입겠어요. 저승에 계신 오라버니도 뭐라 하지 않을 거예요."

허초희는 상복을 벗어 버리기로 결심했다.

"그럼, 뭘 입으려고?"

"녹의홍상(綠衣紅裳)을 입겠어요."

허초희는 열두 해 전, 혼례를 치를 때 입었던 녹의홍상을 장롱에서 꺼냈다. 김성립 앞에서 상복을 훌훌 벗고 녹색 저고리에 다홍치마를 갖춰 입었다.

"서방님, 내일 어머니를 뵈러 가요."

"인왕동에?"

"예, 숙모님도 뵙고 싶어요."

허초희는 자기가 오래 살지 못할 거라는 걸 알아서, 시어머니와 시댁 식구에게 하직 인사를 할 결심이었다. 하지만 칙칙한 상복을 입고 갈 마음은 없었다. 열다섯 살 새색시가 신행을 갈 때처럼 예쁘게 차려입길 바랐다.

"식구들이 놀랄 텐데……."

송씨부인도 친정 오라버니 송응개를 위해 상복을 입고 있을 터였으니, 허초희가 녹의홍상을 입고 나타나면 놀라서 까무러칠지도 몰랐다.

"어머니도 제 모습을 보면 좋아하실 거예요."

"그래, 그게 소원이라면 내일 꽃가마를 타고 가자."

김성립은 어쩌면 마지막일지 모를 허초희의 소원을 들어주기로 다짐했다.

이튿날 김성립은 녹의홍상을 차려입은 허초희를 가마에 태우고 건천동을 나섰다.

허초희의 마음은 새색시처럼 들떴다. 광통교에 다다랐을 때, 가마 안에서 기대어 앉은 허초희에게 졸졸 흐르는 청계천의 물소리가 들려왔다.

"서방님, 청계천까지 왔나요?"

"응. 광통교야."

"서방님, 좀 세워 주세요. 바람을 쐬고 싶어요."

"아직 쌀쌀해."

"그래도 세워 주세요."

김성립이 가마를 세우고, 가마 문을 들어 올렸다. 김성립은 밖으로 나오고 싶어 하는 허초희의 간절한 눈빛을 보고 허초희를 부축해 가마 밖에 세웠다. 그러고는 허초희 앞에 쪼그려 앉아 등에 업히라고 손짓했다. 허초희가 머뭇거렸다.

"어서 업혀."

김성립은 머뭇거리는 허초희를 등에 업었다. 두 사람은 천천히 광통교를 건넜다.

"서방님, 아직도 도포에 삼작노리개를 달고 다니세요?"

허초희가 김성립의 등짝에 얼굴을 대고 속삭였다.

"응, 이거. 네가 준 거잖아."

김성립이 한쪽 손으로, 황금색으로 빛나는 반달 모양 장식이 달린 삼작노리개를 꺼냈다.

"이제 그거…… 다른 사람한테 주셔도 돼요."

"초희야!"

김성립은 허초희를 등에서 내려 두 팔로 안아 들었다.

"그런 말 하지 마! 난 너만 있으면 돼."

김성립은 허초희를 빤히 내려다봤다. 허초희의 얼굴이 애처롭게 보여 가슴이 먹먹해졌다.

그때 광통교 아래에서 도깨비 가면을 쓴 사람들이 우르르 다리 위로 올라와서 와하고 함성을 내질렀다. 순간 허초희가 깜짝 놀랐다. 하지만 김성립은 도깨비 때문에 놀란 게 아니라 허초희가 너무나 가벼워 놀라웠고 가슴이 미어졌다.

"어여쁜 마님께서 어디를 가시는 걸까?"

"오늘이 보름이니 답교놀이를 나오신 게 아니겠나?"

"다리밟기는 정월 대보름에나 하는 거지, 춘삼월에 무슨 답교놀이란 말인가?"

"장차 이 나라 정경부인이 되실 허초희 마님께서 원하시는 데 그게 무슨 상관인가?"

광통교 답교놀이(상원야회도, 오계주, 한국근대사료DB)

도깨비들이 저마다 떠들어 대며, 허초희를 안은 김성립 주위를 맴돌았다. 김성립은 허초희를 안은 채 도깨비들에게 둘러싸여 광통교를 건넜다.

"서방님도 예전에 가면을 쓰고 노래를 불러 주셨죠."

"내가?"

"예, 저분들과 같이 등등곡을 불러 주세요."

"초희야, 나도 한패라는 걸 알고 있었니?"

"제가 가면 속의 서방님 눈빛을 몰라봤을까 봐요?"

허초희는 열다섯 어린 나이에 자기의 마음을 흔들었던 도깨비 가면 속의 반짝이는 눈동자가 김성립이라고 믿었다.

"처음부터 알고 있었어요."

"동무들도 다 알았어?"

"예, 정협 조카도 알고, 맨드라미 귀뚜라미 김두남 선비도 알고…… 등등곡도 부르고 썰매를 타고 노는 걸 다 알았지요."

"그랬군. 여보게 동무들, 초희가 옛날부터 우리가 노래하고 춤추는 걸 다 알고 있었다네!"

김성립은 도포 속에 숨겨 두었던 가면을 꺼내 쓰고 소리를 질렀다.

"그럼 그렇지. 초희 마님이 그걸 몰랐을까?"

"답교놀이를 하면 초희 마님 병이 단번에 사라진다고 하니, 신나게 놀아 보세."

김두남이 나서자, 정협과 동무들도 호응해 한바탕 어울렸다.

"마님, 저희도 왔습니다."

두 도깨비가 가면을 벗으며 허초희 앞으로 나섰다.

"나리!"

한음 이덕형과 오성 이항복이 도깨비 가면을 쓰고 도깨비 동무들과 한데 어울렸다. 전날 밤, 김성립의 연락을 받은 도깨비 동무들은 광통교 아래 숨었다가, 허초희가 지나갈 때, 도깨비 가면을 쓰고 뛰쳐나와 신나게 노래를 부르고 춤을 추기로 정했다. 오성과 한음을 부른 사람도 김성립이었다. 김성립의 동무들은 허초희의 가마를 따라 인왕동까지 함께 걸었다. 마치 열다섯 살 처음으로 시댁으로 향하던 새색시의 신행길처럼 시끌벅적한 행렬이었다.

허초희가 녹의홍상을 입고 시댁으로 들어서자 제일 먼저 시누이가 맞았다. 송씨부인은 잠시 장의동 친정에 가고 없었다. 시누이는 사랑채로 들어온 허초희의 모습을 보고 깜짝 놀랐다. 분명 상복을 입어야 할 올케가 녹의홍상을 입고 나타났으니, 입이 다물어지지 않았다.

시누이의 아이들은 그동안 외숙모 허초희가 상복 입은 모습만 보다가 녹색 저고리에 다홍치마를 입은 모습을 보고 '외숙모님 예뻐요'라며 졸졸 따랐다.

밖이 소란스러운 걸 듣고 별당에서 누에섶을 손보던 숙모 성씨가 나와 허초희를 맞았다. 숙모 성씨는 허초희의 모습을 보고 밝게 웃었다.

"초희야, 예쁘다. 새색시 같구나."

"숙모님, 그간 안녕하셨어요. 뵙고 싶었어요."

"몸조리나 하지…… 뭐 하러 왔니?"

"식구들을 보러 왔어요."

허초희도 겨우 웃음을 지어 보였다.

"숙모님, 부탁이 있어요."

김성립이 숙모 성씨에게 말했다.

"무슨 부탁?"

"숙모님이 예전에 초희 머리를 올려 주시고 금비녀를 꽂아 주셨죠?"

"그랬었지."

"다시 한번 해 주세요."

"지금?"

숙모 성씨가 김성립에게 물었다.

"예, 초희가 식구들한테 예쁘게 보여야죠."

김성립이 빙긋 웃으며 대답했다.

"지금도 예쁜데 뭘……."

"그래도 더 고우면 좋죠."

"초희야, 그럼, 한번 해 줄까?"

숙모 성씨가 허초희의 머리를 매만지며 물었다.

"예, 아버님이 보시면 좋아할 거예요."

"아버지?"

김성립은 허초희가 한참 전에 돌아가신 아버지 김첨을 찾는 말을 듣고 가슴이 철렁 내려앉았다. 2년 전 딸 해경이 마마에 걸렸을 때, 아버지 김성립한테 예쁘게 보이고 싶어 옷을 갈아입혀 달랬다는 이야기가 떠올라서였다. 그건 숙모 성씨도 마찬가지였다.

"초희야, 시아버지한테 보여 드리고 싶니?"

숙모 성씨는 허초희가 시아버지가 살았는지 죽었는지도 모를 정도로 정신을 놓은 게 아닌가 하여 은근히 물었다.

"살아 계셨으면 제일 좋아하셨을 거예요."

허초희의 정신이 멀쩡하다고 생각한 숙모 성씨는 '휴' 하고 한숨을 내쉬었다.

"초희 머리도 빗겨 주시고, 금비녀도 꽂아 주세요."

허초희가 정신을 놓은 게 아닌가 하고 걱정하던 김성립도 가슴을 쓸어내렸다.

"그러자, 그럼."

숙모 성씨는 허초희 머리에 꽂은 개암나무 비녀를 빼서 던져버렸다. 허초희의 머리가 풀어져 어깨로 흘러내렸다. 김성립은 쌈지에서 금비녀를 꺼내 숙모 성씨에게 건넸다.

"우리가 혼례를 올릴 때 숙모님이 머리에 꽂아 주신 금비녀예요."

"그렇구나, 이게 그거구나……."

숙모 성씨는 금비녀를 건네받았다.

"내가 예쁘게 빗겨 주마."

숙모 성씨가 소상반죽으로 만든 참빗을 들어 허초희의 머리를 빗겼다. 머리칼이 한 움큼씩 쑥쑥 빠졌다.

"네가 처녀 때 삼짇날에 살곶이다리에 왔었지?"

"동생이랑 머리를 감았어요."

"머리를 빗겨 준 사람이 기억나니?"

"예, 기억나요."

"내가 그때 널 며느리 삼고 싶다고 말했는데……."

숙모 성씨는 허초희의 빠진 머리칼을 보며 눈물을 글썽였다.

"숙모님, 제가 혼인하기 전에 머리를 올려 주시고 금비녀를 꽂아 주실 때 알았어요."

"그랬구나. 네 머리를 올려 주러 갔을 때, 깜짝 놀랐지. 네가 그 처녀라는 걸 알고."

"숙모님의 조카며느리라서 좋았어요. 그때처럼 예쁘게 빗겨 주세요."

허초희도 자기 머리칼이 빠지는 걸 알았다. 숙모 성씨는 울컥 솟는 울음을 참고 머리를 빗겼다.

"외숙모, 자꾸만 머리칼이 다 빠져요. 대머리가 될 거예요."

빗질을 보던 조카들이 허초희의 모습을 보고 떠들었다.

"새색시처럼 비녀를 꽂고 족두리를 쓰면 될 거야."

숙모 성씨는 허초희의 머리를 가지런히 빗고 비녀를 꽂았다. 어디서 났는지 김성립이 족두리를 꺼내 숙모 성씨에게 건넸다. 족두리는 검은 비단으로 만들었는데 비취로 만든 당초 문양을 앞에 붙이고, 호박으로 만든 두꺼비 단추를 양옆으로 달고, 산호와 옥, 진주로 만든 구슬을 쌓고, 대추 모양 보석을 붙인 신부 족두리였다. 족두리를 씌우니 듬성듬성 빠진 머리칼이 감쪽같이 가려졌다.

"앞줄댕기도 하고 연지 곤지도 찍어 줄까?"

숙모 성씨가 허초희를 놀렸다.

"입술에 연지를 칠해 주세요."

김성립은 허초희의 파리한 입술을 감추고 싶었다. 숙모 성씨가 허초희 입술에 홍화꽃으로 만든 붉은 연지를 발라 주었다.

"진짜 새색시 같아, 예뻐……."

김성립이 허초희를 보고 웃었다.

그때였다. 시누이가 사랑채로 들어와 허초희에게 말했다.

"올케, 어머니가 찾아요."

허초희와 김성립은 시누이를 따라 안채로 들어가 송씨부인에게 절을 올렸다.

"어머니 그간 안녕하셨어요?"

송씨부인은 허초희가 녹의홍상을 입고 나타났다는 말을 딸에게 듣고, 처음에는 무슨 사달이 일어났는지 가슴이 뜨끔했다. 한편으로는 몇 해 동안 상복만 입고 지낸 며느리가 화사한 옷으로 갈아입고 싶은 마음이란 게 이해가 갔다. 송씨부인은 녹의홍상을 입고 나타나 자기 앞에 절을 하는 허초희를 한동안 말없이 바라보았다.

"형님, 초희가 새색시 같지요?"

숙모 성씨가 너스레를 떨었다.

"나도 그랬으면 좋겠네."

"형님, 그게 무슨 말씀이세요?"

숙모 성씨는 송씨부인의 말을 듣고 깜짝 놀라 물었다.

"초희가 새색시처럼 다시 손자를 낳으면 좋겠다는 말일세."

송씨부인의 말에는 푸념이 섞여 있었다.

"뭘 걱정하십니까, 초희가 얼른 병을 고치고 다시 낳으면 되지요."

숙모 성씨는 병을 고칠 수 있다고 허초희와 송씨부인을 위로했다.

"이제 저는 안동 김씨 집안의 대를 이을 수 없어요."

허초희는 송씨부인과 숙모 성씨를 보고 말했다.

"대를 이을 다른 방법이 있겠지."

송씨부인은 담담한 표정을 지었다.

"무자(無子)는 칠거지악이니 저 대신 다른……."

허초희는 가슴에 담아 두었던 말을 꺼냈다.

"그게 무슨 말이야? 네가 아이를 못 낳은 게 아니고 역병으로 잃은 건데."

숙모 성씨가 허초희 편을 들었다.

"됐다. 초희의 뜻을 알겠다. 비록 성립이가 후실을 얻어도……."

"어머니!"

김성립은 송씨부인이 후실이라는 말을 하지 못하게 막았다.

"서방님, 어머니 말씀을 따르세요."

"초희야 내가 조강지처를 버릴까?"

김성립이 초희를 달랬다.

"너는 조용히 해! 초희야, 이 집의 종부는 너다. 다른 사람이 들어와도 네가 종부라는 건 변하지 않으니 그리 알아라."

"예, 어머니."

허초희는 송씨부인의 말을 듣고 한편으로 마음이 아프기도 했지만, 묵은 짐을 내려놓은 듯 한결 가벼워졌다.

허초희는 시어머니에게 하직 인사를 하고 사랑채 문갑에 넣어 두었던 글을 모두 꺼내 가마에 실었다.

"고마워, 조카들 잘 키워야 해."

허초희는 시누이와도 작별을 나눴다.

"언니……."

허초희의 손을 잡은 시누이의 눈시울이 붉어졌다.

시댁을 나선 허초희는 가마에 오르기 전에 솟을대문을 뒤돌아보았다. 열다섯 살 어린 나이에 호랑이 가죽을 씌운 꽃가마를 타고 신행을 올 때, 쭉 늘어서서 구경하던 인왕동 사람들은 보이지 않았다. 자기를 반겨 주던 시아버지도, 위엄을 갖춘 시댁 식구들도, 왁자지껄 떠들던 동네 아낙네와 윷을 놀던 청년들도 찾아 볼 수 없었다. 인왕산 호랑이처럼 무섭게 보이던 시어머니 송씨부인의 얼굴도 보이지 않았다. 언제나 다정한 눈빛으로 자기를 따뜻하게 맞이하던 숙모 성씨만이 옷고름으로 눈물을 찍어 내며 허초희를 배웅하고 있었다.

허초희는 차마 발길이 떨어지지 않았다. 이제 가면 다시 오지 못한다는 걸 알았다. 삐걱삐걱 울리는 베틀 소리도, 마당에서 뛰어노는 조카들의 웃음소리도, 얄밉기만 하던 시누이의 볼멘소리도, 무엇보다 시어머니가 조곤조곤 타이르는 잔소리도 다시는 들을 수 없다는 걸 알았다. 허초희는 못내 아쉬워 발길을 옮길 수 없었다.

"서방님, 저 살구꽃 향기를 맡고 싶어요."

허초희는 김성립에게 시댁 담장 밖으로 가지를 뻗은 살구나무를 가리켰다. 김성립이 살구나무 가지를 꺾어 허초희에게 갖다주었다. 분홍빛 꽃이 가득한 살구나무 가지는 허초희가 시댁에서 가져갈 수 있는 마지막 흔적이었다. 허초희는 살구나무 가지를 코끝에 갖다 대고 살구꽃 향기를 맡으려 숨을 들이켰다. 순간, 눈물이 갈쌍갈쌍 맺혔다. 이제 병들고 아픈 몸이라 아무런 향기를 맡을 수 없어서 그런 게 아니었다. 끝내 솟을대문이 열리지 않았기 때문이었다. 끝끝내 마지막으로 보고 싶은 사람을 보지 못해서 그랬다.

"서방님, 이제 가요."

허초희가 가마에 앉았다.

"가자."

김성립이 가마꾼들을 일으켜 세웠다. 가마꾼들은 무심히 발걸음을 뗐다. 숙모 성씨가 손을 흔들고 허초희의 가마가 천천히 움직였다. 그때였다. 삐거덕하고 대문 열리는 소리가 들렸다.

"초희야!"

허초희는 솟을대문 쪽으로 돌아보았다. 시어머니 송씨부인이었다.

"어머니."

송씨부인은 허초희의 가마로 다가왔다. 가마가 멈췄다. 허초희가 가마에서 내리려는데, 송씨부인이 가마 문을 열었다.

"초희야, 초희야!"

송씨부인은 눈물이 그렁그렁했다.

"곁에 있어 주지 못해 미안하구나."

송씨부인이 허초희를 얼싸안았다.

"어머니."

허초희는 끝내 눈물을 뚝뚝 떨어뜨리며 울어 버리고 말았다.

"아가, 잘 가렴."

"어머니, 오래오래 사세요."

허초희는 목이 메어 더는 아무 말도 하지 못했다. 김성립이 가마꾼에게 손짓을 보냈다. 허초희의 가마가 다시 움직였다. 송씨부인은 허초희의 뒷모습이 보이지 않자, 주르륵 눈물을 흘리고 그 자리에 털썩 주저앉았다. 자신도 그날 보는 허초희의 모습이 며느리의 마지막 모습이라는 걸 알았다. 그날따라 인왕산에서 들려오는 호랑이 울음소리가 구슬프게 들렸다. 마치 송씨부인의 통곡 같았다.

허초희는 건천동으로 돌아와 인왕동에서 가져온 글들을 하나하나 읽어 보고 차분히 정리해 나갔다. 여덟 살 때 쓴 글도, 시집오기 전에 쓴 시도,

18. 별한(別恨) **545**

시집와서 쓴 시도 마음에 드는 게 하나도 없었다. 다 태워 버리고 싶었다. 그러면서도 또 마지막으로 쓰고 싶었다. 어쩌면 시를 쓰는 건 허초희의 본능이었다.

"서방님, 지필묵 좀 주세요."

"뭐 하려고?"

"시를 쓰고 싶어요."

사월이가 지필묵을 갖다 놓았다.

허초희는 힘겹게 몸을 바로 일으켜, 겨우 붓을 집어 들고 떨리는 손으로 한 글자 한 글자 써 내려가, 한참 만에 시를 다 지었다. 김성립은 허초희가 쓴 시를 찬찬히 읽었다.

> 가을에 얻은 시름 두 배로 커져서 고질병이 되고,
> 흐드러진 풀이 하늘에 닿은 듯, 한 많은 이별이네.
> 시 읊은 뒤 녹의 입고, 애석한 내 신세 돌아보네.
> 이제 근심이든 즐거움이든 하늘의 조화를 따르리라.
> [둘째 오라버니의 위로문을 빌려][37]

"천지조화에 따르겠다……."

이별의 한이 많아 애석한 신세이지만, 이제는 하늘의 조화에 따르겠다는 허초희의 생각이 그대로 드러나는 절명시(絶命詩)『별한가(別恨歌)』였다.

---

37) 次仲氏寄慰之作, 차중씨기위지작, 오희문의 쇄미록3 갑오일록에서(허초희 지음, 지은이 옮김), 별한가라는 이름은 지은이가 붙였다.

"이제 제 마음은 거울처럼 맑고 깨끗합니다. 이게 마지막 시입니다."

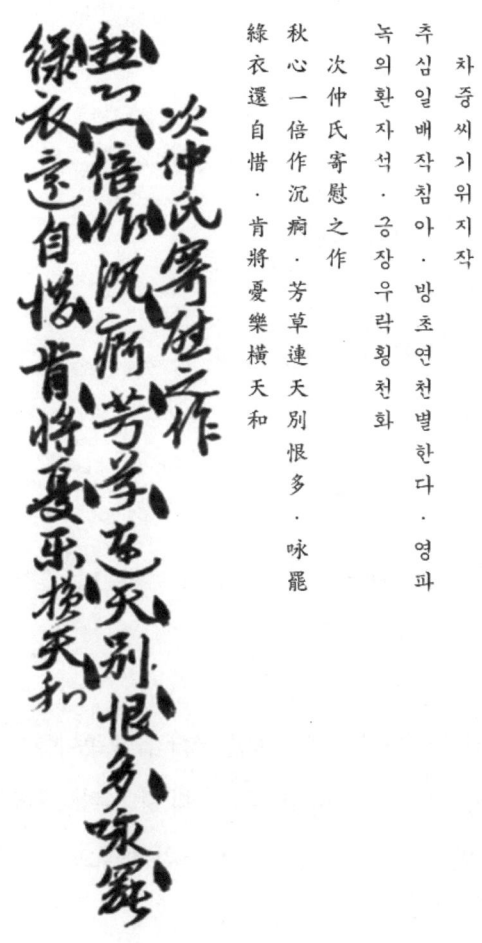

별한가(한국학중앙연구원)

허초희는 이별의 한을 모두 잊고 번뇌와 속박에서 벗어났다. 자기의 죽음이 남은 사람들에게는 한 많은 이별이 되겠지만, 그게 두렵든 기쁘든

막을 수 없는 일이었다. 죽음은 아버지, 오라버니, 해경, 희윤을 만나러 가는 일이라고 여겼다. 허초희는 이제 청정한 심정으로, 하늘의 조화를 거스르지 않고 운명을 순순히 받아들이기로 마음먹었다.

"서방님 부탁이 있어요."

"말해."

"여기 있는 내 글을 모두 불태워 줘요."

허초희가 가쁜 숨을 몰아쉬었다.

"그게 무슨 말이야?"

"다 덧없는 글입니다."

"내가 나중에 보고……."

김성립은 허초희가 지은 시를 모두 본 게 아니라서, 시간을 내시 찬찬히 살펴봐야겠다는 생각이었다.

"지금요, 지금 태워 주세요."

"꼭 지금 그렇게 해야겠어?"

"예. 부탁이에요."

김성립은 사월이를 시켜 허초희가 쓴 글이 적힌 종이를 마당에 쌓았다. 그리고 불쏘시개로 아궁이에서 불을 붙여 와 종이 위로 던졌다. 허초희의 시가 잿더미로 변하는 순간이었다. 그때 마침 마당으로 들어오던 허균이 그 모습을 보고 사월이에게 물었다.

"지금 뭐 하는 거야?"

"아씨 마님이 쓴 글을 태우는 중입니다."

"뭐?"

화들짝 놀란 허균이 도포를 벗어 타오르는 불꽃을 덮었다. 어떤 종이는 이미 타버리고 어떤 종이는 반쯤 불이 붙고, 어떤 종이는 이제 막 타들어 갔다. 허균은 불꽃을 발로 밟아 겨우 껐다. 한숨을 돌린 허균은 타다 남은 종이를 모으다, 허초희가 쓴 절명시를 봤다.

허균은 '근심이든 즐거움이든 하늘의 조화에 따르겠다'라는 누이의 글을 보고 절망하며 방으로 들어갔다.

"누이, 왜 다 태웠어?"

허균이 절명시가 적힌 종이를 흔들어 보였다.

"다 불살라. 하늘에 닿게……."

허초희가 허균을 돌아보며 힘없는 목소리로 부탁했다. 허균이 억지로 고개를 끄덕였기에, 허초희는 자기가 쓴 글을 모두 태웠다고 믿었다. 하지만 허균은 타다 남은 글을 모아 자기 방 다락에 올려 두었다.

그 뒤로 며칠째 허초희는 먹기는커녕 마시지도 못하며, 점점 활기를 잃었다. 김성립은 급히 활인서에 사월이를 보내 허임을 찾았다. 허임은 활인서에 없었다. 사월이가 수소문했더니 아버지 허억봉의 집에 있었다. 사월이는 허임에게 자초지종을 설명하고 얼른 건천동으로 가자고 빌었다. 허임은 침통을 준비해 방을 나섰다.

"잠깐 나도 같이 가자."

허억봉이 허임을 불러 세웠다.

"아버지는 웬일로 가시려는 겁니까?"

"근래에 강릉 숙부인 마님 댁에 슬픈 일이 많았다고 들었는데, 그동안 나랏일에 바빠 찾아뵙지 못해 죄송해서 그런다. 어서 가자."

허억봉도 대금을 챙겨 일어섰다. 허임은 아버지와 함께 사월이를 따라 건천동으로 향했다. 이미 해가 뉘엿뉘엿 저버린 저녁이었다. 허억봉과 허임은 먼저 김씨부인에게 인사를 드렸다. 허억봉이 김씨부인과 이야기를 나누는 동안, 허임은 김성립을 따라 허초희의 방으로 들어갔다. 허임은 천천히 허초희의 맥을 짚었다. 좀처럼 위의 기운이 느껴지지 않았다.

"진장맥입니다."

"진장맥은 사맥이라 하지 않았소?"

김성립은 가슴이 철렁 내려앉았다.

"이제 막을 수가 없습니다."

김성립은 허임의 말을 듣고 고개를 떨궜다.

그때 안채에서 대금 소리가 구슬프게 들려왔다. 허균이 허억봉에게 김씨부인을 위로하는 대금을 연주해 달라고 했기에, 허억봉이 대금을 꺼낸 터였다. 허억봉이 부는 대금 소리는 안개처럼 연기처럼 건천동으로 퍼져 나갔다. 약한 듯 강하고, 낮은 듯 높고, 고요한 듯 생생해서 사람의 마음을 끌어당기는 허억봉의 계면조(界面調) 대금 소리를 들으며 허초희네 사람들은 모두 눈물을 흘렸다.

허임과 허억봉이 돌아간 뒤, 밤새 뚜두두둑 비가 내려 마당에 핀 꽃잎이 하나둘 떨어지고, 달빛이 서리처럼 내려 서늘했다. 곁에서 허초희를 보살피던 김씨부인과 사월이는 지쳐 벽에 기대어 잠들었다.

긴 밤이 지나고 새벽닭이 울 때쯤 허초희가 크게 숨을 몰아쉬더니 점점 가빠지다가 피를 토했다. 깜짝 놀란 김씨부인이 깨어나 사월이를 시켜 김성립과 허균을 방으로 불렀다. 김성립은 얼른 방으로 들어갔다. 허초희는 눈을 감고 가냘픈 숨을 힘겹게 몰아쉬었다.

"초희야, 초희야! 나를 봐."

김성립이 허초희를 깨웠는데 움직이지 않았다.

"이제 이럴 수밖에 없다."

김씨부인은 은장도를 꺼냈다. 오른손에 칼을 든 김씨부인은 왼손 약지를 빈 사발에 올려놓고 칼을 대었다.

"장모님!"

김성립이 깜짝 놀랐다.

"억!"

김씨부인은 힘을 주어 약지 첫 번째 마디를 잘랐다. 김성립이 김씨부인을 말릴 틈도 없었다. 김씨부인의 손가락 마디가 사발 안으로 떨어지고 피가 콸콸 솟아 금방 사발에 차올랐다.

"정화수를 가져와!"

"마님."

사월이가 눈물을 뚝뚝 흘리며 정화수를 대령했다. 김씨부인은 정화수에 약지를 가져갔다. 떨어진 핏방울이 금세 정화수를 물들였다.

"입을 벌려라."

사월이가 허초희의 입을 벌렸다. 김씨부인은 핏물이 섞인 정화수를 입으로 흘렸다. 목구멍으로 넘어가는 핏물보다 입 밖으로 흘러나오는 핏물이 더 많았다. 그래도 김씨부인은 계속 정화수를 입으로 흘려보냈다. 그러다 아예 벌린 입에 약지를 갖다 대고 핏방울을 뚝뚝 떨어뜨렸다. 핏방울의 효과가 있었는지 허초희가 가늘게 눈을 떴다.

"초희야! 나를 봐!"

김성립이 손을 잡고 허초희를 불렀다. 허초희는 잠시 정신이 돌아와 김성립을 보고 옅은 웃음을 지었다.

"서방님, 사랑했어요."

"초희야, 사랑해."

김성립이 허초희의 손을 꼭 쥐었다.

"어머니, 이제 쉬고 싶어요."

김씨부인은 허초희의 말을 듣고 고개를 끄덕였다.

"이제 저는 떠날게요."

김성립이 허초희의 얼굴을 감쌌다. 허초희의 얼굴이 하얗게 식어 갔다.

"해경아, 희윤아……."

허초희는 오누이의 이름을 부르더니 고개를 떨구었다.

"아가!"

"초희야!"

김씨부인과 김성립이 목메어 허초희를 불렀다.

기축년 3월 19일, 부용꽃 송이가 떨어지듯 스물일곱 꽃다운 나이에 허초희가 스러졌다.

유월 보름 유두절에 김성립은 허초희의 관을 광릉 땅, 희윤과 해경의 무덤 옆에 묻었다. 사람들이 모두 떠난 뒤, 김성립은 초막을 짓고 무덤을 지켰다. 허초희가 가물치를 잡았던 산소 앞 시내에선 거지 아이들이 물장구를 치며 더위를 식히고 있었다. 해가 지고 보름달이 뜨자, 보름날 망제를 지내고 남은 술 항아리에는 달빛이 일렁였다.

김성립은 목을 축이려고 표주박으로 술 한 모금을 마시고 보름달을 바라보았다. 휘영청 밝은 달빛이 무덤 위에서 부서졌다. 빨갛고 파란 도깨

오누이와 허초희의 이장 무덤

비불이 소나무와 가래나무 사이를 맴돌고, 반딧불이가 무덤 위로 날았다. 김성립이 멍하니 무덤을 바라보는데 '서방님, 우리가 왔어요' 하는 소리가 들려 깜짝 놀라 돌아보았다. 허초희와 해경, 희윤이 김성립 앞에 서 있었다. 희윤과 해경이 김성립 앞으로 오더니 '아버지, 우리는 이제 어머니랑 갈 거예요'라고 웃으며 말했다. 마마를 앓은 적이 없는 깨끗한 얼굴이었다. 허초희도 김성립에게 '서방님, 우리 걱정은 하지 마세요'라며 두 오누이의 손을 잡고 뒷걸음쳤다. 김성립은 행여 세 모녀와 떨어질까, 두려워 얼른 따라나섰다. 세 모녀는 잠시 김성립을 보고 손을 흔들더니 산으로 뛰어갔다. 김성립도 뛰었다. 하지만 세 모녀는 날개가 달렸는지 어느새 보이지 않았다.

김성립이 세 모녀를 찾아 두리번거릴 때, '오라버니, 행복하게 사세요'라는 말이 들렸다. 작년에 죽은 누이동생이 아버지 김첨과 함께 서서 김성립을 바라보고 있었다. 아버지는 한 손에 부채를 들고 팔락거리며 빙긋이

웃기만 하였다. 김성립은 '아버지!' 하고 달려가 보았지만, 아버지와 누이 동생도 김성립의 손에 잡히지 않는 곳으로 이내 사라져 버렸다.

그때 산꼭대기에서 푸른 용 한 마리가 꿈틀거리며 김성립을 향해 날아왔다. 김성립은 놀라서 뒷걸음질 치다 철퍼덕 뒤로 넘어지고 말았다. 푸른 용은 김성립 코앞까지 들이닥쳤다. 토끼 눈처럼 생긴 용의 눈이 김성립을 한동안 빤히 쳐다보았다. 김성립이 두려움에 떨 때 '서방님, 우리가 먼저 가 있을게요'라는 허초희의 목소리가 들렸다. '아버지도 어서 오세요'라는 두 오누이의 말도 들렸다. 세 모녀는 용의 등에 올라타고 김성립을 내려다봤다. 김성립은 '초희야! 해경아! 희윤아!' 하고 이름을 불렀다. 하지만 용은 김성립만 남겨 놓고 하늘로 올랐다. 어디서 나타났는지, 봉황새가 피리를 불고 선녀들이 비파를 타며 푸른 용 곁에서 춤을 추었다. 세 모녀는 푸른 용과 함께 산봉우리 사이로 사라져 버렸다.

김성립은 초막에서 허초희가 남겨 놓은 시를 읽다 깜빡 졸았다. 꿈에서 나온 허초희가 서방님 '제 생각이 나시면 꿈속에서 만나요. 꿈속에선 볼 수 있어요'라는 말을 하고 홀연히 사라지는데 깜짝 놀라 퍼뜩 잠에서 깼다. 허초희 모습이 눈앞에 생생하게 어른거렸다. 김성립은 허초희 무덤과 오누이의 무덤을 바라보았다. 그리고 멀리 떨어져 있는 아버지와 누이동생의 무덤도 바라보았다. 허초희와 해경, 희윤, 누이동생, 그리고 아버지가 모두 이승을 영영 떠났다고 느꼈다. 어젯밤에는 꿈이니까 만났던 모양이고 이제는 그리워도 꿈에서나 만날 수 있는 사람들이었다. 김성립은 날이 밝으면 무덤을 떠나 한양으로 돌아가기로 마음먹었다. 그리고 이튿날 아침 우천 나루터에서 배에 올랐다. 김성립은 어제 읽었던 허초희의 시를 꺼내 보았다.

> 어젯밤 꿈에 봉래산에 올라
> 갈파의 용을 맨발로 탔네.
> 신선께서 파란 옥지팡이를 짚고
> 부용봉에서 나를 맞아 주셨네.
> 아래로 동해물을 내려다보니
> 한 잔의 물처럼 고요히 보였지.
> 꽃 아래서 봉황이 피리를 불고
> 달빛이 황금 술항아리를 비춰주었지.
>
> [봉래산에 올라][38]

김성립은 시를 다 읽고 마음이 평온해져, 나룻배에 앉아 한강을 내려다보았다. 팔뚝만 한 물고기들이 떼를 지어 헤엄치고 있었다. 맑은 강물에서 노를 젓는 소리만 들렸다. 그때 갑자기 큰바람이 불더니 배가 끼우뚱거렸다. 김성립은 넘어지지 않으려다가 허초희의 시를 놓쳤다. 허초희의 시가 바람에 날렸다. 잡으려고 해도 소용없었다. 허초희의 시는 강물을 따라 멀리멀리 흘러 세상 끝까지 떠내려갔다. 아침 햇살을 받은 한강에 윤슬이 일렁였다.

---

38) 感遇, 감우 4수 중 일부(허초희 지음, 허경진 옮김)

에필로그

허초희가 죽은 해 김성립은 대과에 합격하고, 남양 홍씨를 후처로 맞았다. 두 사람 사이에 자식은 없었다. 그해(1589년) 기축옥사가 일어났다. 정철은 정여립과 엮인 동인들을 역적으로 만들어 무고한 선비 천여 명을 죽음으로 몰아넣었다. 니탕개를 물리친 정언신도 역적으로 몰려 유배 가서 죽고 도깨비 동무 중 몇 명은 정철에게 붙잡혀 죽음을 맞았다.

허균은 허초희가 죽은 이듬해(1590년), 허초희의 시를 모아 문집 『난설헌고(蘭雪軒藁)』의 초고를 류성룡에게 보여 주었다. 류성룡은 '가을 부용은 물 위에 넘실대고, 봄 구름이 공중에 아롱진다'라며 허초희의 시를 칭찬하는 글을 적어 주었다. 허균은 누이의 글을 한데 모아 문집을 편찬하려 했는데, 비용이 없어서 뜻을 이루지 못했다.

신묘년(1591년)에 좌의정 정철이 영의정 이산해의 계략에 걸려, 혼자서 임금을 찾아가 광해군을 세자로 삼아야 한다고 아뢰었다. 마흔 살도 안 된 임금은, 자기는 아직도 청춘인데 벌써 세자 이야기를 꺼내냐고 화를 냈다. 정철 때문에 동무들을 잃은 이경전은 임금에게 악독한 정철을 벌줘야 한다며 상소를 올렸다. 결국 정철은 강계로 쫓겨나고 말았다. 그 후 정철을 죽이자는 이산해와 살려주자는 우의정 류성룡은 북인과 남인으로 갈라서게 되었다. 임금이 이 해에 이순신을 절충장군으로 임명하고 전라좌도 수군절도사에 앉힌 건 천만다행이었다.

임진년(1592년)에 왜란이 일어났다. 임금은 조선 제일의 맹장 신립의 기병대를 출병시켰다. 신립이 탄금대에서 패하자, 임금은 한양성을 버리고 달아났다. 임금은 달아나면서 '정언신이 살아있으면 내가 이런 꼴을 당했겠느냐'라며 눈물을 흘렸다. 임금은 나라가 풍전등화의 위기에 몰린 책임을 이산해에게 뒤집어씌워 파직시켜 버리고, 정철을 다시 불러들였다. 그러나 정철은 술에 취해 임금이 부른 조회에도 참석하지 않고, 명나라에 사신으로 가서 왜적들이 모두 물러났다는 헛소리를 나불댔다. '저 매화 꺾어 임 계신 데 보내고 싶구나'라고 임금을 연모한다며 『사미인곡(思美人曲)』을 불렀던 정철은 결국 강화도로 쫓겨나 굶어 죽고 말았다.

황진은 통신사의 호위무관이 되어 김성일, 허성과 함께 왜국에 다녀와서, 동복현감이 되었다. 임진왜란이 일어나자, 권율과 함께 이치에서 왜군을 무찔렀다. 1593년 6월 진주성에서 혈전을 벌이다 장렬히 전사했다. 전라좌수사 이순신은 진주성이 함락되고 황진이 죽었다는 소식을 듣고 너무 놀란 나머지 믿지 않았다. 그럴 리가 만무하다며 어떤 미친 자가 잘못 전한 거라고 1593년 7월 2일 난중일기에 적었다.

김성립은 의병장이 되어 봉은사로 들어갔다. 의병을 이끌고 선릉을 도굴하려는 왜적과 맞서 싸우다 한강에서 장렬히 죽었다. 김성립의 시신은 끝내 찾지 못했다. 후손들은 김성립의 옷가지를 광릉 땅에 묻어 장사 지냈다. 김성립은 훗날 종2품 이조참판으로 추증되었고, 허초희도 정부인이 되었다. 김성립의 아우 김정립의 아들 김진(金振)이, 허초희와 김성립의 양아들이 되어 안동 김씨 가문을 이었다.

임진왜란 때 오희문(吳希文)이란 선비가 피난 시절의 고난을 담은 『쇄미록(瑣尾錄)』이란 일기를 썼다. 갑오년(1594년)에 쓴 일기에 허초희가 지은 시, 열한 수가 들어 있는데 그중 하나가 별한가(別恨歌)다.

이덕형은 임진왜란 때 왜국 승려 현소와 화의를 협상하고, 명나라에 가서 원군을 데리고 오는 외교관으로 맹활약했다. 정유재란 때(1597년), 서른여덟 살의 어린 나이에 우의정에 올랐으니, 과연 이지함의 예언대로 총각정승이 되었다. 왜적들은 강원도로 피난 간 이덕형의 부인 한산이씨를 붙잡으려고 혈안이 되었다. 이덕형의 부인 이씨는 왜적들이 쫓아와 더 달아날 곳이 없자, 높은 바위에서 뛰어내려 온몸이 부서져 죽고 말았다.

그때 오명제(吳明濟)라는 시인이 명나라 군을 따라 조선에 왔는데, 마침 허균이 병조좌랑이라서 허균의 집에 머물게 되었다. 허균이 허초희 시를 오명제에게 보여 줬고 오명제는 명으로 건너가 허초희 시 58수를 넣어 『조선시선』을 펴냈다.

그 후 왜란이 끝나고 명나라에서 주지번(朱之蕃)과 양유년(梁有年)이라는 사신이 조선에 왔을 때(1606년), 허균이 허초희의 시집『난설헌집』을 보여 주었다. 명나라로 돌아간 양유년에게 허균이 난설헌의 시를 보내 줬는데, 양유년은 '이를 펼쳐 되새기니 고대의 맑은 기운이 흐르고 세속을 초월한 경지에 이르러, 진실로 인간 세상에 흔히 볼 수 없는 작품이었다. 이로써 동국(東國) 산천의 영기가 넘치고 허씨 가문의 복이 끊이지 않음을 깨달았으니, 훌륭한 남성들만 배출한 게 아님을 알 수 있다. …… 동방에서 여성의 시를 짓는 전통은 유구한데, 『난설집』은 이를 계승하며 더욱 빛난 명작이라, 만대에 전하는 역할은 역사가들의 책임이다.'라고 하였다.

반지항(潘之恒)[39]이라는 학자가 허초희의 시를 보고 '조선의 군신은 물

---

39) 반지항(潘之恆)이라고도 쓴다. 恒은 恆의 속자이다.

론이고, 중국의 사대부 여성이라도 누가 그와 견줄 수 있겠는가? 그러므로 허경번은 단지 혜녀(慧女)일 뿐만 아니라, 천인(天人)이라 말한다. 혜녀는 이미 시문에서 입증되었고, 천인이란 허초희를 조선과 같은 나라에 제한할 수 없기 때문'이라고 찬사를 보내며 온 세상에 알렸다.

    허균은 제대로 된 누이의 문집을 편찬하지 못해 불안하였다. 책을 출판하려면 많은 재물이 필요했기에 여의찮았다. 마침 광해군이 즉위한 해(1608년)에 마흔 살인 허균은 정3품 당상관 영감으로 공주 목사로 내려가 있었다. 허균은 공주 관아의 재정으로 그해 4월 허초희의 시를 편집하여 목각본『난설헌시』를 간행했다. 이후에 허초희의 여러 문집은 중국과 일본에서 큰 인기를 끌며 동아시아 문단에 많은 영향을 끼쳤다.

    허초희는 조선이란 나라의 유교적 제약 속에 사는 여성이었으나, 16~17세기 남성 중심의 세계 문학사를 이끈 셰익스피어·세르반테스의 문학 전성기보다 앞서, 동아시아를 대표하는 독보적이고 탁월한 문학 성과를 이뤘다. 허초희는 명나라의 문인이자 학자인 반지항이 '천인의 경지'라고 칭했듯이 동아시아 한시의 전통을 넘어, 여성의 목소리, 몽환적 상상력, 감각적 언어를 융합하여 인류 문학사의 지평을 넓혔으며, 예술적 혁신으로 정신의 깊이를 심화한 위대한 문학가로 우뚝 섰다.

    이제 허초희의 문학 유산이 한강처럼 도도히 흘러 세계 문학사의 큰 물줄기를 이루게 하는 일은 우리 세대의 사명이다. 끝.

참고자료

【허초희 관련 소설】

최정희 지음,『허난설헌』, 여류한국, 1964

김신명숙 지음,『불꽃의 자유혼 허난설헌1·2』, 금토, 1998

윤지강 지음,『난설헌, 나는 시인이다』, 위즈덤하우스, 2008

김진원 지음,『난설헌 허초희의 백옥루 상량문』, 2010

최문희 지음,『난설헌』, 다산북스, 2011

한상윤 지음,『묻습니다 의병장 김성립과 난설헌 허초희』, 2013

김지희 지음,『판타지 난설헌·연』, 인사이트브리즈, 2014

이순원 지음,『정본소설 사임당』, 노란잠수함, 2017

이 진 지음,『하늘 꽃 한송이, 너는』, 북치는 마을, 2018

최 학 지음,『고변』, ㈜새로운사람들, 2019

류서재 지음,『초희 난설헌의 사라진 편지』, 파소출판, 2020

김정애 지음,『부용꽃 붉은 시절』, 범우사, 2021

이영백 지음,『소설 허난설헌 평전』, 문예바다, 2024

유춘강 지음,『우아한 유령』, 숨쉬는책공장, 2024

【허초희 관련 책자】

이경혜 지음,『스물일곱송이 붉은 연꽃』, 알마출판사, 2006

김예진 지음, 『허난설헌1・2』, 수선재 북스, 2015
조　은 지음, 『힐링 썰매』, 문학과지성사, 2016
박경남 지음, 『사임당이 난설헌에게』, 리드리드출판, 2017
다　인 지음, 『Who? 한국사 신사임당 허난설헌』, 2020

【참고문헌】
허경진 옮김, 『허난설헌 시집』, 평민사, 1986
배규범 지음, 『사명당』, 민족사, 2002
허경진 지음, 『허균 평전』, 돌베개, 2002
소혜왕후 지음, 구인환 엮음, 『내훈』, ㈜신원문화사, 2004
이정수 외 지음, 『조선의 화폐와 화폐량』, 경북대학교, 2006
이덕일 지음, 『유성룡』, 역사의 아침, 2007
이한우 지음, 『선조 조선의 난세를 넘다』, 해냄, 2007
장정룡 지음, 『허난설헌 평전』, 새문사, 2007
허미자 지음, 『허난설헌』, 성신여자대학교, 2007
신병주 지음, 『이지함 평전』, 글항아리, 2008
남미혜 지음, 『조선시대 양잠업 연구』, 지식산업사, 2009
규장각 엮음, 『조선 여성의 일생』, 글항아리, 2010
김영조 지음, 『하루하루가 잔치로세』, 인물과 사상사, 2011
조선대학교 고전연구원, 『국역 덕봉집』, 심미안, 2012
광주이씨종회, 『한음 이덕형의 학문과 사상』, 2017
이숙인 지음, 『신사임당』, 문학동네, 2017
오희문 지음, 『쇄미록3』, ㈜사회평론아카데미, 2018

임철순 지음,『한국의 맹자 언론가 이이』, 열린책들, 2020
이숙인 지음,『또 하나의 조선』, 한겨레출판, 2021
한승훈 지음,『무당과 유생의 대결』, 사우, 2021
권내현 지음,『유유의 귀향 조선의 상속』, 너머북스, 2021
한영우 지음,『허균 평전』, 민속원, 2022
허미자 지음,『할머니 난설헌을 기리며』, 보고사, 2022
정해은 외 지음,『여성사, 한 걸음 더』, 푸른역사, 2024
허경진 번역,『허난설헌전집1·2·3』, 평민사, 2024

【참고논문】

송은정,『하곡 허봉의 시세계』, 동방한문학회 12권, 1996
구지현,『쇄미록에서 발견된 허난설헌의 시에 대하여』, 2001
송우혜,『조선 선조조의 니탕개란 연구』, 역비논단, 2005
백승종,『16세기 조선사회의 젠더 문제와 성리학』, 2008
민덕기,『십만양병설은 임진왜란용이 될 수 없다』, 2012
이종문,『율곡과 유지, 유지사의 전승 과정 고찰』, 2013
이석규,『조선전기 삼년상제의 확립과 民의 성장』, 2013
정시열,『양아록에 나타난 조손 갈등에 대한 일고』, 2013
이정철,『선조16년 동서 갈등 전개와 계미삼찬』, 2014
임선빈,『조선중기 침의 허임의 생애와 활동』, 2014
김일환,『기녀 한씨의 죽음을 대하는 방식』, 2019
류을하,『십만양병설의 실체』, 서애연구 제2권, 2020
김동건,『조선시대 민간의 전염병 대처방식 연구』, 2021

차서연,『국가 전례서에 규정된 상복 제도의 변천』, 2023

【참고자료 출처】

겸재정선미술관, 국가유산청, 국가유산포털, 국립민속박물관, 국립중앙박물관, 국사편찬위원회, 김위 묘비, 동국신속삼강행실도, 동의보감, 디지털 장서각, 디지털청주문화대전, 서울역사박물관, 세종대왕기념사업회, 양천 허씨 강릉 종중, 조선왕조실록, 족보(강릉 김씨, 안동 김씨, 양천 허씨, 한산 이씨), 청계천박물관, 침구경험방, 한국고전종합DB, 한국국학진흥원, 한국근대사료DB, 한국데이터산업진흥원, 한국저작권위원회, 한국전통등연구원, 한국학중앙연구원, e뮤지엄, KBS『진품명품』

【쇄미록3 갑오일록, 1594년 오희문】[출처] 한국학중앙연구원

次仲氏寄慰之作(차중씨기위지작)

秋心一倍作沉痾(추심일배작침아)

芳草連天別恨多(방초연천별한다)

咏罷綠衣還自惜(영파녹의환자석)

肯將憂樂橫天和(긍장우락횡천화)

* 국립진주박물관에서는 추심(秋心)을 수심(愁心)으로 읽었다.

중씨(仲氏)가 부쳐 위로해 준 시에 차운(次韻)하다.
수심으로 묵은 병이 배나 깊어지니
꽃다운 풀 하늘까지 닿아 이별의 한 많아라.
녹의 읊고 나니 도리어 절로 슬퍼지지만
근심과 즐거움으로 하늘의 화한 기운 거스르랴.

【역주 동국신속삼강행실도 4집】사임당 모친 용인이씨 이야기

이씨감천(李氏感天) - 이씨가 효성으로 하늘을 감응시키다. 이씨는 강릉부 사람이니, 진사 신명화의 아내다. 지아비가 일찍이 병이 극 하거늘, 이씨가 가만히 조상의 무덤에 가서 향 피우고 절하여 빌며, 드디어 차고 있던 칼을 빼내 손가락을 베어 함께 죽음으로써 맹세하였다. 이씨에게 작은 딸이 있더니, 꿈에 하늘이 약으로 큰 대추와 같은 열매를 내려주니, 지아비의 병이 과연 좋아졌다. 공희대왕(중종)조에 정려하셨다.

【김성립】[출처] 한국학중앙연구원 등

김성립(金誠立, 1562년~1592년)은 조선 중기의 문신. 안동 김씨 서운관 정공파, 자는 여견(汝見) 혹은 여현(汝賢), 호는 서당(西堂), 본관은 안동. 허엽의 사위로, 시인 허난설헌의 남편. 김첨과 은진송씨 사이에서 장남으로 태어나, 허엽의 딸 허난설헌과 결혼하였다. 1589년 28세 때 증광문과에 병과로 급제하여 홍문관저작을 지냈다. 임진왜란 때 의병을 일으켜 왜군과 싸우던 중 전사하였으며, 시체를 찾지 못해 그의 의복만을 가지고서 장사를 지냈다고 한다. 아들이 없어 동생 김정립의 아들 진(振)을 양자로 입양했다. 이조참판이 추증되었다. 시에 명성이 높았다. 허난설헌도 정부인으로 추증되었다.

참고로 지은이의 의견은 김성립이 번번이 과거에 낙방하여 남들보다 관직에 늦게 나갔다는 말은 사실이 아니라는 점이다. 김성립은 1582년 21세에 소과에 급제하여 생원이 되고, 28세에 대과에 급제했다. 이이는 29세, 허봉은 22세, 이덕형은 20세, 이항복은 25세, 권율은 46세, 허성은 36세, 허균은 26세에 대과에 급제했다. 이순신은 32세에 무과에 급제했다.

【허초희】[출처] 대동야승(심수경)

문사 김성립의 처 허씨(허난설헌)는 바로 재상 허엽의 딸이며, 허봉의 여동생, 허균의 누나이다. 허봉과 허균도 시에 능하여 이름이 났지만, 허씨는 더욱 뛰어났다. 호는 경번당이며 문집도 있으나, 세상에 유포되지 못하였지만, 『백옥루상량문』은 사람들이 전송하고 시 또한 절묘하였는데, 일찍 죽었으니 아깝도다. 논하는 자들은 혹, "부인은 마땅히 가정사를 걱정해야 하는데, 양잠하고 길쌈하는 일을 집어치우고, 오직 시를 읊는 일은 아름다운 일이 아니다." 하나, 내 생각에는 그 기이함에 감복할 뿐이다.

【허초희】 [출처] 성소부부고(허균)

누님(허초희)이 꿈속에서 지은 시에 '푸른 바다 신선 사는 요해에 젖어 들고, 난새는 채봉을 기대었구나, 연꽃 스물일곱 송이, 서리같이 싸늘한 달빛 아래 지는구나' 하고 이듬해 신선이 되어 올라가니, 3에 9를 곱하면 27로서 누님 나이와 같으니, 인사에 있어 미리 정해진 운명을 어찌 피할 수 있겠는가. 누님의 시문은 모두 천성에서 나왔다. 유선시를 즐겨 지었는데 시어가 모두 맑고 깨끗하여, 음식을 익혀 먹는 속인으로는 미칠 수가 없다. 문(文)도 우뚝하고 기이한데 사륙문(四六文)이 가장 좋다.『백옥루상량문』이 세상에 전한다. 중형(허봉)이 일찍이, "경번의 재주는 배워서 그렇게 될 수가 없다. 모두가 이태백과 이장길의 유음이다"라고 한 적이 있다. 아, 살아서는 금실이 좋지 않았고, 죽어서는 제사 받들 자식이 없으니, 옥이 깨진 원통함이 한이 없다.

【아계 이상국 연보】 이산해 이야기

공(이산해)이 1577년 6월에 삼년복을 마치고 조정으로 돌아가서 대사간, 대사성, 예조 참의, 이조 참의, 형조 참의, 공조 참의, 도승지, 부제학에 제수되었다. 겨울에 공이 이덕형을 보고 기이하게 여겨 둘째 딸을 시집보냈다. 초례를 치르던 날에 집에는 온돌방이 없어서 헌합(軒閣, 마루방)에서 거처하고 있었다. 그 검소함이 이러한 정도였다. 교훈과 권면으로 현달에 이르게 하였는데 이 사람이 바로 한음 상공이다. 처음에 공(이산해)이 정철과 매우 사이가 좋았다. 정철이 매번 공의 문장에 대한 조예가 내실이 있다고 감복하면서도 공의 문명을 시기하였다. 하루는 공에게 사윗감에 관하여 묻자, 공이 오윤겸을 추천하였다. 정철이 가서 오윤겸이 병을 앓은 나머지 비쩍 마른 모습을 보고 대단히 토라져서 말하기를, "자기는 이덕형 같은 사위를 얻고서 나한테는 이렇게 쇠약해 빠진 서생을 추천하다니, 나는 앞으로 이산해와 절교하겠다." 하고, 이때부터 서로 틈이 생겨서 온갖 계획마다 공을 해치려 했다고 한다.

【선조수정실록, 선조 11년(1578년) 5월 1일】
강관 허봉이 입시하여 아뢰기를, "명분이 바르지 못하면 말이 순하지 않습니다. 요즘 대원군 사당을 일컬어 '가묘(家廟)'라 하고 있는데 국가에 어찌 가묘가 있을 수 있겠습니까. '대원묘(大院廟)'라고 하거나, '사친묘(私親廟)'라고 해야 옳습니다. 그리고 전하께서 안빈(安嬪)을 우리 조모라고 하시면 매우 잘못입니다. 비록 대원군이 계시더라도 적모(嫡母)에 압존(壓尊)되어 감히 자기 어머니에게 어머니라고 부르지 못하는 법인데, 더구나 전하께서는 대궐에 들어와 대통을 이어받으셨으니 어찌 감히 조모라고 일컬을 수 있겠습니까. 그리고 대원군은 제후의 별자(別子)로서 백세가 되도록 옮기지 않는 사당이 되었으나 안빈은 바로 첩모이기 때문에 시조의 사당에 들어갈 수가 없고 다만 사실(私室)에서 제사해야 합니다." 하니, 상이 성난 음성으로 이르기를, "허봉이 감히 이런 허다한 이야기를 하는가. 옛사람이 이르기를 '말로써 뜻을 해쳐서는 안 된다'라고 하였다. 안빈은 실지로 조모인데 우리 할머니라고 한다고 해서 무엇이 해롭다는 건가. 그리고 가묘라고 한다고 해서 또한 무슨 방해가 되기에 허봉이 감히 비교하면서 말하여 함부로 의논을 만드는가. 나는 허봉이 무슨 생각을 가지고 그러는지 모르겠다." 하자, 좌의정 홍섬이 아뢰기를, "나이 젊은 사람이라 옛글만을 읽었을 뿐, 실지로 일을 경험해 보지 못했기 때문에 너무 지나친 논의를 만들어 냈습니다. 그러니 주상께서 모두 포용하셔야 합니다. 만약 이처럼 기를 꺾으신다면 모두가 생각하고 있는 걸 제대로 말하지 않을까 염려됩니다." 하였다.

【북정일록(北征日錄) 기묘년(1579년) 10월 16일, 김성일】
맑음. 새벽에 어면보를 출발하여 강가의 자갈길을 지나서 동구비보(童仇非堡)에 도착하였다. 동구비보는 강 언덕에 있는데, 나무를 엮어서 성을 만들었다. 토병 5, 6명과 남군 30명이 들어와서 방수(防戍)하고 있으나, 모두 활을 쏠 줄도 모르니, 오랑캐가 쳐들어온다면 한 성채의 사람들이 다 죽을 수 있다. 자작구비(慈作仇非)는 동구비보에서 동북쪽 강변으로 10여 리 지점에 있는데, 지형이 자못 험하고 땅이 두터우므로, 군민(軍民)들이 보를 여기에 옮겨 설치하기를 원하였다. 이에 군기의 점고를 마치고 곧바로 말에 올라 보를 옮기기를 원하는 곳에 가서 보니, 지세가 과연 편리하였다. (생략)

【선조수정실록, 선조 13년(1580년) 2월 1일】
동지중추부사 허엽이 졸하였다. 허엽의 자는 태휘, 호는 초당(草堂)이다. 젊어서 화담 서경덕을 따라 배웠고 노수신과 벗하였으므로 사류로 이름이 드러나게 되었다. 가정 병오년 문과에 붙어 즉시 간원에 들어갔다. 그는 일시의 원칙 없는 논의에 대해 비록 의사를 달리하지는 못하였으나 마음속으로 선류를 보호하려고 하여 일에 따라 구제한 점에 있어서는 칭찬

할만했다. 금상의 조정에서 간장(諫長)과 관장(館長)에 오래 있으면서 직언을 잘하였지만 일의 실정에는 절실하지 못했으므로 상이 그리 중하게 여기지 않았다. 관직을 올려 경상도 관찰사로 삼았다가 즉시 판서로 명하여 장차 크게 등용하려 했다. 그런데 허엽은 말년에 매우 창기를 가까이 하였고, 조약을 복용하다가 병을 얻은 뒤로는 성질이 편벽되고 조급해져서 형벌을 제대로 적용하지 못하자 선비와 백성들이 괴이하게 여겼다. 결국 병으로 인하여 해직되어 오다가 상주의 객관에서 졸했다. 허엽이 이황과 더불어 학문을 논의할 적에 고집스럽고 구차한 논란을 많이 하자, 이황이 말하기를 '태휘가 학문을 하지 않았더라면 참으로 선인이 되었을 거다'라고 하였다. 그러나 경훈(經訓)을 독실하게 좋아하여 늙도록 게을리 하지 않았으므로 세상에서 이 점에 대해 훌륭하게 여겼다. 동·서의 당이 갈라진 뒤로 허엽은 동인의 종주가 되어 의논이 가장 엄격했다. 박순과는 동문수학한 친한 벗이었는데 만년에는 당파가 달랐기 때문에 공박하는 일에 서슴지 않았다. 사람들이 묘지(卯地)라고 일컬었는데 묘(卯)는 정동(正東)이 되기 때문이었다. 세 아들인 성·봉·균과 사위인 우성전·김성립은 모두 문사로 조정에 올라 논의하여 서로의 수준을 높였기 때문에 세상에서 일컫기를 '허씨가 당파의 가문 중에 가장 치성하다'고 하였다. 허균이 패역으로 주멸 당해서 문호가 침체하였다.

【이이의 석담일기 하권, 만력 8년(1580년) 2월】
2월. 동지중추부사 허엽이 죽었다. 허엽은 젊었을 때부터 학문이 있다고 자처하였으나, 의논이 어긋나고 문의(文義)도 잘 통하지 못하였다. 전에 이황과 학문을 논하는 데 소견이 서로 달랐다. 이황이 웃으며 말하기를,

"태휘가 학문을 하지 않았더라면 참 좋은 사람이다." 하였다. 이 말은 학식의 착오를 두고 조롱한 말이다. 비록 선을 좋아한다고 했으나 시비가 분명하지 않고 사람을 취하는 데 착오가 많았다. 평소 남과 논쟁할 때 말하는 품은 상도(常度)를 넘지 않았으니, 사람들이 모두 수양한 바가 있다고 칭찬하였다. 말년에는 희노가 폭발하니 사람들이 매우 이상하게 여겼다. 경상도 감사로 있을 때 영천 군수 정인홍이 정치를 밝게 다스렸으나 바치는 물건이 풍성하지 못하다 하여, 허엽이 노하여 정인홍을 불러들여 《대전(大典)》을 읽게 하여 모욕을 주니, 정인홍이 벼슬을 버리고 갔다. 또 진주 유생 유종지 등이 수령의 잘잘못을 거론하여, 군사를 보내어 잡아다 가두고 죄를 다스리니, 유종지 등은 착한 선비라 온 경상도가 놀라 이상하게 생각하여 그 뜻을 헤아리지 못하였다. 전에 이이와 서로 두텁게 지내더니 동서로 이의(異議)가 생긴 뒤에는 허엽이 동인의 종주가 되어 의논이 괴벽하고 선비들을 시켜 이이를 공격하기까지 하였다. 사람들이 허엽을 묘지(卯地)라 하니, 묘지는 정동(正東)이니 동인의 종주가 되었음을 조롱했다. 평소 여색을 가까이하지 않는다더니 영남에 있으면서 음창(淫娼)을 몹시 사랑하여 말을 다 들어주니 열읍(列邑)의 뇌물이 창가(娼家)로 폭주하였고, 노상에서 기생과 가마를 같이 타고 가니 사람들이 모두 그를 가리켜 웃었다. 색으로 병을 얻어 벼슬이 바뀐 뒤에 미처 상경하지 못하고 상주에서 죽었다.

【KBS 진품명품, 2021년 7월 21일】
16세기 도자기로 추정되는 백자병이 묻혀 있던 곳은 조선 중기에 홍문관 부제학, 경상도 관찰사 등을 지낸 문신 허엽 선생의 묘다. 그는 '홍길동전'

을 쓴 허균과 여성 문장가 허난설헌의 아버지로, 평생을 청렴하게 살았던 인물로 알려져 있다. 1960년대 후반 경부고속도로 건설로 인해 허엽 선생의 산소를 이장할 때 백자병을 발견했다. 감정가는 1억 2천만 원.

【선조실록, 선조 16년(1583년) 2월 15일】
병조판서 이이가 아뢰었다. "우리나라가 오래도록 승평(昇平)을 누려 태만함이 날로 더해 안과 밖이 텅 비고 군대와 식량이 모두 부족하여 하찮은 오랑캐가 변경만 침범하여도 온 나라가 이렇게 놀라 술렁이니, 혹시 큰 적이 침범해 오기라도 한다면 아무리 지혜로운 자라도 어떻게 계책을 쓸 수가 없습니다. 옛말에, 먼저 적이 나를 이기지 못하도록 대비한 다음에 적을 이길 기회를 기다리라고 하였는데, 지금 우리나라는 하나도 믿을 게 없어 적이 오면 반드시 패하게 되어 있습니다. 생각이 여기에 미치니 한심하고 간담이 찢어지는 듯합니다. 더구나 지금 경원의 적으로 말하면 1~2년 만에 안정시킬 수 없는데, 만약 병위(兵威)를 한번 떨쳐 그들의 소굴을 소탕해 버리지 않는다면 6진은 평온을 누릴 기회가 영원히 없습니다. 지금 서둘러 다스릴 힘을 길러 후일의 대책을 세우지 아니하고, 그때그때 미봉책만 쓰려 든다면 어찌 한 모퉁이에 있는 적만이 걱정거리이겠습니까. (중략) 군민을 양성하는 일에 관하여 말씀드리겠습니다. 양병은 양민이 밑바탕이 되어야 합니다. 양민을 하지 않고서 양병한다는 일은 예부터 들어본 적이 없습니다." (생략)

【우성전(허초희 형부)의 계갑일록】니탕개 이야기
1583년 6월 4일. 아침에 비가 오고 늦게 개다. 순찰사의 보고에 의하면, '5

월 23일 니탕개가 군사 만여 명을 거느리고 와서, 자기는 도적이 아닌데, 도적이라고 하니 통사를 보내서 회담을 열면 물러가고, 그렇지 않으면 26일 회령을 포위하고 풍산을 공격하겠다고 하니, 순찰사가 니탕개에게 공격하든 말든 마음대로 하라. 우리 군대가 비록 적지만, 다행히 군대를 나누어 방비하고 있다. 나 혼자 여기에 있어 통사를 보낼 수 없으니, 할 말이 있으면 네가 오라.' 하다.

1583년 6월 12일. 아침에는 흐렸다가 늦게 개다. 순찰사의 보고에 의하면, "영건 동쪽 10리나 되는 곳에서 호적 다섯 명이 도적질하여 여자 한 명이 피살되고 한 사람은 화살을 맞았으며, 소와 말을 약탈해 갔고, 명천 옥에 갇힌 오랑캐 죄수가 굴을 뚫고 도주하였으며, 효정(孝汀)은 니탕개의 지휘 아래에 있는 두 부락을 도륙했습니다." 하다.

1583년 6월 15일. 아침에 구름이 끼었다가 늦게 개다. 순찰사의 보고에 의하면, "니탕개가 소를 잡아 모든 부락을 달래며, 이후로는 조선을 침입하지 말자고 하였으나, 한 부락이 좇지 않았습니다." 하다.

1583년 6월 17일. 일기가 맑다. 순찰사의 보고에 의하면, '호적 한 명이 괵(馘, 수급)을 바치며 니탕개의 항복을 받아 주기를 빌었고, 종성의 호적 세 명도 괵을 바치며 니탕개가 항복을 빈다고 해서, 니탕개의 항복을 받으려고 회령에서 연회를 베풀고 불렀으나 오지 않았다.' 하다.

1583년 7월 10일. 건원의 권관인 김여필이 반란을 일으킨 경원의 호족 대추장 을지(乙只)를 유인하다.

1583년 7월 11일. 맑다. 임금이 전교하기를, "적의 괴수를 잡아 죽여 다행이나 그 처사가 의롭지 않다. 꾀어다가 같이 술을 마시고 위협해서 사로잡아 참살했다 하니, 비록 전쟁에서는 속임수를 쓴다지만 매우 좋지 않다. 앞으로도 죽일 자가 더 있으니, 이제부터 지난번의 계획을 쓰지 말라." 하다.

【선조실록, 선조 16년(1583년) 7월 10일】
1583년 7월 10일. 경원의 적 우두머리 우을기내(于乙其乃)를 오래도록 잡지 못했다가 변장 등이 그의 무리를 유혹하여 그를 건원보 앞까지 끌고 오게 한 다음 그의 목을 베어 올려보냈다. 상은 그의 목을 동소문 밖에다 매달게 하고 그를 유인했던 호인(胡人)과 그러한 계책을 꾸며낸 병사와 군관 이박에게는 후한 상을 내리도록 하였다.

【선조수정실록, 선조 16년(1583년) 4월 1일】
이 해에 쇄환령(刷還令)을 거듭 엄하게 밝혔다. (중략) 이때에 경원부 속공 노비인 옥비(玉婢)가 도망하여 영남으로 돌아와 죽은 지가 이미 80년이 지났으나 법으로 보면 아직도 해당 역에 소속되어 있었다. 대신들이 '이 법은 조금도 늦출 수가 없다. 그 자손의 남녀들을 다 되돌려 보내야 한다.' 하고 의논하였다. 그러나 옥비는 남의 첩이 되어 양인 행세한 지가 이미 오래였으며 자손은 모두 사족에게 출가하였는데, 그 수가 무려 수백 명에 이르렀다. 시정 윤승길이 처음 경차관이 되어 마음으로 그 억울함을 슬퍼하여 혼인 관계가 소원한 자는 모두 감면해 주었는데, 얼마 되지 아니하여 체임되었다. 그 뒤 최옹이 후임으로 오고부터는 일체 쇄환하고 호소하는 일을 허용하지 아니하였으므로 억울하게 횡액을 당한 자가 부지기수였다. 그리하여 사족의 아내가 된 자는 왕왕 자결하는가 하면 한강을 건널 때 통곡하는 소리가 온 부근에 퍼졌는데, 나라에서는 이를 옥비의 난이라고 하였다. 최응이 얼마 뒤에 피를 토하고 갑자기 죽었는데, 사람들은 보응이라고 하였다.

【우성전의 계갑일록】옥비 이야기

1584년 5월 17일. 새벽부터 온 하늘에 구름이 덮여 비가 올 듯하다가, 아침이 되어 제법 오더니 늦은 아침에 그쳐 겨우 먼지만을 젖게 할 정도였다. 사헌부에서 또 옥비(玉非)의 사건을 논하니, 윤허하지 않았다. 옥비는 경원 관비인데, 성화(成化) 연간에 한 진주 사람이 북도의 변장으로 있으면서 경원 기생을 첩으로 들였으니, 그가 곧 옥비이다. 같은 고을의 군사 강필경이 경원에 충군이 되어 지난가을에 순찰사의 장계에 고하여 윤승길을 경차관으로 삼아 옥비의 자손을 조사해 내니 그 수효가 매우 많았다. 사목 내용에 의하면, 자손으로 남자일 경우에는 그 아내까지, 여자는 그 남편까지 모두 연루하고, 그 붙어사는 자는 그 주인까지 모두 강제로 데려오라고 되어 있었다. 윤승길이 장계를 보내어 아뢰기를, "아내가 남편을 따르는 일은 진실로 당연한 일이지만 남편이 아내를 따름은 이치에 매우 어긋나는데, 하물며 그가 정처(正妻)도 아닌 우연히 만나 첩으로 데리고 사는 자에게 같은 경우로 논단하면 아주 부당한 일입니다. 더구나 옥비가 남쪽으로 온 지 세월이 이미 오래되어 그 열읍(列邑)에 흩어져 사는 자손들을 사람들이 그의 근본도 알지 못하는데, 지금 붙어살게 했다는 이유로 논함은 더욱 억울한 일이 됩니다." 하였으나, 모두 들어주지 않았다. 윤승길이 반쯤 조사해 내다가 어버이 병환으로 중도에서 돌아가고, 성영(成泳)이 후임으로 진천까지 와서는 몸이 아프다는 핑계로 더 나아가지 않았다. 김위(金偉)가 그 임무를 대신하게 되어 전후 조사해 낸 사람이 500여 명인데, 자손을 제외하고 아내가 되어 남편을 따라오기도 하고, 더러는 남편이 되어 아내를 따라오기도 하였으며, 그 아내와 남편은 양민·천민을 가리지 않고 같은 집안 식구로 논단하여 집안 식구들이 남아나는 사람이 없었으며, 천인들은 붙어살게 했다는 이유를 붙여 그 주인까지 아울러 강제로 데려왔으므로 더러는 한 여자에 두 지아비가 아울러 관여되기도 하고, 또 첩으로 인하여 그 정처까지 데려오기도 하여 사족들도 그 속에 많이 끼어 있게 되었다. 데려올 때 걷거나 혹은 말도 타고, 혹은 수레로 혹은 업혀서 오는데, 울부짖는 소리가 도로에 어지러우니 듣는 이가 모두 눈물을 흘렸으며, 길에서 쓰러져 죽는 자도 많았다. 식사 때마다 반드시 하늘에 기도하기를, "김위의 원수를 갚아 주소서." 하였다.

【선조수정실록, 선조 22년(1589년) 4월 1일】
조헌의 상소문 중 일부: 옥비(玉婢)의 자손 200여 명을 옮겼는데 지금은 열 사람도 남지 않았습니다. 이는 백성의 산업을 주관하는 자가 백성이 잘살도록 못 하고 도리어 못살게 재촉했기 때문입니다. (생략)

【이이의 유지사(1583년)】
율곡 이이가 유지를 마지막으로 만난 날 유지에게 써준 서간. 자신과 유지의 관계에 대한 전말과 유지에 대한 감정 등을 담고 있는데 '유지사(柳枝詞)'라 불린다. 이화여대 박물관에 있다.

【선조실록, 선조 17년(1584년) 6월 20일】
지례 현감 김첨이 군위에 가서 현감 권응시와 술에 취해 서로 농담을 하다가 김첨이 장난으로 군위현의 잡물을 가지고 안동을 향해 갔는데, 권응시가 통문을 지어 '큰 도적이 현에 침입하여 관사에 물건을 모조리 쓸어 갔다.'라고 장황하게 허풍을 떨었다. 안동 부사 유대수(兪大修)가 장난인 줄 모르고 즉시 주변 고을에 알려 차례로 통문을 전하여 며칠 사이에 충청·경기·강원도에 이르렀는데 각 고을에서 민병을 초발하여 경계를 엄히 하고 변고에 대처했다. 얼마 뒤, 경기 감사가 허황된 일이라고 듣고 그 사유를 장계로 알렸는데, 양사(兩司)가 잡아다가 추국하여 이유를 밝히자고 하니, 윤허하였다.

【안동김씨 묘 출토의복】[출처] 디지털청주문화대전
안동 김씨 김첨의 묘역에서 출토된 16~17세기의 복식 유물. 1985년 경기도 광주군 초월면 경수부락에 있던 안동김씨 묘역이 중부고속도로 부지로 편입됨에 따라 이 묘역을 옮기던 중 3기의 묘에서 복식이 출토되었다.

- 김첨의 복식: 김첨은 임진왜란 8년 전인 1584년에 졸하였으므로 복식의 연대는 임진왜란 이전이다. 출토 복식은 지령포(直領袍) 두 섬이다. 특히 명주 겹솜누비 직령포는 깃과 삼각부에 화문단(花紋緞)을 사용하고 소색 명주에 갈색 끝동을 달았으며, 삼수(衫袖)를 배합하여 1.2㎝의 잔누비로 처리한 누비창의(氅衣)로서 깃은 목판깃이고 동정은 소색을 달았다. 삼수에 끝동과 안동이 있다는 점이 특징이다.
- 김첨의 딸 복식: 묘를 이장할 때 시신과 함께 복식이 출토되었는데, 나이는 15~16세쯤으로 추정되고 머리를 땋고 있었으며 복식은 화려하다.

【사명당대사집 서문, 허균】

지난 병술년(1586년) 여름에 내가 중씨(허봉)를 모시고 봉은사 아래에 배를 대었다. 그때 한 남자가 옷깃을 펄럭이며 뱃머리에 와서 합장하였는데, 체격이 훤칠하고 용모가 엄숙하였다. 자리에 앉아서 함께 이야기해 보니, 말은 간략해도 그 뜻은 심원하였다. 내가 그의 이름을 물어보니 종봉 유정(사명당) 스님이라고 하였다. 나는 마음속으로 벌써 그에게 친밀감을 느꼈다. 밤에 매화당(梅花堂)에서 묵었는데, 그의 시를 또 꺼내어 보았더니, 경쇠 소리처럼 맑고 아름다웠으므로, 중씨가 더욱 감탄하면서 "당나라 구승의 반열에 끼일 수 있겠다."라고 하였다. 그때 나는 아직 어려서 그 묘한 대목을 이해하지는 못하였으나, 개인적으로 마음속에 기억해 두고 감히 잊지 못하였다.

【도문대작(屠門大嚼), 성소부부고 제26권, 허균】

- 둘죽(㐨粥 들쭉으로 끓인 죽): 갑산과 북청에서만 나는데 맛은 정과(正果)와 같다.
- 달복분(達覆盆): 갑산부에서만 나는데, 맛이 앵두와 같아 매우 달고 향기롭다.
- 술: 개성부에서 빚는 태상주(太常酒)가 가장 좋은데 자주(煮酒)는 더욱 좋다.

【선조수정실록, 선조 20년(1587년) 9월 1일】

적호(賊胡)가 녹둔도를 함락시켰다. 녹둔도의 둔전을 처음 설치할 적에 …… 마침 흉년이 들어 수확이 없었다. 이 해에 조산보 만호 이순신에게 그 일을 오로지 관장하게 하였는데 가을에 풍년이 들었다. 부사 이경록이 이순신과 추수를 감독하였다. 호추(胡酋)가 경원 지역에 있는 호인의 촌락에 화살을 전달하고서 군사를 숨겨놓고 몰래 엿보다가 농민이 들판에 나가고 망루가 허술하다고 생각해 갑자기 들어와 에워싸고 군사를 놓아 크게 노략질하였다. (중략) 적호가 10여 인을 살해하고 160인을 사로잡아 갔다. 이경록・이순신이 군사를 거느리고 추격하여 적 3인의 머리를 베고 잡힌 사람 50여 인을 빼앗아 돌아왔다. 병사 이일이, 이순신에게 죄를 돌림으로써 자신은 벗어나기 위하여 형구를 설치하고 그를 베려 하자 순신이 스스로 변명하기를, "전에 군사가 적어서 더 보태주기를 청하였으나 병사가 따르지 않았는데 그에 대한 공문서가 있다." 하였다. 이일이 조정에 아뢰니 '백의종군하여 공을 세워 스스로 속죄하도록 하라.'고 명하였다. (중략) 이순신이 순변사의 휘하에 종군하여 반로 우을기내를 꾀어내어 잡아서 드디어 죄를 사면받았다. 이로부터 유명해졌다.

【선조실록, 선조 22년(1589년) 1월 21일】
비변사에게 무신을 불차채용(不次採用)한다고 하자, 이산해는 손인갑・성천지・이순신・이명하・이빈・신할・조경을, (중략) 정언신은 손인갑・성천지・이순신・이명하・이시언・한인제・이언함・정담・김당을, (중략) 추천하였다.

【선조수정실록, 선조 15년(1582년) 6월 1일】
이때 진사 유극신이란 자가 있었는데 그는 유몽학의 아들이다. 그는 방달(放達)의 행동을 주창하였는데 무리를 모아 술을 마시면서 호리곡(蒿里

曲)을 지어 애절하게 부르고 또 동동곡(童童曲)을 지었는데 그 뜻은 한세상을 어린아이처럼 여기는 내용이었다. 그리고 공경(公卿)들을 조롱하여 때로는 웃기도 하고 울기도 하였는데 이에 유명한 선비들이 많이 모여들었다. 이들은 대개 득세한 가문의 자제들이었으므로 그 무리에 끼어 있는 자들은 대부분 과거에 급제하여 영달을 얻게 되었고 급제하지 못했더라도 그 일을 빙자하여 명성을 얻어 벼슬길에 진출하는 게 매우 빨랐다. 그런데 류성룡만은 이들의 행위를 취택하지 않으면서 '이들은 세속을 혼란하게 하는 자들이니 의당 국법으로 다스려야 한다.' 하였는데, 이 때문에 약간 수그러졌었다. 기축년(1589년)에 이르러 유극신이 죽고 그의 무리 백진민(白振民) 등이 역옥(逆獄)으로 죽자, 그 풍조가 결국 끝났다. 그러나 이때부터 선비들에게 학행을 지닌 명성이 사라졌다.

【연려실기술 제15권, 선조조 고사본말】등등곡(登登曲)
이때 도성 안 선비들이 천백으로 떼를 지어, 미치광이나 괴물처럼 노래하고 춤추며 웃다가 울고 하여 부끄러움을 모르고 도깨비나 무당의 흉내를 내며 다니니 흉하고 놀랍기 말할 수 없었는데, 등등곡이라고 했다. 명가의 자제인 정효성, 백진민, 유극신, 김두남, 이경전, 정협, 김성립 등 30여 명이 등등곡을 불렀다. 사람들이 난리가 나고 나라가 망할 징조라고 하였다.

【난중잡록1】
서울의 선비들이 무려 100명 1,000명으로 떼를 이루어 미친 짓, 괴이한 짓들을 하는데, 천태만상으로 해괴하기 짝이 없다. 때로는 무당 흉내를 내면서 덩실거리고 노래하며 춤을 추기도 하고, 혹은 초상과 장사 지내는 일을 꾸며 껑충거리고 흙을 다지기도 하며, 동으로 갔다 서로 달렸다 웃었다 울었다 하였다. 그러고는 저희끼리 묻기를, "무슨 일로 웃느냐? 무슨 일로 우느냐?" 하고는, 큰 소리로 스스로 답하기를, "장상들이 제대로 된 사람이 아니어서 웃는다. 국가가 위태롭고 망해 가고 있어서 우는 거다." 하면서, 하늘을 쳐다보며 크게 웃었다. 사람들이 '등등곡'이라고 불렀다. 당시 주창한 사람은 정효성, 백진민, 유극신, 김두남, 이경전, 정협, 김성립 등 30여 인이었고, 이들을 추종하여 법석을 떤 자들은 부지기수였다. 동인과 서인의 싸움이 이때부터 더욱 심각해져서 각자가 자기의 이해를 도모하고 나랏일은 버려두고 잊어버려서, 기축년(1589년)의 화에는 선비들이 살육되었고 임진왜란에는 나라가 거의 망할 뻔했으니, 아! 비통하다. (생략)

【어우집 제6권, 양금신보 발문, 유몽인】

일숙 김두남은 나의 지음(知音)이다. 임실을 다스린 지 4년 만에 정사가 거행되고 폐단이 제거되자, 병난 이전에 시행되었던 옛 제도를 살려 조목조목 다스렸다. 이에 남원에서 양덕수(梁德壽)를 데려와 《태평유보 太平遺譜》를 만들고 악보를 수집하여 판각하였다. (중략) 훗날 고향에다 초가를 짓고 북쪽 창문 아래에 조용히 앉아 이 악보를 보고 거문고 줄을 퉁기면서 맑은소리를 즐긴다면……(생략) 유몽인이 남원 광한루에서 쓰다.

【역주 동국신속삼강행실도 3집】 천하무쌍 황진 이야기

황진혈전(黃進血戰) - 병마절도사인 황진은 남원부 사람인데, 옳지 못한 일을 보면 의분을 참지 못하고 기개와 절조를 중히 여겼다. 동복(同福) 현감으로 있을 때 언제나 공무를 파하고 나면 갑옷을 입고 말을 타고 10여 리나 내달리고는 그쳤다. 임진왜란 때 곰치재를 막아 왜적을 무찔러 크게 격파하니, 그 공으로 충청도 병마절도사에 임명되었으며, 자주 특별한 공을 세웠다. 임진왜란 다음 해인 계사년 여름에 〈왜적이 대대적으로 진주를 공격하려 하므로〉 모든 장수와 더불어 진주로 들어가 지켰는데, 드디어 왜적이 큰 병력으로 침공해 오자 밤낮으로 육박전을 벌여 하루에도 예닐곱 번이나 싸우면서 혈전을 치르니 사기가 꺾여, 패하지 않을 수 없었다. 성은 함락되매 황진이 탄환에 맞아 전사하였다. 선조 임금께서 우찬성을 추증하시고, 지금의 임금(광해군)께서 정문을 내리셨다.

황진혈전(黃進血戰, 세종대왕기념사업회)

【역주 동국신속삼강행실도 4집】이덕형 아내 이야기

이씨추암(李氏墜巖) - 이씨가 바위 아래로 떨어져 죽다. 정부인 이씨는 서울 사람이니, 아성 부원군 이산해의 딸이요, 판서 이덕형의 아내다. 임진왜란에 도적을 안협(安峽, 강원도 伊川) 땅에 가 피하였더니, 도적이 장차 핍박하거늘, 이씨 스스로 천장(千丈)이나 한 바위 아래 떨어져 팔과 다리가 꺾어져 상하여 죽었다. 소경대왕(선조) 때에 정문을 세웠다.

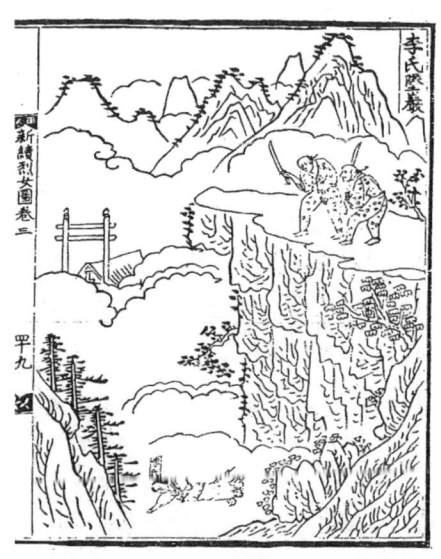

이씨추암(李氏墜巖, 세종대왕기념사업회)

【역주 동국신속삼강행실도 5집】모녀가 같이 죽다.

모녀동사(母女同死) - 이씨는 서울 사람이니, 평시서령(平市署令) 이탕(李宕)의 딸이요, 현감 한형(韓詗)의 아내다. 정유왜란 때 황석산성으로 들어갔는데, 성이 함락되자, 이씨는 그 딸 한씨와 스스로 목을 찔러 같이 죽었다. 지금의 조정에서 정문을 세웠다.

모녀동사(母女同死, 세종대왕기념사업회)

【광해군일기, 광해 3년(1611년) 12월 28일】

전 이조판서 정협의 졸기, 정협은 우상 정언신의 아들이다. 얼굴이 희고 풍모가 아름다웠으며 문장에 능하고 술을 잘 마셨으며 교유가 매우 넓었는데 소장(少長)과 현우(賢愚)의 구별 없이 한결같이 대했다. (중략) 과거에 뽑혀 홍문 정자를 지냈고 여러 차례 삼사의 장을 거쳤다. 그러나 사람됨이 너무 좋았고, 시 역시 도도하게 다함이 없었으나 끝내 전해진 바가 없다.

【광해군일기, 광해 5년(1613년) 4월 25일】 일곱 서자의 옥

서인(庶人) 서양갑, 심우영, 허홍인, 박응서, 박치의 등이 생사를 같이할

관계를 맺고 시도 때도 없이 어울려 돌아다녔다. 서양갑은 서익의 서자이고, 심우영은 심전의 서자이고, 박응서는 박순의 서자로서 모두 명가 출신이었다. 꽤 글을 잘한다고 이름이 높았는데, 과거 시험을 보는 데에는 관심을 두지 않고 장사하는 일에 힘을 기울였다. 기유년(1609년)부터는 여주 강변으로 거처를 옮긴 뒤 서로 재물을 공동으로 사용하면서 매우 사치스럽게 살아 사람들이 이상하게 여겼는데, 서양갑과 박치의 등이 벌인 강도 사건으로 그들이 도적이란 걸 알게 되었다.

【광해군일기, 광해 10년(1618년) 9월 4일】
허채(許寀)와 허친(許案)이 공초하였다. "신은 허균과 3촌 숙질 사이입니다만, 서로 어긋난 일이 있었습니다. 지난 계미년에 신의 아비 허봉이 갑산에 유배를 갔었습니다. 그러다 풀려나 고향으로 돌아왔을 때, 허균과 그의 누이 김성립의 처(허초희)가 한마음으로 신의 아비를 할머니(김씨부인)에게 이간질하여 신의 어미와 신의 아비가 삼 년간을 각각 거처하게 하였습니다. 신의 아비가 죽으면서 비록 신의 할머니에게 감히 원망을 돌리지는 못했으나 신의 형제는 허균을 하늘에 이르도록 원망하여 원수와 같이 보았으며, 허균도 신의 형제를 역시 그렇게 보았습니다. (중략)"

【난설헌시(蘭雪軒詩)】[출처] 허난설헌 전집2, 허경진 옮김
허균은 1605년 수안군수로 부임하여 작은형 허봉의 유고를 편집하여 목간본으로 간행하였다. 그다음 해인 1606년 주지번과 양유년의 서문 2편을 받아 놓았다가 1608년 공주목사로 부임하여『난설헌시(蘭雪軒詩)』를 목판본으로 간행하였다. 서문 2편은 두 사신의 친필을 목각하였고, 허균

자신이 1608년 4월 공주 피향당에서 쓴 발문은 전각하였는데, 1면 9행 20자로 39판 분량이다. 1608년 간행본을 재간본으로 보는데, 간기(刊記)는 따로 없다.『난설헌시』는 그 뒤 1692년 동래부에서 삼간본을 간행하였는데, 간본에는 권말에 '숭정후 임신 동래부 중간 崇禎後壬申東萊府重刊'이란 간기가 판각되어 있다. 이 삼간본이 동래 왜관을 거쳐 일본에서 1711년에『난설헌시집』상하 2권으로 간행되었는데, '숭정후임신동래부중간'이란 간기도 그대로 판각하였다.

추천사

지난해, 나는 두 권의 여성 서사를 썼다. 쓰는 과정은 지난했고, 출간 후 뒤늦게 후회되는 지점들도 있었다. 이 시기와 맞물려 이동문 작가는 《허초희의 일생》을 집필했다. 종종 작가의 원고를 읽고 감상평을 쓸 때면, 묘한 질투심에 사로잡혔다. 나는 왜 《허초희의 일생》처럼 여성의 이야기를 담백하게, 강단 있게, 섬세하게 쓰지 못하는가. 어째서 정치와 사회를 개인의 삶에 녹여 내지 못하는가, 매번 내 글이 못나 보였다. 그만큼 《허초희의 일생》은 생동하는 캐릭터가 굽이치는 역사의 능선을 오르락내리락하며 슬프고도 아름다운 여성 서사를 일궈 냈다. 몇 번이든 다시 읽고 싶은 문장이 넘쳐나고, 능청스러운 풍자와 해학의 멋이 풍성했다. 이미 모두가 결말을 알기에 과정을 즐기는 호사가 따랐으며, 같은 이유로 후반부로 다가섰을 땐 피가 식을 듯한 비애를 경험했다.

부끄럽지만 이 책을 통해 알게 된 사실이 있다. 내가 아는 조선시대 여성 문필가 중 가장 유명한 이는 신사임당이었다. 허초희는 언제나 그다음이었다. 그러나 《허초희의 일생》을 다 읽은 지금, 유명세라는 게 얼마나 정치적이며 남성 중심 사회의 폐단인지 깨닫게 되었다. 누구와 결혼해 어떤 아들을 출산하였는가가 후대의 평판을 좌우하는 잣대였다. 허초희라는 위대한 문학가를 수백 년이 지난 지금 내게 깨우쳐 준 이동문 작가에게 감사와 찬사를 보낸다. 진심은 능히 시대와 젠더를 초월할 수 있다. 허초희 그녀가 해냈고, 이동문 그가 이뤘다.

2025년 초봄 소설가 강지영

작가의 말

날마다 허초희를 생각하다, 문득 허초희가 살았을 때, 세상에 허초희보다 뛰어난 여류 문학가가 있었을까 하는 궁금증이 들었습니다. 그래서 이런저런 자료를 찾아봤더니, 허초희가 살았던 당시, 허초희야말로 남녀를 통틀어 세상에서 가장 뛰어난 시인이라는 걸 깨달았습니다.

허초희의 시 가운데 〈갑산으로 유배 가는 하곡 오라버니를 보내며〉는 허초희가 스물한 살 때 지었을 겁니다. 허봉이 1583년에 갑산으로 유배 갔으니 그렇게 추정합니다. 명확하게 지은 시기를 특정할 수 있는 건 〈몽유광상산〉입니다.

푸른 물결 요해까지 일렁이며
파란 난새 오색 난새 춤을 추네.
연꽃 스물일곱 송이 피었는데
달빛 서리에 붉은 꽃잎 떨어지네.

〈몽유광상산〉은 허초희가 을유춘(乙酉春)에 지었다고 했습니다. 그러니까 1585년 봄입니다. 1563년생인 허초희가 스물세 살 때입니다. 1564년에 태어난 셰익스피어는 스물두 살이었는데 집을 나와 세상을 떠돌던 때였고, 1547년에 태어나 서른아홉 살이었던 세르반테스가 〈돈키호테〉를 발표하려면 아직도 20년이나 기다려야 했습니다.

1613년쯤에 명나라에서 〈채근담〉이 나왔고, 일본도 혼란스러운 전국시대라서 그런지 뛰어난 문인이 없었습니다. 훗날 허초희의 시가 중국과 일본에서 유명해졌으니, 허초희야말로 그 시기에 동아시아를 대표할 문학가입니다. 양유년의 말대로 허초희의 문학은 인간 세상에 흔히 보기 어려운 더없이 귀한 보물이며, 반지항이 알아봤듯이 허초희는 조선과 같은 나라에 국한할 수 없는, 위대한 문학가임이 틀림없습니다.

허초희의 시는 때로는 연약한 소녀의 마음을, 때로는 호연지기를 기르는 소년의 기상을 노래합니다. 임을 기다리는 가련한 여인의 마음과 전장을 치닫는 병사들의 웅장한 모습을 보여 주기도 합니다. 한스러운 정과 이별이 가슴을 울리고 아름다운 사랑과 희망이 살아서 춤을 출 때도 있습니다. 가난한 여인의 아픔에 슬퍼하고 천상의 선녀를 노래하기도 합니다. 한마디로 자유자재로 아름다운 시를 구사하는 시인이었습니다.

허초희는 당대에 살았던 셰익스피어나 세르반테스 못지않은 위대한 문학가입니다. 그런 사실을 세계에 알리는 건 이제 우리들의 몫입니다.

최근에 허경진 선생님이 《허난설헌 전집》을 발간했습니다. 그 전집을 기초로 세계 곳곳에서 허초희의 시와 문학을 연구하고 세상에 널리 알리는 체계적인 일이 활발히 일어나길 바랍니다.

문학사 못지않게 한국 여성사에서 허초희가 차지하는 위치는 중요합니다. 허초희가 살았던 시절, 고릿적부터 시행되던 남녀균등상속, 윤회봉사, 처가살이는 남성 중심의 성리학이 발달하면서, 장자상속, 장손제사, 시집살이로 바뀌어 갔습니다. 또 붕당이 발생하며 정치세력이 대립했습니다. 허초희의 아버지 허엽은 동인의 우두머리였고, 허초희와 같은 고향 사람인 이이는 서인의 정신적 지주였습니다. 동인과 서인이 충돌할 때, 허초희네 사람들은 이이를 맹렬히 공격하다 임금의 미움을 샀습니다. 아버지는 지방 관직에 나가 객사하고, 시아버지는 좌천되었다가 죽었습니다. 권세가 대단했던 허초희네 사람들은 한순간에 몰락하여 힘겹게 살아가야 했습니다. 그 와중에 전쟁이 일어나면서 조선 여인들이 비참한 상황에 맞닥뜨리는 걸 허초희가 보게 됩니다.

조선의 사상, 정치, 경제, 생활방식이 급변하는 시기에 두 붕당 세력의 한가운데 있던 허초희는 조선 여성들이 겪는 고통과 고난을 온몸으로 체감합니다. 그러면서도 이를 극복하려고 문학이라는 자신의 길을 꿋꿋하게 지켜 나가며, 조선 여인의 용기를 보여 줍니다. 하지만 두 자식을 잃고 좌절하고 맙니다. 더구나 유배 갔던 시외숙부와 친오라버니마저 잇달아 죽자, 마음의 병을 얻어 세상을 등지게 됩니다. 하지만 허초희가 남긴 아름다운 시와 문장, 그리고 주체적 삶을 살아가려던 발자취는 세상에 남아 지금까지 밝게 빛나고 있습니다. 앞으로 영원토록 그러리라 믿습니다.

나는 지금껏 세상에 나온 허초희 이야기들이 허초희와 시대의 갈등, 허초희와 남편의 갈등, 허초희와 여러 사람의 불미스러운 관계를 중심으로 삼는 게 싫었습니다. 허초희 같은 위대한 문학가를 우리 스스로 잘못된 일에 얽매는 게 안타까웠습니다. 허초희를 보고 배우는 어린 학생들에게 왜곡된 허초희네 사람들의 모습을 부각해서 마구잡이로 퍼뜨리는 일은 바람직하지 않다고 생각했습니다. 그래서 역사적 사실과 인물을 바탕으로 여러 자료를 찾아 허초희의 일생을 재구성했습니다. 어린 허초희와 김성립이 아이들을 낳고 성숙한 부부로 성장해 나가는 모습을 보여 주고 싶었습니다. 그러면서 허초희의 아름다운 시를 적재적소에 배치하려고 최선을 다했습니다. 그러던 중 허초희의 시에서 전쟁에 관한 시가 많은 걸 알고 그 이유를 찾아보았습니다. 결국 조선 역사에 중대한 영향을 미친 '니탕개의 난'이 허초희의 생애를 관통한다는 걸 깨닫고 그 이야기를 비중 있게 다뤘습니다. 어쩌면 전쟁이라는 상황이 국가와 가문, 인간과 사회를 역경으로 몰고 가는 모습, 그중에서도 특히 한 여성의 운명을 좌우하는 큰 고통과 고난을 보여 주고 싶었습니다. 그렇지만 앞에서도 말씀드렸듯이 모든 이야기는 작가의 상상으로 쓴 허구입니다.

이 소설의 인물관계도, 지도, 도면은 독자들이 이 이야기를 쉽게 이해하도록 제가 직접 만들었습니다. 모쪼록 이 책이 허초희를 알고 싶은 모든 사람에게 조금이라도 도움이 되길 바랄 뿐입니다.

책을 쓰는 데 여러분이 도움을 주셨습니다. 좋은 책을 만들기 위해 노력해 주신 출판사 '좋은땅' 관계자 여러분에게 감사드립니다. 특히 디즈니플러스에서 방영한 〈킬러들의 쇼핑몰〉 원작자로서, 드라마가 상영되는 바쁜 와중에도, 원고를 꼼꼼히 살펴보고 많은 조언을 해 주신 강지영 작가님에게 감사드립니다. 표지의 프로필사진을 찍어 준 중앙일보 권혁재 사진전문기자님께 깊이 감사드립니다.

언제나 응원과 격려를 아끼지 않고, 표지 그림을 그려 준 사랑하는 아내 양진심(梁眞心)에게 진심으로 고마움을 전합니다.

이 책을 돌아가신 어머니와 아버지, 장인 장모님께 바칩니다.

2025. 7. 24. 이동문

허초희의 일생

ⓒ 이동문, 2025

초판 1쇄 발행 2025년 7월 24일

지은이	이동문
펴낸이	이기봉
편집	좋은땅 편집팀
펴낸곳	도서출판 좋은땅
주소	서울특별시 마포구 양화로12길 26 지월드빌딩 (서교동 395-7)
전화	02)374-8616~7
팩스	02)374-8614
이메일	gworldbook@naver.com
홈페이지	www.g-world.co.kr

ISBN 979-11-388-4485-7 (03810)

- 가격은 뒤표지에 있습니다.
- 이 책은 저작권법에 의하여 보호를 받는 저작물이므로 무단 전재와 복제를 금합니다.
- 파본은 구입하신 서점에서 교환해 드립니다.